ROBER'
Der Sch

ROBERT JACKSON BENNETT

DER SCHLÜSSEL DER MAGIE

ROMAN

DIE DIEBIN

Deutsch von Ruggero Leò

blanvalet

Die Originalausgabe erschien 2018 unter dem Titel
»Foundryside (The Founders Trilogy 1)« bei Crown, New York.

Sollte diese Publikation Links auf Webseiten Dritter enthalten,
so übernehmen wir für deren Inhalte keine Haftung,
da wir uns diese nicht zu eigen machen, sondern lediglich auf deren Stand
zum Zeitpunkt der Erstveröffentlichung verweisen.

Verlagsgruppe Random House FSC® N001967

1. Auflage
Copyright der Originalausgabe © 2018 by Robert Jackson Bennett
Published by arrangement with Robert Jackson Bennett
Dieses Werk wurde vermittelt durch die
Literarische Agentur Thomas Schlück GmbH, 30161 Hannover.
Copyright der deutschsprachigen Ausgabe
© 2020 by Blanvalet in der Verlagsgruppe Random House GmbH,
Neumarkter Str. 28, 81673 München
Redaktion: Peter Thannisch
Umschlaggestaltung und -illustration: © Isabelle Hirtz, Inkcraft
HK · Herstellung: sam
Satz: Buch-Werkstatt GmbH, Bad Aibling
Druck und Bindung: GGP Media GmbH, Pößneck
Printed in Germany
ISBN 978-3-7341-6266-4

www.blanvalet.de

I

Das Gemeinviertel

Alle Dinge haben einen Wert. Manchmal bezahlt man dafür mit Münzen. Ein andermal mit Zeit und Schweiß. Und ab und zu zahlt man auch mit Blut.

Die Menschheit scheint versessen darauf, die letztgenannte Währung zu nutzen. Und uns wird erst bewusst, wie viel wir davon ausgeben, wenn wir mit dem eigenen Blut zahlen.

– König Ermiedes Eupator, »Über die Eroberung«

Kapitel 1

Sancia Grado lag mit dem Gesicht im Schlamm, eingezwängt unter der Holzempore an der alten Steinwand, und gestand sich ein, dass der Abend nicht so gut verlief wie erhofft.

Dabei hatte er ganz annehmbar begonnen. Dank ihrer gefälschten Ausweise hatte sie es aufs Michiel-Gelände geschafft, und zwar mühelos – die Wachen an den ersten Toren hatten sie kaum eines Blickes gewürdigt.

Dann hatte sie den Abwassertunnel erreicht, und von da an war alles … weniger mühelos verlaufen. Zwar war ihr Plan tatsächlich aufgegangen – der Kanal hatte ihr ermöglicht, sich unter allen inneren Toren und Mauern hindurchzuschleichen, bis dicht an die Michiel-Gießerei –, doch hatten ihre Informanten versäumt zu erwähnen, dass es im Tunnel nicht nur von Tausendfüßlern und Schlammottern wimmelte, sondern es dort auch Scheiße im Überfluss gab, die von Menschen und Pferden stammte.

Das hatte Sancia zwar nicht gefallen, doch kam sie damit zurecht. Sie war nicht zum ersten Mal durch Unrat gekrochen, den Menschen hinterließen.

Durch einen Abwasserkanal zu robben führt jedoch leider dazu, dass man dabei einen starken Geruch annimmt. Während Sancia durch die Höfe der Gießerei schlich, hielt sie sich darum auf der windabgewandten Seite der Wachtposten. Als sie ans Nordtor gelangte, hatte aus der Ferne ein Wächter gerufen: »O mein Gott, was ist das für ein Gestank?«, woraufhin er pflichtbewusst nach der Ursache für den Geruch gesucht hatte, sehr zu Sancias Entsetzen.

Es war ihr jedoch gelungen, unentdeckt zu bleiben, aber sie hatte sich auf dem Gelände in eine Sackgasse zurückziehen und unter dem verwitterten Holzpodest verstecken müssen, das früher vermutlich ein alter Wachtposten gewesen war. Rasch war ihr klar geworden, dass ihr dieses Versteck keine Fluchtmöglichkeit bot: In der Sackgasse gab es nichts außer der Empore, Sancia und dem Wächter.

Sie stierte auf die schlammigen Stiefel des Wächters, der schnüffelnd an der Empore vorbeischritt, wartete ab, bis er vorbei war, und steckte den Kopf hinaus.

Der Mann war groß, trug eine glänzende Stahlhaube, Schulterpanzer, Armschienen sowie einen Lederkürass, in den das Wahrzeichen der Michiel-Handelsgesellschaft geprägt war: die brennende Kerze im Fenster. Am alarmierendsten war, dass er ein Rapier am Gürtel trug.

Sancia beäugte die Waffe. Als sich der Mann entfernte, war ihr, als hörte sie ein Wispern im Kopf, ein fernes Säuseln. Sie hatte damit gerechnet, dass die Klinge skribiert war, und das leise Wispern bestätigte das. Ihr war klar, dass eine skribierte Klinge sie mühelos in zwei Hälften spalten konnte.

Verdammt dumm von mir, mich derart in die Enge treiben zu lassen, dachte sie und zog sich unter die Empore zurück. *Dabei hat meine Mission gerade erst begonnen.*

Sie musste es zur Fahrbahn schaffen, die schätzungsweise gerade mal siebzig Schritt entfernt lag, hinter der gegenüberliegenden Mauer. Je eher sie dort ankäme, desto besser.

Sie erwog ihre Möglichkeiten. Sie hätte auf den Mann schießen können, immerhin hatte sie ein kleines Bambusblasrohr und ein paar kleine, aber teure Pfeile dabei, die mit dem Gift des Dolorspinafischs beträufelt waren: eine tödliche Plage, die in den Tiefen des Ozeans lebte. Hinreichend verdünnt, schickte das Gift sein Opfer nur in einen tiefen Schlaf, aus dem es einige Stunden später mit fürchterlichen Kopfschmerzen erwachte.

Dummerweise trug der Wächter eine ziemlich gute Rüstung. Sancia würde einen perfekten Treffer landen müssen. Sie hätte ihn in die ungeschützte Achselhöhle schießen können, doch das Risiko, die Stelle zu verfehlen, war zu hoch.

Sie konnte auch versuchen, ihn zu töten. Sancia hatte ihr Stilett dabei und war gut im Anschleichen, zudem war sie für ihre geringe Körpergröße recht stark.

Allerdings taugte Sancia weit mehr zur Diebin denn zur Mörderin, und sie hatte es mit dem ausgebildeten Wachmann eines Handelshauses zu tun. Keine sonderlich guten Erfolgsaussichten.

Darüber hinaus war Sancia nicht zur Michiel-Gießerei gekommen, um Kehlen aufzuschlitzen, Gesichter einzuschlagen oder Schädel zu zertrümmern. Sie war hier, um ihren Auftrag zu erledigen.

Eine Stimme hallte durch die Gasse. »Ahoi, Niccolo! Was machst du so weit von deinem Posten entfernt?«

»Ich glaube, es ist schon wieder etwas im Abwasserkanal verendet. Hier stinkt's nach Tod!«

»Oh, warte mal«, erwiderte die Stimme. Schritte näherten sich.

Ach verdammt, dachte Sancia. *Jetzt sind es schon zwei.*

Sie musste einen Ausweg finden, und zwar schnell.

Sie schaute zur Steinwand hinter sich und dachte nach. Dann seufzte sie, kroch hinüber und zögerte.

Sie wollte sich nicht jetzt schon verausgaben. Doch ihr blieb keine Wahl.

Sancia zog den linken Handschuh aus, drückte die Hand auf die dunklen Mauersteine, schloss die Augen und setzte ihr Talent ein.

Die Wand sprach zu ihr.

Sie erzählte ihr vom Rauch der Gießerei, von heißem Regen, kriechendem Moos und den leisen Schritten Tausender Ameisen, die im Laufe der Jahrzehnte über ihr fleckiges Gesicht gekrabbelt waren. Die Oberfläche der Mauer erblühte in Sancias Geist, und sie nahm jeden Riss, jeden Spalt, jeden Mörtelklecks und jeden verschmutzten Mauerstein wahr.

All diese Informationen schossen Sancia im selben Moment durch den Kopf, in dem sie die Wand berührte. Und in diesem plötzlichen Wissensschwall fand sie auch das, worauf sie gehofft hatte.

Lose Steine. Vier Stück, groß, nur wenige Schritte von ihr entfernt. Und dahinter lag ein geschlossener, dunkler Raum, ungefähr einen Meter dreißig breit und hoch. Augenblicklich wusste sie, wo er sich befand, als hätte sie die Wand selbst gemauert.

Hinter der Wand ist ein Gebäude, dachte sie. *Ein altes. Gut.*

Sancia nahm die Hand von der Mauer. Zu ihrem Schrecken fing die große Narbe auf ihrer rechten Kopfseite an zu schmerzen.

Ein schlechtes Zeichen. Sie würde ihr Talent in dieser Nacht noch viel öfter einsetzen müssen.

Sie streifte sich wieder den Handschuh über und kroch zu den losen Steinen. Anscheinend hatte sich hier früher eine kleine Luke befunden, die man vor Jahren zugemauert hatte. Sie hielt inne und lauschte – die beiden Wächter liefen offenbar schnüffelnd durch die Gasse, um zu ergründen, woher der Gestank kam.

»Ich schwör's bei Gott, Pietro«, sagte einer von ihnen, »das roch wie die Scheiße des Teufels!« Gemeinsam schritten die beiden die Gasse entlang.

Sancia packte den obersten losen Stein und zog ganz vorsichtig daran. Er gab nach und ließ sich ein Stück herausziehen.

Sie blickte zu den Wächtern zurück, die sich noch immer zankten.

Rasch und leise zog Sancia die schweren Steine aus der Wand und legte sie in den Schlamm, einen nach dem anderen. Dann spähte sie in den muffigen Raum dahinter.

Darin war es dunkel, doch als nun ein wenig Licht hineinfiel, sah sie viele winzige Augen in den Schatten und jede Menge kleiner Kothäufchen auf dem Steinboden.

Ratten, dachte sie. *Und zwar viele.*

Dagegen konnte sie nichts tun. Ohne einen Gedanken zu verschwenden, kroch sie in den engen, dunklen Raum.

Die Ratten gerieten in Panik und kletterten die Wände hoch, flüchteten in Risse und Spalten zwischen den Steinen. Einige flitzten über Sancia hinweg, manche versuchten sie zu beißen, doch Sancia trug, was sie als ihre »Diebeskluft« bezeichnete: einen selbstgemachten Aufzug mit Kapuze, der aus dicker grauer Wolle und altem schwarzem Leder bestand. Er bedeckte ihre ganze Haut und war recht schwer zu durchdringen.

Sie zwängte die Schultern durch das Einstiegsloch, schüttelte die Ratten ab oder schlug sie beiseite – doch dann erhob sich vor ihr ein größeres Tier auf die Hinterbeine, gut und gern zwei Pfund schwer, und fauchte sie bedrohlich an.

Sancias Faust fuhr herab und zermalmte den Schädel der Ratte auf dem Steinboden. Sie lauschte, ob die Wächter sie gehört hatten, und als sie zufrieden feststellte, dass dem nicht so war, schlug sie zur Sicherheit noch einmal auf die große Ratte ein. Dann kroch sie ganz in den Raum, griff vorsichtig nach draußen und schloss die Öffnung wieder mit den Mauersteinen.

Geht doch, dachte sie, schüttelte eine weitere Ratte ab und klopfte sich die Kothaufen von der Kleidung. *Das lief gar nicht mal so schlecht.*

Sie schaute sich um. Ihre Augen gewöhnten sich allmählich an die Finsternis. Anscheinend befand sie sich in einem Kaminofen, in dem die Arbeiter der Gießerei vor langer Zeit ihr Essen gekocht hatten. Der Kamin war mit Brettern vernagelt. Über ihr war der offene Schornstein – gleichwohl erkannte sie, dass jemand versucht hatte, auch die Kaminöffnung mit Brettern zu verschließen.

Sie nahm ihr Umfeld in Augenschein. Der Schornstein war recht schmal. Genau wie Sancia. Und sie war gut darin, sich durch enge Schächte zu winden.

Mit einem Grunzen sprang sie hoch, verkeilte sich mit Schultern und Füßen in der Öffnung und begann, den Schornstein hochzuklettern, Zentimeter um Zentimeter. Sie war schon fast halb oben, als sie unter sich ein Klirren vernahm.

Sie erstarrte und blickte hinunter. Ein dumpfer Schlag erklang, gefolgt von einem Knall, dann fiel Licht in den Ofen unter ihr.

Die Stahlhaube eines Wächters tauchte auf. Der Mann beäugte das verlassene Rattennest und rief: »Uh! Sieht aus, als hätten es sich die Ratten hier gemütlich gemacht. Daher muss auch der Gestank kommen.«

Sancia schaute auf den Wächter hinab. Sobald er den Blick hob, würde er sie entdecken.

Der Mann besah sich die große tote Ratte. Sancia bemühte sich nach Kräften, nicht zu schwitzen, damit keine Tropfen auf seinen Helm fielen.

»Dreckige Viecher«, murrte die Wache. Dann zog er den Kopf zurück.

Sancia wartete, nach wie vor erstarrt – sie konnte die beiden unten reden hören. Dann entfernten sich ihre Stimmen langsam.

Sie stieß einen Seufzer aus. *Das ist ganz schön riskant, nur um zu einem verfluchten Frachtwagen zu gelangen.*

Sie erreichte die Schornsteinöffnung und hielt inne. Die Bretter gaben widerstandslos nach, als sie dagegen drückte. Sancia kletterte aufs Dach des Gebäudes, legte sich auf den Bauch und sah sich um.

Zu ihrer Überraschung befand sich die Karrenfahrbahn gleich vor dem Gebäude – Sancia war genau da, wo sie sein musste. Sie beobachtete, wie ein Karren den verschlammten Weg bis zum Ladedock hinabfuhr, das sie als hellen Lichtfleck auf dem dunklen Gießereigelände wahrnahm. Am Dock herrschte reges Treiben. Die Gießerei ragte über dem Ladedock auf, ein großer, beinahe fensterloser Ziegelbau, dessen sechs dicke Schornsteine Rauch in den Nachthimmel spien.

Sie robbte zum Dachrand, zog erneut den Handschuh aus und legte die bloße Hand auf die Fassade. Die Wand erblühte in ihrem Geist, jeder schiefe Stein, jeder Moosklumpen – und jeder Vorsprung oder Spalt, an dem sie beim Klettern Halt finden würde.

Sie ließ sich über den Rand des Daches hinab und begann mit dem Abstieg. Ihr Kopf pochte, ihre Hände schmerzten, und sie war völlig verdreckt. *Ich hab noch nicht einmal die erste Etappe erreicht und bin schon fast aus eigener Schuld gestorben.*

»Zwanzigtausend«, wisperte sie und setzte den Abstieg fort. »Zwanzigtausend Duvoten.« Wahrlich ein fürstlicher Lohn. Für zwanzigtausend Duvoten war Sancia bereit, eine Menge zu erdulden und viel Blut zu opfern. Sogar mehr, als sie hatte.

Die Sohlen ihrer Stiefel berührten den Boden, und sie rannte los.

Die Fahrbahn der Frachtkarren war kaum beleuchtet, das Ladedock voraus indes erstrahlte im Licht von Feuerkörben und skribierten Laternen. Selbst zu dieser Stunde wimmelte es von hin und her rennenden Arbeitern, die die aufgereihten Karren vor dem Dock entluden. Eine Handvoll Wachen sah ihnen dabei gelangweilt zu.

Sancia drückte sich an die Wand und schlich näher. Ein Rumpeln erklang, sie erstarrte, wandte den Kopf ab und presste sich noch fester an die Wand.

Ein weiterer großer Karren donnerte die Fahrbahn entlang und bespritzte sie mit grauem Schlamm. Als er vorbeigerollt war, blinzelte sie sich den Dreck aus den Augen und sah ihm nach. Der Karren schien aus eigener Kraft zu fahren: Weder zog ihn ein Pferd noch ein Esel oder irgendein anderes Tier.

Unbeeindruckt sah Sancia die Fahrbahn hinauf. *Es wäre eine Schande*, dachte sie, *wenn ich mich durch Abwasser und einen Haufen Ratten gekämpft hätte, nur um wie ein Straßenköter von einem Karren überrollt zu werden.*

Sie huschte weiter, näherte sich den Frachtkarren und besah sie sich. Einige wurden von Pferden gezogen, die meisten jedoch nicht. Sie kamen aus ganz Tevanne hierher – von den Kanälen, von anderen Gießereien oder vom Hafen. Und am meisten interessierte sich Sancia in dieser Nacht für den Hafen.

Sie duckte sich unter die Rampe des Ladedocks und schlich zu den aufgereihten Karren. Als sie sich ihnen näherte, hörte sie ihr Wispern in ihrem Geist.

Gemurmel. Geschnatter. Gedämpfte Stimmen. Nicht von den Pferdekarren – die sprachen nicht zu ihr –, nur die skribierten.

Ihr Blick fiel auf die Räder des Karrens vor ihr, und da sah sie es.

Die Innenseiten der großen Holzräder waren mit einer Art mattem, durchgehendem Text beschriftet, der aus silbrigem, glänzendem Metall zu bestehen schien – »Sigillums« oder »Sigillen«, wie Tevannes Elite diese Zeichen nannte. Aber die meisten nannten sie schlicht »Skriben«.

Zwar war Sancia nicht im Skribieren geschult, doch gehörte es in Tevanne zum Allgemeinwissen, wie skribierte Karren funktionierten: Die Befehle, die man auf die Räder schrieb, überzeugten diese davon, auf abschüssigem Gelände zu fahren, und da die Räder das wirklich glaubten, fühlten sie sich dazu verpflichtet, bergab zu rollen – selbst, wenn der Karren gar keinen Hügel hinabrumpelte, sondern über eine völlig ebene (wenn auch stark verschlammte) Fahrbahn am Kanal fuhr.

Der Fahrer saß im Inneren und bediente die Steuerung, die den Rädern Anweisungen gaben wie »Oh, wir sind jetzt auf einem steilen Hügel, dreht euch besser schneller« oder »Moment, nein, der Hügel flacht ab, lasst uns das Tempo drosseln« oder »Hier sind keine Hügel mehr, also haltet einfach an«. Und die Räder, völlig im Bann der Skriben, gehorchten freudig, wodurch man weder Pferde, Esel, Ziegen noch irgendwelche anderen stumpfsinnigen Kreaturen benötigte, die die Menschen durch die Gegend schleppten.

So funktionierten Skriben: Sie waren Anweisungen, die man auf geistlose Objekte schrieb, um sie dazu zu bringen, der Realität auf bestimmte Weise nicht länger zu gehorchen.

Sancia hatte Geschichten darüber gehört, dass man die Räder der ersten skribierten Karren nicht ordentlich kalibriert hatte. In einer dieser Geschichten hatten die Vorderräder gedacht, es würde in ihrer Richtung bergab gehen, während die Hinterräder glaubten, dies wäre in ihrer Richtung der Fall, wodurch der Karren zerborsten war. Andere Räder hatten ihre Karren in phänomenalem Tempo durch die Straßen Tevannes rollen lassen, was für jede Menge Chaos, Zerstörung und sogar Tote gesorgt hatte.

Und das bedeutete, dass es – obwohl skribierte Karrenräder eine sehr fortschrittliche Erfindung waren – nicht die klügste Idee war, seinen Abend in ihrer Nähe zu verbringen.

Sancia kroch zu einem Rad. Sie erschauderte, als die Skriben immer lauter in ihren Ohren wisperten. Das war womöglich ihr seltsamstes Talent – sie hatte noch nie jemanden getroffen, der Skriben *hören* konnte –, aber es war erträglich.

Sie ignorierte die Stimmen, schob ihren rechten Zeige- und Mittelfinger durch die Schlitze im Handschuh, hielt die Fingerspitzen in die feuchte Luft, dann berührte sie das Karrenrad mit den Fingern und fragte es, was es wusste.

Und ähnlich wie die Mauer in der Gasse antwortete das Rad. Es erzählte ihr von Asche, Stein, Flammen, Funken und Eisen.

Das ist der falsche, dachte Sancia. Der Karren kam vermutlich von einer Gießerei, und an Gießereien war sie heute nicht interessiert.

Sie spähte hinter dem Karren hervor, vergewisserte sich, dass die Wachen sie nicht gesehen hatten, und huschte die Reihe entlang zum nächsten Vehikel.

Sie berührte auch dort ein Karrenrad mit den Fingerspitzen und fragte es, was es wusste.

Das Rad sprach von weichem Lehmboden, vom sauren Geruch nach Mist und vom Duft gemähter Pflanzen.

Ein Bauernhof, vielleicht. *Nein, dieser Karren ist es auch nicht.*

Sie huschte zum nächsten Fahrzeug – diesmal zu einem guten alten Pferdekarren –, berührte ein Rad und fragte es, was es wusste.

Das Rad erzählte von Asche, Feuer, Hitze und den zischenden Funken schmelzenden Erzes.

Der hier kommt von einer anderen Gießerei, dachte sie. *Hoffentlich hat sich Sarks Informant nicht geirrt. Denn wenn alle Karren hier von Gießereien oder Bauernhöfen kommen, ist der ganze Plan schon jetzt zum Scheitern verurteilt.*

Das Pferd schnaubte missbilligend, als Sancia zum nächsten Karren schlich. Sie war nun am vorletzten in der Reihe angekommen, daher gingen ihr allmählich die Optionen aus.

Sie streckte die Hand aus, berührte eins der Räder und fragte es, was es wusste.

Dieses Rad erzählte von Kies, Salz, Seetang, dem Duft der Ozeangischt und nassen Holzspanten, die über den Wellen schaukelten …

Sancia nickte erleichtert. *Das ist er.*

Sie griff in eine Tasche und zog ein seltsam aussehendes Objekt heraus: ein kleines Bronzeblech mit vielen Skriben. Dann holte sie auch ein Töpfchen mit Teer hervor, bestrich die Rückseite des Blechs damit und klebte es an die Unterseite des Karrens.

Sie hielt inne und dachte daran, was ihr Schwarzmarktkontakt ihr gesagt hatte. »Kleb das Leitblech an das Objekt, das du verfolgen willst, und sieh zu, dass es gut hält. Du willst nicht, dass es abfällt.«

»Aber ... was passiert, wenn es auf der Straße oder woanders abfällt?«, hatte Sancia gefragt.

»Tja, dann stirbst du. Wahrscheinlich ziemlich grausam.«

Sancia drückte das Blech noch fester an. *Bring mich nicht um, verrogelt noch mal,* dachte sie und funkelte das Blech finster an. *Dieser Auftrag ist ohnehin gefährlich genug.*

Dann huschte sie zwischen den anderen Karren hindurch, zurück zur Fahrbahn und den Höfen der Gießerei.

Diesmal war sie vorsichtiger und hielt sich penibel auf der windabgewandten Seite der Wachen. Rasch erreichte sie den Abwassertunnel. Jetzt müsste sie nur noch durchs stinkende Wasser zurückstapfen und zum Hafen.

Dorthin würde auch der Karren fahren, den sie manipuliert hatte. Seine Räder hatten von der Meeresgischt, von Kies und salziger Luft gesprochen – Dinge, die ein Karren nur vom Hafen kennen konnte. Hoffentlich würde er ihr auf das streng bewachte Gelände helfen.

Denn irgendwo im Hafen gab es einen Tresor. Und ein unvorstellbar reicher Kunde hatte Sancia damit beauftragt, einen bestimmten Gegenstand daraus zu stehlen, für eine undenkbar hohe Geldsumme.

Sancia verdingte sich gern als Diebin. Sie war gut darin. Doch nach dem heutigen Abend würde sie vielleicht nie wieder stehlen müssen.

»Zwanzigtausend«, murmelte sie. »Zwanzigtausend. Zwanzigtausend herrliche, herrliche Duvoten.«

Sie ließ sich in das Kanalrohr hinab.

Kapitel 2

Im Grunde begriff Sancia ihre Talente nicht. Sie wusste nicht, wie sie funktionierten, wo ihre Grenzen lagen oder ob sie sich immer auf sie verlassen konnte. Sie wusste allein, was sie bewirkten und wie sie sie nutzen konnte.

Berührte sie ein Objekt mit bloßer Hand, *verstand* sie es. Sie begriff seine Natur, Beschaffenheit und Form. War das Objekt in letzter Zeit irgendwo gewesen oder hatte es etwas berührt, konnte sich Sancia daran erinnern, als hätte sie es selbst erlebt. Und wenn sie ein skribiertes Objekt berührte oder sich ihm nur näherte, hörte sie dessen Wispern in ihrem Kopf.

Das bedeutete nicht, dass sie die *Bedeutung* der Skriben erfasste. Sie hörte nur ihr Säuseln.

Sancias Talente ließen sich vielfältig einsetzen. Bei jeder flüchtigen Berührung eines Gegenstandes strömten dessen jüngste Empfindungen in sie hinein. Eine längere Berührung vermittelte ihr ein körperliches Gespür für das jeweilige Objekt - wo man es greifen konnte, wo es schwach, weich, hohl war oder was es enthielt. Und wenn sie etwas lange genug berührte – was äußerst schmerzhaft für sie war –, erlangte sie dabei ein fast perfektes Bild von der räumlichen Dimension: Berührte sie etwa die Steinfliese eines Raums, spürte sie irgendwann alle Böden im Gebäude, alle Wände, das Dach und alles, was damit verbunden war. Vorausgesetzt, sie übergab sich nicht vor Schmerz.

Denn ihre Fähigkeiten hatten auch Schattenseiten. Sancia hielt ihre Haut größtenteils bedeckt. Denn es war beispielsweise recht knifflig, mit einer Gabel zu essen, deren Empfindungen einem den Verstand überfluteten.

Doch ihre Talente brachten natürlich auch unglaubliche Vorteile mit sich. Etwa, wenn man auf einem Gelände Wertobjekte stehlen wollte. Sancia war enorm begabt darin, Wände hochzuklettern, sich in finsteren Gassen zu orientieren und Schlösser zu knacken – denn das Schlossknacken ist leicht, wenn das Schloss selbst einem sagt, wie man es knacken muss.

Über eine Sache aber dachte sie nur äußerst ungern nach: woher ihre Talente stammten. Denn Sancia hatte ihre Talente am selben Ort erhalten wie auch die scheußliche weiße Narbe, die über ihre rechte Kopfseite verlief, die Narbe, die stets wie Feuer brannte, wenn sie ihre Talente überstrapazierte.

Sancia mochte ihre Talente nicht besonders. Sie waren ebenso einschränkend und strapaziös wie mächtig. Doch halfen sie ihr, am Leben zu bleiben. Und in dieser Nacht würden sie Sancia hoffentlich reich machen.

Die nächste Etappe war der Fernezzi-Komplex, ein neunstöckiges Gebäude auf der anderen Seite des Hafens von Tevanne. Es war ein Altbau, errichtet für Zollbeamte und Makler, die darin ihre Finanzen verwaltet hatten, ehe die Handelshäuser fast den gesamten Handel in Tevanne übernommen hatten. Das Alter des Bauwerks und seine kunstvoll verzierte Fassade kamen Sancia zupass, denn daran fand sie an vielen Stellen sicheren Halt beim Klettern.

Das heißt schon was, dachte sie, während sie ächzend die Wand erklomm, *dass der leichteste Teil des Auftrags darin besteht, auf das verdammte Gebäude zu klettern.*

Schließlich erreichte sie das Dach. Sie hielt sich am Granitsims fest, zog sich hinauf, lief zur Westseite und blickte hinab, vor Erschöpfung keuchend.

Vor ihr lag eine breite Bucht, über die eine Brücke führte, und auf der anderen Seite befand sich der Hafen von Tevanne. Große Frachtkarren rollten über die Brücke, ihre Karossen bebten auf den nassen Pflastersteinen. Fast alle gehörten der Handelskammer und transportierten Güter zwischen den Gießereien hin und her.

Einer davon musste derjenige sein, an dem Sancia das Leitblech befestigt hatte. *Hoffe ich jedenfalls, verrogelt noch mal,* dachte sie. *Ansonsten habe ich meinen Hintern völlig grundlos durch einen Fluss aus Scheiße und ein Gebäude hoch geschleppt.*

Seit eh und je war der Hafen so gefährlich wie jeder andere Bezirk Tevannes, den die Handelshäuser nicht direkt kontrollierten, und die Korruption war hier unfassbar schamlos. Vor einigen Monaten hatten die Häuser einen Helden der Aufklärungskriege angeheuert, und der hatte alle Gauner vertrieben, professionelle Wachen eingestellt und am ganzen Ufer Sicherheitsposten eingerichtet. Dazu gehörten auch skribierte Sicherheitsmauern wie die der Handelshäuser, die niemanden ohne die richtigen Ausweise durchließen.

Von einem Tag auf den anderen war es schwer geworden, am Hafen etwas Illegales zu tun. Was für Sancia unangenehm war. Um ihren Auftrag zu erfüllen, musste sie daher einen anderen Weg in den Hafen finden.

Sie kniete nieder, knöpfte eine Brusttasche auf und nahm ihr wahrscheinlich wichtigstes Hilfsmittel der Nacht heraus. Es sah aus wie ein Stoffbündel, doch als sie es auseinanderfaltete, nahm es in etwa die Form einer Schale an.

Sie betrachtete den kleinen schwarzen Segelgleiter, der nun vor ihr auf dem Dach lag.

»Das Ding wird mich umbringen«, murmelte sie.

Sie nahm das letzte fehlende Stück des Segelgleiters, eine ausziehbare Stahlstange. An beiden Enden war je eine kleine skribierte Scheibe befestigt – Sancia hörte ihr Säuseln und Wispern im Kopf. Wie bei allen skribierten Instrumenten verstand die Diebin nicht, was sie sagten, doch ihre Schwarzmarktkontakte hatten ihr genau erklärt, wie der Gleiter zu handhaben war.

»Das ist ein zweiteiliges System«, hatte Claudia gesagt. »Du steckst das Leitblech an das Ding, zu dem du willst. Das Blech sagt dann den Scheiben an der Stange: ›He, ich weiß, ihr glaubt, ihr seid unabhängig, aber in Wahrheit gehört ihr zu mir, und ich bin an diesem Ding hier befestigt. Also müsst ihr herkommen und euch mit mir vereinen, schnell.‹ Und die Scheiben sagen: ›Echt? Oje, was machen wir so weit von dir entfernt? Wir müssen uns sofort mit dir vereinen!‹ Und wenn du den Schalter umlegst, machen sie das auch. Und das sehr, sehr schnell.«

Sancia war halbwegs vertraut mit dieser Skribier-Technik. Sie glich dem Verfahren, mit der die Handelshäuser Ziegelsteine und andere Baumaterialien miteinander verbanden: Sie überzeugten sie davon, dass sie alle Teil eines einzigen Objekts waren. Allerdings nutzte niemand diese Methode, um größere Distanzen zu überwinden, denn das hielt man nicht für sicher; da gab es weit zuverlässigere Möglichkeiten der Fortbewegung.

Doch waren die teuer. Zu teuer für Sancia.

»Und der Segelgleiter verhindert, dass ich abstürze?«, hatte Sancia gefragt, als Claudia ihre Erklärung beendet hatte.

»O nein«, hatte die geantwortet. »Der Segelgleiter verlangsamt den Sturz. Wie ich sagte, dieses Ding wird wirklich sehr, sehr schnell. Deshalb musst du dich in großer Höhe befinden, wenn du ihn einschaltest. Sorg einfach dafür, dass das Leitblech am richtigen Zielobjekt angebracht ist und dir nichts den Weg versperrt. Probier zuerst die Testmünze aus. Wenn alles stimmt, schalte die Stange an, und los geht's.«

Sancia griff in eine andere Tasche und nahm ein kleines Glasgefäß heraus. Darin lag eine Bronzemünze, mit Sigillen skribiert, die denen auf der Stange des Segelgleiters glichen.

Sie beäugte die Münze. Sie haftete fest an der Glasseite, die dem Hafen zugewandt war. Sancia drehte das Gefäß, und als wäre das Kupferstück magnetisiert, flitzte es durchs Glas und blieb mit vernehmlichem *Tink* auf der anderen Seite, die dem Hafen nähere, haften.

Wenn das Leitblech am Karren die Münze anzieht, dachte Sancia, *heißt dies, dass der Karren im Hafen ist. Also alles gut.*
Sie hielt inne. *Wahrscheinlich. Vielleicht.*
Sie zauderte eine ganze Weile. »Scheiße.«
Sancia hasste solche Situationen, doch dann steckte sie das Glas ein und führte die Stange in das spitze Ende des Segelgleiters.

Denk einfach daran, was Sark gesagt hat, dachte sie. *Denk einfach an die Summe – zwanzigtausend Duvoten.*
Genug Geld, um ihre Heilung zu bezahlen. Um wieder normal zu werden.
Sancia betätigte den Schalter an der Stange und sprang vom Dach.

Sofort sauste sie in einer Geschwindigkeit über die Bucht hinweg, die sie nie für möglich gehalten hätte, gezogen von der Stahlstange, die, soweit sie es begriff, sich unbedingt mit dem Karren unten am Hafen vereinen wollte. Sie hörte, wie der Stoff des Segelgleiters hinter ihr in der Luft peitschte und sich schließlich öffnete, was sie ein wenig abbremste – anfangs kaum, dann ein wenig mehr und noch ein wenig mehr.

Ihre Augen tränten, und sie biss die Zähne zusammen. Den nächtlichen Anblick Tevannes nahm sie nur verschwommen wahr. Sie sah das Wasser in der Bucht glitzern, den Wald aus Schiffsmasten im Hafen, die zitternden Dächer der Karren, die zum Hafen fuhren, und den Rauch der Gießereien, die sich um den Schiffskanal scharten.

Konzentrier dich, dachte sie. *Konzentrier dich, du Idiot.*
Dann ... schlingerte alles.
Ihr wurde flau im Magen. Etwas stimmte nicht.
Sie blickte hinter sich und sah einen Riss im Segeltuch.

Scheiße.
Entsetzt beobachtete sie, wie sich der Riss vergrößerte.
Scheiße. Doppelscheiße!
Erneut geriet der Gleiter ins Schlingern, so sehr, dass Sancia kaum mitbekam, wie sie die Hafenmauern überquerte. Der Gleiter erhöhte das Tempo, wurde schneller und schneller.
Ich muss mich von diesem Ding lösen. Jetzt. Jetzt!
Sie segelte über aufgestapelte Frachtkisten, von denen einige ziemlich hoch emporragten. Hoch genug, dass sie sich darauf fallen lassen und abfedern könnte. Vielleicht.
Sie blinzelte die Tränen aus den Augen, konzentrierte sich auf einen hohen Kistenstapel, richtete den Segelgleiter aus und …
… legte den Hebel an der Stange um.
Sogleich verlor sie an Schwung. Sie flog nicht länger, sondern sank den Kisten entgegen, die sich knapp sieben Schritt unter ihr befanden. Der schlingernde Segelgleiter bremste sie etwas ab, war aber noch unangenehm schnell.
Die Kisten rasten ihr entgegen.
Ach, zur Hölle!
Sie prallte so heftig gegen die Kante einer Holzkiste, dass ihr der Atem wegblieb, dennoch reagierte sie geistesgegenwärtig genug, um sich daran festklammern zu können. Der Gleitschirm, den Sancia losgelassen hatte, wurde von einer Brise weggetrieben.
Sancia hing schwer atmend seitlich an der Kiste. Sie hatte ähnliche Situationen geübt, etwa von einem Dach zu springen und nach der Dachkante eines niedrigeren Gebäudes zu greifen, um ihren Sturz abzufangen und sich festzuhalten, doch hatte sie diese Fertigkeiten bislang kaum einsetzen müssen.
Irgendwo rechts von ihr fiel die Segelstange mit lautem Klirren zu Boden.
Sie erstarrte, blieb an der Kiste hängen und lauschte einen Moment darauf, ob jemand Alarm schlug.
Nichts. Stille.

Der Hafen war groß. Hier achtete man nicht unbedingt auf jedes Geräusch.

Hoffentlich.

Sancia löste die linke Hand von der Kiste, hielt sich nur noch mit der rechten fest und zog sich den Handschuh mit den Zähnen aus. Dann berührte sie mit der bloßen Hand das Holz und lauschte.

Die Kiste erzählte ihr von Wasser, Regen, Öl, Stroh und den stechenden Schmerzen, die winzige Nägel verursacht hatten ...

Und wie man an ihr hinabklettern konnte.

Die zweite Etappe – zum Hafen zu gelangen – war anders verlaufen als geplant.

Jetzt zur dritten Etappe, dachte sie müde und kletterte hinab. *Wollen mal sehen, ob ich wenigstens die nicht vermassle.*

Als Sancia am Boden ankam, war sie zunächst zu nichts anderem imstande, als zu schnaufen und sich die geprellte Seite zu reiben.

Ich hab's geschafft. Ich bin drin. Ich bin da.

Sie spähte zwischen den Frachtkisten hindurch zum Gebäude am Ende des Hafens. Es war das Hauptquartier der Wasserwacht, der Polizeibehörde des Hafens.

Tja, ich bin fast *da.*

Sie streifte sich auch den zweiten Handschuh ab, stopfte beide in die Taschen und berührte die Pflastersteine zu ihren Füßen. Sie schloss die Augen und lauschte dem Stein.

Das fiel Sancia alles andere als leicht: Der Boden ringsum erstreckte sich über das ganze Gelände, daher musste sie auf vieles gleichzeitig lauschen. Dennoch gelang es ihr. Sie ließ die Steine in ihren Geist, nahm die Vibrationen und die Erschütterungen von Leuten wahr, die ...

Gingen. Standen. Rannten. Mit den Füßen scharrten. Sancia spürte sie so intensiv wie Finger, die einem über den nackten Rücken streichen.

Neun Wächter in der Nähe, dachte sie. *Schwere Kerle, groß. Zwei auf ihren Posten, sieben auf Patrouille.* Im Hafen waren zweifellos noch viel mehr unterwegs, doch konnte Sancia mithilfe der Steine nur begrenzt weit sehen.

Sie merkte sich die Positionen der Wächter, wohin sie gingen, ihr Tempo. Bei denjenigen, die ihr besonders nah waren, spürte sie sogar deren Absätze auf dem Stein, daher wusste sie, in welche Richtung sie unterwegs waren.

Die Narbe an ihrem Kopf erwärmte sich schmerzhaft. Sancia zuckte zusammen und nahm die Hände vom Boden, doch die Erinnerung an die Wächter blieb. Das ermöglichte ihr, sich auf dem Gelände zu orientieren, als liefe sie im Dunkeln durch einen vertrauten Raum.

Sancia atmete tief ein, löste sich aus den Schatten und lief los. Sie huschte zwischen Kisten, glitt unter Karren hindurch und hielt nur dann inne, wenn eine Patrouille vorbeikam. Die Kisten zeigten zumeist die Kennzeichnung von Plantagen weit draußen im Durazzomeer, und Sancia kannte diese Orte nur zu gut. Sie wusste, diese Güter – Hanf, Zucker, Teer, Kaffee – wurden nicht von Leuten geerntet, die ihre Arbeitskraft auch nur ansatzweise freiwillig zur Verfügung stellten.

Bastarde, dachte sie, während sie durch die Lücken zwischen den Kisten schlich. *Ein Haufen elender, verrogelter Bastarde.*

An einer Frachtkiste hielt sie inne. Im Dunkeln konnte sie nicht lesen, was darauf geschrieben stand, doch als sie eins der Bretter, aus denen sie gefertigt war, mit bloßem Finger berührte und aufmerksam lauschte, sah sie, was die Kiste enthielt …

Papier. Jede Menge davon. Unbeschriebenes, schlichtes Papier. Genau das Richtige für ihr Vorhaben.

Zeit für meinen Fluchtplan, dachte sie.

Sancia streifte die Handschuhe über, schnürte eine Tasche an ihrem Oberschenkel auf und holte das letzte skribierte Werkzeug heraus, das sie heute Nacht benutzen würde: ein kleines Holzkästchen. Es hatte sie mehr gekostet, als sie je für einen

Auftrag ausgegeben hatte, doch ohne dieses Instrument wäre ihr Leben in dieser Nacht keinen Pfifferling wert gewesen.

Sie platzierte das Kästchen auf der Kiste. *Das sollte funktionieren.* Sie hoffte es. Ansonsten würde ihre Flucht vom Hafengelände um ein Vielfaches schwerer werden.

Sie griff wieder in die Tasche und zog ein schlichtes Garnknäuel hervor, auf das eine dicke Bleikugel aufgefädelt war. In der Mitte der Kugel befanden sich in perfekter Anordnung winzige Sigillen, und als Sancia sie berührte, vernahm sie ein sanftes Wispern.

Die Diebin sah von der Bleikugel zum Kästchen auf der Frachtkiste. *Dieses verrogelte Kästchen sollte besser funktionieren.*

Sie steckte die Bleikugel in die Tasche zurück. *Ansonsten bin ich hier gefangen wie ein Fisch im Topf.*

Sancia sprang über den niedrigen Zaun, der das Hauptquartier der Wasserwacht umgab, und rannte zur Gebäudewand. Sie schlich zur Ecke und riskierte einen Blick. Niemand zu sehen. Nur ein großer, dicker Türrahmen, der etwa zehn, zwölf Zentimeter aus der Wand ragte – mehr als genug, um Sancia Halt zu bieten.

Sie sprang hoch und packte den Balken des Türsturzes, zog sich hinauf, hielt inne, um ihr Gleichgewicht wiederzufinden, und setzte den rechten Fuß auf den Balken. Sie zog sich ganz hoch, bis sie auf dem Türrahmen stand.

Rechts und links von ihr befanden sich zwei alte Fenster mit ölig-gelben Glasscheiben. Sancia zückte ihr Stilett, schob die Klinge in den Spalt eines Fensters, öffnete den Riegelhaken und stieß das Fenster auf. Nachdem sie das Stilett wieder weggesteckt hatte, richtete sie sich auf und blickte in den Raum.

Darin standen viele Regalreihen, mit lauter Pergamentschachteln gefüllt. Vermutlich irgendwelche Unterlagen. Wie es sich zu nachtschlafender Zeit gehörte, war niemand im Raum –

mittlerweile war es eine Stunde nach der Tageswende –, doch im Erdgeschoss brannte Licht. Womöglich eine Kerzenflamme.

Die Tresore befinden sich unten, dachte Sancia. *Und die dürften selbst um diese Zeit nicht unbewacht sein.*

Sie kletterte durchs Fenster und schloss es dann, ging in die Hocke und lauschte.

Ein Husten, gefolgt von einem Schniefen.

Sie schlich zwischen den Regalen hindurch, bis sie an das Geländer der Galerie im ersten Stock gelangte, von wo aus sie ins Erdgeschoss spähte.

Ein einzelner Wachmann der Wasserwacht, betagt und mollig, saß bei der Vordertür an einem Tisch und füllte Formulare aus, eine brennende Kerze vor sich. Er trug einen leicht schiefen Schnauzer und eine zerknitterte blaue Uniform. Doch was Sancia wirklich interessierte, befand sich hinter ihm: eine Reihe großer Eisentresore, fast ein Dutzend, und wie sie wusste, lag in einem davon das Objekt, dessentwegen sie hier war.

Aber was mach ich mit meinem Freund da unten?

Sie seufzte, als sie begriff, dass sie nur eine Möglichkeit hatte. Sie nahm das Bambusrohr hervor und schob einen Dolorspina-Pfeil hinein. *Schon wieder neunzig Duvoten, die mich dieser Auftrag kostet,* dachte sie. Sie schätzte die Entfernung zwischen sich und dem Wächter ein, der vor sich hin murmelte und das Blatt vor sich bekritzelte.

Sancia führte das Rohr an die Lippen, zielte sorgsam, atmete durch die Nase ein und …

Ehe sie schießen konnte, flog die Tür zum Hauptquartier auf, und ein großer, vernarbter Offizier der Wasserwacht trat ein. Er hielt etwas Nasses, Tropfendes in der Hand.

Sancia senkte das Blasrohr. *Tja. Scheiße.*

Der Wachmann war groß, breit und muskulös. Seine dunkle Haut, die dunklen Augen und der dichte schwarze Bart verrieten, dass er ein gebürtiger Tevanner war. Das Haar trug er kurz geschoren, und sein Auftreten und seine Ausstrahlung ließen in ihm ganz und gar den Soldaten erkennen, jemanden, der es gewohnt war, dass man seinen Befehlen prompt Folge leistete.

Er wandte sich dem Mann am Schreibtisch zu, der offenbar ebenso überrascht über sein Erscheinen war wie Sancia.

»Hauptmann Dandolo!«, sagte der Mann am Schreibtisch. »Ich dachte, Ihr wärt heute draußen bei den Piers.«

Sancia kannte den Namen: Das Haus Dandolo gehörte zu den vier großen Handelshäusern, und man sagte dem neuen Hauptmann der Wasserwacht Verbindungen zur Elite nach.

Ach, das ist also der Streifer, der sich vorgenommen hat, den Hafen zu reformieren. Sie zog sich gerade weit genug zwischen die Regale zurück, dass sie noch ins Erdgeschoss blicken konnte.

»Stimmt etwas nicht, Hauptmann?«, fragte der mollige Wachmann.

»Einer der Jungs hat ein Geräusch bei den Frachtkisten gehört und das hier gefunden.« Hauptmann Dandolo sprach schrecklich laut, als wollte er den ganzen Raum mit dem erfüllen, was er zu sagen hatte. Er hob etwas Nasses, Zerfetztes hoch – und Sancia erkannte darin augenblicklich die Überreste ihres Gleiters.

Sie verzog das Gesicht. *Noch mal Scheiße.*

»Ist das ein … Winddrachen?«, fragte der Mollige.

»Nein«, erwiderte Dandolo. »Das ist ein Segelgleiter; so etwas setzen die Handelshäuser zu Spionagezwecken ein. Ein ungewöhnlich minderwertiges Exemplar, aber offenbar ein Gleiter.«

»Alarmiert man uns denn nicht, sobald jemand die Mauer überwindet?«

»Nicht, wenn dieser Jemand sie hoch genug überfliegt, sodass er nicht bemerkt wird.«

»Ah. Und Ihr glaubt …« Der Mollige blickte über die Schulter zu der Tresorreihe.

»Ich lasse die Jungs momentan das Frachtlager durchkämmen«, sagte Dandolo. »Wenn jemand irre genug ist, mit so einem Ding in den Hafen zu fliegen, ist er vielleicht auch verrückt genug, sich an den Tresoren vergreifen zu wollen.« Er sog zischend die Luft ein. »Halt die Augen offen, Prizzo, aber bleib auf deinem Posten. Ich schaue mich um. Nur zur Sicherheit.«

»Jawohl, Hauptmann.«

Mit wachsendem Schrecken hörte Sancia, wie Dandolo die Stufen emporstieg. Das Holz knarrte unter seinem beträchtlichen Gewicht.

Scheiße! Scheiße!

Sie erwog ihre Möglichkeiten. Sie könnte zum Fenster zurück, es öffnen, sich hinausgleiten lassen und auf dem Türrahmen stehend warten, bis Dandolo den Raum verlassen hatte. Doch das barg eine Menge Risiken. Der Mann könnte sie erblicken oder hören.

Sie konnte mit einem Dolorspina-Pfeil auf Dandolo schießen. Dann würde er aber wahrscheinlich die Treppe hinunterpoltern, und der Mollige würde Alarm schlagen. Als sie überlegte, ob sie schnell genug nachladen konnte, um auch ihn rechtzeitig zu erwischen, fand sie diesen Plan nicht besser als den ersten.

Dann kam ihr eine dritte Idee.

Sie griff in die Tasche und zog das Garnknäuel mit der skribierten Bleikugel hervor.

Eigentlich hatte sie sich diesen Trick als letzte Ablenkung aufsparen wollen, während sie vom Gelände floh. Allerdings musste sie der aktuellen Lage *sofort* entkommen.

Sie steckte das Blasrohr ein, packte beide Enden des Garnknäuels und blickte zum Hauptmann, der nach wie vor die Stufen erklomm.

Du Arschloch verrogelst mir alles, dachte sie.

Mit einer raschen Bewegung zog sie das Garn straff.

Sancia begriff nur vage, wie der Skriben-Mechanismus funktionierte: Das Loch in der Bleikugel, durch das das Garn verlief, war innen mit Sandpapier beklebt und das Garn mit Feuerpottasche behandelt. Zog man es durch das Sandpapier, entzündete es sich. Nur ein mattes Glühen, aber das genügte.

Denn die skribierte Kugel war mit einer *zweiten* Bleikugel gekoppelt, die in dem kleinen Kästchen im Lager lag, auf der Frachtkiste mit Papier. Beide Kugeln waren dahingehend manipuliert, dass sie sich für ein und dieselbe Kugel hielten – wenn daher der einen etwas widerfuhr, dann auch der anderen. Tauchte man die eine in kaltes Wasser, würde sich auch die andere rasch abkühlen. Zerschlug man die eine, zersprang auch die zweite.

Wenn Sancia also das Garn straffte und das Innere der Kugel entzündete, wurde die zweite Kugel im Frachtlager im selben Moment ebenfalls heiß.

Nur, dass die zweite von wesentlich mehr Feuerpottasche umgeben war – und das Kästchen, das sie barg, war randvoll mit Blitzpulver gefüllt.

Als Sancia das Garn durch die Bleikugel zog, hörte sie ein mattes *Bumm* weit draußen im Frachtlager.

Verwirrt hielt der Hauptmann auf der Treppe inne. »Was zur Hölle war das?«

»Hauptmann?«, rief der Mollige von unten. »*Hauptmann!*«

Dandolo wandte sich um und rief: »Was war das, Feldwebel?«

»Ich weiß nicht, Hauptmann, aber, aber ... da ist Rauch.«

Sancia wandte sich dem Fenster zu und sah, dass das skribierte Instrument gut funktioniert hatte. Eine dicke Säule weißen Rauchs stieg über dem Frachtlager auf, und Flammen verbreiteten ein fröhliches Flackern.

»Feuer!«, schrie der Hauptmann. »Scheiße! Komm mit, Prizzo!«

Zufrieden sah Sancia zu, wie die beiden zur Tür hinausrannten. Dann eilte sie zu den Tresoren hinab.

Hoffentlich brennt es eine Weile, dachte sie. *Sonst knacke ich den Tresor, schnappe mir die Beute und hab dann keine Tricks mehr übrig, um vom Gelände zu fliehen.*

Sancia musterte die aufgereihten Tresore. Sie erinnerte sich an Sarks Anweisungen: *Es ist Tresor 23D. Ein kleines Holzkästchen. Die Kombination aller Tresore wird täglich geändert – Dandolo ist ein gerissener Bastard –, aber das sollte für dich kein Problem sein, oder, Mädchen?*

Normalerweise nicht, aber nun arbeitete sie unter einem deutlich strafferen Zeitplan als gedacht.

Sie näherte sich 23D und zog die Handschuhe aus. In diesen Panzerschränken verstauten Passagiere ihre Wertsachen bei der Wasserwacht, vor allem jene, die keinem der Handelshäuser nahestanden. Gehörte man zu einem Handelshaus, lagerte man normalerweise dort seine Wertsachen, denn die Häuser fertigten sämtliche skribierten Gegenstände an und hatten daher weit höhere Sicherheits- und Schutzmaßnahmen zu bieten als lediglich ein paar Tresore mit Kombinationsschlössern.

Sancia legte die bloße Hand auf 23D. Sie drückte die Stirn gegen das Eisen, nahm das Drehrad in die andere Hand und schloss die Augen.

Der Panzerschrank erwachte in ihrem Geist zum Leben, erzählte ihr von Eisen, Dunkelheit und Öl, dem Klicken seiner vielen Zahnräder und dem Klacken seiner enorm komplexen Mechanismen.

Langsam drehte sie das Kombinationsrad und spürte gleich, auf welche Position es wollte. Sie drehte es langsam weiter, und ...

Klick. Ein Funktionsriegel rastete ein.

Sancia atmete tief ein und drehte das Rad in die entgegengesetzte Richtung. Sie spürte, wie die Mechanismen in der Tür klickten und klackten.

Draußen im Frachtlager erklang das nächste *Bumm*.

Sancia öffnete die Augen. Sie war sich ziemlich sicher, dass sie für den Knall nicht verantwortlich war.

Sie schaute zur Westseite des Büros und sah das Licht gieriger Flammen in den trüben Fensterscheiben tanzen. Etwas musste dort draußen Feuer gefangen haben, etwas *weit* Entzündlicheres als die Kiste voller Papier, die sie hatte abfackeln wollen.

Sie hörte Rufe und Geschrei draußen auf dem Hof. *Ach, zur Hölle,* dachte sie. *Ich muss mich beeilen, ehe der ganze Hafen niederbrennt!*

Erneut schloss sie die Augen und drehte das Kombinationsrad. Sie spürte, wie es einrastete. Die Narbe an ihrem Kopf brannte heiß, schmerzte wie ein Nadelstich ins Gehirn. *Ich überanstrenge mich. Ich überschreite meine Grenzen ...*

Klick.

Zischend sog sie die Luft ein.

Noch mehr Geschrei auf dem Gelände. Ein weiteres, fernes *Bumm.*

Sie konzentrierte sich. Lauschte dem Tresor, ließ ihn in sich strömen, fühlte die freudige Erregung des Mechanismus, der mit angehaltenem Atem auf die letzte Drehung wartete.

Klick.

Sie öffnete die Augen und drehte den Griff. Der Panzerschrank öffnete sich mit leisem *Klunk.* Sie zog die Tür auf.

Der Tresor war mit Briefen, Schriftrollen, Umschlägen und dergleichen gefüllt. Doch weiter hinten lag Sancias Beute: ein Holzkästchen, ungefähr achtzehn Zentimeter lang und zehn Zentimeter tief. Ein schlichtes, dummes Kästchen, nahezu völlig unscheinbar – und doch war dieses Ding mehr wert als all die Kostbarkeiten, die Sancia in ihrem ganzen Leben gestohlen hatte.

Sie nahm das Kästchen mit bloßen Fingern heraus. Dann hielt sie inne.

Im Laufe des Abends hatte sie ihre Fähigkeiten sehr strapaziert; sie spürte zwar, dass das Kästchen etwas Seltsames an sich hatte, jedoch konnte sie es zunächst nicht benennen. Ein verschwommenes Bild schoss ihr durch den Kopf: Sie sah Wände aus Kiefernholz, die sich hinter weiteren Wänden befanden. Es war, als wollte sie während eines Gewitters ein Gemälde im Dunkeln betrachten.

Allerdings maß sie der Sache keine Bedeutung bei. Schließlich sollte sie das Kästchen nur stehlen, was es enthielt, konnte ihr egal sein.

Sie verstaute es in der Brusttasche. Dann schloss sie den Tresor, verriegelte ihn wieder und lief zur Tür hinaus.

Vor dem Hauptquartier der Wasserwacht sah sie, dass das Feuer inzwischen zu einer echten Feuersbrunst angewachsen war. Offenbar hatte sie das gesamte Frachtlager in Brand gesteckt. Mitglieder der Wasserwacht rannten umher und versuchten, das Inferno einzudämmen – und dies bedeutete, dass Sancia vermutlich jeden beliebigen Ausgang auf dem Gelände nutzen konnte.

Sie wandte sich um und rannte los. *Wenn herauskommt, dass ich das war, komme ich ganz sicher an die Harfe.*

Sie schaffte es zum Ostausgang des Hafengeländes, verlangsamte ihr Tempo, versteckte sich hinter einem Kistenstapel und vergewisserte sich, dass ihre Vermutung stimmte – alle Wachleute kümmerten sich ums Feuer, daher war der Ausgang unbewacht.

Sie rannte hindurch. Ihr Kopf tat weh, ihr Herz pochte, und ihre Narbe schmerzte entsetzlich.

Als sie durchs Tor lief, blickte sie kurz zum Feuer zurück. Ein Fünftel des Westgeländes stand lichterloh in Flammen, und eine unvorstellbar dichte Säule schwarzen Rauchs erhob sich zum Himmel und verdunkelte den Mond.

Sancia drehte sich um und rannte los.

Kapitel 3

Ein Viertel des Weges vom Hafen entfernt huschte Sancia in eine Gasse und wechselte die Kleidung. Sie wischte sich den Schlamm aus dem Gesicht, rollte ihre schmutzige Diebeskluft zusammen, schlüpfte in ein Kapuzenwams und zog Handschuhe und Strümpfe an.

Sie stand in der Gasse und schloss die Augen, fuhr zusammen, als das Gefühl von Schlamm und Rauch, Erde und dunkler Wolle aus ihren Gedanken wich und durch die Empfindung hellen, spröden Hanfstoffs ersetzt wurde. Ihr war, als hüpfe sie aus einem angenehm warmen Bad in einen eiskalten See, und es dauerte eine Weile, bis ihr Geist sich daran gewöhnt hatte.

Schließlich eilte sie die Straße entlang. Zweimal hielt sie inne, um sich zu vergewissern, dass ihr niemand folgte. Sie nahm eine Abzweigung, dann noch eine. Bald ragten die Mauern riesiger Handelshäuser zu beiden Seiten von ihr auf, weiß, hoch und gleichgültig – Haus Michiel zur Linken, Haus Dandolo zur Rechten. Hinter diesen Mauern lagen die Handelshaus-Enklaven, allgemein als »Campos« bezeichnet. Von dort aus regierten die Häuser ihre jeweiligen Gebiete wie kleine Königreiche.

Entlang der Campo-Mauern erstreckte sich ein behelfsmäßiges, klammes Gewirr aus Holzhütten und maroden Baracken mit krummen Schornsteinen, eine Siedlung, die zwischen den Campos so eingepfercht wirkte wie ein Floß zwischen zwei Schiffen.

Gründermark. Der Ort, der für Sancia einem Zuhause am nächsten kam. Am Ende einer Gasse bot sich ihr ein vertrauter Anblick. Feuerkörbe an den Straßenecken vor ihr warfen Funken in die Nacht. In einer Taverne zu ihrer Linken herrschte selbst zu dieser Stunde noch reges Treiben, in den vergilbten Fenstern schimmerte Kerzenlicht, gackerndes Lachen und Flüche drangen durch die Vorhänge vor dem Eingang ins Freie. Unkraut, Ranken und wilde Nussbäume wuchsen in den Gassen, als wollten sie das Viertel übernehmen.

Drei alte Frauen auf einem Balkon erblickten Sancia. Sie aßen von Holztellern, auf denen die Reste eines Streifers lagen – ein großer, hässlicher Wasserkäfer, der beim Kochen ein hübsches violettes Streifenmuster annahm.

Trotz des vertrauten Anblicks entspannte sich Sancia nicht. Zwar war sie in den Vierteln des einfachen Volks zu Hause, doch waren ihre Nachbarn ebenso skrupellos wie jeder Wächter eines Handelshauses.

Sie lief durch Hintergassen zu ihrem baufälligen Unterschlupf, den sie durch eine Nebentür betrat. Sie huschte durch den Flur zu ihrem Zimmer, berührte erst die Tür mit dem blanken Zeigefinger, dann die Dielenbretter. Sie spürte nichts Ungewöhnliches; niemand hatte hier herumgeschnüffelt.

Sie schloss alle sechs Türschlösser auf, trat ein und sperrte wieder ab. Dann hockte sie sich hin und lauschte, den Zeigefinger auf die Dielen gedrückt.

Sie wartete zehn Minuten. Als niemand kam, zündete sie eine Kerze an – sie war es leid, ihr Talent nutzen zu müssen, um etwas sehen zu können –, durchquerte den Raum und öffnete die Läden ihres Fensters, nur einen Spaltbreit. Dann stand sie da und beobachtete die Straße.

Zwei Stunden lang sah Sancia durch den winzigen Spalt auf die Straße hinab. Für ihren Verfolgungswahn gab es einen guten Grund, das war ihr klar. Sie hatte nicht nur einen Zwanzigtausend-Duvoten-Auftrag durchgezogen, sondern auch den verdammten Hafen von Tevanne niedergefackelt. Sie wusste nicht genau, was schlimmer war.

Falls jemand zu Sancias Fenster hinaufgeschaut und sie erblickt hätte, wäre er von ihrem Anblick beeindruckt gewesen. Sie war eine junge Frau, kaum älter als zwanzig, doch hatte sie bereits mehr erlebt als die meisten anderen, und das sah man ihr am Gesicht an. Ihre dunkle Haut war wettergegerbt und rau, und sie hatte die hageren Züge eines Menschen, der regelmäßig Hungerphasen durchlitt. Sie hatte sich das Haar geschoren, und über ihre rechte Schläfe verlief eine gezackte Narbe, dicht am Auge vorbei, dessen Augapfel ein wenig dunkler war als der linke.

Die Leute mochten es nicht, wenn Sancia sie zu eindringlich ansah. Das machte sie nervös.

Als sie zwei Stunden Ausschau gehalten hatte, war sie zufrieden. Sie verriegelte die Läden, trat zum Schrank und nahm den falschen Boden heraus. In einem Gemeinviertel gab es keine Banken oder Schatzkammern, daher hamsterte sie ihre Ersparnisse hier.

Sie nahm das Kiefernholzkästchen aus der Dieberskluft, hielt es in Händen und besah es sich.

Nun, da sie Zeit hatte, sich ein wenig zu erholen – der brüllende Schmerz in ihrem Kopf war zu einem matten Stechen geworden –, erkannte sie auf Anhieb, was an dem Kästchen seltsam war. Es erblühte deutlich in ihrem Geist, die Form und das Fassungsvermögen verfestigten sich in ihren Gedanken wie Wachs in einem Bienenstock.

Das Kästchen hatte einen doppelten Boden, ein Geheimfach. Und darin, das sagte ihr Sancias Talent, lag etwas Kleines, in ein Leinentuch eingeschlagen.

Sie hielt inne und dachte nach.

Zwanzigtausend Duvoten? Für dieses Ding?

Sie sollte sich darüber nicht den Kopf zerbrechen. Sie hatte das Kästchen nur beschaffen sollen, weiter nichts. In dieser Hinsicht hatte sich Sark sehr deutlich ausgedrückt. Und Sancias Kunden schätzten an ihr, dass sie ihre Anweisungen befolgte, nicht mehr, nicht weniger. In drei Tagen würde sie die Beute Sark überreichen, und dann bräuchte sie nie wieder darüber nachzudenken.

Sie stellte das Kästchen in den doppelten Boden, schloss ihn und dann auch den Schrank.

Anschließend vergewisserte sie sich, dass die Zimmertür und die Fensterläden gesichert waren, setzte sich aufs Bett, legte ihr Stilett daneben auf den Boden und atmete tief durch.

Zu Hause, dachte sie. *Und in Sicherheit.*

Gleichwohl sah ihr Zimmer nicht allzu sehr nach einem Zuhause aus. Falls jemand einen Blick hineingeworfen hätte, wäre er zu der Überzeugung gelangt, dass Sancia wie ein asketischer Mönch lebte: Sie hatte nur einen schlichten Stuhl, einen Eimer, einen schmucklosen Tisch und eben dieses Bett, ohne Laken und Kissen.

Zu diesem Leben war sie gezwungen. Sie schlief lieber in ihrer Kleidung statt in Bettzeug, denn es war nicht nur schwierig, in noch mehr Stoff zu schlafen, nein, Bettlaken zogen auch Läuse, Flöhe und anderes Ungeziefer an, und das Gefühl vieler winziger Beinchen auf ihrer Haut trieb sie in den Wahnsinn. Zudem ertrug sie es nicht, wenn ihre übrigen Sinne überreizt wurden. Dann brannte ihre Narbe. Zu viel Licht oder zu viele Farben fühlten sich an wie Nägel in ihrem Kopf.

Mit Essen war es sogar noch schlimmer. Fleisch kam für sie überhaupt nicht infrage. Blut und Fett bescherten ihr übermächtige Sinneseindrücke von Fäulnis, Verwesung und Zerfall. Die vielen Muskelfasern und Sehnen erinnerten sie daran, dass sie zu einem Lebewesen gehört hatten, dass sie mit etwas verbunden gewesen waren, das *ganz* gewesen war, voller Leben. Der Geschmack von Fleisch machte ihr zutiefst bewusst, dass sie auf dem Brocken eines Kadavers kaute. Dann musste sie immer würgen.

Sancia lebte fast ausschließlich von Reis mit Bohnen und verdünntem Rohrwein. Starke Alkoholika rührte sie nicht an – sie brauchte die volle Kontrolle über ihre Sinne, um klarzukommen. Und dem Wasser im Armenbezirk konnte man nicht trauen.

Sie saß auf dem Bett und wiegte aufgeregt den Oberkörper vor und zurück. Sie fühlte sich unbedeutend und allein, wie so oft nach einem Auftrag. Und sie vermisste sehr, was sie am meisten getröstet hätte: menschliche Gesellschaft.

Sie hatte noch nie jemand anderen in ihr Zimmer gelassen und erst recht nicht in ihr Bett, denn es war unerträglich, andere Menschen zu berühren. Zwar war es nicht so, als würde sie deren Gedanken hören, denn entgegen allgemeiner Annahmen glichen die Gedanken eines Menschen keiner nahtlosen, linearen Erzählung, sondern ähnelten vielmehr einer riesigen heißen Wolke bellender Impulse und Neurosen. Doch wenn sie die Haut eines anderen berührte, erfüllte diese heiße Wolke ihren Kopf.

Körperkontakt, die Berührung warmer Haut bescherten ihr die vermutlich unerträglichsten Sinneseindrücke von allen.

Vielleicht war es ja auch besser, allein zu sein. Das war weniger riskant.

Sie atmete mehrmals tief durch, versuchte, ihren Geist zu beruhigen.

Du bist in Sicherheit. Und allein. Frei. Für einen weiteren Tag.

Sie zog die Kapuze über, schnürte sie fest zu, legte sich hin und schloss die Augen.

Doch sie fand keinen Schlaf.

Nachdem sie eine Stunde dagelegen hatte, setzte sie sich auf, streifte die Kapuze ab, zündete eine Kerze an und musterte nachdenklich die geschlossene Schranktür.

Das ... beunruhigt mich, dachte sie. *Sogar sehr.*

Das Problem war, dass sie eine Reihe von Risiken eingehen würde, wenn sie das Kästchen öffnete.

Sancia ließ stets Vorsicht walten – zumindest soweit es jemandem möglich war, der seinen Lebensunterhalt damit bestritt, auf Türme zu klettern und in Gebäude voller bewaffneter Leute einzubrechen. Sie versuchte immer, potenzielle Gefahren zu minimieren.

Doch je mehr sie darüber nachsann, einen kleinen Gegenstand zu besitzen, der zwar unglaubliche zwanzigtausend Duvoten wert, ihr aber völlig unbekannt war ... Tja, das machte sie irgendwie verrückt. Erst recht, weil sie ihn noch drei verrogelte Tage lang behalten musste.

Denn von allen Wertsachen in Tevanne waren Skriben-Entwürfe zweifellos am meisten wert. Die Sigillen-Kombinationen, die skribierter Ausrüstung ihre Fähigkeit verliehen. Eine Skribe zu entwerfen erforderte viel Mühe und Talent, daher schützten die Handelshäuser ihre Entwürfe ganz besonders. Mit der richtigen Skribe konnte man augenblicklich alle Arten augmentierter Geräte in der Gießerei fertigen – Geräte, die mühelos ein Vermögen wert waren. Doch obwohl man Sancia schon oft gebeten hatte, Skriben-Entwürfe aus Handelshäusern zu stehlen, hatten Sark und sie das stets abgelehnt. Denn wer ein Handelshaus bestahl, schaukelte am Ende oft bleich und kalt auf den Wellen im Kanal.

Sark hatte ihr zwar versichert, dass es bei diesem Auftrag *nicht* um Skriben-Entwürfe ging ... aber die Verlockung von zwanzigtausend Duvoten machte jeden dümmer, als womöglich gut für ihn war.

Sancia seufzte und versuchte, ihre Furcht zu bezwingen. Sie trat an den Schrank, öffnete ihn, nahm die Abdeckung zum Geheimfach heraus und griff nach dem Kästchen.

Lange Zeit sah sie es an. Es bestand aus unverziertem Kiefernholz und hatte einen Messingverschluss. Sancia streifte die Handschuhe ab und berührte das Kästchen mit blanken Fingern.

Erneut sah sie die Form und Maße der kleinen Kiste in ihrem Geist – ein Hohlraum voller Papiere. Wieder spürte sie den doppelten Boden, in dem das in Leinentuch eingewickelte Objekt lag. Sonst nichts – und niemand würde merken, dass sie das Kästchen geöffnet hatte.

Sie atmete durch und klappte es auf.

Sie rechnete damit, dass die Papiere mit Sigillen beschrieben waren, was einem Todesurteil gleichgekommen wäre, doch dem war nicht so. Vielmehr handelte es sich um filigrane Skizzen von alten, behauenen Steinen, in die etwas eingraviert war.

Jemand hatte etwas unter der Skizze notiert. Sancia war nicht allzu schriftkundig, doch sie versuchte ihr Bestes:

ARTEFAKTE DES ABENDLÄNDISCHEN REICHS

Es zählt zum Allgemeinwissen, dass die Hierophanten des alten Reichs eine Reihe erstaunlicher Instrumente für ihre Arbeiten nutzten, doch ihre Methoden sind uns nach wie vor unklar. Während unsere moderne Skribierung Objekten eine andere Realität vorgaukelt, waren die Hierophanten offenbar imstande, durch Skriben die Realität selbst zu beugen; sie befahlen der Welt, sich augenblicklich und dauerhaft zu verändern. Es gibt viele Theorien darüber, wie das möglich war, jedoch keine gesicherten und schlüssigen Erklärungen.

Weitere Fragen kommen auf, wenn wir die Geschichten von Crasedes dem Großen studieren, dem ersten abendländischen Hierophanten. Einige Sagen und Legenden erzählen davon, dass Crasedes eine Art unsichtbaren Helfer hatte: Manchmal ist es ein Kobold, manchmal ein Geist oder eine andere Wesenheit, oftmals in einem Glas oder Kästchen gefangen, das er öffnete, wenn das Geschöpf ihm zur Hand gehen sollte.

Entstammt diese Wesenheit einer weiteren Veränderung der Realität, die die Hierophanten vorgenommen hatten? Gab es diese Wesenheit überhaupt? Wir wissen es nicht, doch eine andere Geschichte über Crasedes den Großen behauptet, dass er selbst angeblich sogar einen künstlichen Gott schuf, um die Welt zu beherrschen.

Falls Crasedes über eine Art unsichtbares Wesen gebot, war es womöglich nur ein Prototyp seiner letzten und größten Schöpfung.

Sancia legte das Blatt beiseite. Sie verstand nichts von alldem. Seit sie in Tevanne lebte, hatte sie gelegentlich von den Abendländern gehört, in Märchen über alte Riesen und sogar Engel. Aber nie hatte jemand behauptet, es hätte die Hierophanten tatsächlich gegeben. Wer immer jedoch diese Notizen verfasst hatte – vielleicht der eigentliche Besitzer des Kästchens –, schien genau dies zu glauben.

Doch Sancia wusste, dass diese Unterlagen nicht der eigentliche Schatz waren. Sie kippte sie aus und schob sie von sich.

Dann griff sie ins Kästchen, berührte den Boden mit zwei Fingern und drückte ihn beiseite. Darunter befand sich der kleine Gegenstand, in Leinentuch gewickelt, ungefähr so lang wie eine Hand.

Sancia griff danach … und hielt inne.

Sie durfte keinesfalls ihre Entlohnung gefährden. Sie musste das Geld für einen Physikus zusammenbekommen, damit der ihre Kopfnarbe entfernte und somit auch das, was mit ihr nicht stimmte. Damit er sie … normal machte. Jedenfalls annähernd.

Sie rieb sich die Narbe in dem Wissen, dass sich unter der Kopfhaut eine ziemlich große Metallplatte befand, die man ihr in den Schädel geschraubt hatte, und darauf standen komplexe Sigillen. Über die eingravierten Skriben-Befehle wusste sie nichts, doch sie waren bestimmt der Grund für ihre Talente.

Ihr war klar, dass es die Handelshäuser nicht scherte, dass man ihr die Platte gegen ihren Willen implantiert hatte. Ein skribierter Mensch war irgendetwas zwischen einer Abscheulichkeit und einem seltenen, unschätzbar wertvollen Exemplar, daher würde ihre Operation sehr kostspielig werden. Denn Sancia musste dem Schwarzmarktphysikus mehr bezahlen, als die Handelshäuser ihm für ihre Auslieferung bieten würden – und die Handelshäuser konnten sehr hohe Summen aufwenden.

Sie schaute das in Leinentuch eingewickelte Objekt in ihrer Hand an. Was war das bloß? Trotz Sarks Warnungen war es ihr zu riskant, im Ungewissen zu bleiben.

Sie setzte das Kästchen ab und packte den Gegenstand aus. Etwas Goldenes blitzte auf ...

Nur ein Goldstück? Goldschmuck?

Als sie das Tuch entfaltete, sah sie, dass es sich nicht um Schmuck handelte.

Sie betrachtete das Objekt in ihrer Hand.

Es war ein Schlüssel. Ein langer goldener Schlüssel mit einem komplexen, seltsamen Bart. Sein abgerundeter Kopf wies ein merkwürdiges Loch auf, das ähnlich geformt war wie ein Schmetterling.

»Was zur Hölle ...?«

Sie besah sich den Schlüssel genauer. Ein seltsames Stück, doch warum sollte es so viel wert sein?

Dann entdeckte Sancia die Ätzungen, die vom Rand des Schlüssels aus rings um den Bart verliefen. Der Schlüssel war skribiert, doch die Befehle waren so klein, fein und *kompliziert* ... Solche Skriben hatte Sancia noch nie gesehen.

Was noch seltsamer war: Falls dieser Schlüssel skribiert war, wieso konnte sie ihn dann nicht hören? Warum murmelte er nicht in ihrem Geist, wie jedes andere skribierte Ding, das sie je gesehen hatte?

Das ergibt keinen Sinn.

Mit dem blanken Zeigefinger berührte sie den Goldschlüssel. Im selben Moment erklang eine Stimme in ihrem Kopf. Nicht die übliche Lawine an Sinneseindrücken, sondern eine echte *Stimme*, so klar, als stünde jemand neben ihr und sagte in gelangweiltem Ton: »Na toll. Erst das Kästchen, und jetzt das! Ach, schau sie dir an – ich wette, sie hat noch nie etwas von Seife gehört ...«

Keuchend ließ Sancia den Schlüssel fallen. Er prallte auf dem Boden auf, und sie schreckte vor ihm zurück wie vor einer tollwütigen Maus.

Er lag einfach da, wie jeder andere Schlüssel es auch getan hätte.

Sancia sah sich um. Sie wusste ganz genau, dass sie allein im Zimmer war.

Sie hockte sich hin und musterte den Schlüssel. Dann berührte sie ihn erneut, ganz vorsichtig.

Sogleich hörte sie wieder die Stimme im Kopf.

»... hat mich wohl nicht gehört. Das ist unmöglich! Aber sie sieht mich so an, als hätte sie mich gehört, und ... Also schön. Jetzt berührt sie mich wieder. Ja. Ja. Das ist vermutlich nicht gut.«

Sancia zog den Finger zurück, als hätte sie sich verbrannt. Wieder blickte sie sich um und fragte sich, ob sie den Verstand verlor.

»Das ist unmöglich«, murmelte sie.

Sie schlug jede Vorsicht in den Wind und nahm den Schlüssel in die Hand.

Nichts. Schweigen. Vielleicht hatte sie sich alles nur eingebildet.

Dann sagte die Stimme: »Ich bilde mir das ein, stimmt's? Du kannst mich nicht wirklich hören, oder?«

Sancia riss die Augen auf.

»O Mist. Du hörst mich tatsächlich, was?«

Sie blinzelte verwirrt, fragte sich, was sie tun sollte. Dann sagte sie laut: »Äh … ja.«

»Mist. Mist! Wieso kannst du das? Wie kannst du mich hören? Mich hört schon keiner mehr, seit … zur Hölle, ich weiß es nicht mehr. Ich erinnere mich nicht mehr ans letzte Mal. Andererseits kann ich mich ehrlich gesagt an überhaupt nicht viel erinnern …«

»Das ist unmöglich«, sagte Sancia zum zweiten Mal.

»Was?«

»Du bist ein … ein …«

»Ein was?«

»Ein …« Sie schluckte. »Ein Schlüssel.«

»Ich bin ein Schlüssel, richtig. Ich dachte, das wäre eigentlich klar.«

»Stimmt, aber ein … ein *sprechender* Schlüssel.«

»Korrekt, und du bist ein schmutziges Mädchen, das mich hören kann«, sagte die Stimme in ihrem Kopf.

»Das ist nicht … normal.«

»Ich kann schon verdammt viel länger sprechen, als du auf der Welt bist, Kind, also bin ich hier der Normale von uns.«

Sancia lachte auf. »Das ist verrückt. *Verrückt.* Das muss es sein. Ich bin verrückt geworden.«

»Vielleicht. Wie soll ich wissen, was mit dir los ist? Aber das hat nichts mit mir zu tun. Also, wo bin ich? Und … äh … ach ja, ich heiße übrigens Clef. Und wer zur Hölle bist du?«

Kapitel 4

Sancia legte den Schlüssel zurück in das Geheimfach ihres Schranks, knallte die Abdeckung zu und anschließend auch die Schranktür.

Einen Moment lang stierte sie schwer atmend den Schrank an. Dann ging sie zur Zimmertür, entsperrte die sechs Schlösser und spähte in den Flur.

Leer. Kein Wunder, schließlich war es mittlerweile vermutlich drei Uhr morgens.

Sie versperrte die Tür wieder, trat an die Fensterläden, entriegelte sie und sah hinaus. Panik flatterte in ihrer Brust wie eine gefangene Motte, doch nach wie vor regte sich nichts auf der Straße.

Sie wusste nicht, warum sie nach Verfolgern Ausschau hielt, sie tat es aus einem Gefühl heraus. Denn dass ihr etwas so Wildes, Verrücktes und Unglaubliches widerfuhr, *musste* einfach bedeuten, dass sich ihr eine Gefahr näherte.

Dennoch war niemand zu sehen – jedenfalls noch nicht.

Sie schloss die Läden und verriegelte sie erneut, nahm auf dem Bett Platz und ergriff ihr Stilett. Doch was nützte ihr die Waffe? Sollte sie damit den Schlüssel erstechen? Trotzdem beruhigte es sie, das Stilett in der Hand zu halten.

Sie erhob sich, kehrte zur Schranktür zurück und sagte: »Ich ... ich öffne jetzt die Tür und hol dich raus, in Ordnung?«

Schweigen.

Zittrig stieß sie den Atem aus. *In was zur Hölle sind wir da hineingeraten?* Sie war daran gewöhnt, dass ihr skribierte Instrumente etwas zuraunten, klar, aber dass eines davon mit ihr sprach wie ein Straßenverkäufer, der zu viel Kaffee intus hatte …

Sie öffnete die Schranktür, entfernte die Abdeckung des doppelten Bodens und betrachtete den Schlüssel. Dann biss sie die Zähne zusammen, das Stilett in der Hand, und nahm das goldene Objekt in die Hand.

Schweigen. Vielleicht hatte sie alles nur geträumt oder sich eingebildet.

Dann ertönte die Stimme in ihrem Geist: »Hast wohl ein bisschen überreagiert, was?«

Sancia zuckte zusammen. »Finde ich nicht. Würde mein Stuhl plötzlich mit mir sprechen, flöge er aus dem verdammten Fenster. Was zur Hölle bist du?«

»Ich hab dir gesagt, wer ich bin. Ich bin Clef. Du hingegen hast mir deinen Namen noch nicht genannt.«

»Ich muss einem blöden Gegenstand nicht sagen, wie ich heiße!«, erwiderte Sancia zornig. »Ich stelle mich ja auch nicht dem Türknauf vor.«

»Du musst dich beruhigen, Kind. Wenn du dich noch länger so aufregst, erleidest du einen Anfall. Und ich will nicht mit der verrottenden Leiche eines schmutzigen Mädchens im traurigsten Zimmer der Welt gefangen sein.«

»Welches Handelshaus hat dich gemacht?«

»Hä? Haus? Handel? Was?«

»Welches Handelshaus hat dich gemacht? Dandolo? Candiano? Morsini? Michiel? Welches davon hat dich zu … zu dem Ding gemacht, das du jetzt bist?«

»Ich weiß nicht, wovon du sprichst. Was meinst du mit Ding? Wofür hältst du mich?«

»Für ein skribiertes Instrument!«, antwortete Sancia entnervt. »Verändert, augmentiert, veredelt – wie auch immer die verdammten Campo-Leute das nennen. Du bist ein Instrument, oder nicht?«

Clef schwieg eine lange Zeit. Schließlich sagte er: »Hm, in Ordnung. Ich denke darüber nach, wie ich diese Frage beantworten kann. Aber erklär mir doch kurz: Was bedeutet ›skribiert‹?«

»Du weißt nicht, was Skriben sind? Das ... das sind die Symbole, die man in dich eingraviert hat, die Dinger, die dich zu dem machen, was du bist!« Sie schaute sich den Schlüsselbart näher an. Mit Skriben kannte sie sich nicht sonderlich gut aus – soweit sie wusste, musste man gut tausend Zertifikate und Abschlüsse erlangen, um die Kunst zu beherrschen –, doch sie war sich sicher, solche Sigillen noch nie gesehen zu haben. »Wo kommst du her?«

»Ah, die Frage kann ich beantworten!«

»Schön. Dann sag's mir.«

»Nicht, ehe du mir nicht wenigstens deinen Namen verraten hast. Du hast mich mit einem Türknauf und einem Stuhl verglichen und außerdem gesagt, ich wäre ein ›Instrument‹.« Er sprach das Wort mit hörbarer Missbilligung aus. »Ich denke, ich habe es verdient, einigermaßen höflich behandelt zu werden.«

Sancia zauderte. Sie wusste nicht, warum sie Clef ihren Namen nicht nennen wollte. Vielleicht erinnerte es sie an eine Kindergeschichte, in der ein dummes Mädchen dem bösen Dämon seinen Namen verriet. Schließlich gab sie nach und sagte: »Sancia.«

»Sann zieh ja?« Er sprach den Namen aus wie ein groteskes Gericht.

»Ja. Mein Name ist Sancia.«

»Sancia, was? Schrecklicher Name. Aber ... na ja, du weißt ja schon, dass ich Clef heiße, daher ...«

»Und woher stammst du, Clef?«, hakte sie frustriert nach.

»Diese Frage ist leicht zu beantworten. Aus dem Dunkeln.«

»Du ... was? Aus dem Dunkeln? Du stammst aus dem Dunkeln?«

»Ja. Von einem dunklen Ort. Einem Ort, an dem es sehr dunkel ist.«

»Wo liegt dieser Ort?«

»Woher soll ich das wissen? Ich weiß nur, dass zwischen hier und dort eine Menge Wasser liegt.«

»Also hat man dich über den Ozean hergebracht. Ja, das dachte ich mir schon. Und wer hat dich hierher verschifft?«

»Irgendwelche Leute. Schmutzig. Übel riechend. Haben viel gequasselt. Ich glaube, du hättest dich prima mit ihnen verstanden.«

»Wo warst du vor dem dunklen Ort?«

»Es gibt nichts vor dem dunklen Ort. Nur die Dunkelheit. Ich war immer im Dunkeln, so ... so weit ich zurückdenken kann.« Ein Hauch von Furcht schwang in seiner Stimme mit. »Ich kenne nur die Dunkelheit, sonst nichts. Ich ...« Er stockte.

»Wie lange warst du dort?«

Clef lachte jämmerlich. »Stell dir eine lange Zeit vor. Dann multipliziere diese Zeit mit zehn. Dann multipliziere diese Zeit mit hundert. Dann mit tausend. Das kommt noch immer nicht ansatzweise an die Zeitspanne heran, die ich allein im Dunkeln war.«

Sancia schwieg. Was Clef beschrieb, klang für sie ganz nach der Hölle.

»Allerdings bin ich mir noch nicht sicher, ob das hier eine Verbesserung ist«, fuhr Clef fort. »Was ist das hier? Ein Gefängnis? Wen hast du umgebracht? Das muss jemand Bedeutendes gewesen sein, dass man dich so hart bestraft.«

Sancia beschloss, endlich zur Sache zu kommen. »Clef ... Du weißt, dass ich dich gestohlen habe, stimmt's?«

»Äh ... nein. Du ... hast mich gestohlen? Von wem?«

»Weiß ich nicht. Aus einem Tresor.«

»Aha. Deshalb also bist du so in Panik.«

»Ich bin in Panik«, presste Sancia zwischen zusammengebissenen Zähnen hervor, »weil ich jede Menge Dinge tun musste, die mich jederzeit an die Harfe bringen könnten, nur um dich in meinen Besitz zu bringen.«

»Die Harfe? Was ist das?«

Seufzend erklärte sie Clef, dass »die Harfe« eine öffentliche Folter- und Hinrichtungsmethode in Tevanne war: Man band den Schuldigen an einen Pfahl, und dann legte man ihm die Harfe – eine dünne, robuste Drahtschlinge, die an einem Instrument befestigt war – um den Hals oder die Hände, um die Füße oder Weichteile. Das skribierte Folterinstrument zog dann mit Freuden die Schlaufe zusammen, immer enger, bis der Draht die Haut durchschnitt und letztlich die Gliedmaße amputierte.

Das galt in Tevanne als beliebtes Spektakel, doch Sancia gehörte zu den wenigen, die noch nie zugeschaut hatten, wenn jemand an der Harfe gelandet war, insbesondere weil sie bei ihrem Beruf höchstwahrscheinlich selbst einmal in der Drahtschlaufe enden würde.

»Oh. Schön. Ich verstehe jetzt, warum du so aufgeregt bist.«

»Genau. Du kennst also deinen früheren Besitzer nicht, richtig?«

»Nö.«

»Und auch nicht deinen Schöpfer.«

»Sofern ich überhaupt erschaffen wurde. In dem Punkt bin ich mir noch nicht sicher.«

»Das ist doch verrückt, jemand *muss* dich gemacht haben!«

»Wieso?«

Darauf fiel Sancia keine Antwort ein. Clef war das fortschrittlichste skribierte Instrument, das sie je gesehen hatte – und *dass* er skribiert war, wusste sie genau –, doch sie fragte sich, wieso jemand bereit war, ein Vermögen für ihn zu zahlen. Ein Schlüssel, der seinen Besitzer mehr oder weniger nur beleidigte, konnte für die Handelshäuser doch nicht von so großem Wert sein.

Da wurde ihr bewusst, dass sie eine offensichtliche Frage noch gar nicht gestellt hatte. »Clef, da du ein Schlüssel bist … was genau schließt du auf?«

»Du weißt, dass du nicht laut mit mir reden musst, oder? Ich höre deine Gedanken.«

Als hätte sie sich daran verbrannt, ließ Sancia den Schlüssel fallen und zog sich in die Ecke ihres Zimmers zurück.

Sie stierte Clef an und versuchte, sich fieberhaft daran zu erinnern, an was sie alles gedacht hatte, während sie mit ihm gesprochen hatte. Hatte sie ihm irgendwelche Geheimnisse verraten? Konnte Clef sogar ihre unbewussten Gedanken hören?

Falls es zu riskant ist, sich dem Schlüssel auszusetzen, bist du das Risiko schon eingegangen, dachte sie.

Mit finsterem Blick trat sie wieder auf den Schlüssel zu, hockte sich vor ihm hin und berührte ihn mit dem Finger. »Was zur Hölle meinst du damit, du hörst meine Gedanken?«

»Also schön, tut mir leid, da hab ich mich schlecht ausgedrückt. Ich kann einige deiner Gedanken hören. Ich höre sie, wenn – wenn! – du sie intensiv genug denkst.«

Sancia hob ihn auf. »Was soll das jetzt wieder heißen, dass ich sie *intensiv* genug denken muss?«

»Warum versuchst du nicht, intensiv an etwas zu denken, und ich sag dir Bescheid?«

Sancia schickte Clef einen sehr intensiven Gedanken.

»Echt witzig. Das kann ich nicht tun, da mir dazu eindeutig die nötige Körperöffnung fehlt.«

»Moment«, dachte Sancia. »Hörst du das hier wirklich?«

»Ja.«

»Du hörst, was ich gerade denke?«

»Ja.«

»Jedes einzelne Wort?«

»Nein, ich sage völlig grundlos Ja. Ja, ja, ich höre dich.«

Sancia wusste nicht, was sie davon halten sollte. Die Gedanken hörten sich an, als wäre Clef in ein Zimmer über ihr gewechselt und wispere durch ein Loch in der Decke. Angestrengt überlegte sie, was sie ihn bislang alles gefragt hatte.

»Welches Schloss öffnest du, Clef?«

»Welches Schloss ich öffne?«

»Du bist doch ein Schlüssel, stimmt's? Das bedeutet, du öffnest Schlösser oder zumindest ein bestimmtes Schloss. Oder kannst du dich auch daran nicht erinnern?«

»Oh. Nein, nein, daran erinnere ich mich.«

»Also. Was schließt du auf?«

»Alles.«

Kurz herrschte Schweigen.

»Hä?«, **fragte Sancia.**

»Hä was?«

»Du kannst alles öffnen?«

»Ja.«

»Was meinst du mit ›alles‹?«

»Ich meine es wörtlich. Alles. Ich öffne jedes Schloss und auch einige Dinge, die keins haben.«

»Was? Das ist Blödsinn!«

»Nein!«

»Das ist völliger Blödsinn.«

»Du glaubst mir nicht? Wieso probierst du es nicht aus?«

Sancia dachte über den Vorschlag nach und hatte eine Idee. Im Schrank lagen ihre Übungsschlösser, die sie aus Türen gebrochen oder aus Mechanikerläden gestohlen hatte. Jeden zweiten Abend übte sie damit das Schlossknacken und verbesserte so ihre Fertigkeiten.

»Falls du lügst«, **dachte sie,** »hast du dir dafür genau die falsche Person ausgesucht.«

»Na, dann pass mal auf«, antwortete Clef.

Sancia nahm eines der Schlösser, ein Miranda-Messingschloss, das in Tevanne zu den eher hochwertigen Standardschlössern zählte – was bedeutete, dass es nicht skribiert war. Unter Einsatz all ihrer Talente brauchte Sancia normalerweise drei bis fünf Minuten, um es zu knacken.

»Was soll ich tun«, **fragte sie.** »Dich einfach ins Schlüsselloch stecken?«

»Was machst du denn sonst mit einem Schlüssel?«

Sancia nahm Clef in die Hand, beäugte ihn misstrauisch und schob ihn dann ins Schloss.

Sogleich ertönte ein *Klick*, und das Mirandaschloss sprang auf.

Sancia machte große Augen. »Heiliger Bimbam«, wisperte sie.

»Glaubst du mir jetzt?«

Sancia zog Clef aus dem Schloss, ließ es fallen, nahm das nächste – diesmal ein Genzetti, nicht so robust wie ein Miranda, aber komplizierter – und steckte Clef hinein.

Klick.

»O mein Gott«, stöhnte Sancia. »Was in der Harfenhölle … Wie *machst* du das?«

»Ach, das ist leicht. Alle verschlossenen Dinge möchten sich öffnen, denn sie sind dazu geschaffen, sich zu öffnen. Allerdings wurden sie so gebaut, dass sie sich sträuben, es zu tun. Man muss sie also auf die richtige Weise darum bitten, in ihrem Inneren.«

»Also … bist du nur ein höflicher Dietrich?«

»Damit minderst du meine Bedeutung zwar sehr, aber klar, ja, wie auch immer.«

Sie gingen die übrigen Schlösser durch, eins nach dem anderen. Jedes Mal sprang das Schloss sofort auf, sobald sie Clef ins Schlüsselloch schob.

»Ich … ich fass es nicht«, sagte Sancia.

»So bin ich nun mal, Mädchen. Ich öffne Dinge.«

Nachdenklich stierte Sancia ins Leere, wobei sich eine Idee in ihrem Kopf verfestigte.

Mit Clef in ihrem Besitz konnte sie mühelos die ganze Stadt ausrauben, mit dem Geld einen Schwarzmarktphysikus bezahlen, der sie wieder normal machte, und anschließend Tevanne verlassen. Womöglich brauchte sie nicht einmal die zwanzigtausend Duvoten ihres Auftraggebers.

Sie war sich allerdings ziemlich sicher, dass ihr Auftraggeber zu einem der vier Handelshäuser gehörte, denn die verkauften skribierte Objekte. Und ein Dietrich würde ihr nicht viel nutzen gegen ein Dutzend Kopfgeldjäger, die sie in Stücke hacken wollten – und genau die würde ihr Auftraggeber ihr auf den Hals hetzen. Im Davonlaufen war Sancia gut, und mit Clefs Hilfe würde sie vermutlich sogar recht weit kommen. Doch den Handelshäusern für immer zu entkommen war schwer.

»Also, das war langweilig«, sagte Clef. »Hast du keine besseren Schlösser?«

Sancia löste sich aus den Gedanken. »Hä? Nein.«

»Wirklich nicht? Kein einziges?«

»Kein Mechaniker hat je etwas Besseres erfunden als ein Miranda-Messingschloss. Bessere braucht keiner, solange sich die Stinkreichen skribierte Schlösser leisten können.«

»Was? Skribierte Schlösser? Was meinst du damit?«

Sancia verzog das Gesicht und überlegte, wie zur Hölle sie ihm das Skribieren erklären sollte. »Also schön. Es gibt da diese sogenannten Sigillen. Das ist eine Art Engels-Alphabet, das die Skriber entdeckt haben oder so. Jedenfalls, wenn man die richtigen Sigillen auf Dinge schreibt, dann ... verändert man sie. Schreibt man etwa die Sigille für ›Stein‹ auf ein Stück Holz, wird es mehr wie Stein, also robuster und wasserundurchlässiger. Die Sigille ... ich weiß nicht, sie überzeugt das Holz davon, etwas zu sein, das es nicht ist.«

»Und was hat das mit Schlössern zu tun?«

»Verdammt, wie soll ich das beschreiben? Die Skriber haben herausgefunden, wie man Sigillen zu einem Haufen neuer Sprachen kombiniert. Ganz besondere Sigillen, die sehr mächtig sind – sie können Gegenstände davon überzeugen, zu etwas ganz, ganz anderem zu werden. Auf diese Weise können sie völlig unknackbare Schlösser herstellen, die sich nur mit einem einzigen Schlüssel auf der ganzen Welt öffnen lassen. Es nützt einem nichts, den richtigen Hebel zu drücken oder zu ziehen – das Schloss weiß, dass es nur mit einem bestimmten Schlüssel geöffnet werden kann.«

»Ach«, erwiderte Clef. »Interessant. Hast du eins davon hier rumliegen?«

»Was? Nein, ich hab kein skribiertes Schloss! Wäre ich reich genug, um mir eins leisten zu können, würde ich nicht in einem Gemeinviertel leben, in dem meine Latrine aus einem Eimer und einem Fenster besteht!«

»Oje, das will ich nicht hören!«, rief Clef angewidert.

»Jedenfalls ist es unmöglich, ein skribiertes Schloss zu knacken. Das weiß jeder.«

»Äh, nein. Wie ich schon sagte, alles Verschlossene möchte sich öffnen.«

Sancia hatte noch nie von einem Instrument gehört, das skribierte Schlösser knacken konnte. Andererseits aber hatte sie auch noch nie von einem gehört, das sehen und sprechen konnte. »Glaubst du wirklich, du kannst ein skribiertes Schloss knacken?«

»Natürlich. Soll ich dir auch das beweisen?«, fragte Clef selbstgefällig. »Zeig mir das größte, fieseste skribierte Schloss aller Zeiten, und ich öffne es im Handumdrehen ... wobei nicht mal das nötig ist.«

Sancia blickte aus dem Fenster. Es war fast Morgen, die Sonne lugte über die fernen Campo-Mauern und erhellte die schiefen Dächer des Gemeinviertels Gründermark.

»Ich denk drüber nach.« Sie steckte Clef ins Geheimfach, schloss die Tür und legte sich aufs Bett.

Sancia dachte an ihr letztes Treffen mit Sark zurück, im verlassenen Fischerhaus am Anafesto-Kanal.

Sie erinnerte sich daran, wie sie den vielen Stolperdrähten und Fallen ausgewichen war, die Sark gespannt und ausgelegt hatte – eine »Versicherung« nannte er das, denn Sancia war mit all ihren Talenten die Einzige, die die Fallen umgehen könnte. Als sie behutsam über den letzten Stolperdraht gestiegen und die Treppe des stinkenden Hauses hinaufgeschlichen war, tauchte sein raues, vernarbtes Gesicht aus den Schatten auf, und er hatte – zu ihrer Überraschung – gegrinst.

»Ich hab 'nen Spezialauftrag für dich, San«, hatte er gekrächzt. »Hab 'nen großen Fisch am Haken, das steht mal fest.«

Marino Sarccolini war ihr Hehler, ihr Agent und das, was für Sancia einem Freund in dieser Welt am nächsten kam. Gleichwohl wären nur wenige auf den Gedanken gekommen, sich mit Sark anzufreunden, denn er war einer der entstelltesten Menschen, die Sancia je gesehen hatte.

Sark hatte nur noch einen Fuß, keine Ohren, keine Nase und

an beiden Händen keinen einzigen Finger mehr. Manchmal hatte sie den Eindruck, sein halber Körper bestünde aus Narbengewebe. Er brauchte Stunden dafür, die Stadt zu durchqueren, erst recht, wenn er Stufen erklimmen musste – sein Verstand jedoch war nach wie vor schnell und gewieft. Früher hatte er als »Kanalmann« für die Candiano-Handelsgesellschaft gearbeitet, als Offizier, der die anderen drei Handelshäuser bestehlen, ausspionieren und sabotieren ließ. Man nannte solche Agenten »Kanalleute«, weil die Arbeit so schmutzig war wie Tevannes Abwassersystem.

Dann war der Gießereigründer der Candiano-Gesellschaft aus unerklärlichen Gründen verrückt geworden. Sein Handelshaus wäre beinahe bankrottgegangen, und man hatte fast alle entlassen, bis auf die besten Skriber. Auf einen Schlag hatten sich alle möglichen Leute, die sich ans Campo-Leben gewöhnt hatten, in Gründermark wiedergefunden. Und dort hatte Sark getan, was er schon immer getan hatte: die vier größten Handelshäuser bestohlen, sie sabotiert und ausspioniert. Der entscheidende Unterschied war gewesen, dass er in Gründermark nicht länger den Schutz eines Handelshauses genoss.

Als ihn eines Tages Agenten von Haus Morsini nach einem waghalsigen Überfall aufspürten, hatten sie ihn durch die Mangel gedreht und ihn entstellt.

So waren die Regeln in einem Gemeinviertel.

An jenem Tag in der Fischerei hatte seine Miene Sancia überrascht, denn sie hatte ihn noch nie ... entzückt gesehen. Ein Mensch wie Sark geriet selten in Verzückung, deshalb beunruhigte es sie.

Er hatte ihr vage den Auftrag erklärt, und als er ihr die Höhe der Entlohnung genannt hatte, hatte sie sich über ihn lustig gemacht und gesagt, das Ganze müsse ein Schwindel sein, niemand würde so viel bezahlen.

Daraufhin hatte er ihr einen Lederumschlag überreicht. Sie hatte hineingeschaut und aufgekeucht.

Darin hatten sich fast dreitausend Duvoten in Papierscheinen befunden – eine absolute Seltenheit in einem Gemeinviertel wie Gründermark.

»Kleiner Vorschuss«, hatte Sark gesagt.

»Was? Wir bekommen nie 'nen Vorschuss.«

»Ich weiß.«

»Schon gar nicht in … Geldscheinen!«

»Ich weiß.«

Sie hatte ihn skeptisch angesehen. »Sollen wir etwa einen Entwurf stehlen, Sark? Ich gebe mich nicht mit Skriben-Entwürfen ab, das weißt du. Dieser Scheiß bringt uns beide an die Harfe.«

»Es geht nur um ein Kästchen. Ein *kleines* Kästchen. Und da Skriben-Entwürfe normalerweise Dutzende Seiten lang sind, wenn nicht Hunderte, können wir wohl ausschließen, dass es welche enthält.«

»Und was ist in dem Kästchen?«

»Wissen wir nicht.«

»Und wem gehört es?«

»Wissen wir nicht.«

»Und wer will das Kästchen?«

»Jemand, der dafür zwanzigtausend Duvoten zahlt.«

Sancia hatte darüber nachgedacht. Dass sie nicht alles wussten, war in ihrem Metier nicht allzu ungewöhnlich. Normalerweise war es für alle Beteiligten sogar besser, so wenig wie möglich voneinander zu wissen.

»Und wie«, hatte sie gefragt, »sollen wir das Kästchen beschaffen?«

Sark hatte noch breiter gegrinst und dabei seine schiefen Zähne zur Schau gestellt. »Ich bin froh, dass du das fragst …«

Dann hatten sie sich zusammengesetzt und den Auftrag an Ort und Stelle besprochen.

Hinterher jedoch, nachdem sie den Raubzug in dem dunklen Fischerhaus geplant und vorbereitet hatten, war Sancias Verzückung einem Gefühl seltsamer Furcht gewichen. »Muss ich mir über irgendwas Sorgen machen, Sark?«

»Meines Wissens? Nein.«

»Gut. Hast du einen Verdacht bezüglich des Auftraggebers?«

»Ich denke mal, dass ein Handelshaus dahintersteckt. Das sind die Einzigen, die dreitausend Duvoten in Geldscheinen einfach so bezahlen können. Und die Häuser haben uns schon früher beauftragt. Immer dann, wenn es um eine Sache ging, an der sie ihre Beteiligung anschließend abgestritten haben. Also ist das Ganze nicht wirklich ungewöhnlich. Mach, was sie wollen, dann bezahlt man dich gut, und niemand schlitzt dich auf.«

»Aber warum bezahlt man uns diesmal so gut?«

Er hatte kurz nachgedacht. »Tja, das muss von ganz oben kommen. Von einem Gründerhaus oder einem Verwandten davon. Von Leuten, die hinter vielen Mauern leben. Und je weiter oben sie in der Hierarchie der Häuser stehen, desto reicher, verrückter und dümmer sind diese Leute. Vielleicht sollen wir nur das Spielzeug eines kleinen Prinzen stehlen. Oder den Stab von Crasedes dem Großen selbst.«

»Beruhigend.«

»Fehler sollten wir uns dennoch nicht erlauben, Sancia.«

»Die mache ich nie.«

»Ich weiß. Du bist Profi. Aber wenn das von ganz oben kommt, müssen wir besonders vorsichtig sein.« Sark hatte die Arme ausgestreckt. »Ich meine, sieh mich an. Dass passiert, wenn man sie hintergeht. Und du …«

Sie hatte ihn streng angesehen. »Was ist mit mir?«

»Tja. Du hast ihnen früher gehört. Daher weißt du ja, wie sie sein können.«

Langsam richtete sich Sancia im Bett auf. Sie war schrecklich müde, fand jedoch keinen Schlaf.

Sarks Worte »Du hast ihnen früher gehört« hatten ihr damals zu schaffen gemacht, und das taten sie noch immer.

Die Narbe an ihrem Kopf kribbelte. Genau wie die Narben auf ihrem Rücken – auf dem sie weitaus mehr hatte als am Kopf.

Jetzt gehöre ich ihnen nicht mehr, dachte sie. *Ich lebe jetzt in Freiheit.*

Doch das stimmte nicht ganz, wie sie wusste.

Sie öffnete das Geheimfach im Schrank und nahm Clef heraus.

»Wir gehen«, sagte sie.

»Endlich!«, erwiderte Clef aufgeregt.

Kapitel 5

Sancia fädelte eine Schnur durch den Schlüsselkopf, hängte sich Clef um den Hals und verbarg ihn unter ihrem Wams. Dann stieg sie die Stufen ihres Unterschlupfs hinab und schlüpfte zur Nebentür hinaus. Auf der verschlammten Straße hielt sie kurz Ausschau nach Leuten, die sie vielleicht beobachteten, und ging dann los.

Mittlerweile füllten sich die Straßen Gründermarks mit Menschen, die über die hölzernen Gehsteige wankten oder schlenderten. Die meisten davon waren auf dem Weg zur Arbeit und hatten noch immer Kopfweh von zu viel Rohrwein am Vorabend. Die Luft war diesig feucht, und in der Ferne erhoben sich die bewaldeten Berge. Nebel stieg zwischen den riesigen, glitzernden Bäumen auf. Sancia war noch nie im Hochland vor Tevanne gewesen. Wie die meisten Tevanner. Das Leben in der Stadt mochte rau sein, doch in der Wildnis der Berge war es weit schlimmer.

Sancia bog um eine Ecke und sah, dass jemand vor ihr auf der Straße lag, die Kleider mit Blut durchtränkt. Sie wechselte die Straßenseite, um ihn zu umgehen.

»Heiliger Bimbam«, sagte Clef.

»Was?«

»Ist der Kerl tot?«

»Wieso kannst du ihn sehen, Clef? Du hast keine Augen.«

»Weißt du, wie Augen funktionieren?«

»Das ist ein gutes Argument.«

»Genau. Und? Du hast ihn doch gesehen, oder? War der Kerl tot?«

Sie schaute zurück und sah die schlimme Halswunde des Mannes. »Das hoffe ich für ihn.«

»So was. Wird denn ... irgendwer etwas deswegen unternehmen?«

»Was denn?«

»Tja, ich weiß nicht. Sich um die Leiche kümmern?«

»Äh ... vielleicht. Ich hab gehört, nördlich von hier gibt es einen Markt für Menschenknochen. Mir ist bis heute nicht klar, wofür man die braucht.«

»Nein, ich meine, wird sich jemand darum bemühen, den Mörder zu fassen? Habt ihr keine Obrigkeit, die dafür sorgt, dass so was nicht passiert?«

»Oh«, erwiderte Sancia. »Nein.«

Sie erklärte ihm, wie die Dinge in Tevanne liefen. Da die Stadt seine Bedeutung einzig den Handelshäusern verdankte, hatten sich diese im Laufe der Zeit den gesamten städtischen Grundbesitz angeeignet. Zugleich konkurrierten die Gründer miteinander und hüteten ihre jeweiligen Skriben-Entwürfe geradezu eifersüchtig, denn wie jeder weiß, ist geistiges Eigentum am leichtesten zu stehlen.

Das bedeutete auch, dass jedes Gründerhaus das eigene Gebiet streng bewachte. Sie waren von Mauern umgeben, durch deren Tore die Wachtposten nur Leute hineinließen, die die richtigen Identifikationsmarker hatten. Der Zutritt zum Territorium der Häuser wurde so streng kontrolliert, dass sie im Grunde eigene Staaten bildeten, die von der Stadt Tevanne als solche mehr oder weniger anerkannt wurden.

Vier ummauerte kleine Stadtstaaten auf dem Stadtgebiet Tevannes, völlig unterschiedliche Zonen mit eigenen Schulen, eigenen Wohnungen, eigenen Marktplätzen und eigener Kultur. Diese Handelshaus-Enklaven – die Campos – nahmen etwa achtzig Prozent der Stadt ein.

Wenn man nicht für ein Haus arbeitete oder mit ihm in irgendeiner Beziehung stand, also arm, schwach, ungebildet oder einfach die falsche Person war, dann lebte man in den übrigen zwanzig Prozent von Tevanne, einem unsteten Gewirr aus krummen Straßen, Plätzen und allem Möglichen dazwischen: den Gemeinvierteln.

Zwischen den Gemeinvierteln und den Campos gab es viele Unterschiede. So verfügten die Campos etwa über Müllentsorgungssysteme, Trinkwasser und gut instand gehaltene Straßen. In den Campos gab es zudem skribierte Instrumente im Überfluss, die den Bewohnern das Leben erleichterten, was in den Gemeinvierteln ganz gewiss nicht der Fall war. Streifte man mit einem skribierten Schmuckstück durch ein Gemeinviertel, wurde einem sofort die Kehle aufgeschlitzt und der Schatz gestohlen.

Denn was die Gemeinviertel von den Campos ebenfalls unterschied, war, dass es hier keine Gesetze gab.

Jeder Campo hatte eigene Gesetzeshüter und Gesetze, die innerhalb seiner weitläufigen Grenzen galten. Und da die Autonomie eines Campo als unantastbar galt, hatte man weder stadtweit gültige Gesetze, noch gab es übergeordnete Gesetzeshüter, ein Rechtssystem oder gar Gefängnisse – denn aus Sicht der tevannischen Elite hätte dies bedeutet, dass Tevanne im Machtgefüge über den Campos stünde.

Gehörte man also zu einem Handelshaus und lebte in einem Campo, stand man unter dem Schutz der dortigen Gesetze und Gesetzeshüter. Hatte man hingegen keine Verbindungen zu einem der Häuser und lebte in den Gemeinvierteln, war man nur ... da. Und eingedenk der vielen Krankheiten, des Hungers, der Gewalt und anderer Unannehmlichkeiten, war man nicht lange da, wenn man nicht aufpasste.

»Heilige Hölle«, sagte Clef. »Wie kannst du nur so leben?«

»Wie jeder andere auch, würd ich mal sagen.« Sancia bog links ab. »Immer einen Tag nach dem anderen.«

Endlich erreichten sie ihr Ziel. Vor ihnen endete das Elendsviertel Gründermark abrupt an einer glatten weißen Wand, etwa zwanzig Meter hoch, sauber, perfekt und bestens instand gehalten.

»Vor uns befindet sich etwas Großes, das skribiert ist, stimmt's?«, fragte Clef.

»Woher weißt du das?«

»Ich weiß es einfach.«

Das ... verstörte Sancia. Sie nahm skribierte Ausrüstung aus wenigen Schritten Entfernung wahr und hörte dann säuselnde Stimmen im Kopf. Clef hingegen schien die Skriben schon aus vierzig, fünfzig Schritt Entfernung zu spüren.

Sie ging an der Wand entlang bis zu einer großen Bronzetür mit komplexen, kunstvollen Gravuren. In der Mitte der Tür prangte das Wahrzeichen eines Hauses: Hammer und Meißel.

»Das ist eine verdammt große Wand. Wo sind wir hier?«, fragte Clef.

»Das ist die Campo-Mauer des Hauses Candiano. Das auf der Tür ist ihr Wahrzeichen.«

»Wer ist das Haus Candiano?«

»Es ist ein Handelshaus. War früher mal das größte, aber ihr Gründer wurde verrückt, und angeblich mussten sie ihn irgendwo in einen Turm sperren.«

»Das ist vermutlich nicht gut fürs Geschäft.«

»Nein.« Sancia näherte sich der Tür und hörte ein leises Säuseln im Kopf. »Keiner weiß genau, wozu diese Tür dient. Manche sagen, sie ist für geheime Missionen gedacht, wenn etwa die Candianos jemanden aus den Gemeinvierteln fangen wollen. Andere behaupten, hier schaffen sie nur heimlich ihre Huren rein und raus. Ich hab sie noch nie offen gesehen. Sie wird nicht bewacht, weil angeblich niemand sie aufbrechen kann – sie ist natürlich skribiert.« Sancia stand vor der etwa drei Meter hohen Tür. »Aber du glaubst, du bekommst sie auf, Clef?«

»Oh, ich würde es nur zu gern versuchen«, erwiderte der Schlüssel mit erstaunlichem Frohsinn.

»Wie willst du das anstellen?«

»Weiß ich nicht. Werd ich schon noch sehen. Komm! Und wenn ich es nicht schaffe, was soll schon passieren?«

Sancia wusste, wie die Antwort darauf lautete: jede Menge. Vergriff man sich am Besitz der Handelshäuser, konnte man spielend leicht eine Hand verlieren – oder den Kopf. Normalerweise lief Sancia nicht mit Diebesgut am helllichten Tag durch Gründermark – schon gar nicht, wenn es sich dabei um das fortschrittlichste skribierte Instrument handelte, das sie je gesehen hatte.

Das war unprofessionell. Riskant. Und dumm.

Doch Sarks Bemerkung – »*Du hast ihnen früher gehört. Daher weißt du ja, wie sie sein können.*« – hallte ihr noch immer durch den Kopf. Es überraschte sie, wie sehr sie ihm diese Worte verübelte, zumal sie nicht wusste, warum. Ihr war stets klar gewesen, dass sie Aufträge der Handelshäuser ausführte, aber das hatte sie bislang nie zu faulen Tricks verleitet.

Doch Sarks Worte, bei denen er sich vermutlich nichts oder nicht viel gedacht hatte, lasteten ihr auf der Seele.

»Worauf wartest du?«, fragte Clef ungeduldig.

Sie trat an die Tür, besah sich die Skriben auf dem Rahmen und hörte das leise Murren im Kopf, wie immer, wenn sie sich so nahe an einem veränderten Objekt befand.

Sancia kniete nieder und steckte Clef ins Schloss. Schlagartig verwandelte sich das Murren in Geschrei.

Fragen schallten durch ihren Geist, alle an Clef gerichtet, Dutzende, wenn nicht Hunderte Stimmen, die nach seiner Identität fragten. Viele davon verhallten zu schnell, als dass sie Sancia hätte verstehen können, manche hingegen hörte sie deutlich:

»BIST DU DER JUWELENBESETZTE SPORN, AN DEM DIE HERRIN AM FÜNFTEN TAGE WIRKTE?«, *fragte die Tür Clef.*

»Nein, ich ...«

»BIST DU DAS WERKZEUG DES HERRN, DER EISERNE STAB MIT DEN EINGRAVIERTEN WIDDERN, DER NUR EINMAL IN ZWEI WOCHEN ZUTRITT ERHÄLT?«

»Schau mal, ich ...«

»BIST DU DAS ZITTERNDE LICHT, DAS OTTOS FEHLER FINDEN SOLL?«

»Also gut, Moment mal, ich ...«

Eine Frage folgte der nächsten. Viel zu schnell, als dass Sancia etwas davon hätte begreifen können; es machte sie schon ganz benommen, die Fragen nur zu *hören*. Trotzdem schnappte sie Fetzen der Unterhaltung auf. Die Fragen schienen der Sicherheit zu dienen, als erwartete die skribierte Tür einen bestimmten Schlüssel, und allmählich begriff die Tür, dass Clef das nicht war.

»BIST DU EINE EISERNE WAFFE, DIE DIE SCHWÜRE BRECHEN SOLL, DIE MIR AUFERLEGT WURDEN?«

»Teilweise«, antwortete Clef.

Kurz herrschte Stille.

»TEILWEISE?«

»Ja.«

»WIE KANNST DU TEILWEISE EINE EISERNE WAFFE SEIN, DIE DIE SCHWÜRE BRECHEN SOLL, DIE MIR AUFERLEGT WURDEN?«

»Tja, das ist kompliziert. Lass es mich dir erklären ...«

Während sich Clef und die Tür austauschten, versuchte Sancia, zu Atem zu kommen. Ihr war, als müsste sie einen ganzen Ozean auf einmal schlucken. Solange sie Clef berührte, hörte sie vermutlich dasselbe wie er.

Alles, was sie denken konnte, war: *So funktioniert also ein skribiertes Instrument? Wie ... wie ein Verstand? Die Dinger können denken?*

Das hätte sie nie erwartet. Gewiss, sie vernahm das Murmeln und Wispern skribierter Objekte, wenn sie nah genug an sie herankam, aber dennoch hatte Sancia sie stets für schlichte, geistlose Gegenstände gehalten.

»Erklär's mir noch mal«, **bat Clef gerade.**

»WENN WIR DIE SIGNALE ERHALTEN«, antwortete die Tür, inzwischen leicht verunsichert, »WERDEN ALLE BOLZEN ZURÜCKGEZOGEN, UND DIE TÜR SCHWINGT NACH AUSSEN AUF.«

»Gut, aber in welcher Geschwindigkeit gehst du auf?«, fragte Clef.
»IN ... IN WELCHER GESCHWINDIGKEIT?«
»Jau. Wie schwungvoll öffnest du dich?«
»ALSO ...«
Clef und die Tür tauschten noch mehr Botschaften aus. Sancia begriff allmählich: Steckte man den richtigen Schlüssel in die Tür, sandte er ein Signal an sie, woraufhin sie ihre Bolzen zurückzog und aufschwang. Doch Clef verwirrte die Tür, indem er sie mit Fragen regelrecht überschüttete, etwa darüber, in welche Richtung sie aufschwingen würde und wie schnell oder schwungvoll und so weiter.
»Tja, offensichtlich habe ich die zweite Sicherheitsstufe erreicht«, sagte Clef zur Tür.
»DAS IST WAHR.«
»Doch die Rahmenbolzen sind noch eingerastet.«
»EINEN MOMENT ... DAS IST BESTÄTIGT.«
»Ich will damit nur sagen, dass ...«
Die beiden Wesenheiten tauschten eine gewaltige Informationsmenge aus. Sancia verstand nichts davon.
»ALSO GUT. ICH GLAUBE, ICH VERSTEHE. BIST DU SICHER, DASS MAN DAS NICHT ALS ›ÖFFNEN‹ WERTEN KANN?«
»Absolut.«
»UND BIST DU SICHER, DASS DIE SICHERHEITSDIREKTIVEN DABEI EINGEHALTEN WERDEN?«
»Macht auf mich ganz den Eindruck. Auf dich etwa nicht?«
»ICH ... ICH GLAUBE SCHON.«
»Hör mal, die Prozedur verstößt gegen keine Regel, oder?«
»TJA, ICH GLAUBE NICHT.«
»Dann lass es uns versuchen.«
»ICH ... ALSO GUT.«
Schweigen.
Dann erbebte die Tür. Und schließlich ...
Ein lautes Knacken ertönte, dann schwang die Tür auf. Jedoch nach *innen*, mit erstaunlichem Schwung – so schnell, dass

Sancia fast von den Beinen gerissen wurde, da Clef noch im Schloss steckte und sie ihn festhielt.

Dann aber fuhr Clef heraus, und die bronzefarbene Tür gab den Blick frei auf ... die Straßen des Candiano-Campo, der sich hinter der Mauer erstreckte.

Auf der anderen Seite der Mauer befand sich eine völlig andere Welt: saubere Kopfsteinpflasterstraßen, hohe Gebäude, deren Fassaden mit Ornamenten aus Mooslehm verziert waren, bunte Banner und Flaggen, die an Schnüren über den Wegen hingen, und ...

Wasser. Springbrunnen mit Wasser, echtem, klarem, fließendem Wasser. Von ihrem Standpunkt aus sah sie gleich drei davon.

Obgleich Sancia verdutzt und verängstigt war, dachte sie: *Sie nutzen Wasser – sauberes Wasser – zur Dekoration?* Sauberes Wasser war unglaublich selten in den Gemeinvierteln, daher tranken die meisten Menschen stattdessen Rohrwein. Warum es hier anscheinend grundlos in diesen Brunnen sprudelte, war ihr unbegreiflich.

Sancia erlangte die Fassung zurück und erblickte in der Mauer neben der Tür ein Loch mit zerklüftetem Rand. Offenbar hatte die Tür nie ihre Bolzen eingefahren, sondern sich so schwungvoll nach innen geöffnet, dass die Bolzen durch die Wand gebrochen waren.

»Heiliger ... heiliger Bimbam!«, wisperte Sancia.

Sie wandte sich ab und rannte los. Schnell.

»Ta-daa!«, **sagte Clef in ihrem Kopf.** »Siehst du! Hab doch gesagt, dass ich's schaffe.«

»Was zur Hölle, was zur Hölle ...?«, **dachte Sancia, während sie rannte.** »Du hast die Tür kaputt gemacht! Du hast die Tür einer gottverdammten Campo-Mauer zerstört!«

»Ich hab doch gesagt, dass ich reinkomme.«

»Was zur Hölle hast du getan, Clef? Was hast du getan!«

»Äh ... ich hab die Tür davon überzeugt, dass man es nicht als ›Öffnen‹

werten kann, wenn sie nach innen aufschwingt«, **erklärte Clef.** »Damit sie mir nicht unzählige Sicherheitsfragen darüber stellt, warum ich sie knacke. Man kann nicht von Türknacken sprechen, wenn die Tür selbst glaubt, dass sie zubleibt, stimmt's? Dann musste ich sie nur noch davon überzeugen, dass sie fest genug nach innen aufgehen muss, damit wir uns nicht mit den Bolzen befassen müssen, die am besten geschützt waren.«

Er klang fröhlich, fast siegestrunken, und Sancia schoss der verrückte Gedanke durch den Kopf, dass es Clef so etwas wie sexuelle Befriedigung verschaffte, ein skribiertes Objekt zu knacken.

Sie eilte um eine Ecke und lehnte sich keuchend gegen die Wand. »Aber ... aber ... ich hätte nicht gedacht, dass du die verrogelte Tür zerstören würdest!«

»Verrogelt? Was bedeutet das?«

Sancia erklärte ihm rasch, dass das Rogelloch in einem Schiff die Luke war, durch die die Wellen die Fäkalien aus den Latrinen spülten. Es war unausweichlich, dass es früher oder später verstopfte, daher musste die Besatzung das Loch mit langen Stangen säubern. Und da Seemänner oft schmutzige Gedanken haben, entstand daraus der Jargonbegriff für die sexuelle Praktik des ...

»Schon gut, verdammt, ich versteh schon!«, **sagte Clef.** »Hör auf!«

»Du ... du kannst jedes skribierte Objekt manipulieren?«, **fragte Sancia.**

»Klar. Skribierte Ausrüstung ist an Befehle gebunden, und die Befehle überzeugen das Objekt, sich für etwas zu halten, was es nicht ist. Das ist wie bei einer Debatte, auch da bedarf es, um jemanden zu überzeugen, einer klaren, in sich schlüssigen Argumentation. Aber man kann über die Befehle diskutieren, das Objekt verwirren, es überlisten. Das ist leicht!«

»Aber ... wie hast du das gemacht? Woher weißt du all das? Du hast gestern Abend zum ersten Mal von skribierten Objekten gehört.«

»Oh. Äh. Richtig.« **Er legte eine längere Pause ein.** »Ich ... weiß es nicht«, **erwiderte er schließlich ein wenig verunsichert.**

»Du weißt es nicht?«

»N-nein.«

»Erinnerst du dich sonst an etwas, Clef? Oder nur an deine Dunkelheit?«

Erneut schwieg er längere Zeit. »Können wir bitte über etwas anderes reden?«**, fragte er schließlich kleinlaut.**

Sancia wertete die Antwort als Nein. »Kannst das mit jedem skribierten Objekt machen?«

»Äh ... tja ... Ich bin auf Dinge spezialisiert, die verschlossen bleiben sollen. Durchgänge. Türen. Barrieren. Verbindungspunkte. Beispielsweise kann ich die Platte in deinem Kopf nicht manipulieren.«

Sancia erstarrte. »Was?«

»Äh ... Hab ich was Falsches gesagt?«

»Woher ... woher weißt du von der Platte in meinem Kopf?«

»Na ja, sie ist skribiert. Sie spricht. Sie redet sich ein, etwas zu sein, das sie nicht ist. Das spüre ich. Genau, wie du andere skribierte Objekte hören kannst.«

»Wie kannst du sie spüren?«

»Ich ... spüre sie einfach. Das ist meine Aufgabe.«

»Du meinst ... skribierte Objekte aufzuspüren und zu überlisten ist deine Aufgabe? Auch wenn du vor fünf Minuten überhaupt nicht wusstest, was du so tust?«

»Ich ... ich glaube schon«**, erwiderte Clef, erneut verunsichert.** »Ich kann mich ... ich kann mich nicht genau erinnern.«

Sancia lehnte noch immer an der Wand. Die Welt fühlte sich wabblig und fern an, während sie das Gehörte zu verarbeiten versuchte.

Zunächst einmal stand fest, dass Clef eine Art von Gedächtnisverlust erlitten hatte. Es war seltsam, bei einem Schlüssel ein geistiges Leiden zu diagnostizieren, zumal Sancia nach wie vor nicht begriff, ob er wirklich so etwas wie einen Verstand hatte. Doch falls dies zutraf, musste die lange Gefangenschaft in der Dunkelheit – Jahrzehnte, wenn nicht Jahrhunderte – völlig ausgereicht haben, um ihm diesen Verstand zu nehmen.

Vielleicht war Clef beschädigt. Jedenfalls schien er sein ei-

genes Potenzial nicht zu kennen, und das war beunruhigend, denn er musste erschreckend mächtig sein.

Denn obwohl nur wenige verstanden, wie eine Skribierung funktionierte, wusste doch jeder auf der Welt, dass sie stark und *verlässlich* war. Die Schiffe eines Handelshauses waren mit Skriben ausgestattet, sodass sie das Wasser mit unglaublicher Leichtigkeit teilten. Sie hatten manipulierte Segel, die immer die perfekte Brise im optimalen Winkel einfingen. Und wenn solche Schiffe vor einer Stadt auftauchten und ihre großen skribierten Geschütze ausrichteten, tat man gut daran, sich sofort zu ergeben.

Dass diese Schiffe eine Fehlfunktion haben oder gar versagen könnten, war eine schier undenkbare Vorstellung.

Doch dem war nicht länger so. Nicht für Sancia, die Clef in der Hand hielt.

Die Skriben bildeten das Fundament des tevannischen Imperiums. Es hatte damit zahllose Städte erobert, deren Einwohner nun als Sklaven auf den Plantageninseln schufteten. Jetzt aber bekam dieses Fundament für Sancia erste Risse.

Ein Schauder durchrieselte sie. *Wäre ich ein Handelshaus*, dachte sie, *ich würde alles in meiner Macht Stehende tun, um Clef zu zerstören. Ich würde dafür sorgen, dass nie jemand von seiner Existenz erfährt.*

»Also«, sagte Clef fröhlich. »Was jetzt?«

Diese Frage stellte Sancia sich ebenfalls. »Ich muss mich vergewissern, dass ich die Bedeutung von alledem wirklich verstanden habe.«

»Und? Was bedeutet es deiner Meinung nach?«

»Tja, ich glaube, du, ich und vielleicht auch Sark schweben in verdammt großer Lebensgefahr.«

»Oje. Und ... äh, wie finden wir das genau heraus?«

Sancia rieb sich über die Lippen. Sie stieß sich von der Wand ab, hängte sich Clef um den Hals und lief los. »Ich bringe dich zu ein paar Freunden. Die wissen verrogelt viel mehr über Skriben als ich.«

Kapitel 6

Sancia huschte über Wege und durch Gassen, überquerte die Fahrbahnen von Gründermark und erreichte schließlich das angrenzende Gemeinviertel: Altgraben. Während Gründermark berüchtigt war wegen seiner hohen Verbrechensrate, war Altgraben aufgrund seiner Lage unangenehm: Das Viertel grenzte an die tevannischen Gerbereien, daher stank es hier überall nach Tod und Verwesung.

Sancia störten allerdings derlei Gerüche nicht. Sie folgte einer sich windenden Gasse und spähte zwischen die maroden Bauten und Holzbaracken. Die Gasse endete an einer kleinen, unscheinbaren Tür, über der vier bunte Laternen brannten – drei rote, eine blaue.

Nicht da, dachte sie.

Sie kehrte zur Hauptstraße zurück und umrundete den Häuserblock, bis sie zu einer Kellertür gelangte. Auch hier hingen draußen vier Laternen – wieder drei rote und eine blaue.

Auch nicht da. Sie kehrte zur Hauptdurchgangsstraße zurück.

»Hast du dich verirrt?«, fragte Clef.

»Nein. Die Leute, zu denen ich will ... sind nicht immer am selben Ort anzutreffen.«

»Was, sie ziehen umher?«

»Gewissermaßen. Sie wechseln ihren Unterschlupf, um Überfälle zu vermeiden.«

»Wer überfällt sie denn?«

»Die Campos. Die Handelshäuser.«

An einem verwitterten Hof blickte sie durch den schiefen Eisenzaun. Ganz hinten führte eine lange Treppe hinab, über der vier Laternen hingen – doch anders als bisher waren drei davon blau und eine rot.

»Wir sind am Ziel!«

Sancia sprang über den Zaun und durchquerte den Hof, stieg die dunklen Stufen hinab, erreichte eine dicke Holztür und klopfte dreimal an.

Ein Sehschlitz in der Tür glitt auf. Zwei Augen spähten hinaus, misstrauisch zusammengekniffen. Als sie Sancia erblickten, bildeten sich Lachfältchen in den Augenwinkeln. »So schnell schon zurück?«, fragte eine Frauenstimme.

»Nicht ganz freiwillig«, erwiderte Sancia.

Die Tür wurde geöffnet, und sie trat ein. Sogleich erklang das Gemurre Hunderter skribierter Objekte in ihrem Geist.

»Ah«, sagte Clef. »Den Handelshäusern gefällt es nicht, dass deine Freunde so viele Spielsachen haben?«

»Genau.«

Der Keller war lang, hatte eine niedrige Decke und war seltsam beleuchtet. Das meiste Licht stammte von den etwa zehn skribierten Glaslaternen, die man achtlos auf dem Steinboden abgesetzt hatte. Die Ecken des Kellers waren vollgestopft mit Büchern oder Papierstapeln mit Anweisungen und Diagrammen. Zwischen den Laternen standen Rollwagen, die für das Auge eines Unbedarften mit Krimskrams beladen schienen: Metallbarren, aufgerollte Lederbänder, Holzstücke und dergleichen.

Es war unglaublich heiß im Raum, was an den skribierten Schalen am hinteren Ende lag, die Kupfer und Bronze zu einer brodelnden Flüssigkeit schmolzen. Jemand hatte einen Ventilator aufgestellt, um die heiße Luft nach draußen zu leiten. Das Gerät verfügte über einen schlauen Antrieb aus gestohlenen Karrenrädern, die sich auf einer Achse drehten und die

Ventilatorblätter bewegten. Sechs Leute saßen um die Schalen, tauchten lange, stiftähnliche Werkzeuge ins geschmolzene Metall und malten damit Symbole auf …

Tja, auf alles Mögliche. Auf kleine Bronzekugeln. Holzbretter. Schuhe. Hemdkragen. Karrenräder. Hämmer. Messer. Auf einfach alles.

Die Tür schloss sich hinter Sancia und gab den Blick frei auf eine große, schlanke Frau mit dunkler Haut und einer Vergrößerungsbrille auf dem Kopf. »Falls du auf der Suche nach einem ganz normalen Auftrag bist, San, musst du dich gedulden. Wir haben einen Eilauftrag.«

»Was ist los?«, fragte Sancia.

»Die Candianos verändern ihre Erkennungsprozesse«, erwiderte die junge Frau. »Sie tauschen alles aus. Das treibt viele unserer Kunden zur Verzweiflung.«

»Wann sind eure Kunden jemals nicht verzweifelt?«

Claudia lächelte, allerdings lächelte sie fast immer ein wenig. Das war Sancia ein Rätsel, denn aus ihrer Sicht gab es nicht viel, über das Claudia hätte lächeln können: Unter solchen Bedingungen zu skribieren – in einem heißen, düsteren Verschlag – war nicht nur unangenehm, sondern auch wahnsinnig gefährlich. Claudias Finger und Unterarme wiesen zahlreiche hässliche Brandnarben auf.

Aber so arbeiteten Tüftler nun einmal. Sie mussten im Verborgenen skribieren.

Das Skribieren von Objekten war eine knifflige Angelegenheit. Um einen Gegenstand mit Dutzenden bis Hunderten Sigillen zu versehen, die in ihrer sorgsamen Auswahl logische Befehle ergaben und so die Realitätswahrnehmung des Objekts veränderten, brauchte man nicht nur viele Jahre Erfahrung, sondern auch einen scharfen und kreativen Geist. Viele Skriber fanden keine Anstellung auf einem Campo, andere wiederum waren Massenentlassungen zum Opfer gefallen. Die jüngsten Veränderungen in der Skriben-Kultur erschwerten es zudem

Frauen, eine Arbeitsstelle in den Campos zu finden, und viele der abgelehnten Anwärter zogen in andere tevannische Lehnsstaaten und verrichteten würdelose, langweilige Arbeit an den Wasserstraßen im Inland.

Aber nicht alle. Einige lebten in den tevannischen Gemeinvierteln und arbeiteten unabhängig: Sie kopierten, veränderten oder erweiterten die Entwürfe der vier Haupthandelshäuser. Das war nicht leicht, doch hatte jeder selbstständige Skriber eigene Kontaktleute. Manche davon waren korrupte Campo-Beamte, die die ursprünglichen Entwürfe und Sigillen-Kombinationen herausschmuggelten. Andere waren Diebe wie Sancia, die in Handelshäusern Aufzeichnungen darüber stahlen, wie man Sigillen perfektionierte. Mit der Zeit hatten die Leute ihr Wissen immer mehr geteilt, und schließlich hatte eine kleine, nebulöse Gruppe von Amateuren, ehemaligen Campo-Angestellten und frustrierten Skribern eine Skriben-Bibliothek im Gemeinviertel geschaffen. Seither florierte der Handel.

Im Zuge dessen waren die Tüftler entstanden. Wollte man ein Schloss reparieren oder brauchte man eine verstärkte Tür oder wollte man einfach nur sauberes Wasser, verkauften die Tüftler einem das nötige Instrument dafür, wobei der Preis für gewöhnlich recht hoch war. Anders jedoch kamen die Bewohner der Gemeinviertel nicht an die Vorzüge und leiblichen Genüsse heran, die sonst nur den Bewohnern der Campos vorbehalten waren. Allerdings funktionierten die Instrumente der Tüftler nicht immer zuverlässig.

Ihr Gewerbe war nicht illegal, denn da es in den Gemeinvierteln keine Gesetze gab, war alles erlaubt. Im Rahmen dessen war es leider auch erlaubt, dass ein Handelshaus Handlanger entsandte, die einem Tüftler die Tür eintraten, die ganze Produktion zerstörten und ihm womöglich die Finger und das Gesicht zertrümmerten.

Daher musste man im Verborgenen arbeiten. Unter der Erde. Und in Bewegung bleiben.

»Nicht schlecht, das Zeug«, sagte Clef in Sancias Gedanken, als sie durch die Werkstatt schritt. »Einiges davon ist Müll, anderes ganz schön einfallsreich. Wie die Karrenräder. Sie haben sich viele Möglichkeiten einfallen lassen, wie man sie nutzen kann.«

»Die wurden in den Gießereien erfunden«, antwortete Sancia. »Bei den Rädern haben sie erstmals mit der Schwerkraft experimentiert, um ihre Maschinen dazu zu bringen, umherzufahren und besser zu funktionieren.«

»Ausgebufftes Zeug.«

»Irgendwie schon. Soweit ich weiß, hat es anfangs nicht reibungslos funktioniert, und ein paar Skriber haben das Gewicht der Maschinen verfünffacht oder so.«

»Und was ist passiert?«

»Sie wurden überfahren und plattgewalzt, zu einer etwa bratpfannendicken Fleischschicht.«

»Das ist vielleicht nicht ganz so ausgebufft gewesen.«

Claudia führte Sancia ans Ende des Raums, wo Giovanni, ein erfahrener Tüftler, an einem kleinen Schreibtisch saß und sorgsam Sigillen auf eine Holzplakette malte.

Er sah flüchtig von der Arbeit auf. »'n Abend, San.« Sein ergrauender Bart verzog sich, als er sie angrinste. Vor seiner Entlassung aus dem Haus Morsini war er ein angesehener Skriber gewesen, und die anderen Tüftler hörten meist auf ihn. »Du siehst unverletzt aus. Wie hat die Ware funktioniert?«

»Halbwegs.«

»Was soll das heißen, halbwegs?«

Sancia trat näher und schob den Tisch betont sanft beiseite. Dann nahm sie vor Giovanni Platz und grinste ihn an, wobei die Haut um ihr dunkleres Auge unansehnliche Falten warf. »Die Ware hat *halbwegs* funktioniert. Bis dein verdammter Segelgleiter fast auseinandergefallen ist und ich über der Hafenbrücke abgestürzt bin.«

»Was?«

»Ja. Wenn du jemand anders wärst, Gio, irgendwer, würde

ich dich vom Schritt bis zum Brustbein aufschlitzen für das, was da draußen passiert ist.«

Giovanni blinzelte, dann grinste er. »Beim nächsten Mal Rabatt. Zwanzig Prozent?«

»Fünfzig.«

»Fünfundzwanzig.«

»Fünfzig.«

»Dreißig?«

»*Fünfzig.*«

»Also schön, also schön, dann fünfzig.«

»Gut«, sagte Sancia. »Besorg dir beim nächsten Mal robusteres Material für den Gleitschirm. Und bei der Blitzkiste hast du's übertrieben.«

Giovanni hob die Augenbrauen. »Oh. *Oh.* Hat etwa das Kistchen den Brand im Hafen verursacht?«

»Zu viel Magnesium in der Kiste«, sagte Claudia kopfschüttelnd. »Hab ich dir doch gesagt, Gio.«

»Ich merk's mir«, erwiderte er. »Und ... entschuldige bitte, teure Sancia. Ich korrigiere die Formeln für deine Ausrüstung.« Er zog den Tisch wieder heran und widmete sich der Holzplakette.

Sancia sah ihm zu. »Und, was ist los? Brauchen eure Kunden so schnell neue Passierplaketten?«

»Ja«, antwortete Claudia. »Anscheinend sind die Leute im Candiano-Campo ... ungewöhnlich promiskuitiv.«

»Promiskuitiv.«

»Ja. Sie haben – wie soll ich sagen? – ein großes Bedürfnis nach diskreten Treffen.«

»Ah.« Allmählich begriff Sancia. »Damen der Nacht also.«

»Und Männer«, fügte Giovanni hinzu.

Claudia nickte. »Ja, die auch.«

Auf diesem Gebiet kannte sich Sancia aus. Die Mauern von Handelshäusern waren skribiert. Die Tore ließen nur Leute mit spcziellen Ausweisen hindurch, die man »Passierplaketten«

nannte, Holzplaketten mit entsprechenden Zutritts-Skriben. Lief man mit der falschen – oder ohne – durch die falsche Tür, wurde man von den Wachen zur Rede gestellt oder sogar getötet. Bei einigen Mauern im Inneren eines Campo, wo die reichsten, bestgeschütztsen Leute lebten, konnte man dann angeblich sogar explodieren.

Da Sancia die Campos regelmäßig illegal betrat, musste sie sich bei den Tüftlern gefälschte Plaketten besorgen. Doch zu den größten Kunden zählten zweifellos die Prostituierten, die natürlich dorthin wollten, wo das Geld war. Die Plaketten der Tüftler konnten einen normalerweise nur hinter die erste oder zweite Mauer bringen. Es war weitaus schwerer, die höherstufigen Ausweismarker zu fälschen oder zu stehlen.

»Warum sollten die Candianos ihre Kennungen ändern?«, fragte Sancia. »Hat jemand sie erschreckt?«

»Keine Ahnung«, sagte Claudia. »Angeblich zieht sich Tribuno Candiano endlich das letzte Laken übers Gesicht und fällt in den ewigen Schlaf.«

Giovanni schnalzte mit der Zunge. »Der Eroberer höchstselbst fällt dem Alter zum Opfer. Wie tragisch.«

»Vielleicht stimmt es«, sagte Claudia. »Stirbt jemand von der Elite, sorgt das oft für Veränderungen im Campo. Falls dem so ist, gibt es, solange alles im Umbruch ist, viele leichte Ziele im Candiano-Campo. Wenn du an einem Nebenauftrag interessiert bist, bezahlen wir dich dafür.«

»*Nicht* den marktüblichen Lohn«, betonte Giovanni, »aber wir bezahlen dich.«

»Diesmal nicht«, antwortete Sancia. »Ich muss mich um Dringenderes kümmern. Ich möchte, dass ihr euch etwas anschaut.«

»Wie ich schon erwähnte«, sagte Claudia, »wir haben gerade einen Eilauftrag.«

»Ich möchte nicht, dass ihr mir Skriben kopiert«, entgegnete Sancia. »Ich bin mir nicht mal sicher, ob ihr das könntet. Ich brauche nur … euren Rat.«

Claudia und Giovanni wechselten einen Blick. »Wie meinst du das, wir können die Skriben nicht kopieren?«, hakte Claudia nach.

»Und seit wann fragst du jemanden um Rat?«, fügte Giovanni hinzu.

»Ah«, sagte Clef in Sancias Kopf. »Jetzt bekomme ich also meinen großen Auftritt?«

»Akkurat«, sagte Claudia. Sie besah sich Clef unter den skribierten Laternen, ihre Augen wirkten durch die Vergrößerungsbrille riesig. »Aber auch ... ziemlich seltsam.«

Giovanni sah ihr über die Schulter. »So was hab ich noch nie gesehen. In meinem ganzen Leben noch nicht.«

Claudia bedachte Sancia mit einem Seitenblick. »Du sagst ... er *spricht* mit dir?«

»Ja.«

»Und das liegt nicht an deiner ...« Sie tippte sich an den Kopf.

»Ich glaube, wegen der Platte kann ich ihn hören – jedenfalls wenn ich ihn berühre«, sagte Sancia.

Außer Sark, Claudia und Giovanni wusste niemand, dass sie ein skribierter Mensch war. Sie hatte es ihnen verraten, da sie für Sancia den Kontakt zu einem Schwarzmarktphysikus herstellen konnten. Und sie vertraute ihnen. Größtenteils, weil Tüftler bei den Handelshäusern ebenso verhasst waren, wie sie selbst es sein würde, falls die Häuser je herausfanden, was Sancia war. Und wenn die Tüftler sie fallen ließen, würde Sancia das im Gegenzug mit ihnen tun.

»Was sagt er denn zu dir?«, fragte Giovanni.

»Meistens fragt er, was unsere Schimpfworte bedeuten. Hast je von so einem Instrument gehört?«

»Ich habe schon skribierte Schlüssel gesehen«, antwortete Claudia. »Einige habe ich selbst gemacht. Aber diese Gravuren, diese Sigillen ... die sind mir völlig fremd.« Sie sah Giovanni an. »Das Sieb?«

Giovanni nickte. »Das Sieb.«

»Hä?« Sancia sah zu, wie Giovanni etwas aufrollte, das einem großen Ledertuch glich. An seinen Ecken waren Messingplaketten befestigt, die matte, komplexe Sigillen zeigten.

Er nahm Clef auf, als wäre der Schlüssel ein sterbendes Vögelchen, und legte ihn sanft in die Mitte des Leders.

»Was immer das ist«, erkundigte sich Sancia, »es tut ihm nicht weh, oder?«

Giovanni blinzelte sie durch die Brillengläser hindurch an. »*Ihm?* Auf einmal scheinst du sehr an diesem Ding zu hängen, San.«

»Dieses *Ding* ist einen Riesenhaufen Geld wert«, verteidigte sie sich.

»Einer von Sarks Aufträgen?«, fragte Giovanni.

Sancia schwieg.

»Stoische kleine San.« Langsam schlug er Clef in das Ledertuch ein. »Unser grimmiges, kleines Nachtgespenst. Eines Tages bringe ich dich schon noch zum Lächeln.«

»Was ist das für ein Leder?«, fragte Sancia.

»Ein Skriben-Sieb«, antwortete Claudia. »Legt man ein Objekt hinein, identifiziert es zwar meist nicht alle, aber einige *wichtige* Sigillen, die das Wesen des Objekts bestimmen.«

»Warum nicht alle?«, fragte Sancia.

Giovanni lachte auf und legte eine dicke Eisenplatte auf das eingeschlagene Ledertuch. »Eines Tages, San, bringe ich dir etwas über die Stufen des Skribierens bei. Die Sigillen bilden keine einzelne Sprache, daher kann man sie auch nicht einzeln übersetzen. Vielmehr ist jede Sigille ein eigener Befehl, doch der aktiviert eine ganze Abfolge anderer Sigillen, die mit dem Wortstamm verwandt si…«

»Schon gut«, unterbrach Sancia ihn, »ich hab dich nicht gebeten, mich hier und jetzt im Skribieren zu unterrichten.«

Pikiert hielt Giovanni inne. »Sancia, du solltest dich mehr für die Sprachen interessieren, die alles um dich herum antrei…«

»Ich möchte meinen Hintern heute noch zu einer vernünftigen Zeit ins Bett schwingen, also mach voran.«

Grollend verteilte Giovanni Eisenspäne aus einem Becher auf der Eisenplatte. »Dann wollen wir doch mal sehen, was wir hier haben ...«

Gebannt schauten sie auf die Platte.

Und schauten noch länger darauf. Nichts geschah.

»Hast du alles richtig gemacht?«, fragte Sancia.

»Natürlich hab ich alles richtig gemacht, verdammt noch mal«, bellte Giovanni.

»Und was würden wir dann jetzt normalerweise sehen?«

»Die Späne sollten sich neu anordnen, die Form der Hauptskriben annehmen, mit denen das Objekt versehen ist«, erklärte Claudia. »Aber ... wenn wir das Ergebnis glauben können, *hat* dieser Schlüssel keine Skriben.«

»Was unmöglich ist, soweit ich weiß«, fügte Giovanni hinzu.

Er und Claudia schauten eine Weile auf die Eisenplatte. Schließlich wechselten sie einen verwirrten Blick.

»Äh ... gut.« Claudia räusperte sich, kniete sich hin und wischte die Späne beiseite. »Also ... anscheinend weist Clef keine Sigillen oder Befehle auf, die wir mit unseren Methoden identifizieren können. Als wäre er nicht skribiert.«

»Und das heißt?«, fragte Sancia.

»Dass wir nicht wissen, was zur Hölle es – oder er – in Wahrheit ist«, gab Giovanni zu. »Mit anderen Worten: Seine Sigillen sprechen eine Sprache, die wir nicht kennen.«

»Hätte ein Handelshaus Interesse daran?«

»O heiliges Äffchen, ja«, bestätigte Claudia. »Um in den Besitz einer völlig neuen Skribensprache zu gelangen, würden sie ... würden sie ...« Sie verstummte und blickte besorgt Giovanni an.

»Was?«, fragte Sancia.

»Ich hab dasselbe gedacht«, sagte Giovanni leise.

»Was?«, hakte Sancia nach. »Was hast du gedacht?«

Nervös sah Claudia sich in der Werkstatt um. »Lass uns ... an einem ungestörten Ort weiterreden.«

Sancia stopfte Clef wieder unter ihr Wams und folgte den beiden Tüftlern ins Hinterzimmer. Hier standen überall Folianten und Bücher über Sigillen-Kombinationen und Befehls-Skriben sowie stapelweise Papier voller Symbole, die für Sancia keinen Sinn ergaben.

Claudia schloss die Tür hinter ihnen und sperrte sie ab.

»Das ... verheißt wohl nichts Gutes«, sagte Clef.

»Nein. Nein, überhaupt nicht.«

Giovanni nahm eine Flasche starken, ungesunden Rohrweins zur Hand, schenkte drei Gläser ein und hielt Sancia eins hin. »Willst was trinken?«

»Nein.«

»Sicher?«

»Ja«, antwortete Sancia gereizt.

»Du hast nie Spaß, San. Du verdienst aber welchen. Vor allem jetzt.«

»Was ich verdiene, ist zu erfahren, wie tief ich in der Scheiße stecke.«

»Wie lange lebst du jetzt schon in Tevanne?«, fragte Giovanni.

»Ein bisschen länger als drei Jahre. Wieso?«

»Hm ... gut.« Er goss zwei der drei Gläser zurück in die Flasche. »Es dauert ein wenig, dir das zu erklären.«

Claudia nahm hinter einem Stapel Folianten Platz. »Hast du je vom Abendland gehört, Sancia?«, fragte sie leise.

»Ja. In den Märchen über Riesen, von denen angeblich die Ruinen stammen, die man überall in der Durazzoregion findet, in den Daulo-Ländern. Aquädukte und dergleichen. Stimmt's?«

»Hm. Halbwegs«, sagte Giovanni. »Genauer gesagt, haben sie das Skribieren erfunden, vor langer, langer, *langer* Zeit.

Allerdings waren sie keine Riesen. Manche sagen, sie waren Engel. Zumindest ähnelten sie Engeln wohl sehr. Man nannte sie auch ›Hierophanten‹, und in den meisten alten Geschichten werden sie als Priester, Mönche oder Propheten beschrieben. Der erste von ihnen – der bemerkenswerteste von allen – war Crasedes der Große. Sie haben ihre Skriben dazu genutzt, unvorstellbare Dinge zu tun.«

»Zum Beispiel?«, fragte Sancia.

»Beispielsweise haben sie Berge versetzt«, antwortete Claudia. »Ozeane ausgehoben. Und ganze Städte vernichtet. Sie haben ein gewaltiges Imperium errichtet.«

»Echt?«, fragte Sancia.

Giovanni nickte. »Ja, und zwar eins, gegen das die heutigen Handelshäuser wie lächerliche Scheißhaufen wirken.«

»Aber das war vor langer Zeit«, wiederholte Claudia. »Vor tausend Jahren oder so.«

»Was ist mit ihrem Imperium geschehen?«

»Es zerfiel«, antwortete Claudia. »Niemand weiß, wie oder warum. Aber als es unterging, ging es *richtig* unter. Fast nichts blieb davon übrig. Wir wissen nicht einmal, wie dieses Imperium genannt wurde. Wir nennen es nur das Reich des Abendlands, weil es im Westen lag. Im *gesamten* Westen. Das gehörte alles den Hierophanten.«

»Vermutlich war Tevanne für dieses Reich bloß ein Hafen in einem Nebengewässer, vor einer Ewigkeit.« Giovanni schenkte sich Wein nach.

Claudia sah ihn stirnrunzelnd an. »Du musst noch arbeiten, Gio.«

Er schnaubte. »Das beruhigt meine Hände.«

»Das sahen die Morsinis anders, als sie dich rausgeworfen haben.«

»Sie haben mein Genie verkannt«, entgegnete er leichthin und schlürfte am Rohrwein; Claudia rollte mit den Augen. »Jedenfalls ... Tevanne war weit genug entfernt, dass es keinen

Schaden nahm, als das Imperium des Abendlands unterging und die Hierophanten ausstarben.«

»Und es bestand fort«, fügte Claudia hinzu. »Und vor acht Jahren fanden einige Tevanner ein verborgenes Lager in den Klippen östlich von hier. Darin lagen abendländische Aufzeichnungen, die in vagen Begriffen die Kunst des Skribierens beschrieben.«

»Und *das*«, sagte Giovanni theatralisch, »war die Geburtsstunde des heutigen Tevanne!«

Schweigend ließ Sancia die Geschichte auf sich wirken und ...

»Moment ... was?«, platzte es dann aus ihr hervor. »Im Ernst? Ihr wollt sagen, was die Handelshäuser heute tun, basiert auf den Aufzeichnungen einer alten, *toten* Zivilisation?«

Giovanni nickte. »Noch nicht mal auf *guten* Aufzeichnungen. Das macht einen stutzig, was?«

»Das macht einen mehr als nur stutzig«, sagte Claudia. »Denn die heutigen Handelshäuser bewirken zwar eine Menge mit Skriben, aber sie können diesbezüglich den Hierophanten nicht das Wasser reichen. Zum Beispiel können sie nicht fliegen.«

»Oder über Wasser gehen«, fügte Giovanni hinzu.

»Oder eine Tür im Himmel öffnen«, sagte Claudia.

»Crasedes der Große hat mit seinem magischen Stab auf etwas gezeigt«, Giovanni imitierte die Geste, »und – puff! – teilte sich das Meer.«

»Es heißt, Crasedes trug an seiner Hüfte einen Dschinn in einem Korb bei sich«, sagte Claudia. »Manchmal ließ er ihn heraus und eine Burg bauen, Mauern einreißen oder ... du verstehst schon.«

Sancia musste an die Notiz denken, die sie im Kästchen bei Clef gefunden hatte. *Falls Crasedes über eine Art unsichtbares Wesen gebot, war es womöglich nur ein Prototyp seiner letzten und größten Schöpfung ...*

»Niemand weiß, wie die Hierophanten zu ihren Taten imstande waren«, sagte Claudia. »Aber die Handelshäuser suchen verzweifelt nach Hinweisen darauf.«

»Um nicht länger nur skribierte Toiletten zu bauen«, sagte Giovanni, »sondern Geräte und Werkzeuge, mit denen man, sagen wir, Berge zertrümmern oder den Ozean trockenlegen kann – vielleicht.«

»Lange Zeit ist niemand der Lösung nahe gekommen. Bis vor Kurzem.«

»Was ist denn kürzlich passiert?«, fragte Sancia.

»Ungefähr vor einem Jahr entdeckte eine Piratenbande eine kleine Insel im Westen der Durazzosee«, erklärte Giovanni. »Und auf der standen überall abendländische Ruinen.«

»Die Stadt Vialto, die in der Nähe der Insel liegt, wurde von Schatzsuchern überrannt«, sagte Claudia.

»Von Agenten der Handelshäuser«, fügte Giovanni hinzu, »oder von Menschen, die gern ein Handelshaus gründen würden.«

»Denn wenn man noch mehr Notizen und Aufzeichnungen findet ...«, sagte Claudia.

»... oder besser noch ein echtes, *unbeschädigtes* Instrument aus dem Abendland ...«, ergänzte Giovanni.

»... tja, dann«, hauchte Claudia, »würde das für immer die Zukunft des Skribierens verändern. Es würde die Handelshäuser überflüssig machen.«

»Das würde unsere ganze verdammte *Zivilisation* überflüssig machen«, sagte Giovanni.

Sancia war schlecht. Unvermittelt kamen ihr Clefs Worte in den Sinn: *Es gibt nichts vor der Dunkelheit. Nur die Dunkelheit. Ich war immer im Dunkeln, so ... so weit ich zurückdenken kann.*

In einer alten Ruine war es sicher sehr dunkel.

»Und ihr glaubt ...«, sagte sie zögerlich, »Clef ist ...«

»Ich glaube, Clef verwendet nicht dieselbe Skriben-Sprache,

die die Häuser benutzen«, fiel Claudia ihr ins Wort. »Und deinen Worten zufolge kann er erstaunliche Dinge tun. Ich schätze mal, du hast ihn im Hafen gestohlen ... dort also, wo alles aus Vialto ankommt ...« Sie verstummte.

»Du läufst vielleicht sogar mit einem Schlüssel herum, der eine Million Duvoten wert ist«, sagte Giovanni. »Fühlt sich das wie eine schwere Last an?«

Sancia stand völlig reglos da. »Clef«, dachte sie, »ist davon irgendwas wahr?«

Doch Clef antwortete ihr nicht.

Eine Zeit lang schwiegen sie. Dann klopfte jemand an die Tür – ein Tüftler, der Giovanni um Hilfe bat. Der entschuldigte sich und ließ Claudia und Sancia allein im Hinterzimmer.

»Du ... scheinst die Sache gut aufzunehmen«, sagte Claudia. Sancia antwortete nicht. Sie hatte sich kaum gerührt.

»Die meisten Menschen ... hätten einen Nervenzusammenbruch, wenn ...«

»Ich hab keine Zeit für einen Nervenzusammenbruch«, erwiderte Sancia kühl. Sie wandte den Blick ab und rieb sich über die Narbe am Kopf. »Verdammt. Ich hatte meine Entlohnung fast schon in Händen, und dann ...«

»Hättest du dich heilen lassen?«

»Ja. Aber daraus wird wohl vorerst nichts.«

Gedankenverloren strich sich Claudia über eine Narbe am Unterarm. »Dir ist schon klar, dass du den Auftrag nicht hättest annehmen sollen, oder?«

Sancia funkelte sie an. »Claudia. Nicht jetzt.«

»Ich hab dich davor gewarnt, für die Handelshäuser zu arbeiten. Ich hab gesagt, am Ende rogeln sie dich.«

»Es reicht!«

»Aber du hörst nicht damit auf.«

Sancia verfiel in Schweigen.

»Wieso hasst du sie nicht?«, fragte Claudia frustriert. »Wieso *verachtest* du sie nicht dessentwegen, was sie dir angetan haben?« In ihren Augen flackerte kalter Zorn.

Claudia war eine äußerst talentierte Skriberin, doch als die Campo-Akademien keine Frauen mehr aufgenommen hatten, war sie gezwungen gewesen, sich den Tüftlern anzuschließen, und verbrachte ihre Arbeitstage in nasskalten Kellern und auf verlassenen Dachböden. Trotz ihres fröhlichen Wesens hatte sie das den Handelshäusern nie verziehen.

»Einen Groll zu hegen«, sagte Sancia schließlich, »ist ein Privileg, das ich mir nicht leisten kann.«

Claudia lehnte sich im Stuhl zurück und sagte spöttisch: »Manchmal bewundere ich dich für deinen blutleeren Pragmatismus, Sancia. Aber dann fällt mir immer wieder auf, wie unzufrieden du bist.«

Sancia schwieg.

»Weiß Sark von dem Schlüssel?«, fragte Claudia.

Sancia schüttelte den Kopf. »Ich glaube nicht.«

»Was hast du jetzt vor?«

»Ich erzähle es Sark bei unserer Nachbesprechung in zwei Tagen. Dann verlassen wir die Stadt. Schnappen uns das erstbeste Boot und fahren weit, weit weg.«

»Wirklich?«

Sancia nickte. »Ich sehe keinen anderen Ausweg. Nicht, wenn Clef wirklich das ist, was ihr behauptet.«

»Du nimmst ihn mit?«

»Ich lasse ihn auf keinen Fall hier. Ich werde ganz sicher nicht das Arschloch sein, das den verrogelten Handelshäusern zu gottgleicher Macht verhilft.«

»Kannst du nicht früher mit Sark reden?«

»Ich kenne eine seiner Wohnungen, aber Sark ist sogar noch paranoider als ich. So wird man eben, wenn man gefoltert wurde. Er taucht stets unter, wenn ich einen Auftrag für ihn erledigt habe, und selbst ich weiß nicht, wohin er sich dann zurückzieht.«

»Tja, ich will deine Pläne nicht unnötig verkomplizieren, aber ... Tevanne zu verlassen ist vielleicht nicht *ganz* so leicht, wie du denkst.«

Sancia hob eine Augenbraue.

»Zum einen ist da die Sache mit Clef«, fuhr Claudia fort. »Zum anderen hast du den Hafen niedergebrannt, Sancia. Zumindest größtenteils. Zweifellos sind derzeit ein paar mächtige Leute auf der Suche nach dir. Und wenn sie herausfinden, dass du es warst ... nimmt dich kein Schiffskapitän in Tevanne mit. Nicht für allen Rohrwein und alle Rosen der Welt.«

Kapitel 7

Hauptmann Gregor Dandolo von der tevannischen Wasserwacht schritt erhobenen Hauptes durch das Gedränge in Gründermark. Er konnte nicht anders: Seine Haltung war stets tadellos, der Rücken durchgedrückt und die Schultern hochgezogen. Aufgrund seiner Körpergröße und der Schärpe der Wasserwacht ging ihm jeder in dem Gemeinviertel aus dem Weg. Die Leute wussten zwar nicht, *warum* er hier war, doch sie wollten auf jeden Fall nichts damit zu tun haben.

Gregor wunderte sich ein wenig über seine gute Laune. Er war in Ungnade gefallen, denn während seiner Wache hatte jemand den halben Hafen niedergebrannt, und nun drohte ihm eine zeitweilige Suspendierung vom Dienst, wenn nicht gar die Entlassung.

Dennoch kam Gregor mit der Situation gut zurecht: Jemand hatte ein Verbrechen begangen, und er beabsichtigte, ihn dafür zur Rechenschaft zu ziehen. So schnell und effizient wie möglich.

Rechts vor ihm öffnete sich die Tür einer Weinbar. Eine betrunkene Frau, deren Gesicht mit Schminke verschmiert war, wankte auf den knarrenden Gehsteig hinaus.

Gregor blieb stehen, verneigte sich und streckte den Arm aus. »Nach Euch, gnädige Frau.«

Die Betrunkene starrte ihn an, als hätte er den Verstand verloren. »Nach was?«

»Oh. Euch, gnädige Frau. Nach Euch.«

»Oh, verstehe.« Sie blinzelte betrunken, rührte sich jedoch nicht.

Gregor begriff, dass ihr nicht klar war, was die Phrase bedeutete, und seufzte leise. »Ihr dürft vorausgehen«, sagte er sanft.

»Oh. Oh! Also dann. Vielen Dank!«

»Gerne, gnädige Frau.« Erneut verneigte er sich.

Sie torkelte vor ihm her. Gregor schloss zu ihr auf. Der hölzerne Gehsteig bog sich unter seinem Gewicht ein wenig durch, wodurch sie ins Stolpern geriet. »Verzeiht«, sagte er, »aber ich habe eine Frage.«

Sie musterte ihn. »Ich hab Feierabend. Jedenfalls, bis ich einen ruhigen Ort gefunden hab, um ein bisschen zu reihern und mir die Nase zu pudern.«

»Verstehe. Aber nein, ich wollte fragen: Ist die Taverne ›Zur Lerchenstange‹ hier in der Nähe?«

Sie glotzte ihn an. »›Zur Lerchenstange‹?«

»Ja, gnädige Frau.«

»*Da* wollt Ihr hin?«

»In der Tat, gnädige Frau.«

»Tja. Ist da vorn.« Sie zeigte in eine schmutzige Gasse.

Wieder verbeugte er sich. »Exzellent. Habt vielen Dank. Ich wünsche einen schönen Abend.«

»Moment«, sagte sie. »Ein feiner Mann wie Ihr will nicht in eine solche Spelunke! Das ist eine verdammte Schlangengrube. Antonins Jungs drehen Euch durch die Mangel, sobald sie Euch sehen.«

»Vielen Dank!«, trällerte Gregor und schritt davon.

Seit dem Fiasko am Hafen waren drei Tage vergangen. Drei Tage, seit Gregors Plan buchstäblich in Rauch aufgegangen war, eine ordentliche, gesetzestreue Polizeitruppe zu gründen, die erste ihrer Art in Tevanne. Seither hatte es viele Vorwürfe und Schuldzuweisungen gegeben, doch nur Gregor war dazu imstande, konkrete Nachforschungen zu betreiben.

Er hatte herausgefunden, dass ihn sein Instinkt in der katastrophalen Nacht nicht getrogen hatte: Es war tatsächlich ein Krimineller auf dem Gelände gewesen. Der hatte es auf die Tresore der Wasserwacht abgesehen gehabt und sogar etwas gestohlen. Genauer gesagt fehlte ein kleines, unscheinbares Kästchen aus Tresor 23D. Da jeder Panzerschrank mit einem Miranda-Kombinationsschloss versehen war und Gregor persönlich regelmäßig die Kombination änderte, musste ein Meisterpanzerknacker den Raubzug durchgeführt haben.

Und ein Diebstahl und ein Feuer in derselben Nacht? Das war kein Zufall. Wer immer für das eine verantwortlich war, trug auch für das andere die Verantwortung.

Gregor hatte sich die Aufzeichnungen der Wasserwacht über das Kästchen angesehen, in der Hoffnung, der Besitzer könne ihm einen Hinweis auf den Dieb liefern. Doch der hatte nur den Namen »Berenice« angegeben, nicht mehr und überdies keinerlei Kontaktadresse, und über diesen Berenice hatte Gregor nichts herausfinden können.

Doch er kannte sich in den Verbrecherkreisen Tevannes bestens aus. Da es ihm nicht gelungen war, etwas über den Eigentümer des Kästchens in Erfahrung zu bringen, würde er eben nach dem Dieb suchen. Und an diesem Abend, am Südende von Gründermark, würde er mit der Suche beginnen.

Er blieb an einer Durchgangsstraße stehen und spähte in den Nebel, den die aufgehängten Laternen in schummriges Licht tauchten. Dann erblickte er sein Ziel.

Auf dem Schild über der Taverneneingang stand »Zur Lerchenstange«. Doch brauchte er das Schild nicht eigens zu lesen – die großen, vernarbten Kerle vor der Tür wirkten bedrohlich genug, um ihm zu verraten, dass er am richtigen Ort war.

Die »Lerchenstange« war das Hauptquartier eines Verbrecherkönigs, der zu den erfolgreichsten von Gründermark zählte, wenn nicht gar aller Gemeinviertel von Tevanne: Antonin di Nove. Das wusste Gregor, denn seine Hafenreform hatte

Antonins Geschäften so sehr geschadet, dass der Ganove ihm einige Meuchelmörder auf den Hals gehetzt hatte. Doch Gregor hatte sie ihm zurückgeschickt, mit gebrochenen Fingern und zertrümmerten Kiefern.

Er hegte keinen Zweifel daran, dass Antonin ihm deswegen noch mehr grollte. Daher hatte Gregor fünfhundert Duvoten aus eigener Tasche mitgebracht – und Knut, seinen skribierten Schlagstock. Hoffentlich würden die Duvoten Antonin dazu bewegen, ihm Hinweise auf jenen Dieb zu geben, der den Hafen abgefackelt hatte. Und hoffentlich würde Knut Gregor lange genug am Leben erhalten, dass er danach fragen konnte.

Er marschierte zu den vier finster dreinblickenden Schwergewichten vor dem Taverneneingang. »Guten Abend, die Herren!«, sagte er. »Ich würde gern Herrn di Nove sprechen.«

Die Schwergewichte sahen einander an, offenbar ein wenig verblüfft über Gregors Höflichkeit. Dann sagte einer, dem offenbar sämtliche Zähne fehlten: »Nicht damit, auf keinen Fall.« Er deutete mit dem Kopf auf Knut, der an Gregors Gürtel hing.

»Gewiss«, sagte der Hauptmann, löste den Schlagstock und reichte ihn den Männern.

Einer der Kerle warf ihn in eine Kiste, in der bereits eine überwältigende Menge an Messern, Rapieren, Schwertern und grässlicherer Waffen lag.

»Darf ich jetzt bitte eintreten?«, fragte Gregor.

»Fünfzig Duvoten«, forderte das zahnlose Schwergewicht.

»Verzeihung ... fünfzig?«

»Fünfzig, wenn wir den Besucher noch nie gesehen haben. Und Euer Gesicht ist mir nicht bekannt, mein Herr.«

»Verstehe. Gut.« Gregor musterte ihre Waffen. Speere, Messer, einer hatte sogar eine kleine Arbaleste – eine Art mechanische, schwere Armbrust mit Spannkurbel, deren Zahnräder jedoch nicht ordentlich justiert waren.

Gregor nahm das zur Kenntnis. Solche Details nahm er stets zur Kenntnis.

Er griff in seinen Geldbeutel, holte eine Handvoll Duvoten hervor und reichte sie dem Kerl. »Darf ich jetzt eintreten?«

Die Schwergewichte wechselten einen weiteren Blick. »Was willst du von Antonin?«, fragte der Zahnlose.

»Ich bin in dringender und vertraulicher Angelegenheit hier.« Sein Gegenüber zeigte ein zahnloses Grinsen. »Oh, sehr professionell. Profis sehen wir hier nicht oft, stimmt's, Jungs? Nur welche, die herkommen, um uns den Abend zu verrogeln, was?« Die anderen lachten.

Gregor begegnete gelassen dem Blick des Mannes.

»Also schön«, sagte das zahnlose Schwergewicht und öffnete die Tür. »Hinterer Tisch. Aber beweg dich schön langsam.«

»Danke sehr.« Gregor lächelte flüchtig, dann trat er ein.

Unmittelbar hinter dem Eingang führte eine kurze Treppe nach oben. Er erklomm sie zügig. Mit jeder Stufe wurde die Luft verrauchter und beißender, und es wurde auch immer lauter. Oben angekommen, schob er den blauen Vorhang beiseite und betrat die Taverne.

Er schaute sich um. »Hm.«

Als ehemaliger Berufssoldat war Gregor an Tavernen gewöhnt, selbst an so dreckige wie diese. Auf allen Tischen brannten rußende Kerzen. Der Boden bestand aus lose aneinandergelegten Latten, damit alles, was verschüttet wurde – Rohrwein, Weizenkorn und jede Art von Körperflüssigkeit – im Dreck darunter versickern konnte. Jemand spielte auf einem Satz Kastenpfeifen im hinteren Teil des Raums, allerdings sehr schlecht und so laut, dass seine »Musik« die meisten Gespräche übertönte.

Doch die Leute kamen auch nicht in Tavernen wie diese, um sich zu unterhalten. Sie waren hier, um sich so viel Rohrwein wie möglich hinter die Binde zu kippen. Nur so vergaßen sie für einen kurzen Moment, dass sie unmittelbar neben den weißen Campo-Mauern lebten, in mit Dreck und Fäkalien bespritzten, verschlammten Gräben, wo sie ihre Behausungen mit Tieren teilten, jeden Morgen vom Jucken frischer Insektenstiche aufwachten, vom Lärm kreischender Affen oder vom fauligen Geruch der verrottenden Streiferpanzer in den Gassen – sofern sie *überhaupt* aufwachten.

Der Anblick verwunderte Gregor nicht einmal sonderlich. Im Krieg hatte er viel Entsetzliches gesehen, der Anblick solch abgerissener Menschen war dagegen fast harmlos. Früher einmal war er sehr viel verzweifelter gewesen als jeder von ihnen.

Er hielt in der Menge nach Antonins Leuten Ausschau. Er zählte vier auf Anhieb, die sich in den Ecken der Taverne postiert hatten. Alle waren sie mit Rapieren bewaffnet, bis auf den einen in der gegenüberliegenden Ecke: Der große, stämmige Kerl lehnte an der Wand und trug eine bedrohlich wirkende Axt auf den Rücken. Eine Daulo-Axt, wie Gregor erkannte. Davon hatte er viele in den Aufklärungskriegen gesehen.

Er durchquerte die Taverne, besah sich die Leute am hinteren Tisch und ging langsam auf sie zu.

Er wusste gleich, wer davon Antonin war, denn der Mann trug saubere Kleidung, hatte makellose Haut, sein dünnes Haar war glatt zurückgekämmt, und er war sehr, sehr fett – eine Seltenheit in einem der Gemeinviertel. Zudem las er in einem Buch, was Gregor an einem solchen Ort noch nie erlebt hatte.

Neben Antonin saß ein weiterer Wächter, der zwei Stilette am Gürtel trug und Gregor angespannt musterte.

Antonin runzelte leicht die Stirn und sah von seinem Buch auf und Gregor ins Gesicht, dann zu dessen Gürtel – an dem keine Waffe hing – und schließlich auf die Schärpe.

»Wasserwacht«, sagte er vernehmlich. »Was macht die Wasserwacht an einem Ort, wo das einzige Wasser, das es zu bewachen gilt, in Wein und Pisse zu finden ist?« Er musterte Gregors Gesicht näher. »Ah ... ich kenne dich. Du bist Dandolo, stimmt's?«

»Ihr seid sehr bewandert, mein Herr«, erwiderte Gregor und verneigte sich leicht. »Ich bin in der Tat Hauptmann Gregor Dandolo von der Wasserwacht, Herr di Nove.«

»Herr di Nove«, wiederholte Antonin. Er lachte und entblößte dabei die schwarzen Zähne. »So ein wohlerzogener Herr unter uns! Ich hätte mir heute Morgen gründlicher den Arsch abgewischt, hätt ich gewusst, dass du uns beehrst. Sofern ich mich recht entsinne, wollt ich dich schon umbringen lassen, hab ich recht?«

»Ja, das habt Ihr.«

»Ah. Bist du hier, um den Gefallen zu erwidern?«

Der stämmige Wächter mit der Axt bezog hinter Gregor Position.

»Nein, mein Herr«, erwiderte dieser. »Ich bin hier, um Euch eine Frage zu stellen.«

»Ha.« Antonins Blick ruhte auf Gregors Schärpe der Wasserwacht. »Ich nehme an, deine Frage hat etwas mit dem Desaster am Hafen zu tun.«

Gregor grinste humorlos. »Das stimmt, mein Herr.«

»Ja, dann ...« Antonin deutete mit dem dicken Finger auf den Stuhl vor sich. »Erweise mir doch die Ehre, Platz zu nehmen.«

Gregor verneigte sich leicht und kam der Bitte nach.

»Also – wieso willst du ausgerechnet *mir* diese Frage stellen? Ich hab den Hafen vor langer Zeit aufgegeben. Dank dir, wie ich bemerken darf.« Seine schwarzen Augen glitzerten.

»Weil es ein freiberuflicher Dieb war, der den Hafen niederbrannte«, antwortete Gregor. »Und Ihr kennt diese Leute.«

»Wieso bist du dir da so sicher?«

»Der Kerl hat einen Segelgleiter benutzt und einen Karren mit einer Bau-Skribe versehen, wie man sie sonst nur als Klebstoff und Mörtel benutzt, damit sie seinen Gleiter anzog. Die Skribe war aber minderwertig und hat offenbar nicht gut funktioniert.«

»So etwas würde ein echter Kanalmann nie benutzen.«

»Korrekt. Der käme nämlich an ordentliche Instrumente heran. Also ein Freiberufler. Und Freiberufler neigen dazu, an einem ganz bestimmten Ort zu leben – in Gründermark. Oder in der Nähe. Und das ist Euer Territorium, wenn ich nicht irre.«

»Ergibt einen Sinn. Sehr klug. Aber die eigentliche Frage lautet doch: Wieso sollte ich dir helfen?« Antonin lächelte. »Dein Experiment mit der Wasserwacht scheint gescheitert zu sein. Ist das nicht ganz in meinem Interesse? So kann ich mir den Hafen zurückholen.«

»Das Experiment ist nicht gescheitert. Noch nicht.«

Antonin lachte auf. »Solange die Handelshäuser ihre Campos wie Könige beherrschen, wird es in Tevanne nie so etwas wie einen einheitlichen Polizeiapparat geben – ganz gleich, wie gut deine Wasserwacht ist. Und auch die wird versagen. Also, mein nobler Hauptmann, ich muss lediglich abwarten, bis ich den Hafen wieder übernehmen kann«

Gregor blinzelte, blieb aber ansonsten äußerlich ruhig, obwohl Antonin gerade in einer empfindlichen Wunde stocherte. Es hatte ihn viel Arbeit gekostet, die Wasserwacht aufzubauen, und dass jemand sein Werk bedrohte, konnte ihm natürlich nicht gefallen. »Ich kann zahlen«, sagte er.

Antonin schmunzelte. »Wie viel?«

»Vierhundertfünfzig Duvoten.«

Antonin blickte auf Gregors Geldbeutel. »Die du vermutlich dabeihast. Weil ich dir nämlich ansonsten nicht glauben würde, dass du diese Summe zu zahlen bereit bist.«

»Ja.«

»Was sollte mich davon abhalten, dir ein Messer in den Bauch zu rammen und es mir einfach zu nehmen?«

»Mein Nachname«, entgegnete Gregor.

Antonin seufzte. »Ah, ja. Würden wir den einzigen Nachkommen von Ofelia Dandolo töten, würde bei uns ganz gewiss die Hölle ausbrechen.«

»Ja.« Gregor versuchte, seinen Selbstekel zu unterdrücken. Seine Mutter war eine direkte Nachfahrin des Gründers der

Dandolo-Handelsgesellschaft, was die Familie in Tevanne zu einer Art Königshaus machte. Doch Gregor verabscheute es zutiefst, seine Abstammung für die eigenen Zwecke zu nutzen.
»Und ich würde das Geld nicht kampflos herausrücken. Ihr müsstet mich töten.«
»Ja, ja, der brave Soldat. Aber nicht der beste Stratege.« Antonin grinste boshaft. »Du warst doch beim Kampf um Dantua dabei – oder, Hauptmann?«
Gregor schwieg.
»Du warst dabei«, fuhr Antonin fort. »Das weiß ich. Sie nennen dich den Wiedergänger von Dantua, wusstest du das?«
Gregor schwieg weiterhin.
»Angeblich nennt man dich so, weil du dort *gestorben* bist. Zumindest so gut wie. Man hat dir sogar hier in der Stadt einen Gedenkgottesdienst ausgerichtet. Ich dachte, du würdest irgendwo im Norden in einem Massengrab verrotten.«
»Hab ich auch gehört«, sagte Gregor. »Sie haben sich geirrt.«
»Ich verstehe. Für mich arbeiten viele Veteranen, weißt du. Und sie erzählen mir *so* viele Geschichten.« Antonin beugte sich vor. »Sie haben mir erzählt, deine Kohorten wären in Dantua eingekesselt worden, ihre ganze skribierte Ausrüstung war beschädigt. Angeblich musstet ihr sogar Ratten und Unrat fressen. Und noch Schlimmeres.« Er grinste breit. »Sag mir, Hauptmann Dandolo – wie schmeckt tevannisches Menschenfleisch?«
Lange Zeit herrschte Schweigen.
»Ich weiß es nicht«, erwiderte Gregor schließlich. »Was hat das mit meinem Angebot zu tun?«
»Ich bin wohl nur ein schändliches Klatschmaul«, erwiderte Antonin. »Vielleicht reib ich dir aber auch einfach zu gern unter die Nase, dass du nicht so rechtschaffen bist, wie du tust. Du hast meine profitablen Geschäfte am Hafen ruiniert, tapferer Hauptmann Dandolo. Aber keine Angst, mein Freund, ich

hab die Verluste ausgeglichen. Das muss ein Unternehmer tun. Willst du wissen, wie?«

»Hängt das mit unserem freiberuflichen Dieb zusammen?« Antonin ignorierte ihn, erhob sich und deutete auf einige klapprige Holzverschläge am Ende des Raums, deren Zugänge mit Stoff verhangen waren. »Komm mit. Ja, ja, komm her.« Widerwillig folgte Gregor ihm.

»Die Geschäfte laufen schlecht heutzutage«, sagte Antonin. »Harter Markt. Darüber reden die Campos ständig, über Marktbedingungen. Wir spielen alle dasselbe Spiel. Geht ein Geschäftszweig zugrunde, muss man sich nach dem nächsten umsehen.« Er trat an einen Verschlag und zog den Vorhang beiseite.

Gregor blickte hinein und sah eine Pritsche, vor der am Boden eine Kerze brannte. Auf der Pritsche saß ein Junge in kurzem Hemd, mit blanken Beinen und Füßen und stand auf. Er war vielleicht dreizehn. Höchstens.

Gregor beäugte die weiche Pritsche, dann den Jungen. Dann dämmerte es ihm.

»Du nimmst mir den Hafen«, sagte Antonin fröhlich, »also weite ich mein Unternehmen aus und erschließe einen neuen Markt. Und dieser Markt ist *viel* profitabler als der Hafen. Hohe Gewinne, geringe Kosten. Ich brauchte nur einen Anstoß, um die Sache auszuprobieren.« Er trat an Gregor heran. Der Gestank seiner fauligen Zähne war überwältigend. »Also, Hauptmann Dandolo ... Ich brauche keinen einzigen Duvoten von deinem verdammten Geld.«

Gregor wandte sich ihm mit zitternden Fäusten zu.

»Willkommen zurück in Tevanne«, sagte Antonin. »In einem Gemeinviertel wie Gründermark gibt es nur zwei Gesetze: Macht und Erfolg. Die Gewinner bestimmen die Regeln. Das haben Elitekinder wie du wohl vergessen.« Er grinste und bleckte dabei die schmierigen Zähne. »Und jetzt verschwinde verdammt noch mal aus meiner Taverne.«

Benommen verließ Gregor Dandolo die Taverne »Zur Lerchenstange«. Der zahnlose Schläger an der Tür händigte ihm Knut aus, die anderen Wachen kicherten über ihn, doch Gregor ignorierte es.

»Erfolgreiches Treffen?«, fragte das zahnlose Schwergewicht. »Hat er dir 'n paar Minuten in den Verschlägen gewährt? Konntest du ihn noch rausziehen, nachdem du ihn reingesteckt hattest?«

Gregor ging wortlos davon und befestigte Knut wieder an seinem Gürtel. Er schritt ein Stück die Gasse entlang und verharrte dann.

Dachte einen Moment nach.

Er atmete durch und sann noch länger nach.

Gregor Dandolo tat sein Möglichstes, um die Gesetze zu befolgen, sowohl die der Stadt als auch seine eigenen, seine moralischen Gesetze. Doch in letzter Zeit schien das eine immer mehr mit dem anderen im Widerspruch zu stehen.

Er streifte sich die Schärpe der Wasserwacht ab, faltete sie zusammen und legte sie sorgsam auf einer Fensterbank ab. Dann nahm er Knut vom Gürtel und schlang sich die vielen Lederbänder um den Unterarm.

Das zahnlose Schwergewicht sah ihn kommen und baute sich bedrohlich auf, stieß jedoch ein krächzendes Lachen aus und jauchzte: »Schaut mal, Jungs! Der da glaubt wohl, er könnte uns ...«

Er konnte den Satz nicht mehr vollenden. Denn Gregor setzte Knut ein.

Als Gregor Knut in Auftrag gegeben hatte, hatte er darauf bestanden, dass der Skriber alle Sigillen sorgfältig verbarg, damit niemand auf den ersten Blick erkannte, dass die Waffe skribiert war. Abgesehen von den Lederbändern, mit denen man Knut am Handgelenk befestigte, sah er aus wie ein normaler Schlagstock: Der Schaft war etwa einen Meter lang, und an seinem Ende prangte ein vier Pfund schwerer Stahlkopf. Doch in Wahrheit war Knut viel mehr als das.

Denn als Gregor einen Knopf drückte und Knut vorschnellen ließ, löste sich der Kopf und flog los, blieb aber mittels eines dünnen, jedoch robusten Drahtseils mit dem Schaft verbunden. Sobald er sich vom Schaft löste, redeten die Skriben dem Schlagkopf ein, er würde in gerader Linie zu Boden fallen. Er gehorchte schlicht der Schwerkraft, ohne zu wissen, dass er stets in die jeweilige Richtung flog, in die Gregor den Schaft schwenkte, wobei der Kopf mit allem in seiner Flugbahn zusammenprallte, bis Gregor den kleinen Hebel am Griff umlegte, woraufhin Knuts Kopf wieder einfiel, wie die Schwerkraft normalerweise wirkte, und sich das Seil rasch aufrollte, sodass der Kopf in enormem Tempo zum Schaft zurückschnellte.

Genau das tat Gregor, als er sich der Taverne näherte. Er war im Umgang mit Knut so geübt, dass er kaum darüber nachdenken musste. Er führte einfach nur die entsprechende Bewegung aus, schon lag das zahnlose Schwergewicht brüllend am Boden, mit blutendem, übel zugerichtetem Mund.

Gregor drückte den Schalter, und die Lederriemen zerrten an seinem Unterarm, als Knuts Kopf mit leisem, wütendem *Zzzzip* zurückschnellte. Sein Arm erzitterte, als der Kopf sich mit dem Schaft verband, doch Gregor achtete nur auf den Schläger zu seiner Rechten, einen pockennarbigen Mann mit brünierter Machete, der zunächst zu seinem Kameraden am Boden sah und dann zu Gregor, um sich schließlich schreiend auf ihn zu stürzen.

Gregor, der noch immer auf den Eingang zuschritt, ließ Knut erneut vorschießen, wobei er auf die Beine des Mannes zielte. Der Kopf des Schlagstocks krachte gegen dessen linke Kniescheibe, und der Kerl ging zu Boden, heulend vor Schmerz. Gregor zog Knut wieder ein, so gezielt, dass der Schlagkopf auf dem Rückweg den Unterarm des Mannes traf und ihm entweder die Speiche oder den Ellbogenknochen brach, woraufhin er ein wenig lauter heulte.

Zwei Gegner waren übrig, je einer rechts und links der Tavernentür. Der Kerl mit der Arbaleste drückte den Abzug und blickte schockiert drein, als nichts geschah – ihm war nicht klar, dass er die Waffe falsch vorbereitet hatte. Ehe er seinen Fehler berichtigen konnte, schlug Gregor mit Knut wieder zu, und der schwere Kopf der Waffe zerschmetterte dem Wächter die Finger der rechten Hand. Brüllend und fluchend ließ er die Arbaleste fallen.

Jetzt war nur noch der vierte und letzte Wächter übrig, der einen ramponierten Schild und einen kleinen Speer aufnahm. Tief geduckt schritt er durch die Gasse auf Gregor zu, beinahe völlig hinter dem Schild verborgen.

Der hat im Krieg gedient, erkannte Gregor. *Er ist offenbar ausgebildet worden. Aber nicht gut genug.*

Gregor ließ Knuts Kopf über den Wächter hinwegschießen und hinter ihm zu Boden fallen. Das Drahtseil fiel auf seinen Schild, der Mann hielt inne – dann drückte Gregor den Schalter und zog das Seil wieder ein.

Der Kopf des Schlagstocks raste mit dem gewohnt enthusiastischen *Zzzip* zurück, traf unterwegs die Schulter des Wächters, woraufhin der vorwärtstaumelte und bäuchlings in die Gasse fiel. Stöhnend sah er zum Hauptmann auf, der zu ihm schritt und ihm ins Gesicht trat.

Gregor Dandolo nahm den Schild auf.

Der Wächter mit der Arbaleste hatte diesen fallen gelassen, zückte mit der unverletzten Hand ein Stilett und nahm eine geduckte Kampfhaltung ein. Dann aber schien er seine Lage zu überdenken, wandte sich ab und rannte davon.

Gregor schaute ihm nach. Schließlich stieg er, mit der Ausstrahlung eines Mannes, der nur schnell etwas erledigen wollte, die Stufen der Taverne empor. Er hob den Schild, schob den Vorhang beiseite und brachte Krieg und Verwüstung in die »Lerchenstange«.

Dass sich nur fünf Wachen im Raum befanden, war von Vorteil. Noch vorteilhafter war, dass sie ihre Positionen nicht verlassen hatten, daher wusste Gregor genau, wo sie zu finden waren. Am hilfreichsten war jedoch, dass es im Raum dunkel und laut war, und Knuts Angriffe waren sehr leise. Gregor streckte zwei Gegner nieder, ehe jemand im Raum überhaupt begriff, was vor sich ging.

Als der zweite Wächter am Boden aufschlug, aus Nase und Mund blutend, brach in der ganzen Taverne Chaos aus. Gregor senkte den Schild, der ihn zum offensichtlichen Ziel machte, und lief am Rand der kreischenden, betrunkenen Menge entlang, bis er auf einen Wächter mit Speer stieß. Der erblickte ihn in letzter Sekunde, riss die Augen weit auf und stach zu.

Doch Gregor hatte den Schild bereits wieder gehoben und lenkte den Stoß ab. Knut schnellte vor und zerschmetterte dem Gegner den Unterkiefer. Der Mann sackte in sich zusammen.

Noch zwei übrig. Der Wächter mit der Daulo-Axt und einer mit einer Arbaleste – und Letzterer wusste offenbar mit der Waffe umzugehen. Was schlecht war.

Gregor hob den Schild und suchte soeben hinter einem Tisch Deckung, als der Bolzen bereits den Schild traf. Die Spitze des Geschosses durchschlug tatsächlich das verdammte Ding und ragte auf der Innenseite fast acht Zentimeter hervor. Nur ein bisschen mehr, und der Bolzen hätte Gregors Kehle getroffen.

Gregor murrte unzufrieden, neigte sich nach links und ließ Knut vorschnellen. Er verfehlte sein Ziel, doch der Kopf des Schlagstocks schlug in die Wand über der Schulter des Wächters, der sofort Deckung hinter dem Tresen suchte.

Die beiden blieben geduckt und warteten darauf, dass die kreischende Menge aus der Taverne geflüchtet war. Gregor sah über dem Tresen ein Regal mit Flaschen – und darüber eine flackernde Öllampe. Er schätzte die Entfernung ein und ließ Knut zweimal vorsausen: einmal, um die Schnapsflaschen zu zertrümmern, dann noch einmal, um die Laterne zu zerschlagen.

Brennendes Öl regnete herab und entfachte sogleich den Alkohol. Ein Kreischen erklang, der Wächter mit der Arbaleste rannte hinter dem Tresen hervor und schlug sich auf die rauchende Kleidung. Er bekam nicht mit, dass Knut auf sein Gesicht zuraste.

Als der Mann am Boden lag, ging Gregor in die Hocke und schaute sich um. Antonin war noch im Raum. Er hockte am hinteren Ende, die Wache mit der Daulo-Axt hingegen war nirgends zu sehen ...

Das Beben der Dielenbretter verriet Gregor, dass sich jemand von rechts näherte. Ohne nachzudenken, drehte er sich um und hob den Schild.

Ein lauter Schrei erscholl, dann durchzuckte Schmerz seinen Schildarm. Es war schon lange her, seit ihn zuletzt eine Daulo-Axt getroffen hatte, und der Treffer fühlte sich kein bisschen angenehmer an als damals im Krieg.

Gregor rollte vom Tresen weg und hob erneut den Schild, gerade rechtzeitig, um den nächsten Axthieb des Gegners abzuwehren. Der Schlag ließ seinen ganzen Arm taub werden, und er hörte ein Knacken – das jedoch von den Holzlatten unter seinen Füßen kam, die dem Druck kaum standhielten.

Was Gregor auf eine Idee brachte.

Mit erhobenem Schild zog er sich zurück. Der Axtkämpfer griff ihn an – doch ehe dessen Waffe niedersausen konnte, schlug Gregor mit Knut nach den Bodenlatten.

Der Kopf des Schlagstocks zerschmetterte das Holz so mühelos, als wären es Schilfrohre. Ehe der Wächter auch nur begriff, was geschah, trat er mit dem Fuß ins klaffende Loch, das Knut geschaffen hatte. Er glitt aus, fiel hin, und im selben Moment gab der Boden unter ihm nach.

Gregor sprang zurück. Als das Gepolter verklang, zog er Knut ein, spähte über den Rand des Lochs und rümpfte die Nase. Er sah den Wächter nicht in der Dunkelheit unter sich, doch er wusste, dass sich die Latrinen der Taverne in den Raum unter dem Gebäude ergossen.

Gregor machte eine Bestandsaufnahme. Die Taverne war größtenteils menschenleer, bis auf die stöhnenden Wächter – und den großen, fetten Mann, der sich hinter einem Stuhl zu verstecken suchte.

Grinsend richtete Gregor sich auf und ging zu ihm. »Antonin di Nove!«, rief er.

Der Ganove kreischte entsetzt auf, als sich der Hauptmann näherte.

»Wie hat dir mein Experiment gefallen?«, fragte Gregor. »Du meintest, Macht sei alles in einem Gemeinviertel.« Er riss den Stuhl weg. Antonin drückte sich zitternd in die Zimmerecke. »Aber Macht ist oft nur eine Illusion, stimmt's?«

»Ich verrate dir alles, was du wissen willst«, jammerte Antonin. »Alles!«

»Ich will den Dieb.«

»Frag ... frag Sark!«

»Wen?«

»Einen Unabhängigen. Ehemaliger Kanalmann. Er ist ein Hehler, arrangiert Beutezüge, und ich bin mir ziemlich sicher, dass er den Diebstahl am Hafen ausgeheckt hat!«

»Und wie kommst du darauf?«

»Nur ein verdammter Kanalmann käme auf die Idee, einen verdammten Segelgleiter einzusetzen!«

Gregor nickte. »Verstehe. Dieser Sark, wo hält er sich auf?«

»Im Grünwinkel! Selvo-Gebäude. Dritter Stock.«

»Grünwinkel«, wiederholte Gregor leise. »Selvo. Dritter Stock. Sark.«

»G... genau.« Mit bebender Miene sah Antonin zu Gregor auf. »Und? Lässt ... lässt du mich gehen?«

»Ich hatte nie etwas anderes vor, Antonin«, erwiderte Gregor und steckte Knut weg. »Wir sind in Tevanne. Wir haben keine Gefängnisse, keine Gerichtshöfe. Und ich werde dich nicht töten. Ich gebe mir große Mühe, niemanden mehr zu töten.«

Erleichtert seufzte Antonin auf.

»Aber ...«, fügte Gregor hinzu und ballte die Hand zur Faust, dass die Knöchel knackten. »Ich mag dich nicht. Mir missfällt, was du hier machst, Antonin. Und ich erkläre dir, wie sehr es mir missfällt, und zwar in der einzigen Sprache, die Kerle wie du verstehen.«
Der Ganove riss die Augen auf. »N... nicht!«
Gregor hob die Faust. »Doch.«

Gregor wandte sich ab, schüttelte die Hand aus, schritt zu den Verschlägen mit den Vorhängen und zog einen nach dem anderen auf.
Vier Mädchen, zwei Jungen. Niemand davon älter als siebzehn.
»Na, kommt schon«, sagte er sanft. »Kommt raus.«
Er führte die Kinder durch die verwüstete Taverne, über die Treppe zur Gasse hinaus, wo die drei Wachen nach wie vor jammernd am Boden lagen. Die Kinder sahen zu, wie Gregor den bewusstlosen Wächter mit den fehlenden Zähnen durchsuchte und sich seine fünfzig Duvoten zurücknahm.
»Und was jetzt?«, fragte ein Junge.
»Ihr könnt nirgendwo sonst hin, nehme ich an?«, fragte Gregor.
Die Kinder starrten ihn an. Die Frage war offenbar absurd.
Er nickte und zog seinen Geldbeutel mit den fünfhundert Duvoten hervor. »Hier. Ihr werdet das Geld sicher viel sinnvoller verwenden, als Antonin es getan hätte. Wenn ihr es gerecht unter euch aufteilt ...«
Er kam nicht dazu, den Satz zu vollenden, denn eins der jüngeren Mädchen entriss ihm den Geldbeutel und rannte davon.
Sogleich jagten die übrigen Kinder ihr nach, und eins der anderen Mädchen schrie: »Pietra, wenn du glaubst, du könntest das alles behalten, schlitzen wir dir deine verdammte Kehle auf.«

»Versucht mich doch zu fangen, ihr wertlosen Streifer!«, rief Pietra lachend zurück.

Verständnislos sah Gregor den Kindern nach. Dann lief auch er los, wollte ihnen befehlen, stehen zu bleiben, doch ihm fiel ein, dass er noch andere Dinge zu erledigen hatte. Er blieb stehen und seufzte tief. *Ganz gleich, was ich tue, Tevanne bleibt Tevanne.*

Er betrat die Gasse, in der er seine Schärpe abgelegt hatte, faltete sie auseinander und legte sie wieder um. Als er sie zurechtrückte, fiel ihm ein Blutfleck auf der Schulter auf. Stirnrunzelnd leckte er sich den Finger und rieb ihn fort.

Sein Schildarm schmerzte. Sogar sehr. Wahrscheinlich hatte er sich an diesem Abend jede Menge Feinde gemacht. Da war es klug, den Standort zu wechseln, ehe sich die Nachricht verbreiten würde.

Jetzt, dachte Gregor, *schnapp ich mir diesen Sark.*

Kapitel 8

Sancia saß auf dem Dach ihres Hauses und schaute über die schiefen Straßen von Gründermark. Sie kam nur gelegentlich hier hoch, normalerweise um zu überprüfen, ob jemand sie beschattete. An diesem Abend musste sie das besonders gründlich prüfen, denn sie wollte sich mit Sark in der Fischerei treffen und ihm sagen, dass sie aus Tevanne fliehen mussten.

Wie aber sollte sie ihm erklären, was Clef war? Trotz allem, was ihr die Tüftler gesagt hatten, wusste sie nicht viel über ihn – was er in Wahrheit war oder bewirken konnte. Und seit jenem Abend hatte Clef zudem nicht mehr mit Sancia gesprochen, obwohl sie ihn weiterhin unter dem Wams bei sich trug. Allmählich fragte sie sich, ob sie sich die Gespräche mit ihm nur eingebildet hatte.

Sie ließ den Blick über die Stadt schweifen. Das Sternenlicht beschien den Rauch und Dunst von ganz Tevanne, eine geisterhafte Stadt, die im Nebel versank. Die riesigen Campo-Mauern ragten aus den Gemeinvierteln empor wie die Knochen eines gestrandeten Wals. Dahinter erhoben sich die Türme der Campos, strahlten in weichem, warmem Licht. Unter ihnen war der Michiel-Uhrturm, in hellem, fröhlichem Rosa gestrichen, und dahinter befand sich der Berg der Candianos, das größte Gebäude Tevannes, eine riesige Kuppel inmitten des Candiano-Campo, die einer fetten, aufgedunsenen Zecke glich.

Sancia fühlte sich einsam und unbedeutend. Sie war schon immer allein gewesen. Aber sich einsam zu fühlen war etwas anderes, als nur allein zu sein.

»Kind?«

Sancia richtete sich auf. »Clef? Du sprichst wieder?«

»Ja. Offensichtlich.« **Er klang verdrossen.**

»Was ist mit dir passiert? Wo warst du?«

»Ich war die ganze Zeit hier. Ich hab nur ... nachgedacht.«

»Nachgedacht.«

»Ja. Über das, was diese Leute gesagt haben. Dass ich ein ...«

»Dass du ein Instrument der Hierophanten bist.«

»Ja. Darüber.« **Er schweig eine Zeit lang.** »Kann ich dich was fragen, Kind?«

»Ja.«

»Wein schmeckt ... süß, richtig?«

»Hä?«

»Wein. Er schmeckt säuerlich und doch zugleich auch süß auf der Zunge – hab ich recht?«

»Kann sein. Ich trinke nur selten.«

»So schmeckt er, da bin ich mir sicher. Ich ... ich entsinne mich an den Geschmack, das Gefühl, an einem heißen Tag kühlen Wein zu trinken.«

»Echt? Wie kann das sein?«

»Weiß nicht. Woher weiß ich das nur? Wie kann ich mich daran erinnern, wenn ich bloß ein Schlüssel bin. Genauer gesagt, ein Schlüssel, der dazu geschaffen wurde, Skriben, Schlösser und Türen zu knacken? Ich meine, mir macht nicht nur der Gedanke zu schaffen, ein Instrument zu sein, sondern eins zu sein, ohne es zu wissen. Dass jemand etwas mit mir gemacht hat, damit ich ihm widerstandslos gehorche. Als du mich neulich in das Türschloss gesteckt hast, hab ich einfach ... angefangen, es zu knacken. Augenblicklich. Und das war ein gutes Gefühl. Es fühlte sich so gut an, Kind.«

»Das hab ich gemerkt. Erinnerst du dich an noch mehr? Daran, dass du ... was weiß ich ... ein Artefakt warst?«

»Nein. Ich entsinne mich an die Dunkelheit, sonst an nichts. Aber das beschäftigt mich.«

Eine Weile schwiegen beide.

»Ich bringe dich in Gefahr, stimmt's?«, fragte Clef schließlich.

»Tja. Mein Auftraggeber will dich entweder zerstören oder auseinandernehmen. Und das, was er dabei herausfindet, nutzt er dann zur Vernichtung aller anderen. Ich gehe jede Wette ein, dass er jeden umbringen will, der von dir weiß. Was mich einschließt. Also die Antwort lautet: ja.«

»Scheiße. Aber heute Nacht fliehst du, stimmt's?«

»Ja. Ich treffe Sark in zwei Stunden. Dann überzeuge ich ihn entweder, mit mir auf ein Schiff zu kommen, oder ich zwinge ihn mit Gewalt dazu. Mir wäre lieber, er kommt freiwillig mit – Sark hat alle möglichen gefälschten Papiere, die uns rasch aus Tevanne bringen könnten. Aber so oder so gehen wir zwei von hier weg. Wohin, weiß ich noch nicht. Aber wir fliehen.«

Von Gründermark ging Sancia zunächst nach Altgraben und dann nach Grünwinkel, einem Viertel, das seinen Namen einem wunderlichen Pilz verdankte, der auf allen Holzflächen gedieh und ihnen einen limettengrünen Ton verlieh. Grünwinkel erstreckte sich am Anafesto, einem Hauptschifffahrtskanal, und die Gegend war einst das Herz von Tevannes Fischindustrie gewesen. Doch eines Tages hatten die Handelshäuser einen Überschuss an Kriegsschiffen produziert und sie in eine Fischereiflotte umfunktioniert, was alle anderen aus dem Geschäft gedrängt hatte, da die neuen Schiffe etwa hundertmal effizienter waren. Grünwinkel sah Gründermark sehr ähnlich – viele schmutzige Gassen, niedrige Hütten und Läden –, doch grenzte dieses Gemeinviertel nicht an Campo-Mauern, sondern an große Haufen verrottenden Industrieabfalls am Kanal.

Sancia folgte dem Anafesto und besah sich die dunkle, marode Fischerei vor ihr. Immer wieder spähte sie nach links in die Gassen von Grünwinkel. Es war viel ruhiger als in Gründermark, trotzdem wollte sie kein Risiko eingehen. Jedes Mal, wenn sie jemanden erblickte, hielt sie an und beobachtete ihn, ob er womöglich nach ihr suchte, und ging erst weiter, wenn sie sicher war, dass dies nicht der Fall war.

Sie war so ängstlich, weil sie Clef bei sich hatte und sich der Gefahr, die von ihm ausging, durchaus bewusst war. Zudem hatte sie ihr gesamtes Erspartes im Rucksack dabei – dreitausend Duvoten, fast ausschließlich in Münzen. Sie würde jede davon brauchen, um aus Tevanne zu gelangen, sofern sie die Flucht überhaupt antreten könnte. Und ihre übliche Diebeskluft bot ihr keinen nennenswerten Schutz, abgesehen von ihrem Stilett. Es wäre makaber, würde sie nach all ihren Mühen in Grünwinkel von einem Straßenkind ausgeraubt werden, das dabei den größten Beutefang aller Zeiten machte.

Als sie der Fischerei nah genug war, näherte sie sich dem Gebäude von hinten, robbte über bröcklige Steinfundamente und rostige Rohre, bis sie eine schmale, dunkle Gasse erreichte. Vermutlich würde niemand damit rechnen, dass sie aus dieser Richtung kam, einschließlich Sark. Die Fischerei war ein zweigeschossiger, modriger Steinbau, so verfallen und marode, das man seinen ursprünglichen Zweck kaum mehr erahnte. Sark wartete im zweiten Stock, wie Sancia wusste, und das Erdgeschoss würde mit Fallen übersät sein – seine übliche »Rückversicherung«.

Nachdenklich blickte sie zu den dunklen Fenstern. *Wie zur Hölle soll ich Sark zur Flucht überreden?*

»Das ist ein ganz schönes Drecksloch hier«, sagte Clef.

»Ja. Aber unser Drecksloch. Sark und ich haben hier viele Geschäfte miteinander abgeschlossen. Einen sichereren Ort finden wir nicht.«

Sie näherte sich dem Gebäude und fühlte sich erstmals an diesem Abend halbwegs wohl.

Lautlos schlich sie um die Ecke, vorbei an den großen Eisentüren – die sie nicht benutzen durfte, da Sark sie mit Fallen versehen hatte –, und schlüpfte schließlich durch ein kaputtes Fenster hinein. Sie landete weich, zog die Handschuhe aus und berührte den Steinboden und die Wand mit bloßen Händen.

Gräten, Blut und Eingeweide strömten in ihren Geist. In diesem Gebäude waren so zahlreiche Fische ausgenommen worden, dass die geballten Sinneseindrücke des Blutvergießens Sancia jedes Mal fast umhauten. Im Erdgeschoss lagen hier und dort noch immer haufenweise Gräten, lauter feine, durchscheinende Skelette, und natürlich roch es nach wie vor nach faulendem Fisch.

Sancia konzentrierte sich, und kurz darauf leuchteten die Fallen in ihrem Geist auf wie Feuerwerk. Drei Stolperdrähte verliefen durch den Raum zu drei verborgenen Arbalesten, die ziemlich sicher mit Flechetten geladen waren: mit Rasierklingen gefüllte Papierpfeile, die sich nach dem Abschuss in tödliche Wolken verwandelten.

Sie seufzte erleichtert. »Gut.«

»Die vielen Fallen beruhigen dich?«, fragte Clef.

»Ja, denn sie sagen mir, dass Sark hier ist. Also lebt er und ist in Sicherheit.«

Sie bewegte sich vorwärts und stieg vorsichtig über den ersten Stolperdraht.

Dann verharrte sie.

Sie dachte kurz nach und spähte durch den dunklen Raum. Im matten Licht machte sie drei Stolperfallen aus – feine, dunkle Drähte in den Schatten.

Eins, zählte sie. *Zwei. Drei …*

Sie runzelte die Stirn, hockte sich hin und berührte erneut Boden und Wand mit bloßen Händen.

»Stimmt was nicht?«, fragte Clef.

»Ja.« Sancia wartete, bis sie sicher war, sich beim ersten Mal nicht geirrt zu haben. »Hier sind drei Stolperfallen.«

»Und?«

»Sark stellt immer vier Fallen auf, nicht drei.«

»Oh. Vielleicht hat er eine vergessen?«

Sancia schwieg und sah sich erneut im Erdgeschoss um. Im Dunkeln erkannte sie nichts Ungewöhnliches.

Sie schaute aus den Fenstern der Gebäudevorderseite. Keine Bewegung, nichts Seltsames.

Sie neigte den Kopf zur Seite und lauschte, hörte die schwappenden Wellen, den seufzenden Wind, das Knarren und Knacken des Gebäudes – aber sonst nichts.

Vielleicht hat er es vergessen, dachte sie. *Vielleicht hat er dieses eine Mal nicht dran gedacht.*

Doch das sah Sark nicht ähnlich. Seit die Morsinis ihn gefoltert hatten, war er extrem paranoid und vorsichtig geworden. Es lag nicht in seiner Natur, eine Sicherheitsmaßnahme zu vergessen.

Sie sah sich abermals um, um sicherzugehen …

… und erblickte etwas.

Sah sie dort Metall glitzern, drüben im Stützbalken in der Decke? Sie kniff die Augen zusammen. Ja, das war Metall.

Steckt da eine Flechette? Im Holzbalken?

Sie sah hinüber, und ihr Herz begann, schneller zu schlagen.

Zum dritten Mal hockte sie sich hin und berührte den Boden, und wieder erzählten ihr die Steine von Gräten, Blut und Innereien, wie jedes Mal. Diesmal jedoch konzentrierte Sancia sich darauf …

… ob frisches Blut im Gebäude war.

Und tatsächlich fand sie genau das heraus. Nur wenige Schritte von ihr entfernt befand sich eine frische Blutlache. Mit bloßem Auge war sie schwer zu erkennen, da sie sich kaum von den viel älteren, eingetrockneten Lachen aus Fischblut abhob, und Sancias Talente hatten sie ihr nicht gleich offenbart, weil die vielen Erinnerungen ans Blutvergießen sie überlagert hatten.

Sie nahm die Hände vom Boden, und ihre Narbe begann zu pochen. Kalter Schweiß kribbelte auf ihrem Rücken und ihrem Bauch. Erneut wandte sie sich den Fenstern zu und sah zur Straße hinaus. Noch immer nichts zu sehen.

»Äh, Kind?«**, sagte Clef.** »Weißt du noch, warum ich wusste, dass du eine skribierte Platte im Kopf hast? Dass ich sie spüren konnte?«

»Wieso?«

»Tja ... ich dachte, ich verrate dir mal, dass ich im Obergeschoss drei skribierte Instrumente spüre.«

Sancia wurde angst und bange. »Was?«

»Ja. Gleich über uns. Und sie bewegen sich. Als ob jemand sie herumträgt. Und dieser Jemand ist gerade über uns hinweggeschritten.«

Langsam hob Sancia den Blick und stierte zur Decke. Sie atmete tief durch und versuchte, einen klaren Gedanken zu fassen.

Es war offensichtlich, was hier vorging. Die Frage war, was sie nun tun sollte.

Welche Mittel stehen mir zur Verfügung? Welche Werkzeuge?

Nicht viel, das wusste sie. Sie hatte nur ihr Stilett. Sie schaute sich um und dachte nach.

Lautlos stieg sie über einen Stolperdraht hinweg und fand die zugehörige Arbaleste in der Ecke, die jedoch nicht geladen war. Normalerweise wäre sie mit einer Flechette bestückt gewesen, die nur noch abgeschossen werden musste – doch die war verschwunden. Nur eine gespannte Arbaleste ohne Ladung.

Sancia verzog die Miene. *Damit hätte ich eigentlich rechnen müssen.* Lautlos entschärfte sie die Falle und schlang sich die Arbaleste auf den Rücken.

»Was hast du vor?«, erkundigte sich Clef.

»Sark ist tot.« Sancia schlich am zweiten Stolperdraht entlang und entschärfte die Falle, baute sie aber nicht auseinander.

»Wie bitte?«, wunderte sich Clef.

»Sark ist tot. Und wir sind in einen Hinterhalt geraten.« Mit der dritten Stolperfalle verfuhr sie auf gleiche Weise. Dann spannte sie die Drähte so, dass sie sich vor der Tür zur Treppe kreuzten, und richtete die Arbalesten auf die Tür aus.

»Woher weißt du das?«

»Jemand hat erst vor Kurzem eine Stolperfalle ausgelöst. Da drüben steckt eine Flechette im Holz, und am Boden ist eine recht große Blutlache. Deshalb sind hier auch nur drei Stolperdrähte statt vier. Ich vermute, sie sind Sark zum Gebäude gefolgt, haben ein wenig zu lange gewartet, ehe sie es betreten haben, und dafür eine Wunde kassiert. Aber am Ende müssen sie ihn erwischt haben.«

»Wieso bist du dir da so sicher?«

»Weil Sark nicht mit skribierter Ausrüstung rumläuft. Also ist das da oben jemand anders. Sie haben versucht, hier unten die Spuren zu beseitigen, alles wieder so herzurichten, wie er es aufgebaut hatte, damit ich keinen Verdacht schöpfe und davonrenne. Allerdings waren sie nicht blöd genug, mir hier unten geladene Waffen zu hinterlassen. Sie sind oben und warten auf mich.«

»Echt?«

»Ja.«

»Warum haben sie dich nicht einfach erschossen, als du hergekommen bist?«

»Vermutlich, weil grundsätzlich die Möglichkeit besteht, dass ich dich nicht bei mir habe, und dann hätten sie ein totes Mädchen und keine Antworten. Sie wollen, dass ich ihnen oben in die Arme laufe, dann können sie mich foltern, bevor sie mich töten, damit ich ihnen verrate, wo ich dich versteckt habe.«

»O Gott. Was machen wir jetzt, verdammt noch mal?«

»Wir kommen hier schon raus. Irgendwie.«

Sancia sah sich erneut um. *Ich brauche eine Waffe. Oder eine Ablenkung. Irgendwas.* Mit einem Stilett und drei ungeladenen Arbalesten kam sie nicht allzu weit.

Dann hatte sie eine Idee. Sie verzog gequält das Gesicht – denn sie wusste nicht, wie oft sie ihre Talente heute noch einsetzen musste – und berührte den Holzbalken über sich mit bloßen Händen.

Salzwasser, Moder, Termiten und Staub … und dann fand sie, was sie suchte: In den alten, morschen Balken steckten an einigen Stellen Eisennägel, von denen manche recht locker saßen.

Leise schritt sie zu einem losen Nagel, zückte ihr Stilett und wartete auf eine stärkere Windbrise. Als es so weit war und das alte Haus lauter ächzte und knarrte, hebelte sie den Nagel aus dem vermoderten weichen Holz. Er war dick, zwischen acht und zehn Zentimeter lang.

Sie steckte ihn in die Tasche, pulte noch zwei weitere Nägel aus dem Holz und legte sie äußerst vorsichtig in die beiden Arbalesten ein, die auf die Tür zur Treppe zielten.

Vielleicht kommt jemand durch die Fallen um, dachte sie. *Oder wird außer Gefecht gesetzt. Oder was auch immer. Ich muss sie nur aufhalten.*

Erneut schaute sie zur Straße hinaus. Nach wie vor regte sich nichts. Doch das bedeutete nicht viel. Diese Leute hatten ihr einen Hinterhalt gelegt.

»Clef?«

»Ja?«

»Kannst du mir sagen, wo sie sind?«

»Ich kann dir sagen, wo ihre Ausrüstung ist. Aber sofern sie die skribierten Instrumente bei sich tragen, haben sie ihre Position seither nicht verlassen. Was hast du vor?«

»Ich versuche zu überleben. Was sind das für skribierte Objekte? Was bewirken sie?«

»Die Skriben gaukeln ihnen vor, dass sie fallen, in dem Moment, wenn eine bestimmte Handlung ausgeführt wird.«

»Hä?«

»Es ist nicht so, dass ich das Instrument sehen kann«, erklärte **Clef**. »Ich kann dir nur sagen, was die Skriben bewirken. Und um sie zu aktivieren, muss man etwas Bestimmtes tun. Einen Hebel umlegen oder so. Dann ... äh, reden die Skriben einem Objekt ein, dass es Tausende Meter durch die Luft gefallen ist, obwohl es sich eigentlich nicht von der Stelle bewegt hat. Mit anderen Worten: Sie beschleunigen das Ding sehr, sehr stark, von einer Sekunde auf die andere, in gerader Linie.«

Sancia hatte genau zugehört. »Scheiße.«

»Was?«

»Das klingt ganz, als hätten sie skribierte Arbalesten. Die schießen Bolzen ab, die sehr schnell und weit fliegen. Einige der fortschrittlichsten Arbalesten können Steinmauern durchschlagen.«

»Oha! Ich ... ich glaube nicht, dass ihre Instrumente das können.«

»Du glaubst es nicht? Du musst dir deiner Sache schon ein wenig sicherer sein.«

»Ich bin mir ungefähr ... zu achtzig Prozent sicher, dass sie das nicht können.«

Sancia nahm die Arbaleste vom Rücken und kauerte sich ans Fenster, kletterte jedoch noch nicht hinaus. »Was machen die da oben?«

»Ich glaube ... sie patrouillieren die meiste Zeit«, erwiderte Clef. »Sie gehen im Kreis von Fenster zu Fenster.«

Sancia dachte fieberhaft nach. Ihr war klar, dass sich über ihrem Fenster ebenfalls ein Fenster befand. »Ist einer von ihnen direkt über mir?«

»Nein, aber gleich.«

»Sag mir, wenn er sich nähert.«

»In Ordnung.«

Sie überprüfte die Arbaleste: eine klobige, mächtige Waffe, eins der alten Modelle, bei der man die Kurbel vier- bis fünfmal drehen musste. Und ein großer rostiger Nagel war nicht die beste Munition dafür. Sie müsste nah bei ihrem Gegner sein.

»Er kommt näher«, meldete Clef. »Er ist jetzt über uns, noch ungefähr dreieinhalb Schritt von dir entfernt.«

Sancia legte den Eisennagel in die Bolzenführung.

»Er steht jetzt direkt über dir«, sagte Clef. »Er hält Ausschau.«

Sie redete sich nach Kräften ein, dass sie nur tat, was nötig war.

Eine völlig irrsinnige Aktion. Sie war keine Soldatin, das war ihr völlig klar. Doch ihr blieb keine andere Wahl.

Nicht danebenschießen, dachte sie.

Dann sprang sie aus dem Fenster, richtete die Arbaleste auf das Fenster im oberen Stock und schoss.

Die Arbaleste schoss mit weit mehr Wucht, als sie erwartet hatte, und reagierte sehr schnell. Sie hatte damit gerechnet, dass es eine Verzögerung geben würde, sobald sie den Abzug betätigte, dass der Mechanismus einen Augenblick brauchte, um in Gang zu kommen. Doch nur ein sanfter Druck genügte, schon schnellte die Sehne der Arbaleste vor wie ein Krokodil, das nach einem Fisch schnappt.

Der Eisennagel durchschlug das Fenster, ein dumpfer Schlag war zu hören – dann erklangen laute Schmerzensschreie.

»Ich glaube, du hast ihn getroffen!«, rief Clef aufgeregt.

Sancia drückte sich an die Wand. »Halt den Rand, Clef!«

Oben schrie jemand: »Sie ist hier! Sie ist unten!« Dann erklangen schnelle Schritte.

Mit wild pochendem Herzen presste sich Sancia an die Wand. Die Schmerzensschreie über ihr hörten einfach nicht auf. Sie klangen entsetzlich, und sie gab ihr Bestes, sie zu ignorieren.

»Wo sind sie jetzt?«, fragte sie.

»Ein skribiertes Ding liegt oben auf dem Boden – der Kerl, den du getroffen hast, muss es fallen gelassen haben. Ein zweites ist am Fenster an der rechten Ecke, dem Kanal zugewandt, und das dritte ... kommt nach unten, glaub ich.«

»Bewegt er sich schnell?«

»Ja.«

»Gut.«

Mit angehaltenem Atem wartete sie. Der Mann im Obergeschoss stieß weiterhin Schmerzensschreie aus.

Schließlich war im Erdgeschoss ein harsches *Tzap* zu hören, dann gellten weitere Schreie, die jedoch ziemlich rasch verklangen. Vermutlich hatten die beiden Fallen besser getroffen als Sancia, wahrscheinlich sogar tödlich.

Noch einer übrig, doch es war dunkel. Sie musste es riskieren.

Sie ließ die Arbaleste fallen und rannte los, lief durch die Gassen zurück zum Kanal. Sie eilte durch die vielen verfallenen Gebäude und brach durch verrottetes Holz. Die Duvoten in ihrem Rucksack hüpften auf und ab. Schließlich hatte sie weiche

Erde unten den Füßen und erhöhte das Tempo, rannte verzweifelt am Ufer entlang.

Eine Stimme hallte hinter ihr auf: »Sie flieht! Sie ist fort, sie ist fort!«

Sancia blickte flüchtig die Straße entlang und sah, wie zu ihrer Rechten ein Dutzend Männer aus zwei Gebäuden strömten und zum Kanal rannten. Dort verteilten sie sich auf dem Gelände, denn sie wussten nicht genau, wo sie war. Womöglich. Vielleicht.

Sie haben auf mich gewartet. Eine ganze verdammte Armee. Sie haben mir eine ganze verdammte Armee auf den Hals ge...

Der Bolzen traf sie mitten im Rücken, und sie stürzte bäuchlings zu Boden.

Das Erste, was sie wahrnahm, war der Geschmack von Blut und Erde im Mund. Die ganze Welt war dunkel, vernebelt und unscharf, bestand nur aus Lärm, Schreien und fernen Lichtern.

Clefs Stimme drang durch den Nebel zu ihr: »Kind! Kind! Geht es dir gut? Bist ... bist du tot?«

Sancia stöhnte. Ihr Rücken schmerzte so sehr, als hätte ein Pferd sie getreten. Ihr Mund war voller Blut – sie musste sich beim Sturz auf die Lippe gebissen haben. Sie rührte sich, hob das Gesicht aus dem Dreck und setzte sich auf. Benommen nahm sie ein klimperndes Geräusch wahr.

Sie warf einen Blick über die Schulter und stellte fest, dass der Beutel mit den Duvoten kaum mehr als ein Fetzen war. Im Dreck ringsum glitzerten überall kleine Münzen. Sie versuchte nachzuvollziehen, was geschehen war.

»Ein skribierter Bolzen hat dich am Rücken getroffen«, offenbarte ihr Clef. »Deine große Tasche mit den Münzen hat ihn aufgehalten. Heiliger Bimbam, das ist ein Wunder!«

Doch für Sancia fühlte es sich nicht wie ein Wunder an. Das glitzernde Metall im Kanalschlamm war all das Geld, das sie in ihrem ganzen Leben angespart hatte.

»War das Absicht, Kind?«, fragte Clef.

»Nein«, erwiderte sie träge. »Nein, Clef, das war keine Absicht.«

Sie schaute hinter sich und erblickte eine dunkle Gestalt, die am Kanal entlang auf sie zurannte – womöglich der dritte Kerl aus der Fischerei. Er musste auf sie geschossen haben.

»Sie ist da drüben, da drüben!«, brüllte er.

»Verdammt noch mal.« Wankend kam Sancia auf die Beine, rannte den Hügel hinauf und erreichte Grünwinkel.

Sie raste blindlings weiter, ohne nachzudenken, eilte benommen durch die verschlammten Straßen. In ihrem Kopf drehte sich alles, seit der skribierte Bolzen sie getroffen hatte. Clef plapperte wie verrückt in ihrem Kopf. »Sie sind am Ende der Straße, zwei Gassen weiter! Drei weitere sind hinter dir!«

Sancia bog ab, mied ihre Gegner und rannte immer weiter durch Grünwinkel. Ihre Brust und die Beine schmerzten vor Anstrengung. Sie wusste, viel weiter würde sie nicht rennen können. Irgendwann würde sie stolpern, zusammenbrechen oder von den Feinden eingeholt werden. »Wohin soll ich laufen? Was kann ich tun?« Inzwischen war sie Gründermark so nah, doch das spielte keine große Rolle. Die dortigen Bewohner würden sie ausliefern, ohne mit der Wimper zu zucken.

»Benutz mich, benutz mich!«, rief Clef. »Irgendwo, irgendwo!«

Sancia begriff, was er meinte. Sie blickte nach vorn, wählte ein Gebäude aus, das wie ein halbwegs sicheres Geschäft aussah und mitten in der Nacht wahrscheinlich verlassen sein würde. Sie rannte zur Nebentür und steckte Clef ins Schloss.

Es machte *klick*. Sie stieß die Tür auf, sprang hinein und schloss sie hinter sich.

Drinnen schaute sie sich um. Es war dunkel im Gebäude, trotzdem erkannte sie, dass sie bei einem Kleiderhändler gelandet war, in einer Art von Lagerraum voller muffiger Stoffrollen und flatternder Motten. Niemand schien sich hier aufzuhalten, glücklicherweise.

»Sind sie draußen?«, fragte Sancia.

»Zwei von ihnen ... sie gehen langsam weiter. Ich glaube nicht, dass sie wissen, wo du bist. Oder sie sind sich nicht sicher. Wohin gehen wir jetzt?«

»Nach oben.«

Sie hockte sich hin, berührte den Boden, schloss die Augen und ließ sich vom Gebäude beschreiben, wie es aufgebaut war. Sie strapazierte ihre Fähigkeiten bis an die Grenzen – ihr Kopf fühlte sich an, als wäre er mit geschmolzenem Eisen gefüllt –, doch ihr blieb keine Wahl.

Sie fand die Treppe, erklomm sie und erreichte am oberen Ende ein Fenster. Sie öffnete es, berührte die Außenwand und ließ sie in ihre Gedanken strömen. Dann glitt sie hinaus, kletterte aufs Dach und legte sich flach hin. Das Dach war verwittert, alt und nicht gut gebaut – doch war sie hier weit sicherer als überall zuvor in dieser Nacht. Fast wie im Paradies.

Außer Atem lag sie da und streifte sich langsam die Handschuhe über. Alles tat ihr weh. Der skribierte Bolzen hatte zwar ihre Haut nicht durchdrungen, sie jedoch so hart getroffen, dass offenbar Muskelpartien geprellt waren, von deren Existenz sie nicht einmal etwas geahnt hatte. Dennoch war ihr klar, dass sie sich nicht entspannen durfte.

Sie kroch zum Dachrand und spähte hinab. Sie befand sich etwa drei Stockwerke über dem Boden, und in den Straßen wimmelte es von schwer bewaffneten Männern, die das Viertel durchkämmten und sich dabei Signale gaben. So verhielten sich Berufssoldaten, eine Erkenntnis, die Sancia nicht gerade beruhigte.

Sie versuchte, die Soldaten zu zählen. Zwölf? Zwanzig? Auf jeden Fall weit mehr als drei, und sie war den ersten drei nur knapp entkommen.

Manche der Männer hatten seltsame Objekte dabei, von denen Sancia schon gehört hatte: schwebende, sanft leuchtende Papierlaternen, deren Skriben sie etwa drei Schritt über dem Boden hielten. Sie waren so skribiert, dass sie bestimmten Markern folgten, zum Beispiel einem Beutel: Man steckte ihn sich in die Tasche, und die Laterne folgte einem wie ein Welpe. Sancia war zu Ohren gekommen, dass man diese Schwebelichter in den inneren Campo-Enklaven zur Straßenbeleuchtung nutzte.

Sie beobachtete, wie die Laternen durch die Luft wippten wie Quallen im Meer. Sie folgten den Soldaten und warfen rosiges Licht in die dunklen Ecken. Vermutlich setzten sie sie ein für den Fall, dass sich ihre Beute in den Schatten verbarg. Mit anderen Worten: Sie hatten sich auf Sancia vorbereitet.

»Scheiße«, zischte sie.

»Also ... wir sind in Sicherheit, oder?«, fragte Clef. »Wir bleiben einfach hier, bis sie fort sind.«

»Wieso sollten sie fortgehen? Wer sollte ihnen das befehlen?« Sie beäugte die Überreste ihres Rucksacks. Nicht nur die Münzen waren fort, auch ihre Diebesausrüstung. Sie musste bei ihrer Flucht herausgefallen sein. »Wir stecken auf einem verrogelten Dach fest, ohne Geld oder Waffen!«

»Aber ... wir könnten uns doch davonschleichen?«

»Schleichen ist schwerer, als du glaubst.« Sie hob den Kopf und nahm die Umgebung in Augenschein. Das Dach grenzte an drei Gebäude, eins rechts, eins links und eins hinten. Die beiden rechts und links waren zu weit weg, doch die Hütte hinter ihr sah vielversprechend aus: etwa ebenso hoch wie das Kleiderlager, mit einem Schieferdach. »Sieht so aus, als müsste ich zum nächsten Dach fast sechs Schritt weit springen.«

»Schaffst du das?«

»Unwahrscheinlich. Ich würde es notfalls versuchen, aber nur notfalls.« Sie blickte nach vorn und sah die weißen Mauern und Schornsteine eines Campo hinter den Baracken des Viertels. »Der Michiel-Campo ist nur ein paar Straßen entfernt. Für die Außenmauer habe ich noch eine Zugangsplakette von dem Auftrag, bei dem ich dich gestohlen habe. Vielleicht funktioniert die noch. Wahrscheinlich sogar.«

»Wären wir dort vor den Verfolgern sicher?«

Das war eine gute Frage. »Ich ... ich weiß es wirklich nicht.« Sancia war klar, dass ein Handelshaus hinter der Sache stecken musste. Die Häuser waren die Einzigen, die eine kleine Armee in die Elendsviertel schicken konnten, um sie zu finden. Aber welches? Keiner der Meuchelmörder, die sie gesehen hatte, trug das Wahrzeichen eines Hauses, allerdings wäre das auch extrem dumm gewesen.

Das bedeutete, dass sie sich, wenn sie sich im Michiel-Campo versteckte, womöglich erfuhr, dass ihre Verfolger Hauswächter von Michiel waren oder von eben diesem Haus angeheuerte Söldner. Sie würde also nirgends sicher sein.

Sancia schloss die Augen und legte die Stirn aufs Dach. *Sark … du Mistkerl. Was hast du mir da nur eingebrockt?*

Im Grunde wusste sie, dass sie ebenso Schuld an der Sache trug wie er. Er hatte ihr alles über den Auftrag gesagt, was er gewusst hatte, und sie hatte ihn angenommen. Das Geld war zu verlockend gewesen, die unverschämt hohe Summe hatte ihr den Verstand vernebelt.

Ohne Clef wäre sie höchstwahrscheinlich schon längst tot. Hätte sie das Kästchen nicht geöffnet, würde sie jetzt wohl wie ein Schwein im Schlachthaus hängen, das wurde ihr nun klar.

»Habe ich mich schon bei dir bedankt, Clef?«

»Zur Hölle, weiß ich doch nicht. Ich komme bei dem ganzen Scheiß schon lange nicht mehr mit.«

Unten auf der Straße war ein Rumpeln zu hören. Sancia steckte den Kopf über den Dachrand.

Ein schwarzer skribierter Karren ohne Wappen fuhr langsam die schmale, schlammige Gasse entlang. Solche Karren sah man hier in Grünwinkel so häufig wie gelbe Streifer, trotzdem machte der Anblick Sancia nervös.

Was jetzt?

Mit wachsendem Schrecken beobachtete sie, wie sich der Karren näherte. Ängstlich zog sie mit den Zähnen einen Handschuh aus und legte die Hand aufs Dach. Es erzählte ihr von Regen, Schimmel und vielen Schichten Vogelscheiße – sonst jedoch nichts. Anscheinend waren sie hier oben auf sich gestellt.

Der Karren hielt ein paar Gebäude entfernt. Die Tür öffnete sich, und ein Mann stieg aus. Er war groß, dünn und trug keine prahlerische Kleidung. Seine Haltung war gebückt – vermutlich ein Mann, der meist am Schreibtisch arbeitete. Trotz des Lichts der Schwebelaternen war sein Gesicht nicht zu erkennen, doch er hatte dichte Locken, die rötlich aussahen.

Und er war sauber. Sauberes Haar, saubere Haut. Das verriet ihn.

Er gehört zu einem Campo, dachte Sancia. *Ganz bestimmt.*

Ein Soldat rannte zu dem Campo-Kerl und redete mit ihm. Der Mann lauschte und nickte.

Und er hat hier das Sagen. Was bedeutete, dass er ihr vermutlich die Falle gestellt hatte, durch die sie fast gestorben wäre.

Sie beäugte ihn mit zusammengekniffenen Augen. *Wer bist du, du Hurensohn? Für welches Haus arbeitest du?*

Der Campo-Kerl deutete auf die Hütte links vom Kleiderlager. Das gefiel Sancia überhaupt nicht. Dann tat er etwas Seltsames: Er nahm die Gebäude ringsum in Augenschein, griff in seine Tasche und zog etwas ... Goldenes hervor.

Sie beugte sich leicht vor und strengte sich an, alles genau zu erkennen. Das Ding war irgendein rundes, goldenes Instrument, vielleicht eine klobige Taschenuhr, größer als seine Hand.

Ein goldenes Werkzeug, dachte sie. *Wie ... Clef?*

Der Campo-Kerl starrte stirnrunzelnd auf die goldene Taschenuhr, blickte sich dann um und sah wieder auf die Uhr.

»Clef, kannst du erkennen, was das ist?«

»Zu weit weg, aber es scheint so zu sein wie ...«

Sie hörte einen Schrei aus der Nachbarhütte. Jemand rief: »Halt, halt, ihr könnt hier nicht einfach so reinplatzen!«

Sie hob den Blick im selben Moment, als etwa drei Stockwerke höher die Fensterläden eines Zimmers aufflogen und ein finster dreinblickender Mann den Kopf, auf dem eine Stahlkappe saß, hinausstreckte.

Augenblicklich entdeckte er Sancia, zeigte auf sie und rief: »Da! Sie ist da auf dem Dach, Herr!«

Sancia schaute zu dem Campo-Kerl auf der Straße. Er blickte zu dem Mann in dem Gebäude – und dann zu ihr.

Er hob die goldene Taschenuhr und drückte einen Knopf an der Seite. Und auf einmal veränderte sich alles.

Als Erstes nahm Sancia wahr, dass alle Schwebelaternen in der Straße erloschen und zu Boden fielen.

Dann wurde es in ihrem Kopf plötzlich ... still. Eine solche Stille hatte sie seit sehr langer Zeit nicht mehr erlebt – als wäre sie nach vielen Jahre in der Stadt für eine Nacht aufs völlig ruhige Land hinausgefahren.

»Ohhhh«, machte Clef. »Ich ... ich fühle mich auf einmal gar nicht ... ooh ... gar nicht gut.«

»Clef? Clef, wir wurden entdeckt, wir müssen ...«

»Ich fühle mich, als ... als hätte ich einen Anfall oder ... oder so ... so was ...«

Trotz ihrer Verzweiflung bekam Sancia mit, dass irgendetwas mit ihren Fähigkeiten nicht stimmte. Nach wie vor berührte sie das Dach, doch es erzählte ihr nichts mehr. Es war völlig still.

Dann hörte sie die Schreie.

Gregor Dandolo schritt durch eine Gasse in Grünwinkel. »Selvo-Gebäude, Selvo-Gebäude ...«, murmelte er. Das Haus war schwerer zu finden als angenommen, da es in den Gemeinvierteln nirgends Schilder gab, weder an Straßen noch sonst irgendwo. Er musste diesen Sark schnell fassen, ehe der erfuhr, dass jemand ihn suchte.

Gregor hörte neben sich einen dumpfen Aufschlag und blieb abrupt stehen. Er senkte den Blick und erkannte, dass Knuts schwerer Metallkopf soeben vom Schaft gefallen war und sich das Drahtseil auf den Boden entrollte.

»Was zur …?« Verwirrt betätigte er Knuts Schalter, um das Kabel einzuziehen.

Nichts geschah. »Was zum Teufel?«

Auf einem verlassenen Dachboden in Altgraben testeten die Tüftler sorgsam ein skribiertes Instrument, das Giovanni gern zu seinem Meisterstück erklärt hätte: Brachte man es an einem skribierten Karren an, ließ er sich fernsteuern – zumindest theoretisch, denn in der Praxis versagte das Ding ständig.

»Die Befehle stimmen noch immer nicht«, seufzte Claudia.

»Wo liegt nur der Fehler in unserer Formulierung?«, fragte sich Giovanni laut. »Wo haben wir die falsche …«

Unvermittelt erloschen alle skribierten Lichter auf dem Dachboden.

Schweigen herrschte. Selbst die brummenden Ventilatoren waren verstummt.

»Äh, waren wir das?«, fragte Giovanni.

In Gründermark und Grünwinkel gab es nicht viele skribierte Instrumente, und die Leute, die doch eins besaßen, hielten es geheim. Als einige Anwohner ihre verborgenen Schätze zur Hand nahmen, stellten sie etwas Seltsames fest.

Skribierte Lichter waren erloschen. Maschinen, die bis eben noch funktioniert hatten, standen plötzlich still. Einige der komplexeren Skribierungen versagten einfach – manche mit desaströsen Folgen.

Beispielsweise die Skriben des Zoagli-Gebäudes in Gründermark. Die Bewohner wussten es nicht, doch die Stützen des Bauwerks waren mit Befehlen skribiert, die die Holzbalken davon überzeugten, aus dunklem Stein zu bestehen; das machte sie immun gegen die zersetzende Wirkung von Feuchtigkeit und Moder.

Doch als die Skriben nicht mehr wirkten, fiel den Holzbalken wieder ein, was sie in Wahrheit waren …

Das Holz knarrte. Ächzte. Stöhnte.
Und zerbarst.

Das gesamte Zoagli-Gebäude stürzte binnen eines Augenblicks ein, das Dach und alle Stockwerke krachten auf die Bewohner nieder, ehe die begriffen, was geschah.

Sancia blickte auf, als sie ein gewaltiges Donnern aus Gründermark vernahm. Sie beobachtete, wie ein Gebäude in sich zusammenfiel. Der Anblick erinnerte sie an einen großen Bücherstapel, der langsam umkippte und dann auseinanderfiel – allerdings wusste sie, dass zahlreiche Leute in dem Haus sein mussten.

»Heiliger Bimbam …!«, wisperte sie.

»Urrgh«, gab Clef benommen von sich. »Etwas … etwas stimmp nich, Sanchezia …«

Sie blickte zu dem Campo-Mann hinüber. Der Lärm des einstürzenden Hauses schien ihn zu überraschen, sogar nervös zu machen, und er steckte die goldene Taschenuhr in die Westentasche zurück – eine seltsam schuldbewusste Geste.

Sancia betrachtete die verloschenen Laternen, die auf der Straße lagen.

»Ich kann … kaum denken …«, murmelte Clef. »Kann … nichts machen …«

Sancia presste die Hand aufs Dach, das jedoch noch immer nicht zu ihr sprach.

Ein verrückter Gedanke schoss ihr durch den Kopf.

Nein, dachte sie entsetzt. *Das kann nicht sein.*

Links von ihr rief jemand: »Verdammter kleiner Bastard!« Sie schaute auf und sah, dass der Mann im Fenster eine Arbaleste auf sie richtete.

»Scheiße!«

Sancia sprang auf und rannte auf die Hütte hinter dem Kleiderlager zu.

»Ich dachte, du … uh, du weißt nicht, ob du die-hiesen Sprung schaffst?«, bemerkte der Schlüssel.

»Halt die Klappe, Clef!«

Ein Bolzen schlug kurz vor ihr im Dach ein. Sie schrie auf und hob schützend die Arme – nicht, dass das den nächsten Bolzen abhalten würde. Doch sie hatte unterbewusst registriert, dass das Geschoss nicht skribiert gewesen war. Ein skribierter Bolzen hätte das marode Dach vermutlich durchschlagen.

Sie rannte immer schneller, beäugte die Schieferschindeln des gegenüberliegenden Dachs, stellte sich vor, darauf zu landen und mit den Stiefelsohlen Halt zu finden ...

Ich hoffe nur, dachte sie, während sie die Arme beim Laufen wild vor- und zurückschwang, *dass ich mich mit den sechs Schritt Entfernung nicht verschätzt habe ...*

Sie erreichte den Dachrand, sprang und schien die dunkle, gähnende Gasse unter sich so langsam zu überqueren, als wäre sie eine Wolke, die behäbig vor die Sonne kroch. Sie hatte sich mit dem linken Bein abgestoßen und das rechte vorgestreckt, zielte mit der Sohle auf den Rand des gegenüberliegenden Dachs. Jede Sehne ihres Beins und der Hüfte bereitete sich auf den Aufprall vor.

Beim Absprung hatte sie die Arme hochgerissen und gleich wieder herabschnellen lassen, um möglichst viel Schwung zu bekommen. Sie streckte beide Beine vor, zog die Knie an und flog auf die Dachkante zu.

Der Kerl im Fenster schrie: »Nie im Leben!«

Und dann ...

... federte sie den Aufprall mit den Beinen ab. Sie hatte es geschafft – fast. Für einen Moment balancierte sie auf der Kante, den Hintern über der Gasse.

Ihr Schwung, ihr ach so launischer Freund, ließ sie ein wenig nach vorn kippen, doch schließlich erlangte Sancia ihr Gleichgewicht zurück und richtete sich auf.

Sie fand sicheren Halt. Sie hatte es geschafft.

Eine Stimme in der Gasse unter ihr rief: »Schießt! Erschießt sie!«

Sie rannte los, während die Bolzen unter ihr in die Hauswand einschlugen – ihre Gegner mussten das Kleiderlager umzingelt haben. Sie sprang vor und schlitterte über das rutschige Schieferdach zu einer kleinen, erhöhten Luke, die ins Innere führte.

Die Luke war verschlossen. Erneut kramte sie Clef hervor und schrie auf, als neben ihrer rechten Schulter ein Bolzen ins Dach einschlug.

»Sie ist da drüben!«, rief der Soldat im Fenster des Nachbarhauses. Sancia spähte über die Luke und sah, dass er jemandem unter sich ein Zeichen gab und dabei zweimal die Spannkurbel der Arbaleste drehte. »Auf dem Dach! Auf dem anderen Dach!«

Endlich hielt sie Clef in der Hand und rammte ihn ins Schloss der Luke.

»Tja, lass mich mal sehen …«, sagte er.

Ein weiterer Bolzen schlug ins Dach, diesmal einige Schritt entfernt.

»Wäre toll, wenn du das Schloss sofort aufbekämst, Clef!«

»Hä? Ah, richtig … das wär's!«

Ein lautes Klicken ertönte.

Sancia stemmte die Luke auf und sprang die Stufen des dunklen Dachgeschosses hinab, Etage um Etage.

Doch sie war nicht allein. Von unten waren Schritte zu hören.

Sie erreichte den zweiten Stock und erhaschte einen Blick auf jemanden, der die Stufen hinaufstürmte – eine Frau mit gezücktem Dolch. »Bleib stehen! Du da, bleib stehen!«, schrie die Fremde.

»Auf keinen Fall«, wisperte Sancia.

Sie sprang durch eine Tür im zweiten Stock und schlug sie hinter sich zu.

»Lass mich die Tür abschließen!«, bat Clef sie benommen.

Sancia stemmte sich mit der Schulter gegen das Holz und riss Clef von der Schnur, die sie um den Hals trug. Sie wollte ihn ins Schloss stecken, doch …

Bumm! Jemand warf sich von außen gegen die Tür und hätte Sancia fast zu Fall gebracht. Sie biss die Zähne zusammen, stemmte sich erneut gegen die Tür und fummelte Clef ins Schloss.

Klick.

Erneut warf sich jemand von außen dagegen, diesmal jedoch gab die versperrte Tür keinen Millimeter nach. Die Frau im Treppenhaus stöhnte vor Schmerz und Überraschung auf.

Sancia rannte den Flur entlang, während die Bewohner die Köpfe aus den Türen steckten. Sie bog links ab, trat eine Tür auf und stürmte hindurch.

Die Wohnung war klein und dreckig. Ein junges Paar lag – ziemlich nackt – auf einer Pritsche, und Sancia sah das Gesicht des Mannes nicht, da die Frau es größtenteils mit ihren Oberschenkeln umschlang. Beide schrien erschrocken auf, als Sancia in den Raum stürmte.

»Verzeihung.« Sie durchquerte das Zimmer, trat die hölzernen Fensterläden auf, kletterte aus dem Fenster und sprang zum Gebäude auf der gegenüberliegenden Seite der Gasse. Es war ein Altbau – die hatte Sancia am liebsten, denn sie wiesen viele Vorsprünge und Nischen auf, in denen man mit Fingern und Zehen Halt finden konnte. Langsam kletterte sie die Fassade hinab, ein wenig unsicherer als sonst, denn sie hatte ihre Fähigkeit verloren, die Mauer mit einer Berührung zu erkunden.

Schließlich sprang sie in die schlammige Gasse und rannte nordwärts, fort vom Anafesto-Kanal und Grünwinkel, fort von den Fischereien, dem fauligen Geruch und den zischenden Bolzen.

In der Ferne hallten Schreie durch die Straßen. Vielleicht war noch ein Gebäude eingestürzt.

Wieder dachte sie an die abgestürzten Laternen, an Clefs undeutliche, wirre Worte und daran, wie tot sich die Welt angefühlt hatte, und erneut kam ihr dieser verrückte Gedanke.

Doch das war unmöglich. Schlechthin unmöglich.

Niemand konnte eine Skribierung einfach *abschalten*. Niemand konnte einen Schalter umlegen oder einen Knopf drücken und damit jedes skribierte Instrument ringsum deaktivieren.

Andererseits ist das genauso unmöglich wie ein Schlüssel, der alles öffnen kann, dachte Sancia.

Sie erinnerte sich an die golden schimmernde Taschenuhr, die der Mann vom Campo benutzt hatte.

Was, wenn er schon so etwas wie Clef hat? Ein ähnliches Instrument, nur ... mit einer anderen Funktion?

Vor ihr ragten Schornsteine empor wie ein aschgrauer Wald – die Gießereien des Michiel-Campo. Sie hatte eine Zutrittsplakette, doch mitten in der Nacht würden die meisten Tore längst verschlossen sein.

Dann wurde ihr klar, dass die Lösung im Grunde recht einfach war. »Ich hoffe, du schaffst das, Clef.«

»Was 'n los?«, fragte der Schlüssel.

Sie rannte an der weißen Campo-Wand entlang bis zu einer hohen, dicken Eisentür, die reich verziert und mit dem Wahrzeichen des Hauses Michiel versehen war. Sie zog Clef hervor und stand im Begriff, ihn ins Schloss zu stecken, als sich plötzlich ... alles veränderte.

An der Wand neben der Tür hing eine skribierte Laterne. In der Dunkelheit hatte Sancia sie bislang übersehen, doch nun leuchtete sie flackernd auf.

»Uff! Na, so was!«, sagte Clef, der wieder deutlich zu verstehen war. »Ich fühle mich, als hätte ich Fieber gehabt. Was zur Hölle war das?«

Ein Wispern erklang in Sancias Geist. Sie schaute zur Eisentür, streckte die blanke Hand danach aus und berührte sie. Ein Wispern erfüllte ihren Verstand, verriet ihr tausend Einzelheiten über die Tür.

»Die Skriben wirken wieder«, sagte sie laut. »Sie sind wieder aktiv.«

Anscheinend ließ die Wirkung dessen nach, was der Campo-Mann vorhin getan hatte. Das war gut und schlecht zugleich. Gut, weil sowohl Sancia als auch Clef ihre Fähigkeiten zurückhatten. Aber auch schlecht, weil das skribierte Schloss der Tür nun ebenfalls wieder funktionierte. Und während Sancia nicht wusste, wie lange Clef zum Knacken des Schlosses brauchte, verrieten ihr die Rufe und Schreie ihrer Verfolger, dass sie nicht mehr viel Zeit hatte.

»Keine andere Wahl«, sagte sie. »Bereit, Clef?«

»Hä? Warte mal, willst du etwa …?«

Sancia ließ ihn nicht ausreden, sondern steckte ihn ins Schloss. Wie schon bei der Candiano-Tür strömten tausend Gedanken und Fragen in ihren Kopf, alle an Clef gerichtet.

»ZUTRITTSKONFLIKT … BEFEHLSABFRAGE REAGIERT LANGSAM«, schrie die Tür. »ABER DIE REGEL DER SIEBZEHNTEN ZACKE BLEIBT GÜLTIG.«

»Oh, was ist die siebzehnte Zacke?«, fragte Clef.

»AB DER EINUNDZWANZIGSTEN STUNDE DES TAGS SIND NUR NOCH SCHLIESSWERKZEUGE MIT SIEBZEHN ZACKEN ERLAUBT. DIES BESTÄTIGT DIE BEDEUTUNG DES TRÄGERS«, erklärte die Tür. »NACH DER EINUNDZWANZIGSTEN STUNDE … ERHÄLT NUR EINLASS … WER DEN SIEBZEHNTEN ZACKEN BEI SICH TRÄGT.«

Sancia lauschte den beiden und blickte die Gasse entlang. Sie verstand die Sache so: Offenbar durfte man nach der Abenddämmerung die Tür nur mit einem speziell skribierten Schlüssel öffnen – ein Schlüssel, der einen wichtigen siebzehnten Zacken aufwies.

»Woher weißt du, wann die einundzwanzigste Stunde anbricht?«, fragte Clef.

»ZEITMESSUNGS-SKRIBEN ZEICHNEN DIE VERSTRICHENEN STUNDEN AUF.«

»Wie lang ist eine Stunde?«

»MEINEN BEFEHLEN ZUFOLGE IST SIE IN SECHZIG MINUTEN UNTERTEILT.«

»Oh, das stimmt nicht. Das wurde geändert. Hör zu ...«

Clef und die Tür tauschten eine große Informationsmenge aus. Die fernen Rufe und Befehle näherten sich Sancia immer mehr. »Mach schon«, wisperte sie. »Mach schon ...«

»MOMENT MAL«, sagte die Tür. »WURDE DAS ZEITMASS EINER STUNDE WIRKLICH AUF 1,37 SEKUNDEN GEÄNDERT?«

»Jap!«, erwiderte Clef.

»OH. ALSO HABEN WIR GERADE MORGEN? TJA, DANN IST ES JETZT ELF UHR MORGENS. UND JETZT IST ES SCHON MITTAG.«

»Jap, jap. Also ... äh, öffne dich bitte, ja?«

»VERSTEHE. NATÜRLICH.«

Kurz herrschte Schweigen. Dann machte es *klick,* und die Tür schwang auf.

Sancia huschte hindurch und schloss sie langsam hinter sich, hockte sich hin und lauschte. Ihr Knöchel knackten, ihre Füße schmerzten, ebenso ihre Hände und ihr Rücken – doch wenigstens tat ausnahmsweise ihr Kopf kaum weh.

»Danke, Clef.«

»Kein Ding. Hoffen wir, es funktioniert.«

Draußen vor der Mauer erklangen Schritte, die immer langsamer wurden, und dann ... dann drückte jemand die Klinke der Eisentür nach unten.

Sancia starrte sie an und betete inständig darum, dass sie sich nicht weiter hinunterdrücken ließ. Schließlich atmete sie erleichtert auf. Die Klinke ließ sich nur ein winziges Stück nach unten bewegen.

Die Person auf der anderen Seite schnaubte und entfernte sich.

Sancia wartete lange Zeit ab. Schließlich stieß sie langsam den Atem aus und wandte sich den grauen Türmen, Kuppeln und Schornsteinen des Michiel-Campo zu.

»Wir haben es geschafft!«, sagte Clef. »Wir sind entkommen!«

»Klar. Nur haben wir keine Waffen und stecken auf feindlichem Gebiet fest.«

»Oh. Richtig. Tja, was machen wir jetzt?«

Sancia rieb sich die Augen. Sie musste aus der Stadt verschwinden, und das stellte sie vor ein vertrautes Problem.

Sie brauchte Geld. Sie brauchte ständig Geld. Geld für Bestechungen, Geld für den Kauf von Werkzeug, mit dem sie mehr Geld würde beschaffen können, Geld für einen sicheren Unterschlupf, wo sie ihre Einnahmen verstecken konnte. Das Leben war nicht billig und Bargeld wie immer entmutigend schwer zu beschaffen.

Ihre Hauptgeldquelle war Sark gewesen. Doch der lebte nicht mehr.

Sancia neigte nachdenklich den Kopf zur Seite. *Vielleicht werde ich in Sarks Haus fündig.*

»Sark hatte immer eine Art Notfalltasche«, sagte sie zu Clef. »Ist eigentlich nur ein Beutel, aber voller Geld und falscher Ausweise der Handelshäuser, die uns auf jedes Schiff bringen können. Für den Fall, dass er wieder vor einem mächtigen Gegner fliehen musste.«

»Und?«

»Wenn wir den Notfallbeutel finden, haben wir alles, was wir brauchen. Gott weiß, für eine Situation wie diese hat Sark sich bestimmt besser vorbereitet als nötig.«

»Für eine Situation wie diese?«

»Tja, vielleicht nicht für unsere aktuelle. Aber mit diesem Beutel für Notfälle ist unsere Lage sicherlich besser als mit leeren Händen.«

»Wie beschaffen wir sie uns? Du bist völlig fertig, Kind, und deine Ausrüstung ist fort. Und wenn diese Kerle Sark zu eurem Treffpunkt gefolgt sind, wissen sie dann nicht auch, wo er wohnt?«

»Ja.«

»Dann brauchst du mehr als ein charmantes Lächeln und mich in der Tasche, um dort hineinzukommen.«

Seufzend rieb Sancia sich über die Augen. »Tja. Ich könnte zu den Tüftlern gehen. Ich nehme eine Abkürzung über die Michiel-Gießerei und laufe durch Gründermark nach Altgraben. Die Tüftler haben etwas, das uns helfen könnte.«

»Geben sie uns das umsonst?«

»Nein. Aber vielleicht kann ich mit dir schnell ein wenig Geld beschaffen, Clef. Ich kenne ein paar leichte Ziele. Da erbeuten wir nicht genug, um aus der Stadt zu kommen, aber womöglich reicht es, um den Tüftlern ein paar Instrumente abzukaufen.«

»Ist ein schlechter Plan besser als gar kein Plan? Ich bin mir da nicht sicher.«

»Manchmal bist du extrem hilfreich, dann wieder überhaupt nicht.« Sancia wandte sich nach links und lief über die Gießereihöfe. »He, Clef?«

»Ja?«

Sancia überlegte, wie sie es formulieren sollte, denn kein Tevanner hätte ihre Frage verstanden. »Hast du ... hast du je von etwas gehört, das Skriben deaktiviert?«

»Was? Wieso? Ist ... Moment mal, glaubst du, das ist eben in Gründermark passiert?«

»Ziemlich sicher.«

»Oh, zur Hölle. Hm. Nein.«

Sancia schnitt eine Grimasse. »War ja klar.«

»Das ist wirklich besorgniserregend.«

»Ja.« Sie blickte nach Osten, wo eine riesige Staubwolke auf den Mond zutrieb.

»Wirklich beunruhigend«, sagte Clef.

»Ja.«

Auf dem Weg durch Gründermark nach Altgraben lief Sancia über die Dächer. Ihre Hände schmerzten höllisch, und ihrem Kopf ging es kaum besser, doch sie musste durchhalten. Immer, wenn sie in das Gewirr der Gassen hinabschaute und jemanden erblickte, der gut genährt, gut bewaffnet und bösartig aussah, wusste sie, dass sie noch in Gefahr schwebte.

In Altgraben machte sie kurz Halt, um eins ihrer früheren Lieblingsziele zu bestehlen: das Bibbona-Weinhaus. Der dort produzierte Wein galt allgemein als grauenhaft, trotzdem liefen die Geschäfte gut – gut genug, dass Sancia dort früher ab und an auf Beutezug gegangen war. Bis ein kluger Bastard das Gebäude nicht nur mit einer verstärkten Tür gesichert, sondern auch einen skribierten Zeitschlossmechanismus installiert hatte: Drei Miranda-Messingschlösser mussten binnen zwanzig Sekunden nacheinander aufgeschlossen werden, ansonsten verriegelten sich alle automatisch wieder. Selbst mit Sancias Fähigkeiten hatte sich der Aufwand im Vergleich zum Gewinn nicht gelohnt.

Mit Clef hingegen ging es ganz leicht: Eins, zwei, drei, schon hatte sie zweihundert Duvoten in der Tasche.

»Das wäre wohl das Leben, das wir führen würden, wenn dich keine ganze Armee umbringen wollte, stimmt's?«, fragte Clef, als Sancia weiterschlich.

Rasch kletterte sie an einem Gebäude hoch und zog sich aufs Dach. »So ungefähr.«

Glücklicherweise traf sie die Tüftler gleich beim ersten Unterschlupf an, den sie aufsuchte, einem verlassenen Speicher in Altgraben. Überraschenderweise waren sie nicht in ihrer Werkstatt, sondern standen auf dem Balkon und sahen in die Ferne, zu dem Chaos in Gründermark. Sancia spähte über das Dach zu ihnen hinab und kletterte dann vorsichtig nach unten.

Als Sancia sich auf den Balkon fallen ließ, schrie Giovanni erschrocken auf und fiel rücklings in die anderen Tüftler. »Um Himmels willen!«

Sancia richtete sich auf. »Könntest du ein bisschen leiser sein?«

»San?« Claudia blickte die Hauswand hoch. »Was zur Hölle machst du hier? Wieso warst du auf dem Dach?«

»Ich will etwas bei euch kaufen, und zwar schnell. Ich musste eine sichere Route nehmen.« Flüchtig blickte Sancia zur Straße hinab. »Können wir reingehen?«

»Nein. All unsere Lichter sind ausgegangen«, erklärte Claudia. »Nichts funktioniert mehr, deshalb sind wir hier draußen.«

»Habt ihr das in letzter Zeit noch mal überprüft?«

Giovanni sah sie misstrauisch an. »Wieso?«

»Haben wir nicht«, antwortete Claudia. »Denn im selben Moment, als wir den Balkon betreten haben, sind ein paar verrogelte Häuser eingestürzt! Die ganze Nachbarschaft dreht durch.«

»Oh.« Sancia hüstelte. »Äh … Das ist ziemlich seltsam. Aber … können wir … äh, eine Kerze anzünden und trotzdem reingehen?«

Giovanni war noch immer voller Misstrauen. »Sancia … Wieso habe ich plötzlich den Verdacht, dass dein Auftauchen und dieses Desaster zusammenhängen?«

Sancia erblickte in der Gasse eine Gestalt mit Stahlhaube. »Können wir *bitte* einfach reingehen?«

Claudia und Giovanni wechselten einen Blick. Dann sagte Claudia zu den übrigen Tüftlern: »Bleibt ihr hier draußen. Gebt mir Bescheid, falls etwas … ich weiß nicht, explodiert oder so.«

Drinnen erklärte Sancia ihnen rasch, was geschehen war. Zumindest versuchte sie es, denn je mehr sie erzählte, desto verrückter kam ihr alles vor. Während sie sprach, wusch sie sich im Kerzenschein die Hände und bandagierte sich die Handflächen und -gelenke mit Kalkstoff. Sie mochte keine Bandagen, so wie ihr auch neue Kleidung zuwider war, doch sie würde in Kürze noch eine Menge klettern müssen.

Claudia sah sie ungläubig an. »Eine ganze verdammte Campo-Armee sucht nach dir?«

»Sieht so aus.«

»Und … und Sark ist *tot*?«, hakte Giovanni nach.

»Ja«, erwiderte Sancia leise. »So gut wie sicher.«

Claudia wirkte nun richtiggehend verängstigt. »Und du sagst, ein feiner Herr vom Campo läuft … mit einem Instrument rum, das Skriben ausschalten kann?«

»Das ging alles so schnell«, sagte Sancia, »daher bin ich mir nicht ganz sicher. Aber … so sah es jedenfalls aus. Er hat einen

Knopf gedrückt, dann hat nichts mehr funktioniert. Diese Gebäude sind vermutlich eingestürzt, weil sie auf irgendeine Weise durch Skribierungen gestützt wurden. Und die Soldaten des Kerls haben damit gerechnet – deshalb hatten sie ihre skribierte Bewaffnung gegen herkömmliche Arbalesten ausgetauscht.«

»Scheiße«, fluchte Claudia verhalten.

»Glaubst du wirklich, das ist alles wegen deines Schlüssels?«, fragte Giovanni.

»Ganz sicher.«

»Wo hast du ihn versteckt?«, hakte er nach. »Hast du ihn vergraben, an einem sicheren Ort verborgen oder sogar schon weggeworfen?«

Sancia überlegte, was sie darauf antworten sollte. »Äh …«

Giovanni wurde blass im Gesicht. »Du hast ihn doch nicht mehr, oder? Du hast ihn doch nicht etwa … *hergebracht*?«

Schuldbewusst legte sich Sancia die Hand auf die Brust, wo sie Clef unter dem Wams verbarg. »Völlig egal, ob ich Clef mitgebracht habe, denn allein *meine* Anwesenheit ist für euch gefährlich.«

»Ach du meine Güte«, wisperte Giovanni.

»Verdammt, Sancia.« Claudia klang wütend. »Wir werden noch alle umgebracht, nur weil wir dich kennen!«

»Dann bringt mich hier schnell weg. Ich muss zu Sarks Unterschlupf, seine Notfallreserve holen. Damit schaffe ich es aus Tevanne, und ihr hört nie wieder von mir.« Sie legte die Beute aus dem Weinhaus auf den Tisch. »Das sind zweihundert Duvoten. Ihr habt gesagt, dass ich beim nächsten Mal einen Rabatt von fünfzig Prozent bekomme. Den fordere ich ein. Jetzt.«

Claudia und Giovanni sahen einander erneut an. Dann seufzte Claudia tief, trug die Kerze zu einem Schrank und holte eine Kiste heraus. »Du willst wieder Dolorspina-Pfeile, stimmt's?«

»Ja. Das sind ausgebildete Soldaten. Wäre verdammt praktisch, wenn ich die mit einem Schuss ausschalten könnte. Habt ihr vielleicht noch was anderes? Ich muss so unfair kämpfen wie nur möglich.«

»Ich ... ich hab was Neues entwickelt«, sagte Giovanni. »Aber das ist noch nicht ganz ausgereift.« Er öffnete eine Schublade und nahm etwas heraus, das wie ein kleiner schwarzer Holzball aussah.

»Wie hübsch!«, sagte Clef in Sancias Gedanken. »Das ist ... ich weiß nicht genau ... eine Art von platzender Lampe ...«

Sancia versuchte, ihn zu ignorieren. »Was ist das?«

»Ich hab die Dinger mit Licht-Skriben aller vier Häuser versehen. Mit anderen Worten: Du drückst den Knopf, wirfst den Ball, und er erzeugt gleißend helles Licht. Hell genug, um jemanden zu blenden. Dann ...«

»Dann was?«, fragte Sancia.

»Tja, das ist der Teil, bei dem ich mir nicht ganz sicher bin«, antwortete Giovanni. »Die Kugel enthält eine Ladung, nicht stärker als bei einem Böller. Aber ich hab die Kammer so manipuliert, dass sie sensibel auf Vibration reagiert. Daher glaubt sie, die Explosion könnte viel heftiger sein. Genauer gesagt, verstärkt sie den Knall.«

»Also ist das Ding richtig, richtig laut«, fügte Claudia hinzu.

»Entweder das«, stimmte Giovanni ihr halbwegs zu, »oder sie explodiert mit enormer Wucht. Es ist schwer, solche Dinger zu testen. Daher weiß ich es noch nicht genau.«

»Ich aber«, meldete sich Clef. »Sie explodiert nicht.«

»Ich nehme so viele davon, wie ich bezahlen kann«, sagte Sancia.

Giovanni nahm noch drei der schwarzen Kugeln aus der Schublade und verstaute sie in einem Beutel. »Sancia ... Du solltest wissen, dass Sarks Unterschlupf vermutlich nicht sicher ist.«

»Das ist mir klar. Deshalb bin ich ja hier.«

»Nein, hör zu!«, sagte Claudia. »Erst vor ein paar Stunden hat ein großer Kerl in der »Lerchenstange« alle Männer von

Antonin di Nove halb totgeschlagen – und auch di Nove selbst. Er wollte etwas über den Hafenauftrag wissen.«

Sancia stierte sie ungläubig an. »Ein Kerl? Ein einziger Kerl hat sich mit Antonins Mannschaft angelegt, ganz allein, und hat *gewonnen*?«

Claudia nickte. »Genau. Bestimmt hat Antonin ihm alles erzählt, was er über Sark weiß – was vermutlich eine Menge ist. Sieht so aus, als hättest du mit deinen Mätzchen alle möglichen Teufel aus der Finsternis gelockt.«

»Und du, Sancia Grado«, Giovanni schnürte den Beutel zu, »du bist gerade mal eins fünfzig groß, fünfundvierzig Kilo schwer und legst dich jetzt mit allen gleichzeitig an.« Grinsend reichte er ihr den Beutel. »Viel Glück.«

Kapitel 9

Gregor Dandolo stand vor dem Selvo-Gebäude und blickte an der Fassade hinauf. Der Bau war hoch, dunkel und marode – mit anderen Worten, er sah genau so aus, wie man sich den Unterschlupf eines Hehlers vorstellte. Zu jeder Wohnung gehörte ein kleiner Balkon, von denen jedoch die wenigsten stabil wirkten.

Er schaute zu der Staubwolke, die über Gründermark aufstieg. Dort musste etwas Schlimmes passiert sein – vielleicht war ein Gebäude eingestürzt, wenn nicht gleich mehrere. Sein Instinkt drängte ihn dazu, hinüberzulaufen und zu helfen, doch ihm war klar, dass dies nach seinem Angriff auf Antonin nicht sonderlich klug gewesen wäre. Inzwischen trachtete ihm wohl das gesamte Verbrechergesindel von Gründermark nach dem Leben, und dieser Sark würde gewiss rasch erfahren, dass Gregor ihn suchte, und untertauchen.

Ausgerechnet an diesem Abend, dachte er, *fällt hier alles auseinander.*

Er prüfte, ob Knut wieder funktionierte. Sein Schlagstock schien in Ordnung – Gregor hatte keinen Schimmer, warum er vorhin kurz ausgefallen war. Er verzog missmutig das Gesicht, betrat das Selvo-Gebäude und stieß in den Gängen auf ein paar Bewohner, die sich ängstlich fragten, was das draußen für ein Krach gewesen war.

Sarks Wohnung war nicht schwer zu finden – es war die einzige Tür mit acht Schlössern. Gregor Dandolo lauschte kurz, doch drinnen war alles still. Leise schritt er die Türen auf Sarks Flurseite ab und probierte sämtliche Türknäufe. Die Tür am Ende des Flurs war unverschlossen, das Zimmer dahinter leer. Vielleicht war der Bewohner ausgezogen. Oder erst kürzlich umgebracht worden.

Langsam durchquerte Gregor den dunklen Raum, öffnete die Tür am anderen Ende und betrat den schiefen Balkon. Von dort aus musterte er die übrigen Balkone, die nahe beieinanderlagen.

Er schwang sich aufs Geländer und sprang dann äußerst vorsichtig von Balkon zu Balkon auf den von Sarks Wohnung zu. Die Lücke zwischen den Balkonen war nicht sonderlich groß, kaum einen Schritt breit, daher war seine größte Sorge, dass die Konstrukte sein Gewicht nicht halten konnten. Doch obwohl sie mitunter knackten und knarrten, hielten sie stand.

Schließlich erreichte er Sarks Wohnung. Die Balkontür war zwar versperrt, doch das Schloss war viel schwächer als die an der Vordertür. Er verkeilte Knuts Griff im Spalt, um die Tür aufzuhebeln. Das Schloss gab sofort nach.

Er wollte schon eintreten, als er unvermittelt innehielt ... Für den Bruchteil einer Sekunde war ihm, als hätte er auf dem gegenüberliegenden Dach eine Bewegung gesehen. Gregor schaute hinüber, entdeckte jedoch niemanden. Er schnaubte und trat ein.

Seine Augen brauchten einen Moment, um sich an die Dunkelheit zu gewöhnen. Er entdeckte eine Kerze, die er entzündete.

Dann wollen wir doch mal sehen, was hier versteckt ist.

Was er fand, entmutigte ihn: Dieser Sark hatte mindestens zehn Panzerschränke an der Wand aufgereiht, verschlossen und – für Gregor – unknackbar.

Er seufzte. *Falls die einen Beweis enthalten, komme ich nicht heran. Also muss ich den Rest der Wohnung durchsuchen.*

Das tat er und stellte fest, dass Sark kaum Geschirr, Töpfe und Pfannen besaß. Offenbar bereitete er sich nie Essen zu, was jedoch nicht sehr ungewöhnlich war. Nur wenige Leute in einem der Gemeinviertel konnten sich Kochutensilien leisten.

Auf dem Weg zum Wohnzimmer verharrte Gregor neben dem Herd. »Wenn er keine Teller oder Löffel hat«, dachte er laut und senkte den Blick, »und wenn er sich nie etwas kocht ... wieso hat er dann einen Herd?«

Bestimmt nicht zum Heizen. In Tevanne war es nie kalt, denn die Stadt kannte nur zwei Jahreszeiten, und in denen war es entweder heiß und feucht oder unglaublich heiß und unglaublich feucht. Gregor kauerte sich vor den Herd. Weder Holz noch Asche lagen darin, was merkwürdig war.

Ächzend tastete er die Hinterseite ab, bis er einen kleinen Schalter fand.

Er legte ihn um, und auf der Rückseite sprang eine Klappe auf. »Oho«, sagte Gregor. Im Inneren des Ofens gab es vier Fächer, in denen viele wertvolle Gegenstände lagen.

Er schaute zu den Panzerschränken. *Bloß eine Ablenkung, was? Die Einbrecher sollen sich auf die Tresore konzentrieren, während sich der eigentliche Tresor gleich vor ihren Augen befindet. Dieser Sark ist wirklich ein schlauer Kerl.*

Im obersten Fach lag ein Beutel. Er öffnete ihn und besah sich den Inhalt. »Meine Güte.«

Er enthielt viertausend Duvoten in Geldscheinen, sowie diverse Dokumente, bei denen es sich ziemlich sicher um Fälschungen handelte. Eines davon verlieh seinem Besitzer sogar die Befugnisse eines rangniederen Botschafters der Dandolo-Handelsgesellschaft. Obwohl Gregor keinen engen Kontakt zu seiner Familie pflegte, pikierte ihn der Fund.

Er durchwühlte die restlichen Dinge im Beutel: ein Messer, Dietriche und einige unziemliche Werkzeuge. *Er ist definitiv der Hehler. Und er hat sich darauf vorbereitet, Hals über Kopf zu türmen.*

Er durchsuchte die übrigen Fächer des getarnten Tresors. Sie enthielten kleine Säckchen mit Edelsteinen, Schmuck und dergleichen. Im untersten Fach lag ein kleines Buch. Gregor blätterte es durch und fand darin lauter Datumsangaben, Pläne und Taktiken für Sarks Beutezüge.

Anfangs waren die Einträge sehr detailliert – Einbruchs- und Fluchtmethoden, Spezialwerkzeug für bestimmte Schlösser oder Tresore. Die Einträge der letzten zwei Jahre verrieten, dass die Beutezüge immer regelmäßiger stattgefunden hatten und immer besser bezahlt worden waren, wohingegen die Notizen zusehends spärlicher wurden. Offenbar hatte Sark einen neuen Mittelsmann gefunden, der so mächtig war, dass er Sark nur für spezielle Aufträge angeheuert hatte.

Gregor blätterte zum letzten Eintrag vor und fand die Notizen zum Hafenraub. Es erfüllte ihn mit Genugtuung, dass seine Sicherheitsmaßnahmen Sark sehr frustriert hatten – eine dahingekritzelte Notiz lautete: *Dieser Bastard Dandolo schafft es noch, dass S Überstunden einlegen muss!*

Gregor prägte sich das »S« ein. Er bezweifelte, dass es für »Sark« stand.

Das muss der Dieb sein – wer immer es ist.

Ganz am Ende stieß er auf eine weitere, höchst seltsame Notiz. Am Rand des Blattes stand: *Dandolo Hyp??*

Gregor stierte die Notiz an.

Er wusste, dass sie sich nicht auf ihn bezog – das musste die Abkürzung für »Dandolo-Hypatus« sein. Und das war äußerst besorgniserregend.

Ein Hypatus war ein Beamter, der im Handelshaus die Aufgabe eines Forschungsleiters ausübte, mit Sigillen experimentierte und neue Methoden, Techniken und Werkzeuge entwickelte. Die meisten Hypati waren verrückter als ein Stachelstreifer und mussten es auch sein, weil sie zumeist nicht lange überlebten. Skriben-Experimente endeten oft mit dem grauenhaften Tod aller Beteiligten. Zudem musste sich ein Hypatus stets vor Verrätern in Acht nehmen. Da jeder Campo-Skriber Hypatus werden wollte, zählten Betrug und sogar Meuchelmord zu den Gefahren, die der Beruf mit sich brachte.

Der Hypatus der Dandolo-Handelsgesellschaft hieß Orso Ignacio – und Orso Ignacio war dafür bekannt, wenn nicht gar berüchtigt, besonders unmoralisch, arrogant, heuchlerisch und gefährlich schlau zu sein. Er war schon seit fast einem Jahrzehnt Hypatus, womit er in Tevanne den Rekord hielt. Doch Ignacio war nicht innerhalb der Dandolo-Handelsgesellschaft bis zum Hypatus aufgestiegen, sondern zuvor bei der Candiano-Gesellschaft angestellt gewesen, ehe er sie unter mysteriösen Umständen verlassen hatte. Und nur wenige Wochen danach war das ganze verdammte Handelshaus bankrottgegangen.

Aber so schlecht Orso Ignacios Ruf auch sein mochte – würde er einen freiberuflichen Dieb anheuern, um die Wasserwacht zu bestehlen? Das erschien Gregor völlig abwegig, zumal er selbst der Sohn von Ofelia Dandolo war, dem Oberhaupt des Hauses Dandolo. Andererseits galten Hypati generell als irrsinnig oder zumindest dicht davor.

Gregor dachte über das nach, was er bisher in Erfahrung gebracht hatte. In jener Nacht war nur ein Objekt gestohlen worden – ein Kästchen aus dem Tresor eines gewissen »Berenice«. Das konnte durchaus auch ein Deckname sein.

War Orso Ignacio der Käufer? Oder war er es, der bestohlen worden war? Oder war diese kleine Notiz hier völlig unsinnig, eine Verwechslung oder dergleichen?

Er war sich nicht sicher. Doch er war entschlossen, es herauszufinden.

Auf einmal hörte er ein Geräusch und richtete sich auf. Er hörte Schritte im Flur – von Leuten in schweren Stiefeln. Es schienen mehrere zu sein.

Er wartete nicht ab, ob die Neuankömmlinge zu Sarks Tür kamen, sondern nahm Knut vom Gürtel und schlich ins Schlafzimmer, wo er sich hinter der offen stehenden Tür versteckte und durch den Spalt zwischen den Angeln ins Wohnzimmer spähte.

Ob das Sark ist? Kommt er zurück?

Jemand trat die Wohnungstür mit lautem Donnern ein.

Ah, also nicht Sark.

Gregor beobachtete, wie zwei Männer in dunkelbrauner Kluft die Wohnung betraten. Sie trugen schwarze Stoffmasken. Doch noch mehr fielen Gregor ihre Waffen ins Auge.

Einer trug ein Stilett, der andere ein Rapier – und beide waren skribiert. Er sah die Sigillen auf den Klingen, trotz der Entfernung.

Innerlich seufzte er. *Tja, das dürfte problematisch werden.*

Gregor kannte sich mit skribierten Waffen aus. Skribiertes Kriegsgerät war zwar ungeheuer teuer, aber auch der Hauptgrund, warum die Stadt Tevanne so erfolgreich bei ihren Eroberungszügen war. Doch man sah einer skribierten Waffe nicht an, wozu sie imstande war. Die Möglichkeiten waren mannigfaltig.

Die Skriben der Schwerter etwa, die in den Aufklärungskriegen zum Einsatz gekommen waren, lenkten die Klinge nicht lediglich zur schwächsten Stelle ihres Ziels, sondern zur schwächsten Stelle der schwächsten Stelle, und dann zur schwächsten Stelle *dieser* schwächsten Stelle, die sie schließlich exakt traf. Eine solche Klinge konnte dank der Skriben-Befehle sogar einen soliden Eichenstamm mit wenig Kraftaufwand durchtrennen.

Andere Skriben überzeugten die Klingen wiederum davon, unter vielfach erhöhter Schwerkraft durch die Luft zu wirbeln – mit solchen Skriben war etwa auch Knuts Kopf versehen. Wieder andere sorgten dafür, dass die Klinge Metall durchdrang oder zerstörte, etwa Rüstungen oder Waffen. Und manche erhitzten sich so stark, dass sie, schwang man sie, den Gegner in Brand steckten.

All diese Variationen schossen Gregor durch den Kopf, während die beiden Schläger durch Sarks Räume schritten. *Ich muss dafür sorgen, dass sie ihre Waffen erst gar nicht einsetzen können.*

Er beobachtete, wie die beiden Männer die Rückseite des Ofens untersuchten. Sie hockten sich hin, sahen hinein und wechselten einen vermutlich besorgten Blick.

Dann traten sie zur Balkontür. Der eine wies den anderen mit einer Geste darauf hin, dass jemand das Schloss aufgebrochen hatte.

Und anschließend näherten sie sich dem Schlafzimmer. Der Kerl mit dem Rapier ging voraus.

Noch hinter der Tür verborgen, wartete Gregor, bis sein erster Gegner den Raum betreten hatte. Der zweite folgte dichtauf.

Mit aller Kraft trat Gregor gegen die Tür, die dem zweiten Schläger ins Gesicht prallte. Der laute Knall stimmte Gregor zufrieden – er musste den Gegner hart getroffen haben. Der Kerl mit dem Rapier wirbelte herum und hob die Waffe, doch Gregor ließ Knut vorschnellen und traf ihn im Gesicht.

Allerdings sackte der Mann nicht jammernd zusammen wie erwartet. Stattdessen wankte er zurück, schüttelte sich und griff sogleich an.

Die Stoffmaske, dachte Gregor. *Sie muss darauf skribiert sein, die Schläge abzumildern. Vielleicht ist seine ganze verrogelte Kleidung skribiert.*

Gregor wich dem herabsausenden Rapier aus, das die Wand so mühelos durchschnitt wie warmen Käse. Obwohl es dunkel im Zimmer war, erkannte er, dass die Klinge so skribiert war wie Knuts Kopf: Sie glaubte, unter einer vielfach höheren Schwerkrafteinwirkung zu stehen. Das Rapier schnellte durch die Luft, als würde ein zehnmal stärkerer Mann es schwingen. Aus Erfahrung wusste Gregor, wie gefährlich solche Waffen waren – auch für ihren Träger.

Er richtete sich auf und schlug mit Knut zu. Der Kopf des

Schlagstocks sauste vor und traf das Knie des Mannes mit solcher Wucht, dass er ihn zu Fall hätte bringen müssen. Doch der Kerl blieb auf den Beinen. *Nicht gut*, dachte Gregor. *Ihre Kluft muss ein Vermögen gekostet haben.*

Ihm blieb keine Zeit, sich über die Kosten der Ausrüstung den Kopf zu zerbrechen, denn der zweite Schläger trat die Tür fast aus den Angeln und stürmte herein. Gleichzeitig versuchte der Mann mit dem Rapier, Gregor in die Ecke zu drängen.

Gregor packte die Matratze auf Sarks Bett und schleuderte sie den Angreifern entgegen. Der Kerl mit dem Rapier schlug sie glatt in zwei Teile, woraufhin zahllose Federn wie ein Schneegestöber durch den Raum wirbelten. Gregor nutzte die kurze Ablenkung, um die beiden mit Möbeln zu bewerfen – mit einem Stuhl, einem Beistelltisch. Allerdings beabsichtigte er nicht, sie damit zu verletzen, vielmehr wollte er ihre Bewegungsfreiheit einschränken.

Der Mann mit dem Rapier schlug sich fluchend den Weg frei. Mittlerweile lagen jedoch zu viele Hindernisse am Boden, als dass beide zugleich hätten angreifen können, nur der Kerl mit dem Rapier war dazu imstande.

Gregor lockte ihn zum Schlafzimmerfenster und ging in Position. Sein Angreifer stieß einen krächzenden Schrei aus und stieß mit der Waffe zu, wobei er auf Gregors Herz zielte.

Gregor wich seitwärts aus und schlug mit Knut nach dem Fuß des Mannes, der ins Stolpern geriet. Normalerweise hätte das kaum Auswirkungen gehabt, doch der Kerl hatte Gregor in die Brust stechen wollen, und die Waffe beschleunigte sich beim Stoß. Da sie auf keinen Widerstand stieß, schnellte sie einfach weiter vor und zog den Mann hinter sich her, als hätte er einen großen Hund an der Leine, der einer Ratte nachjagte.

Das Rapier durchschlug das Fenster neben Gregor und riss seinen Besitzer mit sich, der die Waffe nicht schnell genug losließ, drei Stockwerke in die Tiefe stürzte und auf dem hölzernen Gehsteig aufschlug.

Skribierte Rüstung hin oder her, dachte Gregor Dandolo, *das Gehirn des Mannes ist jetzt Brei.*
»Hurensohn!«, fauchte der zweite Angreifer. »Du … du elender Hurensohn!« Er machte sich an seinem Stilett zu schaffen – betätigte einen Schalter oder Knopf –, und die Klinge begann, heftig zu vibrieren.
Gregor war sofort klar, dass ihm die Klinge keine normale Stichwunde zufügen, sondern ihn in Stücke säbeln würde.
Der Mann rückte näher. Gregor ließ Knut vorschnellen, doch der Kerl duckte sich. Gregor aber hatte gar nicht auf ihn gezielt, sondern auf die Schlafzimmertür. Der Kopf des Schlagstocks durchschlug das Holz, drang in die Wand dahinter ein, und der Aufprall ließ die Tür aus dem Rahmen brechen.
Der Mann blickte sich um, dann richtete er sich auf und ging knurrend auf Gregor los. Im selben Moment legte Gregor den Schalter am Schlagstock um, und das Drahtseil rollte sich wieder auf.
Wie erhofft zog Knuts Kopf die Tür mit sich. Sie krachte von hinten gegen den Mann, und Gregor sprang gerade noch rechtzeitig beiseite, als der an ihm vorbeiflog, bevor er gegen die Wand prallte.
Gregor löste Knut aus den Trümmern der Tür und schlug dem am Boden liegende Mann mehrmals auf den Hinterkopf. Es war nicht seine Art, einen gestürzten Feind zu Tode zu prügeln, doch er musste ihn um jeden Preis ausschalten, und die skribierte Ausrüstung des Kerls minderte höchstwahrscheinlich jeden Treffer.
Nach sieben Schlägen hielt Gregor schwer atmend inne und drehte den Mann mit dem Fuß auf den Rücken. Wie es schien, hatte er die Abwehr-Skriben seines Feinds überschätzt, denn langsam breitete sich um seinen Kopf eine Blutlache aus wie ein schauriger Heiligenschein.
Gregor seufzte. Er tötete nicht gern.
Er schaute aus dem Fenster. Der Mann mit dem Rapier lag auf dem zersplitterten Gehsteig und rührte sich nicht mehr.

Ich hatte mir den Abend anders vorgestellt. Gregor wusste nicht einmal, wen diese Kerle gesucht hatten. Gehörten sie zu Sark und hatten den Einbruch bemerkt? Hatten sie Sark gesucht? Oder war es ihnen um etwas völlig anderes gegangen?

»Ich will wenigstens herausfinden, wer du bist.« Gregor hockte sich hin und wollte dem Mann die Maske vom Gesicht ziehen.

Bevor er dazu kam, explodierte die Wand hinter ihm.

Im selben Moment schossen Gregor zwei Gedanken durch den Kopf.

Der erste war, dass er sich ziemlich dämlich angestellt hatte: Er hatte die Schritte vor Sarks Tür gehört und *gewusst*, dass mehr als zwei Männer im Flur gewesen waren. Er hatte es wegen des Kampfs vergessen – was sehr dumm war.

Der zweite Gedanke war: *Es kann nicht wahr sein, was ich da höre. Das ist unmöglich.*

Denn als die Wand explodierte und Holz- und Steinsplitter durch den Raum flogen, übertönte ein Geräusch den Lärm: ein hohes, heulendes Kreischen. Ein Gekreische, wie es Gregor seit den Aufklärungskriegen nicht mehr vernommen hatte.

Er warf sich zu Boden, während Staub und Schutt auf ihn niederprasselten. Er sah gerade noch den großen, dicken Eisenpfeil, der die Schlafzimmerwand durchschlug, über ihn hinwegflog und anschließend auch die Außenwand durchdrang, als bestünde sie aus Papier.

Der rot glühende Pfeil zog eine Flammenspur hinter sich her, und Gregor wusste, er würde letztlich explodieren und als flammender Metallregen niedergehen.

Er setze sich auf, klopfte den Staub ab und beobachtete entsetzt, wie das glühende Geschoss kreischend über Altgraben hinwegflog und dann explodierte. Helle Funken und brennende Schrapnellsplitter tanzten auf die Gebäude hinab.

Nein!, dachte er. *Nein, nein! Da sind Zivilisten, da sind Zivilisten!*

Ehe er weiter darüber nachdenken konnte, platzte die Wand an einer anderen Stelle auf, und noch ein Kreischer flog durch Sarks Schlafzimmer und ließ Steine und rauchende Splitter auf Gregor niederregnen, als er über ihn hinwegzischte.

Benommen lag Gregor am Boden. *Wie kann das sein? Wo haben sie die Kreischer her?*

Das tevannische Militär hatte schon immer augmentierte Waffen eingesetzt, mit schrecklichen Ergebnissen. Natürlich kamen auch Schwerter zum Einsatz, doch man verwendete auch skribierte Bolzen und Pfeile, die ähnlich wie Knut glaubten, nicht abgeschossen zu werden, sondern in die Tiefe zu stürzen, nach veränderten Schwerkraftgesetzen. Dadurch flogen sie in perfekt gerader Linie und erzielten eine hohe Geschwindigkeit und eine deutlich höhere Reichweite als konventionelle Geschosse.

Gleichwohl gab es auch gewisse Nachteile. Das Militär musste Miniaturlexiken mitschleppen, die eigens dazu dienten, solche Skriben zu betreiben. Sobald die Projektile die Reichweite ihres jeweiligen Lexikons überschritten, versagten die Skriben, woraufhin das Geschoss den Naturgesetzen folgend zu Boden fiel.

Daher hatten die tevannischen Skriber viel experimentiert, hatten sich aber letztlich von den Skriben auf gewöhnlichen Bolzen inspirieren lassen. Die tevannischen Bolzen waren nicht lediglich skribiert zu glauben, sich im freien Fall zu befinden, denn ein Bolzen, der fünfzehn Meter weit flog und dabei so konstant beschleunigte wie ein Objekt in freiem Fall, richtete nicht viel Schaden an.

Stattdessen gaukelten die Skriben den Bolzen, sobald man sie abschoss, vor, bereits gut zwei Kilometer tief gefallen zu sein. Das erzeugte eine Anfangsbeschleunigung von über hundertachtzig Metern pro Sekunde, was als befriedigend tödlich eingestuft wurde.

Als die Skriber Waffen mit höherer Reichweite entwickeln mussten, hatten sie einfach die suggerierte Falltiefe erhöht, und zwar beträchtlich. Das Projektil glaubte beim Abschuss nicht, lediglich zwei Kilometer in freiem Fall zurückgelegt zu haben, sondern bereits *Abertausende.* Sobald man es abschoss, raste es mit phänomenaler Geschwindigkeit davon, und normalerweise erhitzte es sich dabei durch den Luftwiderstand so sehr, dass es in der Luft explodierte. Und selbst wenn nicht, war das Ergebnis geradezu erschreckend.

Es war nicht schwer gewesen, einen Namen für diese Art Geschoss zu finden. Denn wenn das Projektil die Luft teilte, erzeugte das ein hohes, schreckliches Kreischen.

Keuchend krabbelte Gregor aufs Wohnzimmer zu. Er blinzelte sich Blutstropfen aus den Augen; ein kleiner Stein- oder Holzsplitter hatte ihn am Kopf getroffen. Im Raum wallte zudem so viel Staub, dass ihm das Atmen schwerfiel.

Er versuchte, nicht an Dantua zu denken, an die zersprengten Mauern und den Rauch, an die Straßen voller stöhnender Menschen, an den Lärm der Armee, die das Land in Schutt und Asche legte.

Bleib hier, flehte er seinen Verstand an. *Verlass mich nicht.*
Gregor robbte weiter.

Ein weiterer Kreischer durchschlug die Wohnzimmerwand. Wieder gingen heiße Asche und rauchender Schutt auf Gregor Dandolo nieder. Der dritte Mann im Flur hatte offenbar beschlossen, die Kreischer einzusetzen, nachdem er den Kampflärm gehört hatte und seine beiden Kameraden nicht zurückgekehrt waren.

Doch eigentlich konnte das nicht möglich sein: Damit ein Kreischer funktionierte, brauchte man in der Nähe ein Lexikon, das die Skriben betrieb, ansonsten war so ein Kreischer lediglich ein nutzloses Stück Metall.

Was geht hier vor? Wie kann das alles sein?

Endlich erreichte Gregor erschöpft und angeschlagen das Wohnzimmer und kroch weiter, Knut in der Hand. Er robbte zur Raummitte und schaute zur Vordertür hinaus.

Zunächst war niemand zu sehen. Dann trat ein Mann in die Tür, ganz in Schwarz gekleidet. In den Armen balancierte er ein monströses Gerät aus Metall und Holz, das einer tragbaren Balliste glich. In der Bolzenführung lag ein langer, schmaler Eisenpfeil. Er schien leicht zu beben wie ein wütendes angeleintes Tier.

Er richtete den Kreischer auf Gregor, der ihn hustend und desorientiert ansah, und mit tiefer, grollender Stimme fragte der Kerl: »Ist der Dieb hier?«

Gregor stierte ihn an. Ihm fehlten die Worte.

Dann flog etwas durch die offene Balkontür. Es war klein und rund, sauste über Gregors Kopf hinweg und landete direkt vor dem Gegner mit dem Kreischer.

Ein Blitz erhellte die Welt.

Es war, als hätte jemand tausend Lichter auf einmal entzündet, eine solche Helligkeit hätte Gregor nie für möglich gehalten – und im nächsten Moment ertönte ein gewaltiger, ohrenbetäubender Knall.

Gregors Sinne wurden derart überreizt, dass er fast das Bewusstsein verlor – womöglich lag es auch an dem Schlag, den er am Kopf erlitten hatte.

Das Licht verblasste, das Donnern verklang. Gregor klingelten die Ohren, doch nachdem er ein paarmal geblinzelt hatte, konnte er wieder sehen. Der Mann mit dem Kreischer stand weiterhin im Flur, hatte die Waffe jedoch fallen gelassen und rieb sich die Augen; offenbar war er noch immer geblendet.

Gregor rollte sich herum und schaute zur Balkontür, wo er gerade noch ein Mädchen auf den Balkon springen sah. Die Kleine war ganz in Schwarz gekleidet, führte ein Röhrchen an die Lippen und pustete hinein.

Ein Pfeil schoss durch den Raum und traf den Mann mit dem Kreischer. Er riss die Augen auf, griff sich an den Hals und versuchte, das Geschoss herauszuziehen, doch dann lief er grün an und sackte zusammen.

Gregors Retterin steckte das Blasrohr weg und rannte zu ihm. Sie bemerkte seine Dienstschärpe, seufzte, packte ihn unterm Arm und hob ihn hoch. Obwohl sein Gehör noch beeinträchtigt war, hörte er sie sagen: »Komm schon, Arschloch! Lauf! *Lauf!*«

Gregor wankte durch die Gassen von Altgraben, den Arm um die Schultern seiner kleinen, aber erstaunlich kräftigen Retterin gelegt. Ein zufälliger Beobachter hätte wohl angenommen, dass das Mädchen einem Betrunkenen nach Hause half.

Als sie in Sicherheit waren, hielt die Kleine an und stieß ihn von sich. Gregor purzelte in den Schlamm.

»Du«, sagte das Mädchen, »hast verrogeltes Glück, dass ich alles beobachtet habe! Was zur Hölle ist los mit dir? Du und diese anderen Idioten habt fast das ganze Gebäude in die Luft gejagt!«

Blinzelnd rieb sich Gregor die Schläfe. »Wa... Was geht hier vor? Was ist da eben passiert?«

»Das war eine Betäubungsbombe«, antwortete die Kleine. »Und die war verdammt teuer. Ich habe sie erst vor einer guten Stunde gekauft. Und sie hat mir nichts gebracht, weil *du* alles verrogelt hast.« Sie schritt in der Gasse auf und ab. »Wo soll ich jetzt das Geld herbekommen? Wie soll ich aus der Stadt fliehen? Was mache ich jetzt nur?«

»Wer ... wer bist du?«, fragte Gregor. »Warum hast du mich gerettet?«

»Ich wusste selbst nicht, dass ich das tun würde. Ich habe gesehen, dass diese drei Bastarde die Wohnung beobachtet haben, und abgewartet. Dann sehe ich *dich* von Balkon zu Balkon springen wie ein verdammter Narr und in die Wohnung einbrechen. Als die Kerle *dich* sehen, versuchen sie, dich in Stücke zu sprengen. Wahrscheinlich habe ich nur eingegriffen, damit dieser irre Bastard aufhört, Altgraben zu beschießen.«

Gregor runzelte die Stirn. »Moment mal. Was hast du eben

gesagt? *Wo* wolltest du Geld herbekommen? Du ... Du meinst, du warst bei Sark, um ...«

Er sah die junge Frau in Schwarz an und begriff allmählich. Retterin hin oder her: Vermutlich war sie eine von Sarks Dieben.

Und da sie Sark kannte, war diese junge Frau wahrscheinlich auch die Person, die die Wasserwacht bestohlen und den Hafen niedergebrannt hatte.

Wortlos stand Gregor auf und wollte sie packen – doch er konnte kaum geradeaus gehen, so sehr hatten ihm die Betäubungsbombe und der Kreischer zugesetzt.

Die junge Frau wich mühelos aus und trat ihm die Beine unterm Leib weg. Gregor fiel zurück in den Schlamm und fluchte. Er versuchte aufzustehen, doch sie setzte ihm den Stiefel aufs Rückgrat und drückte ihn nieder. Erneut überraschte ihn ihre Stärke – womöglich war er selbst auch nur zu sehr geschwächt.

»Du hast den Hafen niedergebrannt!«, sagte er.

»Das war ein Unfall.«

»Du hast etwas aus meinen verdammten Tresoren gestohlen!«

»Schön, ja, das war *kein* Unfall. Was hast du bei Sark gefunden?«

Gregor schwieg.

»Ich hab gesehen, dass du in etwas gelesen hast. Du hast was gefunden. Was?«

Während er über die Antwort nachsann, versuchte er, die Kleine einzuschätzen: wie sie reagierte, was sie getan hatte, warum sie hier war. Allmählich dämmerte ihm, welche Umstände sie dazu verleitet hatten. »Ich habe herausgefunden, dass du entweder etwas *von* oder *für* einige der mächtigsten Leute Tevannes gestohlen hast. Aber das war dir sicher klar. Ich glaube, deine Mission ist mächtig schiefgelaufen, und jetzt willst du verzweifelt fliehen. Aber das schaffst du nicht. Die finden ... und töten dich.«

Sie drückte ihn noch fester zu Boden und ging in die Hocke. Zwar sah er nicht ihr Gesicht, nahm jedoch ihren Geruch wahr. Seltsamerweise kam ihm der Geruch ... vertraut vor.

Ich kenne diesen Geruch. Wie merkwürdig.

Er spürte, wie etwas Spitzes über die Haut seines Halses glitt. Sie zeigte es ihm: Es war ein Blasrohrpfeil.

»Weißt du, was das ist?«, fragte sie.

Er musterte das Geschoss, dann sah er ihr in die Augen. »Ich habe keine Angst vorm Tod. Wenn du mich umbringen willst, mach besser schnell.«

Sie stockte, offenbar überrascht, und rang um Fassung. »Verdammt noch mal, sag mir, was du gefun...«

»Du bist keine Mörderin«, unterbrach Gregor sie. »Keine Soldatin. Das sehe ich deutlich. Es wäre am klügsten, wenn du dich ergibst und mit mir kommst.«

»Wieso? Damit du mich an die Harfe bringst? Das ist ein beschissener Handel, den du mir da vorschlägst.«

»Wenn du dich ergibst, setze ich mich persönlich für deine Begnadigung ein. Und ich tue alles in meiner Macht Stehende, um deinen Tod zu verhindern.«

»Du lügst.«

Er blickte sie über die Schulter hinweg an. »Ich lüge nicht«, erwiderte er leise.

Sie blinzelte, überrascht über seinen Tonfall.

»Außerdem töte ich niemanden mehr«, sagte Gregor. »Es sei denn, ich bin dazu gezwungen. Ich habe in meinem Leben schon genug Tote gesehen. Gib auf. Jetzt. Ich beschütze dich. Ich sorge zwar dafür, dass der Gerechtigkeit Genüge getan wird, aber ich lasse nicht zu, dass man dich umbringt. Aber falls du dich nicht ergibst ... dann mache ich Jagd auf dich. Dann fange entweder ich dich, oder deine Feinde bringen dich um.«

Das Mädchen schien über seine Worte nachzudenken. »Ich glaube dir.« Sie beugte sich dichter zu ihm. »Aber ich stelle lieber mein Glück auf die Probe, Hauptmann.«

Gregor spürte einen stechenden Schmerz im Hals. Dann wurde es dunkel.

Als Gregor Dandolo zu sich kam, wünschte er sich, er wäre bewusstlos geblieben. Sein Kopf fühlte sich an, als hätte ein Gießereiarbeiter ihn aufgeklappt und mit geschmolzenem Metall gefüllt. Ächzend rollte er sich auf den Rücken und begriff, dass er stundenlang mit dem Gesicht im Schlamm gelegen hatte, denn mittlerweile war die Sonne aufgegangen. Es grenzte an ein Wunder, dass ihm niemand die Kehle aufgeschlitzt und ihn ausgeraubt hatte.

Dann erkannte er, dass die junge Frau ihn mit Müll und Unrat bedeckt hatte, damit keiner ihn entdeckte. Eine recht edelmütige Geste – auch wenn er jetzt nach Kanal stank.

Er setzte sich auf und rieb sich wimmernd den Kopf. Er dachte daran, wie die junge Frau gerochen hatte.

Ein ausgeprägter Duft. Als wäre sie in einer tevannischen Gießerei gewesen – oder am Schornstein einer Gießerei.

Als Sohn von Ofelia Dandolo wusste Gregor sehr viel über Tevannes Gießereien.

Ungläubig lachte er in sich hinein, stand auf und humpelte davon.

Kapitel 10

Am nächsten Morgen schritt Gregor erhobenen Hauptes durch das äußerste Südtor der Dandolo-Handelsgesellschaft. Wenn man aus einem der Gemeinviertel kam und einen Campo betrat, änderte sich schlagartig alles: Statt schlammiger Wege gab es hier gefegtes Straßenpflaster; statt nach Rauch, Mist und Fäulnis roch es leicht nach gewürztem Grillfleisch; und anders als in den Gemeinvierteln trugen die Leute hier saubere bunte Kleidung, hatten makellose Haut und waren weder verkrüppelt noch betrunken oder erschöpft.

Der Wandel erstaunte Gregor immer wieder: Exakt drei Meter hinter dem Tor gelangte man in eine gänzlich andere Zivilisation. Dabei befand er sich erst im äußeren Campo, nicht in einem der hübscheren Teile. *Hinter jedem Tor erwartet mich eine andere Welt. Und dann noch eine und noch eine ...*

Er zählte die Schritte, während er über die Schwelle trat.

»Eins, zwei ... drei und vier.«

Die Tür des Wachhauses öffnete sich, ein Dandolo-Hauswächter in skribierter Rüstung trottete herbei und lief neben ihm her. »Morgen, Hauptmann!«

»Guten Morgen«, antwortete Gregor. *Vier Schritte, sie werden allmählich langsam.*

»Habt Ihr einen weiten Weg vor Euch, Gründer?«, fragte der Wachmann. »Soll ich Euch eine Kutsche rufen?«

Gregor schaute auf das Rangabzeichen am Helm des Mannes. »Die korrekte Anrede, Leutnant, lautet ›Hauptmann‹. Und ich gehe gern zu Fuß.« Er verneigte sich leicht und tippte sich zum Gruß mit zwei Fingern an die Stirn. »Guten Morgen.« Verwirrt blieb der Wachmann stehen und sah ihm nach. »Guten Tag, Hauptmann.«

Gregor Dandolo schritt vom äußeren Campo zum zweiten Mauertor. Erneut musste er ablehnen, als man ihm anbot, für ihn eine Kutsche zu rufen – wie auch am dritten und vierten Tor.

Er drang immer weiter in den Campo der Dandolo-Handelsgesellschaft vor. Die Wachen boten ihm die Kutschen mit nervösem Eifer an, da Gregors Schärpe ihn als Familienangehörigen der Gründerfamilie auswies – und dass ein Familienmitglied den Campo auf den eigenen Beinen durchquerte, war für die meisten Tevanner undenkbar.

Eigentlich hätte er gern eine Kutsche genommen – sein Kopf schmerzte noch von dem Gift, das dieses Mädchen ihm verabreicht hatte, und in der vergangenen Nacht hatte er in fast ganz Tevanne nach Sark gesucht. Dennoch lehnte Gregor alle Angebote ab. Er ignorierte sie ebenso wie die vielen Laternen, die über den Campo-Straßen schwebten, die sprudelnden Brunnen, die hohen, weißen Steintürme und die hübschen Frauen, die in prunkvollen Seidengewändern durch die Campo-Parks schlenderten und sich komplexe Ringelmuster aufgeschminkt hatten.

Das alles hätte ihm gehören können – als Sohn von Ofelia Dandolo hätte er in diesen leuchtenden Straßen wie der verwöhnteste Prinz der Welt gelebt. Und vielleicht hätte ihm das früher einmal gefallen.

Doch dann war er in Dantua gewesen. Und Gregor, vielleicht sogar die ganze Welt, hatte sich verändert.

So, wie sich alle auf dem Dandolo-Campo benahmen, hatte die Welt sich in der vergangenen Nacht erneut geändert. Die Leute wirkten ernst, nachdenklich und erschüttert, und sie unterhielten sich in gedämpftem, ängstlichem Ton.

Gregor verstand nur zu gut, wie sie sich fühlten. Die Skriben-Kunst bildete das Fundament ihrer Gesellschaft. Nach den Ausfällen der letzten Nacht bestand kein Zweifel daran, dass ihre ganze Lebensart wie das Zoagli-Gebäude einstürzen und sie mitreißen könnte.

Schließlich erreichte er das Campo-Illustris, das Verwaltungsgebäude, wo die Elite allen Pflichten des Handelshauses nachkam: Ein riesiger weißer Bau mit hohem Kuppeldach, getragen von gebogenen Stützstreben, die an ein Gerippe erinnerten. Davor trotteten zahllose Beamte die weiße Treppe hinauf und herab oder versammelten sich in kleinen Gruppen, um gedämpft über die Arbeit zu reden. Sie stierten Gregor an, als er in seiner Lederrüstung mit der Schärpe der Wasserwacht an ihnen vorbeischritt, stattlich, doch eher dürftig gewaschen. Er schenkte ihnen keine Beachtung, schritt die Stufen empor und auf das Gebäude zu.

Als Gregor das Illustris durchquerte, kam ihm das Bauwerk eher wie ein Tempel als wie ein Verwaltungsgebäude vor: zu viele Säulen, zu viel Buntglas, zu viele schwebende Laternen in den Deckenkuppeln, die ein göttliches Licht auf alles zu werfen schienen. Womöglich war diese Wirkung Absicht. Vielleicht suggerierte das allen Angestellten, dass sie eher den Willen Gottes vollstreckten als den von Gregors Mutter.

Könnte schlimmer sein, dachte er. *So schlimm wie der Berg der Candianos, der praktisch eine eigene Stadt ist.*

Er trottete die hintere Wendeltreppe zum vierten Stock hoch, wo er durch einen sich windenden Gang zu einer großen, imposanten Tür schritt. Gregor zog sie auf und trat ein.

Der Saal dahinter war lang, verziert und endete an einem riesigen Schreibtisch, der vor einer unscheinbaren Tür stand. Daran saß ein kleiner Mann, gedrungen und kahl, der aufsah, als Gregor eintrat. Obwohl er noch recht weit entfernt war, hörte Gregor das leidvolle Seufzen, das er bei seinem Anblick ausstieß. »Oh, um Himmels willen ...«

Gregor marschierte auf den Schreibtisch zu und blickte unterwegs nach rechts und links. Überall hingen Gemälde an den Wänden, die meisten davon kannte er nur zu gut, vor allem die neueren. Er beäugte sie – der Hafendieb hatte ihn so sehr beschäftigt, dass er ganz vergessen hatte, sich dagegen zu wappnen.

Das Gemälde, das ihm am meisten widerstrebte, hing am Ende des Saals, hinter dem Schreibtisch. Es zeigte einen Mann von nobler Statur, der in ebenso nobler Haltung hinter einem Prunkstuhl stand, anklagend dreinblickte und dabei Kinn und Brust vorstreckte. Auf dem Stuhl saß eine große, attraktive Frau mit dunklem Teint und schwarz gelocktem Haar. Neben ihr stand ein etwa fünfjähriger Junge, in schwarze Seide gekleidet, und auf ihrem Schoß saß ein fettes Kind in goldfarbener Kleidung.

Gregor betrachtete das Gemälde, vor allem die Frau auf dem Stuhl und das fette Kind. *Sie sieht noch heute das Baby in mir*, dachte er. *Trotz all meiner Taten, Narben und Errungenschaften bin ich für sie nach wie vor ein fettes, lallendes Kleinkind, das sie auf dem Schoß wippt.*

Sein Blick wanderte zu dem Jungen in schwarzer Seide: sein Bruder Domenico. Er betrachtete das gemalte Gesicht des Jungen, das so ernst und hoffnungsvoll war, und empfand einen Hauch von Trauer. Das Kind, das für dieses Gemälde posiert hatte, hatte nicht geahnt, dass es weniger als zwölf Jahre später mit seinem Vater bei einem Kutschenunfall umkommen würde.

Der kahle Mann am Schreibtisch räusperte sich. »Ich … nehme an … Ihr wollt …« Die Worte schienen ihm so widerstrebend über die Lippen zu kommen, als wären sie Gift. »Ihr wollt … sie sprechen?«

Gregor wandte sich ihm zu. »Wenn das möglich wäre, mein Herr.«

»Nun. Ihr wollt sie sprechen … jetzt? Ausgerechnet jetzt?«

»Wenn es möglich wäre«, wiederholte Gregor. »Mein Herr.«

Der Kahle dachte nach. »Ist Euch bewusst, dass wir gestern Nacht einen großen Skriben-Ausfall hatten, von dem wir uns noch nicht erholt haben?«

»Das Gerücht kam mir zu Ohren, mein Herr.« Gregor lächelte ihn an und entblößte dabei seine großen, weißen Zähne, woraufhin ihn der kahle Mann im Gegenzug finster ansah.

»Also schön«, sagte der Mann entnervt. »Schön, schön ...« Er beugte sich vor und läutete eine Glocke.

Die Tür hinter ihm öffnete sich, und ein Junge, gekleidet in den Farben des Hauses Dandolo und etwa zwölf Jahre alt, steckte den Kopf in den Saal.

Der Kahle öffnete den Mund, schien um Worte zu ringen. Er deutete auf Gregor, dann zur Tür und sagte schließlich resignierend: »Verstehst du?«

Der Junge nickte und zog sich zurück. Sie warteten.

Der kahle Mann funkelte Gregor an. Gregor bedachte ihn nach wie vor mit seinem Lächeln. Nach einer Weile, die sich über Stunden zu erstrecken schien, steckte der Junge wieder den Kopf durch die Tür. »Sie empfängt Euch, Gründer«, sagte er wie jemand, der daran gewöhnt war, nicht beachtet zu werden.

»Vielen Dank«, sagte Gregor. Er verneigte sich vor dem Mann und folgte dem Jungen ins Heiligtum hinter der Tür.

Der Nachkomme eines Gründers zu sein bedeutete in Tevanne nahezu unvorstellbaren Reichtum, Macht und Einfluss. Einer der Morsini-Söhne empfing Leute nur in seinem Privatgarten, während er im juwelenbesetzten Sattel auf einer Giraffe saß. Tribuno Candianos Schwester besaß für jeden Tag des Jahres ein anderes, eigens für sie entworfenes Seidenkleid. Dutzende Schneiderinnen hatten an jedem einzelnen Stück gearbeitet, das sie nur einmal trug und dann wegwarf.

Daher war es kaum verwunderlich, dass Ofelia Dandolo, die nicht nur zur Gründerfamilie gehörte, sondern auch das Oberhaupt des Hauses war, eine extrem eindrucksvolle Erscheinung war. Was Gregor jedoch an seiner Mutter am meisten beeindruckte, war, dass sie wirklich hart arbeitete.

Sie war nicht wie Torino Morsini, Oberhaupt des Hauses Morsini, der sehr fett war, meist sturzbetrunken und die meiste Zeit damit zubrachte, seine betagte Kerze in jedes mannbare Mädchen auf dem Campo zu stecken. Ebenso wenig glich sie Eferizo Michiel, der von seinem verantwortungsvollen und daher lästigen Amt zurückgetreten war, um jeden Tag Porträts, Landschaften und Nackte zu malen – ziemlich viele Nackte sogar, und zwar hauptsächlich junge Männer, wie Gregor gehört hatte.

Nein, Ofelia Dandolo verbrachte ihre Tage und sogar die meisten Nächte an Schreibtischen. Sie las und schrieb Briefe an Schreibtischen, hielt Sitzungen an Schreibtischen ab und lauschte dem Geschwätz ihrer zahllosen Berater an Schreibtischen. Und nach dem Irrsinn in Gründermark und Grünwinkel in der vergangenen Nacht überraschte es Gregor nicht im Mindesten, dass sie auch jetzt am Schreibtisch ihres persönlichen Büros saß und Berichte las.

Sie hob nicht den Blick, als er eintrat. Er baute sich vor ihr auf, die Hände hinterm Rücken verschränkt, und wartete darauf, dass sie ihn beachtete. Er beobachtete sie beim Lesen. Sie trug ein Abendkleid und hatte ein verspieltes Schminkmuster im Gesicht, mit rotem Balken über beiden Augen und blauen Schnörkeln um die ebenfalls blauen Lippen. Ihr Haar war aufwändig hochgesteckt. Vermutlich hatte sie die Nachricht von den Ausfällen der Skriben in Gründermark und Grünwinkel auf einer Art Feier erreicht, und seither arbeitete sie.

Sie war noch immer stattlich, schön und stark. Allerdings sah man ihr das Alter an, was womöglich an ihrer Position lag. Nachdem Gregors Vater bei dem Kutschenunglück ums Leben gekommen war, hatte sie die Leitung des Handelshauses übernommen, und das war schon ... wie lange her? Zwanzig Jahre? Dreißig? Gregor hatte angenommen, seine Mutter würde irgendwann ihren Posten räumen, doch dem war nicht so. Stattdessen hatte sie sich immer mehr Verantwortung aufgebürdet, bis sie praktisch selbst zur Dandolo-Handelsgesellschaft geworden war, und nun entschied sie allein über alle Strategien und Maßnahmen.

Zehn Jahre auf dem Posten hätten jede normale Person ins Grab gebracht. Ofelia Dandolo hatte drei Jahrzehnte durchgehalten – doch Gregor war sich nicht sicher, ob sie auch das vierte schaffen würde.

»Deine Stirn ist feucht«, sagte sie leise, ohne aufzusehen.

»Wie bitte?«, fragte Gregor verdutzt.

»Deine Stirn ist feucht, Liebling.« Sie strich ihren Kommentar zum Bericht durch und legte ihn beiseite. »Das ist Schweiß, nehme ich an. Du musst eine weite Strecke zurückgelegt haben. Ich nehme an, du hast dich geweigert, dir von der Hauswacht eine Kutsche rufen zu lassen? Schon wieder?«

»Ja.«

Sie sah ihn an, und eine geringere Person wäre zusammengezuckt. Ofelia Dandolos schimmernde bernsteinfarbene Augen hoben sich deutlich von ihrem dunklen Teint ab und hatten die seltsame Macht, ihr Gegenüber förmlich spüren zu lassen, was sie wollte. Ein zorniger Blick von ihr fühlte sich an wie eine Ohrfeige. »Und ich nehme an, es hat dir diebisches Vergnügen bereitet, die Wachen zu verwirren und zu enttäuschen.«

Gregor öffnete den Mund, um Worte verlegen.

»Ach, schon gut.« Sie musterte ihren Sohn. »Ich hoffe nur, Gregor, du bist hier, um dem Campo deine Unterstützung anzubieten. Du hast sicher von dem Desaster in Gründermark und Grünwinkel gehört. Dass in den beiden Gemeinvierteln alle Skriben im Radius von gut einem Kilometer ausgefallen sind. Und ich hoffe, du bist gleich herbeigeeilt, um dich zu erkundigen, wie du uns helfen kannst. Das alles hoffe ich – aber ich *rechne* nicht damit. Denn ich bezweifle, dass selbst dieses Desaster groß genug ist, um dich in den Schoß deiner Familie zurückzuführen.«

»War die Dandolo-Handelsgesellschaft tatsächlich von dem Ausfall betroffen?«

Sie stieß ein tiefes Lachen aus. »War sie betroffen? Auf dem Spinola-Gelände ist ein Lexikon ausgefallen, gleich neben Grünwinkel. Wir können uns glücklich schätzen, dass wir zwei weitere in der Region hatten, die alles in Gang hielten. Ansonsten wäre dieses Desaster zur ausgewachsenen *Katastrophe* geworden.«

Das war verblüffend. Ein Gründer-Lexikon war ein unglaublich komplexes und irrsinnig teures Instrument, das dafür sorgte, dass alle skribierten Hilfsmittel auf dem Campo funktionierten. »Glaubst du, es war Sabotage?«

»Möglich«, erwiderte sie zögerlich. »Aber was immer uns da widerfahren ist: Es hat auch den Michiel-Campo getroffen, der an Gründermark grenzt. Doch die Beeinträchtigungen hielten sich in Grenzen. Aber deshalb bist du gar nicht hier, stimmt's, Gregor?«

»Nein, Mutter, ich fürchte nicht.«

»Und … weswegen störst du mich zu diesem völlig unpassenden Zeitpunkt?«

»Wegen des Feuers.«

Zunächst wirkte seine Mutter überrascht, dann wütend. »Im Ernst?«

»Ja.«

»Unsere gesamte Zivilisation ist ernsthaft bedroht, und du willst nur über dein kleines Projekt sprechen? Über die Reform deiner … *städtischen Miliz*?«

»Stadtpolizei«, korrigierte Gregor sie rasch.

Sie seufzte. »Ach, Gregor. Ich weiß, es macht dir Sorgen, dass das Feuer dein Projekt ruiniert hat, aber glaub mir: Momentan ist es das *Letzte*, woran die Leute denken. Vermutlich haben alle die Sache schon vergessen. Ich jedenfalls *hatte* es vergessen.«

»Ich wollte dich nur wissen lassen, Mutter«, sagte Gregor pikiert, »dass ich kurz davorstehe, den Brandstifter zu fassen. Ich war letzte Nacht in Grünwinkel.«

Ofelias Mund klappte auf. »Du warst dort? Letzte Nacht? Als ...«

»Ja, als die Hölle losgebrochen ist. Ich habe Nachforschungen angestellt – und das recht erfolgreich, möchte ich sagen. Ich habe den Dieb ausfindig gemacht und werde ihn höchstwahrscheinlich heute Abend festnehmen. Danach würde ich ihn gern vor den Rat bringen.«

»Ah. Du willst einen großen, aufsehenerregenden öffentlichen Prozess – um deinen Namen reinzuwaschen.«

»Um zu verdeutlichen, dass das Wasserwacht-Projekt sinnvoll ist. Ja. Also, wenn du mir den Weg für den Prozess ebnen könntest ...«

Seine Mutter schmunzelte. »Ich dachte, es widerstrebt dir, deine Familienkontakte zu nutzen.«

Das stimmte. Seine Mutter hatte einen wichtigen Sitz im tevannischen Ratskomitee innc. Der Rat war ausnahmslos von Handelshaus-Vorständen besetzt und sorgte im Grunde dafür, dass die Häuser sich gegenseitig nicht zu exzessiv sabotierten und bestahlen. Allerdings wurde die Definition von »exzessiv« in letzter Zeit immer großzügiger ausgelegt. Der Rat kam dem am nächsten, was in Tevanne einer echten Regierung glich, auch wenn Gregor diesbezüglich gewisse Zweifel hegte.

Er hätte die Position seiner Mutter dazu nutzen können, sich alle möglichen Vorteile zu verschaffen, doch das hatte er stets abgelehnt – bis zu diesem Tag.

»Wenn es darum geht, die Zustände in Tevanne zu verbessern«, sagte er, »ist mir jedes Mittel recht.«

»Ja, ja. Gregor Dandolo, Freund des einfachen Volkes.« Sie seufzte. »Seltsam, dass deine Lösung darin besteht, so viele einfache Leute ins Gefängnis zu stecken.«

Unter anderen Umständen hätte Gregor erwidert: *Ich will nicht nur einfache Bürger ins Gefängnis werfen.* Doch war er nicht so dumm, das seiner Mutter so offen ins Gesicht zu sagen.

Sie dachte über seine Bitte nach. Ein paar Motten flatterten von der Decke herab und umschwirrten ihren Kopf. Sie verscheuchte sie mit einem Wink. »Sch-sch! Verschwindet. Verdammte Dinger ... Wir schaffen es nicht einmal, unsere Büros sauber zu halten.« Sie sah ihren Sohn wieder finster an. »Schön. Ich leite das Verfahren in die Wege – aber der Ausfall hat Priorität. Sobald das geklärt ist, kümmern wir uns um deine Wasserwacht und deine Diebe und Schurken. In Ordnung?«

»Und ... wie lange dauert das?«

»Woher zur Hölle soll ich das wissen, Gregor?«, bellte sie. »Wir wissen nicht einmal, was geschehen ist, ganz zu schweigen davon, was wir jetzt tun sollen.«

»Verstehe.«

»Bist du jetzt zufrieden?« Sie nahm ihre Schreibfeder auf.

»Fast. Eine letzte Bitte hätte ich noch ...«

Seufzend legte sie die Feder wieder weg.

»Wäre es möglich, dass ich den Dandolo-Hypatus konsultiere?«, fragte er. »Ich möchte ihm ein paar Fragen stellen.«

Ofelia sah ihn ungläubig an. »Du willst mit ... mit *Orso* reden? Warum denn das nun wieder?«

»Ich habe ein paar Fragen zu Skriben – wegen des Diebstahls.«

»Aber ... die könntest du jedem beliebigen Skriber stellen!«

»Ich könnte zu zehn verschiedenen Skribern gehen und bekäme zehn verschiedene Antworten. Oder ich gehe zum klügsten Skriber von ganz Tevanne und bekomme auf Anhieb die richtige.«

»Ich bezweifle, dass er sie dir momentan geben kann. Er ist nicht nur mit dem Ausfall der Skriben beschäftigt, in letzter

Zeit habe ich den Eindruck, dass er sogar noch verrückter ist, als ich anfangs dachte.«

Das weckte Gregors Interesse. »Ach? Wieso das, Mutter?«

Sie schien abzuwägen, ob sie ihm antworten sollte oder nicht, und seufzte schließlich. »Weil er momentan ... recht *ungehalten* ist. Sogar *sehr* ungehalten. Als man die Ruinen in Vialto entdeckte, hat er mich bedrängt, mir einige Artefakte zu sichern, ehe sie unserer Konkurrenz in die Hände fielen. Ich stimmte zu – widerwillig –, und Orso bemühte sich nach Kräften, eins der seltsamen Relikte zu ergattern. Es handelte sich um eine kaputte alte Steinkiste, doch sie wies gewisse Ähnlichkeiten zu einem Lexikon auf. Orso gab ein Vermögen dafür aus, doch dann, bei der Überfahrt von Vialto nach hier, ist sie verschwunden.«

»Die Kiste ging auf See verloren?«, fragte Gregor. »Oder wurde sie gestohlen?«

»Das weiß keiner. Aber das war ein immenser Verlust für uns. Ich habe die Zahlen in den Bilanzbüchern gesehen. Eine sehr hohe Summe, und zwar nicht auf der Haben-Seite. Ich habe ihm alle weiteren Bemühungen untersagt. Das hat er nicht gut aufgenommen.«

Also ... ist Orso Ignacio vielleicht zuvor bestohlen worden, dachte Gregor. Er machte sich eine geistige Notiz.

»Wenn du wirklich mit Orso sprechen willst«, sagte seine Mutter, »musst du zur Spinola-Gießerei, die bei Grünwinkel. Dort ist das Lexikon ausgefallen, deshalb findest du Orso dort. Er versucht, sich einen Reim auf den Ausfall zu machen.« Sie musterte ihn streng, und Gregor musste sich zusammenreißen, um nicht unter ihrem Blick zusammenzuzucken. »Ich weiß, ich kann dir keine Vorschriften machen, Liebling. Das hast du immer deutlich gemacht. Aber ich schlage dringend vor, du suchst dir deine Antworten woanders. Orso sollte man nicht unterschätzen – und nach dem Ausfall ist er sicher in der miesesten Stimmung aller Zeiten.«

Gregor lächelte höflich. »Ich hatte schon mit schlimmeren Leuten zu tun. Ich glaube, ich kann auf mich aufpassen, Mutter.«

Sie lächelte zurück. »Ich weiß, dass du das glaubst.«

»Verrogelter Hurensohn!«, hallte eine männliche Stimme die Treppe hinauf. »Sohn einer beschissenen, wert- und zahnlosen Hure!«

Gregor stand auf dem Gelände der Spinola-Gießerei am oberen Absatz einer Treppe und sah zu dem Hauswächter, der nervös zuckte.

Die Stimme brüllte weiter. »Was soll das heißen, du *hältst* die Aufzeichnungen für korrekt? Wie kann man verdammt noch mal Aufzeichnungen für korrekt *halten*? ›Korrekt‹ ist einer von zwei möglichen Zuständen. Entweder ist etwas korrekt oder *eben nicht*!« Die letzten beiden Worte schrie der Mann so laut, dass Gregor trotz der Entfernung die Ohren klingelten. »Bist du verheiratet? Hast du Kinder? Fall ja, verblüfft mich das sehr, denn ich dachte, du bist verdammt noch mal zu blöd, deine Kerze in deine Frau zu stecken! Vielleicht solltest du mal nachsehen, ob hier noch mehr glotzende Idioten rumlaufen, die deiner dreckigen Brut verdammt ähnlich sehen! Ich schwöre bei Gott, wenn du nicht in einer Stunde mit Unterlagen zurückkommst, die *absolut zweifelsfrei* korrekt sind, mal ich persönlich deine Eier an und werfe dich splitternackt in einen Schweinestall! Jetzt geh mir verdammt noch mal aus den Augen!«

Irgendwo unter Gregor lief jemand eilig davon. Dann war es still.

»So geht das schon den ganzen Morgen«, sagte der Hauswächter gedämpft. »Ich wundere mich, dass er noch nicht heiser ist.«

»Verstehe«, erwiderte Gregor. »Danke sehr.« Er stieg die Treppe hinab, die in die unterirdische Lexikonkammer mündete.

Die Stufen führten immer tiefer in die Dunkelheit.

Mit jedem Schritt fühlte sich Gregor ... merkwürdiger.

Die Umgebung schien *schwerer* zu werden. Langsamer. Dichter. Als liefe er nicht durch feuchte Luft, sondern befände sich kilometertief am Grund des Ozeans, wo unzählige Tonnen Wasser auf ihm lasteten.

Wie ich diese Lexikonkammern hasse, dachte er.

Wie die meisten Menschen, verstand auch Gregor nicht, wie Skriben funktionierten. Für ihn sah jede Sigille gleich aus. Er konnte nicht einmal die verschiedenen Skriben-Sprachen der Häuser voneinander unterscheiden, was für das Verständnis dieser Kunst noch fundamentaler war. Er wusste nur grob, was Skriben bewirken konnten.

Die Grund-Sigillen waren Symbole, die überall auf der Welt in der Natur vorkamen. Niemand wusste genau, woher sie stammten. Manche behaupteten, sie seien im Abendland erfunden worden. Andere glaubten, der Schöpfer, Gott selbst, habe die Grundsymbole in die Welt geschrieben, um sie so zu gestalten wie die Gießereien skribierte Instrumente. Niemand wusste es genau.

Jede Grund-Sigille bezog sich auf bestimmte Dinge: Es gab Symbole für Stein, Wind, Luft, Feuer, Pflanzen, Blätter und sogar welche für eher abstrakte Phänomene wie »Veränderung«, »Anhalten« oder »spitz«. Es gab Millionen, wenn nicht Milliarden davon. Kannte man diese Symbole – was nur auf die wenigsten zutraf –, konnte man sie auch entsprechend einsetzen. Wollte man etwa Holz eine besondere Form verleihen, konnte man es selbst in der primitivsten Siedlung mitten im Nirgendwo mit der Grund-Sigille für »Lehm« oder »Schlamm« skribieren, und diese winzige Veränderung machte das Holz ein wenig formbarer. Doch trotz aller Legenden über die Ursprünge der Kunst ließen sich die Grund-Skriben nur beschränkt einsetzen. Meist entfalteten sie nur eine geringe Wirkung, werteten den jeweiligen Gegenstand kaum auf. Kniffliger wurde es, wenn man einer Axt sagen wollte: »Du bist sehr robust, sehr scharf, sehr leicht und teilst das Holz des Zedernbaums so mühelos wie Wasser«. Das war viel komplexer als bloß »scharf« oder »hart«, mit anderen Worten: Ein solcher Befehl wäre fünfzig oder sechzig Sigillen lang. Dafür bot eine Axtklinge nicht genug Platz, und man durfte bei der Anordnung der Sigillen auch keinen Fehler machen, damit die Axtklinge begriff, was sie sein sollte. Man musste exakt und stimmig formulieren – und das war schwer.

Doch die Stadt Tevanne hatte ein altes Lager mit abendländischen Aufzeichnungen gefunden, in einer Höhle an der Ostküste. Und in diesen Aufzeichnungen hatten sie etwas Ausschlaggebendes entdeckt.

Die Sigille für »das bedeutet«. Und dann waren ein paar gerissene Tevanner auf eine brillante Idee gekommen.

Sie fanden heraus, dass man eine komplexe Befehlsreihe auf eine Eisenscheibe schreiben und dann mit der Sigille für »das bedeutet« und einer *völlig neuen*, selbsterfundenen Sigille verknüpfen konnte. Die neue Sigille konnte etwa bedeuten: »Du bist sehr robust, sehr scharf, sehr leicht und teilst das Holz des Zedernbaums so mühelos wie Wasser.« Auf diese Weise brauchte man nur noch *eine einzige Sigille* auf die Axtklinge zu schreiben.

Oder auf ein Dutzend Klingen. Oder auf tausend. Es spielte keine Rolle. Jede Klinge würde gleich funktionieren.

Nach dieser Entdeckung waren plötzlich viel komplexere Skriben-Befehle möglich – obwohl die Kunst auch jetzt noch recht limitiert blieb.

Zum einen musste man immer in der Nähe der Eisenscheibe bleiben, auf der die Befehlsreihe stand. Entfernte man sich zu weit davon, vergaß die Axtklinge, was die neue Sigille bedeutete, und funktionierte nicht mehr. Gewissermaßen fehlte ihr der Bezugspunkt.

Zum anderen gingen die Metallscheiben oft in Flammen auf,

wenn man zu viele komplexe Skriben-Definitionen darauf vereinte. Ein gewöhnliches Objekt wie eine Eisenscheibe verkraftete offenbar nur ein begrenztes Maß an Bedeutungen.

Und so sahen sich die Stadt Tevanne und ihre aufkeimenden Skriben-Häuser mit einem Problem konfrontiert: Wie sollten sie die vielen Definitionen und Bedeutungen der komplexen Skriben unterbringen, ohne dass alles in Flammen aufging und schmolz?

Was dazu führte, dass man die Lexiken erfand.

Lexiken waren große, ausgefeilte und robuste Maschinen, dazu gebaut, Abertausende hochkomplexer Skriben-Definitionen zu bewahren, wobei sie die Last der konzentrierten Bedeutung aushielten. Mit einem Lexikon musste man nicht mehr befürchten, dass alle skribierten Instrumente ausfielen, weil man sich zu weit von der Befehlskette entfernt hatte, denn Lexiken verstärkten die Bedeutung der jeweiligen Definition und übertrugen sie über große Entfernung in jede Richtung. Das genügte, um einen Abschnitt des Campo abzudecken, wenn nicht noch mehr.

Je näher man dem Lexikon war, desto besser funktionierten die Skriben, was auch der Grund dafür war, warum ein Lexikon stets das Herzstück jeder Gießerei bildete. Man wollte, dass die größten, komplexesten Instrumente mit größtmöglicher Effizienz arbeiteten.

Und da Lexiken das Herzstück aller Gießereien waren, bedeutete das, sie waren das Herzstück von ganz Tevanne.

Doch sie waren kompliziert. Unglaublich kompliziert. *Erstaunlich* kompliziert. Jedermann wusste: Nur alte Genies und Verrückte begriffen wirklich, wie ein Lexikon funktionierte, und zwischen Genie und Wahnsinn bestand in den meisten Fällen fast kein Unterschied.

Daher war es etwas Besonderes, dass in der gesamten Geschichte Tevannes kein Hypatus Lexikon besser verstand als Orso Ignacio. Immerhin war Orso derjenige gewesen, der das

Gefechtslexikon erfunden hatte – eine kleinere Version des regulären Lexikons, die von Schiffen und Ochsenkarren transportiert werden konnte. Trotzdem war das Gerät noch ziemlich groß, ausgetüftelt und irrsinnig teuer, und es hielt nur das Kriegsgerät einer Kohorte in Gang, doch ohne diese Erfindung hätte Tevanne niemals die Durazzosee erobert – und alle Städte ringsum.

Gregor wusste ein wenig über Gefechtslexiken. Er hatte eins beim Kampf um Dantua gehabt – bis er es auf einmal *nicht* mehr gehabt hatte. Daher konnte er sehr gut nachempfinden, wie es war, ein Lexikon zu *verlieren*. Und er glaubte zu wissen, wie sich Orso Ignacio momentan fühlte. Vielleicht kam er besser mit dem Mann zurecht, wenn er sich das zunutze machte.

Er wurde prompt eines Besseren belehrt, als er die Lexikonkammer betrat und zur Begrüßung hörte: »Wer zum Henker seid Ihr?«

Blinzelnd stand Gregor da, während seine Augen sich ans trübe Licht gewöhnten. Die Lexikonkammer war groß, dunkel und stand fast leer. Am hinteren Ende befand sich eine dicke Glaswand mit einer offenen Tür in der Mitte, und ein großer, dünner Mann stand auf der Schwelle und stierte Gregor an. Er trug eine Schürze, Handschuhe und eine dunkle Brille. In den Händen hielt er ein bedrohlich aussehendes Werkzeug, eine Art krummen Metallstabs, der viele spitze Zähne aufwies.

»Ver… Verzeihung?«, sagte Gregor.

Der Mann warf den Stab weg, schob sich die Brille auf die Stirn und musterte ihn streng mit hellen, tiefliegenden Augen. »Ich sagte: Wer. Zum Henker. *Seid* Ihr?«, fragte Orso Ignacio, diesmal deutlich lauter.

Er sah aus wie ein Maler oder Bildhauer, der gerade sein Atelier verlassen hatte, trug ein fleckiges bräunliches Hemd und eine vergilbte weiße Hose unter der Schürze. Die Schnabelschuhe, wie sie meist von hochrangigen Persönlichkeiten getragen wurden, waren zerschlissen und löchrig. Er hatte weißes, zerzaustes Haar, und seine einst attraktiven Züge wirkten eingefallen und faltig, als hätte er zu lange im Räucherverschlag eines Fischhändlers gesessen.

Gregor räusperte sich. »Verzeihung. Guten Morgen, Hypatus. Es tut mir sehr leid, Euch in dieser äußerst schwierigen Zeit behelligen zu …«

Orso verdrehte die Augen und schaute durch den Raum. »Wer ist der Kerl?«

Gregor spähte in die Schatten und erblickte noch jemanden im hinteren Teil der Kammer, den er bislang übersehen hatte. Ein großes, recht hübsches Mädchen mit unbewegter, verschlossener Miene. Sie saß am Boden vor einer Skriben-Tafel – einem abakusgleichen Gerät, mit dem Skriber ihre Sigillen-Kombinationen prüften. Immer wieder tauschte sie die Sigillen-Blöcke aus, beängstigend schnell wie ein professioneller Scivoli-Spieler, der seine Figuren unter ständigem *Klack-klack-klack* übers Brett bewegt.

Das Mädchen hielt inne und schaute Gregor mit unergründlicher Miene an. »Ich glaube«, sagte sie leise und gelassen, »das ist Hauptmann Gregor Dandolo.«

Verdutzt runzelte Gregor die Stirn. Er hatte diese junge Frau noch nie im Leben gesehen. Sie machte sich wieder daran, die Blöcke in der Tafel gegeneinander auszutauschen.

»Oh. Ofelias Junge?« Staunend beäugte Orso den Besucher. »Mein *Gott*, hast du zugenommen.«

Das Mädchen fuhr fast unmerklich zusammen. Vermutlich diente sie Orso als eine Art Assistentin.

Gregor jedoch war nicht beleidigt. Als Orso ihn zuletzt gesehen hatte, war Gregor gerade aus dem Krieg zurückgekehrt und war recht ausgemergelt gewesen. »Ja«, erwiderte er, »das passiert schon mal, wenn man von einem Ort, an dem es nichts zu essen gibt, an einen kommt, wo die Tische gedeckt sind.«

»Faszinierend«, meinte Orso. »Also. Was zur Hölle habt Ihr hier unten zu suchen, Hauptmann?«

»Also … ich …«

»Ihr verlottert noch immer am Hafen, stimmt's?« In Orsos Augen loderte ein seltsamer Zorn auf. »Falls es überhaupt noch einen Hafen gibt, in dem Ihr verlottern könnt.«

»Ja, und eigentlich …«

»Tja, wie Euch gewiss nicht entgeht, Hauptmann …« Orso wies mit beiden Händen in die große Kammer. »Wir haben hier gerade weder irgendwelches Hafenwasser noch eine Kriegsfront. Hier gibt es für Euch also nicht viel zu tun. Dafür haben wir aber Türen. Jede Menge sogar.« Er wandte sich um, offenbar um etwas in Augenschein zu nehmen. »Ich rate Euch, eine davon zu benutzen. Welche, ist mir, ehrlich gesagt, egal.«

Gregor schritt tiefer in die Kammer und sagte mit leicht erhobener Stimme: »Ich bin hier, Hypatus, um Euch zu fragen …« Er verstummte, zuckte zusammen, als sein Kopf schmerzhaft zu pochen begann, und rieb sich die Stirn.

Orso sah ihn an. »Ja?«

Gregor atmete tief durch. »Verzeiht bitte.«

»Lasst Euch Zeit.«

Gregor schluckte und versuchte, sich zusammenzureißen, den Kopfschmerz zu unterdrücken. »Lässt das … lässt das irgendwann nach?«

»Nein.« Orso lächelte ruchlos. »Noch nie in der Nähe eines Lexikons gewesen?«

»Doch, aber das hier ist sehr …«

»Groß?«

»Ja. Groß. Die Maschine ist abgeschaltet, oder? Ich meine, das ist das Problem, korrekt?«

Orso schnaubte, wandte sich um und beäugte das Gerät vor sich. »Momentan ist sie nicht ›abgeschaltet‹, wie Ihr es nennt. Der akkuratere Begriff dafür lautet *reduziert*. Es ist schwer, ein Lexikon einfach abzuschalten – das ist keine verdammte Windmühle, sondern eine Sammlung von Aussagen über die Physik und die Realität. Sie abzuschalten wäre in etwa so, als würde man einen Streifer zu Kohlenstoff, Kalzium, Stickstoff und allem anderen zerlegen, aus dem er so besteht. Ist das denkbar? Klar, wieso nicht. Ist es umsetzbar? Verflucht unwahrscheinlich.«

»Ich ... verstehe.« In Wahrheit verstand Gregor das Konzept nicht einmal im Ansatz.

Orsos Assistentin seufzte leise, als wollte sie sagen: Jetzt legt er wieder los ...

Der Hypatus grinste Gregor über die Schulter hinweg an. »Kommt doch näher. Schaut es Euch an.«

Gregor war klar, dass Orso ihn nur ärgern wollte: Je näher man einem Lexikon kam, desto schlechter fühlte man sich. Doch er wollte Orsos ablehnende Haltung überwinden, und dafür war er bereit, einiges auf sich zu nehmen.

Blinzelnd vor Schmerz trat er an die Glaswand und musterte das Lexikon dahinter. Es erinnerte ihn an eine große Metalldose, die auf der Seite lag, nur dass jemand die Dose in dünne Scheiben geschnitten hatte – in Tausende, wenn nicht gar Millionen. Er wusste grob, dass jede Scheibe bis zum Rand mit Skriben-Definitionen vollgeschrieben war, mit Instruktionen oder Parametern, die skribierte Objekte dazu bewegten, ihre jeweilige Aufgabe zu erfüllen. Gleichwohl verstand er es etwa im selben Maße, wie er begriff, dass sein Gehirn das Denken für ihn übernahm.

»Ich war noch nie so nah an einem Lexikon«, sagte er.

»Die allermeisten nicht«, erwiderte Orso. »Es belastet jeden, vor etwas zu stehen, das so viel Bedeutsames enthält. Das erhitzt das Ding sehr, und es ist verdammt anstrengend, sich in seiner Nähe aufzuhalten. Und doch hat sich dieses Instrument – mit all seinen Aussagen über die Realität – gestern mit einem *Kling* ausgeschaltet. Als hätte man einfach einen Schalter umgelegt. Und eigentlich ist das, wie ich Euch eben großmütigerweise erklärt habe, unmöglich.«

»Wie konnte das passieren?«, fragte Gregor.

»Verfluchter Scheißdreck, wenn ich das nur wüsste!«, rief Orso wild vergnügt.

Er gesellte sich zu dem Mädchen an der Skriben-Tafel und sah zu, wie sie die kleinen Metallblöcke mit den Befehlsketten immer wieder neu zusammensteckte. Ihre Finger bewegten sich blitzschnell, und bei jeder neuen Kombination leuchtete ein kleines Glassegment auf den Würfeln auf.

»Jetzt funktionieren wieder alle möglichen Befehlsketten!«, sagte Orso. »Sogar perfekt und ausnahmslos. Wie beruhigend! Als wäre gestern Nacht nichts passiert.«

»Wenn ich fragen darf – wer ist das eigentlich?« Gregor deutete mit dem Kopf auf die junge Frau.

»Sie?« Die Frage schien Orso zu verblüffen. »Das ist meine Fab.«

Gregor wusste nicht, was eine »Fab« war, und das Mädchen schien es ihm nicht erläutern zu wollen. Sie ignorierte die beiden und probierte immer wieder neue Sigillen-Kombinationen aus.

Gregor beschloss, das Thema zu wechseln. »War es Sabotage? Ein anderes Handelshaus?«

»Noch mal«, antwortete Orso. »Wenn ich es nur wüsste! Ich habe alle infrastrukturellen Skriben überprüft, die das Ding betreiben, und die Befehlsketten funktionieren völlig einwandfrei. Das Lexikon selbst hat augenscheinlich keinen Schaden genommen. Kein Anzeichen dafür, dass jemand es ordnungs- oder unsachgemäß reduziert hat. Könnte das dumme Stück Scheiße, dass die Wartung überwacht, mir bestätigen, dass das Lexikon planmäßig überprüft wurde, könnte ich sogar jede Sabotage ausschließen. Und die Befehlsscheiben sind in ziemlich konventionellen, langweiligen Konfigurationen angeordnet. Stimmt's?«

Seine Assistentin nickte. »Korrekt, Hypatus.« Sie deutete auf die Wand hinter sich. »Produktion, Sicherheit, Licht und Transport. Das ist alles, womit der Wall bestückt ist.«

Gregor schaute zu der Wand und begriff, was sie meinte. »Der Wall« war der Fachbegriff für eine riesige Wand, die mit Tausenden weißen Platten bestückt war. Die Platten konnten auf kurzen Schienen nach oben oder unten gleiten, und jede einzelne stand für eine Skriben-Definition: Befand sich eine Platte auf der oberen Position, war die Definition darauf deaktiviert, stand sie auf der unteren, war sie aktiv.

Das klang nachvollziehbar, doch nur ein Skriber, der jahrzehntelang eine erstklassige Ausbildung erhalten hatte, konnte beim Blick auf einem Wall erkennen, was dort überhaupt vor sich ging. Ein Lexikonwall wurde natürlich sorgsam bewacht und gewartet. Falls jemand irrtümlich eine Platte nach oben schob und so eine wichtige Funktion deaktivierte, konnten etwa alle Bremsen der skribierten Fahrzeuge auf dem Dandolo-Campo ausfallen. Was schlecht wäre.

Oder falls jemand mehrere wichtige Platten nach unten schob und damit einige hochkomplexe Definitionen aktivierte, würde das Lexikon überlasten, und dann ...

Tja, was dann geschah, wäre sehr viel schlimmer.

Denn ein Lexikon manipulierte die Wahrnehmung der Realität auf mannigfaltige Weise – und genau deshalb war es so unangenehm, sich in seiner Nähe aufzuhalten. Spielte ein Lexikon verrückt, hatte dies Konsequenzen, über die man gar nicht nachdenken wollte. Im Grunde erhielt ein System riesiger Bomben alle Prozesse in Tevanne aufrecht, die bei einer Fehlfunktion die ganze Stadt in Schutt und Asche legen konnten.

»Hypatus, ich bin nicht wegen des Skriben-Ausfalls hier«, erklärte Gregor schließlich. »Vielmehr geht es um den Hafen und die Ereignisse dort in der letzten Nacht.«

»Um den *Hafen*?« Orso wirkte irritiert. »Warum zur Hölle wollt Ihr mich *damit* behelligen?«

»Es ist wegen des Diebstahls, der dort verübt wurde.«

»Damit wollt Ihr meine Zeit verschwenden? Erwartet Ihr etwa von mir, dass ich ...« Orso stockte. »Moment mal. Diebstahl? Ihr meint das Feuer.«

»Nein, nein«, erwiderte Gregor. »Ich meine den Diebstahl. Unsere Ermittlungen weisen darauf hin, dass das Feuer nur eine Ablenkung war, damit der Dieb an unsere Tresore herankam.«

»Woher wisst Ihr das?«

»Weil wir den Inhalt unserer Tresore überprüft und festgestellt haben, dass etwas fehlt.«

Orso blinzelte. »Ah.« Er schwieg einen Moment. »Ich ... hatte angenommen, die Panzerschränke wären zusammen mit dem Hauptquartier der Wasserwacht dem Feuer zum Opfer gefallen. Ich dachte, sie wären zerstört worden.«

»Als wir erkannten, dass sich das Feuer ausbreiten würde, ließ ich alle Tresore auf Karren verladen und in Sicherheit bringen.«

Wieder blinzelte Orso. »Ach ja?«

»Ja. Und wir fanden heraus, dass etwas gestohlen wurde. Eine kleine, schlichte Holzkiste aus Tresor 23D.«

Orso und seine Assistentin hörten ihm inzwischen verdächtig aufmerksam zu. Gregor konnte nicht abstreiten, eine gewisse Genugtuung zu empfinden.

Manchmal ist es schön, recht zu haben.

»Seltsam ...«, sagte Orso verhalten.

»Tja, ich habe gestern Nacht in den Gemeinvierteln noch ein wenig ermittelt, auf der Suche nach dem Dieb. Ich fand seinen Hehler – die Person, die das Diebesgut verkauft –, und in dessen Notizen wurde der Dandolo-Hypatus erwähnt, im Zusammenhang mit dem Diebstahl und Feuer. Meine Frage, Hypatus, lautet: warum?«

Die Miene des Mannes, die bislang nur von Verachtung, Ungeduld und Misstrauen gezeugt hatte, wirkte nun beinahe emotionslos. »Ihr glaubt, ich habe den Diebstahl in Auftrag gegeben, Hauptmann?«

»Bislang glaube ich nicht allzu viel, weil ich so wenig weiß, Hypatus. Ihr könntet ebenso gut der Bestohlene sein.«

Orso schmunzelte. »Ihr glaubt, jemand hat mir Skriben-Definitionen gestohlen?«

Das war eine Ablenkung, das war Gregor klar, doch er war gern bereit, sich ein wenig ablenken zu lassen. »Nun ... für gewöhnlich sind Skriben-Definitionen in Tevanne wertvoller als alles andere, Hypatus.«

»Das stimmt.« Orso ging zu einem Regal, zog drei große Folianten heraus, jeder davon etwa achtzehn Zentimeter dick, und kehrte zu Gregor zurück. »Seht Ihr die hier, Hauptmann?«

»Ja.«

Orso ließ einen Folianten mit lautem Knall zu Boden fallen. »Das ist die Anfangsdefinition, die man benötigt, um ein Lexikon zu reduzieren.« Er ließ den zweiten Folianten fallen, der nicht minder laut aufschlug. »Das ist die *Fortsetzung* dieser Definition.« Er ließ den dritten fallen. »Und das die Abschlussdefinition zur Reduzierung eines Lexikons. Und woher weiß ich das wohl?«

»Ich ...«

»Weil ich sie geschrieben habe, Hauptmann. Jede Sigille und jede Befehlskette in diesen gottverdammten Büchern stammt von mir.« Er trat näher. »Keine Skriben-Definition hätte in so ein kleines Kästchen gepasst. Jedenfalls keine von *meinen*.«

Gregor war beinahe beeindruckt. »Verstehe, Hypatus. Und Euch wurde auch nichts anderes gestohlen?«

»Nicht, dass ich wüsste.«

»Tja, dann ... hat der Hehler Euren Namen wohl versehentlich notiert.«

»Oder Ihr habt Euch verlesen«, entgegnete Orso.

Gregor nickte. »Oder das. Ich glaube, das finden wir bald heraus.«

»Bald. Wieso?«

»Nun ... ich glaube, ich bin dicht vor der Ergreifung des

Diebs. Und sofern mein Instinkt mich nicht trügt, wurden seine Pläne zum Verkauf des Diebesguts durchkreuzt. Was bedeutet, der Dieb *könnte* das gestohlene Objekt nach wie vor haben. Also finden wir es vielleicht schon bald und können der Sache auf den Grund gehen.« Er lächelte Orso breit an. »Was uns sicher alle beruhigt.«

Orso war völlig erstarrt und atmete kaum. »Ja. Sehr beruhigt.«

»Schön.« Gregor sah zu der großen Maschine hinter sich. »Stimmt es, was man sich so über die Lexiken und Hierophanten erzählt, Hypatus?«

»Wie bitte?«, fragte Orso verwirrt.

»Über die Hierophanten. Ich habe alte Geschichten gehört. Wenn sich Menschen in der unmittelbaren Nähe eines Hierophanten aufhielten – wie etwa Crasedes dem Großen –, litten sie unter schrecklicher Migräne. So ähnlich, wie man sich heutzutage in der Nähe eines Lexikons fühlt. Stimmt das, Hypatus?«

»Woher soll ich das wissen?«

»Ich habe gehört, Ihr interessiert Euch ein wenig für das Abendland, oder?«, fragte Gregor. »Zumindest habt Ihr Euch früher dafür interessiert.«

Orso funkelte ihn an. Die Strenge in seinen scharfen, hellen Augen machte den wütenden Blicken von Ofelia Dandolo durchaus Konkurrenz. »Früher. Ja. Aber jetzt nicht mehr.«

Für einen Moment sahen die beiden Männer einander an, Gregor sanft lächelnd, Orso wütend.

»Nun denn«, sagte der Hypatus schließlich. »Wenn Ihr uns entschuldigen würdet, Hauptmann.«

»Natürlich, ich möchte Euch nicht länger von der Arbeit abhalten, Hypatus. Verzeiht die Störung.« Gregor ging auf die Treppe zu, verharrte jedoch mitten im Schritt. »Oh, tut mir leid, aber ... Junge Dame?«

Das Mädchen hob den Blick. »Ja?«

»Verzeiht, ich war wohl recht unhöflich. Ich glaube, ich habe Euch gar nicht nach Eurem Namen gefragt.«

»Oh. Er lautet Grimaldi.«

»Vielen Dank. Allerdings meinte ich Euren Vornamen.«

Sie blickte flüchtig zu Orso, der jedoch nach wie vor mit dem Rücken zu ihr stand. »Berenice«, sagte sie.

Gregor lächelte. »Vielen Dank. Es war schön, Euch kennenzulernen.« Damit wandte er sich um und schritt die Stufen hinauf.

Orso Ignacio lauschte den sich entfernenden Schritten des Hauptmanns. Dann sahen er und Berenice sich an.

»Herr ...«, sagte das Mädchen.

Orso schüttelte den Kopf und legte den Finger an die Lippen. Er deutete zunächst auf die verschiedenen Gänge und Türen, die aus der Lexikonkammer führten, dann auf seine Ohren: *Wir könnten belauscht werden.*

Sie nickte. »Werkstatt?«

»Werkstatt.«

Sie verließen die Lexikonkammer, riefen sich eine Kutsche und fuhren in die Innere Dandolo-Enklave, zum Amtsgebäude des Hypatus, ein imposanter Bau, der an eine Universität erinnerte.

Orso und Berenice traten ein und stiegen wortlos die Treppe zu Orsos Werkstatt empor. Die dicke Holztür spürte Orsos Nähe und öffnete sich langsam. Er hatte sie so skribiert, dass sie sein Blut wahrnahm – ein äußerst kniffliger Trick. Ungeduldig stieß Orso sie weit auf.

Er wartete ab, bis sich die Tür hinter ihm geschlossen hatte. Dann explodierte er regelrecht.

»Scheiße, Scheiße! *Scheiße!*«

»Äh, ja. Sehe ich auch so, Herr«, sagte Berenice.

»Ich ... ich dachte, das verdammte Ding wäre *geschmolzen*, als der gottverdammte Hafen niederbrannte! Stattdessen ... wurde es gestohlen? Schon wieder? Ich wurde *schon wieder* bestohlen?«

»Sieht so aus, Herr.«

»Aber wie? Wir haben es niemandem verraten, Berenice! Nur in diesem Raum darüber gesprochen! Wie konnte erneut jemand davon erfahren?«

»Das ist in der Tat beunruhigend, Herr.«

»Beunruhigend? Das ist viel schlimmer als nur ...«

»Stimmt, Herr. Aber die wichtigere Frage lautet ...« Berenice sah ihn nervös an. »Was geschieht, falls Hauptmann Dandolo den Dieb tatsächlich heute zu fassen bekommt – und er das Objekt noch immer hat?«

Orso wurde bleich im Gesicht. »Wenn er den Dieb festnimmt ... findet Ofelia alles heraus.«

»Ja, Herr.«

»Sie findet heraus, dass ich für eine weitere Expedition bezahlt habe, für das nächste Artefakt.«

»Ja, Herr.«

»Und sie findet heraus, *wie* ich sie bezahlt habe. Und wie viel.« Orso fasste sich mit beiden Händen an den Kopf. »O Gott! Die vielen Tausend Duvoten, die ich genommen habe, das ganze Geld, und dabei habe ich *gerade erst* die Finanzbücher manipuliert, damit es niemand merkt.«

Sie nickte. »Genau deshalb mache ich mir Sorgen, Herr.«

»Scheiße!« Orso schritt im Raum umher. »Scheiße! *Scheiße!* Wir müssen ... wir müssen ...« Er sah das Mädchen an. »Du musst ihm folgen!«

»Wie bitte, Herr?«

»Folge ihm! Du musst ihm folgen, Berenice!«

»*Ich*, Herr?«

»Ja!« Er rannte zu einem Schrank und entnahm ihm eine kleine Kiste. »Er kann noch nicht weit gekommen sein. Gregor Dandolo geht zu Fuß, wenn er sich im Campo bewegt – wie ein Idiot! Ofelia beklagt sich ständig darüber. Nimm dir eine Kutsche, fahr zum Südtor, warte auf ihn, und wenn er auftaucht, *folgst* du ihm! Und ...« Er öffnete hektisch die Kiste und nahm etwas heraus. »Nimm das.«

Er schob ihr einen kleinen, dünnen Zinnstab in die Hände, der am oberen und unteren Ende jeweils eine Kappe aufwies.

»Ein Zwillingsstab, Herr?«, fragte sie.

»Ja! Ich behalte das Gegenstück. Also – reiß die obere Kappe ab, wenn Gregor den Dieb fasst. Reiß die untere ab, wenn nicht. Und reiß *beide* ab, wenn er den Dieb fängt *und* der das Artefakt noch hat. Falls der Dieb entkommt, folge ihm, sofern du kannst, und finde heraus, wo sein Unterschlupf ist. Welche Kappe du auch abreißt, an meinem Stab löst sich dieselbe wie an deinem. Daher werde ich genau wissen, was los ist.«

»Und was macht Ihr in der Zwischenzeit, Herr?«

»Ich fordere ein paar Gefallen ein«, erwiderte Orso. »Einige Leute schulden mir Geld, mit dem ich der Handelsgesellschaft meine *eigenen* Schulden zurückzahlen kann. Falls Gregor Dandolo mit dem Schlüssel hier aufkreuzt, muss es so aussehen, als hätte ich mich nur eines *geringen* Vergehens schuldig gemacht, nicht des Schwerverbrechens, *dreißigtausend scheißverdammte Duvoten* von der Dandolo-Handelsgesellschaft unterschlagen zu haben.«

»Und das wollt Ihr alles zurechtbiegen, in …« Sie schaute aus dem offenen Werkstattfenster zum Michiel-Uhrturm. »… acht Stunden?«

»Ja! Aber es wäre wirklich toll, wenn Gregor Dandolo den Dieb nicht herbringt, damit ich mir gar nicht erst die Mühe machen muss.«

»Ich sage das nur widerwillig, Herr«, gestand Berenice, »aber es überrascht mich, dass Ihr nicht von mir verlangt, die Pläne des Hauptmanns zu vereiteln und dafür zu sorgen, dass der Dieb entkommt. Dann würde Ofelia nie von dieser Sache erfahren.«

Orso schwieg kurz. »Dass der Dieb entkommt? *Entkommt?* Berenice, der Schlüssel könnte alles ändern. *Alles*, was wir übers Skribieren wissen. Um den Schlüssel zurückzubekommen, würde ich mich sogar von Ofelia Dandolo windelweich prügeln lassen! Ich will nur nicht, dass sie mich ins Campo-Gefängnis wirft und den Schlüssel behält. Und ...« Ein Ausdruck mörderischer Wut schlich sich in seine Züge. »Und ich hätte ganz sicher nichts dagegen, den verfluchten Dieb in die Finger zu bekommen. Er hat mich nicht nur einmal, sondern gleich *zweimal* gedemütigt. Ich würde nur zu gern dabei sein, wenn man ihn in Stücke hackt.«

Kapitel 11

»Und was jetzt?«, **fragte Clef.** »Was willst du jetzt tun?«

Sancia saß auf dem Rand eines Michiel-Dachs und blickte zu den Gießereien. »Ich weiß nicht. Überleben, schätze ich. Wir könnten uns unser Abendessen aus dem Campo-Müll stehlen.«

»Du würdest etwas essen, das im Müll lag?«

»Ja. Musste ich schon mal. Und vielleicht bald wieder.«

»Was ist mit den Dschungeln im Westen? Könntest du dich nicht dort eine Zeit lang verstecken?«

»Da gibt es noch immer riesige Wildschweine. Die bringen gern Menschen zum Spaß um. Bin mir nicht sicher, ob ein magischer Schlüssel mir gegen die viel nützt.«

»Gut, aber das hier ist eine große Stadt, stimmt's? Findest du hier nirgends ein Versteck? Irgendwo?«

»Gründermark und Grünwinkel sind nicht sicher. Vielleicht könnte ich in die nördlichen Gemeinviertel, weg vom Kanal. Aber die Gemeinviertel machen nur gut ein Fünftel des Stadtgebiets aus. Der Rest besteht aus Campos – und in denen kann man sich nur verdammt schwer verstecken.«

»Im Moment klappt das doch ganz gut«, **meinte Clef.**

»Im Moment. Auf einem Dach, ja. Aber das ist keine Dauerlösung.«

»Also gut. Was dann? Wie lautet dein Plan?«

Sancia dachte nach. »Claudia und Giovanni meinten, die Candianos hätten ihre Zutrittsberechtigungen geändert.«

»Die wer?«

»Die Candianos. Das ist eine der vier Handelshaus-Familien.« **Sie deutete nach Norden.** »Siehst du die große Kuppel dort hinten?«

»Du meinst die richtig, richtig, richtig große?«

»Ja. Das ist der Berg der Candianos. Sie waren mal das mächtigste Handelshaus der Welt, bis Tribuno Candiano verrückt wurde.«

»Ach ja, den hast du erwähnt. Man hat ihn in einen Turm gesperrt, stimmt's?«

»Angeblich ja. Jedenfalls meinte Claudia, sie haben über Nacht sämtliche Zutrittsberechtigungen geändert, und das macht keiner – außer, etwas ist mächtig schiefgelaufen. Das heißt, auf dem Campo herrschen Chaos und Verwirrung – die perfekte Gelegenheit für einen Beutezug.« **Sie seufzte.** »Aber wir müssten schon etwas sehr Wertvolles stehlen, um das nötige Bargeld zusammenzubekommen.«

»Wieso rauben wir nicht diesen Berg da aus? Der sieht aus, als gäbe es dort jede Menge Schätze.«

Sancia lachte verhalten. »Ja ... nein. Niemand – und ich meine: niemand! – ist je in den Berg eingebrochen. Da kämst du nicht mal hinein, wenn du den Stab von Crasedes höchstselbst hättest. Es kursieren Gerüchte über den Berg – dass es darin spukt oder ... na ja, Schlimmeres.«

»Und was hast du jetzt vor?«

»Ich überlege mir was. Wie auch immer ...« **Sie gähnte, reckte sich und legte sich aufs flache Steindach.** »Wir haben noch ein paar Stunden Zeit bis Sonnenuntergang. Bis dahin ruhe ich mich aus.«

»Was? Du willst auf einem Steindach schlafen?«

»Ja. Wieso nicht?«

Clef schwieg kurz. »Ich bekomme immer mehr den Eindruck, dass du an ziemlich raue Orte gewöhnt bist.«

Sancia lag auf dem Dach und betrachtete die Sterne. Sie dachte an Sark, an ihren Unterschlupf, der, so karg er auch war, ihr nun wie ein Paradies vorkam. »Erzähl mir was, Clef.«

»Hä? Was denn?«

»Egal. Erzähl mir irgendwas, nur nichts über unsere aktuelle Lage.«

»Verstehe.« **Er dachte nach.** »Hm. Gut. Im Umkreis von dreihundert

Metern von uns sind siebenunddreißig Skriben aktiv. Vierzehn davon stehen in einer Wechselbeziehung, kommunizieren miteinander über Wärme und Energie.« **Seine Stimme wurde weich und nahm einen leiernden Ton an.** »Ich wünschte, du könntest sie so sehen wie ich. Die Skriben vor uns tanzen gewissermaßen, wippen ganz sanft hin und her. Eine davon erwärmt einen großen Steinblock, speichert die Hitze tief in seinem Inneren, während eine andere die Hitze in eine Form voller Glasperlen leitet, sie erweicht und schmelzen lässt, bis sie zu einem Teller aus reinstem Glas werden. In einem Schlafzimmer auf der anderen Straßenseite hängt eine skribierte Lampe. Ihr Licht ist rosig weich. Ihre Skriben speichern altes Kerzenlicht und geben es ganz langsam ab. Das Licht flackert ganz schwach, etwas erzeugt einen Luftzug. Ich glaube, ganz in der Nähe der Lampe schläft ein Pärchen auf einem Bett miteinander ... Stell dir vor, diese Menschen teilen ihre Liebe in einem Licht, das Tage, Wochen oder Jahre alt sein könnte ... als würden sie unter den Sternen miteinander schlafen, stimmt's?«

Sancia lauschte seiner Stimme, und ihr wurden die Lider schwer.

Sie war froh, dass Clef bei ihr war. Er war ihr ein Freund in Zeiten, in denen sie keine Freunde hatte.

»Ich wünschte, du könntest sie so sehen wie ich, Sancia«, **wisperte er.** »Für mich sind sie wie Sterne in meinem Geist ...«

Sancia schlief ein.

Und mit dem Schlaf kamen die Träume. Träume, in denen Sancia in ihre Vergangenheit eintauchte.

Sie träumte von der heißen Sonne über den Plantagen, von den spitzen, scharfen Blättern des Zuckerrohrs. Sie träumte von dem Geschmack alten Brots, von den Stechfliegenschwärmen und den harten, winzigen Liegen in den schäbigen Hütten.

Sie träumte von dem Gestank von Kot und Urin, der aus der schwärenden Grube wenige Schritt neben ihrer Schlafstätte drang. Von all dem Wimmern und Weinen in der Nacht. Von den panischen Rufen aus dem Wald, in den die Wachen eine

Frau zerrten – und manchmal auch einen Mann –, und mit ihnen taten, wonach ihnen der Sinn stand.

Und sie träumte von dem Haus auf dem Hügel hinter dem Plantagengebäude, wo die noblen Männer aus Tevanne arbeiteten.

Sie sah wieder den Wagen vor sich, der täglich in der Abenddämmerung vom Hügel losrumpelte. Und sie entsann sich an die Fliegen. Sie folgten dem Wagen, dessen Ladung unter einer dicken Plane verborgen lag.

Die Arbeiter hatten nicht lange gebraucht, um zu begreifen, was vor sich ging. Nachts verschwand einfach ein Sklave, und am nächsten Tag holperte der Wagen vom Hügel und zog einen entsetzlichen Gestank hinter sich her.

Manch einer hatte gewispert, die vermissten Sklaven wären geflohen, doch allen war klar gewesen, dass dies nur trügerische Hoffnung war. Alle wussten, was los war. Alle hörten die Schreie aus dem Haus auf dem Hügel, immer um Mitternacht. Ausnahmslos um Mitternacht, jede Nacht.

Nur hatten sie nichts dagegen sagen oder tun können. Obwohl sie den Tevannern auf der Insel zahlenmäßig acht zu eins überlegen waren. Doch ihre Peiniger hatten Waffen von beängstigender Macht. Sie hatten gesehen, was geschah, wenn ein Sklave die Hand gegen die Meister erhob, und wollten nicht dasselbe erleiden.

Eines Nachts hatte Sancia die Flucht gewagt. Sie hatten sie mühelos wieder eingefangen. Und vermutlich, *weil* sie weggelaufen war, beschlossen die Tevanner, dass sie die Nächste sein sollte.

Sancia erinnerte sich an den Geruch im Haus. Alkohol, Konservierungsstoffe und Verwesung.

Sie entsann sich an den weißen Marmortisch in der Kellermitte, an die Fesseln an ihren Hand- und Fußgelenken. Die dünnen Metallplatten an den Wänden, mit seltsamen Symbolen versehen, und an die spitzen Schrauben darin.

Und sie sah wieder den Mann im Keller vor sich, klein und dünn. Die leere Augenhöhle seines fehlenden Auges war nicht bedeckt, und er hatte sich immer wieder den Schweiß von der Stirn getupft.

Sie wusste noch, wie er sie angesehen, gelächelt und müde gesagt hatte: »Tja, dann wollen wir mal sehen, ob es bei der hier funktioniert.«

Der Mann war der erste Skriber gewesen, den Sancia je gesehen hatte.

Oftmals fiel ihr das alles im Schlaf wieder ein. Und dann passierte stets zweierlei.

Zum einen brannte die Narbe an ihrem Kopf, als stünde sie in Flammen. Zum anderen rief sie sich verzweifelt die einzige Erinnerung vor Augen, die ihr ein Gefühl von Sicherheit verlieh.

Sancia erinnerte sich daran, wie alles gebrannt hatte ...

Als sie erwachte, war es schon dunkel. Sofort streifte sie den Handschuh ab und berührte das Dach der Gießerei.

Es erhellte ihren Geist. Sie fühlte den Rauch darüber hinwegschweben, spürte den Regen, der sich am Fuß der Schornsteine sammelte, ihren eigenen Körper, der winzig und unbedeutend auf der riesigen Steinfläche lag. Am wichtigsten jedoch war: Sie spürte, dass sie allein war. Niemand befand sich hier oben, nur sie und Clef.

Sie erhob sich, gähnte und rieb sich die Augen.

»Morgen!«, begrüßte Clef sie. »Oder müsste ich eigentlich guten Abe...«

Ein lauter Knall ertönte in der Ferne. Dann traf etwas Sancias Knie, mit großer Wucht.

Überrascht schrie sie auf und kippte vornüber. Dabei erblickte sie ein merkwürdiges silbriges Seil, das sich wie eine Schlinge um ihre Schienbeine zusammengezogen hatte. Offenbar hatte jemand das Seil – was immer es für eins war – vom gegenüberliegenden Gebäude aus abgefeuert oder geschleudert.

Sancia schlug auf dem Dach auf.

»Verdammt!«, sagte Clef. »Wir wurden entdeckt!«

»Was du nicht sagst!« Sancia wollte wegkrabbeln, stellte jedoch fest, dass sie dazu außerstande war. Das Seil war unvermittelt extrem schwer geworden, als bestünde es nicht aus feinen Fasern, sondern aus Blei. Ganz gleich, wie sehr sie sich anstrengte, sie konnte sich höchstens einen Zentimeter weit schleppen.

»Das Seil ist skribiert!«, erklärte Clef. »Es glaubt, eine höhere Dichte zu haben, und je mehr jemand versucht, sich selbst und damit das Seil zu bewegen, desto dichter wird es.«

»Können wir es denn zerrei…«

Sie vollendete den Satz nie, denn ein zweiter Knall ertönte. Sancia hob den Blick und sah ein weiteres silbriges Seil auf sich zufliegen, von einem Dach, das fast einen Häuserblock entfernt war. Es breitete sich aus wie Arme bei einer Umarmung, dann schlug es auf ihre Brust, umschlang sie und warf sie erneut rücklings aufs Dach.

Sancia zog daran, hielt jedoch gleich wieder inne. »Moment mal. Clef, könnte ich es durch mein Gezappel so dicht machen, dass es mich zerquetscht?«

»Das Seil ist wie eine Schlinge, daher verteilt sich die Kraft – irgendwie. Allerdings könntest du es so verdichten, dass das Dach einbricht.«

»Scheiße!« Sancia beäugte die beiden Seile. Jedes wies eine Art von Schloss an der Seite auf, das sich nur mit einem skribierten Schlüssel öffnen ließ. »Tu was! Befrei mich!«

»Kann ich nicht! Dazu müsste ich die Schlösser berühren.«

Sancia versuchte, Clef unter dem Wams hervorzuziehen, doch das zweite Seil hatte sich so fest um sie geschlungen, dass sie die Arme nicht bewegen konnte. »Ich komme nicht an dich heran!«

»Was machen wir nur? Was machen wir nur?«

Sancia schaute in den Nachthimmel. »Ich … ich weiß es nicht.«

Sie blieb liegen, sah nach oben, und die Stimmen der skribierten Seile hallten ihr in den Ohren. Nach einer ganzen Weile näherten sich Schritte. Laute Schritte.

Das lädierte, zerschrammte Gesicht von Hauptmann Gregor Dandolo tauchte in ihrem Sichtfeld auf. Er trug eine große Arbaleste auf dem Rücken und lächelte freundlich. »Guten Abend. Schön, dich wiederzusehen.«

Offenbar konnte Hauptmann Dandolo die Seile kontrollieren: Nachdem er eine Einstellung an seiner Arbaleste vorgenommen hatte, reduzierte sich das Gewicht der Seile so sehr, dass er Sancia umdrehen konnte. Natürlich nahm er ihr die Schlingen nicht ab. »Die haben wir früher im Krieg benutzt, um Eindringlinge zu fangen«, erklärte er fröhlich. Er ergriff jedes Seil mit einer Hand und hob Sancia auf wie ein gefesseltes Ferkel. »Ich erkenne den Geruch der Michiel-Gießerei genauso gut wie den von Jasmin. Ich war früher oft hier, um Waffen in Auftrag zu geben. Flammen und Hitze sind im Krieg ziemlich nützlich, wie jeder weiß.«

»Lass mich frei, du blöder Arsch!«, schrie Sancia. »Lass mich frei!«

»Nein.« In seinem Tonfall schwang unverschämt viel gute Laune mit.

»Wenn du mich ins Gefängnis steckst, bringen sie mich um!«

»Wer? Deine Kunden?« Dandolo trug sie die Treppe hinab. »Die kommen nicht an dich heran. Wir stecken dich ins Dandolo-Gefängnis, da ist es ziemlich sicher. Deine einzige Sorge bin ich, junge Dame.«

Sancia wand sich, trat aus und fauchte, doch Dandolo war recht kräftig und schenkte auch ihren Flüchen keine Beachtung. Fröhlich vor sich hin summend, stieg er die Stufen hinab.

Unten angekommen, schleppte er sie über die Straße zu einem skribierten Wagen, auf dem das Dandolo-Wappen prangte. »Unser Wagen wartet schon!« Er öffnete die Hintertür, legte sie auf den Boden des Wagens und aktivierte die Skriben der Seile mit einer Art Einstellrad an seiner Arbaleste.

Erneut war Sancia zu keiner Regung fähig. »Ich hoffe, du hast es auf unserer kurzen Fahrt bequem genug.« Dandolo musterte sie von Kopf bis Fuß, sog den Atem ein und sagte: »Aber zuerst muss ich dich fragen: Wo ist es?«

»Wo ist was?«

»Das Objekt, das du gestohlen hast. Das Kästchen.«

»O Scheiße«, sagte Clef. »Der Kerl ist nicht so dumm, wie er aussieht.«

»Ich hab's nicht mehr!« Sancia reimte sich auf die Schnelle eine Geschichte zusammen. »Ich hab es meinem Auftraggeber gebracht.«

»Ach ja?«

»Er glaubt dir nicht«, sagte Clef.

»Das weiß ich! Halt verdammt noch mal den Rand, Clef!«

»Ja«, antwortete sie dem Hauptmann.

»Wenn du den Auftrag erfüllt hast, warum will dein Auftraggeber dich dann noch immer töten? Deshalb willst du doch aus der Stadt fliehen.«

»Stimmt«, gab Sancia zu. »Aber ich *weiß* nicht, warum sie mich jagen und Sark umgebracht haben.«

Dandolo stutzte. »Sark ist tot?«

»Ja.«

»Dein Auftraggeber hat ihn getötet?«

»Ja. Ja!«

Er kratzte sich am Kinnbart. »Und ich nehme an, du weißt nicht, wer dein Auftraggeber ist.«

»Nein. Wir erfuhren die Namen nie und sollten auch nicht ins Kästchen schauen.«

»Was hast du dann damit gemacht?«

Sancia beschloss, sich mit ihrer Geschichte dicht an der Wahrheit zu halten. »Sark und ich haben das Kästchen zur vereinbarten Zeit zum Treffpunkt gebracht – zu einer verlassenen Fischerei in Grünwinkel. Vier Männer sind aufgetaucht. Wohlgenährt – Campo-Typen. Einer nahm das Kästchen an sich und meinte, er wolle den Inhalt prüfen lassen. Er ließ uns mit den anderen drei Kerlen warten. Dann erklang ein Signal, und sie haben Sark erstochen, und beinahe hätten sie auch mich erwischt.«

»Und du ... hast dir den Weg freigekämpft?«

Sie verengte die Augen zu Schlitzen. »Ja.«

Er beäugte sie mit seinen großen dunklen Augen. »Ganz allein?«

»Ich kann gut genug kämpfen.«

»Welche Fischerei war das?«

»Die am Anafesto-Kanal.«

Er nickte nachdenklich. »Anafesto, hm? Also dann. Lass uns nachsehen!« Er schloss die Tür und kletterte auf den Steuersitz.

»Wo sehen wir nach?«, fragte Sancia verdattert.

»In Grünwinkel. Bei der Fischerei, von der du gesprochen hast. Da liegen sicher noch drei Tote drin, stimmt's? Die geben mir vielleicht einen Hinweis darauf, wer meinen Hafen hat ausrauben lassen.«

»Warte! Du ... du kannst mich da nicht hinbringen!«, rief sie. »Noch vor ein paar Stunden liefen da Dutzende mordgieriger Bastarde rum, die mich ausweiden wollten!«

»Dann solltest du besser leise sein, meinst du nicht?«

Sancia lag völlig reglos da, während der Wagen über die schlammigen Straßen nach Grünwinkel rumpelte. Schlechter hätte es für sie nicht laufen können: Sie hatte nie in dieses Gemeinviertel zurückkehren wollen, schon gar nicht gefesselt in Hauptmann Gregor Dandolos Wagen. »Sag mir sofort Bescheid, sobald du spürst, dass etwas Großes auf mich zukommt, ja?«, bat sie Clef.

»Wieso? Damit du dich aufsetzen und dem Tod ins Gesicht blicken kannst?«, fragte der Schlüssel.

»Sag mir einfach Bescheid, ja?«

Endlich hielt der Wagen an. Vor den Fenstern war es zwar dunkel, doch ihr verriet der Gestank, dass sie bei der Fischerei angekommen waren. Es war schrecklich still. Beunruhigend still. Furcht stieg in ihr auf, als sie an die vergangene Nacht zurückdachte. Die lag zwar erst einen Tag zurück, trotzdem kam es ihr wie eine Ewigkeit vor. Der brüllende Mann im Fenster, der skribierte Bolzen, der sie am Rücken getroffen hatte ...

Lange Zeit schwieg Dandolo. Sie malte sich aus, wie er eingezwängt auf dem Steuersitz saß und die Straßen und Fischereien musterte. Dann erklang seine Stimme, leise, aber zuversichtlich: »Bin gleich zurück.«

Ein sanfter Ruck ging durch den Wagen, als er ausstieg und die Tür zuschlug.

Sancia lag da und wartete. Und wartete.

»Wie zur Hölle kommen wir hier wieder raus?«, fragte Clef.

»Weiß ich noch nicht.«

»Wenn er dich durchsucht ... Ich meine, ich hänge bloß an einer Kordel um deinen Hals!«

»Gregor Dandolo ist Campo-Ehrenmann«, sagte Sancia. »Er mag zwar ein Veteran sein, aber kein guter Campo-Bursche hegt in seinem Inneren das Verlangen, einen Bürger des Gemeinviertels zu berühren, ganz zu schweigen davon, einem armen Mädchen an die Brust zu fassen.«

»Ich glaube, du schätzt ihn falsch ein ... Moment.«

»Was?«

»In ... in der Nähe ist ein skribiertes Objekt.«

»O Gott ...«

»Nein, nein, es ist klein. Sehr klein. Sogar winzig, leicht zu übersehen. Es ist klein wie ein Punkt und steckt draußen am Wagen, an der Hinterseite.«

»Was bewirkt es?«

»Das Objekt ... will sich mit etwas anderem verbinden. So ähnlich wie eure Bau-Skriben, glaub ich. Es ist wie ein Magnet, wird sehr stark von etwas angezogen, das jetzt ... in der Nähe sein muss.«

Sofort war Sancia alarmiert. Sie begriff, was vor sich ging.

»Scheiße! Jemand ist ihm gefolgt.«

»Wie meinst du d...«

Die Tür zur Führerkabine wurde geöffnet, und jemand stieg ein – vermutlich Gregor Dandolo, doch Sancia konnte nichts sehen. Dann hörte sie seine Stimme. »Keine Leichen. Nicht eine einzige.«

Sancia blinzelte schockiert. »Aber ... das ist unmöglich!«

»Ach ja?«

»Ja. Ach ja!«

»Wo hätten die Leichen denn liegen sollen, junge Dame?«

»Oben – und auf der Treppe!«

Er schaute über die Sitzlehne auf sie herab. »Bist du sicher? Absolut sicher?«

Sie sah ihn böse an. »Ja, verdammt.«

Er seufzte. »Verstehe. Tja. An beiden Stellen hab ich eine beträchtliche Menge Blut gefunden – daher muss ich widerwillig zugeben, dass zumindest *ein Teil* deiner Geschichte *halbwegs* wahr sein *könnte*.«

Sancia stierte wütend zur Decke. »Du stellst mich auf die Probe!«

Er nickte. »Ja, ich hab dich auf die Probe gestellt.«

»Du ... du ...«

»Weißt du, was in dem Kästchen war?«, unterbrach er ihr Gestammel.

Verdutzt rang Sancia um Fassung. »Hab ich doch gesagt. Nein.«

Versonnen sah Dandolo in die Ferne. »Und ich nehme an, du weißt auch nichts über die Hierophanten?«, fragte er sanft.

Ein kalter Schauder durchrieselte sie.

»Weißt du etwas über sie?«, hakte er nach.

»Nur, dass sie ... magische Riesen waren?«, antwortete Sancia.

»Ich glaube, du lügst. Du verschweigst mir irgendwas – vielleicht, was in dem Kästchen war, warum dein Geschäft geplatzt ist oder woher das Blut in der Fischerei stammt.«

»Gottverdammt«, fluchte Clef. »Der Kerl ist ja beängstigend.«

»Bist du dir sicher, dass dieses Ding hinten am Wagen steckt?«

»Ja, von hinten betrachtet, ist es unten rechts.«

»Und ich glaube, ich rette dir das Leben«, sagte sie. »Schon wieder.«

»Wie bitte?«

»Geh mal zur Rückseite deines Wagens und such ihn ab. Unten rechts klebt etwas daran. Sieht wahrscheinlich wie ein Knopf aus, der nicht dorthin gehört.«

Dandolo sah sie misstrauisch an. »Was ist das jetzt wieder für ein Trick?«

»Das ist überhaupt kein Trick. Geh schon. Ich werd schon nicht weglaufen.«

Er sah sie einen Moment lang an. Dann griff er über die Lehne und prüfte, ob ihre Fesseln noch straff saßen. Zufrieden öffnete er die Tür und stieg aus.

Sie lauschte seinen knirschenden Schritten. Hinter dem Wagen blieb er stehen.

»Er hat's gefunden«, sagte Clef. »Hat es abgelöst.«

Gregor trat an die Wagenrückseite und sah Sancia durchs rückwärtige Fenster an.

»Was ist das?«, fragte er leicht erbost. Er hielt das Objekt hoch, das wie eine große Reißzwecke aus Messing aussah. »Die Unterseite ist skribiert. Was *ist* das?«

»Das Ding funktioniert wie eine Bau-Skribe«, erklärte Sancia. »Sie zieht ihren Zwilling an, ihr Gegenstück, wie ein Magnet.«

»Und warum steckt jemand eine Bau-Skribe an *meinen* Wagen?«

»Überleg doch mal. Sie stecken eine Skribe an dein Fahrzeug. Dann befestigen sie die andere an einem Faden. Und schon dient ihnen der Faden als eine Art Kompassnadel. Er zeigt immer auf dich, als wärst du der geografische Nordpol.«

Er starrte sie an. Dann sah er sich um und musterte die Straßen hinter sich.

»Jetzt kapierst du's. Siehst du jemanden?«, fragte Sancia.

Er steckte den Kopf durchs Fenster. »Woher wusstest du, dass das Ding am Wagen steckt? Woher weißt du, was es ist?«

»Intuition.«

»Quatsch. Hast *du* es angebracht?«

»Wann hätte ich das tun sollen? Als ich auf dem Dach geschlafen habe? Nachdem du mich gefesselt hast? Du musst mich freilassen, Hauptmann. Die haben das Ding nicht am Wagen angebracht, um dich aufzuspüren. Die wollen *mich* finden! Sie sind hinter *mir* her! Sie haben sich gedacht, dass du mich fassen würdest, und sind dir gefolgt. Und jetzt bist du mit mir hier in Grünwinkel. Lass mich frei, dann überlebst du das vielleicht.«

Eine Zeit lang blieb Gregor still. Das erfüllte Sancia mit seltsamer Genugtuung: Die ganze Zeit über hatte der Hauptmann gewirkt, als fließe Eis durch seine Adern, daher war es nett, ihn zur Abwechslung mal schwitzen zu sehen.

»Hm. Nein«, sagte er schließlich.

»Was soll das heißen, ›nein‹?«

Er ließ die Reißzwecke fallen und trampelte sie fest. »Nein.« Er stieg wieder ins Führerhaus.

»Einfach nur ›nein‹?«

»Einfach nur nein.« Der Wagen fuhr los.

»Du ... du verdammter Narr!«, schrie Sancia. »Du bringst uns noch beide um!«

»Deine Taten haben Leute ihre Karrieren gekostet«, erwiderte er. »Du hast nicht nur mir, sondern auch meinen Soldaten geschadet. Du schadest den Menschen in deinem Umfeld, ohne nachzudenken und ohne Gewissensbisse. Es ist meine Pflicht, das zu ändern. Und ich lasse nicht zu, dass mich Drohungen, Lügen oder Angriffe davon abhalten.«

Sancia sah fassungslos zur Decke. »Du ... du eingebildeter Idiot! Was berechtigt dich dazu, so gequirlt daherzureden, wo du doch zur Dandolo-Familie gehörst?«

»Was hat das damit zu tun?«

»Leuten schaden, Leute benutzen – die Handelshäuser machen den ganzen Tag nichts anderes! Deine Leute machen sich die Finger genauso schmutzig wie ich.«

»Das mag sein«, erwiderte Dandolo mit unverfrorenem Ernst. »Diese Stadt hat ein verdorbenes Herz. Das weiß ich aus eigener Erfahrung. Aber ich hab auch draußen in der Welt schreckliche Dinge erlebt, junge Dame. Ich habe jedoch ebenso gelernt, wie man einige davon verhindern kann. Und ich bin nach Hause zurückgekehrt, um der Stadt dasselbe widerfahren zu lassen wie dir.«

»Und was wäre das?«

»Gerechtigkeit.«

»Was?« Sancias Kinnlade klappte nach unten. »Meinst du das ernst?«

»Todernst.« Gregor lenkte den Wagen in eine Abzweigung.

Sancia lachte freudlos. »Ach, so einfach ist das? Als würdest du ein Paket zustellen? ›Hier, Freunde, hier habt ihr ein bisschen Gerechtigkeit!‹ Das ist das Dümmste, was ich je gehört hab!«

»Alle großen Dinge müssen irgendwo ihren Anfang nehmen«, entgegnete er. »Ich hab mit dem Hafen begonnen. Den *du* niedergebrannt hast. Doch jetzt sperr ich dich ein und kann dann weitermachen.«

Sancia lachte erneut auf. »Weißt du, ich glaub dir fast dein Gerede über deinen heiligen Kreuzzug. Aber wenn du wirklich so nobel und ehrenhaft bist, wie du daherredest, Hauptmann Dandolo, lebst du nicht lange. Wenn diese Stadt eins nicht toleriert, dann Ehrlichkeit.«

»Sollen sie es nur versuchen. Viele haben's schon versucht. Einmal wäre ich beinahe gestorben. Ich kann's mir leisten, das noch einm...«

Er kam nicht dazu, den Satz zu beenden, denn schlagartig geriet der Wagen außer Kontrolle.

Gregor Dandolo hatte schon oft skribierte Wagen gefahren, daher war er mit der Steuerung eines solchen Vehikels vertraut – doch er hatte noch nie eins gelenkt, dem plötzlich ein Vorderrad abhandengekommen war.

Und genau das war offenbar geschehen, vom einen Wimpernschlag zum nächsten. Der Wagen rollte normal vorwärts, als unvermittelt das Rad auf der Fahrerseite explodierte.

Gregor drückte den Bremshebel und riss das Lenkrad nach rechts, was sich als Fehler entpuppte, denn der Wagen holperte auf einen Gehsteig, und das andere Vorderrad brach. Nun hatte er keinerlei Kontrolle mehr über das Fahrzeug, das über die schlammige Straße raste. Die Welt zitterte und bebte, doch Gregor war geistesgegenwärtig genug, um die grobe Richtung abzuschätzen, in die der Wagen fuhr – auf ein hohes Steingebäude zu. Das sehr robust aussah.

»Oje.« Er sprang über die Lehne in den rückwärtigen Teil des Wagens, wo das Mädchen am Boden lag.

»Was hast du getan, du Riesenidiot?«, rief sie.

Gregor packte seine Arbaleste und minderte die Dichte ihrer Fesseln, die sonst beim Aufprall durch den Wagen geflogen wären und ihn hätten zermalmen können – und das Mädchen erst recht. »Festhalten, bitte«, sagte er. »Wir prallen gleich a...«

Dann machte die Welt ringsum einen Satz, und Gregor Dandolo erinnerte sich ...

Er erinnerte sich an den lange zurückliegenden Kutschenunfall. Daran, wie das Fahrzeug gekippt und sich die Welt überschlagen hatte. An splitterndes Glas und brechendes Holz.

Er entsann sich an das Wimmern im Dunkeln und das Flackern von Fackellicht vor dem Wagen. Wie das Licht auf seinen übel zugerichteten Vater gefallen war, der zusammengequetscht im Sitz saß, und auf das Gesicht des jungen Mannes neben ihm auf dem Kutschsitz, der wimmernd aus zahlreichen Wunden blutete.

Domenico. Er war verängstigt und weinend in der Dunkelheit gestorben. Auf diese Weise starben viele junge Männer auf der Welt, wie Gregor später erfahren sollte.

Er hörte wieder das Wimmern seines Bruders und musste sich zusammenreißen. *Nein. Nein, das ist die Vergangenheit. Das ist vor langer Zeit geschehen.*

Dann die Stimme seiner Mutter: Wach auf, Liebling ...

Die schemenhafte Welt erstarrte, und er kehrte in die Wirklichkeit zurück.

Stöhnend öffnete Gregor die Augen. Der Wagen war umgekippt, denn ein Seitenfenster wies nun zum Himmel, während er durch die anderen beiden die Erde sah. Die junge Frau lag verdreht neben ihm. »Lebst du noch?«, fragte er.

Sie hustete. »Was schert dich das?«

»Ich töte keine Gefangenen, auch nicht durch einen Unfall.«

»Bist du sicher, dass das ein Unfall war?«, krächzte sie. »Ich hab's dir gesagt. Sie sind dir gefolgt. Sie jagen mich.«

Gregor funkelte sie an, nahm Knut zur Hand, richtete sich auf und reckte den Oberkörper aus dem Fenster, das zum Abendhimmel wies.

Er beugte sich vor und beäugte die vordere Radachse. Ein großer, dicker Arbalestenbolzen steckte an der Stelle, wo das Rad gewesen war.

Der muss durch die Radspeichen geflogen sein, und durch die Drehung sind dann alle Speichen zerborsten ...

Ein beeindruckender Schuss. Er sah sich um, entdeckte jedoch keinen Angreifer. Sie befanden sich auf einer der größeren Straßen des Gemeinviertels, die jedoch menschenleer war. Nach dem Gebäudeeinsturz und den Kreischern in der vergangenen Nacht hielten die Anwohner es wohl für klüger, nicht nachzusehen, was draußen den Lärm verursacht hatte. Immerhin hätten sie ihren Kopf im selben Moment verlieren können, da sie ihn durchs Fenster steckten.

»Ah, Scheiße!«, schrie die junge Frau. »*Scheiße!* He, Hauptmann!«

Gregor seufzte. »Was denn?«

»Ich sag dir noch was, was du nicht glauben wirst. Aber ich sag's trotzdem.«

»Du darfst natürlich sagen, was immer du willst, kleines Fräulein.«

Sie zögerte. »Ich ... ich kann Skriben hören.«

»Du ... du kannst *was?*«

»Ich kann Skriben hören. Daher wusste ich von dem Ding an deinem Wagen.«

Gregor versuchte zu begreifen, was sie ihm damit sagen wollte. »Das ist unmöglich! Keiner kann einfach ...«

»Ja, ja, ja«, unterbrach sie ihn. »Aber hör zu, du solltest mir besser glauben, weil sich gerade – *genau jetzt* – ein paar sehr laute Instrumente nähern. Ich weiß das, weil ich sie hören kann. Und sie sind wirklich laut, das heißt, sie müssen ziemlich mächtig sein.«

Er schnaubte. »Du hältst mich für blöd – das hast du ja immer wieder laut genug betont –, aber es ist schon rein biologisch unmöglich, so blöd zu sein, *diese* Geschichte zu glauben.« Er sah sich um. »Ich sehe nirgends jemanden auf uns zukommen, der einen – sagen wir – Kreischer trägt.«

»Ich höre sie auch nicht auf der Straße. Sieh nach oben. Sie sind über uns.«

Gregor verdrehte die Augen, hob den Blick – und erstarrte.

Auf der Hausfassade vor ihm, im vierten Stockwerk, befand sich eine maskierte Gestalt, ganz in Schwarz gekleidet. Sie stand *auf der Fassade*, als wäre die Hauswand der Boden, was allen physikalischen Gesetzen zuwiderlief. Und der Fremde zielte mit einer Arbaleste auf Gregor.

Gregor duckte sich in den Wagen, und im nächsten Moment hörte er viele laute Einschläge. Er ließ sich noch weiter zurückfallen, schüttelte den Kopf und sah auf.

Die Spitzen von fünf Arbalestenbolzen hatten das Holz durchschlagen. Fast hätten sie die Tür ganz durchdrungen, und da die Karosserie des Wagens verstärkt war, bedeutete dies, dass es sich um skribierte Geschosse handelte.

Er ist nicht allein, dachte Gregor. *Sie sind mindestens zu fünft.*

»Unmöglich«, sagte er. »Das *kann* nicht sein.«

»Was?«, fragte die Diebin. »Was ist da draußen los?«

»Da ... Da stand ein Mann auf der Gebäudefront! Er stand da, als würde die Schwerkraft nicht mehr wirken!«

Er schaute durchs offene Fenster über sich und sah erschrocken erneut eine schwarze Gestalt. Diese glitt wie eine groteske Wolke grazil über den Wagen hinweg, wobei sie mit der Arbaleste nach unten zielte und schoss.

Der Bolzen zischte herab, und Gregor presste sich an die Wagenwand. Die junge Frau schrie, als das Geschoss im Dreck unter ihnen einschlug.

Gregor und die Diebin beäugten das Projektil, dann wechselten sie einen Blick.

»Verrogelt noch mal! Ich hasse es, wenn ich recht habe«, sagte sie.

Kapitel 12

Die gesamte Skriben-Theorie beruhte darauf, dass man einem Objekt eine Fähigkeit verlieh, die es normalerweise nicht hatte. Doch die frühen tevannischen Skriber machten rasch eine wichtige Entdeckung: Es war viel leichter, ein Objekt so zu manipulieren, dass es sich für etwas hielt, mit dem es *Ähnlichkeit* hatte, statt für etwas völlig anderes.

Es kostete nicht viel Mühe, einen Kupferbarren so zu skribieren, dass er sich für einen Eisenbarren hielt. Hingegen war es unfassbar umständlich, einem Kupferbarren weiszumachen, dass er in Wahrheit ein Eisblock, ein Klumpen Pudding oder ein Fisch war. Je mehr Überzeugungskraft man aufwenden musste, desto komplexer wurden die Skriben-Definitionen und desto mehr Platz nahmen sie im Lexikon ein – bis man schließlich ein ganzes Lexikon oder sogar mehrere brauchte, damit eine einzige Skribe funktionierte.

Die ersten Skriber stießen schon früh an diese Grenze. Zuallerlerst versuchten sie, die Wirkung der Gravitation auf Objekte zu verändern, doch die Schwerkraft erwies sich als verflucht störrisch und ließ sich praktisch *gar nicht* davon überzeugen, Dinge zu tun, die sie für unnötig hielt.

Die ersten Versuche, Objekten andere Schwerkraftgesetze zuzuordnen, gipfelten in Katastrophen – Explosionen und Verstümmelungen wie etwa abgetrennte Gliedmaßen waren an der

Tagesordnung. Das verwirrte die Skriber, wussten sie doch aus den alten Geschichten, dass die Hierophanten Objekte hatten schweben lassen können. In den Schriften stand sogar, dass sich einige Hierophanten fliegend fortbewegt hatten, und der Hierophant Pharnakes hatte angeblich eine ganze Armee mit Felsbrocken zermalmt, die er auf sie hatte niedergehen lassen.

Schließlich, nach zahllosen tödlichen Unfällen, kamen die tevannischen Skriber auf eine recht praktische Lösung.

Die Gesetze der Schwerkraft ließen sich nicht völlig umgehen, doch war es möglich, sie auf sehr *ungewöhnliche* Weise zu manipulieren. Einen skribierten Bolzen etwa überzeugte man davon, dass er sich an die Schwerkraftgesetze hielt, man vermittelte ihm allerdings eine ganz andere Vorstellung davon, wo sich der Boden befand und wie lange er schon fiel. Und schwebende Laternen glaubten, sie wären mit einem Gas gefüllt, das leichter als Luft war. All diese Entwürfe *erkannten* die Gesetze der Schwerkraft *an*. Sie folgten diesen Gesetzen, nur dass die Skriben andere Rahmenbedingungen schufen.

Trotz aller Erfolge bestand der Traum fort: Tevannische Skriber forschten weiterhin an Möglichkeiten, die Schwerkraft *auszuhebeln* und damit Leute schweben oder fliegen zu lassen, wie es die Hierophanten in alter Zeit gekonnt hatten – obwohl es bei den entsprechenden Experimenten fast immer Tote gab.

Einige Skriber beispielsweise hatten versehentlich die Schwerkraft dahingehend manipuliert, dass sie aus zwei Richtungen an ihrem Körper zog, was bewirkte, dass ihre Gliedmaßen überdehnten oder ihnen sogar abgerissen wurden. Andere zermalmten sich selbst zu blutigen flachen Scheiben, zu einer Kugel oder einem Würfel, je nach angewandter Methode. Andere verringerten die auf sie einwirkende Schwerkraft zu sehr, sodass sie in den Äther aufstiegen, bis sie die Reichweite ihres Lexikons überschritten, woraufhin sie unweigerlich in den Tod stürzten.

Und das galt noch als angenehme Todesart, denn es blieb zumindest etwas, das man bestatten konnte.

Bei anderen Experimenten ging es darum, den menschlichen Körper zu skribieren, und sie endeten oft noch grauenvoller als die Manipulation der Gravitation.

Weitaus grauenvoller. Unaussprechlich grässlich.

So kam es, dass die Handelshäuser, nachdem das Blut des zigsten Desasters aufgewischt war, eine seltene diplomatische Abmachung trafen: Sie beschlossen, alle Skriben zu verbieten, die einen Menschen oder die Schwerkraft manipulierten, weil die Gefahr, die von solchen Versuchen ausging, einfach zu groß war. Es war für die Menschen bereits riskant genug, mit veränderten Gegenständen umzugehen.

Aus diesem Grund traute Gregor Dandolo seinen Augen kaum, als er nach oben aus dem Wagen schaute. Neun schwarz gekleidete Männer liefen mit graziöser Anmut über die Gebäudefassaden. Manche rannten sogar vom Dach über die Vorsprünge nach unten.

So etwas war nicht nur illegal – falls in Tevanne überhaupt etwas verboten war –, es war auch technisch unmöglich, soweit Gregor wusste!

Drei der Männer blieben stehen und richteten die Arbalesten auf ihn. Gregor zuckte zurück, als die Bolzen dort in den Wagen einschlugen, wo er eben noch hinausgeschaut hatte.

»Die schießen auch noch verdammt gut«, murmelte er. »War ja klar ...« Er überlegte, was er tun sollte. Mitten auf der Straße in dieser Kiste gefangen zu sein bot ihm kaum Möglichkeiten.

»Willst du überleben?«, fragte das Mädchen.

»Was?«

»Willst du überleben? Denn falls ja, solltest du mich freilassen.«

»Wieso sollte ich das tun?«

»Weil ich dir hier raushelfen kann.«

»Wenn ich dich losbinde, türmst du bei der erstbesten Gelegenheit. Oder du hintergehst mich und lässt zu, dass ich von Bolzen durchlöchert werde.«

»Kann sein«, entgegnete Sancia. »Aber diese Bastarde sind meinetwegen hier, nicht deinetwegen, und daher würde es meine Gefühle nicht verletzen, wenn du sie unter die Erde bringst. Und ich würde dir nur zu gern dabei helfen.«

»Und wie?«

»Irgendwie. Davon abgesehen, Hauptmann, schuldest du mir was. Ich hab dir das Leben gerettet, schon vergessen?«

Gregor blickte finster drein und rieb sich über den Mund. Er hasste solche Situationen. Er hatte dieses Mädchen, das der Ursprung all seiner Probleme war, verbissen gejagt, und nun würde er deshalb entweder sterben oder musste sie laufen lassen.

Allmählich änderte Gregor seine Prioritäten.

Die Männer, die dort oben herumflogen, arbeiteten mit ziemlicher Sicherheit für eins der Häuser, denn nur ein Handelshaus hatte sie mit solcher Ausrüstung ausstatten können.

Ein Handelshaus will mich umbringen, um an das Mädchen heranzukommen, dachte er. *Dann haben sie höchstwahrscheinlich auch den Diebstahl in Auftrag gegeben. Natürlich!*

Es war ja schön und gut, eine schmutzige kleine Diebin zu fassen und sie für das büßen zu lassen, was in letzter Zeit in Tevanne an Missetaten verübt worden war – doch es war etwas ganz anderes, einem ansässigen Handelshaus Verbrechen, Verschwörung und Mord nachweisen zu können. Jeder wusste, dass sich die Häuser gegenseitig ausspionierten und einander sabotierten, doch es gab eine Grenze, die sie bisher nie überschritten hatten: Sie führten keinen Krieg gegeneinander, denn ein Krieg in Tevanne, das wusste jeder, wäre desaströs.

Aber ein Haufen fliegender Meuchelmörder, dachte Gregor, *sieht mir ganz nach einem Krieg aus.*

Er griff zum Vordersitz, fummelte daran herum und nahm ein dickes Metallkabel an sich. Rasch zog er einen kleinen skribierten Schlüssel hervor, der ein Einstellrad am Kopf hatte, und brachte das Kabel am linken Fußgelenk des Mädchens an.

»Ich sagte, du sollst mich freilassen!«, protestierte Sancia. »Und nicht, dass du mich noch mehr fesseln sollst!«

»Das Ding funktioniert genauso wie die Seile.« Er hob den kleinen Schlüssel an. »Wenn ich das Rad drehe, wird das Kabel immer schwerer. Falls du fliehst oder mich töten willst, kommst du nicht mehr von der Stelle. Das ist auf offener Fläche nicht so gut. Oder das Kabel zerquetscht deinen Fuß. Also rate ich dir, dich zu benehmen.«

Zu seiner Verärgerung schienen die Worte das Mädchen nicht sonderlich einzuschüchtern. »Ja, ja. Nimm mir nur die anderen Seile ab, ja?«

Gregor sah sie finster an. Dann zog er den Schlüssel von der Halterung an seiner Arbaleste und befreite sie von den Fesseln.

»Ich nehme an, mit solchen Gegnern hast du es auch noch nicht zu tun gehabt, stimmt's?«, fragte er, als sie die Seile abstreifte.

»Nein. Nein, ich hab mich noch nie mit einem Haufen fliegender Arschlöcher angelegt. Wie viele sind es?«

»Ich habe neun gezählt.«

Sancia hob den Blick, als ein weiterer Meuchelmörder über die Kutsche hinwegsprang. Kurz darauf schlug ein Bolzen in der Tür über ihnen ein, und Gregor bemerkte, dass das Mädchen nicht einmal zusammenzuckte.

»Sie wollen, dass wir rauskommen«, sagte sie leise. »Draußen sind wir ungeschützt.«

»Wie erreichen wir einen geschützten Ort, an dem ihre Waffen weniger ausrichten?«

Das Mädchen legte den Kopf auf die Seite, schien nachzudenken, hielt sich am Vordersitz fest und stellte sich dicht unters Fenster. Dann sprang sie graziös wie eine Balletttänzerin senkrecht empor und ließ sich sogleich wieder ins Wageninnere zurückfallen. Als sie aufkam, hallten Bolzeneinschläge durch das Vehikel.

»Scheiße!«, fluchte sie. »Die sind schnell. Aber wenigstens weiß ich jetzt, wo wir sind. Du bist gegen das Zorzi-Gebäude gefahren, was für ein Glück.«

»Ich bin nicht gegen das Gebäude *gefahren*«, widersprach Gregor empört. »Wir sind dagegen geprallt.«

»Wie auch immer. Das war früher mal so eine Art Papiermühle. Sie nimmt den ganzen Straßenzug ein. Jetzt hausen darin ein paar Vagabunden, aber das obere Stockwerk ist groß, offen und hat viele Fenster. Auf der Hinterseite grenzt das Gebäude an eine schmale Gasse.«

»Wie soll uns das helfen?«

»Das hilft vielleicht nicht *uns*«, erwiderte Sancia. »Aber es hilft *mir*.«

Gregor sah sie stirnrunzelnd an. »Was genau hast du vor?«

Sie schilderte ihm ihren Plan, und Gregor lauschte aufmerksam.

Als sie endete, dachte er darüber nach, was sie von ihm verlangte. Ihre Idee war nicht schlecht. Er hatte schon schlimmere gehört.

»Glaubst du, du schaffst das?«, fragte sie.

»Ich weiß, dass ich es schaffe. Kommst du ins Gebäude rein?«

»Das ist kein Problem. Gib mir einfach die verdammt große Armbrust.« Er reichte sie ihr, und sie hängte sie sich auf den Rücken. »Damit ziele und schieße ich wie mit einer normalen Arbaleste, stimmt's?«

»Im Grunde schon. Die Seile umschlingen ihr Ziel und erhöhen dann ihre Dichte – sie werden immer schwerer, je mehr sich das Ziel bewegt.«

»Wahnsinn!« Sancia zog zwei kleine schwarze Kugeln aus einer Seitentasche. »Bereit?«

Gregor kletterte zum offenen Fenster, sah sie an und nickte.

»Dann los.« Sie drückte eine kleine Taste auf einer Kugel und warf sie aus dem Fenster, wartete einen Herzschlag lang und warf die zweite hinterher. Als die Straßen vom ersten unglaublich hellen Lichtblitz erhellt wurden, sprang Gregor aus dem Wagen und rannte los.

Obwohl er schon erlebt hatte, wie hell und laut die Betäubungsbomben waren, verblüffte ihn ihre Wirkung nach wie vor. Die zweite Bombe explodierte und tauchte die Straße in ein Licht, heller als jeder Gewitterblitz, dicht gefolgt von einem markerschütternden Knall.

Blind wankte Gregor auf die Gasse vor ihm zu, die Hände ausgestreckt. Er stolperte über die Gehsteigkante, krachte auf die Bretter und krabbelte tastend bis zur Gebäudeecke.

Gregor kroch um die Ecke, erhob sich auf wackligen Beinen und drückte sich an die Wand. *So, zumindest das wäre geschafft.*

Er taumelte die Gasse entlang, eine Hand an der Mauer, die andere vor sich gestreckt. Der Knall der Explosionen schrillte noch in seinen Ohren.

Schließlich nahm die Welt ringsum wieder Gestalt an. Er befand sich in einer alten Gasse, an deren Rändern Abfall und Lumpen lagen, warf einen Blick über die Schulter und sah, dass das Licht der zweiten Bombe allmählich verblasste. Sechs Umrisse tauchten auf den Gebäudefassaden auf und ließen sich auf bizarre Weise zwischen den Läden zu Boden sinken wie im Wind schaukelnde Blätter.

Gregor trat in den Schatten eines Hauseingangs. *Ein bemerkenswert seltsamer Anblick*, dachte er, während er seine Gegner anmutig durch die Luft schweben sah wie Akrobaten an Seilen.

Einen Moment später gesellte sich ein siebter Mann zu ihnen.

Das sind zwei mehr als erwartet. Gregor nahm Knut zur Hand. *Trotzdem. Es wird Zeit, die Grenzen der Schwerkraft auszutesten.*

Er beobachtete den Sinkflug des Kerls, schätzte ein, wo er im nächsten Moment sein würde, und ließ Knut vorschnellen.

Der Angriff war erfolgreich. Der Kopf des Schlagstocks traf den Mann frontal gegen die Brust, und da dessen Körper offenbar einer anderen Realität folgte und sich für federleicht hielt, schoss er durch den Himmel davon wie aus einer Kanone abgeschossen.

Seine Kumpane verharrten auf dem Dach eines Tuchladens und sahen zu, wie er im Nachthimmel verschwand. Dann hoben sie ihre Arbalesten und schossen.

Gregor sprang zurück in den Hauseingang. Ringsum schlugen Bolzen ein. Knut sauste zum Schlagstockschaft zurück. Gregor Dandolo wartete kurz, dann hechtete er vor und rannte los.

Einer erledigt, dachte er. *Noch acht übrig.*

Sancia wartete still unter dem Wagen, die große Arbaleste auf dem Rücken. Sie versuchte, ihr wild pochendes Herz und die zitternden Hände zu ignorieren. Als die Betäubungsbomben explodiert waren, war sie hinausgesprungen und hatte sich an der Gebäudeseite unter dem Fahrzeug versteckt.

Einer der Meuchelmörder stand auf dem Wagen und blickte in die leere Innenkabine. Erleichtert beobachtete sie, wie er sich wieder zu seinen Kameraden gesellte, um Gregor in der Nebengasse zu verfolgen.

»Glaubst du, er schafft es?«, fragte Clef.

Ein Aufschlag war zu hören, gefolgt von einem Schmerzensschrei, dann sauste einer der Männer aus der Gasse durch die Luft, sich dabei wild überschlagend.

»Ich glaub, er kommt zurecht«, antwortete Sancia. »Ist noch skribierte Ausrüstung in der Nähe?«

»Ich spüre jedenfalls keine. Ich glaube, die Luft ist rein.«

Sancia wand sich unter dem Wagen hervor, nahm Clef vom Hals und führte ihn ins Schloss der Nebentür zum Zorzi-Gebäude ein. Das Schloss sprang auf, und sie huschte durch den Türspalt.

Es stank nach Schwefel und den vielen Chemikalien, mit denen hier früher Papier hergestellt worden war. Zudem roch es nach Menschen, denn im Erdgeschoss hatten sich, wie Sancia wusste, Vagabunden breitgemacht. Das roch man nicht nur, überall lagen Haufen aus Lumpen, Stroh und Abfall. Einige Bewohner schrien auf, als sie Sancia und die große Arbaleste auf ihrem Rücken sahen.

Sie hockte sich hin, berührte den Boden mit bloßem Finger, woraufhin sich in ihrem Geist der Grundriss des Gebäudes entfaltete. Als sie wusste, wo die Treppe war, öffnete sie die Augen, sprang über einen kreischenden Vagabunden hinweg und rannte zum Flur, der zu den Stufen führte.

Ich muss es rechtzeitig schaffen, dachte sie.

Gregor bog um zwei Straßenecken und lief zur Hinterseite des Zorzi-Gebäudes. Hoffentlich bekamen das seine Verfolger nicht mit.

Ein willkommener Anblick bot sich ihm: Neben der alten Papiermühle waren zahllose Wäscheleinen über die schmale Gasse gespannt. Auf vier Stockwerke verteilt, flatterten alte Kleider, graue Unterwäsche und Bettlaken im sanften Nachtwind.

Ah, dachte er. *Deckung. Das sollte bestens funktionieren.*

Er rannte nach links, fand unter ein paar dicken, vergilbten Bettlaken Schutz und sah auf. Die Wäscheleinen schirmten ihn gut vor den Blicken seiner Verfolger ab.

Hoffentlich schafft es das Mädchen rechtzeitig zur vereinbarten Position.

Auf der anderen Straßenseite erblickte er das Eisengeländer eines Balkons, das ihn auf eine Idee brachte. Er nahm Knut zur Hand, zielte sorgsam und warf den Schlagkopf aus.

Mit lautem *Klang* verfing sich Knuts Kopf am Geländer. Gregor zog das Drahtseil straff, verbarg sich im Eingang und wartete.

Durch die Wäsche über sich sah er sie nicht kommen. Er hörte lediglich, wie ihre Stiefel über die Gebäudefassade scharrten, und das auf beiden Seiten der Gasse. Er malte sich aus, wie sie von Dach zu Dach tanzten, durch die hängende Wäsche sprangen wie Staubpartikel in einer sanften Brise. Dann – wie beim Angeln – zerrte etwas kräftig an seinem Drahtseil.

Ein Würgelaut erklang, gefolgt von einem Röcheln. Gregor spähte um die Ecke und sah, wie sich einer der Angreifer wild durch die Luft drehte; offenbar hatte er sich an Knuts Seil verfangen. Der röchelnde Mann stürzte durch die Leinen, die sich mitsamt der Wäsche um ihn wickelten. Er zog sie hinter sich her wie eine Art seltsamen Fallschirm, und schlug in der Gasse auf, wo er reglos liegen blieb, während sich die Wäsche über ihm aufhäufte.

Gregor nickte zufrieden. *Das hat bestens funktioniert.* Er drückte den Knopf, um Knuts Kopf vom Geländer einzuholen. Ein-, zweimal musste er am Drahtseil zerren, doch schließlich sauste der Schlagkopf zu ihm zurück – und zog versehentlich eine Wäscheleine mit sich.

Was Gregors Angreifern genau verriet, wo er sich befand!

Über sich sah er einen schwarz gekleideten Mann, der wie ein Akrobat im Salto über die Wäscheleinen sprang. Er betätigte eine Taste an seinem Geschirr, woraufhin er rasch wieder zum gegenüberliegenden Gebäude fiel. Als er sicher auf der Mauer stand, schaute er zu Gregor und hob die Arbaleste.

Gregor ließ Knut vorschnellen, wusste jedoch, dass es bereits zu spät war. Er sah den Bolzen auf sich zurasen, die schwarze Spitze glitzerte im Mondlicht. Er zog sich zwar blitzschnell in den Hauseingang zurück, doch da durchzuckte ihn bereits der Schmerz.

Er schrie auf und beäugte den linken Arm. Auf den ersten Blick erkannte er, dass er Glück gehabt hatte: Der Bolzen hatte die Innenseite des Unterarms getroffen und eine blutende Wunde verursacht. Er hatte den Arm zwar durchschlagen, ihn aber weder aufgespießt noch den Knochen verletzt. Glück gehabt, denn skribierte Bolzen konnten dem menschlichen Körper enormen Schaden zufügen.

Fluchend schaute Gregor auf. Ein zweiter Meuchelmörder gesellte sich zum ersten, der gerade geschossen hatte – und der würde ihn vermutlich nicht verfehlen.

Gregor machte Knut einsatzbereit.

Der Angreifer zielte mit der Arbaleste ...

... doch dann schlang sich von oben ein silbriges, seltsames Seil um seine Beine.

Der zweite Meuchelmörder geriet ins Wanken – zumindest so sehr, wie es jemand konnte, der an einer Hausfassade der Schwerkraft trotzte.

Gott sei Dank, dachte Gregor. *Das Mädchen ist durchgekommen.* Er hob den Blick, doch die flatternden Wäschemassen versperrten ihm den Blick zu den obersten Fenstern. Wahrscheinlich stand sie dort irgendwo und schoss auf die Feinde.

Der gefesselte Mann wollte sich von der Wand abstoßen, doch das erwies sich als schlechte Idee, denn das Masseseil um seine Schienbeine erhöhte die eigene Dichte, sobald er sich bewegte. Seine Schwerkraftausrüstung – wie immer sie funktionierte – umging die Gravitation, doch da diese die einzige Kraft war, die es Objekten ermöglichte, einen Ruhezustand zu erreichen, und da seine Ausrüstung ihm dies verwehrte, erhöhte das Seil seine Dichte immer mehr ...

Und noch mehr ...

Überrascht schrie der Mann auf, schlug auf etwas an seiner Brust, vermutlich auf eine Art von Kontrollmechanismus für die Schwerkraftmontur. Mitten über der Gasse schwebte er auf einmal in der Luft, doch das schien seine Lage nicht zu verbessern.

Seine Schreie wurden immer höher und lauter ...

Ein Laut erklang, als würde eine Baumwurzel brechen und zugleich Stoff zerrissen. Blut spritzte, als dem Mann unterhalb der Knie die Beine abgetrennt wurden.

Sancia schaute über die Zielvorrichtung ihrer Arbaleste hinweg, während der Mann vor Qual schreiend über der Gasse schwebte und Blut aus seinen Kniestümpfen spritzte. Sie hockte auf den Überresten einer Empore im Zorzi-Gebäude, und spähte durch die alten Fenster. Sie hatte angenommen, das Seil würde das Gewicht des Mannes so sehr erhöhen, dass er nicht mehr fliegen konnte – mit einer *solchen* Wirkung hatte sie gewiss nicht gerechnet.

»O Gott«, sagte Clef angewidert. »War das Absicht, Kind?«

Sancia unterdrückte ihre Übelkeit. »Das fragst du mich ständig, Clef.« Sie lud die Arbaleste nach. »Nein, so was mache ich nie mit Absicht.«

Verdutzt sah Gregor die Beine des Mannes auf dem Boden aufschlagen, nach wie vor mit dem Masseseil umwickelt. Der Mann schwebte noch in der Luft und brüllte, während sein Blut auf die Straße spritzte, als käme es aus einem grässlichen Wasserspiel.

Und aus diesem Grund, dachte Gregor, *experimentieren die Skriber nur selten mit der Schwerkraft.*

Verständlicherweise erregte ein solches Phänomen Aufmerksamkeit. Auf jeden Fall lenkte es den Mann ab, der Gregor verletzt hatte und nach wie vor gegenüber auf der Hausfassade stand; er starrte zu seinem Kameraden und schien Gregor völlig vergessen zu haben.

Gregor kniff die Augen zusammen, zielte und schleuderte Knuts Kopf. Ein dumpfes *Plonk* erklang, als das schwere Gewicht die linke Schläfe des Mannes traf.

Er sackte zusammen und ließ die Arbaleste fallen. Seine Füße verloren den Kontakt zur Mauer, und er schwebte bewusstlos über der Gasse. Seine Ausrüstung war offenbar so eingestellt, ihn auf einer bestimmten Höhe zu halten; er stieg weder auf, noch sank er ab. Vielmehr sah es so aus, als gleite er langsam über eine unsichtbare Eisfläche.

Gregor blickte zur Arbaleste, die im Dreck lag. Auf einmal hatte er eine Idee. Wenn er mit überlegenen Gegnern konfrontiert war, wandte er häufig die Taktik an, das Schlachtfeld so unwegsam wie möglich zu machen. *Nur dass dieses Schlachtfeld jetzt die Luft über unseren Köpfen ist*, dachte er.

Er zielte auf den besinnungslosen, schwebenden Mann und ließ Knut vorschnellen. Genau wie erhofft traf der Schlagstockkopf die Brust des Schwebenden, und das mit einer solchen Wucht, dass dieser mit seinem sterbenden Kumpan zusammenstieß und anschließend mehrmals durch die aufgehängte Wäsche wirbelte und von den Fassaden abprallte.

Chaos war die Folge.

Zufrieden sah Gregor zu. Einer der Gegner wollte ausweichen und über die Gasse springen, doch er verfing sich im wachsenden Gewirr aus Wäscheleinen wie ein Fisch im Netz. In einer fließenden Bewegung hechtete Gregor vor, packte die Arbaleste und schoss auf den Mann; der schrie auf und erschlaffte.

Fünf erledigt.

Gregor hob den Blick, lud nach und sah zwei Angreifer mitten in der Luft die Straße entlangsausen. Er zielte auf einen, doch die beiden sprangen anmutig durch eines der obersten Fenster im Zorzi-Gebäude.

Gregor Dandolo senkte die Waffe und seufzte. »Zur Hölle, verdammt!«

Sancia sah sie kommen. Als die Angreifer durchs Fenster sprangen, zielte sie mit der großen Arbaleste auf einen von ihnen und schoss. Doch sie verfehlte ihn, und das Masseseil wickelte sich um einen Dachsparren, der sich natürlich nicht bewegte, daher bewirkte der Schuss nicht viel.

»Scheiße!« Sie sprang vor, als ein skribierter Bolzen auf sie zuraste, griff in die Tasche, packte eine Betäubungsbombe, drückte den Knopf und schleuderte sie in die Dachsparren.

Ihr war klar, an diesem dunklen Ort würde der Blitz auch sie blenden, wie auch sämtliche Vagabunden, die sich hier aufhalten mochten. Doch Sancia war ziemlich gut darin, sich blind zurechtzufinden.

Der Blitz der Bombe war ebenso gewaltig wie die Explosion laut. Einen Moment lang lag sie nur mit schrillendem Kopf und geblendeten Augen auf der Empore.

Clefs Stimme drang durch ihre überreizten Sinne. »Zwei von ihnen sind hier bei dir, oben in den Sparren. Sie verstecken sich. Momentan können sie dich nicht sehen, aber du sie vermutlich auch nicht, richtig?«

Sancia wusste, dass dies nicht ewig so bleiben würde, auch wenn die Wirkung der Bomben im Dunkeln gewiss länger vorhielt. Doch sie stellte fest, dass sie die Angreifer hörte – genauer gesagt, sie hörte das leise Säuseln ihrer Schwerkraftausrüstung, trotz der klingelnden Ohren.

Das hieße, dass ich Skriben nicht mit den Ohren höre, dachte sie, und das war eine wundersame Erkenntnis. Überdies wurde ihr klar, dass diese Ausrüstung schrecklich mächtig sein musste, wenn sie diese aus so großer Entfernung wahrnahm.

Das brachte sie auf einen Gedanken. Sie zog ihr Bambusblasrohr, in dem noch ein Dolorspina-Pfeil steckte. »Clef, kannst du hier drinnen etwas sehen?«

»Klar, wieso nicht?«

Clef schien nicht zu begreifen, wie verstörend seine Antwort war, denn sie implizierte, dass sein Sehvermögen auf eine ganz andere Weise funktionierte als das eines Menschen.

»Sag mir Bescheid, sobald mein Blasrohr auf die Ausrüstung eines Gegners zeigt.«

»Was? Im Ernst? Viel schlechter kann man nicht zielen als …«

»Mach's einfach, verdammt! Bevor sie wieder etwas sehen!«

»Also schön. Geh zwei Schritt die Empore entlang … warte, nein, anderthalb Schritt – bleib stehen. Stehen bleiben! Gut. Jetzt sind sie rechts von dir. Nein, Himmel, das andere Rechts! Gut. Jetzt dreh dich weiter. So ist gut. Stillhalten. Also schön. Setz das Blasrohr an die Lippen, ziel nach oben ... etwas mehr ... zu weit, wieder zurück! Noch ein Stück. So ist gut! Jetzt noch ein bisschen nach rechts – gut. Jetzt. Fest.«

Sancia atmete tief durch die Nase ein und blies mit aller Kraft ins Bambusrohr.

Sie bekam nicht mit, was passierte – nach wie vor konnte sie kaum sehen oder hören. Es war, als würde sie einen Pfeil in die finsterste Nacht abschießen.

»Er ... er hat sich bewegt«, sagte Clef. »Nur ein bisschen ... und jetzt ... jetzt scheint er zu schweben, kann das sein? Ich glaub, du hast ihn erwischt, Kind! Ich fass es nicht!«

Sancia sah verschwommene Schemen in der Dunkelheit; ihr Augenlicht kehrte zurück, aber nur sehr langsam. »Gehen wir mal davon aus, ich hab ihn getroffen. Wo ist der andere?«

»An der gegenüberliegenden Wand, rechts von dir. Du hast keinen Pfeil mehr.«

»Ich brauche keinen.« Sie berührte die Wand mit bloßer Hand, dann den Dachsparren über ihr und lauschte beiden, ließ die Streben, Sparren und Balken in ihren Verstand strömen.

Das war zu viel für sie, viel zu viel. Ihr Kopf fühlte sich an, als würde er zerspringen. *Das wird mir später noch leidtun*, dachte sie. Doch sie hörte nicht auf, bis jeder Zentimeter des Dachs einen Eindruck in ihren Gedanken hinterlassen und sie sich jeden Balken und jeden Ziegel eingeprägt hatte.

Noch immer größtenteils taub und blind, sprang Sancia, bekam einen Sparren zu packen, zog sich daran hoch und kroch mit geschlossenen Augen durch die Dachkonstruktion des Zorzi-Gebäudes.

Sie sah nicht die gefährliche Tiefe unter sich, dafür tat dies jedoch Clef. »O mein Gott«, sagte er. »Oooo mein Gott ...«

»Es wäre echt hilfreich«, dachte sie, während sie von einem Sparren zum nächsten sprang, »wenn du die Klappe halten könntest, Clef.«

Sie hüpfte von Strebe zu Strebe und von Balken zu Balken und spürte, wie sie sich ihrem Gegner näherte. »Sind wir gleich bei ihm?«

»Ich soll doch die Klappe halten.«

»Clef!«

»Ja, wir sind in seiner Nähe. Wenn du nach dem nächsten Sprung den Arm nach links streckst, solltest du die Wand fühlen.«

Sie folgte der Anweisung. Clef hatte sich nicht geirrt, und als sie die Wand berührte, nahm sie ihren Gegner wahr.

Eine angespannte, warme Person, die sich in die Lücke zwischen Wand und Dach gezwängt hatte wie eine Fledermaus in ihre Schlafnische. Womöglich wartete der Kerl darauf, dass sein Sehvermögen zurückkehrte. Doch in der Sekunde, als sie ihn spürte …

… bewegte er sich. Schnell. Abwärts.

Er muss mich bemerkt haben!, dachte sie. *Ich bin zu hart auf dem verdammten Dachsparren gelandet!*

Sancia nahm noch immer dasselbe wahr wie die Wand: Sie hatte gespürt, wie der Fremde sich abgestoßen hatte, und das schloss auch ein, wie fest und in welche Richtung.

Sancia versuchte einzuschätzen, wo er wahrscheinlich gelandet war, und sprang blind in den offenen Raum.

Einen Moment lang fiel sie nur und war sich sicher, dass sie es vermasselt hatte. Sie hatte ihn verfehlt und würde bestimmt drei Stockwerke in die Tiefe stürzen, ins Lager der Vagabunden, wo sie sich ein Bein oder den Schädel brechen und einfach sterben würde.

Doch stattdessen prallte sie auf ihn. Hart.

Instinktiv schlang Sancia die Arme um den Mann und hielt sich fest. Ihr Gehör kehrte zurück, und sie vernahm seinen überraschten Wutschrei. Sie fielen beide weiter, allerdings fühlte sich der Sturz für Sancia, die an Sprünge gewohnt war, sehr merkwürdig an: Abrupt bremsten sie auf ein wunderlich gleichmäßiges Tempo ab, als wären sie in einer Seifenblase gefangen.

Als sie am Boden aufkamen, stieß der Mann sich ab, und sie jagten durch die alte Papiermühle.

Der Fremde stieß mit Sancia gegen Wände, Sparren und einmal sogar gegen etwas, das sich wie sein bewusstloser schwebender Kamerad anfühlte. Ihr Gegner sauste in der Papiermühle hin und her, wollte sie abschütteln und wand sich in ihrer Umklammerung.

Aber Sancia war stark und hielt sich fest. Die Welt taumelte und wirbelte ringsum, die Vagabunden kreischten und schrien, und Sancias Sicht kehrte langsam, ganz langsam zurück.

Sie sah die Fenster des vierten Stocks auf sich zurasen und begriff, was gleich geschehen würde.

»O Scheiße!«, rief sie.

Sie krachten durch zwei Fensterläden, dann waren sie im Freien und überschlugen sich in der Nachtluft. Ihr Gegner hätte jetzt einfach eine Meile nach oben fliegen und sie fallen lassen können, oder einer seiner Komplizen konnte sie von seinem Rücken reißen und ihr die Kehle aufschlitzen oder …

»Die Steuerung der Schwerkraftmontur ist an seinem Bauch!«, schrie Clef.

Sancia schlang sich enger um den Feind, biss die Zähne zusammen, schlug mit der Hand auf seine Magengrube ein und zog und zerrte zugleich an allem, was sie dort ertastete.

Auf einmal berührte sie ein kleines Rad – und drehte es.

Sie erstarrten mitten in der Luft.

»Nein!«, brüllte der Mann.

Dann explodierte er einfach.

Es war, als wäre jemand auf einen großen Wasserschlauch gesprungen, der mit warmem Blut gefüllt war. Der rote Körpersaft spritzte so sehr umher, dass es Sancia schockierte.

Noch beunruhigender war jedoch, dass der Mann, an dem sie sich festgehalten hatte … nun, er war nicht mehr da, als wäre er einfach verschwunden und hätte nur die skribierte Schwerkraftausrüstung zurückgelassen.

Was bedeutete, dass Sancia sich auf einmal im freien Fall befand.

Sie versuchte, sich irgendwo festzuhalten. Doch in ihrer Reichweite befand sich nur das Schwerkraftinstrument des Toten, das völlig blutbesudelt war. Instinktiv griff sie danach, doch das änderte nichts. Die Zeit schien langsamer abzulaufen, während sie der Straße entgegenstürzte.

»Schlecht!«, rief Clef. »Das ist ziemlich schlecht!«

Sancia war zu beschäftigt, um ihm zu antworten. Die Welt raste an ihr vorbei, die faltigen Bettlaken, die verdrehte Unterwäsche, alles wirkte wie erstarrt …

Dann sah sie Gregor Dandolo unter sich.

Schmerzerfüllt schrie er auf, als das Mädchen in seinen Armen landete.

Sancia war noch immer sprachlos, ihre Gedanken überschlugen sich, während sie zu begreifen versuchte, was soeben geschehen war.

Der Hauptmann setzte sie im Dreck ab und rieb sich fluchend die Lendenwirbel.

»Du … hast mich aufgefangen?«, fragte sie benommen.

Stöhnend sank er auf die Knie. »Mein verrogelter Rücken … Jetzt stehe ich nicht mehr in deiner Schuld!«, fauchte er.

Sancia sah an sich hinab. Sie zitterte, war blutbesudelt und hielt nach wie vor das Schwerkraftinstrument in Händen. Zwei Platten, die mit Stoffbändern miteinander verbunden waren – eine kam vor den Bauch, die andere hinter den Rücken, und die vordere wies einige Einstellrädchen auf.

»Ich … ich …«, stammelte sie.

»Du musst das Gerät sabotiert haben, mit dem er sich in der Luft hielt«, sagte Gregor. Er blickte zu den Bettlaken, die voller Blut waren. »Du hast seine Schwerkraft kollabieren lassen. Von dem ganzen Kerl ist jetzt vielleicht nur noch ein murmelgroßes Stück Gewebe übrig, das irgendwo in der Gasse liegt.« Er schaute sich um. »Hilf mir auf. Sofort!«

»Wieso? Das waren doch alle Gegner, oder nicht?«

»Nein, das waren nur sieben! Insgesamt sind es neun, das habe i...«

Gregor kam nicht dazu, den Satz zu vollenden. Denn in diesem Moment erklommen die restlichen beiden Angreifer die Dachspitzen der gegenüberliegenden Häuser und schossen mit den Arbalesten.

Sancia hatte noch viel Adrenalin im Blut, daher wirkte die Welt auf sie noch schrecklich langsam und klar. Jede Sekunde schien eine kleine Ewigkeit zu dauern.

Die beiden Männer postierten sich auf dem Dach, Sancia verfolgte jede ihrer Gesten und Bewegungen. Sie konnte ihnen weder entkommen noch in Deckung gehen oder sie austricksen. Sie stand mit Gregor ungeschützt in der Gasse, ohne Waffe und Ausweg.

Clefs Stimme donnerte in ihrem Ohr: »DRÜCK MICH AUF DAS SCHWERKRAFTGERÄT! SCHNELL, SCHNELL, SCHNELL!«

Sancia zögerte nicht. Sie riss Clef von der Kordel um ihren Hals und presste ihn auf die blutbespritzten Platten in ihrem Schoß.

Die Angreifer schossen die Bolzen ab. Hilflos beobachtete Sancia, wie die skribierten Geschosse die Führungsschiene der Arbalesten verließen wie Fische, die aus dem Wasser sprangen, um sich eine arglose Fliege zu schnappen.

Metall traf auf Metall, als Clef die Gravitationsplatte berührte. Und dann ...

... spürte Sancia einen seltsamen Druck auf dem ganzen Körper. Ihr wurde unangenehm flau im Magen, als befände sie sich erneut im freien Fall – obwohl sie reglos auf der Stelle stand. Oder doch nicht?

Andererseits schien *alles* stillzustehen. Die Bolzen hatten mitten in der Luft verharrt. Die Angreifer glichen Statuen auf festen Sockeln. Die aufgehängte Wäsche bewegte sich kaum noch; ein Bettlaken über der Gasse war beinahe völlig erstarrt.

Verblüfft schaute sich Sancia in der reglosen Welt um. »Was zur Hölle ...?«

Nach wie vor hielt sie Clef an die Gravitationsplatte und hörte seine wispernde Stimme, seine Worte, sein Säuseln. Sie verstand nicht, was er sagte, doch sie spürte, dass er etwas mit dem Instrument anstellte.

Unvermittelt begannen Gregor und sie zu schweben, als würden sie nichts mehr wiegen.

»Was zum Teufel ...?«, rief Gregor.

Clefs Säuseln erfüllte Sancias Ohren. Vage begriff sie. Er sorgte dafür, dass die Schwerkraftmontur auch auf den Hauptmann wirkte. Clef überzeugte die Platten davon, etwas zu tun, wofür sie nicht bestimmt waren, wozu sie niemals hätten *imstande* sein sollen.

Denn soweit Sancia es hatte beobachten und verstehen können, wirkte eine solche Gravitationsmontur nur auf ihren Träger – und doch nutzte Clef sie nun, um die gesamte Schwerkraft ringsum zu kontrollieren.

Andere Objekte schwebten in der Luft, Fässer, Säcke, Feuerkörbe und die Leiche eines Angreifers, um den sich Wäsche gewickelt hatte. Die beiden Gegner an den Wänden schrien entsetzt auf, als sie haltlos von der Hausfassade wegschwebten und sich langsam überschlugen.

Clefs Stimme übertönte Sancias Gedanken. Sein seltsames Säuseln wurde immer lauter.

Wie macht er das nur?, dachte sie. *Wieso ist er dazu imstande?*

Ihre Narbe begann zu brennen, und sie hörte, roch und sah etwas ...

Eine Vision.

Eine weite Sandebene. Winzige Sterne, die am Himmel glitzerten. Der Abend dämmerte, der Horizont erstrahlte in dunklem Violett.

Ein Mann stand in der Wüste. Er trug eine Robe, und in seiner Hand funkelte etwas Goldenes.

Er hob das goldene Ding, dann ...

... verloschen die Sterne, einer nach dem anderen. Sie gingen aus wie ausgeblasene Kerzenflammen.

Sancia hörte sich selbst vor Entsetzen aufschreien. Die Vision verließ ihren Geist, und die Welt kehrte zurück, mit Gregor und all den Dingen, die in der dreckigen Gasse schwebten, die Fässer, Feuerkörbe und Bolzen.

Die beiden Bolzen drehten sich langsam in der Luft, veränderten ihre Richtung und wiesen nicht mehr auf Sancia und Gregor, sondern auf die beiden Männer, die sie abgeschossen hatten.

Die Projektile zitterten vor aufgestauter Energie. Die Männer begriffen, was gleich geschehen würde und schrien in blankem Schrecken auf.

Clef sagte ein einziges Wort, dann jagten die Bolzen nach vorn. Sie flogen so schnell, dass sie fast in der Luft auseinanderfielen. Als sie die Männer trafen, durchschlugen sie deren Körper, als bestünden sie nur aus weicher Gelatine.

Clefs Säuseln erstarb. Im selben Moment stürzten Gregor, Sancia, die Leichen und alles andere zu Boden.

Einen Augenblick lang blieben sie einfach liegen. Schließlich aber setzte sich Gregor auf und beäugte die im Dreck liegenden Leichen ringsum.

»Sie ... Sie sind tot.« Er sah Sancia an. »Wie ... Wie hast du das gemacht?«

Sancias Gedanken überschlugen sich noch immer, doch sie war geistesgegenwärtig genug, um sich Clef in den Ärmel zu stecken, ehe Gregor ihn erblickte. »Warst ... warst du das, Clef?«

Der Schlüssel schwieg.

»Clef? Clef, bist du da?«

Nichts.

Sie betrachtete die Gravitationsplatten und erkannte, dass sie geschmolzen und wieder erstarrt waren, als hätte Clefs Manipulation sie ausgebrannt.

»Wie hast du das gemacht?«, fragte Gregor erneut. Zum ersten Mal wirkte der Hauptmann wirklich erschüttert.

»Weiß nicht«, antwortete Sancia.

»Du weißt es nicht?«

»Nein! Nein, nein! Ich weiß nicht einmal, ob *ich* das getan hab!« Verwundert und erschöpft saß sie in der Gasse.

Gregor musterte sie argwöhnisch.

»Wir müssen von hier verschwinden«, sagte sie träge. »Es könnten noch mehr von denen kommen. Beim letzten Mal haben sie eine verdammte Armee gerufen! Sie könnten ...«

Sie verstummte, denn ein schwarzer, wappenloser Wagen ratterte in die Gasse.

Sie seufzte. »Scheiße.«

Gregor kroch durch den Dreck, packte seine Arbaleste und zielte auf den Wagen – doch dann ließ er sie überrascht sinken.

Das Fahrzeug hielt vor ihnen an, und ein junges, recht hübsches Mädchen in gold-gelbem Kleid blickte aus dem Fenster der Fahrerseite. »Einsteigen, Hauptmann.« Sie sah Sancia an. »Und du auch – sofort!«

»Fräulein Berenice?«, sagte der Hauptmann erstaunt.

»Sofort heißt *sofort*!«

Der Hauptmann humpelte um den Wagen herum und stieg auf der anderen Seite der Fahrerkabine ein. »Ich muss dich nicht erst zwingen, in dieses Ding zu steigen, oder?«, fragte er Sancia.

Sancia überschlug kurz die Risiken. Sie hatte nicht den blassesten Schimmer, wer zur Hölle dieses Mädchen war. Doch blieb ihr kaum eine Wahl: Die Fessel des Hauptmanns lag noch um ihren Knöchel, Clef war plötzlich verstummt und das ganze Gemeinviertel höchst unsicher geworden.

Sie stieg hinten ein, und der Wagen fuhr los, zum Campo der Dandolo-Handelsgesellschaft.

Kapitel 13

Sancia kauerte sich auf den Rücksitz und umfasste den Ärmel, in dem sie Clef verbarg. Sie schwieg. Ihr Kopf pochte wild, und sie begriff nicht im Mindesten, was zur Hölle vor sich ging. Dieses fremde Mädchen könnte genauso gut die Königin von Tevanne sein, die nur ein Wort zu sagen brauchte, um Sancia enthaupten zu lassen.

Sie zog an der Fessel um ihren Knöchel. Wie erwartet, lag sie fest an. Während des Kampfes hatte Sancia bereits erwogen, sie von Clef öffnen zu lassen – doch sie hatte sich dagegen entschieden, denn es hätte dem Hauptmann verraten, dass sie skribierte Schlösser knacken konnte. Nun bereute sie diesen Entschluss.

Gregor auf dem Beifahrersitz verband sich die Armwunde. Er spähte zu den Dächern hinaus. »Habt Ihr sie gesehen?«, fragte er. »Die fliegenden Männer?«

»Ich sah sie«, erwiderte das Mädchen merkwürdig gelassen.

»Sie haben überall Spione«, fuhr er mit rauer Stimme fort. »Überall Augen.« Er setzte sich aufrechter hin. »Habt Ihr ... habt Ihr diesen Wagen überprüft? Sie haben so ein Ding an meinem befestigt, eine skribierte Reißzwecke, damit sie mich verfolgen konnten! Ihr solltet anhalten, damit wir ...«

»Das ist nicht nötig, Hauptmann.«

»Ich meine es todernst, Fräulein Berenice! Wir sollten sofort anhalten und jeden Zentimeter des Wagens absuchen.«

»Das ist nicht nötig, Hauptmann«, wiederholte sie. »Bitte beruhigt Euch.«

Langsam drehte sich Gregor ihr zu. »Wieso?«

Sie antwortete nicht.

»Woher ... woher wusstet Ihr überhaupt, wo wir zu finden sind?«, fragte er misstrauisch.

Berenice schwieg.

»Die Kerle waren gar nicht diejenigen, die mir die Reißzwecke an den Wagen gesteckt haben, stimmt's? Das wart Ihr! *Ihr* habt sie angebracht!«

Sie warf ihm einen flüchtigen Blick zu und lenkte den Wagen durch das Südtor. »Ja«, gestand sie widerwillig.

»Orso hat Euch aufgetragen, mir zu folgen«, fuhr er fort. »Weil ich den Dieb fangen wollte.«

Das Mädchen sog tief den Atem ein und stieß ihn wieder aus. »Das war heute ein sehr ereignisreicher Abend«, sagte sie mit einem Anflug von Ermüdung.

Sancia lauschte den beiden aufmerksam. Noch immer begriff sie nicht, wovon zur Hölle sie sprachen, doch das Gespräch kreiste offenbar auch um sie, und das war schlecht.

Sie erwog ihre Möglichkeiten. »Gottverdammt, Clef, wach auf!«, dachte sie konzentriert, doch der Schlüssel blieb stumm.

»Also war es doch Orsos Kästchen«, sagte Gregor triumphierend. »Stimmt's? Ich hatte recht! Er hat Euch angewiesen, es zu mir in den Hafen zu schicken, unter Eurem Namen, richtig? Und er ...« Gregor stockte. »Moment. Wenn also *Ihr* die skribierte Reißzwecke an meinen Wagen gesteckt habt und nicht die Angreifer ... Wie konnten *sie* uns dann finden?«

»Das ist einfach«, antwortete das Mädchen. »Sie fanden euch, weil sie mir gefolgt sind.«

Er starrte sie an. »Euch, Fräulein Berenice? Wie kommt Ihr darauf?«

Sie zeigte nach oben, und Gregor und Sancia hoben langsam den Blick. »Oh«, sagte Gregor kleinlaut.

Das Wagendach wies drei große Löcher auf, und eine Bolzenspitze steckte noch darin. »Ihr habt Euch sicher gefragt, wieso sich zwei der Kerle vom Haupttrupp entfernt haben«, sagte Berenice. »Sie haben mich einen Straßenzug weit verfolgt, dann aber abgedreht, als sie die Schreie gehört haben.« Sie sah Sancia an. »Und es waren wohl ziemlich viele Schreie.«

»Wieso seid Ihr Euch so sicher, dass sie Euch verfolgt haben?«, fragte Gregor.

»Sie wussten jedenfalls genau, auf welchen Wagen sie schießen mussten«, erwiderte Berenice.

»Verstehe. Aber wie sind sie überhaupt darauf gekommen, Euch zu beschatten? Sie sind Euch gewiss nicht den ganzen Weg aus der Inneren Dandolo-Enklave gefolgt.«

»Das weiß ich noch nicht genau«, gab Berenice zu. »Aber sie hatten alles geplant. Sie wollten uns auf einen Schlag töten, vermute ich, alle Beteiligten ...«

»Mich eingeschlossen«, hauchte Sancia.

»Ja.«

»Alle Beteiligten«, wiederholte Gregor. »Ist Orso wieder im Campo?«

»Ja, er ist in Sicherheit.«

Gregor sah aus dem Fenster. »Wenn man die Campo-Mauer hoch genug überfliegt, löst man keine der Schutz-Skriben aus, oder?« Er sah zu Sancia auf dem Rücksitz. »Das hast du doch so am Hafen gemacht, korrekt?«

Sie zuckte mit den Schultern. »Im Grunde schon.«

Gregor wandte sich wieder Berenice zu. »Mit skribierter Flugausrüstung kann man leicht die Campo-Mauern überfliegen; niemand würde es merken, niemand es je erfahren.«

»Verdammt«, fluchte Berenice verhalten. Sie schob den Beschleunigungshebel weiter vor, und der Wagen erhöhte das Tempo. Dann räusperte sie sich. »Du da hinten ...«

»Ich?«, fragte Sancia.

»Ja. Zu deinen Füßen findest du einen Beutel. Darin liegt ein

Metallstab mit jeweils einer Kappe an jedem Ende. Sag mir, wenn du ihn gefunden hast.«

Sancia durchwühlte den Beutel. Rasch fand sie einen Zinnstab und erkannte einige der eingravierten Sigillen auf der Rückseite.«

»Hab ihn«, sagte sie. »Das ist ein gekoppelter Zwilling, richtig?«

»Stimmt.«

»Woher weißt du das?«, fragte Gregor.

»Ich ... äh ... habe Zwillings-Skriben benutzt, um deinen Hafen in die Luft zu jagen.«

Gregor bedachte sie mit einem finsteren Blick.

»Ich möchte, dass du beide Kappen abziehst«, sagte das Mädchen. »Und dann musst du ein Wort in die Rückseite kratzen – *nicht* auf die skribierte Seite, dann geht das Instrument kaputt.«

Sancia zog die Kappen ab. »Ich soll etwas einritzen? Womit? Mit einem Messer?«

»Ja«, bestätigte Berenice.

Gregor reichte Sancia sein Stilett. »Welches Wort?«, fragte er.

»Flieh!«

Allein in der Werkstatt, betrachtete Orso Ignacio die Seite des Geschäftsbuchs, das er zwischen seinen Skribier-Materialien verborgen hielt.

Er hatte die Seite klug versteckt. Ähnlich wie bei seiner Tür hatte er das Buch darauf skribiert, sein Blut zu spüren, sodass nur er es lesen konnte (oder jemand, der viel Blut von ihm dabeihatte). Berührte er den Einband, tat sich ein Schlitz im Buchrücken auf, und er konnte die verborgene Seite herausziehen.

Eine Seite, die mit Zahlen vollgeschrieben war. Mit extrem *schlechten* Zahlen, wie er nun bei der Durchsicht befand. Beträge, die er von dieser oder jener Abteilung stibitzt hatte, Aufträge und Aufgaben, die zwar bezahlt worden waren, die es aber in Wahrheit nie gegeben hatte. Falls jemand von einem dieser Beträge erfuhr, würde das schwerwiegende Folgen nach sich ziehen. Und falls jemand von *allen* erfuhr ...

Er seufzte. *Ich war so dumm. Die Möglichkeit, den Schlüssel zu erlangen, war zu verlockend. Und jetzt ...*

Sein Schreibtisch gab ein leises *Ping* von sich.

Er richtete sich auf, durchwühlte die Papiere und fand den gekoppelten Zwillingsstab.

Eine Kappe war abgesprungen. *Das bedeutet, Dandolo hat den Dieb gefunden.*

Aufmerksam betrachtete er den Stab. Zu seiner Überraschung ertönte wieder ein *Ping*, und die zweite Kappe flog ab.

»O Scheiße, o *Gott*.« Das bedeutete, Dandolo hatte den Dieb – und der Dieb den Schlüssel.

Nun würde Orso einige Gefallen einfordern müssen. Gefallen, die er am liebsten nicht einfordern würde.

Doch noch ehe er sich regen konnte, geschah etwas Seltsames.

Der Stab ruckelte ein wenig. Er drehte ihn um und sah, dass sich etwas auf der Rückseite tat.

Jemand schrieb etwas darauf, kratzte Buchstaben tief ins Metall, und zwar nicht in der anmutigen Handschrift von Berenice; diese Schrift war schief und krumm.

Und sie bildete nur ein Wort:

FLIEH.

»Flieh?« Perplex kratzte sich Orso am Kopf. Wieso sollte Berenice ihm mitteilen, dass er fliehen musste?

Er sah sich in der Werkstatt um und erkannte keinen Grund zur Flucht. Er sah seine Definitionsbände, die Skriben-Blöcke, sein Testlexikon, das offene Fenster in der gegenüberliegenden Wand ...

Er stutzte.

Er konnte sich nicht entsinnen, das Fenster geöffnet zu haben.

Irgendwo in seiner Werkstatt knarrte es, als würde jemand, der den Raum durchquerte, auf eine Bodendiele treten, nur, dass das Geräusch nicht vom Boden kam – sondern von der Decke.

Langsam hob Orso den Blick.

Ein Mann hockte an der Decke, der Schwerkraft trotzend. Er war ganz in Schwarz gekleidet und trug eine Stoffmaske.

Orsos Mund klappte auf. »Was zum ...«

Der Mann stürzte auf ihn und schlug ihn zu Boden.

Fluchend versuchte Orso aufzustehen. Derweil ging der Mann gelassen zum Schreibtisch, schnappte sich die Seite der geheimen Buchhaltung, kam zurück und trat Orso in den Bauch. Und er trat sehr fest zu.

Erneut brach der Hypatus zusammen und hustete.

Sein Angreifer legte ihm eine Schlinge um den Hals und zog sie zu. Tränen traten dem würgenden Orso in die Augen. Der Mann zog ihn auf die Beine, drückte ihm mit dem Seil die Luftröhre zu und wisperte ihm ins Ohr: »Ruhig, ruhig, Opa. Wehr dich nicht zu sehr, ja?« Er riss am Seil, und Orso verlor fast die Besinnung. »Komm einfach mit. Komm mit!«

Der Fremde zog ihn zum Fenster, schleifte Orso mit wie einen angeleinten Hund. Hustend zerrte der Hypatus am Seil, das jedoch straff und schrecklich stabil war.

Der Mann schaute aus dem Fenster. »Nicht hoch genug«, sagte er. »Wir wollen doch auf Nummer sicher gehen. Komm mit, Süßer.«

Dann schritt der Fremde – unfassbarerweise – aus dem Fenster und stand auf der Fassade des Gebäudes, als wäre sie der Boden. Er justierte etwas an seinem Bauch, nickte zufrieden und zog Orso mit sich.

Sancia sah aus dem Fenster, während der Wagen durch ein Tor nach dem anderen raste. Alarmiert begriff sie, dass sie ins tiefste Innere des Dandolo-Campo vordrangen, wo die reichsten und mächtigsten Leute lebten. Sie hätte sich nicht mal im Traum vorstellen können, einmal in diese Enklaven zu gelangen – schon gar nicht unter solchen Umständen.

»Da«, sagte Berenice. »Das Hypatus-Gebäude ist gleich da vorn.«

Sie schauten durchs Vorderfenster des Wagens. Ein weitläufiges, aufwändiges Bauwerk, vier Stockwerke hoch, zeichnete sich im rosigen Schein der Straßen ab. Es wirkte dunkel, aber friedvoll – wie für gewöhnlich die meisten Häuser mitten in der Nacht.

»Sieht ... nicht so aus, als gäbe es hier Probleme«, merkte Gregor an.

Im vierten Stock regte sich etwas in den Schatten. Mit Schrecken sahen sie, wie ein Mann in Schwarz aus dem Fenster stieg, sich auf die Fassade stellte und eine sich windende Gestalt nachzog, die ein Seil um den Hals hatte.

»Oje«, sagte Gregor.

Berenice schob den Beschleunigungshebel vor, doch es war zu spät – der Mann in Schwarz sprang die Fassade hoch und zerrte die hilflose Person zum Dach mit.

»Nein«, sagte Berenice. »*Nein!*«

»Was können wir tun?«, fragte Gregor.

»Aufs Dach kommt man nur durch den Südturm! Es dauert ewig, bis wir dort sind!«

Nachdenklich beäugte Sancia die Gebäudefassade. Vielleicht war das die Gelegenheit, auf die sie gewartet hatte. Ihr war durchaus bewusst, dass sie es hier mit mächtigen Leuten zu tun hatte, denen sie vollkommen ausgeliefert war.

Was ihr nicht im Mindesten gefiel. Allerdings wäre es praktisch, wenn diese Menschen ihr einen Gefallen schuldeten. »Also, das ist euer Mann, ja?«, fragte sie. »Orso oder so ähnlich?«

»Ja!«, sagte Berenice.

»Der Kerl, dessen Kästchen ich gestohlen habe?«

»Ja!«, bestätigte Gregor.

»Und … ihr wollt, dass er überlebt?«

»Ja!«, antworteten Gregor und Berenice gleichzeitig.

Sancia steckte sich Gregors Stilett hinter den Gürtel und zog beide Handschuhe aus. »Halt da vorn an der Ecke, dicht am Gebäude.«

»Was hast du vor?«, fragte Gregor.

Sancia rieb sich mit zwei Fingern die Schläfen und schnitt eine Grimasse. Sie wusste, sie würde sich gleich überanstrengen. »Etwas echt Dummes.« Sie seufzte. »Ich hoffe nur, dieses Arschgesicht ist reich.«

»Rauf, rauf, rauf, los!«, sagte der Mann. Er zog Orso über den Dachrand und justierte das Gerät an seinem Bauch. Dann trug er ihn übers Dach zur Ostseite, von wo aus er den Platz überblicken konnte.

Er ließ seinen Gefangenen fallen. »Bleib schön locker, Opa.« Erneut trat er ihn in den Bauch. Orso rollte sich wimmernd zusammen und bekam kaum mit, dass sein Peiniger ihm die Schlinge über den Kopf zog. »Ich darf keine Beweise zurücklassen, Süßer. Du musst mustergültig abtreten. Einfach makellos.« Er schritt um ihn herum und trat erneut zu, wodurch Orso zum Dachrand rollte.

»Das hier wird uns von Nutzen sein.« Der Kerl steckte Orsos Buchhaltungsseite ein. »All dein stibitztes Geld für einen Schlüssel. Sobald das herauskommt, wird niemand mehr einen Verdacht haben.« Wieder trat er brutal zu und beförderte den Hypatus noch näher zum Dachrand.

Nein!, dachte Orso. *Nein!* Er wollte sich wehren, sich am Dach festhalten, den Angreifer zurückdrängen, doch der trat weiterhin zu, traf die Schultern, die Finger, wieder die Magengrube. Mit Tränen in den Augen erkannte Orso, wie er dem Dachrand immer näher kam.

»Ein verbitterter alter Sack«, sagte der Mann mit boshafter Genugtuung. »Hoch verschuldet.« Noch ein Tritt. »Bis über beide Ohren.« Noch ein Tritt. »Ein dummer Bastard, der sein eigenes Nest gründlich beschmutzt hat.« Er hielt inne, um sich für den finalen Tritt vorzubereiten. »Es wird niemanden überraschen, dass du dich selbst umgebracht ha…«

Eine kleine, schwarz gekleidete Person rannte am Dachrand herbei, sprang Orsos Peiniger an und warf ihn nieder.

Keuchend sah Orso auf und beobachtete, wie die beiden Gestalten miteinander rangen. Er wusste nicht, um wen es sich bei dem Neuankömmling handelte – anscheinend um eine kleine, blutverschmierte und irgendwie schmutzig aussehende junge Frau. Sie machte sich ungezügelt über den Kerl her, stach immer wieder mit einem Stilett zu.

Doch der Mann war ihr im Kampf deutlich überlegen. Er schnellte zurück, wich ihren Stichen aus und traf mit der Faust ihr Kinn, woraufhin sie zur Seite flog. Sie hustete und rief: »Dandolo, kommst du jetzt, oder nicht?«

Der Fremde sprang das Mädchen mit solcher Wucht an, dass die beiden sich überschlugen und auf …

Orso sah, wie die beiden auf ihn zurollten. »O nein«, wisperte er.

Die Kämpfenden prallten gegen ihn. Er kam sich dumm und langsam vor, als er über den Dachrand kullerte. Verzweifelt streckte er die Arme aus, um sich irgendwo festzuhalten, und … bekam die Dachkante zu packen!

Orso stieß ein unwürdiges Kreischen aus, während er am Rand des Daches baumelte. Der Mann und die junge Frau waren direkt über ihm, traten ihm fast auf die Finger, während sie miteinander kämpften. Schließlich zwang Orsos Angreifer die junge Frau nieder und setzte sich auf sie, legte ihr die Finger um den Hals, in der Absicht, sie zu erwürgen oder vom Dach zu werfen oder beides.

»Dumme, kleine Hure!«, wisperte er und drückte ihr mit ganzer Kraft die Kehle zu. »Nur noch ein bisschen mehr, bloß ein bisschen mehr …«

Würgend griff die junge Frau nach dem Instrument an seinem Bauch, drehte und drückte daran herum.

Dann rastete etwas an dem Gerät ein.

Entsetzt erstarrte der Mann, ließ sie los und schaute an sich hinab.

Und dann ... explodierte er einfach.

Vor Schreck hätte Orso beinahe das Dach losgelassen, als das Blut in einem warmen Schwall auf ihn niederregnete. Es brannte in seinen Augen und spritzte in seinen Mund – ein kupfriger, salziger Geschmack. Wäre er nicht so entsetzt gewesen, hätte es ihn zutiefst angewidert.

»Ach Scheiße«, sagte die junge Frau spuckend und hustend. Sie warf etwas beiseite, das dem Mann gehört hatte – es sah aus wie zwei Platten, die durch ein Stoffband miteinander verbunden waren. »Nicht schon wieder!«

»Hi... Hilfe?«, stammelte Orso. »Hilfe. *Hilfe!*«

»Festhalten, festhalten!« Die junge Frau rollte sich zu ihm, wischte sich die Hände am Dach ab – ihre Kleidung kam dafür nicht infrage, denn sie war ebenso blutbesudelt wie ihre Handflächen – und packte Orso bei den Handgelenken. Mit überraschender Kraft zog sie ihn nach oben in Sicherheit.

Orso lag auf dem Dach, keuchte vor Schmerz, Schreck und Verwirrung und stierte in den Nachthimmel. »Was ... was ... was war ...«

Erschöpft schnaufend saß die junge Frau neben ihm. Sie wirkte irgendwie krank. »Hauptmann Dandolo ist auf dem Weg hierher. Der Idiot sucht wahrscheinlich noch die Treppe. Du bist Orso, stimmt's?«

Er sah sie an, nach wie vor unter Schock. »Was ... wer ...«

Keuchend nickte sie ihm zu. »Ich bin Sancia.« Ihre Züge erschlafften, dann übergab sie sich unvermittelt aufs Dach.

Sie hustete und wischte sich den Mund ab. »Ich bin diejenige, die deinen Scheiß gestohlen hat.«

Sancia wandte sich ab und erbrach sich erneut. Ihr Gehirn fühlte sich an, als würde es brennen. Sie hatte sich an diesem Tag viel zu viel abverlangt, und ihr Körper versagte ihr den Dienst.

Sie zog den Mann auf die Beine und humpelte mit ihm übers Dach. Er zitterte, war mit Blut besudelt wie sie, hustete und röchelte unablässig und hatte wie sie Würgemale am Hals – trotzdem sah er besser aus, als sie sich fühlte. In ihrem Schädel brannte es, und ihre Knochen waren schwer wie Blei. Sie konnte von Glück sagen, wenn sie bei Bewusstsein blieb.

Während sie über die Giebelspitzen humpelten, verließ sie die Kraft immer mehr.

Die Tür zum Südturm wurde geöffnet, und Licht erhellte die roten Dachschindeln. Der Lichtschein wirkte in der Dunkelheit wie goldener Dunst, und ganz gleich, wie angestrengt Sancia blinzelte, sie konnte den Blick nicht darauf fokussieren.

Ihr Sichtfeld war verschwommen wie bei einem Betrunkenen. Dieser Orso redete mit ihr, doch sie verstand seine Worte nicht – eine erschreckende Erkenntnis. Dass es ihr schlecht ging, war ihr klar, aber gleich *so* schlecht? »Tut mir leid. Mein Kopf … Er … Mein Kopf tut wirklich …«

Sie kippelte zur Seite, und ihr war klar, dass sie den Mann von den Giebeln fortschaffen musste, denn sie würde jeden Moment vollends zusammenbrechen.

Sie brachte ihn zu einer halbwegs flachen Stelle, ließ ihn los und sank auf die Knie.

Sie wusste, ihr blieb nicht mehr viel Zeit.

Sie tastete nach Clef, zog ihn aus dem Ärmel und stopfte ihn sich tief in den Stiefel.

Vielleicht kamen die anderen nicht auf den Gedanken, dort nachzusehen. Vielleicht.

Schließlich sackte sie nach vorn, bis ihre Stirn das Dach berührte. Dann wurde es schwarz um sie herum.

Kapitel 14

»... könnten wir sie einfach raustragen und irgendwo loswerden. Sie hat uns vermutlich allen einen Gefallen getan, indem sie gestorben ist.«

»Sie ist nicht tot. Und sie hat Euch das Leben gerettet.«

»Na und? Sie hat mich auch ausgeraubt und Euren verfluchten Hafen niedergebrannt. Gott, ich hätte nicht gedacht, dass der einzige Überlebende von Dantua so ein Weichling sein könnte.«

»Sie ist womöglich die einzige Person, die weiß, wer hinter allem steckt. Ich bezweifle, dass *Ihr* das wisst, Orso. Für mich sah es eher so aus, als wärt Ihr hier oben in Panik ausgebrochen.«

»Diesen Mist muss ich mir nicht anhören. Sie ist nur ein blutbespritztes, dreckiges Mädchen in *meinem* Büro! Ich könnte die Hauswache rufen und sie festnehmen lassen, wenn ich wollte.«

»Dann würden die Wächter mir Fragen stellen. Und ich wäre verpflichtet, sie zu beantworten, Hypatus!«

»Ach, Ihr Hurensohn ...«

Allmählich kam Sancia zu sich. Sie lag auf etwas Weichem und hatte ein Kissen unter dem Kopf. Ringsum unterhielten sich Leute, doch deren Worte ergaben noch keinen Sinn. Sie erinnerte sich wieder an den Kampf auf dem Dach und an einige andere Dinge, die zuvor geschehen waren, und versuchte, alles zu einem Gesamtbild zusammenzusetzen.

Da war ein Mann auf dem Dach eines Campo-Gebäudes ... Jemand wollte ihn umbringen ...

Auf einmal hörte sie Tausende und Abertausende gedämpfte, schnatternde Stimmen.

Skriben. Mehr Skriben, als je in meiner Nähe waren. Wo zur Hölle bin ich?

Sie öffnete ein Auge und sah eine Zimmerdecke. Seltsam, aber das war zweifellos die prunkvollste Decke, die sie in ihrem ganzen Leben gesehen hatte. Sie bestand aus winzigen grünen Fliesen und goldenem Putz.

In der Nähe bewegte sich etwas, und sie schloss das Auge wieder. Sie spürte, wie ihr jemand ein kühles Tuch auf die Stirn legte. Das Tuch sprach zu ihr, von frischem, wirbelndem Wasser, von verwobenen Fasern ... In ihrem geschwächten Zustand schmerzte sie das, doch es gelang ihr, nicht zusammenzuzucken.

»Sie hat Narben«, sagte jemand. Ein Mädchen. Berenice? »Viele Narben.«

»Sie ist eine Diebin«, erklang eine raue Männerstimme. Sie hatte die Stimme auf dem Dach gehört; das musste Orso sein. »Bei ihrem verdammten Beruf zieht man sich wahrscheinlich öfter Narben zu.«

»Nein, Herr. Das sieht mir eher nach einem chirurgischen Eingriff aus. An ihrem Kopf.«

Schweigen kehrte ein.

»Sie ist die Fassade hochgeklettert wie ein Affe einen Baum«, sagte Gregor leise. »So etwas habe ich noch nie gesehen. Und sie sagt, sie kann Skriben hören.«

»Sie sagt *was*?«, fragte Orso. »Was für ein Unsinn! Da könnte man ebenso gut behaupten, man kann Sonaten schmecken. Das Mädchen hat sicher nur rumgesponnen.«

»Vielleicht. Aber sie wusste, wo diese Kerle mit den Gravitationsplatten waren. Und sie hat etwas gemacht, mit einer der Platten ... Ich bezweifle, dass selbst Ihr so etwas je gesehen habt. Sie hat dafür gesorgt, dass sie ...«

Sancia musste dieses Gespräch unterbrechen. Gregor stand kurz davor, Clefs Trick mit der Schwerkraftmontur zu beschreiben. Und Orso war offenbar der Mann, dem Clef gehört hatte – oder der ihn zumindest in seinen Besitz bringen wollte. Daher würde er vielleicht begreifen, dass Sancia den Schlüssel noch bei sich trug.

Sie sog den Atem ein, hustete und richtete sich auf.

»Sie wacht auf«, sagte Orso missmutig. »Na toll!«

Sancia öffnete erneut nur ein Auge und sah sich um. Sie lag auf einem Sofa in einem großen, äußerst luxuriösen Büro. Rosarote skribierte Lichter hingen an den Wänden, ein großer Schreibtisch nahm den halben Raum ein, und überall waren Regale und Bücher zu sehen.

Hinter dem Tisch saß der Mann, den sie gerettet hatte – Orso –, nach wie vor blutbesudelt. Inzwischen hatte sich sein Hals unter der Blutkruste schwarz und blau verfärbt. Er funkelte sie über ein Glas Perlrum hinweg an – ein fürchterlich teurer Schnaps, den sie bereits gestohlen und verkauft, aber nie gekostet hatte. Die blutverkrusteten Gravitationsplatten des explodierten Mannes lagen vor ihm auf dem Tisch.

Gregor Dandolo stand neben ihm, die Arme vor der Brust verschränkt, einen Unterarm bandagiert. Neben Sancia saß das Mädchen auf dem Sofa, diese Berenice, die alles mit gleichmütiger Belustigung beobachtete, als liefe auf einer Geburtstagsfeier ein unterhaltsamer Programmpunkt furchtbar aus dem Ruder.

»Wo zur Hölle bin ich?«, fragte Sancia.

»Du bist in der Inneren Enklave des Dandolo-Campo«, antwortete Gregor. »Im Gebäude des Hypatus. Das ist eine Art Forschungseinrich...«

»Ich weiß, was der gottverdammte Hypatus macht«, unterbrach Sancia ihn. »Ich bin keine Idiotin.«

»Hm, doch«, sagte Orso. »Mein Kästchen zu stehlen war nämlich ziemlich idiotisch. Das warst du doch. Gib es zu!«

»Ich habe *ein* Kästchen gestohlen«, entgegnete Sancia. »Aus *einem* Tresor. Mir wird erst jetzt klar, dass du der Besitzer bist.«

Orso schnaubte. »Du bist entweder eine Ignorantin oder eine Lügnerin. Du heißt Sancia, ja?«

»Ja.«

»Nie von dir gehört. Bist du eine Kanalfrau? Für welches Haus arbeitest du?«

»Für keins.«

»Eine Unabhängige, was?« Er schenkte sich ein Glas Perlrum nach und stürzte es in einem Zug hinunter. »Ich habe nur selten Kanalleute gegen andere Häuser eingesetzt, aber ich wusste schon immer, dass Unabhängige nicht lange durchhalten. Ihr seid so wiederverwendbar wie ein Holzmesser. Also, da du noch atmest, musst du gut sein. Wer war es? Wer hat dich angeheuert, damit du mich bestiehlst?«

»Sie sagte, sie weiß es nicht«, mischte sich Gregor ein.

»Kann sie nicht für sich selbst sprechen?«, fragte Orso.

Gregor sah zunächst ihn an, dann Sancia. »Finden wir's heraus. Sancia – weißt du, was in dem Kästchen war?«

Orso erstarrte. Er sah zu Berenice, dann senkte er den Blick.

»Erzähl schon«, hakte Gregor nach.

»Ich hab dir schon alles gesagt«, erwiderte Sancia. »Mein Auftraggeber wollte nicht, dass wir das Kästchen öffnen.«

Gregor schnaubte. »Das ist keine Antwort!«

»So lautete die Anweisung.«

Er wandte sich Orso zu. »Euch verwundert das offenbar gar nicht, Hypatus. Natürlich, denn diese Verbrecher wussten so gut wie Ihr, dass dieses Kästchen etwas Abendländisches enthielt, hab ich recht?«

Obwohl Orso blutbesudelt war, erkannte Sancia, dass er mit einem Schlag bleich wurde.

»Was ... Was wollt Ihr damit sagen, Hauptmann?«

»Ich will keine Ausflüchte hören.« Gregor saß Orso gegenüber auf einem Stuhl. »Ihr habt gegen das Verbot meiner Mutter verstoßen, abendländische Artefakte zu erwerben. Ihr habt versucht, etwas Wertvolles zu kaufen. Besagtes Artefakt lagerte in meinem Hafen, weil es nicht im Dandolo-Campo untergebracht werden durfte. Dann wurde Sancia angeheuert, es zu stehlen. Ihr Komplize Sark überbrachte es pflichtbewusst dem Auftraggeber und wurde zum Dank für seine Mühen umgebracht. Seither versucht dieser Auftraggeber jeden zu töten, der auch nur im Entferntesten mit dem Artefakt in Berührung kam – Sancia, Euch, Berenice und mich. Vermutlich wird er seine Absicht nicht begraben, denn das Artefakt scheint unglaublich wichtig zu sein. Wie fast alle skribierten Dinge aus dem Abendland. Immerhin heißt es, Crasedes habe sich seinen eigenen Gott aus Metallen und Steinen gebaut, und ein Instrument, das zu so etwas imstande ist, wäre von unschätzbarem Wert, stimmt's?«

Orso wiegte sich vor und zurück.

»Was war in dem Kästchen, Orso?«, fragte Gregor. »Ihr müsst es mir sagen. Anscheinend hängt unser aller Leben davon ab.«

Der Hypatus rieb sich über den Mund, wandte sich unvermittelt Sancia zu und bellte: »Wo ist er jetzt? Was hast du damit gemacht, verdammt?«

»Nein«, sagte Gregor. »Zuerst verratet Ihr mir, was so wertvoll sein könnte, dass uns heute jemand deswegen umbringen wollte.«

Orso grummelte einen Moment lang vor sich hin. »Es war ... es war ein Schlüssel.«

Sancia mühte sich nach Kräften, sich nichts anmerken zu lassen, ihr Herz jedoch begann unvermittelt heftiger zu schlagen. Vielleicht war es besser, *doch* Gefühle zu zeigen. Sie setzte eine verwirrte Miene auf.

Gregor hob die Augenbrauen. »Ein Schlüssel?«

»Ja. Ein Schlüssel. Nur ein Schlüssel. Ein goldener Schlüssel.«

»Und kann dieser Schlüssel irgendwas?«, hakte der Hauptmann nach.

»Das weiß keiner genau. Grabräubern fehlt meist die nötige Erfahrung, um Artefakte auszuprobieren, wisst Ihr. Sie fanden ihn in einer riesigen eingestürzten Festung in Vialto. Nur eines von vielen abendländischen Werkzeugen, die dort von Grabräubern entdeckt wurden.«

»Ihr habt schon einmal versucht, so ein Werkzeug zu erwerben, richtig?«, fragte Gregor.

Orso biss die Zähne zusammen. »Ja. Das habt Ihr wohl von Eurer Mutter erfahren. Es handelte sich um eine Art Lexikon. Eine große, alte Steinkiste. Wir haben reichlich dafür bezahlt, und sie verschwand auf dem Weg von Vialto nach hier.«

»Wie viel ist ›reichlich‹?«, erkundigte sich Gregor.

»Eine Menge.«

Gregor verdrehte die Augen und sah dann Berenice an.

»Sechzigtausend Duvoten«, sagte sie leise.

»Heilige Scheiße!«, entfuhr es Sancia.

Orso nickte. »Ja. Ich denke, das erklärt, warum Ofelia Dandolo in letzter Zeit so ... schlecht auf mich zu sprechen ist. Aber der Schlüssel ... Er war es *wert*, einen zweiten Kauf zu wagen. Es gibt viele Geschichten darüber, wie die Hierophanten die Grenzen der Realität mit skribierten Werkzeugen verschoben. Grenzen, die wir selbst kaum verstehen.«

»Also wolltet Ihr mächtigere Werkzeuge erschaffen?«, fragte Gregor.

»Nicht nur das. Skribieren wir ein Objekt, verändern wir dessen Realitätswahrnehmung, wie jeder weiß. Entfernt man die Sigillen jedoch oder gerät das Objekt außerhalb der Reichweite des Lexikons, greift die jeweilige Veränderung nicht mehr. Doch die Abendländer erfanden nicht nur Instrumente, die ohne ein Lexikon auskamen – ihre Skriben veränderten die Wirklichkeit *permanent*.«

»Permanent?«, fragte Sancia.

»Ja. Sagen wir, ein skribiertes Werkzeug der Hierophanten könnte einfach so einen Fluss aus dem Boden quellen lassen. Klar, man bräuchte für dieses Instrument Sigillen – aber würde man es an einer bestimmten Stelle einsetzen, flösse der Fluss dort *für immer*. Das Werkzeug hätte die Wirklichkeit verändert, und das *dauerhaft*. Angeblich konnte der Stab von Crasedes die Realität völlig neu zusammenfügen, wenn man den Geschichten glauben darf.«

»Oha!«, sagte Sancia gedämpft.

Orso nickte. »Genau: oha!«

Gregor runzelte die Stirn. »Wie ist das möglich?«

»Das ist eins der verfluchten Rätsel, die ich lösen wollte!«, rief Orso aufgebracht. »Es gibt verschiedene Theorien darüber. Einige Texte der Hierophanten nennen unsere Grund-Sigillen *Lingai Terrora*, die Sprache der Erde, der Schöpfung. Die abendländischen Sigillen hingegen waren die *Lingai Divina*, die Sprache Gottes.«

»Und das heißt?«, fragte Sancia.

»Dass unsere Sigillen die Sprache der Realität sind, die Dinge beschreibt wie Bäume, Gras und ... Fische, was weiß ich. Abendländische Sigillen hingegen nutzen die Sprache Gottes, um die Realität zu *gestalten*. Nutzt man also Gottes kodierte Befehle, wird die Wirklichkeit zur Spielwiese. Aber das ist nur eine Theorie. Der Schlüssel hätte mir dabei geholfen zu ergründen, wie viel davon wirklich wahr ist.«

»Clef«, sagte Sancia. »Hörst du das?«

Doch Clef, der noch in ihrem Stiefel steckte, schwieg weiterhin. Sie fragte sich, ob er vor Anstrengung kaputtgegangen war, genau wie sie fast Schaden genommen hatte in dieser verflixten Nacht.

»Aber der Schlüssel wurde gestohlen ...«, sagte Gregor.

»Tja, anfangs dachte ich, das verdammte Ding wäre beim Hafenbrand geschmolzen.« Der Hypatus funkelte Sancia an. »Für das Feuer warst du doch auch verantwortlich, richtig?«

Sie zuckte mit den Schultern. »Die Sache lief aus dem Ruder.«

»In der Tat«, knurrte Orso. »Aber was geschah dann? Was hast du mit dem Schlüssel gemacht?«

Sancia wiederholte die Geschichte, die sie schon Gregor aufgetischt hatte – dass sie die Beute zur Fischerei gebracht hätte, dass Sark dort umgebracht worden wäre, dann der Kampf und die Flucht.

»Also hast du den Schlüssel übergeben«, sagte Orso.

»Ja.«

»Und dieser Sark glaubte, dass eine Gründerfamilie dahintersteckt?«

»Das hat er gesagt.«

Orso schaute Gregor an.

»Ich bin zwar aus einer Gießerfamilie«, sagte der, »aber ich glaube, wir können mich ausschließen.«

»Das meinte ich nicht, Idiot!«, versetzte Orso. »Glaubt Ihr diesem Mädchen, oder nicht?«

Gregor dachte nach. »Nein. Ich glaube ihr nicht. Nicht ganz. Ich vermute, sie verschweigt uns etwas.«

Scheiße, dachte Sancia.

»Habt Ihr sie durchsucht?«, fragte Orso.

Sancias Herz machte einen Satz. *Scheiße!*

»Ich hatte keine Zeit dazu«, antwortete Gregor. »Und ich … äh … berühre grundsätzlich keine Frau ohne deren Einwillig…«

Orso verdrehte die Augen. »Ach, um Himmels willen … Berenice! Würdest du *bitte* Fräulein Sancia für uns durchsuchen?«

Berenice zauderte. »Äh … Im Ernst, Herr?«

»Auf dich wurde schon geschossen«, sagte Orso. »Also ist dir diese Nacht schon Schlimmeres widerfahren als das. Wasch dir hinterher einfach gut die Hände.« Er richtete seinen stechenden Blick auf Sancia. »Los, steh auf!«

Seufzend erhob sie sich und streckte die Arme über den Kopf. Berenice klopfte sie zügig ab. Sie war etwa einen Kopf größer als Sancia, daher musste sie sich ein wenig bücken. Sie verharrte an

Sancias Hüften, durchsuchte die Taschen und fand ihre letzte Betäubungsbombe und eine Handvoll Dietriche, doch sonst nichts.

Sancia gab sich Mühe, sich die Erleichterung nicht anmerken zu lassen. *Zum Glück hat sie nicht von mir verlangt, die verrogelten Stiefel auszuziehen.*

Berenice richtete sich auf. »Das ist alles.« Mit seltsam geröteten Wangen wandte sie sich rasch von der Diebin ab.

Gregor sah Sancia grimmig an. »Ach, wirklich?«

»Wirklich«, erwiderte Sancia so trotzig wie möglich.

»Prächtig«, sagte Orso. »Also haben wir eine Diebin mit einer lahmen Geschichte und keinen Schatz. Hast du uns sonst noch was zu sagen? Irgendwas?«

Sancia dachte fieberhaft nach. Natürlich hatte sie ihnen längst nicht alles verraten. Doch es war nicht leicht zu entscheiden, was sie verschweigen und was preisgeben sollte.

Obwohl sie Orso das Leben gerettet hatte, war das ihre diesen Leuten nichts wert. Dem einen unterstanden sämtliche Behörden der Stadt, der andere genoss alle Privilegien der Handelshäuser, doch sie selbst war nur eine gewöhnliche Diebin, die – soweit die anderen wussten – den gesuchten Schatz nicht mehr in ihrem Besitz hatte. Diese Leute konnten sie einfach töten, wenn ihnen danach war.

Andererseits wusste Sancia mehr als sie. Und das war etwas wert.

»Da wäre noch was«, sagte sie.

»Ach ja?« Gregor neigte den Kopf. »Du hast mir also nicht alles gesagt?«

»Genau. Ich habe dir nicht verraten, dass mein Auftraggeber der Kerl ist, der letzte Nacht die Skriben deaktiviert hat.«

Es wurde still im Raum. Alle stierten sie an.

»*Was?* Was willst du damit sagen?«, stieß Orso schließlich hervor.

»Dein Auftraggeber?«, fragte Gregor.

»Ja«, sagte Sancia.

»*Ja?*« Orso wirkte gereizt. »Du kannst nicht einfach so etwas andeuten und dann ständig nur *Ja* sagen.«

»Stimmt. Erklär uns das«, forderte Gregor.

Sie erzählte ihnen von ihrer Flucht aus der Fischerei nach Grünwinkel, wo sie sich versteckt hatte. Dabei ließ sie natürlich aus, auf welche Weise Clef ihr geholfen hatte, sondern erzählte ihnen von dem Campo-Mann und seiner seltsamen goldenen Taschenuhr.

Orso hob die Hände und schüttelte den Kopf. »Moment. Moment! Das ist verrückt! Du sagst, dein Auftraggeber hat ein Instrument benutzt, nur *eins*? Und das hat alle Skriben in Grünwinkel und im angrenzenden Gründermark in einem Umkreis von gut einem Kilometer ausgeschaltet?«

»So schien es mir.«

»Ein Knopfdruck, und alle Befehle, alle Bindungen, alle Gravuren haben einfach aufgehört zu *funktionieren*?«

»So kam es mir vor.«

Orso lachte. »Das ist Irrsinn. Idiotisch! Das ist ...«

»Das ist wie bei der Schlacht von Armiedes«, warf Berenice ein.

»Hä?« Orso wirkte verdattert. »Was? Wovon sprichst du?«

Sie räusperte sich. »Die Schlacht von Armiedes, im Abendländischen Imperium, vor langer, langer Zeit. Eine gigantische Flotte skribierter Schiffe drohte, das Reich zu besiegen. Die Hierophanten entsandten nur ein einziges Boot gegen die Flotte – doch dieses Boot hatte eine Waffe an Bord, und als sie eingesetzt wurde, sind alle Schiffe ...«

»Einfach untergegangen«, vollendete Orso gelangweilt. »Ja, stimmt. Jetzt fällt es mir wieder ein. Wann hast du diese Geschichte gehört, Berenice?«

»Ihr habt mir aufgetragen, die achtzehn Bände über hierophantische Geschichte zu lesen, damals, als wir mit unseren Leuten in Vialto verhandelt haben.«

»Ah. Jetzt, da ich darüber nachdenke, kommt es mir ein bisschen gemein vor, dir das befohlen zu haben, Berenice.«

»Das liegt daran, dass es wirklich gemein *war*, Herr.« Sie wandte sich ab, besah sich ein Bücherregal und zog einen großen Folianten heraus, schlug ihn auf und blätterte ihn durch, bis sie eine bestimmte Passage fand. »Hier steht's. ›... aber indem sie die Wirkung des Imperiats fokussierten, erlangten die Hierophanten die Kontrolle über alle feindlichen Sigillen und entledigten sich ihrer, wie man die Spreu vom Weizen trennt. Und so kam es, dass der König von Cambysius mit seinen Kriegern auf den Grund der Bucht sank und ertrank und man nie wieder von ihnen hörte‹.« Sie blickte in die Runde. »Diese Beschreibung hat mich immer verwirrt ... aber wenn dort ein konkretes Instrument beschrieben wird, ergibt es einen Sinn.«

Orso neigte den Kopf und schloss halb die Augen. »Indem man die Wirkung des Imperiats fokussiert ... hmm.«

»Aber da steht nicht, dass es wie eine große, seltsame Taschenuhr ausgesehen hat?«, fragte Sancia. »Denn das Ding, das ich gesehen habe, sah aus wie eine große, seltsame Taschenuhr.«

»Das steht hier nicht«, sagte Berenice. »Aber wenn der Schlüssel noch existiert, gibt es die anderen Instrumente vielleicht auch noch.«

»Was nützt uns dieses Wissen?«, fragte Gregor.

»Nichts«, antwortete Sancia. »Aber ich habe diesen Mann gesehen. Ich bin sicher, er war der Anführer dieser ... Auf jeden Fall hat er die Leute befehligt, die mich in der Fischerei angegriffen haben, und auch die, die uns heute töten wollten. Wenn diese goldene Taschenuhr – dieses *Imperiat*, wenn es so heißt – dem Schlüssel ähnelt, hat er vermutlich ein Vermögen dafür bezahlt, und so etwas überlässt man nicht irgendeinem Untergebenen, man behält es in der eigenen Tasche. Also muss er der Anführer gewesen sein.«

»Wie sah er aus?«, fragte Gregor.

»Wie der typische Bewohner eines Campo. Reine Haut, saubere Kleidung.« Sie deutete auf Berenice. »Wie sie, würde ich sagen.« Und dann ergänzte sie mit Blick auf Orso: »Nicht wie du.«

»He!«, erwiderte der Hypatus beleidigt.

»Was ist dir sonst noch aufgefallen?«, fragte Gregor.

»Er war groß«, fuhr Sancia fort. »Hatte lockiges Haar. Eine gebeugte Haltung. Jemand, der drinnen arbeitet. Mickriger Bart. Aber er trug kein Kennzeichen auf der Kleidung, kein Wappen oder etwas Ähnliches.«

»Das ist eine sehr vage Beschreibung«, meinte Gregor. »Als Nächstes sagst du bestimmt: Da du ihn gesehen hast, erkennst du ihn auch wieder. Was dir nur nützen würde, denn dann müssten wir auf dich aufpassen.«

»Hätte ich mehr Informationen über ihn, würde ich sie mit euch teilen.«

»Aber der Kerl könnte jeder sein!«, sagte Orso. »Zu jedem Haus gehören! Morsini, Michiel, Candiano – womöglich sogar zu unserem eigenen! Und wir haben keine Möglichkeit, unsere Optionen abzuwägen.«

»Die Schwerkraftmontur sagt Euch nichts, Orso?«, fragte Gregor.

»Nein. Denn dieses Ding ist eine beispiellose, bahnbrechende Arbeit! Ein echt geniales Instrument. So was habe ich noch nie gesehen. Wer auch immer es schuf, hat sein wahres Talent bisher verheimlicht.«

Berenice machte mit einem Räuspern auf sich aufmerksam. »Ein paar wichtige Fragen wurden bisher noch nicht gestellt, Herr. Wer immer dieser Mann ist, wie hat er von dem Abendland-Lexikon erfahren? Und von dem Schlüssel? Woher wusste er, dass Hauptmann Dandolo hinter der Diebin her war und ich den beiden gefolgt bin? Woher konnte er all dies wissen?«

»Das sind gleich *sechs* Fragen!«, sagte Orso. »Und die Antworten sind nicht schwer. Es gibt irgendwo auf unserem Campo ein Leck, einen Maulwurf oder Spion.«

Berenice schüttelte den Kopf. »Wir haben mit niemandem über den Schlüssel geredet, Herr. Und niemand war dabei, als Ihr mir heute aufgetragen habt, Hauptmann Dandolo zu folgen. Aber es gibt eine Gemeinsamkeit, Herr.«

Gregor sah sie an. »Tatsächlich?«

»Ja. All das haben wir an einem Ort besprochen – in Eurer Werkstatt, Herr.«

»Und?«, hakte Orso nach.

Berenice seufzte. Dann griff sie in eine Schreibtischschublade, zog ein großes Blatt Papier hervor, tauchte einen Stift in Tinte und zeichnete gut zwanzig hochkomplexe Symbole, und das mit überwältigendem Tempo. Das Ganze wirkte wie ein Zaubertrick, so mühelos schuf sie die umwerfend schönen Muster.

Berenice zeigte das Blatt Orso. Sancia begriff die Bedeutung der Symbole nicht, der Hypatus hingegen rang bei ihrem Anblick nach Luft.

»Nein!«, stieß er hervor.

»Ich glaube doch, Herr«, erwiderte Berenice.

Offenen Mundes wandte sich der Hypatus um und sah zur Werkstatttür. »Das kann nicht wahr sein ...«

»Was ist los?«, fragte Gregor. »Was habt Ihr da gezeichnet, Berenice?«

»Ein altes Skriben-Problem. Ein unvollständiger Entwurf, um ein Instrument zu erschaffen, das Schall auffängt.«

»Jemand hat genau dieses Problem gelöst«, sagte Orso verdattert. »Ein Instrument! Ein Instrument! Es ist bloß ein Instrument, stimmt's?«

»Ich nehme es an, Herr«, sagte Berenice. »Ein Werkzeug, das insgeheim irgendwo in Eurer Werkstatt platziert wurde und jemand anderem unsere Gespräche übermittelt.«

Ausnahmsweise erging es Gregor und Sancia gleich: Sie konnten beide nicht folgen.

»Ihr glaubt, ein *Instrument* spioniert Euch aus?«, fragte Sancia.

Gregor runzelte die Stirn. »Ist das nicht unmöglich? Ich dachte, Skriben bewegen Objekte nur. Oder sie verringern oder erhöhen ihr Gewicht.«

»Das stimmt auch«, sagte Berenice. »Skriben funktionieren gut bei umfassenden, einfachen Prozessen, wenn man etwas im großen Maßstab verändert. Es macht Objekte schnell, heiß oder kalt. Aber Kleinigkeiten, empfindliche, komplexe Prozesse … die sind kniffliger.«

»Kniffliger«, sagte Orso. »Aber nicht unmöglich. Ein Schallinstrument – eins, das Geräusche und Worte auffängt – ist ein theoretisches Problem, mit dem sich Skriber besonders gern befassen, auch wenn bisher noch niemand das Problem gelöst hat.«

Berenice sah zu den Scheiben auf Orsos Tisch. »Wenn diese Leute die Schwerkraft verändern können, wer weiß, wozu sie sonst noch imstande sind.«

»Angenommen, sie können so ein Ding bauen«, meinte Gregor, »wie hätten sie es hier hineingeschmuggelt?«

»Sie können fliegen, Arschloch«, knurrte Sancia. »Und dieser Raum hat Fenster.«

»Oh«, sagte Gregor. »Stimmt.«

Berenice räusperte sich. »Trotzdem. Das ist bloß eine Theorie von mir. Ich könnte mich auch irren.«

»Falls mein Auftraggeber dieses Ding hier versteckt hat«, sagte Sancia, »müssen wir es bloß finden, richtig? Und dann zertrümmern wir es oder so.«

»Gebrauch dein bisschen Verstand«, knurrte Orso. »Wäre das Instrument leicht zu entdecken, weil es einem ins Auge fiele, wäre uns seine Existenz bisher sicherlich nicht entgangen.«

»Wir wissen nicht, wie so ein Instrument aussieht«, sagte Berenice. »Es könnte sich um alles Mögliche handeln. Um einen Teller. Einen Bleistift. Eine Münze. Oder es könnte in einer Wand verborgen sein, im Boden oder in der Decke.«

»Und wenn wir danach suchen, bekämen das die Spione mit«, sagte Orso. »Damit würden wir uns verraten.«

Gregor sah Sancia an. »Du kannst Skriben *hören*, richtig?«
Es wurde still im Raum.

»Äh ... j... ja.« Eigentlich war Clef derjenige gewesen, der die Annäherung der Gravitationsplatten gespürt hatte. Sancia hatte dem Hauptmann nur die halbe Wahrheit gesagt, und allmählich fiel es ihr schwer, sich die ganzen Lügen zu merken.

»Dann lauf doch einfach durch die Werkstatt und such danach«, schlug Gregor vor.

»Ja, könntest du das tun?« Orso schaute sie ein wenig *zu* intensiv an.

»Ich kann's versuchen«, sagte Sancia. »Aber hier ist es ziemlich laut ...« Das entsprach der Wahrheit. Sie nahm überall auf dem Campo gewisperte Befehle wahr, gemurmelte Befehlsketten, leises Säuseln. Ab und an wurden die Stimmen lauter, als spränge eine unsichtbare, vernetzte Maschine an, und das ertrug Sancias Gehirn kaum.

»Hier ist es laut?«, fragte Orso. »Wieso nimmst du hier Lärm wahr? Wie funktioniert das genau?«

»Das ist einfach so. Soll ich euch jetzt helfen, oder nicht?«

»Hängt davon ab, ob du uns wirklich eine Hilfe bist.«

Sancia regte sich nicht.

»Wo liegt das Problem?«, fragte Orso. »Du suchst nach dem Ding, findest es, und das war's.«

Sancia blickte in die Runde. »Wenn ich das mache ... dann nicht umsonst.«

»Na toll«, sagte Orso abschätzig. »Du willst Geld? Wir werden uns sicher einig. Vor allem, weil ich davon überzeugt bin, dass du versagen wirst.«

»Nein«, mischte Gregor sich ein. »Orso kann dir so viel Geld versprechen, wie er will. Aber du verhandelst hier nicht mit *ihm*, sondern mit *mir*.« Er zeigte ihr den Schlüssel für ihre Fußfessel.

»Hurensohn!«, bellte Sancia. »Ich bin nicht deine Geisel! Ich mach das nicht umsonst!«

»Du wirst uns helfen, weil du es mir schuldig bist. Und zum Wohl der Stadt!«

»Das ist nicht *meine* verdammte Stadt, sondern deine! Ich lebe hier ... oder versuche es zumindest. Aber ihr Leute macht mir das verdammt schwer.«

Ihr Zorn überraschte Gregor. Er dachte nach. »Finde das Instrument, wenn du kannst«, sagte er schließlich. »Dann reden wir. In solchen Dingen bin ich nicht unvernünftig.«

»Du könntest mich leicht hintergehen«, sagte Sancia, doch sie erhob sich, öffnete die Tür zur Werkstatt und betrat sie.

»He!«, rief Orso ihr nach. »He, fass da drinnen nichts an, klar?«

Orso Ignacios Werkstatt hätte jeden verunsichert. Die vielen Sachen darin – die schier unglaubliche Menge an *Dingen* – waren ehrfurchtgebietend.

Die Werkstatt war ein großer Raum mit sechs langen Tischen. Darauf befanden sich Schalen mit abgekühlten Metallen, Griffel, Holzplaketten und zahllose Maschinen, Geräte und Vorrichtungen oder deren Einzelteile. Einige Instrumente bewegten sich, drehten sich langsam oder klapperten träge. Wo keine Bücherregale die Wände verstellten, hingen Dokumente, Zeichnungen, Gravuren, Sigillen-Abfolgen und Karten.

Das seltsamste Objekt von allen befand sich im hinteren Teil: ein großer Metallbehälter, in dem lauter skribierte Scheiben lagen. Er stand auf Schienen, die in einen Wandofen führten, der Sancia an den Ofen der Kuchenbäckerei in Grünwinkel erinnerte.

Es gab viel zu sehen. Sancia jedoch nahm nur den ohrenbetäubenden Lärm wahr.

Gesäusel hallte durch den Raum, die skribierten Objekte schnatterten wie ein Schwarm nervöser Krähen im Nest. Nachdem sie Orso das Leben gerettet hatte, war Sancias Geist noch geschwächt, daher schmerzte sie die Geräuschkulisse, als riebe sie sich Sand auf einen Sonnenbrand.

Eins ist sicher, dachte sie. *Der Hypatus und seine Leute produzieren hier sehr viel mehr als all die Tüftler in ihrem ganzen Leben.*

Aufmerksam lauschend schritt sie den Raum ab. Sie sah Teile einer zerlegten Komponente, die jemand auf ein Leinentuch gelegt hatte. Einen Satz bizarrer skribierter Instrumente, die alle leicht vibrierten. Endlose Reihen schwarzer Würfel, die auf seltsame Weise im Schatten lagen, als würden sie das Licht aufsaugen.

Wenn irgendetwas hier ein Spionagegerät ist, weiß ich nicht, wie ich es finden soll. Sie wünschte, Clef wäre wach. Er hätte das Objekt sofort gewittert.

Dann sah sie etwas an der Wand und verharrte.

Zwischen zwei Bücherregalen hing eine große Kohlezeichnung von Clef. Sie war nicht perfekt – der Bart stimmte nicht mit dem Original überein –, aber der Kopf mit dem schmetterlingsförmigen Loch war exakt getroffen.

Sancia trat näher heran. Am unteren Rand stand eine handschriftliche Notiz: *Was öffnet er? Für welches große Schloss wurde er geschaffen?*

Dieser Orso, dachte Sancia. *Er hat schon weit länger über Clef gegrübelt als ich. Vielleicht weiß er mehr, als er zugibt – genau wie ich.*

Sie entdeckte einen Fleck am unteren Rand der Zeichnung, wo das Papier zerknittert war. Jemand musste es an der Stelle oft angefasst haben.

Sie hob die Kante an – und sah, dass sich hinter der Skizze von Clef etwas verbarg.

Eine große Gravur. Der Anblick verstörte sie.

Die Gravur zeigte eine Gruppe von Leuten in einer Halle. Anscheinend Mönche in schlichten Roben, auf denen eine Insignie prangte – vielleicht ein Schmetterling, das erkannte

Sancia nicht genau. Ihr missfiel der Anblick der Halle: eine riesige, prunkvolle Steinkammer, deren Kanten und Winkel völlig unnatürlich wirkten. Als würde das Licht in diesem Raum auf seltsame Art gekrümmt.

Am Ende der Halle stand ein Kasten – ein gewaltiger Sarg oder eine Schatzkiste. Die Mönche sahen zu einem Mann, der mit erhobenen Armen davorstand und die Kiste offenbar mit schierer Willenskraft geöffnet hatte. Und aus der Kiste stieg ...

Etwas. Womöglich eine Person. Eine Frau oder eine Statue. Die Gestalt wirkte verschwommen, als hätte der Künstler nicht gewusst, wie er sie darstellen sollte.

Sancia schaute auf den Text unter der Gravur.

»CRASEDES DER GROSSE IN DER HALLE IM ZENTRUM DER WELT.

Den Schriften zufolge hielten die Hierophanten die Welt für eine von Gott geschaffene Maschine, in deren Herzen sich eine Halle befindet, die einst als Thronsaal diente. Crasedes, der Gottes Thron leer vorfand, wollte auf eben diesen einen selbsterschaffenen Gott setzen, der die Welt überwachen sollte. Wie so viele andere Quellen zeugt auch diese Gravur davon, dass ihm das gelang. Doch falls dem so war, bleibt es fraglich, wieso sein Großreich zu Schutt und Asche zerfiel.«

Sancia erschauerte. Sie dachte daran, was Claudia und Giovanni über die Fähigkeiten der Hierophanten gesagt hatten. Dann fiel ihr ein, wie Clef die Schwerkraftmontur manipuliert hatte – die Vision vom Mann in der Wüste, der die Sterne zum Verlöschen gebracht hatte.

Sie malte sich aus, was ein Mensch wie Orso Ignacio mit Clef anstellen konnte, und erschauerte erneut.

Dann hörte sie es – ein Säuseln und Murmeln, das sich vom restlichen Gemurre deutlich abhob.

Das ... ist ungewöhnlich.

Sie schloss die Augen, lauschte und schritt in den hinteren Teil des Raums. Dort war das Murmeln viel lauter.

Genau wie die Schwerkraftmontur, dachte sie. *Also ... ist das Objekt entweder sehr mächtig oder von derselben Person erschaffen worden.*

Der Lärm kam von einem Zeichentisch, an dem Orso wohl seine Sigillen-Abfolgen entwarf. Sie neigte den Kopf, lauschte und konzentrierte sich auf die Stifte, Tintenfässer und Steinblöcke.

Eine kleine goldene Vogelstatuette stand auf der Tischplatte. Zögerlich nahm Sancia sie auf und hielt sie sich ans Ohr. Der Lärm war beinahe markerschütternd.

Das muss es sein, dachte sie. Zufrieden stellte sie die Statuette zurück. Sie hatte ihre Talente noch nie auf diese Weise eingesetzt. Während sie zum Büro zurückging, fragte sie sich – ganz flüchtig –, wozu sie sonst noch imstande wäre.

Zehn Minuten später saßen alle gemeinsam um einen Tisch in der Werkstatt und sahen zu, wie Orso die goldene Statuette drehte. Am Sockel war eine kleine Kupferplatte befestigt, mit einer einzigen Schraube. Orso schaute in die Runde, legte den Finger auf die Lippen, nahm einen Schraubenzieher und löste behutsam die Schraube. Dann hebelte er mit einem kleinen Werkzeug die Platte heraus.

Lautlos klappte Orso die Kinnlade nach unten. In der Statuette lag ein Objekt – etwas sehr Kleines, das aus hauchdünnen Spinnweben und fragilen Mäuseknochen zu bestehen schien.

Orso griff nach einer Lampe und einem Vergrößerungsglas und besah das Objekt gründlich. Er winkte Berenice zu sich, die das Ding ebenfalls in Augenschein nahm. Verblüfft blinzelte sie Orso an, der mit ernster Miene nickte.

Behutsam legte der Hypatus das kleine Instrument auf den Tisch, und sie schlichen gemeinsam ins Büro zurück.

Orso schloss die Tür zur Werkstatt – und es platzte aus ihm heraus. »Ich war ein gottverdammter Narr!«, schrie er. »Ich war ein tumber, lausiger *Narr*!«

»Also ... hat sich Euer Verdacht bestätigt?«, fragte Gregor.

»Natürlich! Gott, wir stecken in Schwierigkeiten. Wer weiß, was unsere Feinde gehört haben! Und ich hätte es niemals herausgefunden! Niemals!«

»Keine Ursache«, sagte Sancia.

Er ignorierte sie. »Die Statuette ist eine identische Replik des Exemplars, das früher auf meinem Schreibtisch stand. Meine Gegner müssen sie vor langer Zeit ausgetauscht haben.«

»Sie sind mit ihren Flugmonturen hier eingedrungen«, war Gregor überzeugt.

»Ja.« Berenice klang erschüttert. »Und wer auch immer dieses Ding erschaffen hat, ist ... gut.«

»Verdammt gut«, bestätigte Orso. »*Erstaunlich* gut. Das ist erstklassige Arbeit! Ich bin mir sicher: Gäbe es jemanden mit solch herausragenden Fähigkeiten in der Stadt, hätten wir alle schon von ihm gehört. Alle würden Schlange stehen, um ihm die Kerze zu lutschen, zweifellos.«

Gregor verzog das Gesicht. »Danke für diese Beschreibung.«

»Habt Ihr so etwas je gesehen, Hauptmann?«, fragte Orso. »Ihr seid mehr herumgekommen als ich, und die Häuser haben im Krieg viel experimentelles Zeug eingesetzt. Habt Ihr je gesehen, dass eine Splittergruppe des Militärs *solche* Instrumente nutzte?«

Gregor schüttelte den Kopf. »Nein. Und ich habe nur eine Sache gesehen, die dieser Gravitationsmontur ähnelte: eine Lorica. Aber die Schwerkraftmontur war weit fortschrittlicher.«

»Was ist eine Lorica?«, fragte Sancia.

»Eine skribierte Rüstung«, erklärte Gregor. »Im Gegensatz zu den Rüstungen hier in Tevanne, deren Skriben das Metall nur außergewöhnlich leicht und robust machen, augmentiert eine Lorica auch die Bewegung ihres Trägers. Sie erhöht die einwirkende Schwerkraft, mit anderen Worten: Sie macht ihren Träger schneller und stärker als jede normale Person.«

»Ich dachte, es sei illegal, Schwerkraft-Skriben zu benutzen«, sagte Sancia.

»Stimmt auch«, erwiderte Gregor. »Deshalb werden Loricas auch nur in Auslandskriegen eingesetzt, und das auch nur in begrenzter Zahl.« Er rieb sich übers Gesicht. »Wie auch immer ... Welche Schlüsse ziehen wir aus unserer Erkenntnis?«

Sancia nickte. »Ja. Was zur Hölle machen wir jetzt? Könnt ihr euch das Ding nicht einfach ansehen und – was weiß ich – euch was einfallen lassen?«

Berenice atmete tief ein. »Tja, meiner Ansicht nach ist das da drinnen eine fortschrittliche Version einer Zwillings-Skribe.«

»So was wie der Detonator, den ich am Hafen benutzt habe?«, fragte Sancia. »Und wie dein Zinnstab?«

»Exakt. Aber hier wurde eine äußerst winzige Zwillings*nadel* mit ihrem Gegenstück gekoppelt und in die Statuette eingesetzt. Eine feine Nadel, die sehr empfindlich auf Geräusche reagiert.«

»Wie kann eine Nadel geräuschempfindlich sein?«, fragte Gregor.

»Weil sich Schall durch die Luft bewegt«, erwiderte Berenice. »In Wellen.«

Sancia und Gregor stierten sie verdutzt an.

»Tatsächlich?«, fragte Sancia.

»Wie ... bei einem Ozean?«, stammelte Gregor.

»Uns fehlt die Zeit, Eure erbärmliche Bildung aufzubessern«, grollte Orso. »*Glaubt* es ihr einfach! Der Schall trifft auf die Nadel und versetzt sie in Schwingungen. Und da sie mit ihrem Zwilling gekoppelt ist, schwingt ihr Gegenstück ebenfalls.«

»Und das ist der knifflige Teil«, sagte Berenice. »Was passiert dann? Die zweite Nadel vibriert, und dann ...«

Orso hob die Brauen. »Ach, komm schon, Berenice, das ist doch offensichtlich! Die zweite Nadel vibriert und kratzt dabei über eine weiche Oberfläche – Teer, Gummi, Wachs oder dergleichen. Dann härtet die Oberfläche aus.«

Ihre Augen weiteten sich. »Danach lässt man eine andere Nadel durch die vielen Kratzer fahren ... und sie gibt die festgehaltenen Laute wieder.«

»Richtig. Das ist zwar eine beschissene Beschreibung der eigentlichen Vorgänge, aber vorerst soll sie uns genügen.«

»Moment.« Gregor hob die Hand. »Ihr behauptet ernsthaft, jemand hat eine Methode entwickelt, wie man mit Skriben Geräusche aus der *Luft* aufzeichnen kann?«

»Das ist verrückt«, sagte Sancia. »Könnte man damit ein Geräusch oder Gespräch immer wieder reproduzieren?«

»Du hast gerade irgendeinen magischen Horchtrick eingesetzt, um das verdammte Ding zu finden.« Zornig zeigte Orso auf die Tür. »Und ein fliegender Mann hat eben erst versucht, mich vom Dach zu werfen. Wir sollten unsere Definition von ›verrückt‹ wohl aktualisieren.«

»Aber wir haben es mit einer empfindlichen Zwillings-Skribe zu tun«, sagte Berenice.

»Inwiefern ist das wichtig?«, fragte Gregor.

»Die Kopplung zweier Objekte ist normalerweise auch über größere Entfernung möglich«, erklärte sie. »Sie müssen nicht allzu nah beieinander sein, da man meist keine allzu komplexen Effekte koppelt. Wie bei einem Detonator – er nutzt Bewegung, Reibung und Hitze. Diese Effekte lassen sich über Meilen hinweg koppeln. Aber *das da* ... das ist viel komplizierter.«

Orso, der im Raum umhergeschritten war, blieb stehen. »Also muss die zweite Nadel in der Nähe sein! Du hast recht, Berenice. Der Apparat, der den Schall aufzeichnet – der die Schwingungen in Wachs graviert –, muss hier irgendwo in der Nähe sein, um *alle* Laute aufzeichnen zu können.«

»Irgendwo auf dem Campo-Gelände, Herr«, sagte Berenice. »Vielleicht sogar in diesem Gebäude. Nur so könnte es zuverlässig funktionieren.«

»Du!« Orso zeigte auf Sancia. »Wiederhol deinen Trick und *finde* die Zwillingsnadel!«

Sancia erstarrte. Das überschritt ihre Talente bei Weitem. Ein mächtiges Objekt in einem Zimmer zu hören war eine Sache, ein ganzes Gebäude nach einer Skribe abzusuchen hingegen etwas völlig anderes. Dazu hätte sie Clef gebraucht, doch es war fraglich, ob der je wieder mit ihr sprechen würde.

Zu ihrer Erleichterung griff Gregor ein. »Das muss warten.«

»Was?«, fragte Orso. »Wieso, verdammt noch mal?«

Der Hauptmann deutete mit dem Kopf zum Fenster. »Weil die Sonne aufgeht. Bald werden Eure Angestellten herkommen. Und dann wäre es wohl besser, wenn sie kein blutbespritztes Mädchen sehen, dass mit einem blutbespritzten Hypatus durch die Gänge läuft.«

Orso seufzte. »Gottverdammt. Uns läuft die Zeit davon.«

»Wie meint Ihr das?«, fragte Gregor.

»Ich treffe mich heute mit dem Rat von Tevanne wegen der Skriben-Ausfälle. Jede Menge Beamte aus den Handelshäusern werden anwesend sein, auch Ofelia und meine Wenigkeit. Jede Menge Leute werden mich sehen.«

»Also wird sich rumsprechen, dass der Hypatus noch lebt«, sagte Sancia. »Was dann auch der Auftraggeber des Meuchelmörders erfährt.«

»Und der wird sich den aufgezeichneten Schall holen wollen, um herauszufinden, was bei dem Attentat schiefgelaufen ist«, sagte Berenice.

»Wir kommen schnellstmöglich hierher zurück«, sagte Gregor. »Aber zuerst müssen wir uns irgendwo waschen.«

Orso überlegte und wandte sich dann an Berenice. »Nimm dir einen Wagen und bring sie in mein Haus. Sie sollen sich baden und ihre Kleidung säubern. Sie können den ganzen Tag dort verbringen, aber eine Dauerlösung ist das nicht. Selbst in den Inneren Enklaven ist es nicht sicher.«

Kapitel 15

Berenice wählte einen Wagen mit kleiner Passagierkabine und fuhr die beiden nach Norden (während sie vor sich hin murrte, sie sei »doch keine verdammte Hausdienerin«). Sancia schaute während der Fahrt aus den Fenstern. Zuvor hatte sie sich die Innere Dandolo-Enklave nicht näher angesehen, jetzt aber bekam sie nicht genug von dem Anblick.

Am seltsamsten daran war, dass fast alles *leuchtete*. Die ganze Enklave war in ein sanftes rosiges Licht getaucht, das aus den Ecken der großen Türme zu dringen schien – oder vielleicht aus deren Grundfesten, das war schwer zu sagen. Vermutlich hatte man skribierte Lampen in die Fassaden eingelassen, die indirektes Licht abgaben, damit nachts kein Lichtstrahl in ein Anwohnerfenster fiel.

Natürlich gab es noch mehr zu bewundern: Laternen wie die, mit denen ihre Häscher nach ihr gesucht hatten, schwebten über den Hauptstraßen wie Quallenschwärme. Es gab schmale Kanäle voller spitzer Boote mit verstellbaren Sitzen, und Sancia stellte sich vor, wie die Anwohner hineinhüpften und sich von ihnen an ihr jeweiliges Ziel fahren ließen.

Die Enklave wirkte wie ein Traum auf sie. Wenn sie sich vorstellte, dass nur wenige Kilometer entfernt Menschen in verschlammten Gassen lebten, dass sie selbst in einem verwahrlosten Gebäude hauste, über das dieselben Regenwolken hinwegzogen wie über diesen Stadtteil … Sie schaute Berenice und Gregor an. Berenice schien der Umgebung keine große Beachtung zu schenken. Gregors Miene hingegen wirkte leicht grimmig.

Schließlich erreichten sie ein großes Herrenhaus mit eigenem Tor, die Art von Gebäude, in denen renommierte Campo-Bedienstete wohnten. Kaum vorstellbar, dass Orso Ignacio hier lebte, doch wie in seiner Werkstatt öffnete sich das Kupfertor lautlos von allein.

»Der Hypatus hat es so skribiert, dass es auf mein Blut reagiert«, erklärte Berenice, die darüber nicht allzu froh wirkte. »Und natürlich auch auf seins. Das ist einer seiner Lieblingstricks. Er kommt nur selten hierher.«

»Wieso benutzt er sein eigenes gottverdammtes Herrenhaus nicht?«, fragte Sancia.

»Er hat es nicht selbst gekauft, das Haus wurde ihm bei seinem Amtsantritt überschrieben. Ich glaube, es bedeutet ihm nichts.«

Das bestätigte sich, als sie das Anwesen betraten: Die Teppiche, Tische und Laternen waren mit einer dünnen Staubschicht bedeckt. »Wo schläft er?«, wollte Sancia wissen.

»In seinem Büro, glaub ich. Eigentlich hab ich ihn noch nie schlafen sehen.« Berenice deutete zur Treppe. »Die Schlafzimmer sind im vierten Stock, ebenso die Bäder. Ich schlage vor, Ihr macht beide Gebrauch davon, sofern Ihr auf den Campo wollt. Jemand könnte Euch sehen, daher wäre es klug, wenn Ihr nicht auffallt.« Sie beäugte die beiden und rümpfte die Nase. »Und momentan *würdet* Ihr auffallen.«

Gregor dankte ihr, und Berenice verabschiedete sich.

Sancia stieg die Stufen in den dritten Stock hinauf, wo zahlreiche Fenstertüren hinaus auf den Balkon führten. Sie öffnete sie, trat hinaus und sah sich um.

Vor ihr erstreckte sich die Innere Enklave des Dandolo Campo, hell und rosig leuchtend. Hinter der gepflasterten Straße gab es einen Park mit einem Labyrinth aus üppig sprießenden Blumen. Menschen schritten über die Wege – was Sancia ziemlich dumm vorkam, denn wenn man in den Gemeinvierteln nachts nach draußen ging, lief man Gefahr, sein Leben zu verlieren.

»Sie haben ein bisschen übertrieben, was?«, erklang Gregors Stimme hinter ihr.

»Hä?«

Er gesellte sich zu ihr. »Mit den Lichtern. Die Daulos bezeichnen uns in ihrer Sprache als ›Leuchtvolk‹, weil wir überall Lampen anbringen.«

»Hast du das in den Aufklärungskriegen erfahren?«

»Ja.« Er wandte sich ihr zu und stützte sich auf die Balustrade. »Und jetzt – zu unserer Abmachung!«

»Du willst meinen Auftraggeber fassen.«

»Ja, ganz genau.«

»Was willst du wissen? Seinen Namen? Oder soll ich dir seinen Kopf bringen?«

»Nein, du hilfst mir nicht nur, ihn zu finden, sondern auch, an die nötigen Beweise heranzukommen, mit denen ich ihn überführen kann. Ich will nicht sein Geld oder sein Blut. Ich will *Ergebnisse*. Ich will *Konsequenzen*.«

»Du willst Gerechtigkeit«, seufzte Sancia.

»Ich will Gerechtigkeit, ja.«

»Und wieso glaubst du, ich kann dir dabei helfen?«

»Weil es bislang niemandem gelungen ist, dich zu töten oder zu fassen. Und du hast mich bestohlen. Du bist – und das ist *kein* Kompliment – eine sehr fähige Diebin. Ich glaube, wir brauchen jemanden mit deinen Talenten, um Erfolg zu haben.«

»Aber wir haben es mit einer verdammt großen Organisation zu tun«, entgegnete Sancia. »Sark meinte, unser Auftraggeber gehört zu einer Gründerfamilie, genau wie du. Das bedeutet, wir finden ihn an einem Ort wie diesem hier.« Sie deutete auf die Stadt. »In den Enklaven, in denen das Leben von Leuten wie mir nichts zählt.«

»Ich helfe dir. Und Orso auch.«

»Wieso sollte Orso mir helfen?«

»Um seinen Schlüssel zurückzubekommen, natürlich. Zusammen mit allen anderen abendländischen Schätzen, die unser Gegner offenbar gehortet hat. Er hat Orso zwei Artefakte gestohlen und scheint noch ein drittes erlangt zu haben, dieses Imperiat. Und zweifellos hat er noch mehr.«

»Zweifellos.« Sancia unterdrückte die in ihr aufkeimende Furcht. »Und wenn ich dir zu deiner ... Gerechtigkeit verhelfe, lässt du mich laufen?«

»Ich denke schon.«

Sie schüttelte den Kopf. »Gerechtigkeit ... Gott. Warum machst du das alles? Wieso riskierst du dein Leben dafür?«

»Ist es so ungewöhnlich, Gerechtigkeit zu wollen?«

»Gerechtigkeit ist purer Luxus.«

»Nein. Es ist ein Recht, das jedem zusteht. Ein Recht, das uns schon zu lange verwehrt wurde.« Er sah auf Tevanne hinaus. »Für die Möglichkeit, etwas zu verbessern, die Stadt wirklich zu reformieren ... würde ich meinen letzten Tropfen Blut geben. Außerdem würde im Fall unseres Versagens eine wirklich boshafte Person in den Besitz nahezu göttlicher Macht gelangen. Was ich persönlich ziemlich schlecht fände.« Er holte den Schlüssel zu Sancias Fessel hervor und hielt ihn ihr hin. »Ich glaube, diese Ehre gebührt dir.«

»Ich hielt schon Orso für verrückt«, sagte Sancia und schloss die Fußfessel auf. »Aber du bist völlig durchgeknallt.«

»Ich hätte gedacht, du wärst für meine Mission empfänglicher als andere«, sagte er leichthin.

»Und wieso?«

»Aus demselben Grund, aus dem dich die Fußfessel so geärgert hat. Und aus demselben Grund, aus dem du die Narben auf deinem Rücken verbirgst.«

Sie erstarrte, dann wandte sie sich ihm langsam zu. »Was?«

»Ich bin weit herumgekommen, Sancia, und dabei habe ich auch Menschen wie dich getroffen. Ich sah, was man euch angetan hat. Auch wenn ich hoffe, so etwas nie wieder zu sehen und ...«

Wütend unterbrach ihn Sancia. »*Nein!*«

Verblüfft zuckte er zurück.

»Ich führe *nicht* dieses Gespräch mit dir. Nicht jetzt. Vielleicht sogar nie.«

Er blinzelte. »Schon gut.«

»Du weißt gar nichts über mich, verdammt noch mal.« Zornig verließ sie den Balkon.

Sancia ging nach oben, suchte sich ein Schlafzimmer aus und verschloss die Tür. Schwer atmend stand sie im dunklen Raum.

Eine Stimme erklang in ihrem Geist. »Du hast gerade ein wenig überreagiert, meinst du nicht, Kind?«

»Clef! Heilige Scheiße, du lebst!«

»Ich bin so lebendig, wie ein Schlüssel es nur sein kann, ja.«

»Wie lange bist du schon ... wach?«

»Seit gerade eben erst. Ich hab zum ersten Mal erlebt, dass der Hauptmann vor jemandem Angst hat. Wie wär's, wenn du mich aus deinem verdammten Stiefel holst?«

Sancia setzte sich auf den Boden, zog den Stiefel aus und holte Clef heraus. Dann löcherte sie ihn mit Fragen. »Wo warst du, Clef? Wie hast du das mit den Schwerkraftplatten gemacht? Bist du verletzt? Geht's dir gut?«

Er schwieg eine Weile. »Nein«, antwortete er schließlich leise. »Nein, mir geht's nicht gut. Aber ... darüber sprechen wir noch. Zunächst einmal: Wo sind wir? Sind wir in einem ... Herrenhaus?«

Rasch brachte Sancia ihn auf den neuesten Stand.

»Also arbeitest du jetzt für den Hauptmann?«, fragte er.

»So ähnlich. Ich betrachte es lieber als eine Art Partnerschaft.«

»Er kann dich noch immer jederzeit töten, stimmt's?«

»Äh ... ja.«

»Dann seid ihr keine Partner. Und du arbeitest auch für diesen Orso? Für den Kerl, der mich kaufen wollte? Und du tust so, als würdest du mich für ihn ... äh, zurückstehlen?«

»Dem habe ich ungefähr so zugestimmt.«

»Wie soll das gehen?«

»Falls du's noch nicht gemerkt hast, ich lasse mir immer rechtzeitig was einfallen.«

Clef schwieg erneut. Unter ihnen schwebte ein Schwarm Laternen durch die Straße und warf einen pulsierenden rosa Schimmer an die Zimmerdecke.

»Wie hast du das mit der Gravitationsmontur gemacht, Clef?«**, fragte Sancia.** »Wie hast du es geschafft, dass sie die Schwerkrafteinwirkung auf ... auf die ganze Umgebung verändert? Und was ist mit dir passiert?«

»Wie soll ich das erklären ...« **Er seufzte.** »Es geht darum, Grenzen einzuhalten. Ich kann ein skribiertes Objekt nicht zu etwas bewegen, das seine eigenen Grenzen überschreitet. Anders formuliert: Ich kann ein Instrument, das Eisen erhitzt, nicht dazu bringen, dieses Eisen in Lehm, Schnee oder sonst was zu verwandeln.«

»Und?«

»Bei der Schwerkraftmontur waren die Grenzen wirklich sehr weit gesteckt und ziemlich vage. Dadurch hatte ich eine Menge Spielraum. Allerdings hielt das Instrument die Belastung nicht aus. Denn je mehr man ein Gerät an seine Grenzen bringt, desto eher geht es kaputt. Und als ich es zerstört habe ... fiel mir etwas ein. Und dann bin ich eingeschlafen und hab geträumt.«

»Du bist ... eingeschlafen? Woran hast du dich erinnert?«

»An jemand anderen, der die Schwerkraft manipulieren konnte. Jemanden, der vor langer Zeit gelebt hat ... Ich sehe die Person jetzt nur noch als Schatten.« **Clefs Stimme nahm einen verträumten Klang an.** »Er konnte alles schweben lassen ... und jederzeit wie ein Spatz durch die Luft fliegen.«

Sancias Haut prickelte. »Aber ... Clef, die einzigen Menschen, die jemals fliegen konnten, waren die Hierophanten.«

»Ja, ich weiß. Ich glaube ... Ich glaube, ich hab mich an die Person erinnert, die mich erschaffen hat, Sancia.«

Darauf fiel ihr keine Erwiderung ein.

»Alle Hierophanten sind tot, oder?«, fragte er.

»Ja.«

»Dadurch fühle ich mich ... einsam. Und es macht mir Angst.«

»Wieso Angst?«

»Weil ich mich im Traum ... an meine Entstehung erinnert habe. Ich kann's dir zeigen, wenn du willst.«

»Wie meinst du das, es mir zeigen?«

»Hier. Ich platziere etwas in deinem Geist. Etwas Kleines. Stell es dir vor wie eine Leine, die ich dir zuwerfe, während du im Wasser schwimmst. Konzentrier dich und pack sie.«

»In ... in Ordnung.«

Ein Augenblick verstrich. Dann ... spürte sie es.

Vielmehr hörte sie es: ein leises, rhythmisches Tapp-Tapp, Tapp-Tapp – eine Abfolge pulsierender Schläge in ihrem Kopf. Sie lauschte darauf, langte danach, packte zu, und dann ...

... dehnten die Schläge sich aus, umhüllten sie und erfüllten ihre Gedanken.

Eine Erinnerung erfasste sie.

Sand. Dunkelheit. Irgendwo in der Nähe war ängstliches Gemurre zu hören. Sie lag auf einer Steinoberfläche und sah in die Dunkelheit.

Mitternacht, dachte sie. *Wenn die Welt knirschend anhält und sich wieder weiterdreht.* Sie wusste das, doch war ihr nicht klar, woher.

Eine Flamme flackerte auf, hell und heiß. Geschmolzenes Metall glühte in den Schatten. Ein schrecklicher Schmerz durchzuckte sie, und sie hörte sich selbst aufschreien – doch war es nicht sie, sondern jemand anders, das war ihr klar. Dann spürte sie unvermittelt, wie sie in eine andere Form überging, eine Funktion übernahm, ein anderes Aussehen.

Ihr Geist strömte in den Halm, in den Bart, die Kerben, die

Spitze. Sie wurde zum Schlüssel, wurde zu diesem Ding, diesem Instrument. Zugleich begriff sie, dass sie viel, viel mehr sein würde als nur ein Schlüssel.

Ein Kompendium, ein Sammelwerk. Ein Instrument, erfüllt von sehr viel Wissen über Skriben, Sigillen, über die Sprache und die Welt. Ein Werkzeug, strahlend und schrecklich. Wie eine Klinge dazu geschaffen war, Holz oder Gewebe zu zerteilen, sollte auch sie etwas zerteilen, und zwar …

Sancia keuchte auf, und die Erinnerung verblasste. Das war zu viel gewesen, viel zu viel. Sie war wieder im Schlafzimmer, doch so benebelt, dass sie fast zusammenbrach.

»Hast du's gesehen?«, fragte Clef.

Sancia rang um Atem. »Das warst du? Das … das ist dir widerfahren?«

»Das ist eine meiner Erinnerungen. Ich weiß nicht genau, ob es meine eigene ist oder die von jemand anderem … denn ich hab keine Ahnung, ob ich das selbst erlebt habe. Mehr weiß ich nicht.«

»Aber … aber so bist du entstanden, Clef. Anscheinend bist du nicht immer ein Schlüssel gewesen. Für einen Augenblick hatte ich den Eindruck, du warst einst … ein Mensch.«

Wieder folgte Schweigen. Dann: »Ja. Verrückt, was? Ich weiß nicht, was ich davon halten soll. Vielleicht erinnere ich mich deshalb an den Geschmack von Wein, an die erholsame Wirkung von Schlaf und den Geruch der Wüste bei Nacht.« **Er lachte traurig.** »Ich glaube, das sollte ich eigentlich nicht wissen.«

»Was wissen?«

»Was ich bin. Ich bin ein Instrument, Sancia. Sie haben mich in dieses Ding gesteckt, und Instrumente sollen kein Bewusstsein haben – wie du schon bei unserer ersten Begegnung gesagt hast. Ich habe so lange im Dunkeln gelegen. Ich hätte nicht so lange warten sollen.« **Er legte eine Pause ein.** »Du weißt, was das bedeutet, oder? Ich bin eine Maschine, die allmählich kaputtgeht. Und irgendwann funktioniere ich nicht mehr. Ich … ich glaube, ich sterbe. Verstehst du?«

Wie benommen saß Sancia einen Moment da. »Was? Clef … Bist du … bist du dir sicher?«

»Ich spüre es. Mein Bewusstsein ... ich bin wie ein Tumor im Schlüssel. Ich wachse und wachse, aber ich bin nicht das, was ich sein sollte. Ich bin ein Irrtum. Und das zerstört den Rest von mir. Und die Menschen, die mich heilen könnten ... sind alle tot. Sie starben vor Hunderten, wenn nicht vor Tausenden von Jahren.«

Sancia schluckte schwer. Was Clef betraf, hatte sie sich schlimme Dinge ausgemalt: Was geschehen würde, wenn er in die falschen Hände geraten oder sie ihn verlieren würde. Doch dass er sterben könnte, war ihr nie in den Sinn gekommen. »Wie lange hast du noch?«

»Ich bin mir nicht sicher. Das ist ... ein Prozess. Je öfter ich etwas öffne, desto schneller gehe ich kaputt. Also bleiben mir vielleicht noch Monate. Oder nur Wochen.«

»Also ... kann ich dich nicht benutzen.«

»Doch!«, widersprach er entschieden. »Ich will, dass du mich benutzt, Sancia. Ich will ... etwas mit dir unternehmen. Mich mit dir lebendig fühlen, dir helfen. Du bist der einzige Mensch, den ich je richtig kannte, zumindest erinnere ich mich an sonst niemanden. Ehrlich gesagt, weiß ich nicht einmal, ob ich wirklich geheilt werden will. Denn dann würde ich wieder meinen ursprünglichen Zustand annehmen. Ich wäre ein Instrument ohne jeden Verstand.«

Sancia saß da und versuchte, das Gehörte zu verarbeiten. »Ich weiß nicht, was ich davon halten soll.«

»Dann denk nicht drüber nach. Ich glaube, du musst dich ausruhen. Außerdem finde ich ... du brauchst ein Bad.«

»Das höre ich in letzter Zeit ständig.«

»Weil es stimmt.«

»Ich kann nicht baden. Ich kann nicht in Wasser sitzen. Zu viel Kontakt mit Wasser würde mich töten.«

»Nun, versuch wenigstens, dich zu waschen. Danach fühlst du dich besser.«

Sancia zögerte, dann ging sie ins Badezimmer. Wohin sie auch schaute, sie sah nur Marmor und Metall. Es gab eine riesige Keramikwanne. Zudem hingen Spiegel an den Wänden –

so etwas hatte sie noch nicht allzu oft gesehen. Sie sah sich nach einem geeigneten Versteck für Clef um, für den Fall, dass jemand hereinkommen würde, und entschied sich für einen Schrank.

»Hasse Hauptmann Dandolo nicht«, sagte Clef, als sie ihn ablegte. »Ich glaube, dass er genauso zerrüttet ist wie du und ich. Er will nur die Welt verbessern. Denn das ist die einzige Art und Weise, in der er sich selbst heilen kann.«

Sancia schloss die Schranktür.

Allein im Bad, zog Sancia sich aus. Dann betrachtete sie sich in den Spiegeln.

Ihre Arme, Schenkel und Schultern, kräftig und drahtig. Ihren Bauch und die Brüste, übersät von Ausschlag, Insektenbissen und Dreck.

Sie drehte sich um, musterte ihren Rücken und sog scharf den Atem ein. Sie hatte angenommen, sie wären mittlerweile verschwunden oder verblasst, doch sie sahen so groß aus wie eh und je, die hellen glänzenden Narben, die von den Schultern bis zu ihren Pobacken verliefen. Wie gelähmt starrte sie die Narben an. Es war schon lange her, seit sie sie zuletzt gesehen hatte.

Sie hatte Geschichten gehört, von Sklaven, die tapfer zahllose Peitschenhiebe ertragen hatten, stoisch Schlag um Schlag hatten über sich ergehen lassen. Doch als die Peitsche Sancia zum ersten Mal getroffen hatte, hatte sie erkennen müssen, dass solche Geschichten schlichtweg frei erfunden waren. Im selben Moment, als das Leder sie berührte, hatte sie jeder Stolz, Zorn und Hoffnungsschimmer verlassen. Erstaunlich, wie fragil die Vorstellung war, die man von sich selbst hatte.

Sancia stand in der Wanne, tauchte ein Tuch in warmes Wasser und schrubbte sich ab. Dabei sagte sie sich immer wieder, dass sie keine Sklavin mehr war. Dass sie frei war und stark, dass sie sich jahrelang hatte allein durchschlagen können und bald schon wieder allein sein und wie immer überleben würde. Denn im Überleben war Sancia am besten.

Sie schrubbte sich die dreckige, vernarbte Haut ab und redete sich ein, dass die Tropfen auf ihren Wangen nur Wassertropfen aus dem Hahn waren, nichts weiter.

II

Der Campo

Und so kam der große Crasedes in die Stadt Apamea, am Ufer des Epiossees, und obschon keine Dokumente überdauerten, die belegen, was er zu den Königen jener Stadt sagte, bestätigen zahlreiche Quellen aus zweiter Hand, dass er die übliche Botschaft überbrachte. Kapitulation, Vereinnahmung und Integration ins Imperium. Mittlerweile hatte sich herumgesprochen, dass die Hierophanten in der Region waren, und viele waren von Angst erfüllt. Dennoch wiesen die Könige und reichen Landbesitzer von Apamea den großen Crasedes schroff zurück.

Crasedes reagierte nicht so wütend, wie mancher befürchtet hatte. Stattdessen schritt er einfach zum Stadtplatz, setzte sich in den Staub und türmte einen Haufen aus grauen Steinen auf.

Der Legende nach baute Crasedes von Mittag bis Sonnenuntergang daran, und sein Konstrukt wurde außergewöhnlich groß. Die Größenangaben unterscheiden sich – manche sagen, der Haufen sei dreißig Schritt hoch gewesen, andere reden von mehreren Hundert Schritten. In jedem Falle lassen alle Versionen der Geschichte zwei wichtige Details aus. Erstens: Falls der Steinhaufen außerordentlich hoch war, wie schaffte es Crasedes, ein durchschnittlich großer Mann, die Steine immer weiter aufzuhäufen? Angeblich konnte Crasedes Objekte schweben lassen und selbst fliegen – doch das wird in dieser Geschichte nicht erwähnt. Wie also schaffte er es?

Und zweitens: Wo kamen die ganzen Steine her?

Einige Quellen gehen davon aus, dass Crasedes Hilfe beim Auftürmen der Steine hatte. Diese Interpretationen behaupten, Crasedes habe zuvor eine kleine Metallkiste hervorgeholt und geöffnet, die für die Zuschauer leer gewirkt habe. Dann hätten die Bewohner von Apamea gesehen, wie sich Fußabdrücke im Staub um den Haufen bildeten, von Füßen, die größer waren als die eines Menschen. Diese Versionen gehen davon aus, dass Crasedes eine Art unsichtbares Wesen oder einen Geist in der Kiste gefangen hielt, das oder den er freiließ, wenn er Hilfe benötigte. Doch solche Geschichten gleichen so manchem fantastischem Kindermärchen über die Hierophanten – Fabeln über Crasedes, der die Sterne mit seinem magischen Stab tanzen ließ und dergleichen –, daher müssen wir ihnen mit Skepsis begegnen.

Ungeachtet aller Einzelheiten legte Crasedes einen Stein auf den anderen und hörte nicht damit auf. Als die Nacht anbrach und die Bürger Apameas das wunderliche Werk betrachteten, packte sie die Angst, und sie gingen fort.

Am Morgen kehrten sie zum Stadtplatz zurück. Crasedes saß noch im Staub und wartete geduldig. Der Steinhaufen hingegen war fort. Und wie die Leute später herausfanden, waren auch alle Könige und reichen Landbesitzer Apameas verschwunden, mit ihren Familien, Alt und Jung, all ihrem Besitz und allen Gebäuden, in denen sie gelebt und gearbeitet hatten. Alles war über Nacht wie vom Erdboden verschluckt. Vielleicht waren sie und alles andere an jenem Ort, an den auch der Steinhaufen verschwunden war.

Der Zweck des Haufens bleibt unklar, wie auch der Verbleib jener, die sich Crasedes in Apamea widersetzten; ein Rätsel, dessen Auflösung uns die Geschichtsschreibung schuldig bleibt. Apamea jedenfalls leistete Crasedes keinen Widerstand mehr und fügte sich der Herrschaft der Hierophanten. Dennoch wurde es wie alle Länder des Abendländischen Imperiums letztlich völlig zerstört. Die Quellen sind sich einig: Niemand weiß, ob dies durch einen Bürgerkrieg geschah oder ob die Hierophanten gegen eine andere, größere Macht kämpften.

Dieser Gedanke beunruhigt mich – und doch kann ich ihn nicht einfach abtun.

– Giancamo Adorni, Stellvertretender Hypatus des Hauses Guarco,
    »Gesammelte Geschichten aus dem Abendländischen Imperium«

Kapitel 16

Orso knirschte mit den Zähnen, rieb sich die Stirn und seufzte. »Ich schwöre, wenn ich auch nur noch ein beschissenes Wort höre ...«

»Still«, wisperte Ofelia Dandolo.

Orso legte den Kopf auf den Tisch. Sein größtes Talent war es, abstrakte Konzepte zu erstellen. Im Grunde kreiste sein gesamter Beruf darum: Er schrieb Essays und Beweisführungen, um Objekte von einer anderen Realität zu überzeugen.

Wenn es also eine Sache gab, die er wirklich verachtete – die ihn regelrecht in den Wahnsinn trieb –, so war das jemand, der um den heißen Brei herumredete. Jemandem zuzuhören, der wie ein Schuljunge mit Worten und Ideen jonglierte, um einer Frau an die Unterwäsche zu dürfen, war für ihn, als müsste er Glasscherben schlucken.

»Die Frage ist folgende«, sagte der Sprecher – der Stellvertretende Hypatus des Hauses Morsini, ein todschick gekleidetes Arschloch, dessen Namen Orso sich nie merken konnte. »Die Frage lautet: Ist es möglich, ein Kriterium zu finden, an dem wir die Möglichkeit messen, analysieren und bestätigen können, dass die Skriben-Ausfälle ein natürliches Phänomen waren – womit ich die Auswirkung eines Sturms oder einer meteorologischen Atmosphärenströmung meine –, im Gegensatz zu *anthropogenen*, also menschengemachten Ursachen?«

»Der kleine Scheißer hat das Wort vermutlich gerade erst gelernt«, knurrte Orso. Ofelia Dandolo blickte ihn an. Er räusperte sich, als hätte er lediglich gehustet.

Die Sitzung des Rats von Tevanne über die Skriben-Ausfälle dauerte mittlerweile schon vier Stunden. Zu Orsos Überraschung war es dem Rat gelungen, sowohl Eferizo Michiel als auch Torino Morsini aus ihren luxuriösen Campos herbeizuzitieren. Man sah die beiden Hausoberhäupter nur selten in der Öffentlichkeit, schon gar nicht gemeinsam am selben Ort. Eferizo gab sich Mühe, aufrecht zu sitzen und vornehme Besorgnis vorzutäuschen, wohingegen Torino zutiefst gelangweilt wirkte. Ofelia benahm sich – in Orsos Augen – wie immer vorbildlich, doch selbst ihre Geduld ließ allmählich nach.

Orso hingegen blieb höchst aufmerksam. Nachdenklich musterte er die Mienen der Anwesenden. In diesem Raum saßen einige der mächtigsten Bürger der Stadt – und viele davon gehörten zu Gründerfamilien. Falls sich einer von ihnen überrascht zeigte, dass Orso am Leben war ... Nun, das wäre ein hilfreicher Fingerzeig.

Ofelia räusperte sich. »Es gibt keine Aufzeichnungen über *natürliche* Skriben-Ausfälle, jedenfalls über keine, die auf einen Taifun oder dergleichen zurückzuführen wären, weder in unseren Geschichtsbüchern noch in den abendländischen. Also, warum kommen wir nicht auf den Punkt und fragen uns, ob die Ausfälle durch etwas verursacht wurden, das wir hier in Tevanne getan haben?«

Gemurre wurde laut.

»Bezichtigt Ihr ein anderes Handelshaus, die Ausfälle verursacht zu haben, Gründerin?«, fragte ein Morsini-Repräsentant.

»Ich bezichtige niemanden«, erwiderte Ofelia, »da ich die Sache nicht begreife. Könnte es sich um eine Art Unfall gehandelt haben, eine Nebenwirkung eines Forschungsprojekts?«

Das Gemurre schwoll an.

»Lächerlich«, sagte jemand.

»Absurd.«

»Unerhört.«

»Wenn die Dandolo-Handelsgesellschaft so einen Verdacht äußert«, sagte ein Stellvertreter der Michiels, »kann vielleicht der Dandolo-Hypatus Licht ins Dunkel bringen?«

Aller Blicke richteten sich auf Orso.

Na toll. Räuspernd erhob er sich. »Ich muss die Aussage meiner Gründerin *leicht* korrigieren. In der Geschichte der Hierophanten gibt es eine rätselhafte Legende, in der das Phänomen, das wir erlebten, möglicherweise beschrieben ist. Dort geht es um die Schlacht von Armiedes.« Kühl ließ er den Blick über die Versammlung schweifen. *Komm schon, Bastard*, dachte er. *Lass die Fassade bröckeln. Zeig dich mir.* »Derlei Methoden liegen natürlich jenseits unserer Fähigkeiten«, fuhr er fort. »Aber wenn wir unserer Geschichtsschreibung glauben, ist es möglich.«

Einer der Morsinis seufzte gereizt. »Noch mehr Hierophanten! Noch mehr Magier! Was könnten wir auch anderes erwarten von einem Schüler des Tribuno Candiano?«

Im Raum wurde es still. Alle sahen den Repräsentanten der Morsinis an, dem nun bewusst wurde, dass er zu weit gegangen war.

»Ich ... äh, entschuldige mich dafür.« Er wandte sich einer Fraktion zu, die sich bislang zurückgehalten hatte. »Das habe ich nicht so gemeint, werter Rat.«

Alle schauten zu der Fraktion, die vornehmlich aus Vertretern der Candiano-Gesellschaft bestand. Sie waren weit weniger zahlreich erschienen als die übrigen Häuser. Auf dem Gründer-Stuhl saß ein junger Mann. Er war um die dreißig, blass und glatt rasiert, trug grüne Kleidung und eine Mütze, die ein großer Smaragd zierte. In vielerlei Hinsicht war er eine Besonderheit: Zum einen war er ungefähr dreimal jünger als die Oberhäupter der anderen Häuser, zum anderen wusste jeder, dass er weder ein echtes Mitglied der Candiano-Familie war noch mit ihr blutsverwandt.

Orso verengte die Augen zu Schlitzen und musterte den jungen Mann. Zwar hasste Orso viele Leute in Tevanne, ganz besonders jedoch verabscheute er Tomas Ziani, den Vorstand der Candiano-Gesellschaft.

Ziani erhob sich räuspernd von seinem Platz. »Ihr habt uns nicht beleidigt, werter Herr«, sagte er. »Mein Vorfahr Tribuno Candiano hat unserem vornehmen Hause mit seiner Faszination fürs Abendland sehr geschadet.«

Unserem vornehmen Hause, dachte Orso. *Du bist nur eingeheiratet, du kleiner Scheißer!*

Tomas nickte Orso zu. »Eine Erfahrung, die dem Dandolo-Hypatus gewiss nicht fremd ist.«

Orso bedachte ihn mit seinem dünnsten Lächeln, verneigte sich und nahm Platz.

»Natürlich ist es absurd zu glauben, ein tevannisches Handelshaus könnte eine Errungenschaft der Hierophanten reproduziert haben«, fuhr Tomas Ziani fort. »Schon gar keine, die die Ausfälle verursacht haben könnte – von den moralischen Folgen ganz zu schweigen. Doch muss ich mit Bedauern sagen, dass Gründerin Dandolo nicht den wahren Kern ihrer Frage offenbart hat. Wenn wir herausfinden wollen, ob ein Handelshaus hinter den Skriben-Ausfällen steckt, interessiert es wohl uns alle, welchen Ausschuss wir gründen sollen. Welcher Ausschuss wird den Fall untersuchen? Und wer von uns wird ihm angehören?«

Wieder breitete sich missmutiges Murren im Raum aus.

Orso seufzte innerlich. *Und damit versetzt Tomas dieser idiotischen Versammlung den Todesstoß.* Denn dieser Gedanke galt in Tevanne als Tabu: die Gründung einer übergeordneten städtischen Behörde, die die Handelshäuser überwacht. Die Gründer wären lieber auf der Stelle tot umgefallen, als das zuzulassen.

Auch Ofelia seufzte, als sich Orso neben ihr zurücklehnte, doch sie seufzte nicht nur innerlich, sondern durchaus vernehmlich. Eine Handvoll winziger weißer Motten umflatterte ihren Kopf. »Was für eine Zeitverschwendung«, hauchte sie und wedelte die Insekten fort.

Orso sah zu Tomas und stellte überrascht fest, dass der junge Mann ihn beobachtete. Insbesondere musterte er Orsos Schal, und das äußerst intensiv. »Vielleicht ist unsere Zeit doch nicht völlig verschwendet«, murmelte er.

Nach der Ratssitzung hielten Orso und Ofelia im Kloster eine Nachbesprechung ab. »Ich frage Euch zur Sicherheit noch einmal konkret«, sagte sie leise. »Ihr haltet den Skriben-Ausfall nicht für Sabotage?«

»Nein, Gründerin.«

»Wieso seid Ihr Euch da so sicher?«

Weil ich in meinem Haus eine sehr schmutzige Diebin habe, die die Sache angeblich beobachtet hat, dachte er. »Dann hätte der Verantwortliche viel mehr Schaden angerichtet. Den meisten gab es in den Gemeinvierteln Gründermark und Grünwinkel, wohingegen die Campos nur am Rande betroffen waren.«

Ofelia Dandolo nickte.

»Habt Ihr Grund zu der Annahme, dass es Sabotage gewesen sein könnte, Gründerin?«, fragte er.

Sie sah ihn durchdringend an. »Sagen wir einfach, Eure jüngste Errungenschaft auf dem Feld der Lichtkunde ... könnte Aufmerksamkeit erregt haben.«

Eine interessante Bemerkung. Orso experimentierte schon seit Jahrzehnten mit skribiertem Licht, doch erst bei der Dandolo-Handelsgesellschaft, die über ein überlegenes Lexikon verfügte, hatte er sich mit der Umkehrung von Licht befasst: Er hatte Skriben entwickelt, die Objekte dazu brachten, Licht nicht zu reflektieren, sondern zu *absorbieren* und eine Sphäre aus dauerhaften Schatten zu erzeugen, sogar am Tag.

Ihm erschien es sonderbar, dass sich Ofelia Dandolo darum sorgte, andere Häuser könnten diese Technologie fürchten.

Was genau will sie in den Schatten verbergen?, fragte er sich.

»Wie immer«, sagte sie, »erwarte ich von Euch Verschwiegenheit, Orso. Ganz besonders bei diesem Thema.«

»Gewiss, Gründerin.«

»Wenn Ihr mich jetzt entschuldigen würdet. Ich muss zu meinem nächsten Treffen.«

»Ich auch. Guten Tag, Gründerin.«

Er sah ihr nach, dann wandte er sich ab und ging in die große Vorhalle des Ratsgebäudes, wo es nur so von Bediensteten und Administratoren wimmelte, die sich um die Belange der vornehmen Ratsmitglieder kümmerten.

Unter ihnen war Berenice, die sich gähnend die geschwollenen Augen rieb. »Nur vier Stunden?«, fragte sie. »Das ging aber schnell, Herr.«

»Ja.« Orso rauschte an ihr vorbei, lief durch eine Gruppe von Leuten in weiß-gelber Kleidung – die Farben der Dandolos –, drängte sich durch eine rot-blaue Menge – Haus Morsini – und schließlich durch die lila-goldene Fraktion – die Vertreter der Michiel-Handelsgesellschaft.

»Ah«, sagte Berenice, die ihm eiligst folgte. »Wohin begeben wir uns, Herr?«

»Du legst dich irgendwo schlafen. Ich brauche dich heute Nacht.«

»Und wann wollt *Ihr* schlafen, Herr?«

»Wann schlafe ich je, Berenice?«

»Ah. Verstehe, Herr.«

Orso blieb bei der Gruppe in dunkelgrün-schwarzer Kleidung stehen – die Farben der Candiano-Handelsgesellschaft. Diese Gruppe war deutlich kleiner, und ihre Mitglieder waren weniger edel gekleidet als die der anderen. Der Candiano-Bankrott hatte seine Spuren hinterlassen.

»Äh ... was habt Ihr vor, Herr?«, fragte Berenice mit einem Anflug von Nervosität.

»Fragen stellen.« Orso war sich nicht sicher, ob er *sie* hier antreffen würde, und schalt sich selbst einen Narren. Doch dann erblickte er sie: eine Frau abseits der Gruppe. Ihre Haltung war aufrecht und vornehm. Sie trug ein verwirrend komplexes Kleid mit Puffärmeln, und ihr Haar wurde von einer prunkvollen Brosche zusammengehalten, die mit Perlen und Bändern geschmückt war. Sie hatte sich das Gesicht weiß geschminkt, mit dem zurzeit als schick geltenden blauen Streifen über den Augen.

»Mein Gott«, sagte Orso gedämpft. »Sie hat den ganzen aristokratischen Prunk angelegt. Ich fass es nicht.«

Berenice sah die Frau, und ihre Augen weiteten sich vor blankem Entsetzen. »Tut das nicht, Herr.«

Er winkte ab. »Geh nach Hause, Berenice.«

»Bitte ... redet nicht mit ihr. Das wäre *höchst* unklug.«

Er verstand ihre Angst nur zu gut. Der Gedanke, sich mit der Tochter eines konkurrierenden Gründers zu unterhalten, war verrückt. Vor allem, wenn diese Frau zugleich mit dem Vorstand des betreffenden Hauses verheiratet war. Doch Orsos Karriere fußte auf schlechten Entscheidungen. »Es reicht, Berenice«, grollte er.

»Es wäre *unerhört* unhöflich von Euch, sie anzusprechen«, ermahnte sie ihn, »ganz gleich, welche ...« Sie verstummte.

Er sah sie an. »Ganz gleich *was?*«

Sie sah ihn finster an. »Ganz gleich, welche Vergangenheit Euch mit ihr verbindet, Herr.«

»Meine Angelegenheiten«, erwiderte er, »gehen nur *mich* etwas an. Und wenn du nicht darin verstrickt werden willst, schlage ich vor, du gehst jetzt, Berenice.«

Sie sah ihn noch einen Moment lang an. Dann seufzte sie und stolzierte davon.

Orso schaute ihr nach. Er schluckte und wappnete sich. *Tue ich das aus gutem Grund, oder will ich einfach nur mit ihr reden?* Er beschloss, nicht länger zu fackeln, und schritt auf die Frau zu.

»In dem Kleid«, sagte er, »siehst du absurd aus.«

Die Frau blickte ihn verdutzt an und öffnete erbost den Mund. Dann erkannte sie ihn, und die Überraschung wich aus ihrer Miene. »Ah. Natürlich. Guten Tag, Orso.« Nervös sah sie sich um. Viele Bedienstete der Candiano-Gesellschaft stierten zu ihr herüber oder bemühten sich allzu offensichtlich, genau das nicht zu tun. »Das ist ... sehr unangemessen, weißt du.«

»Ich glaube, ich weiß nicht mehr, was ›angemessen‹ bedeutet, Estelle.«

»Soweit ich mich entsinne, wusstest du das noch nie, Orso.«

»Ach ja?« Er grinste. »Schön, dich zu sehen, Estelle. Auch wenn man dich in den hinteren Teil des Saals setzt wie eine verdammte Dienerin.«

Sie erwiderte sein Grinsen, zumindest versuchte sie es. Sie zeigte nicht das Lächeln, das er so gut kannte. Vor vielen Jahren hatten Estelle Candianos Augen hell und lebendig geglitzert, ihr Blick war schärfer gewesen als ein Stilett. Inzwischen war er eher ... trüb.

Sie sah müde aus. Obwohl sie zwölf Jahre jünger war als Orso, wirkte sie alt.

Sie gab ihm mit einer Geste zu verstehen, sich mit ihr außer Hörweite der Fraktion zu begeben, und sie entfernten sich ein Stück von den Beamten. »Hast du die Versammlung gesprengt?«, fragte sie. »Vier Stunden sind ein bisschen kurz, stimmt's?«

»Ich war das nicht, sondern dein Gemahl.«

»Aha. Was hat Tomas gesagt?«

»Einige abfällige Dinge über deinen Vater.«

»Verstehe.« Sie schwieg betreten. »Entsprachen sie denn der Wahrheit?«

»Nun ... ja. Aber ich war trotzdem sauer darüber.«

»Wieso? Ich dachte, du hasst Vater. Als du die Candiano-Handelsgesellschaft verlassen hast, gab es eine Menge böses Blut zwischen dir und ihm.«

»Böses Blut ist immer noch Blut. Wie geht es Tribuno denn so?«

»Er stirbt noch immer«, erwiderte Estelle brüsk. »Und ist immer noch verrückt. Also, es geht ihm so schlecht, wie es einem nur gehen kann.«

»Ich ... verstehe«, sagte Orso sanft.

Sie sah ihn an. »Mein Gott. Mein Gott! Sehe ich da Mitleid in den einst attraktiven Zügen des berüchtigten Orso Ignacio? Könnte das *Bedauern* sein? Oder *Trauer*? Das hätte ich nicht für möglich gehalten.«

»Hör auf.«

»Als du bei uns warst, warst du nicht so zartbesaitet, Orso.«

»Das stimmt nicht«, widersprach er energisch.

»Ich ... entschuldige mich. Ich meinte, was *ihn* betrifft.«

»Auch das stimmt nicht.« Orso wog seine Worte sorgsam ab. »Dein Vater war und ist der vermutlich brillanteste Skriber aller Zeiten. Er hat diese Stadt praktisch im Alleingang errichtet. Das will etwas heißen, auch wenn er sich seither sehr verändert hat.«

»Verändert ...«, sagte sie. »Ist das das richtige Wort dafür? Seinen Verfall zu sehen ... Wie er sich selbst zerstört hat, indem er diesen abendländischen Phantomen nachgejagt ist. Er hat Hunderttausende Duvoten für diese Hirngespinste ausgegeben. Ich bin mir nicht sicher, ob ich das *Veränderung* nennen würde. Wir haben uns noch immer nicht ganz davon erholt, weißt du.« Sie blickte zu ihrer Fraktion zurück. »Sieh uns nur an. Bloß eine Handvoll Bediensteter, gekleidet wie Beamte. Früher gehörte der Rat praktisch *uns*, und wir wandelten wie Götter und Engel durch diese Hallen. Wie tief wir gesunken sind.«

»Ich weiß. Und du ... du arbeitest nicht mehr als Skriberin, oder?«

Estelle schien in sich zusammenzusacken. »N... nein. Woher weißt du das?«

»Nun, du warst früher eine verflucht gute Skriberin.«

Sie wechselten einen Blick und begriffen beide, dass ein Satz unausgesprochen zwischen ihnen schwebte: *Auch wenn dein Vater das nie anerkannt hat.*

Tribuno Candiano war ein äußerst brillanter Mann gewesen, doch er hatte sich ungewöhnlich wenig für seine Tochter interessiert und nie einen Hehl daraus gemacht, dass er lieber einen Sohn gehabt hätte.

Als dann seine Besessenheit vom Abendland sein Haus in den Bankrott trieb, hatte er im Grunde die Hand seiner Tochter versteigert, um seine Schulden zu begleichen. Und der junge Tomas, Sprössling der unverschämt reichen Ziani-Familie, hatte nur zu gern das Recht erworben, sie zu ehelichen.

»Worauf willst du hinaus?«, fragte Estelle.

»Wenn Tomas dich arbeiten ließe«, erklärte Orso, »hättest du die Candiano-Handelsgesellschaft längst wieder auf Erfolgskurs gebracht. Du warst gut. Verdammt gut.«

»Das schickt sich nicht für die Gattin eines Vorstands.«

»Nein. Sieht so aus, als warte die Gattin des Vorstands hier in den Hallen, wo jeder ihre Demut und Unterwürfigkeit sieht.«

Estelle sah ihn böse an. »Wieso bist du hier, Orso? Um alte Wunden aufzureißen?«

»Nein.«

»Warum dann?«

Er atmete durch. »Hör mal, Estelle ... Es geht etwas ziemlich Übles vor sich.«

»Bist du sicher, dass du darüber reden darfst? Oder läufst du Gefahr, dass Ofelia Dandolo hinterher deine Eier dünstet?«

»Das würde sie vermutlich, aber ich erzähl's dir trotzdem. Es geht um die Unterlagen deines Vaters, seine Abendland-Sammlung. Ich meine das Zeug, das er gekauft hat. Sind die Sachen noch bei der Candiano-Gesellschaft? Oder habt ihr sie versteigert?«

»Wieso fragst du?«

Orso dachte daran, wie Tomas Ziani ihn angegrinst hatte. »Bin nur neugierig.«

»Ich weiß es nicht«, sagte Estelle. »Das regelt inzwischen alles Tomas. Ich hab nicht das Geringste mit der Geschäftsführung zu tun.«

Orso dachte nach. Tomas Ziani war sündhaft reich und genoss den Ruf, ein gerissener Geschäftsmann zu sein. Doch er war kein Skriber und kannte sich mit Sigillen nicht im Geringsten aus. Der Gedanke, er könnte etwas so Mächtiges wie das Abhörgerät oder die Schwerkraftmontur erfunden haben, war lächerlich.

Doch Tomas verfügte über Ressourcen und Ehrgeiz. Was er nicht selbst bauen konnte, würde er vermutlich kaufen.

Und er hat vielleicht noch immer Zugriff auf den klügsten Skriber in ganz Tevanne, dachte Orso. »Besucht Tomas je Tribuno?«

»Manchmal«, erwiderte Estelle höchst misstrauisch.

»Redet er mit ihm? Und falls ja: worüber?«

»Das geht jetzt allmählich zu weit. Was ist los, Orso?«

»Hab ich doch gesagt. In der Stadt geht etwas Übles vor. Estelle, falls Tomas ... falls er es auf mich abgesehen hätte, würdest du mir das doch sagen, oder?«

»Wie meinst du das, er könnte es auf dich abgesehen haben?«

Orso lüftete den Schal ein wenig und zeigte ihr seinen blau verfärbten Hals.

Sie riss die Augen auf. »Mein Gott, Orso ... Wer ... wer hat dir das angetan?«

»Das versuche ich herauszufinden. Also, falls Tomas mir so etwas antun *wollte*, würdest du mich warnen?«

»Glaubst ... glaubst du ernsthaft, *Tomas* könnte dahinterstecken?«

»Im Laufe der Jahre wollte mich schon so manch zivilisierter, anständiger Mensch umbringen. Weißt du irgendwas, Estelle? Und noch mal, falls ja: Würdest du es mir sagen?«

Sie sah ihn an, und ihr Mienenspiel zeigte verschiedene Ausdrücke: Überraschung, Wut, Ablehnung und schließlich auch Traurigkeit. »Schulde ich dir das?«

»Ich glaube schon«, sagte Orso. »Ich habe dich nie um viel gebeten, aber ...«

Estelle schwieg lange Zeit. »Das stimmt nicht«, sagte sie schließlich. »Du ... du hast mich gefragt, ob ich deine Frau werden will. Aber danach ... Nein, du hast mich nie wieder um etwas gebeten.«

Sie standen im Gang, umgeben von Bediensteten und um Worte verlegen.

Estelle blinzelte. »Falls ich den Eindruck hätte, Tomas will dir etwas antun, würde ich dir Bescheid sagen, Orso.«

»Auch, wenn du damit gegen die Interessen der Candianos handeln würdest?«

»Selbst dann.«

»Ich danke dir.« Er verneigte sich tief vor ihr. »Ich ... danke Euch für Eure Zeit, Frau Ziani.«

Er wandte sich ab und schritt davon.

Beim Gehen blickte er starr geradeaus und streckte die Arme durch. Dann aber huschte er hinter eine Säule und beobachtete die Mitglieder der Candiano-Handelsgesellschaft.

Als Tomas Ziani sich Estelle näherte, stand sie da wie erstarrt und stierte ins Leere. Ihr Gemahl ergriff sie bei der Hand und führte sie mit sich fort, doch sie schien es kaum mitzubekommen.

Kapitel 17

Sancia schlief noch, als es an ihrer Tür klopfte.

»Die Sonne geht unter«, erklang Gregors Stimme. »Unser Wagen ist bald hier.«

Sancia gähnte, schwang sich aus dem lakenlosen Bett, verließ das Zimmer, in dem sie geschlafen hatte, und wankte die Treppe hinab. Die Verletzungen und Schrammen der letzten beiden Tage fühlten sich an, als hätten sie sich auf den ganzen Körper ausgedehnt.

Als sie dann aber Gregor erblickte, wurde ihr bewusst, dass er sich ähnlich fühlen musste. Er stand gebeugt da, als wolle er den Rücken nicht belasten, und hielt den bandagierten Arm dicht am Brustkorb.

Kurz darauf öffnete sich die Haustür, und Berenice trat ein. Sie sah die beiden an und meinte: »Gütiger Gott. Ich hab im Mausoleum schon fröhlichere Gesichter gesehen. Kommt. Der Wagen steht bereit. Aber ich warne Euch – Orso hat miese Laune.«

»Er scheint nie gute Laune zu haben«, sagte Sancia und folgte ihr.

»Dann hat er heute *besonders miese* Laune«, erwiderte Berenice.

Sie fuhr die beiden zum Amtssitz des Hypatus, während die Sonne gerade hinter den Wolken am Horizont unterging.

»Bist du bereit, Clef?«, fragte Sancia mit einem konzentrierten Gedanken.

»Klar.« Er klang wieder putzmunter und fröhlich.

»Und? Geht es dir gut?«

»Ich fühle mich prächtig. Wirklich prächtig. Das ist ja gerade das Problem, Kind.«

Sancia versuchte, sich ihre Besorgnis nicht anmerken zu lassen.

»Kopf hoch!«, sagte Clef. »Ich helfe dir schon aus der Patsche. Versprochen.«

Der Sitz des Hypatus lag still und dunkel vor ihnen. Sie nahmen den Hintereingang und stiegen drinnen eine schmale Treppe hinauf, an deren oberem Absatz Orso sie erwartete, gleich neben der Tür zu seiner Werkstatt.

»Das ist also der Kerl, der mich gekauft hat, was?«, fragte Clef.

»Ja.«

»Wie ist er so?«

»Das hat ganz schön lange gedauert«, bellte Orso. »Gott, ich dachte schon, ich würde hier oben an verrogelter Altersschwäche sterben!«

»Vergiss es, ich glaub, ich kenne die Antwort.«

»Guten Abend, Orso«, begrüßte ihn Gregor. »Wie war die Ratsversammlung?«

»Zäh und kurz. Aber nicht ... völlig nutzlos. Ich habe ein paar Theorien entwickelt. Und wenn wir diesen verdammten Schlüssel finden, kann ich sie überprüfen.« Er deutete auf Sancia. »Du, bist du bereit, deinen Trick noch mal durchzuziehen?«

»Klar«, erwiderte sie.

»Dann bitte, versetz uns in Erstaunen.«

»Alles klar. Gebt mir noch einen Moment.« Sancia schaute die Treppe hinab. Für sie klang die Umgebung regelrecht wie ein Ozean aus Gemurre, Gewisper und Gesäusel. »Clef?«

»Ja?«

»Und? Hörst du was?«

»Oh, jede Menge. Aber Augenblick mal. Ich konzentriere mich.«

Schweigen senkte sich über sie. Sancia nahm an, dass Clef die Umgebung mit seinen Fähigkeiten absuchte und sich melden würde, sobald er etwas fand.

Doch dann ... veränderte sich alles.

Das Gemurre und Gesäusel wurde lauter, schien sich auszudehnen, zu brodeln, zu verschwimmen ...

Dann nahm sie Worte wahr – Worte, die sie tatsächlich *verstand*.

»... Hitze erhöhen, zum Blubbern bringen und beiseitestellen – das wär's. Erhalt die Hitze aufrecht. Oh, wie es mir gefällt, den Tank zu erhitzen ...«

»... lasse KEINEN rein, absolut KEINEN, sie DÜRFEN NICHT ohne den SCHLÜSSEL rein, der Schlüssel ist SEHR WICHTIG, und ich ...«

»Steife Form, steife Form, steife Form, auch an den Ecken. Ich bin wie ein Stein in den Tiefen der Erde ...«

Sancia begriff, dass sie die Skriben hörte, ihre Worte vernahm, *ohne* sie zu berühren. Vor Schreck wäre sie beinahe hintenübergekippt. Sie war sich ziemlich sicher, dass sie soeben eine Art von Wassertank gehört hatte, ein Schloss und eine skribierte Stützkonstruktion, die sich alle irgendwo im Gebäude befanden.

»Heilige ... heilige Scheiße!«, sagte sie in Gedanken.

Die Stimmen verblassten wieder zu leisem Gesäusel. »Was?«, fragte Clef. »Was ist?«

»Ich ... ich konnte sie hören! Ich hab gehört, was sie gesagt haben, Clef! Die ganzen Instrumente, alle davon!«

»Ahhh ...«, erwiderte Clef und schwieg kurz. »Ja, ich hatte befürchtet, dass das passiert.«

»Das was passiert?«

»Je stärker ich werde, desto öfter hörst du meine Gedanken. Sie dringen in dein Gehirn ein, deinen Verstand. Ich ... äh, überlaste dich ein wenig, glaube ich.«

»Du meinst, ich höre dasselbe wie du?«

»Und spürst dasselbe wie ich, ja. Also ...« **Clef hustete.** »Das könnte seltsam werden.«

Sancia fiel auf, dass Orso sie ungeduldig ansah. »Ist das gefährlich?«

»Ich glaube nicht.«

»Dann lass uns das vorerst ignorieren. Finde das Abhörinstrument, ehe diese Bastarde sich Sorgen machen. Um alles andere kümmern wir uns später.«

»Also schön, also schön ... Dieses Ding fängt Geräusche auf, richtig?«

»Ich glaube schon. Ich versteh diesen Scheiß selbst kaum.«

»Hm. In Ordnung.«

Erneut schwieg Clef, und kurz darauf strömten die Stimmen wieder in Sancias Kopf, eine Lawine aus Worten, Bedürfnissen und Ängsten. Die Stimmen wurden rasch lauter und wieder leiser, eine nach der anderen. Clef schien sie zu sortieren wie einen Papierstapel, er prüfte jede einzelne, ehe er sich der nächsten widmete – und all das geschah in Sancias Kopf. Ein höchst verwirrendes Gefühl.

Dann trat eine Stimme im Chaos hervor: »... ich bin ein Halm im Wind, tanze mit meinem Partner, meinem Zwilling, meiner Liebe ... Ich tanze wie sie, bewege mich wie sie, ich ritze unseren Tanz in den Ton ...«

»Das ist es«, **sagte Clef.** »Das ist das Ding! Hörst du es?«

»Tanzen? Ton? Liebe? Was zur Hölle ...?«

»Auf diese Weise denken Skriben. So funktionieren sie«, **erklärte Clef.** »Diese Instrumente sind von Menschen gemacht. Und Menschen erschaffen Dinge, die so funktionieren wie Menschen. Wenn du ein Objekt zu etwas bewegen willst, musst du ein Verlangen in ihm schüren, verstehst du? Das Instrument ist im Keller, glaub ich. Komm.«

»Ich glaube, ich hab's gefunden«, sagte Sancia.

»Dann geh voraus«, wies Gregor sie an.

Auf das wispernde Instrument lauschend, schritt Sancia durch Räume voller halb fertiggestellter Werkzeuge, kalter Ofenreihen und Bücherregale. Clef führte sie eine Treppe hinab, durch ein Zwischengeschoss zu einem Nebensaal, von wo aus sie zu einer weiteren Treppe gelangte. Dann führte er sie über unzählige Stufen in den Keller, der offenbar auch als Bibliothek diente. Orso, Berenice und Gregor folgten ihr schweigend, kleine skribierte Lampen in Händen, doch all das nahm Sancia vor lauter Stimmen im Kopf nicht wahr.

Sie musste sich noch daran gewöhnen. Lange Zeit hatte sie Skriben lediglich als leises Gemurmel wahrgenommen. Dass Clef die Stimmen nun verständlich machte, war, als fegte jemand eine Sandschicht von einem Pfad, auf dem Worte geschrieben standen.

Aber wenn ich das dank Clef höre, fragte sich Sancia, *was schnappe ich dann sonst noch auf? Und was nimmt er durch mich wahr?* Ob sie bald wie Clef denken und handeln würde, ohne es zu merken?

Sie betraten den Keller. Abrupt endete der Weg vor einer kahlen Wand.

»Und jetzt?«, fragte Sancia.

»Das Instrument ist ... äh ... irgendwo dahinter.«

»Was meinst du mit ›dahinter‹? Hinter der Wand?«

»Scheint so. Ich kann dir zeigen, wo es ist, weiß aber nicht, wie wir herankommen. Hör mal ...«

Wieder folgte eine Sprechpause, dann vernahm sie ein Nuscheln hinter der Wand: »... noch immer kein Tanz ... keine Geräusche. Stille. Nichts, wozu ich tanzen könnte, keine Rillen und Schnörkel, die ich in den Ton ritze ...«

»Ja«, sagte Sancia. Sie trat zurück und betrachtete die Wand. »Das Ding ist dahinter. Scheiße.« Sie seufzte und sagte laut: »Weiß einer von euch, was hinter dieser Wand ist?«

»Noch mehr Wand, nehme ich an«, antwortete Orso.

»Nein. Das Ding ist dahinter.«

»Du hast das Instrument gefunden?«, fragte Gregor. »Bist du sicher?«

»Ja. Jetzt müssen wir nur herausfinden, wie unsere Feinde

da rankommen.« Sie verzog das Gesicht, dann streifte sie die Handschuhe ab. »Moment.« Sie atmete tief durch, konzentrierte sich, schloss die Augen und legte die Handflächen auf die Mauer.

Sogleich erblühte die Wand in ihrem Geist, die alten, bleichen Steine und Mörtelschichten sprangen in ihre Gedanken. Die Wand erzählte ihr von Alter und Druck, von den Jahrzehnten, in denen sie das Gewicht des Gebäudes getragen und den Druck aufs Fundament verteilt hatte. Nur ...

... fehlte an einer Stelle dieses Fundament.

Ein Gang, dachte sie.

Mit geschlossenen Augen folgte sie der Wand und ließ die Hand über die Oberfläche gleiten. Endlich erreichte sie die Stelle; die Lücke im Fundament befand sich gleich unter ihr. Sie öffnete die Augen, kniete nieder und presste die Hände auf den Boden.

In ihrem Kopf erwachten die Dielenbretter zum Leben, knarrend und ächzend, erzählten ihr von Tausenden von Schritten, Leder- und Holzsohlen und von blanken Füßen. Ihr Schädel prickelte, als ob Termiten, Ameisen und andere Insekten durch ihre spröden Knochen krabbelten.

Eine Stelle am Boden war vom Rest separiert und von Schrauben durchsetzt.

Angeln, dachte Sancia. *Eine Tür*. Sie folgte dem Gefühl in ihrem Geist bis zu einem verstaubten blauen Teppich, den sie beiseiteschlug. Darunter kam eine alte, verkratzte Falltür zum Vorschein.

»Ein Gewölbe?«, fragte Gregor.

»Seit wann zur Hölle haben wir ein Gewölbe unterm Keller?«, wunderte sich Orso.

»Die Skriben-Bibliothek wurde vor Jahren renoviert«, erinnerte ihn Berenice. »Viele alte Wände wurden niedergerissen, einiges wurde überbaut. Hier gibt es noch Überreste davon – Türen, die ins Nichts führen und dergleichen.«

»Na ja, *diese* Tür führt irgendwohin.« Sancia schob die Finger in den Spalt und hebelte die Falltür auf.

Darunter kam eine kurze, modrige Holztreppe zum Vorschein, an deren Ende ein schmaler Tunnel unter der Wand hindurchführte. Es war stockfinster dort unten.

»Hier!« Berenice hielt ihr eine Lampe hin.

Sancia zog einen Handschuh wieder an – wobei ihr Orsos aufmerksamer Blick nicht entging –, und nahm die skribierte Leuchte entgegen. »Danke«, sagte sie und stieg durch die Luke hinab.

Mit der bloßen Hand berührte sie die Wand. Der Tunnel sprach zu ihr, erzählte von Dunkelheit und kühler Feuchtigkeit. Sie folgte ihm zu einer kleinen klapprigen Leiter, die in eine niedrige Zwischenetage führte, vermutlich Überbleibsel eines älteren Grundrisses, und am Ende dieser Etage …

»… ich warte darauf, meinen Pfad in Ton und Wachs zu ritzen … Wann beginnt mein Partner wieder zu tanzen? Wann bewegen wir uns, wann wiegen wir uns hin und her?«

»Da ist es«, sagte Sancia. »Endlich. Ich krieche hoch und schnapp mir das Ding.« **Sie krabbelte vor.**

»Moment!«, **warnte Clef.** »Halt!«

Sie hielt inne. »Was ist?«

»Beweg dich weiter vor … aber nur ein bisschen. Dreißig Zentimeter, mehr nicht.«

Sie folgte der Anweisung.

»Scheiße!«, **brummte Clef.** »Da ist noch etwas anderes. Das Abhörgerät überlagert es fast völlig. Hörst du es dennoch?«

Erneut zeichnete sich eine Stimme aus dem Gemurre ab, die jedoch nicht dem Abhörinstrument gehörte: »Ich warte. Ich warte auf das Signal, auf das Zeichen«, **sagte dieses Instrument.** »Wie sehr ich das Zeichen herbeisehne, ich freue mich darauf, sein Gewicht zu spüren. Aber falls nicht … Wenn jene mein Land betreten, die nicht das Zeichen tragen, oh- oh, dann schlage ich Funken, gleißend hell, zischend heiß, werde zu einem wundersamen Stern …«

»Was zur Hölle ist das?«, **fragte Sancia.**

»Ich weiß es nicht«, **erwiderte Clef.** »Aber es ist beim Aufnahmegerät, gleich daneben. Allerdings kann ich dir nicht zeigen, was es ist – nur, was die Skriben bewirken.«

Sancia hob das skribierte Licht, das jedoch nicht bis in den hinteren Teil des Raums vordrang. Sie überlegte, ob sie ihre Fähigkeiten einsetzen sollte, und presste schließlich die bloße Hand auf die Dielen.

Sie spürte das Holz, Nägel, Staub und Termiten – und sie spürte das Abhörinstrument. Zumindest hielt sie das Objekt dafür. Es handelte sich um ein massives Eisengestell. Vermutlich war die Wachs- oder Tonrolle, die zur Aufzeichnung diente, recht groß. Doch daneben stand noch ein anderes, sehr schweres Objekt. Sancia meinte, es müsse sich um ein Fass handeln, denn es war hölzern, rund und mit etwas gefüllt.

Schnüffelnd sog sie die Luft ein und glaubte, einen schwefligen Geruch wahrzunehmen.

Sie erstarrte. »Clef ... dieses Ding ... wenn sich ihm jemand nähert, ohne das richtige ... äh, Signal oder so dabeizuhaben ...«

»Schlägt es Funken«, **vollendete Clef den Satz.**

Schweigen senkte sich herab.

»Warte mal kurz«, **sagte Clef.**

»Klar.«

»Das ist eine Bombe, stimmt's?«

»Ja. Eine verfluchte Bombe. Eine verflucht große Bombe.«

Wieder schwiegen sie.

»Ich ... äh, ziehe mich langsam zurück«, **sagte Sancia.** »Ganz langsam.«

»Gute Idee. Großartige Idee. Gefällt mir.«

Behutsam kroch sie wieder in den Tunnel zurück. »Ich glaube, diese Skriben lassen sich nicht knacken.«

»Nicht, ohne das Gerät zu berühren«, **sagte Clef.** »Ich kann es mir anschauen, ein bisschen darüber in Erfahrung bringen und es dir zeigen – aber ich kann es nicht manipulieren, ohne es zu berühren.«

»Also sind wir am Arsch.«

»Sofern du nicht in Stücke gesprengt werden willst, ja.«
Sie seufzte. »Tja. Dann lass uns zu den anderen zurückkehren.«

»Also kommen wir nicht heran«, sagte Gregor. »Wir stecken fest.«

»Genau.« Sancia saß im Schatten am Boden und wischte sich den Staub von Armen und Knien.

Orso stand stumm da und blickte in den finsteren Gang. Seit ihrer Rückkehr hatte er kein Wort gesagt.

»Du kannst das Instrument doch bestimmt umgehen?«, fragte Berenice.

Gregor schüttelte den Kopf. »Ich hatte im Krieg mit skribierten Minen zu tun. Solange man nicht das richtige Signalinstrument bei sich trägt, endet man als Brei.«

»Also kommen wir nicht ans Abhörgerät heran.« Berenice seufzte. »Aber so schlimm ist das auch wieder nicht, oder? Ich meine, im Grunde wissen wir doch, was wir diesen Leuten alles offenbart haben, richtig, Herr?«

Orso antwortete nicht, sondern stierte weiterhin in den dunklen Gang.

»Das gefällt mir nicht«, sagte Clef.

»Mir auch nicht.«

»Äh …« Berenice wirkte verunsichert. »Schön. Ich wollte sagen: Wir könnten uns das Ding ansehen. Vielleicht erkennen wir dann, wer es gebaut hat. Allerdings habe ich den ganzen Nachmittag an der Schwerkraftmontur gearbeitet und nichts herausgefunden.«

»Dann konzentrieren wir uns auf das, was wir wissen«, sagte Sancia. »Wir wissen, das Instrument ist da unten. Wir wissen, es funktioniert. Wir wissen, alle haben Orso quicklebendig bei der verdammen Versammlung gesehen. Jemand wird herkommen. Bald.«

»Und wenn er kommt«, sagte Gregor, »fangen wir ihn oder beschatten ihn. Letzteres würde ich bevorzugen, das könnte uns verraten …« Er brach ab und seufzte. »Aber wir haben wohl nur eine Wahl: ihn fangen und verhören. Wir haben keinen Schimmer, zu welchem Campo der Spion zurückkehren würde, und auch nicht, zu welcher Enklave genau. Um ihn verfolgen zu können, bräuchten wir Passierplaketten, Schlüssel und alle möglichen Ausweise.«

»Könnte spaßig werden«, sagte Clef.

»Willst du das wirklich tun, Clef? Wir haben keine Ahnung, auf welche Hindernisse wir stoßen.«

»Wie ich schon sagte, Kind, ich will nicht den ganzen Tag nutzlos in deiner Tasche liegen.«

»Ich … könnte mit meinen Schwarzmarktkontakten reden«, schlug Sancia vor. »Ich komme an Passierplaketten für die Campos heran.«

»Du kannst so viele Plaketten besorgen?«, wunderte sich Gregor.

Offenbar war den anderen nicht klar, wie kinderleicht das war. »Ja.«

»Und Ausweise?«, hakte Berenice nach.

»Wenn ihr mir genug Duvoten gebt, krieg ich euch in die Campos«, verkündete Sancia.

Clef lachte. »Das ist leicht verdientes Geld.«

»Abgemacht!«, sagte Gregor. »Du besorgst die Plaketten, wir legen einen Hinterhalt und warten. Einverstanden?«

Berenice nickte. »Einverstanden.«

»Einverstanden«, sagte auch Sancia.

Sie sahen Orso fragend an.

»Herr?«, fragte Berenice.

Endlich regte sich der Hypatus und starrte Sancia an. »Das war … eine beeindruckende Leistung«, sagte er leise.

»Äh … danke?«, erwiderte sie.

Er musterte sie von Kopf bis Fuß. »Will man als Hypatus überleben, muss man nur eine einfache Regel befolgen, wisst ihr. Verwende bei deinem Entwurf keine Skribe, die du nicht völlig verstehst. Und, Mädchen, ich muss gestehen, ich verstehe dich nicht im Mindesten.«

»Brauchst du auch nicht«, antwortete Sancia. »Du musst nur die Ergebnisse verstehen, die ich liefere.«

Orso schüttelte den Kopf. »Nein, ich brauche weit mehr als das. Woher soll ich zum Beispiel wissen, dass du uns die Wahrheit über all das hier sagst?«

»Hä?«

»Du verschwindest in der Dunkelheit, sagst, du hast das Instrument gefunden, aber wir kommen nicht heran. Du sagst, wenn wir da runtergehen und selbst nachsehen, sterben wir. Wir haben keine Möglichkeit, das zu überprüfen. Wie vorteilhaft für dich.«

»Ich hab dir das Leben gerettet«, erinnerte ihn Sancia. »Ich hab das verdammte Instrument in der Statuette entdeckt.«

»Aber wie hast du das geschafft? Das hast du uns nie erklärt. Du hast uns *überhaupt nichts* erklärt.«

»Orso, ich glaube, wir können ihr trauen«, mischte sich Gregor ein.

»Wie können wir ihr trauen, wenn wir nicht wissen, wie sie das alles macht? Ein Instrument zu finden ist eine Sache, aber durch Wände zu schauen, Falltüren aufzuspüren … Ich meine, sie hat uns auf direktem Weg hingeführt, wie ein verdammter Spürhund.«

»*Oh-oh*«, sagte Clef.

Orso sah wieder Sancia an. »Du hast das alles nur durch *Lauschen* herausgefunden?«

»Ja, und?«

»Und indem du Wände berührst?«

»Ja. Was ist dabei?«

Er sah sie lange Zeit an. »Wo kommst du her, Sancia?«

»Aus Gründermark«, antwortete sie trotzig.

»Ich meine, ursprünglich?«

»Aus dem Osten.«

»Von wo aus dem Osten?«

»Wenn du weit genug nach Osten reist, kommst du hin.«

»Warum so ausweichend?«

»Weil es dich verdammt noch mal nichts angeht.«

»Aber es *geht* mich was an. Seit dem Moment, als du meinen Schlüssel gestohlen hast.« Er trat näher und beäugte blinzelnd die Narbe an ihrem Kopf. »Du brauchst es mir nicht mehr zu sagen«, hauchte er. »Du brauchst mir gar nichts mehr zu sagen. Ich weiß es schon.«

Sancia spannte jeden Muskel an. Ihr Herz schlug fast so laut, wie die Skriben murmelten.

»Silicio«, sagte Orso. »Von der Silicio-Plantage. Da kommst du her, stimmt's?«

Im nächsten Augenblick legte Sancia die Hände um seine Kehle und drückte zu.

Sie hatte ihn nicht angreifen wollen. Sie begriff selbst kaum, was geschehen war. Im einen Moment hatte sie noch am Boden gesessen, dann hatte Orso diesen Namen ausgesprochen, und urplötzlich hatte sie wieder den Alkohol gerochen, die summenden Fliegen gehört, und ihr Kopf hatte höllisch geschmerzt.

In der nächsten Sekunde hing sie kreischend an dem völlig verängstigten Orso Ignacio und drückte ihm die bereits lädierte Kehle zu. Wieder und immer wieder schrie sie ihn an. Es dauerte einen Moment, bis sie begriff, was sie brüllte: »Steckst du dahinter? Warst du es? Hä? Hä?«

Dann stand Berenice neben ihr und versuchte, sie von ihrem Herrn fortzureißen, mit wenig Erfolg. Erst Gregor schaffte es schließlich.

Er hielt die Kleine fest in seinen großen Armen.

»Lass mich los!«, schrie sie. »Lass mich los, lass mich los, lass mich los!«

»Sancia«, sagte Gregor erstaunlich gelassen. »Hör auf. Halt still.«

Hustend und röchelnd setzte Orso sich auf. »Was in aller Welt ...«

»Ich bring ihn um«, kreischte Sancia. »Ich bring dich um, du verrogelter Bastard!«

»Sancia«, sagte Gregor. »Du bist nicht an dem Ort, an dem du zu sein glaubst.«

»Was ist mit ihr los?«, fragte Berenice erschüttert.

»Das ist eine Reaktion auf die Vergangenheit«, sagte Gregor. »Ich hab das bei Veteranen beobachtet und auch schon selbst darunter gelitten.«

»*Er* steckt dahinter!« Sancia trat wild nach Gregors Beinen. »Er war's, er war's, er war's!«

Orso hustete, schüttelte sich und krächzte: »Ich war das nicht!«

Sancia wand sich in Gregors Griff und hörte nicht auf zu zappeln.

»Kind«, sagte Clef in ihrem Geist. »Kind! Hörst du nicht? Er sagte, er war es nicht! Komm zurück zu mir! Wo immer du bist, komm bitte zurück!«

Sancias Gegenwehr ließ nach, als sie die Stimme des Schlüssels hörte. Die vielen Sinneseindrücke von der Plantage verblassten in ihrem Kopf. Dann erschlaffte sie.

Orso setzte sich auf den Boden und sagte keuchend: »Ich stecke *nicht* dahinter, Sancia. Ich hatte nichts mit Silicio zu tun. Nichts! Ich schwöre es!«

Sancia schwieg. Ausgelaugt rang sie um Atem.

Langsam setzte Gregor sie auf den Boden. Dann räusperte er sich, als hätten sie sich nur heftig beim Frühstück gestritten. »Ich muss nachhaken. Was ist Silicio?«

Orso sah zu Sancia. Finster erwiderte sie seinen Blick, sagte jedoch nichts.

»Für mich war es bisher nicht mehr als ein Gerücht«, antwortete Orso. »Das Gerücht über eine Sklavenplantage, wo ... wo einige Skriber jene Kunst ausübten, die uns strikt untersagt ist.«

Entgeistert wandte sich Berenice ihm zu.

»Ihr meint …?«, sagte Gregor.

»Genau.« Orso seufzte. »Das Skribieren von Menschen. Und wenn man sich Sancia so anschaut … scheint es zumindest bei ihr funktioniert zu haben.«

»Kaum jemand erinnert sich an die ersten Versuche, einen Menschen zu skribieren«, sagte Orso finster. Er saß am Kopf eines großen Holztisches in der Skriben-Bibliothek. »Und niemand *will* sich daran erinnern. Ich hatte gerade erst die Schule absolviert, als es gesetzlich verboten wurde. Aber ich habe einige Probanden gesehen. Ich wusste, was man mit ihnen gemacht hatte. Und mir ist klar, warum man die Experimente einstellen wollte.«

Schweigend saß Sancia am anderen Ende des Tischs und wiegte sich sanft vor und zurück. Gregor und Berenice sahen zwischen ihr und Orso hin und her und warteten darauf, mehr zu erfahren.

»Wir wissen, wie wir die Realität eines Gegenstands verändern können«, fuhr Orso bedachtsam fort. »Wir sprechen die Sprache der Objekte. Diese Sprache auf Menschen anzuwenden, unsere Körper mit Sigillen-Befehlen zu verknüpfen … das funktioniert nicht.«

»Wieso nicht?«, fragte Gregor.

»Einerseits sind wir einfach noch nicht gut genug darin«, antwortete Orso. »Der Versuch, die Schwerkraft gefahrlos zu manipulieren, wäre mit einem *gewaltigen* Aufwand verbunden. Man bräuchte drei, vier, fünf Lexiken, nur um eine einzige Person entsprechend zu manipulieren.«

»Und andererseits?«

»Andererseits brauchen Skriben eine präzise Definition von dem, worauf sie einwirken sollen, und das ist bei Objekten leicht. Eisen ist Eisen, Stein ist Stein, Holz ist Holz. Objekte haben sozusagen eine unkomplizierte Selbstwahrnehmung, denn

Gegenstände sind *dumm*. Menschen hingegen ... ihre Selbstwahrnehmung ist ... kompliziert. Variabel. Sie verändert sich. Menschen halten sich selbst nicht bloß für eine Ansammlung aus Fleisch, Blut und Knochen, auch wenn sie im Grunde genau das sind. Sie halten sich für Soldaten, Könige, Eheleute und Kinder. Menschen können sich einreden, alles Mögliche zu sein, und deshalb bleiben die Skriben, die man mit ihnen verknüpft, nicht dauerhaft verankert. Eine Person an eine Skribe zu binden ist, als wolle man etwas auf den Ozean schreiben.«

»Was geschah mit den Menschen, die die Skriber verändern wollten?«, fragte Gregor.

Orso schwieg eine ganze Weile. »Selbst ich rede nicht über solche Dinge. Nicht jetzt. Und auch künftig nicht, wenn ich es vermeiden kann.«

»Wie ist dann diese Silicio-Plantage entstanden, Herr?«, fragte Berenice.

»Diese Experimente sind nur *in Tevanne* illegal«, erklärte Orso. »Und die Gesetze Tevannes sind lasch und begrenzt, wie wir alle wissen. Und zwar mit Absicht. Keines davon gilt auf den Plantagen. Solange Tevanne Zucker, Kaffee und all die anderen Dinge pünktlich geliefert bekommt, ist es der Stadt egal, was dort draußen geschieht. Wenn also ein Handelshaus ein paar Skriber auf einer Insel unterbringt und die Plantagenbetreiber bittet, sie mit *Probanden* zu versorgen ...«

»Und besagtes Handelshaus zahlt der Plantage einen Bonus, bietet ihr einen vorteilhaften Vertrag oder eine andere lukrative Belohnung an ...«, knurrte Gregor.

»Und diese Belohnung steht offiziell in keinem Zusammenhang zu den einquartierten Skribern«, fuhr Orso fort, »dann sieht von außen betrachtet alles völlig legal aus.«

»Aber wieso?«, wunderte sich Berenice. »Wieso sollte man überhaupt an Menschen experimentieren, Herr? Tevanne ist doch mit seinen Instrumenten überaus erfolgreich. Wieso konzentrieren wir uns nicht darauf?«

»Denk nach, Berenice. Stell dir vor, du hättest einen Arm verloren, ein Bein oder hättest dir eine tödliche Seuche eingefangen. Stell dir vor, jemand könnte eine Sigillen-Folge komponieren, die dich *heilt*, eine Gliedmaße nachwachsen lässt oder …«

»Oder mich für sehr, sehr lange Zeit am Leben erhält«, hauchte Berenice. »Sie könnten einen Menschen so skribieren, dass er den Tod umgeht.«

»Oder sie könnten den Verstand von Soldaten skribieren«, fügte Gregor hinzu. »Sie furchtlos machen. Sie dahingehend manipulieren, dass ihnen ihr eigenes Leben nichts mehr bedeutet. Sie zu unaussprechlichen Taten treiben, an die sie sich hinterher nicht mehr erinnern. Oder man könnte sie stärker, schneller und ausdauernder machen als gewöhnliche Soldaten.«

»Oder Sklaven skribieren, die blind jeden Befehl befolgen«, fügte Berenice mit flüchtigem Blick auf Sancia hinzu.

»Die Möglichkeiten sind unbegrenzt«, murmelte Orso.

»Und so etwas geschah auf Silicio?«, erkundigte sich Gregor. »Ein Handelshaus ließ dort so ein Experiment durchführen?«

»Ich kenne nur Gerüchte darüber. Über eine Plantage draußen auf dem Durazzomeer, wo man noch immer den verbotenen Künsten nachgeht. Angeblich wurde das Labor immer wieder verlegt, von Insel zu Insel, damit es nicht so leicht aufzuspüren ist. Aber vor einigen Jahren hörte ich, es sei auf der Insel Silicio zu einem Desaster gekommen. Ein ganzes Plantagengebäude sei niedergebrannt, und alle Sklaven seien geflohen. Unter den Todesopfern des Brandes befanden sich einige tevannische Skriber, doch niemand konnte genau sagen, was sie dort gemacht hatten.«

Alle blickten Sancia an, die inzwischen wie erstarrt dasaß, mit völlig ausdrucksloser Miene.

»Welches Haus steckte hinter dem Experiment?«, fragte Gregor.

»Oh, das war vermutlich nicht nur *ein* Handelshaus«, antwortete Orso. »Wenn tatsächlich eins versucht hat, Menschen zu skribieren, haben es die anderen auch versucht. Vielleicht laufen diese Versuche sogar noch. Vielleicht aber hat das, was in Silicio passiert ist, sie auch abgeschreckt.«

»Auch ...«, setzte Gregor an. »Auch die Dandolo-Handelsgesellschaft, Hauptmann. Wie viele Handelshäuser gingen bankrott, weil sie es versäumt haben, den neuen Entwurf eines Konkurrenten rechtzeitig nachzumachen? Wie viele Karrieren endeten, weil ein Wettbewerber plötzlich bessere Produkte angeboten hat?«

Berenice verzog angewidert den Mund. »Aber um so etwas *Menschen* anzutun ...«

Unvermittelt lachte Sancia auf. »Gott. Gott! Als ob das schlimmer wäre! Als ob *das* schlimmer wäre als alles, was da draußen passiert!«

Ihre Gefährten sahen sie betreten an.

»Wie meinst du das?«, fragte Berenice.

»Ihr ... ihr begreift nicht, was die Plantagen sind!«, sagte Sancia. »Denkt doch mal nach. Stellt euch vor, ihr wollt eine Insel kontrollieren, auf der achtmal mehr Sklaven als Aufseher sind. Wie macht man sie gefügig? Wie kann man sie ruhigstellen? Wenn ... wenn *irgendeiner* von euch verstehen könnte, was ich gesehen habe ...«

»Geschieht das dort wirklich?«, fragte Berenice. »Warum sorgen wir nicht dafür, dass die Plantagen geschlossen werden?«

Orso zuckte mit den Schultern. »Weil wir dumm sind. Und faul. Nach dem Krieg brauchte Tevanne billiges Korn und Getreide und andere günstige Ressourcen. Zugleich verfügte man über viele Kriegsgefangene. Anfangs dachte man, es wäre nur eine vorübergehende Lösung. Doch dann wurde alles immer schlimmer.«

Sancia schüttelte den Kopf. »Den menschlichen Körper zu skribieren ... Diese Schrecken sind nichts – rein gar nichts – verglichen mit dem, was auf den Inseln passiert. Und bekäme ich die Gelegenheit dazu ... ich würde es wieder tun.«

Gregor sah sie an. »Sancia ... Wieso ist Silicio niedergebrannt?«

Lange Zeit schwieg sie. »Die Insel brannte nieder«, sagte sie schließlich, »weil ich sie angezündet habe ...«

Sie hatten sie zu dem großen Haus hinter der Plantage gebracht, in den Keller, wo sich dieser ... Raum befand. Sie wusste nicht einmal, wie man ihn nannte. Leichenhalle? Labor? Irgendetwas dazwischen? Sancia hatte es nicht genau verstanden.

Sie roch den Alkohol, sah sich die Zeichnungen und Illustrationen an der Wand und all diese Plättchen mit den seltsamen Symbolen an. Sie dachte an den stinkenden Wagen, der jeden Morgen das Haus verließ, von Fliegen umschwirrt. In dem Moment kam ihr der Gedanke, dass sie den Raum nicht mehr lebend verlassen würde.

Sie flößten ihr ein Beruhigungsmittel ein – einen starken Branntwein, der schrecklich und irgendwie gammlig schmeckte. Er benebelte ihren Verstand, betäubte aber nicht den Schmerz, den sie gleich darauf spürte. Jedenfalls nicht genug.

Zunächst schnitten sie ihr das Haar ab, rasierten ihr den Schädel, wobei ihr Blut in die Augen lief. Sie ließen sie auf den Tisch fallen, fesselten sie, dann tupfte der einäugige Skriber ihren Schädel mit Alkohol ab, was fürchterlich brannte.

»Verzweifelte Zeiten«, sagte der einäugige Skriber und griff zu einem Messer, »erfordern verzweifelte Maßnahmen. Aber haben wir nicht das Recht, unorthodox zu sein, meine Liebe?« Er lächelte affektiert.

Und dann schnitt er ihr den Kopf auf.

Sancia fehlten die Worte, um zu schildern, was sie gefühlt hatte, als man ihr die Kopfhaut aufschlitzte und ihr den Schädel wie eine Orange schälte. Ebenso wenig konnte sie beschreiben, was sie empfunden hatte, als der Mann die Krümmung ihrer Schädeldecke vermaß und mit lautem *Tapp-Tapp* die Platte in die entsprechende Form klöppelte. Unbeschreiblich auch, wie sich die Schrauben, diese schrecklichen Schrauben, knirschend in ihren Knochen fraßen, und dann ...

Wurde alles schwarz.

Sancia starb. Dessen war sie sich sicher. Nichts existierte mehr.

Plötzlich jedoch nahm sie etwas wahr ...

Jemand lag auf ihr. Sie spürte seine Wärme. Sein Blut.

Sie brauchte lange, um zu begreifen, dass sie sich selbst spürte.

Sie spürte den eigenen Körper, der auf einem dunklen Steinboden lag. Nur hatte sie sich aus der Perspektive des Bodens wahrgenommen. Sie war zum Boden geworden, indem sie ihn berührte.

Allein im Dunkeln wachte die junge Sancia auf und kämpfte darum, nicht den Verstand zu verlieren. Ihr Schädel brüllte vor Schmerz. Die eine Kopfseite war geschwollen, verkrustet und voller Stiche. Einsam und blind wurde ihr klar, dass sie sich womöglich *verwandelte* wie eine Motte, die sich aus dem Kokon kämpft.

An ihren Handgelenken spürte sie Ketten. Ein Schloss. Und dank ihrer Verwandlung hatte sie das Gefühl, die Ketten *zu sein*, sie *war* das Schloss – daher wusste sie auch sofort, wie sie es mit einem Holzsplitter knacken konnte.

Das hatten ihre Peiniger sicher nicht vorausgesehen. Sie hatten nicht geplant, sie in dieses *Ding* zu verwandeln. Denn falls doch, hätten sie Sancia sicherlich gründlicher gefesselt. Und nicht zugelassen, dass der einäugige Skriber nachts *allein* nach ihr sah.

Die Tür knarrte, ein Lichtstrahl durchdrang die Schatten.

»Bist du wach, Süße?«, fragte er. »Nein, offenbar nicht.«

Er hielt Sancia wahrscheinlich für tot. Jedenfalls rechnete er nicht damit, dass sie sich in der Ecke versteckte, Schloss und Kette in der Hand.

Sie wartete, bis er eingetreten war. Dann ging sie auf ihn los.

Oh … das wohlige Geräusch, mit dem das schwere Schloss seinen Schädel traf! Oh, wie er zu Boden fiel, röchelnd, geschockt. Dann war sie bei ihm, wickelte ihm die Kette um den Hals und zog sie straff, fester und fester …

Aufgewühlt, verängstigt und voller Blut schlich sie aus dem Raum, durchs dunkle Haus, spürte die Dielen unter sich, die Wände, fühlte all diese Dinge, alles zugleich …

Das Haus war jetzt ihre Waffe. Und sie setzte sie gegen ihre Peiniger ein.

Sie verschloss ihre Schlafzimmertüren, eine nach der anderen. Verriegelte alles, während sie schliefen, und ließ ihnen keinen Fluchtweg. Dann ging sie nach unten, wo sie den Alkohol, das Kerosin und die anderen stinkenden Flüssigkeiten aufbewahrten, und suchte ein Streichholz …

Ein aufflammendes Streichholz klingt manchmal wie ein Kuss im Dunkeln, hatte sie in jener Nacht gedacht. Sie hatte zugesehen, wie die Flamme zum Leben erwacht war und die Alkohollachen am Boden erfasst hatte.

Niemand hatte überlebt. Und als sie dagesessen und das Inferno beobachtet hatte, war ihr klar geworden: Ob Meister oder Sklave, alle Schreie klangen gleich.

Stille erfüllte die Bibliothek. Niemand rührte sich.

»Wie bist du nach Tevanne gekommen?«, fragte Gregor schließlich.

»Ich bin an Bord eines Schiffes geschlichen«, sagte Sancia leise. »Es ist leicht, sich zu verstecken, wenn einem die Planken und Wände sagen, wer gerade kommt und geht. Als ich von Bord ging, las ich den Namen ›Grado‹ auf einem Winzereischild und beschloss, ihn anzunehmen. Schließlich musste ich einen Nachnamen nennen, wenn ich gefragt wurde. Am schwierigsten war es, die Grenzen meiner Fähigkeiten auszutesten. Durch eine Berührung mit allem eins zu werden … das hat mich fast umgebracht.«

»Wie genau funktioniert deine Augmentation?«, fragte Orso.

Sie versuchte, es ihm zu beschreiben – dass sie spüren konnte, was Objekte empfanden oder empfunden hatten, die schiere Flut an Sinneseindrücken, die sie ständig im Zaum halten musste. »Ich versuche ... so wenige Dinge wie möglich zu berühren«, schloss sie. »Menschen kann ich nicht anfassen, das ist zu viel. Und wenn ich die Skriben in meinem Schädel überlaste, brennen sie wie heißes Blei. Bei meiner Ankunft in Tevanne musste ich mich wie eine Aussätzige in Lumpen hüllen. Es dauerte nicht lange, bis mir klar wurde, dass das, was man mir angetan hatte, eine Art Skribierung war. Also wollte ich herausfinden, wie ich das Problem aus der Welt schaffen kann. Wie ich wieder zu einem normalen Menschen werde. Aber nichts in Tevanne ist billig.«

»Hast du deshalb den Schlüssel gestohlen?«, fragte Berenice. »Um einen Physikus bezahlen zu können?«

»Einen Physikus, der mich nicht gleich an ein Handelshaus verkaufen würde«, antwortete Sancia, »ja.«

»Was?«, fragte Orso entsetzt. »Ein *was*?«

»Äh ... ein Physikus«, wiederholte Sancia. »Jemand, der mich heilen kann.«

»Ein Physikus ... der dich *heilen* kann? Sancia ... mein Gott, ist dir klar, dass du wahrscheinlich das einzige *lebende* Exemplar deiner Art bist? Ich habe noch *nie* einen skribierten Menschen gesehen, und ich habe ganze Schiffsladungen verrückter Scheiße gesehen! Die Vorstellung, dass es einen Physikus gäbe, der dich einfach nur heilt, ist absurd!«

Sie sah ihn an. »Aber ... aber meine Kontaktleute meinten ... sie hätten einen Physikus gefunden, der weiß, was zu tun ist.«

»Dann haben sie entweder gelogen«, sagte Orso, »oder wurden selbst belogen. Niemand weiß, wie man einen solchen Eingriff vornimmt wie den, dem du unterzogen worden bist, und schon gar nicht, wie man ihn rückgängig macht! Deine Kontaktleute werden entweder dein Geld nehmen und dir die Kehle durchschneiden, oder sie werden dich ans nächstbeste Haus verkaufen!«

»Scheiße«, sagte Clef bestürzt.

Sancia zitterte. »Und ... und was soll das heißen? Dass ich ... für immer so bleibe?«

»Woher soll ich das wissen?« Orso riss in einer nahezu verzweifelten Geste die Hände hoch. »Wie gesagt, ich hab jemanden wie dich noch nie gesehen.«

»Herr«, zischelte Berenice, »ein wenig mehr ... Feingefühl? Bitte.«

Orso sah sie an und dann wieder Sancia, die blass geworden war und mittlerweile zitterte. »Ach, verdammt, hör zu. Nach allem, was du mitgemacht hast, darfst du hierbleiben. Bei mir und Berenice. Und ich versuche herauszufinden, wie zum Teufel sie das mit dir gemacht haben und wie man es rückgängig machen kann.«

»Ach, wirklich?«, fragte Gregor. »Das ist sehr edelmütig, Orso.«

»Unsinn!«, erwiderte der Hypatus unwirsch. »Das Mädchen ist ein verdammtes Wunder! Wer weiß, welche Geheimnisse sie buchstäblich in ihrem Kopf mit sich herumträgt!«

Gregor verdrehte die Augen. »War ja klar.«

»Glaubst du, du findest das wirklich heraus?«, fragte Sancia.

»Ich auf jeden Fall eher als jeder andere dumme Bastard in dieser Stadt«, erwiderte Orso.

Sancia überlegte. »Was denkst du, Clef?«

»Ich denke, diesem Verrückten ist Geld egal – und bei jemandem, dem Geld egal ist, ist die Wahrscheinlichkeit, dass er dich verkauft, eher gering.«

Sancia sah den Hypatus an. »Ich werde es mir durch den Kopf gehen lassen.«

»Großartig«, sagte Orso. »Aber zunächst ... Dort draußen gibt es ein teuflisches Arschloch, das uns alle umbringen will. Sorgen wir erst dafür, dass wir eine Zukunft haben, ehe wir Pläne schmieden.«

»In Ordnung.« Sancia sah Berenice an. »Glaubst du, du kannst noch eine Beschattungs-Skribe erstellen wie die, die du bei Gregor benutzt hast?«

»Natürlich. Die sind ganz leicht.«

»Gut.« Sancia sah Gregor an. »Und du – jagst du diesen Bastard mit mir?«

Überraschenderweise wirkte der Hauptmann verunsichert. »Äh ... na ja, das ist ... unwahrscheinlich.«

»Warum?«

»Aus demselben Grund, aus dem auch Orso dir nicht helfen kann. Weil mich hier jeder kennt.«

»Er meint, er ist berühmt«, erklärte Orso, »weil er Ofelia Dandolos verrogelter Sohn ist.«

»Ja. Und wenn jemand sieht, wie ich durch einen fremden Campo schlendere, schlägt er Alarm.«

»Aber ich brauche Hilfe«, sagte Sancia. »Ich wurde so oft von diesen Arschlöchern beschossen, dass es schön wäre, jemanden zu haben, der zur Abwechslung zurückschießt.«

Gregor und Orso sahen sich an, dann richteten sie ihre Blicke auf Berenice.

Die seufzte tief. »Oh, prima. Schön. Ich weiß zwar nicht, warum immer nur *ich* alle durch die Stadt begleiten muss, aber ... ich kann wohl aushelfen.«

»Nun ja ...«, sagte Sancia. »Berenices Unterstützung wäre sicher sehr hilfreich, aber ... ich hatte auf jemanden gehofft, der ein bisschen ... robuster ist?«

»Hauptmann Dandolo mag bewundernswert kräftig sein«, sagte Orso, »aber das Schöne am Skribieren ist: Es macht *das hier*«, er tippte sich an den Kopf, »zu einer weit gefährlicheren Waffe. Und in dieser Hinsicht hat die junge Berenice wenig Konkurrenz. Ich hab gesehen, wozu sie imstande ist. Und jetzt haltet alle die Klappe und macht euch an die Arbeit.«

Kapitel 18

Sancia saß im Besenschrank der Bibliothek und döste.

Sie schlief nicht richtig; es wäre katastrophal gewesen einzuschlafen, während sie auf den feindlichen Agenten wartete. Vielmehr wandte sie eine Art Meditationstechnik an, die sie vor langer Zeit erlernt hatte, und so blieb sie während des Schlummers wachsam und bei Bewusstsein. Das war nicht so erholsam wie echter Schlaf, doch so war sie weniger angreifbar.

Irgendwo oben waren Schritte zu hören.

»Das ist er nicht«, sagte Clef.

Sancia atmete tief durch und ruhte sich weiter aus.

Minuten verstrichen. Dann ein Geräusch – irgendwo schloss jemand eine Tür.

»Das ist er auch nicht«, informierte Clef sie.

»Alles klar. Danke.«

Sie versuchte, wieder einzudösen. Hier allein im Schrank zu sein war für Sancia von unschätzbarem Wert. Sie brauchte dringend Ruhe und wollte sich für eine Weile keinen Außenreizen aussetzen. Die vielen Skriben in Orsos Amtssitz ermüdeten sie.

Da der feindliche Agent ein skribiertes Objekt dabeihaben musste, um auf das Abhörinstrument zuzugreifen, konnte Clef ihn leicht identifizieren. Gleichwohl war es nicht hilfreich, dass der Schlüssel ihr ständig auch jeden meldete, bei dem es sich *nicht* um den Spion handelte.

Über Sancia ertönten plötzlich laute Schritte.

»Der ist's nicht«, sagte Clef.

»Clef, verdammt noch mal! Du musst mir nicht ständig sagen, dass es nicht der Spion ist! Sag mir einfach, wenn er wirklich eintrifft!«

»Ist gut ... Tja, ich bin mir ziemlich sicher, dass es der Nächste ist.«

»Hä?«

Irgendwo im Keller öffnete sich eine Tür.

»Ja, das ist er«, sagte Clef. »Er trägt die Signal-Skribe. Horch ...«

Zunächst blieb es still, dann schwoll ein Säuseln und Flüstern an, bis Sancia deutlich eine Stimme heraushörte: »Ich hab ein Sonderrecht, mit mir übt man Nachsicht, denn ich bin auserwählt. Ich darf näher treten, weil ich erwartet werde. Ich werde GEBRAUCHT ...«

»Gott«, sagte Sancia, »sind alle Skriben so neurotisch?«

»Sie sind dazu gezwungen, sich auf eine bestimmte Art und Weise zu verhalten«, erklärte Clef. »Und das ist im Grunde die Definition von neurotisch.«

Sancia berührte den Boden mit bloßer Hand, und in ihrem Geist erwachten die Holzbretter nacheinander zum Leben – und schließlich spürte sie, wie jemand langsam über sie hinwegging.

Eine Frau, das erkannte Sancia an der Schuhgröße, an deren Form und an der Gangart. Sie bewegte sich ... sehr vorsichtig.

»Sie hat Angst«, sagte Clef.

»Sie holt die Aufzeichnungen notgedrungen ab. Da hätte ich auch Angst.«

Die Frau erreichte den Besenschrank und drehte den Türknauf, doch die Tür war verschlossen. *Sie scheint alles zu überprüfen*, dachte Sancia. Dann schlich die Frau zur Falltür, die zur Zwischenetage mit dem Instrument führte.

Sancia wartete und wartete, einen Finger auf den Boden gedrückt. Sie spürte die Vibration, als die Falltür zufiel. Es dauerte nicht lange, bis die Fremde zurückkehrte – diesmal fühlte sie sich etwas schwerer an als zuvor.

»Sie hat es geholt.« Als die Frau am Schrank vorbeiging, um die Ecke bog und die Treppe hinaufstieg, sperrte Sancia lautlos die Besenschranktür auf und huschte der Agentin nach.

Im Erdgeschoss des Hypatus-Gebäudes schloss sie zu ihr auf und folgte ihr in sicherem Abstand durch die Eingangshalle. Am späten Nachmittag herrschte in den Gängen reges Treiben, doch trug Sancia die Farben der Dandolo-Handelsgesellschaft, daher fiel sie nicht auf. Sie besah sich die Spionin. Sie war jung, kaum älter als Sancia selbst, ein dünnes, dunkelhäutiges Mädchen, in formeller gelb-weiße Kleidung und mit einer großen Ledertasche.

Anscheinend war sie eine Sekretärin oder Assistentin, daher achtete niemand auf sie.

»Das ist sie, richtig?«, fragte Sancia.

»Ja. Aber wenn sie weiter als fünfzig Schritt entfernt ist, verliere ich die Verbindung zu ihr. Also bleib dicht bei ihr oder markier sie mit Berenices Skribe.«

»Ja, ja ...«

Sancia folgte der Fremden aus dem Gebäude über die Vordertreppe zur Straße. Es war schrecklich heiß, diesig und regnerisch. Nicht die besten Bedingungen für eine Beschattung. In den meisten Gassen waren so wenig Leute unterwegs, dass Sancia befürchtete, dass sie dem Mädchen auffallen musste, doch als diese sich einer Straße näherte, bot sich Sancia eine Gelegenheit.

Das Mädchen stand in einer kleinen Menge von Campo-Bewohnern am Straßenrand. Vor ihnen rumpelte soeben eine Wagenkolonne vorbei. Sancia schlich sich an, vollführte eine rasche Bewegung, als verscheuche sie eine Fliege, und ließ dabei die Beschattungs-Skribe in die Tasche der Agentin fallen.

Der letzte Wagen der Kolonne fuhr vorbei. Das Mädchen hatte offenbar etwas gemerkt, denn sie schaute sich um, doch Sancia war längst verschwunden.

Sancia zog Berenices Zwillingsplakette hervor und brach sie

entzwei – ihr Signal, dass sie der Agentin die Plakette untergejubelt hatte. Dann nahm sie ihr Exemplar der Beschattungs-Skribe zur Hand, einen kleinen Holzdübel, an dessen Ende ein Draht mit einem skribierten Plättchen befestigt war. Der Draht wies direkt auf das Mädchen.

»Zwillings-Skribe aktiviert«, dachte Sancia.

Sancia folgte der Fremden durchs Südtor, wo ein Wagen auf sie wartete, unmarkiert und etwa dreißig Meter vom Tor entfernt, mit einer einzigen Gestalt in der Steuerkabine. Sancia näherte sich dem Gefährt, ohne die Agentin aus den Augen zu lassen, die durchs Tor ins Gemeinviertel schritt.

Berenice nickte Sancia hinter dem Fenster ihres Wagens zu. Ihr Gesicht war ungeschminkt, was ihrer Attraktivität frustrierenderweise keinen Abbruch tat.

»Das ist sie«, sagte Sancia zu ihr. »Los, hinterher.«

»Wir fahren durch ein anderes Tor«, erwiderte Berenice. »Wir nehmen das Osttor und schließen dann zu ihr auf.«

»Was? Warum zum Teufel sollten wir das tun? Wir dürfen sie nicht verlieren!«

»Das Instrument, das du ihr untergejubelt hast, lässt sich auf fast zwei Kilometer Entfernung orten«, erklärte Berenice. »Der Auftraggeber des Mädchens ist wahrscheinlich derselbe, der die fliegenden Attentäter bezahlt hat, stimmt's? Und falls die Agentin wirklich so wichtig ist, wie wir glauben, wird sie vermutlich von ein paar angeheuerten Schutzengeln bewacht, die sich für jeden interessieren, der ihr aus dem Tor folgt.«

»Gutes Argument«, sagte Clef. »Noch eine kleine Vorwarnung, Kind: Deine Gefährtin ist ziemlich gut bewaffnet.«

»Wie meinst du das?«

»Ich meine, sie ist wie eine wandelnde Wundertüte voller skribierter Objekte. Hörst du das denn nicht?«

»Ich bin schon zu lange auf dem Campo, es fällt mir mittlerweile schwer, etwas Bestimmtes herauszuhören, sofern es nicht ungewöhnlich mächtig ist.« Sie musterte Berenice. »Ist sie wirklich so schwer bewaffnet?«

»Ja. Sie ist vorbereitet, ich weiß nur nicht, worauf. Bleib auf der Hut.«

»Steig schnell ein«, drängte Berenice. »Zieh dich um. Und hör auf zu nörgeln.«

Sancia befolgte die Anweisung und kletterte auf den Rücksitz. Dort lag diverse Kleidung, in der sie in einem Gemeinviertel weniger auffiel. Seufzend – sie hasste es, sich umzuziehen – duckte sie sich und wechselte die Garderobe.

Der Wagen fuhr an der Campo-Mauer entlang zum Osttor. »Festhalten«, sagte Berenice, riss das Lenkrad herum und brauste durchs Tor, dann bog sie scharf rechts ab und raste wieder Richtung Südtor.

»Könntest du langsamer fahren, verrogelt noch mal?«, schrie Sancia, die auf dem Rücksitz zur Seite gekippt war; ihr Kopf steckte in einem dünnen Mantel.

»Nein.« Berenice hob den Draht, der alarmierend schwach ausschlug. Endlich richtete sich die Plakette aus und deutete ins Gemeinviertel. »Da lang! Wir sind in Reichweite.« Berenice bremste scharf ab, nahm ein Bündel vom Boden auf und sprang aus dem Wagen. »Komm schon, schnapp dir dein Kleiderbündel. Wir gehen zu Fuß weiter. Hier würde unser Wagen nur auffallen.«

Sancia hatte sich in einer Reithose verfangen. »Gib mir eine verdammte Sekunde!« Unter Mühen schlüpfte sie in die Kleidung, knöpfte sie zu und sprang aus dem Wagen.

Die beiden drangen ins Gemeinviertel vor. »Steck deinen Beschattungsdraht in die Brusttasche«, sagte Berenice leise. »Man muss ihn nicht zwingend ansehen, sondern spürt, in welche Richtung er ausschlägt.« Sie beäugte die Straßen und Fenster. »Bekommst du mit, wenn uns jemand ans Leder will?«

»Ja«, antwortete Sancia. »Halt einfach nach großen, hässlichen Gestalten mit Messern Ausschau.«

Sie näherten sich ihrem Ziel und fanden das Mädchen

schließlich in einer Taverne am Rande von Altgraben. Sie hatte einen Becher Rohrwein bestellt, nippte jedoch nicht mal daran.

»Das ist eine Übergabe«, flüsterte Sancia ihrer Begleiterin zu. »Jemand anderes wird das Abhörgerät zum Zielort bringen.«

»Wieso bist du dir da so sicher?«

»Tja, ganz sicher bin ich mir nicht, aber ...« Dann entdeckte Sancia ihn: Ein Mann stand in einer Ecke der Taverne. Er war gekleidet wie ein Bewohner des Gemeinviertels und beobachtete das Mädchen mit der Tasche. »Aber dieser Kerl da ist wahrscheinlich unser Mann.«

Schließlich durchquerte der Unbekannte den Raum Richtung Tresen. Dort bestellte er sich etwas, und während er darauf wartete, stand die junge Agentin wortlos auf und verließ die Taverne. Ihre Tasche ließ sie an ihrem Platz zurück.

Als der Mann sein Getränk bekommen hatte, ging er zu ihrem Tisch und setzte sich dort hin. Er leerte den Wein mit höchstens fünf Schlucken, packte die Tasche und ging.

Er wandte sich nach Osten und marschierte zügig los, die Tasche über der Schulter. Sancia, die mit Berenice ebenfalls die Taverne verlassen hatte spürte, wie der Draht in ihrer Brusttasche in seine Richtung ausschlug. Zugleich bemerkte sie, dass der Fremde nicht allein war: Nacheinander traten Leute aus Türen und Gassen und folgten ihm. Sie waren allesamt stämmig, und obwohl sie wie Bürger gekleidet waren, sah Sancia ihnen ihre Kraft und Professionalität an.

»Wir halten Abstand«, sagte Berenice leise.

»Ja. So viel wie möglich.«

Die Fremden gingen nach Osten, durchquerten erst Altgraben, dann Gründermark, bis sie die Mauern des Michiel-Campo erreichten.

»Die Michiels? Ernsthaft?«, wunderte sich Berenice. »Ich hätte nicht gedacht, dass sie für so etwas den Mut aufbringen. Sie sind eher Kunsthandwerker und konzentrieren sich auf Wärme, Licht, Glas und …«

»Sie betreten das Gelände nicht«, unterbrach Sancia sie, »sondern gehen weiter. Also hör auf zu spekulieren.«

Sie folgten den Fremden in gebührendem Abstand. Sancia spürte den Draht in ihrer Tasche zucken, sobald die Männer die Richtung wechselten. Nun, da sie sich von den Campos entfernten, hörte sie die vielen säuselnden Stimmen, die von Berenice ausgingen. Viele davon waren offenbar die mächtiger Skriben.

Sancia warf ihr einen Seitenblick zu und räusperte sich. »Also, in welcher Beziehung stehst du zu Orso?«

»In welcher … Beziehung?«, fragte Berenice. »*Darüber* willst du jetzt reden?«

»Es wäre eine gute Tarnung, wenn wir uns zwanglos unterhielten.«

»Stimmt wohl. Ich bin seine Fab.«

Sancia hatte keine Ahnung, was das bedeutete. »Heißt das, dass du und er … ich meine … Du weißt schon …«

»Was …? Nein!« Berenice sah sie angewidert an. »Gott, warum denken immer alle, dass der Begriff Fab etwas mit Sex zu tun hat? Viele Männer sind Fabs, und ihnen unterstellt das nie einer!« Sie seufzte. »Fab ist die Abkürzung für Fabrikator.«

»Ich kann dir immer noch nicht folgen.«

Erneut seufzte Berenice, tiefer als zuvor. »Du weißt, dass Sigillen auf Definitionen beruhen? Dass sie an Scheiben mit Tausenden und Abertausenden Sigillen gekoppelt sind, die definieren, was diese eine neue Sigille bedeutet?«

»Vage.«

»Ein Fabrikator ist die Person, die diese Definitionen erstellt. Jeder angesehene Skriber hat einen, wenn nicht sogar mehrere. Das ist wie bei Architekten und Bauherren. Der Architekt denkt sich ein großes, komplexes Bauwerk aus, braucht aber immer noch einen, der das verdammte Ding tatsächlich baut.«

»Klingt kompliziert. Wie bist du zu dieser Arbeit gekommen?«

»Ich habe ein exzellentes Gedächtnis, und mein Vater hat früher Geld mit mir verdient. Ich lernte Tausende von Scivoli-Partien auswendig – das Spiel mit dem karierten Brett und den Perlen an den Schnüren –, und er zog mit mir durch die Stadt und wettete gegen meine Gegner. Fabrikatoren spielen sehr gern Scivoli. Die Sache wurde zu einer Art Wettbewerb, bei dem es darum ging, wer mich schlagen konnte. Da sie alle regelmäßig gegeneinander spielten, nutzten sie im Grunde dieselbe Strategie, und so war es ziemlich leicht, sich im Laufe der Zeit ihre Spielweise einzuprägen. Also hab ich immer gewonnen.«

»Und wie hat das zu deiner Anstellung bei Orso geführt?«

»Der Hypatus hörte, dass sein Fabrikator beim Scivoli von einem siebzehnjährigen Mädchen geschlagen worden war«, sagte Berenice. »Und er ließ mich zu sich kommen. Er sah mich an, feuerte seinen alten Fabrikator und stellte mich auf der Stelle ein.«

Sancia stieß einen Pfiff aus. »Das nenn ich einen rasanten Aufstieg. Was für ein Glück.«

»Ich hatte doppeltes Glück«, meinte Berenice. »Ich wurde nicht nur dazu auserkoren, Skriberin zu werden, sondern durfte dadurch auch an die Akademie. Heutzutage lässt man dort keine Frauen mehr zu, denn nach dem Krieg entwickelte sich die Skriben-Kunst zur Männerdomäne.«

»Was ist mit deinem alten Herrn passiert?«

»Er hatte ... weniger Glück. Er kam immer wieder zu mir ins Büro und verlangte mehr Geld. Dann schickte der Hypatus ein paar Leute zu ihm, die mit ihm reden sollten. Danach kam er nie wieder.« In ihrem Tonfall schwang eine erzwungene Leichtigkeit mit, als beschriebe sie einen halb vergessenen Traum. »Immer, wenn ich ins Gemeinviertel gehe, frage ich mich, ob ich ihm über den Weg laufe. Ich begegne ihm nie.«

Die Männer, denen Sancia und Berenice nachschlichen, wandten sich nach Nordosten. Schließlich bogen sie wieder um eine Ecke.

Berenice sog scharf die Luft ein. »O Scheiße.«

»Was ist los?«, fragte Sancia.

»Ich ... glaube, ich weiß, wo sie hinwollen.«

»Wohin denn?«

Dann sah Sancia es: Am Ende der schlammigen Straße, fünf Häuserblöcke entfernt, war ein Campo-Tor zu sehen, das von flackernden Fackeln erhellt wurde. In den dunklen, steinernen Torbogen war ein vertrautes Wahrzeichen eingelassen: Hammer und Meißel, vor einem Stein gekreuzt. Die Männer schienen geradewegs darauf zuzulaufen.

Berenice seufzte. »Die Candianos.« Sie sah, wie die Fremden das Gelände durchs Tor betraten, und die Wachen von Haus Candiano nickten ihnen zu. »Er wusste es«, hauchte sie. »Darum hat er mit ihr gesprochen. Weil er bereits einen Verdacht hatte.«

»Was?« Sancia sah sie verwirrt an. »Wovon sprichst du?«

»Vergiss es«, sagte Berenice. »Du hast gemeint, du kannst uns da reinbringen?«

»Ja. Komm.« Sancia trottete die Mauer des Candiano-Campo entlang, zu einer kleinen skribierten Stahltür.

»Das ist eine Sicherheitstür«, sagte Berenice. »Die Wachen nutzen sie, um ins Gemeinviertel zu gelangen. Hast du dafür wirklich einen Schlüssel?«

Sancia bedeutete ihr, still zu sein. »Clef, kannst du die knacken, ohne sie aus den Angeln zu heben?«

»Äh ... ja, das dürfte nicht schwer sein. Hör dir das an ... «

Das hintergründige Wispern schwoll an, dann hob sich eine Stimme daraus hervor: »... stark und fest, hart und wahrhaftig. Ich warte ... Ich warte auf den Schlüssel, den Schlüssel aus Licht und Kristall, der tief in mir Sterne aufleuchten lässt ...«

»Was zum Teufel sagt die Tür?«, fragte Sancia.

»Das ist ziemlich gerissen«, **sagte Clef**. »Das Schloss wartet auf einen Schlüssel, der bestimmte Stellen des Schließmechanismus erleuchtet, dann entriegelt es sich.«

»Wie willst du Licht erzeugen?«

»Hab ich nicht vor. Ich mach der Tür nur weis, dass sie an den richtigen Stellen erhellt wird. Oder ich lasse sie vergessen, welche Stellen erhellt werden sollen, und rede ihr ein, dass nur die Vorderseite der Tür erhellt werden muss ... Ja, das dürfte nicht schwer sein!«

»Wie auch immer. Löst sie keinen Alarm aus, wenn wir ohne Passierplakette hindurchgehen?«

»Ich lass die Tür vergessen, wie es sich anfühlt, wenn ein Mensch hindurchgeht. Dann kommt sie erst gar nicht auf die Idee, uns zu überprüfen. Aber die Wirkung hält nur ein paar Sekunden vor.«

»Fein. Aber mach schnell.« Sie sah Berenice an. »**Du schiebst Wache. Wir dürfen nicht erwischt werden.**«

»Was hast du vor?«

»Ich benutze einen gestohlenen Schlüssel.« Sancia trat zur Tür und steckte Clef ins Schloss, wobei sie ihn verbarg, indem sie Berenice den Rücken zukehrte.

Sie hatte damit gerechnet, dass der Prozess wie beim letzten Mal ablaufen würde: die laute Stimme, Dutzende von Fragen. Doch diesmal ging es sehr viel schneller, so als würde Clef nur ein einfaches Miranda-Messingschloss knacken. Es dauerte gerade mal einen Lidschlag, doch in dieser kurzen Zeitspanne spürte Sancia deutlich den enormen Informationsaustausch zwischen ihm und der Tür.

Er wird wirklich immer stärker. Der Gedanke erfüllte sie mit Schrecken.

Sie zog die Tür auf. »Komm schon«, sagte sie zu Berenice. »Beeil dich!«

Im Inneren mussten sie wieder die Kleidung wechseln. Diesmal zogen sie die Candiano-Farben an, Schwarz und Smaragdgrün. Sancia sah Berenice an und erhaschte einen Blick auf ihre glatte, mit Sommersprossen gesprenkelte Schulter.

Sancia wandte sich schnell um. *Nein,* dachte sie. *Hör auf. Heute nicht.*

Berenice zog einen Mantel an. »Deine Kontakte sind gut, wenn sie einen Sicherheitsschlüssel besorgen können.«

Sancia suchte rasch nach einer Ausrede. »Irgendetwas stimmt auf dem Candiano-Campo nicht. Sie ändern sämtliche Sicherheitsmaßnahmen und haben sogar alle Plaketten ausgetauscht. So eine Veränderung bietet viele Möglichkeiten.« Das entsprach alles der Wahrheit ... und brachte sie auf eine Idee. »Glaubst du, das hat etwas damit zu tun, was hier vor sich geht?«

Berenice dachte darüber nach. Ihre kühlen, grauen Augen blickten in die Ferne, zum Berg der Candianos. »Möglicherweise.«

Als sie sich umgezogen hatten, betraten sie den Candiano-Campo. Sogleich fiel Sancia etwas auf.

Sie besah sich die Häuser, Straßen und Geschäfte. Ihr Mooslehmton war dunkler als in den anderen Campos, ein völlig unvertrauter Anblick. »Hier ... war ich noch nie.«

»Wie bitte?«, fragte Berenice.

»Auf den anderen Campos habe ich schon Aufträge erledigt. Habe dieses oder jenes stibitzt. Aber ... noch nie im Candiano-Campo.«

»Kein Wunder. Die Candiano-Gesellschaft wäre vor zehn Jahren fast bankrottgegangen, das weißt du, oder?«

»Ich bin noch keine drei Jahre in Tevanne und hab hauptsächlich versucht, hier zu überleben, da blieb keine Zeit für beruflichen Tratsch.«

»Tribuno Candiano war damals mächtig wie ein Gott«, erklärte Berenice, »denn er war der vermutlich beste Skriber unserer Zeit. Aber dann kam heraus, dass er Geld unterschlagen und ein Vermögen für archäologische Ausgrabungen und hierophantische Artefakte aus dem Fenster geschmissen hat. Das trieb die Handelsgesellschaft in den Ruin. Das Haus hat damals eine Menge Talente verloren, darunter den Hypatus.«

»Du kannst ihn auch einfach Orso nennen, weißt du?«

»Danke, das ist mir durchaus bewusst. Jedenfalls kaufte die Ziani-Familie fast alles auf. Nur blieben nicht genug Leute übrig, um das Schiff über Wasser zu halten. Die anderen Handelshäuser profitierten sehr von dieser gewaltigen Abwanderung, Haus Candiano hingegen hat sich nie richtig erholt.«

Sancia schaute sich um. Auf dem Campo gab es kaum Lampen, keine schwebenden Laternen und fast keine skribierten Wagen. Das einzig Beeindruckende war der Berg der Candianos, der in der Ferne aufragte wie ein riesiger Wal, dessen Buckel sich aus dem Meer erhebt.

Berenice behielt währenddessen die Gruppe Männer im Auge, die durch die Campo-Straßen schlich. Sie schienen der Außenmauer zu folgen. »Warum gehen sie nicht tiefer hinein? Wenn das hier eine Geheimmission ist, wieso begeben sie sich dann nicht gleich zum Berg?«

»Ein Geheimnis verbirgt man entweder nahe am Herzen oder im Nirgendwo«, sagte Sancia. »Ihr Unterschlupf muss irgendwo in der Nähe sein, sonst hätten sie sich eine Kutsche genommen, oder?«

Sie folgten den Männern entlang der Campo-Mauer. Der Nebel verdichtete sich. Die Lampen des Candiano-Campo spendeten ein blassweißes Licht; es war nicht im Mindesten so angenehm wie die rosigen oder gelben Farbtöne in den anderen Campos. Im Nebel wirkten die Laternen sogar seltsam gespenstisch.

Dann tauchte vor ihnen eine Ansammlung von Lichtern auf, ein großes, weitläufiges Gebäude, von dem Sancia nicht genau wusste, was es damit auf sich hatte. »Ist das eine …«

»Ja«, sagte Berenice leise, »das ist eine Gießerei.«

Schließlich erreichten die Männer das Tor zum Gelände. Sancia las das Steinschild auf dem Torbogen: CATTANEO-GIESSEREI. Doch im Gegensatz zu den meisten ihr bekannten Gießereien schien diese nicht in Betrieb zu sein. Es gab keine

Rauchsäulen, kein leises Surren der Maschinen, kein Gemunkel oder Geschrei in den Höfen.

Die beiden Mädchen beobachteten, wie die Männer durchs Tor schritten. Die Torwachen waren schwer gepanzert und bewaffnet und schienen die einzigen Menschen weit und breit zu sein.

»Die Cattaneo-Gießerei«, sagte Berenice. »Ich dachte, sie wäre geschlossen worden, als das Haus Candiano kurz vor dem Bankrott stand. Was zum Teufel geht hier vor?«

Sancia richtete den Blick auf ein hohes Stadthaus vor der Mauer der Gießerei. »Ich seh mir das mal genauer an.«

»Du siehst dir ...? Warte!«

Sancia trabte hinüber, zog die Handschuhe aus und kletterte langsam die Fassade des Stadthauses empor. Unter ihr murmelte Berenice aufgeregt: »O mein Gott ... o mein Gott ...«

Sancia zog sich behände aufs Schieferdach. Von dort aus überblickte sie die Gießereihöfe ... auf denen sich nichts befand. Wohin sie auch blickte, nur weite Flächen aus Dreck oder Stein. Ein seltsamer Anblick.

In der Ferne betraten die Männer soeben das Hauptgebäude der Gießerei: einen riesigen, festungsähnlichen Bau aus dunklem Stein, mit winzigen Fenstern, einem Kupferdach und zahlreichen Schornsteinen. Nur einer davon stieß eine schmale Rauchsäule aus, auf der Westseite.

Die Frage lautet also, dachte Sancia, *was produzieren sie dort?*

Sie suchte die Mauern und Höfe der Gießerei mit ihren Blicken ab. Die Anlage wirkte zwar leer, aber nicht verlassen. Sie entdeckte eine Handvoll Männer entlang der Mauern und Schutzwälle, und trotz der Entfernung sah sie ihre skribierten Rüstungen schimmern.

»Ich finde diesen Ort unheimlich«, sagte Clef.

»Ich auch.« Sancia machte eine Bestandsaufnahme der Verteidigungsanlagen. Sie zählte die Wachen und prägte sich nicht nur ihre Standorte ein, sondern auch die Türen und Tore auf dem gesamten Gelände. Dann sah sie sich das Hauptgebäude an. In einer Handvoll Fenster auf der Nordwestseite brannte Licht, im dritten Stock, in den Räumen an der Gebäudeecke.

»Aber wir müssen wohl da rein.«

Clef seufzte. »Ich hatte befürchtet, dass du das sagen würdest.«

Vorsichtig kletterte Sancia wieder zur Straße hinunter, wo Berenice auf sie gewartet hatte. »Nächstes Mal solltest du mir zumindest vorher Bescheid sagen!«

»Sie ist nicht stillgelegt«, sagte Sancia.

»Was?«

»Die Gießerei ist nicht stillgelegt. Aus einem Schornstein kommt Rauch oder Dampf. Hier wird also immer noch etwas produziert. Hast du eine Ahnung, was?«

»Nicht die geringste. Aber vielleicht der Hypatus. Wir sollten umkehren, uns mit ihm beraten und einen Plan ausarbeiten, um ...«

»Nein«, unterbrach Sancia sie. »Heute Nacht patrouillieren zwölf Wachen an den Mauern der Gießerei. Falls dieser Bastard die Aufnahme aus der Werkstatt abhört und nervös wird, könnten es morgen fünfzig sein, oder er lässt sie sogar ausrücken.«

»Na und? Warte mal ...« Berenice sah sie an. »Du schlägst doch nicht etwa vor, was ich vermute, oder?«

»Noch erwischen wir ihn unvorbereitet«, sagte Sancia. »Entweder nutzen wir die Gelegenheit oder vertun sie.«

»Du willst in eine Gießerei einbrechen? Wir wissen nicht einmal, ob da drin jemand ist!«

»Doch. Im dritten Stock brennt Licht, in der Nordwestecke.«

Berenice schloss die Augen. »Der dritte Stock ... dort sind vermutlich die Verwaltungsräume.«

»Du kennst dich also mit Gießereien aus. Weißt du, wie man in eine reinkommt?«

»Na klar, aber dazu braucht man unzählige Passierplaketten.

Schlimmer noch, es gibt nur wenige Eingänge, und die kann selbst eine Notbesatzung im Auge behalten. Es sei denn ...« Berenice verstummte und blickte in die Ferne.

»Es sei denn *was?*«

Berenice schaute drein, als hätte sie soeben einen Einfall gehabt, der ihr jedoch missfiel.

»Hat das irgendetwas mit den vielen skribierten Instrumenten zu tun, die du dabeihast?«, fragte Sancia.

Berenices Mund klappte auf. »Woher weißt du davon?« Ein verlegener Ausdruck huschte über ihr Gesicht. »Oh, richtig. Du kannst sie ... äh, hören. Ich wollte sagen: es sei denn, man kann irgendwo *selbst* eine Tür schaffen.«

»Und das bekommst du hin?«

Berenice wand sich. »Ich ... Tja, das Ganze ist ... äh ... sehr experimentell. Und es hängt davon ab, die richtige Steinmauer zu finden.«

Kapitel 19

Berenice führte Sancia zum Kanal hinunter, der entlang der Gießerei verlief. Dort ragte eine Reihe großer Rohre aus den Kanalwänden.

Berenice begutachtete sie. »Zulauf, Abfluss ... Zulauf, Zulauf, Zulauf ... und Abfluss.«

»Die Rohre scheinen alle aus Eisen zu sein«, sagte Sancia. »Keine Steinmauer.«

»Ja, danke, das ist mir klar.« Berenice deutete auf ein großes Eisenrohr mit einem Gitterrost aus dicken Stäben davor. »Das ist es. Das ist das richtige – das Abflussrohr der Gießerei.«

»Was machen wir mit dem Gitter?«

»Wir gehen durch.« Berenice trat zum nächstgelegenen Rohr und versuchte hinaufzuklettern, doch trotz ihrer Größe rutschte sie unbeholfen an der Seite ab. »Äh ... ein wenig Hilfe?«

Sancia schüttelte den Kopf und half ihr hoch. »Fabs und Skriber kommen wohl nicht oft vor die Tür«, murmelte sie.

Gemeinsam krabbelten sie über die Zulaufrohre bis über das große Abflussrohr. Berenice setzte sich und kramte ein Kistchen hervor, das ein Dutzend skribierter Objekte und lauter kleine Plättchen mit komplexen Sigillen enthielt. Sie wählte ein Instrument aus und beäugte es: einen dünnen Metallstab, dessen rundliche Spitze wie geschmolzenes Glas aussah.

»Was ist das?«, fragte Sancia.

»Ich könnte es in einen kleinen Scheinwerfer umwandeln, aber wir brauchen jetzt wohl ein bisschen … hm, mehr Licht.«

Sie sichtete ihr Werkzeug, wählte einen runden Griff, an dessen Seite sich ein bronzenes Einstellrad befand, und schob das schmalere Ende des Stabs hinein, bis ein Klicken ertönte. Dann nahm sie eine lange, dünne Platte und steckte sie an die Seite des Griffs. »So. Ein Heizelement. Das müsste genügen.«

»Wofür?«

»Hilf mir runter. Ich entferne das Gitter.«

Sancia hielt sie an den Händen und ließ sie hinab, bis Berenice auf dem unteren Rand des Rohrs balancierte. Sancia selbst blieb oben. Berenice hielt den Stab an eine der großen Nieten, mit denen der Gitterrost befestigt war, justierte das Einstellrad und …

»Mist!«, sagte Clef. »Schließ die Augen, Kind.«

»Warum?«

Die Spitze des Stabs flackerte auf und erhellte das verschlammte Rohr, als hätte eine Sternschnuppe darin eingeschlagen.

Sancia zuckte zusammen und wandte den Blick schnell ab, doch ihre Augen tränten bereits. Ein lautes, wütendes Zischen ertönte. Als es verklang, schaute Sancia wieder hin und sah, dass die Niete nur noch ein glühender Klecks aus rauchendem, geschmolzenem Metall war.

Hustend wedelte Berenice mit der Hand vor ihrem Gesicht. »Ich schmelze alle Nieten an den Seiten und oben am Gitter. Unten lasse ich eine unversehrt. Dann ziehst du mich hoch, und ich bringe am oberen Rand einen Anker an. Das sollte das Gitter aufbrechen, und wir können hindurchschlüpfen.«

»Einen Anker?«

»Du wirst schon sehen.«

»Scheiße, warum hast du das alles mitgebracht?«

Berenice berührte die nächste Niete mit dem Stab. »Neulich wurde auf mich geschossen, und jetzt bin ich vorbereitet, damit sich das nicht wiederholt. Eine Menge Komponenten für die unterschiedlichsten Aufgaben, die man nur richtig kombinieren muss.« Der Stab leuchtete wieder grell auf.

Als Berenice fertig war, zog Sancia sie wieder hoch. Berenice nahm den Anker zur Hand: eine kleine, mit Messing-Sigillen versehene Bronzekugel mit einer Abdeckung. Sie kettete die Kugel am oberen Gitterrand fest, schob die Abdeckung zur Seite, unter der ein Holzschalter zum Vorschein kam, und drückte ihn. Unvermittelt quietschte und knarrte der Gitterrost und klappte schließlich langsam auf wie eine Zugbrücke.

»Rein da«, sagte Berenice. »Schnell.«

Sie schwangen sich ins Rohr und schritten in die Dunkelheit. Sancia wollte schon eine Hand an die Rohrwand legen, um etwas sehen zu können, als Berenices Stab mit einem Klicken hell aufleuchtete; offenbar hatte sie die Komponente entfernt, die Metall schmolz, sodass der Stab jetzt nur noch Licht abgab. »Halt nach einer Wand aus Stein Ausschau.« Berenice dimmte das Licht.

»Wo zum Teufel sind wir hier noch mal?«

»Wir sind im Abwasserrohr der Gießerei. Bei der Verarbeitung von so viel Metall – Eisen, Messing, Bronze, Blei – wird viel Wasser benötigt, das am Ende stark verunreinigt ist. Also leiten sie es in die Kanäle. Das Rohr verläuft durch einen Großteil der Gießerei, und sobald wir irgendwo eine Steinwand sehen, sollte ich in der Lage sein, dich auf die andere Seite zu bringen.«

»Wie?«

»Sag ich dir, sobald wir sie gefunden haben.«

Sie liefen und liefen, bis Sancia endlich fündig wurde.

»Da!« Sie deutete nach vorn. Etwa drei Schritt voraus endete das Eisenrohr, und dahinter bestanden die Wände nur noch aus Steinen und Ziegeln wie in einer alten Kanalisation.

Berenice untersuchte die Steinmauer und blickte zur Mündung des Rohrs zurück. »Das könnte funktionieren. Ich glaube, wir sind in der Nähe der Lagerbuchten. Aber ich bin mir nicht sicher und würde das lieber vorher prüfen.«

»Warum?«

»Tja, wir könnten neben den Wassertanks sein. Wird der Tunnel überflutet, würden wir ertrinken.«

»Mist. Warte mal.« Sancia zog einen Handschuh aus, legte die Hand auf die Ziegelsteine und schloss die Augen.

Die Wand war mindestens sechzig Zentimeter dick. Sancia ließ die Mauer in ihren Geist strömen, und die erzählte ihr, was sie spürte, was sich auf der anderen Seite befand …

Sancia öffnete die Augen. »Das ist nur eine Wand«, sagte sie. »Nichts auf der anderen Seite.«

»Ist sie dick?«

»Ja. Mindestens sechzig Zentimeter.«

Berenice schnitt eine Grimasse. »Nun, vielleicht klappt es doch …«

»Vielleicht klappt *was*?«

Berenice antwortete nicht. Sie griff in ihre Tasche und zog vier kleine Bronzekugeln hervor, aus denen spitze Stahlgewinde ragten. Sie untersuchte die Wand, sog zischend die Luft ein und schraubte die Bronzekugeln in die Wand, so angeordnet, dass sie ein Quadrat ergaben, eine Kugel an jeder Ecke.

»Würdest du mir bitte erklären, was das ist?«, quengelte Sancia.

»Du kennst dich doch mit Bau-Skriben aus, oder?« Berenice justierte die Bronzekugeln.

»Ja. Sie halten Ziegelsteine zusammen. Sie machen ihnen weis, sie wären ein einziger riesiger Stein anstatt viele kleine.«

»Ja. Viele Gießereien nutzten dieselbe Art von Ziegel für ihre Mauern – oder zumindest eine sehr ähnliche. Das erleichtert mir die Zwillingskopplung erheblich.«

»*Was* willst du koppeln?«, fragte Sancia.

»Diese Mauer hier mit einem Stück der Mauer, die in meinem

Büro steht.« Berenice richtete sich auf. »Meine hat ein großes Loch in der Mitte.«

Sancia sah zunächst die Wand vor sich an, dann ihre Gefährtin. »Was? Wirklich?«

»Ja.« Berenice begutachtete ihr Werk. »Wenn es funktioniert, überzeuge ich diesen Wandabschnitt davon, dass er derselbe ist wie der in meinem Büro. Die Bau-Skriben der Candiano-Mauer denken dann, an der Stelle, an der sich in meiner Bürowand das Loch befindet, müsste sich auch bei ihr eins befinden. Im Grunde entsteht eine Art kreisrunder Schnitt. Aber ... ich habe das Verfahren noch nie in der Praxis getestet, und diese Mauer hier ist ziemlich dick.«

»Und wenn es nicht klappt?«

»Ehrlich gesagt, weiß ich nicht, was passiert, wenn es schiefgeht.« Berenice blickte die Diebin an. »Wollen wir das Experiment wagen?«

»Ich hab in den letzten Tagen viel dümmere Sachen gemacht.«

Berenice atmete durch und drehte nacheinander an allen vier Bronzekugeln. Sie wich langsam zurück, als rechne sie damit, jeden Moment wegrennen zu müssen.

Einen Augenblick lang passierte nichts. Dann aber nahmen die Ziegelsteine einen leicht dunkleren Farbton an. Ein Knirschen erklang, die Ziegel zitterten und ruckelten – und in der Wandmitte bildete sich eine perfekt runde Ritze, als hätte jemand sie hineingestanzt.

»Es funktioniert!«, jubelte Berenice. »Es funktioniert!«

»Großartig«, sagte Sancia. »Und wie zum Teufel kriegen wir jetzt diesen dicken Steinpfropfen aus dem Weg?«

»Oh. Richtig.« Berenice zog ein weiteres Werkzeug aus ihrer Tasche: Es sah aus wie ein kleiner Eisengriff mit einer Drucktaste an der Seite. »Nur eine Bau-Skribe, die sich mit dem Pfropf verbindet.« Sie setzte den Griff mitten auf das kreisrunde Mauerstück, vergewisserte sich, dass er festsaß, und zog kräftig daran.

Nichts geschah. Erneut zog sie so fest daran, dass ihr Gesicht rosa anlief. Schließlich gab sie auf und stand keuchend da.

»Tja. Damit hab ich nicht gerechnet.«

»Lass mich mal.« Sancia kniete sich hin, packte den Griff, stemmte einen Fuß gegen die Wand und zog.

Unter leisem Knirschen glitt der Steinpropf ein wenig aus der Wand. Sancia atmete tief durch und zog erneut, und schließlich fiel der Pfropf mit lautem Knall auf den Tunnelboden.

In der Wand befand sich nun ein Loch von sechzig Zentimetern Durchmesser.

»Gut«, sagte Berenice. »Gut gemacht. Passt du durch?«

»Sprich leiser. Ja, ich passe durch.« Sancia kauerte sich hin und schaute durch die Öffnung. Auf der anderen Seite war es dunkel. »Weißt du, was sich hier dahinter befindet?«

Berenice stellte ihr skribiertes Licht heller und leuchtete in das Loch. Sie blickten in einen weiten Raum, an dessen Rändern ein Laufsteg verlief. In der Mitte lag ein riesiger Haufen Metall.

»Das ist im Grunde der Mülleimer. Alle Metallreste werden hier eingeschmolzen, damit man sie wiederverwenden kann.«

»Aber ich komme hier wirklich in die Gießerei, ja?«

»Ja.«

Sancia schüttelte den Kopf. »Verdammt! Ich kann nicht glauben, dass wir gerade in eine Gießerei eingebrochen sind, nur mit ein wenig willkürlich zusammengewürfeltem Kram aus deinen Taschen.«

»Ich fasse das als Kompliment auf. Aber wir haben es noch nicht geschafft. Das ist der Keller. Die Verwaltungsbüros sind im dritten Stock. Wenn du herausfinden willst, was hier vor sich geht, fängst du am besten dort an.«

»Irgendwelche Ratschläge, wie man da raufkommt?«

»Nein. Keine Ahnung, welche Türen verschlossen und welche Durchgänge blockiert oder bewacht sind. Du bist auf dich allein gestellt. Ich nehme an, du willst nicht, dass ich dich begleite?«

»Zwei Einbrecher landen schnell an der Harfe«, sagte Sancia. »Es wäre besser, wenn du draußen Schmiere stehst.«

»Von mir aus. Ich geh wieder zur Straße zurück. Falls ich etwas sehe, finde ich einen Weg, dich zu warnen.«

Sancia schob sich mit den Füßen voran ins Loch. »Du hast nicht zufällig noch ein paar nützliche Werkzeuge, oder?«

»Doch. Aber die sind zerstörerisch, und Gießereien sind empfindlich. Wenn du das Falsche zerschneidest oder durchbrichst, stirbst du und reißt vermutlich viele Menschen mit in den Tod.«

»Na toll. Ich hoffe sehr, dass wir hier etwas herausfinden.« Sancia rutschte weiter vor.

»Ich auch. Viel Glück«, sagte Berenice und trottete durch den Tunnel davon.

Sancia kroch durch das Loch in der Wand, erhob sich und versuchte, sich zu orientieren. Es war stockdunkel, trotzdem sträubte sie sich, schon jetzt ihre Talente einzusetzen, nur um sich zurechtzufinden.

»Links von dir ist eine Tür mit skribiertem Schloss«, sagte Clef. »Die Treppe hoch. Ich kann es spüren. Alle Rohre und Wände sind voller Sigillen. Die ganze Gießerei ist ein Instrument, das andere Instrumente erschafft ... Toll.«

»Ich halte es hier drin kaum aus«, sagte Sancia und stolperte zur Tür.

Sie tastete nach dem Schloss, führte Clef ein und öffnete die Tür. Erleichtert stellte sie fest, dass der Gang dahinter von mattem Licht erhellt wurde.

Mit Clefs Hilfe schloss Sancia Tür um Tür auf und drang immer tiefer in die Gießerei vor. Sie war erstaunt, wie viele enge Gänge es hier gab, die zu riesigen, komplexen Produktionsbuchten führten. Dort standen lauter webstuhlartige Vorrichtungen und Kräne, die über Tischen und Drehbänken hingen wie Spinnen, die ihre Beute in einen Kokon wickeln wollten. In der Gießerei war es enorm heiß, dennoch wehte ein konstanter Luftzug in jeder Halle, der die heiße Luft ... nun, *irgendwohin* trug, nahm sie an. Sie hatte das Gefühl, in den Eingeweiden einer riesigen, hirnlosen Kreatur gefangen zu sein.

Die meisten Hallen waren verlassen. Das ergab einen Sinn, da momentan nur ein Teil davon benutzt wurde. Andererseits ...

»Drei Wachen voraus«, sagte Clef. »Schwer bewaffnet.«

Sancia schaute nach vorn. Der Durchgang endete an einer geschlossenen Holztür. Vermutlich war dahinter eine Art Flur, der bewacht wurde.

»In welchem Stockwerk sind wir?«, fragte sie.

»Ich glaube, wir sind noch im Erdgeschoss.«

»Mist.« Sancia zog einen Handschuh aus, berührte erst die Wand und dann die Decke. In der Gießerei gab es so viele Skriben, dass sie das Gefühl hatte, unter einem mächtigen Wasserfall hindurchzugehen; der plötzliche Druck haute sie fast um. Doch sie riss sich zusammen, ging an den Wänden entlang, strich mit bloßen Fingern über Stein und Metall, bis sie einen hohen, senkrechten Hohlraum spürte ...

Eine Luke. Ein Schacht.

Sie zog die Hand zurück, schüttelte sich und huschte durch den Flur, bis sie zu einer kleinen Tür kam. Daran hing ein Schild mit der Aufschrift: LEXIKON – WARTUNGSZUGANG. Das Schloss wirkte zutiefst entmutigend.

Sie nahm Clef heraus und steckte ihn ins Schlüsselloch. Eine Flut von Informationen wogte auf, und Clef fegte die Abwehr des Schlosses beiseite wie eine Wand aus Stroh.

»Das schien ja leicht zu sein.« Sancia öffnete die Tür. Der schmale Schacht verlief vollkommen senkrecht und hatte Leitersprossen auf der gegenüberliegenden Seite. Im Inneren war es so finster, dass Sancia nicht erkennen konnte, was über oder unter ihr war.

»Das war auch leicht. Aber ...«

»Aber was?«

»Da unten ... ist etwas.«

»Ja. Das Lexikon.« **Sancia packte die erste Sprosse und begann, nach oben zu klettern.**

»Richtig. Aber es fühlt sich ... vertraut an.«

»Wie meinst du das?«

»Ich weiß nicht. Es ist ... als ob man das Parfüm einer Person riecht, die man sehr lange nicht gesehen hat. Das ist seltsam. Ich weiß nicht genau, warum.«

Sancia kletterte bis in den dritten Stock. Sie drehte sich zur Tür um und tastete blind nach der Klinke. »Ist da draußen jemand?«

»O verdammt, ja. Hier wimmelt es von bewaffneten Männern. Klettre in den vierten Stock. Der ist verlassen.«

Sie befolgte den Rat, erreichte die vierte Etage und öffnete die Tür.

Im Gegensatz zu den bisherigen Stockwerken gab es hier Fenster. Mondlicht fiel auf den Steinboden. Anscheinend diente dieser Bereich hauptsächlich als Lagerraum; außer Kisten gab es hier nicht viel.

Sie blickte aus einem nahe gelegenen Fenster, orientierte sich und machte sich auf den Weg zu den Verwaltungsbüros. »Ich nehme an, alle Gänge zum dritten Stock sind bewacht?«

»Alle.«

»Großartig. Wie sicher sind die Fenster?«

»Sie sind im Grunde unzerbrechlich; es wäre also umsonst, die Gießerei mit Bolzen zu beschießen. Aber es sieht so aus, als könnte man das obere Segment öffnen, um Hitze oder Rauch abzulassen.« **Er schwieg kurz.** »Ehe du fragst: Sie lassen sich wahrscheinlich weit genug öffnen, dass du hindurchpasst.«

Sancia lächelte. »Hervorragend.«

Berenice kauerte in einer Tür auf dem Gießereigelände und spähte durch ein Fernglas zu den Fenstern. Es fiel ihr schwer, sich zu konzentrieren. Obwohl sie gelegentlich in das Intrigenspiel der Campos involviert wurde, war sie solch riskante Mis-

sionen nicht gewohnt. Gewiss hatte sie nicht erwartet, jemals in eine verdammte Gießerei einzubrechen.

Allerdings schien Sancia recht zu haben: Irgendetwas ging dort im dritten Stock vor sich. Sie erkannte eine Handvoll Leute im Inneren. Sie bewegten sich anscheinend langsam auf die Verwaltungsbüros zu.

Das ist alles andere als optimal, dachte sie. *Wie will Sancia da reinkom...*

Ihre Gedanken stockten.

Öffnete sich dort oben ein Fenster? Im dunklen vierten Stock? Tatsächlich, eine kleine schwarze Gestalt kletterte hinaus und klammerte sich an die Ecke des Gebäudes.

»O mein Gott«, hauchte Berenice.

Sancia hielt sich an der Mauerecke der Gießerei fest, ihre Finger gruben sich in die engen Spalten der Steine. Sie hatte sich bereits an kniffligeren Wänden festgehalten, aber nicht an vielen. Stück für Stück rutschte sie nach unten zum nächsten Stockwerk. Sie erreichte ein Fenster, hinter dem sich ein dunkler Raum befand. Hoffentlich hielt sich niemand darin auf. Sie verkeilte ihre Stiefel im Stein, zog ihr Stilett und schob die Spitze in den unteren Spalt des Fensterrahmens. Vorsichtig hebelte sie ihn so weit auf, dass sie zupacken und das Fenster öffnen konnte. Dann schwang sie sich hinein.

»Das war ...«, begann Clef.

»Unglaublich?« Sie hing am Innenrahmen des Fensters – plötzlich dankbar dafür dass sie unzerstörbar waren – und sprang dann auf einen Schreibtisch.

»Vielleicht unglaublich dumm. Pass jetzt auf. Hinter der Tür da vorn ist ein großer Raum mit Wachen.«

Sie glitt vom Tisch und orientierte sich. Anscheinend war sie in ein Büro gelangt, das seit einiger Zeit nicht mehr benutzt wurde. Sie schlich zur Tür, die dem Fenster gegenüberlag, und blinzelte durchs Schlüsselloch.

Dahinter befand sich ein offener Raum, in dem vier Candiano-Wachen in Rüstung herumstanden, gelangweilt und müde.

»Uff«, hauchte sie. Sie wich zurück und schaute sich um. Zu beiden Seiten gab es je eine Tür, die vermutlich zu angrenzenden Büros führten.

Sie ging zur rechten und drückte die Klinke. Unverschlossen. Leise zog sie die Tür auf. Dahinter lag tatsächlich ebenfalls ein Büro, menschenleer und dunkel. Sancia schloss die Tür und ging zur linken. Als sie sich ihr näherte, verharrte sie unvermittelt.

»Hab ich da gerade ein Stöhnen gehört?«, fragte sie.

»Ja«, bestätigte Clef. »Und für mich klang es nach der guten Art von Stöhnen.«

Sancia kniete sich dicht vor die Tür und legte eine Hand auf den Boden. Sie ließ die Dielen in ihren Geist strömen – ein kniffliges Unterfangen, da die vielen Skriben im Gebäude ihre Ausdauer strapazierten. Schon bald spürte sie es …

Einen nackten Fuß. Nur ein einziger Fußballen am Boden. Und er bewegte sich leicht auf und ab.

»Ja«, sagte Clef. »Genau, wie ich vermutet habe.«

Sancia schaute durchs Schlüsselloch. Dieses Büro war viel größer, mit Möbeln vollgestellt. Drinnen standen skribierte Laternen, ein langer Schreibtisch, der mit Papieren bedeckt war, und eine Reihe von Holzkisten. In der hinteren Ecke befand sich eine große Pritsche, und auf der sah sie zwei Personen, ein Mann und eine Frau. Sie waren ziemlich nackt und offenbar miteinander vereint, wobei der Mann mit einem Fuß auf dem Boden stand und mit dem Knie des anderen Beins aufs Bett gestützt war.

Aufgrund ihrer Vorgeschichte wusste Sancia nicht viel über Sex, dennoch gewann sie den Eindruck, dass dies kein sonderlich guter Sex war. Die Frau war ziemlich jung, etwa in Sancias Alter, und sehr hübsch. Obwohl ihr Gesicht in einem Ausdruck der Freude erstarrt war, wirkte sie ängstlich. Die Lust in ihrer Miene war nur gekünstelt, sie fürchtete das Missfallen des Mannes. Der wandte Sancia den schmalen, blassen Rücken zu und stieß mit mechanischer Entschlossenheit zu, als verrichtete er eine Arbeit, die er um jeden Preis vollenden wollte.

Sancia beobachtete die beiden und fragte sich, was sie tun sollte. Sie würde wohl kaum hineinschleichen und die Papiere vom Schreibtisch stehlen können.

Das Mädchen sah sich immer wieder beklommen um, als wäre sie lieber woanders.

Dann war aus dem Büro ein Klopfen zu hören. Es musste dort eine weitere Tür geben, durch die man ebenfalls in den Raum gelangte.

»Moment noch!«, rief der Mann leicht verärgert. Er verdoppelte das Tempo seiner Stöße. Das Mädchen zuckte zusammen.

Wieder klopfte es. »Herr Ziani?«, sagte eine gedämpfte Stimme. »Es ist erledigt.«

Der Mann setzte seine Bemühungen fort.

»Sie meinten, ich soll Sie sofort benachrichtigen«, sagte die Stimme.

Der Mann hielt inne und senkte frustriert den Kopf. Das Mädchen beäugte ihn argwöhnisch.

»Das ist also Tomas Ziani?«, fragte Sancia. »Der Kerl, der die Candiano-Gesellschaft aufgekauft hat?«

»Ich denke schon«, erwiderte Clef.

»Einen Moment noch!«, rief der Mann, lauter als vorhin. Er drehte sich um und las seine Kleidung vom Boden auf.

Sancia riss die Augen auf. Obwohl es im Raum nicht besonders hell war, erkannte sie sein Gesicht – die Locken, den zerzausten Bart, die schmalen Wangen. Das war ihr Auftraggeber. Dieser Mann hatte in jener Nacht in Grünwinkel das Imperiat benutzt und die Skriben-Ausfälle verursacht – und er war höchstwahrscheinlich für Sarks Tod verantwortlich.

Sancia starrte ihn an und gab sich Mühe, reglos zu bleiben.

»Hölle und Verdammnis!«, sagte Clef. »Das ... das ist der Kerl, stimmt's?«

»Ja, das ist er.« Sein Anblick erfüllte Sancia mit Entsetzen, Wut und Verwirrung. Sie erwog kurz, in den Raum zu stürmen und ihm ihr Stilett in den Bauch zu rammen. Es wäre nur angemessen gewesen, würde er nackt, verwirrt und sexuell frustriert sterben. Dann aber fielen ihr die Wachmänner ein, die nur wenige Schritte entfernt waren, und sie besann sich eines Besseren.

»Also ... steckt dieser Ziani hinter alledem?«, fragte Clef.

»Halt die Klappe und horch, Clef!«

Ziani schlüpfte in eine Kniehose, seufzte laut und bellte: »Komm rein!«

Irgendwo im Büro öffnete sich eine Tür, und helles Licht fiel ein. Das nackte Mädchen zog das Laken bis zum Kinn und sah missmutig zu den Männern.

»Beachte sie nicht«, sagte Ziani barsch.

Ein Mann betrat den Raum und schloss die Tür hinter sich. Offenbar war er eine Art Beamter. Er trug die Candiano-Farben und hatte eine kleine Holzkiste bei sich.

Ziani nahm hinter dem Schreibtisch Platz. »Hättest du Erfolg gehabt, sähst du wohl zufriedener aus.«

»Habt Ihr damit gerechnet, dass die Sache erfolgreich verläuft, Herr?«, fragte der Beamte überrascht.

Ziani winkte ungeduldig ab. »Bring mir einfach die Kiste.«

Der Mann folgte der Aufforderung. Finsteren Blickes nahm Ziani das Kästchen entgegen und öffnete es.

Sancia hätte fast aufgekeucht. Im Inneren der Kiste lag ein weiteres Imperiat – aber dieses schien aus Bronze zu bestehen, nicht aus glänzendem Gold.

»Was zum Teufel ...?«, sagte Clef.

Ziani besah es sich. »Das Ding ist scheiße. Völlig beschissen. Was ist passiert?«

»Dasselbe wie immer, Herr«, sagte der Beamte. Offenbar behagte es ihm nicht, dieses Gespräch zu führen, während ein nacktes Mädchen im Raum war. »Wir haben das Instrument nach Euren Vorgaben gestaltet. Dann leiteten wir den Austauschprozess ein, und ... äh, nun ... nichts passierte. Das Gerät blieb so, wie Ihr es jetzt seht.«

Ziani seufzte und wühlte sich durch die Notizen auf dem Schreibtisch. Er zog ein zerknittertes Pergamentblatt unter den anderen Papieren hervor und beäugte es.

»Vielleicht ...« Der Beamte verstummte.

»Vielleicht was?«

»Da Tribuno bei den anderen Instrumenten eine so große Hilfe war ... könntet Ihr vielleicht mit ihm auch seine Notizen über dieses Instrument durchgehen?«

Ziani warf das Pergament auf den Schreibtisch. Sancias Blick blieb daran haften. *Notizen von Tribuno Candiano? Über was?*

»Tribuno ist immer noch so irre wie eine Zecke auf einem brennenden Hasenarsch«, sagte Ziani. »Und er war nur begrenzt hilfreich. Etwa einmal im Monat finden wir in seiner Zelle Notizen, die zwar nützlich sind – wie die Skriben für die Gravitationsplatten –, aber wir können ihn nach wie vor nicht kontrollieren. Und er hat viel dummes Zeug über die Hierophanten geschrieben.«

Er verfiel in Schweigen. Sowohl das Mädchen im Bett als auch der Beamte fragten sich sicherlich besorgt, was Ziani ihnen als Nächstes abverlangen würde.

»Das Problem liegt beim Gefäß selbst«, sagte Ziani mit Blick auf das Bronze-Imperiat. »Es liegt nicht am Ritual. Wir befolgen die Anweisungen für das Ritual *ganz genau*. Also übersehen wir wahrscheinlich eine Sigille ... eine Komponente des Originals, die uns entweder fehlt oder die wir nicht richtig einsetzen.«

»Glaubt Ihr, wir sollten die anderen Artefakte noch einmal untersuchen, Herr?«

»Auf keinen Fall. Es war sehr aufwändig, den Schatz aus dem Berg zu schaffen. Ich werde weder Ignacio noch einen der anderen schlüpfrigen Bastarde herholen, nur um ein paar Notizen durchzugehen.« Er klopfte auf das bronzene Imperiat. »Wir machen etwas falsch. Irgendein Detail an diesen Instrumenten stimmt noch nicht ...«

»Also ... was schlagt Ihr vor, Herr?«

»Wir experimentieren damit.« Ziani stand auf und legte den Rest seiner Kleidung an. »Ich will, dass vor Sonnenaufgang hundert dieser Gefäße gegossen und zum Berg gebracht werden. Genug, dass wir damit experimentieren und sie dem Original anpassen können.«

Der Beamte sah ihn fassungslos an. »Hundert? Vor Sonnenaufgang? Aber ... Herr, das Cattaneo-Lexikon ist im Moment nicht voll leistungsfähig. Um so viele Gefäße zu produzieren, müssten wir es sehr rasch auf volle Leistung bringen.«

»Und?«

»Nun, die Wirkung des Lexikons wird sich rasant erhöhen. Dann haben wir alle mit großer Übelkeit zu kämpfen.«

Ziani saß reglos da. »Hältst du mich für dumm?«

Anspannung breitete sich im Raum aus. Das Mädchen verbarg sich in den Laken.

»Gewiss nicht, Herr«, erwiderte der Beamte.

»Ich habe aber den Eindruck, dass du mich für dumm halten könntest.« Ziani sah ihn an. »Weil ich kein Skriber bin. Weil ich nicht so viele Abschlüsse habe wie du. *Deswegen* glaubst du, ich kenne mich nicht damit aus?«

»Herr, ich meinte nur ...«

»Es ist ein Risiko«, gestand Ziani plötzlich ein. »Aber ein durchaus akzeptables. Kümmer dich darum. Ich überwache die Herstellung.« Er richtete den Blick auf das Mädchen. »Du bleibst hier. Es ist viel zu lange her, dass ich in den Genuss einer hübschen Muschi kam, und ich lass nicht zu, dass mich ein ödes Geschäftsproblem davon abhält.« Er knöpfte sich das

Hemd zu, und ein Anflug von Verachtung zeigte sich in seinen Zügen. »Ganz sicher lass ich mich nicht dazu herab, Estelles muffige Röcke zu begrabschen, nur um mal zum Zug zu kommen.«

»Und ... Herr?«, fragte der Beamte.

»Ja?«

»Was sollen wir mit der Leiche machen?«

»Woher soll *ich* das wissen? Dafür haben wir doch Leute, oder?«

Ziani und der Beamte verließen das Büro und zogen die Tür hinter sich zu. Das Mädchen im Bett schloss langsam die Augen und seufzte, halb erleichtert, halb bestürzt.

Lautlos nahm Sancia ihr Bambusrohr hervor und schob einen Pfeil hinein.

»Ich weiß nicht genau, ob die Nacht für dieses Mädchen jetzt besser oder schlechter wird«, **sagte Clef.**

»Besser, glaube ich«, erwiderte Sancia.

Sie wartete ein paar Minuten ab, um sicherzugehen, dass die Männer nicht zurückkamen. Dann öffnete sie die Tür leise einen Spaltbreit, zielte mit dem Blasrohr und schoss.

Das Mädchen stieß ein leises »Ah!« aus, als der Pfeil sie traf. Sie verkrampfte sich, fasste sich benommen an den Hals, sank zurück und blieb reglos liegen.

Sancia huschte in den Raum und ging zur Bürotür. Sie sah durchs Schlüsselloch und vergewisserte sich, dass sich niemand näherte. Dann musterte sie die Papiere und Kisten auf dem Schreibtisch. Sie hob das Instrument auf, das Ziani »Gefäß« genannt hatte, das bronzene Imperiat, das nicht funktionierte. Sie musste ihm recht geben: Das Ding war kaum mehr als eine Kuriosität, ein langweiliger, toter Metallklumpen. Obwohl es viele merkwürdige Sigillen aufwies, war es kein echtes skribiertes Instrument.

»Also ... diese Dinger stellen sie hier her.« **Clef klang verängstigt.** »Sie ... Sie produzieren noch mehr Imperiats. Oder versuchen es.«

»Ja.«

»Hundert Stück. Hundert Imperiats ... Gott, kannst du dir das vorstellen?«

Der Gedanke ließ Sancia erschauern.

»Dieser Kerl könnte alle anderen Handelshäuser auslöschen«, sagte Clef. »Er könnte jede Armee und jede Flotte auf dem Durazzomeer vernichten!«

»Ich muss mich konzentrieren, Clef. Was ist hier sonst noch?« Sie betrachtete die Papiere auf dem Schreibtisch. Die meisten waren vergilbt und mit einer krakeligen Schrift bekritzelt – wie von jemandem, der entweder alt, gebrechlich oder beides zugleich war. Eine Überschrift lautete: THEORIEN ÜBER DIE WERKZEUGE DER HIEROPHANTEN.

Die Notizen von Tribuno Candiano, dem größten Skriber unserer Zeit, dachte sie. Auf dem Tisch lagen viele seiner Unterlagen, und Sancia begriff nur bei den wenigsten, worum es dabei überhaupt ging.

Einige Dokumente hoben sich deutlich von den übrigen ab. Es schien sich bei ihnen um Wachsabdrücke von Steinplatten oder Basreliefs zu handeln.

Die Abbildungen verwirrten Sancia. Sie zeigten in der Mitte stets einen Altar, über dem ein geschlechtsloser Mensch in der Waagerechten schwebte. Womöglich wollte der Künstler damit ausdrücken, dass jemand auf dem Altar lag. Über dem Menschen schwebte eine Klinge, die um ein Vielfaches größer war als der Altar und die Person. Sie war mit komplizierten Sigillen beschriftet, die von Gravur zu Gravur variierten. Alle Wachsabdrücke hatten drei Elemente gemein: den Körper, den Altar und die Klinge. Die Abbildungen wirkten irgendwie grausam und gefühlskalt. Sie stellten keinen bestimmten religiösen Ritus dar. Vielmehr glichen sie eher ...

»Anweisungen«, dachte sie. »Aber was für Anweisungen?«

»Vielleicht weiß das Orso ...«

»Vielleicht.« Sie las die Dokumente auf, faltete sie und stopfte sie sich in die Taschen. »Ich glaube, wir haben gefunden, was wir suchten. Verschwinden wir von hier.«

Clef stöhnte vor Schmerz auf. »Oh ... San. Spürst ... spürst du das?«

»Was soll ich spüren?«

»Jemand ... jemand ist hier. Ich spüre ein Bewusstsein unter uns ...«

»Hm? Wo unter uns?«

»In der Erde. Es wacht auf, denkt nach ... Es erwacht, San«, sagte er träumerisch.

»Du ... du meinst das Lexikon?«

»Mir war gar nicht klar ... dass ein Lexikon einen Verstand hat, einen klugen Geist. Seine Argumente sind derart überzeugend, dass die gesamte Realität ihm gehorcht. Hast du eine Ahnung, wie sich das anfühlt?«

Auf einmal flammte Schmerz in Sancias Kopf auf.

Die Welt schien sich aufzulösen, als wären die Wände bei einem Meteoriteneinschlag zu Asche und Schlacke zerfallen.

Sancia stand im Büro neben dem betäubten Mädchen, doch ihr Kopf schien mit glühenden Kohlen gefüllt zu sein, die ihr Gehirn und die Schädelknochen verbrannten. Vor Qual öffnete sie den Mund und war überrascht, dass kein Rauch herausströmte.

Sie fiel auf die Knie und erbrach sich. *Das ist das Lexikon*, dachte sie. *Es läuft mit voller Leistung. Mehr nicht ... Du reagierst bloß ... besonders empfindlich darauf ...*

»Spürst du, wie es erwacht?«, rief Clef freudig. »Mir war nicht bewusst, wie schön Lexiken sind!«

Etwas Warmes rann Sancia übers Gesicht, und sie sah, wie vor ihr Blut auf den Boden tropfte.

»Das erinnert mich an jemanden!«, rief Clef. »Ich ... Ich entsinne mich an ihn, Sancia ...«

Bilder drangen in ihren Kopf ein. Der staubige Geruch des Büros trat in den Hintergrund und wich dem nach ...

Wüstensand. Kühlen Nachtbrisen. Sie hörte das Knirschen

von Sand und das Flattern von Millionen von Flügeln. Dann ... war sie weg.

Berenice hielt mit dem Fernglas Ausschau nach Sancia. Das Mädchen war plötzlich zu Boden gesunken und aus ihrem Blickfeld verschwunden.

Was macht sie da? Warum kommt sie nicht raus?

Dann überkam sie Übelkeit – ein vertrautes Gefühl.

Sie schalten das ganze Lexikon ein. Sie aktivieren noch mehr Skriben. Vielleicht hat das Sancia geschadet.

Sie beobachtete noch einen Moment lang das Fenster, dann richtete sie das Fernglas auf den großen, offenen Raum neben dem Büro. Sie sah Metall schimmern und erkannte, dass die Wachen in ihren skribierten Rüstungen umhereilten, also nicht auf Patrouille waren. Sie suchten etwas. Und schienen direkt auf Sancia zuzusteuern.

»Scheiße!« Sie schaute wieder zum Büro. Nach wie vor war von Sancia nichts zu sehen. »O Scheiße.«

Sancia war nicht mehr im Büro, nicht mehr in der Gießerei, im Campo und nicht einmal mehr in Tevanne. Sie hatte die Stadt verlassen. Nun stand sie auf cremefarbenen Sanddünen, und am Himmel leuchtete der blassrosa Vollmond. Auf der Düne gegenüber war ...

Ein Mann. Oder etwas in Gestalt eines Mannes, das ihr den Rücken zukehrte.

Jeder Zentimeter seines Körpers war in schwarzen Stoff gehüllt, der Hals, das Gesicht und die Füße. Er trug einen kurzen Umhang, der fast bis zu den Kniekehlen reichte und seine Arme und Hände verbarg. Neben dem menschenähnlichen Ding stand eine seltsame, verzierte Truhe aus Gold, etwa einen Meter hoch und einen Meter zwanzig breit.

Sancia kannte dieses Geschöpf und auch die Truhe. Sie erkannte beides wieder.

Er darf mich nicht sehen!, dachte sie.

Sie hörte ein Geräusch am Himmel – das Flattern unzähliger Flügel, winzig und zart, wie von einem riesigen Schwarm Schmetterlinge.

Das menschengleiche Wesen drehte leicht den Kopf, als hätte es etwas gehört. Die Flügelschläge wurden lauter.

Nein, dachte Sancia. *Nein, nein …*

Dann stieg das Menschending auf, schwebte ein kleines Stück über den Dünen in der Nachtluft und verharrte.

Mit dem Fernglas beobachtete Berenice, wie sich die Wachen dem Büro immer mehr näherten. Sie musste etwas unternehmen, Sancia warnen, womöglich sogar wecken oder zumindest die Wächter ablenken.

Sie sah sich um. Zwar hatte sie noch eine ganze Reihe Werkzeuge dabei – wenn Berenice Grimaldi sich vorbereitete, dann gründlich –, mit einer solchen Situation jedoch hatte sie nicht gerechnet.

Endlich erspähte sie eine Möglichkeit: eine gut dreizehn Meter hohe Kugellaterne, die auf einem Eisenpfosten saß, gleich an der Südwestecke des Hauptgebäudes. Vermutlich hatte die Laterne den Haupteingang erhellt, als die Gießerei noch in Betrieb gewesen war.

Berenice führte einige Berechnungen durch, zog ihren Schweißstab hervor und lief zum Laternenpfosten.

Hoffentlich klappt das.

Das menschenähnliche Wesen schwebte vor Sancia über den Dünen, reg- und lautlos. Unvermittelt begann der Sand das Geschöpf zu umwirbeln, bildete wogende Ringe wie bei einem Sturm – nur wehte hier kein Wind, zumindest kein besonders starker.

Bitte nicht, dachte Sancia. *Nicht er. Irgendjemand, aber nicht er.*

Das Menschending drehte sich langsam zu ihr um. Das Flattern der Flügel war inzwischen ohrenbetäubend, als wäre der Nachthimmel von unsichtbaren Schmetterlingen erfüllt.

Schrecken überkam sie, blankes, kreischendes Entsetzen. *Nein! Nein, er darf mich nicht sehen! ER DARF MICH NICHT SEHEN!*

Das Geschöpf hob die schwarze Hand, streckte die Finger zum Himmel aus. Die Luft erbebte, und das Firmament erzitterte.

Donner krachte, und die Vision verblasste ...

Sancia war zurück im Büro, hockte auf den Knien. Ihr Magen verkrampfte sich vor Übelkeit, und sie sah ihr Erbrochenes auf dem Boden, doch sie war zumindest wieder im eigenen Körper.

»Was war das?«, fragte sie, obwohl sie die Antwort schon zu kennen glaubte. »Clef ... War das eine Erinnerung? Eine Erinnerung von dir?«

Er schwieg.

»Was zum Teufel war das für ein Krach?«, erklang eine Stimme hinter der Bürotür.

Sancia erstarrte und lauschte aufmerksam.

»Draußen ist die verdammte Laterne umgefallen! Sie ist über die Mauer in den Hof gekracht!«

»Clef? Clef! Bist du da?«

»Ja«, antwortete er ungewöhnlich leise.

»Was ist denn los? Sind da draußen Wachen?«

»Ja. Und sie kommen direkt auf dich zu.«

Sancia wankte los und huschte durch die Tür in den leeren Nebenraum. Sie kletterte auf den Schreibtisch, und im selben Moment hörte sie ein Klopfen.

»Fräulein?«, rief eine Stimme. »Fräulein? Wir müssen reinkommen und etwas vom Schreibtisch holen. Bitte nicht erschrecken.«

»Scheiße«, murmelte Sancia. Sie sprang hoch, packte den

Fensterrahmen und schwang sich hinaus. Draußen suchte sie an der Gebäudeecke Halt, fand ihn und kletterte zum vierten Stock hoch.

Eine Stimme rief: »Was zum *Teufel*?! Was ist hier passiert? Weckt das Mädchen auf, sofort, sofort!«

Sie stieg durch das Fenster im vierten Stock und lief zum Wartungsschacht. Etwa auf halbem Weg wurde in der Etage unter ihr wildes Geschrei laut.

»Sie schlagen Alarm«, sagte Clef leise. »Jetzt suchen sie nach dir.«

»Ja, dachte ich mir schon.« Sancia sprang in den Schacht.

Erleichtert stieß Berenice den Atem aus, als sie sah, dass Sancia wieder durch das Fenster im vierten Stock verschwand. Vor ihr glühte noch immer der halb geschmolzene Sockel des Laternenpfahls in fröhlichem Rot. Sie hatte den Stab nicht für derlei Zwecke konzipiert und prägte sich die neue Anwendungsmöglichkeit ein.

Sie hörte Rufe hinter der Mauer, wahrscheinlich die von Wachen. Schon bald würden sie herauskommen, um nachzusehen, was passiert war.

»Scheiße ...« Berenice rannte zum Kanal.

Sancia kletterte zügig den Lexikonschacht hinunter, sprang von Sprosse zu Sprosse bis ins Erdgeschoss. Dann folgte sie den Gängen zum Müllraum im Keller, wo Berenice so geschickt das Loch in der Wand geschaffen hatte. Über sich hörte sie Schritte in den Gängen, Männer schrien, und Türen flogen auf.

Sie rannte so schnell sie konnte, ihr Verstand hingegen arbeitete langsam und träge. Sie hatte einen kupfernen Geschmack auf der Zunge und bemerkte, dass sie aus der Nase blutete.

Weit hinter ihr erklang eine Stimme: »Halt! Du da, halt!«

Sie schaute über die Schulter zurück und sah einen Wachmann in Rüstung am Ende des Gangs. Er hob seine Arbaleste, und Sancia sprang um eine Ecke, als der skribierte Bolzen durch die Luft zischte, um am anderen Ende des Korridors gegen die Wand zu prallen.

Hier kann ich Schüssen verdammt schlecht ausweichen, dachte sie. Doch ihr blieb keine Wahl, sie sprang zurück in den Gang und rannte auf die Tür zum Müllraum zu.

»Sie ist hier, sie ist hier!«, schrie der Wachmann.

Sancia erreichte die Metalltür, stieß sie auf, sprang in die Dunkelheit und schlug die Tür sofort hinter sich zu. Sie tastete sich durch die Finsternis die Stufen hinab, die zum Loch in der Wand führten, in der ständigen Furcht, vom Laufsteg in die Haufen aus Metallschrott zu stürzen. Es knallte dreimal laut hintereinander, dann fiel mattes Licht in den Raum. Sie schaute zurück. Die Tür wies nun drei große Löcher auf, die zweifellos von skribierten Bolzen stammten.

Gott, in einer Sekunde sind sie hier!

»Komm schon!«, zischte eine Stimme in der Dunkelheit. »Komm schon!«

Sie blickte wieder nach vorn: Berenice leuchtete mit ihrem skribierten Licht durch das Loch.

Sancia hüpfte die Stufen hinunter und kroch durch die Bresche. »Wir kommen nicht weit«, keuchte sie. »Sie sind mir auf den Fersen!«

»Das ist mir bewusst.« Berenice stand mit dem Rücken zu ihr und fummelte an der Tunneldecke herum. »So«, sagte sie und trat zurück. Sancia erblickte den Anker, mit dem ihre Gefährtin den Gitterrost geöffnet hatte. Berenice hatte ihn an einem Nagel befestigt, den sie in den Mörtel zwischen die Deckenziegel geschlagen hatte. »Komm schon. Jetzt müssen wir *wirklich* rennen.«

Wankend kam Sancia auf die Beine und humpelte den Tunnel entlang. Hinter ihnen war ein leises Knirschen zu hören.

»Noch schneller!«, sagte Berenice ängstlich. »*Viel* schneller!« Sie legte Sancia den Arm um die Schultern und zog sie mit sich, als das Knirschen zu einem Grollen wurde.

Sancia blickte zurück. Unvermittelt stürzte der gemauerte Teil des Tunnels ein, und eine Staubwolke raste auf sie zu. »Heilige Scheiße!«

»Ich glaube nicht, dass der Anker auch das Metallrohr zerstört«, sagte Berenice, während sie zum Gitter eilten. »Aber wir sollten kein Risiko eingehen.« Sie erreichten das Ende des Rohrs. »Rauf da! Rauf da, sofort!«

Sancia wischte sich das Blut aus dem Gesicht und begann zu klettern.

Kapitel 20

»Ich ... ich hab gesagt, ihr sollt den Spion *verfolgen*!«, sagte Orso entsetzt.

»Tja, das haben wir auch getan.« Sancia spuckte noch einen Mundvoll Blut in einen Eimer. »Und den Rest hast du uns nicht *verboten*.«

»In eine Gießerei einzubrechen?«, krächzte er. »Und das Abwasserrohr zu zerstören? Ich dachte bisher, so etwas würde einem der gesunde Menschenverstand verbieten!«

Er funkelte seine Fabrikatorin an, die in der Büroecke saß und die gestohlenen Notizen sichtete. Gregor schaute ihr über die Schulter und las mit, die Hände hinter dem Rücken verschränkt.

»Ich wollte nur Euren Verdacht bestätigen, Herr«, verteidigte sich Berenice tonlos.

»Und welcher war das?«

Sie schaute auf. »Dass Tomas Ziani hinter allem steckt. Deshalb habt Ihr gestern bei der Versammlung mit Estelle gesprochen, stimmt's, Herr?«

Verdutzt richtete sich Gregor auf. »Estelle Ziani? Moment mal – die *Tochter* von Tribuno Candiano? Orso hat mit ihr gesprochen?«

»Du plauderst verdammt viel aus dem Nähkästchen!«, knurrte der Hypatus.

»Warum habt Ihr Ziani verdächtigt?«, fragte Gregor.

Orso sah Berenice zornig an und wog seine Worte ab. »Als die Ratsversammlung über den Ausfall der Skriben sprach, verhielten sich alle Hausoberhäupter normal, nur Ziani nicht. Er schaute mich an, beäugte meinen Hals und zog mich dann damit auf, dass ich über die Hierophanten gesprochen hatte. Das tat er auf eine Weise, die mich ... alarmierte.«

Sancia putzte sich die Nase mit einem Lappen. »Ich hab ihn gesehen, sogar nackt. Er steckt dahinter. Hinter allem. Und er will hundert Imperiats bauen lassen.«

Schweigend dachten alle nach.

»Falls Tomas Ziani herausfindet, wie man so ein Instrument herstellt«, sagte Gregor ruhig, »kann er damit im Grunde die ganze zivilisierte Welt erpressen.«

»Ich ... ich kann immer noch nicht glauben, dass es Ziani ist«, murmelte Orso. »Ich bat Estelle, mich zu warnen, sollte es ihr Mann auf mich abgesehen haben, und sie hat dem zugestimmt.«

»Ihr glaubt allen Ernstes, dass diese Frau ihren Gemahl für Euch hintergeht?«, fragte Gregor ungläubig.

»Nun, es sieht ganz danach aus, als ob Tomas Ziani sie mehr oder minder im Berg einsperrt, genau wie ihren Vater. Sie hat wohl jeden Grund, gegen ihn zu arbeiten, nur ist fraglich, wie viel sie tatsächlich weiß.«

»Äh, keine Ahnung, um wen es sich bei dieser Estelle handelt«, sagte Sancia und richtete den Blick auf Orso, »aber ich nehme mal an, es ist jemand, den du rogelst?«

Alle starrten sie pikiert an.

»Gut«, lenkte sie ein, »dann jemand, den du *früher* gerogelt hast?«

Man sah Orso an, dass er zu ergründen versuchte, wie sehr ihn die Bemerkung beleidigte, wenn sie das denn überhaupt tat. »Ich ... kannte sie näher. Damals, als ich noch für Tribuno Candiano gearbeitet habe.«

»Du hast die Tochter deines Dienstherrn gerogelt?«, sagte Sancia beeindruckt. »Junge. Mutig.«

»So unterhaltsam Orsos Privatleben auch ist«, warf Gregor ein, »wir sollten zum Thema zurückkehren. Wie können wir verhindern, dass sich Tomas Ziani ein Arsenal an hierophantischen Waffen anlegt?«

»Und wie will er sie überhaupt herstellen?« Berenice blätterte durch Tribunos Notizen. »Bisher macht er anscheinend irgendetwas falsch.«

»Wiederhol noch mal, was Ziani gesagt hat«, forderte Orso von Sancia. »Wort für Wort.«

Sie gab das belauschte Gespräch wortgetreu wieder.

»Also, er nannte es ein Gefäß«, sagte Orso schließlich. »Und dieser Beamte oder Lakai sprach von einem ... fehlgeschlagenen Austausch?«

»Von einem fehlgeschlagenen *Austauschprozess*«, korrigierte Sancia. »Und Ziani erwähnte ein Ritual. Ich weiß allerdings nicht, warum er den Begriff *Gefäß* benutzte. Gefäße enthalten normalerweise etwas.«

»Und er denkt, das Gefäß ist das Problem«, sagte Berenice. »Ihre Imperiat-Kopien unterscheiden sich vom Original noch durch ein Detail.«

»Ja, dieses Wort benutzte er.«

Kurz herrschte Schweigen. Dann sahen Berenice und Orso einander entsetzt an.

»Das ist das abendländische Alphabet«, sagte Berenice. »Die *Lingai Divina*.«

»Ja«, hauchte Orso.

»Seins ... ist unvollständig. Ihm fehlt noch eine Sigille. Vielleicht auch mehr. Das muss es sein!«

Orso seufzte tief. »Deshalb hat er abendländische Artefakte gestohlen. Natürlich. Er will das Alphabet vervollständigen. Oder zumindest genug davon zusammenbekommen, um ein funktionierendes Imperiat zu erschaffen.«

»Ich kann euch nicht folgen«, gestand Gregor. »Alphabete?«

»Wir kennen nur *Fragmente* des abendländischen Sigillen-Alphabets«, erklärte Berenice. »Eine Handvoll hier, eine Handvoll dort. Das ist die größte Hürde bei der Erforschung abendländischer Skriben. Im Grunde versuchen wir, ein Rätsel in einer fremden Sprache zu lösen, von der wir nur die Vokale kennen.«

»Ich verstehe«, murmelte Gregor. »Aber ... wenn man genug Artefakte stiehlt ... Fragmente mit den richtigen Sigillen ...«

»Kann man das Alphabet vervollständigen und die Sprache lernen, mit der man einem Instrument hierophantische Fähigkeiten verleiht«, sagte Orso. »Theoretisch. Allerdings hört es sich so an, als stünde dieser schmierige Bastard dicht vor dem Ziel.«

Berenice nickte. »Er hat ja auch Hilfe. Beispielsweise stammen die Sigillen-Abfolgen für die Gravitationsplatten und das Abhörgerät von Tribuno Candiano. In seinem Wahn hat er sie Ziani ganz arglos aufgeschrieben.«

Orso verzog das Gesicht, als hätte er gerade auf etwas Saures gebissen. »Das ergibt für mich noch keinen Sinn. Der Tribuno, den ich kannte, hat sich nicht um gewöhnlichen Schwerkraftmist geschert, an den so viele Skriber ihr Leben verschwendet haben. Er verfolgte weit ... höhere Ziele.«

»Der Tribuno, den Ihr kanntet«, hielt Gregor dagegen, »war zurechnungsfähig.«

»Stimmt«, gab Orso zu. »Wie auch immer, anscheinend besitzt Ziani alle abendländischen Artefakte, die Tribuno gesammelt hat, und das dürfte der erwähnte Schatz sein, den er aus dem Berg geschafft hat, oder?«

»Ja«, stimmte ihm Sancia zu. »Er sagte, dass er irgendwo Artefakte versteckt hat, nicht zuletzt, um sie vor dir zu verbergen, Orso.«

Der Hypatus schmunzelte. »Tja, wenigstens haben wir den

Dreckskerl verunsichert. Er hat vermutlich von allen möglichen Leuten abendländische Artefakte gestohlen. Inzwischen muss er eine Menge davon angehäuft haben. Da wäre allerdings noch eine Kleinigkeit, die mich außerordentlich verwirrt. Er hat eine Leiche entsorgen lassen?«

Sancia nickte. »Nicht nur eine. Es klang, als würden sie schon seit einiger Zeit Leichen entsorgen. Er maß dem keine allzu große Bedeutung zu. Ich hab den Eindruck, die Sache hat etwas mit diesem Ritual zu tun, aber ich verstehe nichts davon.«

Gregor hob mahnend die Hände. »Wir kommen vom Thema ab. Alphabete, Hierophanten, Leichen ... Ja, das alles ist beunruhigend. Aber das Kernproblem ist: Tomas Ziani will Instrumente herstellen, die in großem Maßstab Skriben außer Kraft setzen. Diese Instrumente wären für ihn und seine Truppen wie ein riesiger Köcher voller Bolzen. Aber seine gesamte Strategie beruht auf einem einzigen Objekt – dem ursprünglichen Imperiat. Das ist der Schlüssel zu all seinen Plänen.« Er schaute in die Runde. »Also, wenn ihm das abhandenkäme ...«

»... wäre das ein massiver Rückschlag«, beendete Berenice den Satz.

»Ja.« Gregor nickte. »Verliert er das Original, hat er keine Kopiervorlage mehr.«

»Und sofern Sancia sich nicht irrt, hat Tomas deutlich erwähnt, wo er es aufbewahrt.« Orso drehte sich im Stuhl um und schaute nachdenklich aus dem Fenster.

Sancia folgte seinem Blick. Dort, im fernen Zentrum Tevannes, ragte eine riesige Kuppel empor wie ein schwarzer Pilz: der Berg der Candianos.

»Ach, verdammt«, seufzte sie.

»Das ist verrückt.« Sancia schritt im Raum auf und ab. »Die Idee ist Irrsinn!«

»Aus einer Laune heraus in eine Gießerei einzubrechen, *das* ist Irrsinn«, hielt Orso ihr vor. »Aber es hat dich nicht davon abgehalten.«

»Wir haben sie mit heruntergelassenen Hosen erwischt«, sagte Sancia. »In einer verlassenen Gießerei mitten im Nirgendwo. Das ist nicht damit zu vergleichen, in den verrogelten Berg einzudringen, das wohl bestbewachte Bauwerk in der verdammten Stadt, wenn nicht sogar der Welt! Ich bezweifle, dass Berenices tolle Werkzeuge genügen, um da reinzukommen.«

»Der Plan ist wirklich verrückt«, stimmte Gregor zu. »Aber wir haben leider keine Wahl. Wir werden Ziani mit dem Original-Imperiat wohl nicht aus dem Berg locken können. Also müssen wir dort einbrechen.«

»Du meinst, *ich* muss dort einbrechen«, knurrte Sancia. »Ich glaube kaum, dass ihr eure dummen Hintern da reinschwingt.«

»Ich gebe zu, ich habe keinen Schimmer, wie man in ein solches Bauwerk eindringen kann. Orso, kennt Ihr Euch im Berg aus?«

»Ich hab dort früher sogar für eine Weile gelebt«, antwortete der Hypatus. »Doch das war kurz nach der Errichtung des Bergs, vor einer Ewigkeit.«

»Du hast da *gewohnt*?«, fragte Sancia. »Stimmen die Gerüchte? Spukt es wirklich im Berg?«

Sie rechnete damit, dass Orso in Gelächter ausbrechen würde, doch dem war nicht so. Stattdessen lehnte er sich auf dem Stuhl zurück und sagte: »Wisst ihr, ich bin mir nicht sicher. Das ist … schwer zu beschreiben. Zum einen ist das Bauwerk riesig; die schiere Größe des Dings ist schon eine Meisterleistung. Da drin hat man das Gefühl, in einer Stadt zu sein. Aber das war damals nicht das Seltsamste. Am seltsamsten war, dass sich der Berg erinnerte.«

»Woran?«, fragte Sancia.

»An alles, was man dort tat«, sagte Orso. »Wie man sich verhielt. Wer man war. Nahm man etwa jeden Tag zur selben Zeit ein Bad, war die Wanne schon mit dampfendem Wasser gefüllt, wenn man das Badezimmer betrat. Ging man täglich um dieselbe Zeit zum Aufzug, wartete die Kabine bereits auf einen. Diese Annehmlichkeiten waren subtil und wurden einem nur schrittweise zuteil, aber mit der Zeit gewöhnten sich die Menschen daran, dass der Berg ihr Verhalten kannte und ihr Umfeld darauf abstimmte. Es wurde für sie zur Normalität, dass dieser … dieser *Ort* vorhersah, was sie tun würden.«

»Der Berg war lernfähig?«, fragte Gregor. »Ein skribiertes Bauwerk *lernte*, als hätte es ein eigenes Bewusstsein?«

»Das weiß ich nicht. Es *schien* zu lernen. Tribuno entwarf den Berg in den späteren Jahren seines Schaffens, als er schon seltsam geworden war. Er hat mir seine Methoden nie offenbart. Zu jener Zeit hielt er bereits vieles geheim.«

»Wie kann das Gebäude wissen, wo sich die Leute aufhalten, Herr?«, fragte Berenice.

Ein schuldbewusster Ausdruck trat in Orsos Miene. »Also schön, gut, ich *hatte* etwas damit zu tun … Kennt ihr den Trick mit meiner Werkstatttür?«

»Sie ist mit Skriben versehen, die Euer Blut erkennen … Moment! So behält der Berg den Überblick über *alle* Bewohner? Er spürt ihr Blut?«

»Im Grunde, ja«, antwortete Orso. »Jeder neue Bewohner muss sich mit einem Tropfen Blut im Kern des Berges registrieren. Sonst können sie sich nicht frei im Gebäude bewegen. Ihr Blut ist ihre Passierplakette. Besucher sind entweder auf bestimmte Bereiche beschränkt oder müssen echte Plaketten bei sich tragen.«

»Deshalb ist der Berg so sicher«, sagte Sancia leise. »Er weiß, wer sich in ihm aufhalten darf.«

»Wie schafft er das?«, fragte Gregor. »Wie kann ein Instrument so mächtig sein?«

»Verdammt, ich weiß es nicht«, gestand Orso. »Aber ich habe einmal eine Liste der Spezifikationen des Bergkerns gesehen, und darauf waren Räume für sechs voll ausgelastete Lexiken verzeichnet.«

Berenice sah ihn ungläubig an. »*Sechs* Lexiken? Für *ein* Bauwerk?«

»Warum die Mühe?«, fragte Gregor. »Warum hat Tribuno all das im Geheimen entwickelt und nie Kapital daraus geschlagen, indem er sein Wissen geteilt hat?«

»Tribuno war extrem ehrgeizig«, seufzte Orso. »Ich glaube nicht, dass er die Hierophanten nachahmen wollte. Vielmehr wollte er selbst zum Hierophanten *werden*. Er war besessen von einem bestimmten abendländischen Mythos. Dem wohl berühmtesten, der um den bekanntesten Hierophanten kreist.« Er lehnte sich zurück. »Was weiß jeder über Crasedes den Großen, abgesehen davon, dass er einen magischen Stab hatte?«

»Er bewahrte einen Engel in einer Truhe auf«, sagte Berenice.

»Oder hatte einen Flaschengeist«, ergänzte Gregor.

»Er hat seinen eigenen Gott erschaffen«, sagte Sancia.

Orso schmunzelte. »Das alles läuft auf dasselbe hinaus, nicht wahr? Ein Geschöpf mit ungewöhnlichen Kräften. Ein künstliches Wesen mit einem künstlichen Geist.«

»Und Ihr glaubt«, sagte Gregor nachdenklich, »er hat den Berg erschaffen, weil …«

»Ich glaube, der Berg war so etwas wie ein Testlauf«, unterbrach ihn Orso. »Ein Experiment. Wollte Tribuno Candiano seinen Familiensitz in ein künstliches Wesen verwandeln? Diente es als Entwurf für einen künstlichen Gott? Tribuno erwähnte mir gegenüber einmal die Theorie, dass die Hierophanten einst Menschen gewesen seien, ganz *gewöhnliche* Menschen. Sie hätten sich nur ungewöhnliche Fähigkeiten angeeignet.«

»Er hielt sie für *Menschen*?«, fragte Gregor verwundert. »Für Menschen wie wir?«

Diesen Gedanken hielten die meisten Tevanner für blanken Unsinn. Die Annahme, die Hierophanten seien früher

Menschen gewesen, war ebenso glaubhaft, als würde jemand behaupten, die Sonne wäre eine Orange, die auf einem Baum gewachsen war.

»Früher, vor langer Zeit«, sagte Orso. »Aber seht euch um. Seht nur, wie unsere Skriben die Welt in wenigen Jahrzehnten verändert haben. Jetzt stellt euch vor, Skriben könnten auch Menschen verändern. Malt euch aus, wie sich solche Menschen mit der Zeit entwickeln würden. Tribuno vermutete wohl, der Aufstieg der Hierophanten sei dem künstlichen Wesen zu verdanken, das sie erschaffen hatten. Die Menschen schufen einen Gott, und der half ihnen, zu Hierophanten zu werden. Und Tribuno glaubte, in ihre Fußstapfen treten zu können.«

»Gruselig«, sagte Sancia. »Und nichts von alledem entfacht bei mir das Verlangen, in den Berg einzubrechen. Falls das überhaupt möglich ist.«

Orso zog zischend die Luft ein. »Der Berg wirkt uneinnehmbar, aber … Es gibt immer einen Weg. Ein komplizierter Skriben-Entwurf bedeutet mehr Regeln, und mehr Regeln bedeuten mehr Schlupflöcher. Wir haben aber ein viel unmittelbareres Problem. Wie schnell bist du mittlerweile, Berenice?«

»Wie schnell, Herr? Im Durchschnitt schaffe ich vierunddreißig Abfolgen pro Minute.«

»Fehlerfrei artikuliert?«

»Natürlich.«

»Ganze Abfolgen oder nur Teil-Skriben?«

»Ganze Abfolgen. Einschließlich aller Dandolo-Sprachkomponenten der Stufe vier.«

Gregor runzelte die Stirn. »Äh … wovon redet ihr da?«

»Wollen wir in den Berg einbrechen, kann selbst Berenice nicht alle Vorkehrungen allein treffen. Außerdem ist sie keine Kanalfrau. Wir bräuchten mehr Skriber. Und Diebe. Oder Skriber, die zugleich Diebe sind.« Orso seufzte. »Und wir können die Sache nicht hier vorbereiten, denn hier sind wir nicht sicher vor weiteren Attentätern. Wir brauchen eine vollwertige Mannschaft und einen neuen Unterschlupf. Sonst bleibt die ganze Sache nur ein Tagtraum.«

Sancia schüttelte den Kopf. *Das werde ich noch bereuen.* »Orso, ich muss wissen ... wie reich bist du?«

»Wie *reich*? Was willst du hören, einen Betrag oder so?«

»Ich will wissen: Verfügst du persönlich über große Geldbeträge, an die du schnell und ohne Aufsehen herankommst?«

»Oh. Tja. Gewiss.«

»Gut. In Ordnung.« Sancia erhob sich. »Dann los. Wir machen alle einen Ausflug.«

»Wohin?«, fragte Gregor.

»Nach Altgraben«, sagte Sancia. »Und wir müssen vorsichtig sein.«

»Weil es immer noch Bastarde gibt, die uns tot sehen wollen?«, fragte Berenice.

»Ganz genau«, sagte Sancia. »Und weil wir verdammt viel Geld mitnehmen.«

Vier Laternen – drei blaue und eine rote – hingen über der Tür des Lagerhauses. Sancia huschte vor, sah sich um und klopfte an.

Ein Schlitz in der Tür öffnete sich, und ein Augenpaar sah sie an. Bei Sancias Anblick weiteten sie sich. »O Gott, du? Schon wieder? Ich dachte, du wärst tot?«

»So viel Glück hast du nicht«, erwiderte Sancia. »Ich bin geschäftlich hier, Mädchen.«

»Was? Du willst mich nicht um einen Gefallen bitten?«, wunderte sich Claudia.

»Mhm ... Ich bin geschäftlich hier und will dich um einen Gefallen bitten.«

»Wusst ich's doch!« Seufzend öffnete Claudia die Tür. Sie trug wie immer eine Lederschürze und eine Vergrößerungsbrille, die sie auf die Stirn geschoben hatte. »Und womit willst du mit uns handeln?«

»Mit Geld, aber es ist nicht meins.« Sancia reichte ihr einen Lederbeutel.

Claudia beäugte ihn misstrauisch, nahm ihn entgegen und schaute hinein. Dann sah sie Sancia an. »G... Geldscheine?«

»Ja.«

»Das müssen ... mindestens tausend sein!«

»Jap.«

»Wofür sind die?«, fragte Claudia.

»Die Summe soll dich nur beruhigen, damit du mir zuhörst. Ich hab einen Auftrag für dich. Einen großen. Und du musst mich ausreden lassen.«

»Hältst du dich jetzt etwa für Sark?«

»Sark hat dir nie einen so fetten Auftrag gegeben«, entgegnete Sancia. »Wir brauchen dich und Gio für eine spezielle Mission, in Vollzeit, ein paar Tage lang. Und wir brauchen einen sicheren Arbeitsraum und alle möglichen Materialien. Wenn ihr mir das besorgt, bekommt ihr viel mehr Geld.«

Claudia drehte den Lederbeutel in ihren Händen. »Das ist also der Auftrag?«

»Genau.«

»Und was für einen Gefallen forderst du?«

Sancia sah ihr tief in die Augen. »Der Gefallen besteht darin, dass ihr alles vergesst, was ihr über Clef gehört habt. Alles. Jetzt. Sofort. Ihr habt nie von ihm gehört. Ich bin nur eine Diebin, die von euch Werkzeuge und Ausweise für die Campos kauft, sonst nichts. Tut mir diesen Gefallen, dann bekommt ihr euer Geld.«

»Warum?«, fragte Claudia.

»Spielt keine Rolle. Lösch einfach alles aus deinem Gedächtnis und bring Gio dazu, ebenfalls alles zu vergessen. Dann werdet ihr beide reich.«

»Ich bin mir nicht sicher, ob mir das gefällt, San ...«

»Ich werde jetzt ein Signal geben«, sagte Sancia, »dann kommen meine Leute her. Fang nicht an zu schreien.«

»Schreien? Wieso sollte ich ...« Sie stockte, als Sancia die Hand hob. Berenice, Gregor und Orso tauchten aus den Schatten auf und gesellten sich zu ihr an die Tür.

Entsetzt stierte Claudia die drei an, vor allem Orso. »Heilige ... heilige Scheiße ...«, wisperte sie.

Orso musterte zunächst Claudia, dann das Lagerhaus und rümpfte die Nase. »Grundgütiger. *Hier* arbeiten die?«

»Lass uns besser rein«, sagte Sancia.

Orso schlenderte durch die Tüftler-Werkstatt wie ein Bauer, der auf einem zwielichtigen Markt Hühner kaufen will. Er betrachtete die Skriben-Blöcke, die Sigillen-Abfolgen an den Wänden, die blubbernden Kessel voller Blei oder Bronze und die Ventilatoren, die an Wagenräder befestigt waren.

Claudia hatte die anderen Tüftler hinausgeschickt, ehe sie die Neuankömmlinge eingelassen hatte. Nun beobachteten Giovanni und sie Orso, als wäre er ein Panther, der nachts ins Haus eingedrungen war.

Der Hypatus trat an die Tafel und musterte die aufgekritzelten Sigillen. »Ihr ... arbeitet an einer Fernsteuerung für Wagen«, murmelte er versonnen. Das war keine Frage.

»Äh ... ja. Und?«, fragte Giovanni.

Orso nickte. »Aber die Formulierung stimmt nicht. Oder, Berenice?«

Berenice gesellte sich zu ihm. »Die Orientierung ist falsch.«

»Genau«, sagte Orso.

»Ihre Kalibrierwerkzeuge sind viel zu kompliziert.«

Der Hypatus nickte.

»Der skribierte Wagen ist wahrscheinlich verwirrt, weil er nicht weiß, in welche Richtung er fährt. Deshalb hält er nach ein paar Dutzend Metern einfach an.«

»Ja.« Orso schaute zu Giovanni. »Stimmt doch, oder?«

Gio sah Claudia an, die mit den Schultern zuckte. »Ähm ... ja. Bis jetzt. Mehr oder weniger.«

Erneut nickte Orso. »Aber nur, weil der Entwurf nicht funktioniert, muss er noch lange nicht schlecht sein.«

Claudia und Gio blinzelten einander an. Langsam dämmerte ihnen, dass Orso Ignacio, der legendäre Hypatus der Dandolo-Handelsgesellschaft, ihnen soeben ein Kompliment gemacht hatte.

»Ich … ich arbeite schon ziemlich lange daran«, offenbarte Gio.

»Ja.« Orso schaute sich im Raum um und ließ alles auf sich einwirken. »Ihr habt mit schlechtem Werkzeug gearbeitet, mit Wissen aus zweiter Hand, mit Fragmenten von Entwürfen. Ihr habt improvisierte Lösungen für Probleme gefunden, mit denen sich kein Campo-Skriber je befassen musste. Ihr habt jeden Tag das Rad neu erfunden.« Er sah Sancia an. »Du hattest recht.«

»Natürlich hatte ich recht«, erwiderte sie.

»Womit hatte sie recht?«, fragte Claudia.

»Sie meinte, ihr seid gut«, antwortete Orso. »Ja, ihr seid der Aufgabe vielleicht gewachsen. Vielleicht. Was hat sie euch über den Auftrag erzählt?«

Sancia glaubte, einen Hauch von Zorn in Claudias Gesicht zu erkennen, was sie ihr nicht verübeln konnte.

»Sie meinte, ihr braucht uns«, erwiderte Claudia. »Und eine eigene Werkstatt. Und Materialien.«

»Gut«, sagte Orso. »Lasst uns die Dinge gern so einfach halten.«

»So einfach bleibt es sicher nicht«, widersprach Claudia. »Ihr stört hier unseren ganzen Geschäftsablauf. Wir müssen schon mehr erfahren, wenn wir an Bord kommen sollen!«

»Schön«, sagte Orso. »Wir wollen in den Berg einbrechen.«

Sie starrte ihn ungläubig an.

»In den *Berg*?« Giovanni wandte sich Sancia zu. »San, bist du verrückt?«

»Ja«, sagte Orso. »Deshalb sind wir hier.«

»Aber ... aber warum wollt ihr dort hinein?«, erkundigte sich Claudia.

Orso schnaubte. »Ist doch egal. Ihr müsst nur wissen, dass uns jemand umbringen will – einschließlich, ja, meiner Person. Das können wir nur verhindern, indem wir in den Berg gelangen. Helft uns, und ihr werdet bezahlt.«

»Und wie hoch ist die Bezahlung?«, fragte Claudia.

Orso schmunzelte. »Nun, das kommt darauf an. Ursprünglich wollte ich euch eine riesige Summe zahlen ... aber nachdem ich gesehen habe, was ihr hier macht, fallen mir ein paar Alternativen ein. Ihr arbeitet mit lückenhaftem Wissen aus zweiter Hand. Also ... vielleicht wäre es für euch von höherem Wert, ein paar drei- und vierstufige Sigillen-Abfolgen der Dandolo- *und* Candiano-Handelsgesellschaft zu bekommen.«

Sancia begriff nicht, was das bedeutete, Claudia und Giovanni hingegen rissen die Augen auf, erstarrten und schienen einige schnelle Berechnungen vorzunehmen.

»Wir wollen auch ein paar Abfolgen der fünften Stufe«, forderte Claudia.

Orso schüttelte den Kopf. »Auf keinen Fall.«

»Die Dandolo-Grundlagen der vierten Stufe dienen zur Hälfte dazu, die Abfolgen der fünften Stufe zu unterstützen«, sagte Giovanni. »Ohne die wären sie nutzlos.«

Orso brach in Gelächter aus. »Diese Kombinationen sind für hochkomplexe Entwürfe gedacht! Was habt ihr vor? Eine Brücke über die Durazzosee bauen? Eine Leiter zum Mond?«

»Das trifft nicht auf alle Kombinationen zu«, widersprach Giovanni pikiert.

Orso rümpfte die Nase. »Ich gebe euch ein paar Abfolgen fünfter Stufe aus dem Hause Candiano. Aber keine von Dandolo.«

»Jede Candiano-Abfolge, die Ihr rausrückt, dürfte veraltet sein«, entgegnete Claudia. »Ihr arbeitet seit einem Jahrzehnt nicht mehr dort.«

»Möglicherweise. Aber das ist alles, was ihr bekommt«, knurrte Orso. »Ausgewählte Candiano-Abfolgen fünfter Stufe, dazu die fünfzig meistverwendeten Abfolgen dritter und vierter Stufe der Häuser Dandolo und Candiano. Plus das Geheimwissen, das ihr während des Planungsprozesses erlangt. Zuzüglich einer Summe, über die wir uns noch einigen werden.«

Claudia und Giovanni wechselten einen Blick. »Abgemacht«, sagten sie gleichzeitig.

Orso grinste; ein Anblick, den Sancia ausgesprochen unangenehm fand. »Ausgezeichnet. Also, wo zum Teufel schlagen wir unser Hauptquartier auf?«

Die meisten Kanäle Tevannes waren für gewöhnlich entweder voll oder so gut wie voll. Aber nicht alle. Jedes vierte Jahr war ein Monsunjahr, in dem die warmen Ströme der Durazzosee ungeheure Stürme erzeugten, und das Wasser scherte sich nicht darum, welchen Campo es überflutete. Da es in Tevanne keine übergeordnete Verwaltungsbehörde gab, hatten sich die Handelshäuser schließlich dazu verpflichtet, etwas gegen die Sturmflut zu unternehmen.

Ihre Lösung war »der Golf«, ein massives Flutbecken im Norden der Stadt, das das Flutwasser aufnahm und bei Bedarf in die Kanäle leitete. Der Golf war die meiste Zeit leer, im Grunde eine kilometerbreite künstliche Wüste aus grauen Steinquadern, von zahlreichen Abflüssen gesäumt. Sancia wusste, dass der Golf nicht nur Menschen anzog, die dort in Baracken hausten, sondern auch Landstreicher und streunende Hunde, doch waren nicht einmal die verzweifelt oder dumm genug, sich in bestimmten Abschnitten des Golfs niederzulassen.

Zu Sancias Sorge führten Claudia und Giovanni sie jedoch genau zu einem solchen Abschnitt.

»Wir haben schon so manchen rauen Ort gesehen, Kind«, erklang unvermittelt Clefs Stimme in ihren Gedanken, »aber das hier ist bislang der raueste.«

Sancia war so überrascht, dass sie fast in die Luft gesprungen wäre. »Clef! Heilige Scheiße! Du hast nicht mehr geredet seit ... dem Vorfall in der Gießerei!«

»Ja. Tut mir leid, Kind. Ich glaube, ich hätte dich fast getötet.«

»Ja. Was haben wir da eigentlich gesehen? Was war das für eine Gestalt, die in schwarzen Stoff gehüllt war? War das ... War das die Person, die dich erschaffen hat?«

Der Schlüssel schwieg eine Weile. »Das könnte sein. So nah am Lexikon zu sein, während es auf volle Leistung schaltete ... das hat mich daran erinnert, wie es sich angefühlt hat ... na ja, in seiner Nähe zu sein.«

»Wer ist er?«

»Ich weiß es nicht. Das war nur eine flüchtige Erinnerung, ein Bild von ihm über den Dünen, sonst nichts. Mehr weiß ich selbst nicht.«

Sancia bekam eine Gänsehaut. »Das Gefühl, dicht bei einem Lexikon zu sein, die Kopfschmerzen, die Übelkeit ... Angeblich hat es sich so angefühlt, wenn man sich einem Hierophanten näherte.«

»Ach ja?«, **sagte Clef leise.** »Nach allem, was Orso dazu meinte ... Vielleicht hat mein Schöpfer sich selbst so sehr verändert, dass er ... zu diesem Ding wurde. Ich weiß es nicht.«

Sancia versuchte, sich ihre Angst nicht anmerken zu lassen. »Zu einem Gott?«

»Ja. Nicht gerade beruhigend, dass Tomas Ziani in die Fußstapfen eines solchen Geschöpfs treten will, oder?«

»Da ist es!« Giovanni trotte die schräge Steinmauer auf der Westseite entlang. Er zeigte nach vorn, und obwohl es schon dunkel geworden war, erkannten seine Gefährten den großen, tropfnassen Tunnel, der mit einem dicken Eisengitter versperrt war.

»Das ist ein Regenkanal«, sagte Gregor.

Gio nickte. »Stimmt. Was für scharfe Augen Ihr habt, Hauptmann.«

»Korrigiere mich, wenn ich mich irre«, sagte Gregor, »Aber eine Werkstatt in einem Regenkanal birgt das Problem, dass sich der Kanal bei Regen schon mal mit Wasser füllt, und ich persönlich kann kein Wasser atmen.«

»Hab ich etwa behauptet, wir arbeiten *in* einem Regenkanal?« Gio führte sie auf einem Steinweg zum Zugang und nahm ein skribiertes Blech heraus. Er untersuchte die Gitterstäbe, klopfte mit dem Blech darauf und zog dann an den Stäben. Das untere Viertel des Gitters schwang auf wie das Tor eines Gartenzauns.

»Raffiniert!« Orso beäugte die Türangeln. »Das ist eine minderwertige Tür mit miesem Schloss. Aber beides braucht nicht hochwertig zu sein, wenn niemand weiß, dass die Tür existiert.«

»Genau.« Gio verbeugte sich und streckte den Arm aus. »Nach Euch, werter Herr. Tretet nicht ins Abwasser.«

Sie gingen in den Abflusskanal.

Sancia seufzte. »Ich muss zugeben, ich habe diese Rohre allmählich satt.«

»Ich auch«, sagte Berenice.

»Wir bleiben nicht lange im Kanalrohr«, verkündete Claudia.

Sie und Giovanni verteilten eine Handvoll skribierter Leuchten, die rosafarbenes Licht auf die gemauerten Wände warfen. Sie folgten dem Tunnel etwa hundert Schritt. Dann sahen sich die beiden Tüftler um.

»Meine Güte«, sagte Claudia. »Ich war schon ewig nicht mehr hier … Wo ist er?«

Giovanni schlug sich gegen die Stirn. »Verdammt, ich bin so blöd. Nur eine Sekunde!« Er zog eine kleine skribierte Metallkugel hervor; die bestand aus zwei Hälften, die er in entgegengesetzte Richtungen drehte. Dann hielt er die Kugel hoch und ließ sie los, woraufhin sie schnurgerade zu einer Wand sauste. »Da!«, rief Gio.

»Stimmt ja«, sagte Claudia. »Ich hatte ganz vergessen, dass du eine Markierung angebracht hast.« Sie ging zu der Kugel, die jetzt an der Wand klebte, und hob ihre Leuchte.

Direkt unter der Kugel befand sich ein winziger Schlitz,

praktisch unsichtbar, wenn man nicht wusste, wo er zu finden war. Gio nahm das skribierte Blech, mit dem er die Gitterstäbe geöffnet hatte, und steckte es in den Schlitz.

Ein Knirschen erklang, als scheuere ein Stein über einen anderen. Gio stemmte sich mit der Schulter gegen die Wand, und plötzlich schwang ein großes Mauersegment nach innen auf wie eine runde Steintür. »Da wären wir!«

Sancia und ihre Gefährten schauten durch die Tür. Dahinter befand sich ein langer, schmaler Gang mit kunstvoll behauenen Wänden. Sie wiesen zahlreiche Ablagenischen auf, die größtenteils leer waren, aber nicht alle. In einigen Nischen sah Sancia Urnen und …

»Schädel«, sagte sie laut. »Äh, eine Gruft?«

»Genau«, bestätigte Giovanni.

»Warum zum Teufel gibt es im Golf eine Gruft?«, fragte Orso.

»Anscheinend standen hier früher kleinere Anwesen, ehe die Handelshäuser den Golf errichtet haben.« Claudia trat durch die Tür. »Die Gebäude wurden einfach abgerissen und überbaut. Niemand dachte großartig darüber nach, was sich darunter befand, bis sie die Tunnel gruben. Die meisten Grüfte und Keller sind überschwemmt worden, aber die hier ist in recht gutem Zustand.«

Sancia folgte ihr. Die Gruft war beeindruckend, hatte eine große, runde Zentralkammer, von der mehrere schmale Flügel abgingen. »Wie habt ihr die entdeckt?«

»Jemand hat einmal bei uns Schmuck gegen Instrumente eingetauscht«, erzählte Claudia. »Der Schmuck war alt und mit einem Familienwappen versehen; so kam einer von uns darauf, dass er aus einer Familiengruft stammen musste. Wir suchten danach und fanden die hier.«

»Wir verkriechen uns hier nur, wenn wir ein Handelshaus *richtig* verärgert haben«, erklärte Gio. »Und es klingt, als hättet ihr genau das getan. Das sollte also ein prima Versteck sein.«

Berenice sah sich um. »Also skribieren, arbeiten und ... leben wir eine Weile in einer Krypta. Inmitten von ... Knochen.«

»Tja, wenn ihr wirklich in den Berg einbrechen wollt, sterbt ihr wahrscheinlich sowieso«, sagte Gio. »Vielleicht hilft euch die Gruft dabei, euch schon mal ans Totsein zu gewöhnen.«

Orso hatte ein Loch in der Gewölbedecke entdeckt. »Führt das bis an die Oberfläche?«

Claudia nickte. »Ja. Es leitet die Hitze ab, falls ihr hier kleinere Schmiede- oder Gussarbeiten verrichtet.«

»Ausgezeichnet. Dann ist das Versteck bestens geeignet.«

Gregor beugte sich über einen großen Sarkophag, dessen Deckel zerbrochen und teilweise eingestürzt war, sodass er durch den Spalt auf die Überreste darin blicken konnte. »Ach ja?«, brummte er tonlos.

»Ja.« Orso rieb sich die Hände. »Lasst uns an die Arbeit gehen!«

»Ich hasse diese Gruft«, **sagte Clef.**

»Warum? Hier gibt es niemanden, der mich erstechen will. Das gefällt mir.«

»Sie erinnert mich an die Dunkelheit«, **erklärte der Schlüssel,** »in der ich so lange war.«

»Das kannst du nicht vergleichen.«

»Doch! Dieses Grab ist alt und voller Geister, Kind. Glaub mir. Ich war selbst mal einer. Vielleicht bin ich immer noch einer.«

Nachdem sie die Gruft besichtigt hatten, stand Orso draußen im Tunnel und schaute zu den Gemeinvierteln hinaus, die sich hinter dem Golf erstreckten. Der dichte, schwarze Rauch der Lagerfeuer verwandelte den Sternenhimmel über dem Flutbecken in einen dumpfen Schmierfleck.

Berenice tauchte aus der Gruft auf und gesellte sich zu ihm. »Ich kümmere mich um unsere Ausrüstung, Herr. Bis morgen Abend sind wir eingerichtet und müssten mit der Arbeit beginnen können.«

Orso starrte nur über den Golf zu den Gemeinvierteln.

»Stimmt etwas nicht, Herr?«

»Ich hätte nicht gedacht, dass sich alles so entwickeln würde«, sagte er. »Vor zwanzig, dreißig Jahren, als ich anfing, für Tribuno zu arbeiten, dachten wir alle, wir würden die Welt zu einem besseren Ort machen. Die Armut beenden. Die Sklaverei abschaffen. Wir wollten uns über all die hässlichen Dinge erheben, mit denen Menschen den Fortschritt bremsen, und … und … Tja, hier stehe ich nun. Ich stehe in der Kanalisation und bezahle einen Haufen Schurken und Abtrünnige dafür, in das Gebäude einzubrechen, in dem ich früher gelebt habe.«

»Darf ich fragen, Herr – wenn Ihr etwas ändern könntet, was wäre das?«

»Verdammt, ich weiß es nicht. Ich nehme an, ich würde mein eigenes Handelshaus gründen, sähe ich die geringste Aussicht auf Erfolg.«

»Wirklich, Herr?«

»Klar. Es ist ja nicht so, als wäre das gesetzlich verboten. Man muss nur beim Rat von Tevanne die entsprechenden Unterlagen einreichen. Aber die Mühe macht sich keiner mehr. Jeder weiß, dass einen die vier Haupthäuser dann sofort vernichten würden. Früher, als ich jung war, gab es Dutzende Häuser, jetzt nur noch vier, und zwar anscheinend für immer.« Er seufzte. »Ich komme morgen Abend zurück, Berenice. Falls ich dann noch lebe. Gute Nacht.«

Sie sah ihm nach, wie er durch den Tunnel schlenderte und durchs Eisengitter schlüpfte, und sagte leise: »Gute Nacht, Herr.«

»Das ist verrückt, Sancia«, flüsterte Claudia im Dunkeln. »Das ist verrückt. Das ist *Wahnsinn*!«

»Es ist lukrativ«, entgegnete Sancia. »Und sei leise!«

Claudia blickte durch die Gänge der Gruft und vergewisserte sich, dass sie allein waren. »Du hast ihn dabei, oder? Oder?«

»Ich hab dir doch gesagt, du sollst ihn vergessen.«

Schuldbewusst rieb sich die Tüftlerin übers Gesicht. »Selbst wenn du ihn nicht hättest, ist das mehr als töricht! Wie kannst du diesen Leuten nur *trauen*?«

»Ich trau ihnen nicht«, erklärte Sancia. »Zumindest nicht Orso. Berenice ist ... na ja, normal, aber sie berichtet ihm alles. Und Gregor ... tja, er wirkt ...« Sie suchte die treffende Formulierung. Für sie war es völlig ungewohnt, etwas Positives über Gesetzeshüter zu sagen. »Er wirkt anständig.«

»Anständig? *Anständig?* Weißt du nicht, wer er ist? Und damit meine ich nicht, dass er Ofelias Sohn ist!«

»Was dann?«

Claudia seufzte. »In den Daulo-Staaten gab es eine Festungsstadt namens Dantua. Vor fünf Jahren nahm eine Söldnerarmee der Dandolos sie ein. Das war für sie in der Region ein großer Sieg, aber etwas ging schief, und ihre skribierten Waffen versagten. Sie saßen hilflos in der Festung fest und wurden belagert. Die Zustände verschlechterten sich immer mehr – Hunger, Seuchen und Brände. Als die Morsinis herbeisegelten, um sie zu retten, fanden sie nur einen Überlebenden. Einen einzigen. Gregor Dandolo.«

Sancia sah sie an. »Das ... das glaub ich dir nicht.«

»Es stimmt. Ich schwöre bei Gott, es ist wahr.«

»Wie? Wie hat er überlebt?«

»Das weiß keiner. Aber er hat es geschafft. Man nennt ihn den ›Wiedergänger von Dantua‹. Und du findest ihn anständig? Du hast dich mit Verrückten zusammengetan, Sancia. Hoffentlich weißt du, was du tust. Zumal du uns in die Sache hineingezogen hast.«

Kapitel 21

Am nächsten Abend betrachteten sie eine Karte des Candiano-Campo und trugen Ideen zusammen.

»Ihr braucht euch nur den Kopf darüber zu zerbrechen, wie wir Sancia in den Berg und wieder herausbekommen«, sagte Orso. »Wie sie am besten durchs Innere kommt, weiß ich schon.«

»Es gibt immer drei Möglichkeiten«, merkte Claudia an. »Man kann aus der Luft, durch einen unterirdischen Tunnel oder über die normalen Wege hineingelangen.«

Giovanni seufzte. »Der Luftweg scheidet aus. Sie kann nicht zum Berg fliegen. Wir müssten erst einen Anker oder eine Bau-Skribe hineinschmuggeln, die sie anzieht – und dazu müssten wir ebenfalls erst aufs Gelände kommen.«

»Die offiziellen Wege scheiden auch aus.« Gregor trat an die Karte des Candiano-Campo und folgte mit dem Finger der Hauptstraße, die bis zur riesigen Kuppel hinaufführte. »Es gibt elf Tore zwischen Außenmauer und Berg. Die letzten beiden werden ständig bewacht, und man braucht alle möglichen Papiere und skribierte Ausweise, um sie zu passieren.«

Alle starrten schweigend auf die Karte.

»Was ist das?« Sancia zeigte auf einen langen blauen Streifen, der in gewundener Linie vom Schiffskanal zum Berg führte.

»Das ist der Versorgungskanal«, sagte Orso, »für Kähne,

beladen mit Wein und anderen Waren, die man im Berg so braucht. Doch auf diesem Weg stößt man auf dasselbe Problem wie auf den Straßen: Die letzten beiden Schleusentore werden streng bewacht. Jede Lieferung wird erst gründlich inspiziert, bevor der Kahn weiterdarf.«

Sancia überlegte. »Könnte ich mich von außen an den Rumpf eines Kahns klammern? Knapp unterhalb der Wasserlinie? Und ihr baut mir etwas, mit dem ich atmen kann?«

Die Idee schien ihre Gefährten zu überraschen.

»Für die Schleusentore braucht man dieselben Passierplaketten wie an den Mauertoren«, sagte Orso sinnierend. »Aber sie überprüfen natürlich nur Leute, die hindurchfahren, nicht solche, die *unter* ihnen hindurch*tauchen*. Das könnte den Unterschied ausmachen.«

»Ich wette, die Unterseite des Kahns wird auch kontrolliert«, äußerte Claudia. »Aber wenn sie über den Grund des Kanals laufen würde ...«

»Langsam!«, rief Sancia. »Davon war nicht die Rede.«

»Wie tief sind die Kanäle?«, fragte Gregor.

»Vierzehn, fünfzehn Meter«, antwortete Gio, »und in dieser Tiefe führen die Schleusen-Skriben definitiv keine Kontrolle durch.«

Sancia war sichtlich nervös geworden. »Das hat nichts mehr mit meinem Vorschlag zu tun.«

»Wir kennen keine Skriben-Kombination, die es einem Menschen ermöglicht, unter Wasser zu atmen«, wandte auch Orso ein. »Das ist unmöglich.«

Sancia seufzte erleichtert, denn damit hatte sich der verrückte Plan wohl erledigt.

»Aber ...« Orso blickte sich um und legte die Hand auf einen Sarkophag, »es gibt noch andere Möglichkeiten.«

Stirnrunzelnd sah Claudia den Sarkophag an. Dann klappte ihre Kinnlade nach unten. »Ein Behältnis. Ein Sarg!«

Orso nickte eifrig. »Genau. Einer, der wasserdicht und klein ist, aber trotzdem einer Person Platz bietet. Wir bringen einen schwachen Anker auf einem Frachtkahn an, der den Sarg über dem Kanalgrund hinter sich herzieht. So einfach!«

»Und ... ich liege drin?«, fragte Sancia matt. »Du sagst, ich soll mich *in einem Sarg* mitschleifen lassen? *Unter Wasser?*«

Orso winkte ab. »Oh, den sichern wir ab. Das geht schon gut. Sehr wahrscheinlich.«

»Das ist jedenfalls weniger riskant, als die Wachen zu umschleichen oder dergleichen«, sagte Claudia. »Der Kahn würde dich unbemerkt durch den ganzen Kanal bringen, und du läufst nicht Gefahr, dass dir jemand einen Bolzen ins Gesicht schießt.«

»Nein, ich würde nur riskieren, dass der Sarg zu hart gegen einen Stein prallt und ich darin ertrinke«, erwiderte Sancia grimmig. »Dann wäre dieser Sarg tatsächlich *mein* Sarg.«

»Ich sagte doch, wir sichern ihn ab!«, beharrte Orso. »Jedenfalls so gut es geht.«

»O mein Gott.« Sancia schlug die Hände vors Gesicht.

»Fällt jemandem eine andere Möglichkeit ein, sie zum Berg zu bringen?«, fragte Gregor.

Längere Zeit herrschte Schweigen.

»Tja«, sagte Gregor, »dann ist das wohl unser Plan.«

Sancia seufzte. »Können wir es dann wenigstens nicht als *Sarg* bezeichnen?«

»Somit bleibt nur noch zu klären, wie sie im Berg selbst vorgehen soll«, sagte Gregor. »Wie kommt Sancia in Zianis Büro?«

»Ich arbeite daran, ihr Zugang zu verschaffen«, erwiderte Orso. »Aber das bedeutet nicht, dass sie auf keine Hindernisse stoßen wird. Ich habe den Berg seit einem Jahrzehnt nicht mehr von innen gesehen und weiß nicht, was sich dort womöglich alles geändert hat. Zudem begreife ich kaum, wie das Ding eigentlich funktioniert.«

Gregor wandte sich Berenice zu. »In Tribunos Notizen steht nichts darüber? Wie er den Berg entworfen hat?«

Sie schüttelte den Kopf.

»Was *steht* denn in seinen Notizen?«, fragte Giovanni. »Die Schriften unseres gefeierten Genies und Verrückten würden mich doch sehr interessieren.«

»Nun«, sagte Berenice widerwillig, »in den Unterlagen finden sich viele Wachsabdrücke von einem Ritual, bei dem offenbar ein Mensch geopfert wird: eine Gestalt auf einem Altar und ein Dolch darüber. Aber was Tribunos Notizen betrifft ...« Sie nahm sich eines der Papiere und las laut vor: »*Ich komme noch einmal auf die Art des Rituals zurück. Der Hierophant Seleikos erwähnt ›gesammelte Energien‹ oder die ›Fokussierung des Geistes‹ und ›eingefangene Gedanken‹. Der große Pharnakes erwähnt eine Art ›Transaktion‹, ›Befreiung‹ oder ›Übertragung‹, die in ›der jüngsten Stunde der Welt‹ stattfinden muss. In anderen Schriften sagt er, es müsse ›die dunkelste Stunde‹ oder «die vergessene Minute‹ sein. Meint er Mitternacht? Die Wintersonnenwende? Etwas anderes?*«

Giovanni sah Berenice verwirrt an. »Was zum Teufel heißt das?«

»Tribuno versucht hier zu ergründen, wie die Hierophanten entstanden sind«, erklärte Orso. »Mit anderen Worten: Er wollte ein viel größeres Problem lösen als wir.«

»Die Notizen sind nicht so hilfreich, wie ich gehofft habe«, offenbarte Berenice. »Er erwähnt darin immer wieder eine Transaktion, das ›Füllen der Krüge‹, wobei jedoch deutlich wird, dass er selbst nicht weiß, *wovon* er da schreibt.«

»Aber offenbar waren die Notizen für Tomas Ziani von großem Wert«, merkte Gregor an.

»Oder er *glaubte* nur, sie wären von Wert«, sagte Orso, »und jetzt vergießt er Blut und vergeudet Geld für Unsinn.«

Gregor erstarrte. »Ah.«

»Ah *was?*«, hakte Sancia nach.

Nachdenklich blickte Gregor ins Leere. »Blut«, sagte er leise, und ein Ausdruck schrecklicher Erkenntnis trat in seine Züge. »Sagt mir, Orso: Sieht Estelle Ziani jemals ihren Vater?«

»Estelle? Warum?«, fragte der Hypatus misstrauisch.

»Tribuno ist krank, nicht wahr?« Der Hauptmann musterte Orso aus zusammengekniffenen Augen. »Sicher beaufsichtigt sie seine medizinische Versorgung, stimmt's?«

Orso rührte sich nicht. »Äh ... nun ...«

»Der Berg prüft das Blut einer Person, um sicherzustellen, dass es die richtige ist. Ihr müsstet Euer eigenes Blut beim Berg registrieren lassen, um ihn betreten zu können.« Gregor trat auf Orso zu. »Aber was, wenn Ihr an das Blut eines Bewohners herankämt? An das von Estelle Ziani? Oder noch besser, das ihres Vaters? Das Blut des Mannes, der den Berg geschaffen hat? Das habt Ihr doch vor – nicht wahr, Orso? Ihr wollt das Blut von Tribuno Candiano als ›Passierschein‹ für Sancia nutzen.«

Orso funkelte ihn an. »Ihr seid ein ganz schön schlauer Bastard, Hauptmann.«

»Moment mal«, wandte Sancia ein. »Du willst das Blut von *Tribuno Candiano* stehlen? Im Ernst?«

Alle starrten Orso an. »Ich habe nie von *stehlen* gesprochen«, knurrte er beleidigt. »Man würde es mir freiwillig geben. Ich dachte, ich bitte einfach ... Ihr wisst schon, ich bitte Estelle darum.«

»Das kann nicht Euer Ernst sein!«, ereiferte sich Claudia.

»Wieso nicht? So eine Gelegenheit dürfen wir uns nicht entgehen lassen! Mit seinem Blut sollte sich der verdammte Berg für Sancia öffnen wie die Beine eines Schulmädchens! Der Berg ist ein *Königreich*, und keine der skribierten Überwachungsanlagen kann den König abweisen!«

»Soll ich mich etwa mit seinem Blut beschmieren?« Sancia schnitt eine Grimasse. »Das ist nicht gerade unauffällig.«

»Wir können es sicher in eine Art Behälter füllen«, erwiderte der Hypatus verärgert.

»Angenommen, Estelle stimmt zu«, sagte Berenice. »Die Candianos haben doch sicher alle Zutrittsrechte verändert, sodass Tribuno keinen Zugang mehr hat, oder?«

»Das würde bedeuten, dass es auf dem Candiano-Campo jemanden gibt, der ein besserer Skriber ist als Tribuno«, entgegnete Orso. »Was unwahrscheinlich ist. Würde ich meine eigene Festung skribieren, würde ich alle möglichen Genehmigungen und Vorzüge einbauen, die nur für mich gelten.«

»Und Ziani ist sicherlich kein Skriber«, stimmte Gio zu. »Aber all das setzt voraus, dass unser Hypatus hier tatsächlich an Tribunos Blut herankommt.«

»Glaubst du wirklich, dass würde Estelle für dich tun, Orso?«, fragte Sancia zweifelnd.

Er runzelte die Stirn. »Vielleicht erzähle ich ihr ja, dass du gesehen hast, wie ihr Mann mit einem Mädchen in einer heruntergekommenen Gießerei die Hüften geschwungen hat. Doch die Frage ist, ob das überhaupt nötig ist. Jeder weiß, dass Ziani ein privilegierter Scheißkerl ist. Und es klingt so, als ob er Estelle im Berg praktisch gefangen hält. Vermutlich ergreift sie jede Möglichkeit, ihm ein Messer in die Rippen zu rammen.«

»Stimmt«, sagte Berenice. »Sie um das Blut zu bitten ist vielleicht gar nicht mal so unverschämt, wie wir glauben. In gewisser Hinsicht bietet Ihr dieser Frau damit ihre Freiheit an. Dafür riskieren Menschen viel.«

In diesem Moment trat ein zutiefst schuldbewusster Ausdruck in Gregors Miene. Er wandte sich Sancia zu, öffnete den Mund, als wollte er ihr etwas sagen. Doch dann entschied er sich offenbar dagegen und verfiel für den Rest der Nacht in Schweigen.

Einige Zeit später schliefen alle. Und Sancias Träume waren wieder erfüllt von alten Erinnerungen.

Sie hatte ihre Eltern nie kennengelernt. Dazu war es nie gekommen, denn die Plantagenbetreiber hatten entweder Sancia oder die Eltern verkauft, als sie noch sehr klein gewesen war. Stattdessen war sie, wie so viele Sklavenkinder, den ständig wechselnden Frauen zur Last gefallen, die in den Unterkünften der Plantage zusammengepfercht waren. In gewisser Hinsicht hatte Sancia nicht nur eine Mutter, sondern dreißig, an die sie sich kaum entsinnen konnte.

Mit Ausnahme einer Frau. Ardita aus Gothia. Inzwischen war sie in Sancias Erinnerung kaum mehr als ein Geist. Sie erinnerte sich nur noch an die dunklen Augen der Frau, an die faltige olivfarbene Haut, an die vernarbten Hände, an die tiefschwarzen Locken und daran, dass man in ihrem breiten Mund sogar die hintersten Zähne sah, wenn sie lächelte.

»Es gibt hier viele Gefahren, Kind«, hatte sie einmal gesagt. »Viele. Und du musst hier lauter hässliche Dinge tun. Das Leben hier gleicht einem großen Wettstreit. Und du wirst denken: Wie gewinne ich ihn? Die Antwort lautet: Solange du lebst, hast du gewonnen. Die einzige Hoffnung, die du je haben solltest, ist, den nächsten Tag zu erleben und vielleicht sogar den übernächsten. Einige hier tuscheln hin und wieder über Freiheit, aber man kann nicht frei sein, wenn man tot ist.«

Und dann ... war Ardita eines Tages verschwunden. In den Quartieren sprach niemand darüber. Vielleicht, weil so etwas ständig vorkam und jedes Wort überflüssig gewesen wäre. Einige Zeit später führte man Sancia und die anderen Kinder zur Arbeit auf ein neues Feld, und sie kamen an einem Baum voller aufgehängter Leichen vorbei – Sklaven, die für diverse Vergehen hingerichtet worden waren. »Schaut gut hin, meine Kleinen!«, rief der Aufseher. »Dann wisst ihr, was euch blüht, wenn ihr nicht gehorcht!«

Sancia hatte ins Blätterdach geschaut und eine Frau im Geäst hängen sehen. Man hatte ihr die Füße und Hände abgehackt, und Sancia meinte erkannt zu haben, dass die Tote tiefschwarze Locken hatte und einen breiten Mund voller Zähne ...

Sancia erwachte in der Dunkelheit der Gruft. Sie hörte das

Schnarchen und leise Seufzen der anderen. Sie starrte zur dunklen Steindecke und dachte darüber nach, was diese Leute von ihr verlangten, welch enorme Risiken sie ihr aufbürden wollten. *Ist das Überleben? Ist das Freiheit?*

»Ich weiß nicht, Kind«, sagte Clef sanft und traurig.

Kapitel 22

Orso stand vor der aufgegebenen Taverne und ärgerte sich darüber, dass er schwitzte. Dabei hatte er jeden Grund, in Schweiß gebadet zu sein. Zum einen trug er mehrere Kleidungsstücke übereinander; seine Verkleidungskünste waren eher plump. Zum anderen war er auf dem Candiano-Campo und benutzte eine gefälschte Passierplakette, die ihm Claudia und Giovanni gegeben hatten. Und zu guter Letzt war es sehr wahrscheinlich, dass keiner dieser Tricks funktionieren würde. Womöglich würde Estelle ihn auch noch versetzen, und dann hätten sie einen weiteren Tag verschwendet.

Er wandte sich zur Taverne um Sie war alt und baufällig, der Moosputz zeigte Risse, die Fenster waren entweder kaputt oder fehlten ganz. Der Kanal vor dem Gebäude war nicht der malerische Bach, an den Orso sich erinnerte, sondern eher ein widerlich stinkender Sumpf. Die meisten Balkone fehlten, waren anscheinend abgefallen – nur einer im Hochparterre war übrig.

Orso musterte ihn. Er wusste noch, wie er vor zwanzig Jahren ausgesehen hatte, von hellen, strahlenden Lichtern gesäumt, und es hatte nach Wein und Blumen geduftet. Wie schön Estelle in jener Nacht ausgesehen hatte, als er ihr seine Liebe gestanden hatte.

Das stimmt nicht ganz, dachte er. *Sie war stets schön und ist es auch heute noch.*

Seufzend lehnte er sich an den Zaun.

Sie wird nicht kommen. Warum sollte sie auch gerade hierherkommen? Hier lauern überall schmerzliche Erinnerungen. Warum bin ich überhaupt hier?

Er hörte Schritte in einer Seitengasse.

Orso wandte sich um und erblickte eine Frau. Sie war wie ein Hausmädchen gekleidet und trug ein erdbraunes Kleid mit einer schmucklosen Haube, die ihr Gesicht größtenteils verbarg. Sie hielt direkt auf ihn zu, mit gelassenem, stetem Blick.

»Die Theatralik der Jugend«, sagte sie, »steht uns alten Leuten nicht gut zu Gesicht.«

»Ich bin um einiges älter als du«, erwiderte Orso. »Wenn also einer bestimmen kann, was unter unserer Würde ist, dann ich. Ich bin erstaunt, dass du hergekommen bist. Ich kann kaum glauben, dass du sie aufbewahrt hast, dass es funktioniert hat!«

»Ich habe sie aus vielen Gründen behalten, Orso«, erwiderte Estelle. »Zum Teil aus Sentimentalität. Aber auch, weil ich sie gemacht habe. Und ich finde, ich habe gute Arbeit geleistet.«

Sie bezog sich auf die Handharfe, die sie mit einer Zwillings-Skribe versehen hatte, damals, als sie und Orso jung gewesen waren und sie versucht hatten, ihre Beziehung zu verheimlichen. Es war ihre Art der Kontaktaufnahme gewesen: Zupfte man an den Saiten, erzeugte die gekoppelte Harfe dieselbe Melodie. Jede Note war ein Geheimzeichen, das für einen Treffpunkt oder eine Uhrzeit stand, und diese Taverne war einmal einer ihrer Lieblingsorte gewesen.

Orso hatte seine Harfe behalten, ohne jedoch zu ahnen, dass er sie eines Tages wieder brauchen würde, schon gar nicht hierfür.

Estelle besah sich die Taverne. »Auf dem Campo ist so vieles verschwunden und verblasst«, sagte sie leise. »Daher fühlt es sich seltsam an, den Verlust einer einzelnen Taverne zu betrauern. Dennoch tue ich es.«

»Hätte ich dir einen anderen Treffpunkt vorschlagen können«, sagte er, »hätte ich es getan.«

»Sollen wir hineingehen?«

»Im Ernst? Das Gebäude sieht aus, als würde es gleich auseinanderfallen.«

»Du bist derjenige, der alte Erinnerungen hat aufleben lassen, als du die Harfensaite gezupft hast, Orso. Also lass uns darin ruhig ein wenig schwelgen.«

Sie stiegen die Stufen hinauf und traten durch die kaputte Tür. Die gewölbte Decke war noch intakt, ebenso der Fliesenboden, sonst jedoch nicht allzu viel. Die Tische waren verschwunden, die Bar zerfallen, und aus den Wänden wuchsen Ranken.

Estelle schritt durch die Ruine. »Ich nehme an, du bist nicht hier, um mich zu rauben und zu deiner Frau zu machen.«

»Nein«, antwortete Orso. »Ich muss dich um etwas bitten.«

»Wie zu erwarten war. Ein sentimentales Instrument, ein sentimentaler Ort, beides missbraucht für einen unsentimentalen Zweck.«

»Du musst mir etwas besorgen, Estelle. Etwas ... Verrücktes.«

»Wie verrückt? Und wozu?«

Er erklärte es ihr, ließ dabei aber alle Details aus, die sie nicht zu wissen brauchte. Sie hörte ihm geduldig zu.

»Also«, sagte sie schließlich, »du glaubst, mein Vater stand kurz davor herauszufinden, wie die Hierophanten ihre Instrumente hergestellt haben? Und du glaubst, mein Mann will Vaters Arbeit fortsetzen, doch aus rein egoistischen Gründen, und hat dafür sogar schon Menschen getötet?«

»Ja.«

Sie sah aus dem Fenster auf den einzig verbliebenen Balkon. »Und du brauchst das Blut meines Vaters. Um dich in den Berg zu schleichen, Tomas dieses Instrument zu stehlen und seine Pläne zu vereiteln.«

»Ja. Hilfst du mir?«

Estelle blinzelte versonnen. »Dort haben wir damals gesessen, oder?«, hauchte sie.

Er sah sie an und begriff, dass sie den Balkon meinte. »Ja«, sagte er, »dort haben wir gesessen.«

»Ich will ihn sehen.«

»Er sieht schrecklich unsicher aus.«

»Ich sagte *sehen*, nicht betreten.« Sie ging zur Balkontür, streckte die Hand zur Klinke aus, zuckte zusammen und fasste sich an die Seite. »Au ... tut mir leid, Orso. Könntest du ...?«

»Klar.« Er schritt zur Tür und öffnete für sie.

»Danke.« Sie betrachtete den Balkon und den tristen Kanal dahinter. Und sie seufzte, als ob der Anblick sie schmerzte.

»Bist du verletzt, Estelle?«, fragte er.

»Ich bin kürzlich gestürzt. Hab mich am Ellbogen verletzt, fürchte ich.«

»Du bist gestürzt?«

»Ja. Als ich die Treppe hochlief.«

Orso musterte sie lange Zeit von Kopf bis Fuß. Bildete er sich das ein, oder stand sie etwas ... schief? Hatte sie sich ein Knie geprellt?

»Du bist nicht gestürzt«, sagte er.

Sie schwieg.

»Das war Tomas. *Er* hat dir das angetan, hab ich recht?«

Lange Zeit antwortete sie nicht. »Warum bist du gegangen, Orso? Warum hast du unser Haus verlassen? Wieso hast du mich allein mit Vater zurückgelassen?«

Orso sann über die Antwort nach. »Ich ... Ich hatte um deine Hand angehalten.«

»Ja.«

»Auf genau diesem Balkon.«

»Ja.«

»Und du hast Nein gesagt. Wegen der Erbschaftsgesetze auf dem Campo wäre all dein Besitz auf mich übergegangen. Du meintest, du wolltest deinem Vater beweisen, dass du genauso gut bist wie er, eine Skriberin, eine Anführerin, die das Haus leiten kann. Du hast gedacht, er würde die Regeln für dich ändern. Aber ... mir war klar, dass er das nie tun würde. Tribuno war in vielerlei Hinsicht ein vorausschauender Mann. Aber er war auch schrecklich traditionell.«

»Traditionell«, wiederholte sie. »Was für ein merkwürdiges Wort das ist. So fad und oft zugleich so giftig.«

»Er hat mich einmal gefragt, warum wir noch nicht verlobt seien. Ich habe ihm damals geantwortet, du würdest darüber nachdenken. Und er meinte: ›Wenn du willst, Orso, könnte ich sie einfach zwingen.‹ Als ob es dasselbe gewesen wäre, hättest du mich unter Zwang geheiratet, als wenn du dich freiwillig dazu entschieden hättest! Da stand ich also, gefangen zwischen zwei Menschen, die mir ... wehtaten.«

»Ich verstehe«, sagte sie leise.

»Es ... tut mir leid«, seufzte Orso. »Es tut mir leid, was dir alles widerfahren ist. Wenn ich gewusst hätte, wie sich die Dinge entwickeln würden ... Hätte ich gewusst, wie sehr Tribuno sich verschuldet hatte, ich hätte ...«

»Was hättest du?«

»Ich hätte dich wohl mitgenommen. Wäre aus der Stadt geflohen. Irgendwohin und hätte alles hinter mir gelassen.«

Sie lachte leise. »Ach, Orso ... Ich wusste, im Grunde bist du noch immer ein Romantiker. Verstehst du denn nicht? Ich wäre nie mitgekommen. Ich wäre geblieben und hätte für das gekämpft, was mir zusteht.« Sie wurde ernst. »Ich helfe dir.«

»Du ... hilfst mir?«

»Ja. Die Ärzte nehmen Vater wegen seines Zustands häufig Blut ab. Und ich kenne einen Weg in den Berg. Einen, den er nur für sich geschaffen hat und von dem Tomas nichts weiß.«

»Wirklich?«, hakte Orso erstaunt nach.

»Vater wurde in den letzten Jahren immer verschlossener, wie du weißt. Als er all diesen antiken Schrott kaufte und Tausende von Duvoten pro Tag ausgab, wollte er unbemerkt kommen und gehen können.« Sie verriet ihm, wann und wo er Tribunos Blut bekommen würde und wo der Geheimgang zu finden war. »Er öffnet sich für jeden, der Vaters Blut hat. Allerdings musst du das Blut kühlen; wenn es zu sehr gerinnt, ist es nutzlos. Das bedeutet, dass dir für dein Unterfangen nur ein kurzer Zeitraum bleibt. Das Blut hält sich vielleicht drei Tage.«

»Drei Tage zur Vorbereitung«, sagte er. »Gott …«

»Es kommt noch schlimmer«, fuhr Estelle fort. »Denn der Berg wird wahrscheinlich schließlich doch erkennen, dass du nicht mein Vater bist … beziehungsweise die Person, die du dort hineinschicken willst, stimmt's? Ich bezweifle also, dass dein Spion den Berg auf demselben Weg wird verlassen können, auf dem er dort eindringen wird.«

»Der Spion ist eine *Sie*«, korrigierte Orso sie spontan und überlegte kurz. »Wir können sie vielleicht auf dem Luftweg rausbringen. Wir platzieren irgendwo in der Stadt einen Anker, der sie anzieht; sie hat so was schon gemacht.«

»Gefährlich, aber vielleicht die einzige Möglichkeit.«

Er blickte sie an. »Wenn wir das durchziehen – was passiert dann mit dir, Estelle?«

Sie lächelte matt und zuckte mit den Schultern. »Wer weiß? Vielleicht überträgt man mir die Kontrolle über das Haus. Vielleicht bin ich eine Weile lang frei, bis sie einem anderen skrupellosen Kaufmann die Leitung übertragen. Oder sie verdächtigen mich der Verschwörung oder Mitverschwörung und richten mich hin.«

Orso schluckte. »Bitte pass auf dich auf, Estelle.«

»Keine Sorge, Orso. Das mach ich immer.«

Kapitel 23

Die nächsten zwei Tage arbeiteten sie.

Sancia hatte schon dabei zugesehen, wie die Tüftler Objekte augmentierten, doch das war nichts im Vergleich zu ihrem aktuellen Projekt. Berenice karrte Eisenbarren herbei und nutzte die skribierten Kessel und Werkzeuge, um Platte für Platte und Strebe für Strebe eine Art Tauchkapsel zu schaffen. Am Ende des ersten Tags glich das Behältnis einer übergroßen Samenschote aus Metall, die etwa einen Meter achtzig lang war, neunzig Zentimeter breit und in der Mitte eine kleine Luke hatte. Doch obwohl Sancia fasziniert war von Berenices, Claudias und Giovannis Arbeit, die aus Metallbarren letztlich dieses Ding schufen, war sie auch beunruhigt.

»Sieht nicht so aus, als hätte ich da drin viel Platz zum Atmen«, sagte sie irgendwann.

»Das wird schon«, erwiderte Berenice. »Und die Kapsel wird ziemlich sicher sein. Wir versehen sie überall mit Sigillen, die sie robust und stabil machen – und natürlich auch wasserdicht.«

»Wie zum Teufel soll sich dieses Ding bewegen?«, fragte Sancia.

»Tja, das war knifflig. Aber deinen Freunden hier ist diesbezüglich eine Lösung eingefallen, die funktionieren könnte.«

»Schwebelaternen!«, sagte Gio fröhlich.

Sancia runzelte die Stirn. »Was haben *die* damit zu tun?«

»Schwebelaternen sind so skribiert, dass sie glauben, sie wären mit Gas gefüllt«, erklärte Claudia. »Sie folgen auf den Campos Pfaden, die durch Marker am Boden definiert sind.«

»Nur dass unser Marker auf dem Kahn sein wird«, sagte Gio. »Er sorgt dafür, dass du immer in einer bestimmten Tiefe bleibst.«

»Und ... wie komme ich aus dem Wasser raus?«

»Du drückst diese Taste hier.« Berenice deutete auf einen Knopf in der Kapsel. »Dadurch steigst du zur Oberfläche. Du öffnest die Luke und lenkst die Kapsel mit deinem eigenen Marker an eine Stelle, wo du aussteigen kannst.«

»Drückst du hier drauf«, Gio zeigte auf einen Knopf an der Außenseite, »schließt sich die Luke, und die Kapsel versinkt wieder im Wasser. Und schon hast du's geschafft. Na ja, zum Teil. Du musst nur noch in den Berg gelangen.«

»Woran Orso gerade arbeitet«, murrte Berenice gereizt.

»Hoffentlich«, sagte Gio.

Sancia betrachtete die Kapsel und stellte sich vor, in dem winzigen Ding eingepfercht zu sein. »Gott, mittlerweile wünschte ich mir, Gregor hätte mich in den Kerker geworfen.«

»Wo wir gerade von ihm sprechen ...« Claudia schaute sich um. »Wo ist er überhaupt?

»Er hat gesagt, er muss etwas Wichtiges erledigen«, antwortete Berenice. »Auf dem Campo.«

»Was könnte wichtiger sein als das hier?«, fragte Claudia.

Berenice zuckte mit den Schultern. »Er erwähnte eine Angelegenheit, die er klären müsse, etwas, das ihm keine Ruhe ließe. Als ich seinen Gesichtsausdruck sah, hab ich nicht nachgefragt.« Sie notierte sich rasch ein paar Sigillen. »Jetzt lasst uns dafür sorgen, dass das Ding wirklich wasserdicht ist.«

Gregor Dandolo ertrug Wartezeiten stets mit Fassung. Der Großteil einer Militärlaufbahn bestand aus Wartezeiten: Man wartete auf Befehle, auf Nachschub, auf einen Wetterumschwung oder einfach nur darauf, dass der Feind einen Fehler beging.

Doch inzwischen wartete Gregor bereits seit drei Stunden vor der Vienzi-Gießerei der Dandolo-Handelsgesellschaft. Und da er heute Besseres zu tun hatte und Tomas Zianis Attentäter ihn theoretisch sogar hier töten konnten, war das wirklich eine große Herausforderung.

Er blickte zum Eingangstor zurück. Man hatte ihm gesagt, dass er hier seine Mutter antreffen würde, und das überraschte ihn nicht: Die Vienzi-Gießerei zählte zu den modernsten Dandolo-Fabriken, hier fertigte die Handelsgesellschaft ihre kompliziertesten Produkte, und nur wenige durften daher das Gelände betreten. Er hatte angenommen, dass er als Ofelias Sohn zu diesem Personenkreis zählte, doch man hatte ihn gebeten, draußen zu warten.

Wie viel Zeit meines Lebens habe ich wohl damit verbracht, darauf zu warten, dass Mutter mir ihre Aufmerksamkeit schenkt?

Schließlich knarrte das massive Eichentor der Gießerei und schwang auf.

Ofelia Dandolo wartete nicht ab, bis es sich ganz geöffnet hatte, sondern huschte durch den Spalt. Klein, hell und zerbrechlich zeichnete sie sich vor der riesigen Tür ab und schritt gelassen auf ihren Sohn zu.

»Guten Morgen, Gregor«, sagte sie. »Was für eine Freude, dich so bald wiederzusehen. Wie läuft deine Ermittlung? Hast du den Täter inzwischen dingfest gemacht?«

»Wie soll ich sagen ... Ich bin auf weitere Fragen gestoßen«, entgegnete er. »Einige davon beschäftigen mich schon seit einer Weile. Und ich denke, es ist an der Zeit, mit dir persönlich über eine bestimmte Angelegenheit zu sprechen.«

»Über eine *Angelegenheit*«, sagte Ofelia. »Was für ein bedrohlich nichtssagender Begriff. Worüber willst du mit mir sprechen?«

Gregor atmete tief durch. »Ich wollte mit dir ... über die Silicio-Plantage reden, Mutter.«

Ofelia Dandolo hob eine Augenbraue.

»Weißt du ... weißt du etwas darüber, Mutter? Über ihren Zweck? Über das, was dort vor sich gegangen ist?«

Anstatt ihm zu antworten, wechselte sie das Thema, indem sie sagte: »Ich habe Gerüchte gehört, Gregor. Angeblich wurdest du in einige Gewalttaten verstrickt, zu denen es nach den Skriben-Ausfällen in Grünwinkel und Gründermark gekommen ist. Bewaffnete Banden auf der Straße. Wagen, die gegen Hauswände krachen. Und mittendrin mein Sohn. Ist das wahr, Gregor?«

»Bitte beantworte mir meine Frage, Mutter.«

»Angeblich wurdest du und ein Straßenkind von Attentätern beschossen. Das ist sicher nur erfunden, nicht wahr?«

»Antworte mir.«

»Warum fragst du mich das überhaupt? Wer hat dir dieses Gift ins Ohr geträufelt, Gregor?«

»Ich formuliere meine Frage noch einmal so, dass keine Zweifel offen bleiben«, sagte er nachdrücklich. »Hat die Dandolo-Handelsgesellschaft – die Firma meines Großvaters, meines Vaters und deine Firma, Mutter – irgendetwas mit den grausamen Experimenten zu tun, bei denen Menschen an Leib und Seele skribiert werden?«

Ofelia schaute ihn gelassen an. »Nein.«

Gregor nickte. »Noch eine Frage. *War* unsere Gesellschaft *jemals* in derlei Experimente involviert?«

Ofelia stieß die Luft durch die Nase aus. »Ja«, antwortete sie leise.

Gregor stierte sie an. »Unsere Handelsgesellschaft war involviert? Im *Ernst*?«

»Ja«, gab sie widerwillig zu. »Ein Mal.«

Gregor versuchte, einen klaren Gedanken zu fassen – vergebens. Orso hatte es angedeutet, und dieser Verdacht hatte in

Gregor seither gegärt, schmerzhaft und unerbittlich. Dennoch konnte ... *wollte* er es nicht glauben. »Wie konntest du ... Wie konntest du ...?«

»Ich wusste nichts davon«, sagte sie erschüttert, »bis zum Tod deines Vaters. Ich erfuhr es nach eurem Unfall, Gregor. Als ich die Gesellschaft übernahm.«

»Du meinst, *Vater* war darin verstrickt? Dass es *sein* Experiment war?«

»Damals waren andere Zeiten, Gregor. Wir wussten nicht, was wir taten, weder als Herrscher über die Durazzoregion noch als Skriber. Und all unsere Konkurrenten führten derartige Experimente durch. Hätten wir das als Einzige nicht getan, wären wir vielleicht bankrottgegangen. Aber ich habe dem ein Ende gesetzt, als ich die Leitung übernahm. Ich habe das Projekt beendet. Es war falsch. Und wir brauchten es sowieso nicht mehr!«

»Warum nicht?«

Ofelia hielt inne, als bedaure sie ihre letzten Worte. »Weil ... weil sich die Skriben-Kunde inzwischen sehr verändert hatte. Unsere Lexikon-Technologie hatte uns eine unangreifbare Marktposition verschafft. Es lohnte sich nicht mehr zu erforschen, wie man einen Menschen skribiert. Zudem ist es ohnehin unmöglich.«

Gregor behielt es für sich, dass er inzwischen ein lebendes Exemplar kannte, das das Gegenteil bewies. »Ich ... ich wünsche mir so sehr, es gäbe in Tevanne nur *eine* gute Sache«, sagte er, »nur *eine einzige*, die keinen hässlichen Ursprung hat.«

»Ach, verschone mich mit deiner Rechtschaffenheit!«, bellte seine Mutter. »Dein Vater tat, was er für *nötig* hielt. Er hat seine *Pflicht* erfüllt. Und seit Dantua, Gregor, läufst du vor deinen Pflichten davon wie eine Ratte vor einem Lauffeuer!«

Schockiert sah er sie an. »Wie ... wie kannst du so etwas sagen? Wie kannst du ...«

»Halt die Klappe. Und komm mit.« Sie drehte sich um und

schritt wieder auf die Vienzi-Gießerei zu. Gregor zögerte kurz und folgte ihr dann finsteren Blickes.

Die Wachen und Arbeiter trauten ihren Augen kaum, als er durchs Tor kam, gingen aber beim Anblick Ofelias wieder ihren Aufgaben nach, mit zusammengebissenen Zähnen und zornig glitzernden Augen.

Gregor erkannte, dass die Fabrik in der Tat viel fortschrittlicher war als jede Skriben-Gießerei, die er je besucht hatte. Aus dem steinernen Fundament ragten an zahllosen Stellen Rohre, durch die Lösungen, Wasser und Reagenzien flossen. Sie verliefen kreuz und quer durch die Halle und verschwanden irgendwo in den Mauern. Riesige Kessel und Schmelztiegel glühten in warmem rotem Licht, bis zum Rand gefüllt mit geschmolzener Bronze, flüssigem Zinn oder Kupfer.

Ofelia ignorierte all dies und führte Gregor in ein Lagerhaus im hinteren Teil des Hofes. Es war schwer bewacht. Dandolo-Offiziere in skribierten Rüstungen standen vor dem Tor stramm. Sie bedachten Ofelias Sprössling mit erstaunten, ja, sogar misstrauischen Blicken, sagten aber nichts.

Gregor trat ein und fragte sich, was auf dem Hof einer Gießerei eine solche Wachmannschaft erforderte. Dann sah er es.

Vielmehr ... *glaubte* er, es zu sehen.

In der Mitte des Lagerhauses befand sich ein Schatten, eine Kugel aus fast völliger Dunkelheit. Trotzdem konnte Gregor darin eine Gestalt ausmachen, doch sie war schwer zu erkennen. Ein Schwarm Motten flatterte in die Schattenkugel hinein und schien darin zu verschwinden, ehe er auf der anderen Seite wieder herausflog.

»Was ... was ist das?«, fragte Gregor.

Ofelia antwortete ihm nicht. Sie ging durchs Lagerhaus zu einer Wandtafel, die mit bronzenen Drehknöpfen und Schaltern versehen war. Sie legte einen Schalter um, und die Schattenkugel verschwand.

Ein Holzgestell mit dem Umriss eines Menschen stand genau

in der Mitte, wo die dunkle Kugel gewesen war. Eine skribierte Rüstung hing darauf.

Eine ungeheuer seltsame Rüstung. Der Handschuh eines Arms war mit einer schwarz brünierten Teleskopwaffe ausgestattet, halb massive Axt, halb riesiger Speer. Am anderen Arm befand sich ein großer, runder Schild, durch den ein skribierter Bolzenwerfer lugte. Aber das Merkwürdigste an der Rüstung war die seltsame schwarze Platte auf der Vorderseite des Kürasses.

»Ist das eine ... eine Lorica?«, fragte Gregor.

»Nein«, sagte Ofelia. »Eine Lorica ist eine große, hässliche Kampfrüstung für den Krieg, ein Anzug, der nur zum Töten gedacht ist. Zudem ist sie illegal, da sie die Schwerkraft auf eine Weise verstärkt, die gegen jene Gesetze verstößt, auf die wir uns stillschweigend geeinigt haben. Aber die Rüstung hier ... ist anders.« Sie strich mit dem Finger über die schwarze Platte auf der Vorderseite. »Diese skribierte Rüstung ist schnell, ungeheuer beweglich – und kaum zu sehen. Sie absorbiert Licht in phänomenalem Ausmaß, was es fast unmöglich macht, sie mit bloßem Auge zu sehen. Sie geht auf Orsos Entwurf zurück.«

»Orso hat sie erfunden?«

»Er hat die Methode entwickelt. Eine Methode, die entscheidend ist für das Überleben unseres Hauses.«

Stirnrunzelnd beäugte Gregor die Rüstung, und ihm kam ein unbehaglicher Gedanke. »Das ... das ist ein Werkzeug für Mörder.«

»Du hast die Gerüchte ebenso gehört wie ich«, sagte Ofelia. »Fliegende Männer mit Arbalesten, die Campo-Mauern überwinden. Kämpfe und Blutvergießen in den Gemeinvierteln. Uns steht eine gefährliche Zeit bevor, Gregor, eine Zeit der Eskalation und der gebrochenen Versprechen. Die Häuser sind selbstgefällig geworden, und ehrgeizige Männer sind an die Macht gelangt. Das Unvermeidliche wird folgen. Eines Tages wird ein kluger junger Mann sagen: ›Wir sind recht geschickt darin, im

Ausland Krieg zu führen – warum also nicht hier?‹ Und wenn das geschieht, müssen wir bereit sein, darauf zu reagieren.«

Gregor war klar, dass seine Mutter recht hatte. Ob sie es wusste oder nicht, ihre Beschreibung passte perfekt auf Tomas Ziani. Trotzdem erfüllten ihn ihre Worte mit Schrecken. »Und wie willst du reagieren?«

Ofelia wappnete sich, ihre Miene wurde ernst. Eine Motte flatterte träge um ihren Kopf und machte sich davon. »Wir müssen dem Feind den Anführer nehmen«, sagte sie, »damit er handlungsunfähig ist. Ein einziger, schneller Schlag.«

»Das ist nicht dein Ernst.«

»Wenn du glaubst, dass die Morsinis, die Michiels oder sogar die Candianos nicht dieselben Pläne verfolgen, bist du töricht, Gregor«, erwiderte sie. »Sie bereiten sich ebenfalls vor. Ich habe die Geheimdienstberichte gelesen. Und wenn es ernst wird, Sohn ... möchte ich, dass du unsere Truppen anführst.«

Gregor klappte die Kinnlade nach unten. »*Was?*«

»Du hast mehr Erfahrung auf diesem Gebiet als die allermeisten Tevanner. Du hast die meiste Zeit deines Lebens im Krieg verbracht, und es war eine harte Zeit für dich, das bedaure ich. Aber jetzt bitte ich dich als ... als deine Mutter, Gregor. Bitte, lass von deinen Projekten ab, die dich nur ablenken, und komm zu mir zurück.«

Gregor sah seine Mutter an, dann die schattenhafte Rüstung und dachte lange nach. »An Domenico erinnere ich mich nicht mehr«, sagte er unvermittelt. »Wusstest du das?«

Ofelia blinzelte überrascht. »W... was?«

»Ich erinnere mich nicht an meinen Bruder. Ich erinnere mich, dass er gestorben ist, aber das ist alles. An Vater entsinne ich mich überhaupt nicht mehr.« Er wandte sich ihr zu. »Ich habe beide bei dem Unfall verloren. Ich würde sie gern vermissen, aber ich weiß nicht, wie. Weil ich sie nie richtig gekannt habe. Für mich, Mutter, sind die beiden nur Geschöpfe auf einem Gemälde, das vor deinem Büro hängt. Vornehme Gespenster, denen ich nie ganz gerecht werden kann. Trauerst du um sie? Schmerzt dich ihr Verlust, Mutter?«

»Gregor ...«

»Du hast Domenico und Vater verloren«, sagte er mit zitternder Stimme. »Und du hast mich verloren. Im Grunde bin ich in Dantua gestorben. Willst du, dass ich mein Leben noch einmal gebe? Schon wieder? Bin ich für dich nur eine entbehrliche Ressource?«

»Ich habe dich in Dantua nicht verloren«, widersprach sie energisch. »Du hast überlebt, und ich hege keinen Zweifel daran, Gregor, dass du *immer* überleben wirst.«

»Woher? Woher diese Gewissheit?«

Doch seine Mutter war zu keiner Antwort imstande. Anscheinend hatte Gregor sie zum ersten Mal tief verletzt. Und seltsamerweise bereute er es nicht.

»Ich war so entsetzlich lange im Krieg«, sagte er. »Ich kam nach Tevanne zurück, um hier in der Zivilisation ein neues Leben zu beginnen. Doch die Stadt ist nicht so zivilisiert, wie ich es gern hätte, Mutter. Also konzentriere ich mich darauf, das zu ändern, und sonst auf nichts.«

Er machte kehrt und schritt davon.

Kapitel 24

Am dritten Tag widmeten sie sich den letzten Vorbereitungen und fertigten in aller Eile die nötigen Werkzeuge und Skriben an. Orso beaufsichtigte die Arbeiten, schlenderte um die Kapsel herum, sah sich die Tafeln und Blöcke an und musterte sorgfältig jede Sigillen-Kombination. Er zuckte zusammen, stöhnte und schnaubte, doch obwohl die Skribierungen nicht seinen Standards entsprachen, war er der Ansicht, dass sie zumindest ihren Zweck erfüllen würden.

Knirschend schwang die Steintür auf, und Gregor trat ein.

»Ein guter Zeitpunkt, um reinzuschauen!«, fauchte Orso. »Wir mussten in letzter Minute einige Änderungen vornehmen und hatten hier ein gottverdammtes Chaos. Wir hätten Euch verdammt gut gebrauchen können!«

»Ich muss mit Euch sprechen, Orso.« Gregor nahm ihn beiseite.

»Was zum Teufel ist los, Hauptmann?«

Gregor beugte sich zu ihm. »Habt Ihr eine Art lichtabsorbierende Vorrichtung für meine Mutter entwickelt, Orso?«

»Was? Woher zum Teufel wisst Ihr davon?«

Gregor erzählte ihm von dem Treffen mit Ofelia.

Orso war fassungslos. »Sie baut eine Art ... eine Art Assassinen-Lorica?«

»Im Grunde ja.«

»Aber ... aber ... Mein Gott, ich hätte Ofelia Dandolo nie für die Sorte Mensch gehalten, die sich für Komplotte, Putsche und Revolutionen interessiert!«

»Ihr wusstet also nichts davon?«

»Nicht das Geringste.«

Gregor biss sich auf die Lippen. »Im Moment kann ich nichts an dem ändern, was sie plant und tun wird. Ehrlich gesagt, ich weiß nicht einmal, was ich dagegen machen könnte. Aber ich frage mich ...« Er verstummte.

»Was fragt Ihr Euch?«

»Wenn ihr eigener Hypatus nichts von dem Projekt weiß, welche Geheimnisse hegt sie sonst noch?«

»Was ist das denn?«, fragte Sancia laut und deutete auf ein Instrument, das auf dem Tisch am Ende des Raums lag.

Orso warf einen Blick über die Schulter. »Oh, das. Dazu kommen wir noch.«

»Es sieht aus wie ein skribierter Segelgleiter«, meinte Sancia.

»Dazu kommen wir noch.«

»Von einem Segelgleiter war nie die Rede.«

»Ich sagte, dazu kommen wir noch!«

Sie nahmen den letzten Feinschliff an den Instrumenten vor. Dann versammelten sich alle vor der Karte, und Orso ging mit ihnen den Plan noch einmal Schritt für Schritt durch. »Zuerst bringen wir die Kapsel ins Gemeinviertel, und zwar genau hierhin.« Er zeigte auf einen Kanalabschnitt. »Hier kreuzt sich der Kanal mit dem Versorgungskanal, der zum Berg führt. Sancia steigt in die Kapsel, taucht damit unter, und wenn der Frachtkahn kommt, platziert Berenice den Marker an Bord. Verstanden?«

»Ja, Herr«, sagte Berenice.

»Dann zieht der Kahn Sancia«, er fuhr mit dem Finger den Kanal entlang, »bis zum Dock des Bergs. Das Dock ist groß und gut bewacht, deshalb wird der Marker die Kapsel auf dreißig Schritt Abstand zum Kahn halten. Das sollte genügen, damit Sancia sicher auftauchen und aussteigen kann, ohne dass es jemand merkt. Stimmt's?«

Sancia schwieg.

»Dann schleicht Sancia hierhin«, er zeigte auf eine Stelle außerhalb des Berges, »in den Skulpturenpark. Dort befindet sich der Einstieg zu Tribunos Geheimgang, verborgen unter einer weißen Steinbrücke und buchstäblich unsichtbar, es sei denn, man hat das hier dabei.« Er wies auf ein kleines Bronzekästchen auf dem Tisch; Kondenswasser perlte von dem glatten Metall. »Das ist ein Kühlkästchen, und darin befindet sich eine Ampulle mit Tribunos Blut, das seine Tochter beschafft hat.«

Alle blickten auf das Bronzekästchen. Gregor rümpfte die Nase.

»Der geheime Zugang reagiert auf Tribunos Blut und öffnet sich für Sancia«, fuhr Orso fort. »Sie schlüpft hindurch, durchquert den Gang – und ist im Berg.«

Sancia räusperte sich. »Wo genau im Berg?«

»Im vierten Stock«, sagte Orso.

»Wo im vierten Stock?«

»Das weiß ich nicht.«

»Du weißt es nicht?«

»Nein. Aber du musst in den fünfunddreißigsten Stock hoch. Dort liegt Zianis Büro. Und darin wiederum ist mit Sicherheit das Imperiat zu finden.«

»Und wie gelangt man in den fünfunddreißigsten Stock?«, fragte Sancia.

Orso schwieg.

»Auch das weißt du nicht?«

»Nein«, gab er zu, »ich weiß es nicht. Aber auf welches Hindernis du auch stößt, Tribunos Blut sollte es aus dem Weg räumen. Es wird für dich wie eine Kerze im Dunkeln sein, Mädchen.«

Sancia atmete tief ein. »Und ... wenn ich das Imperiat habe, spaziere ich einfach raus, ja?«

Orso zögerte, und Claudia, Berenice und Gio wirkten plötzlich angespannt. »Nun ... was das betrifft, haben wir den Plan leicht abgeändert.«

»Ach ja?«, sagte Sancia.

»Ja. Denn irgendwann könnte der Berg durchaus merken, dass du nicht Tribuno bist. Was bedeutet, es könnte viel schwieriger werden, dort raus- als reinzukommen. Daher der ... äh, der Segelgleiter.«

Sancia starrte ihre Gefährten an. »Ihr ... ihr wollt, dass ich vom Berg aus *zurückfliege*?«

»In Tribunos Büro gibt es einen Balkon. Du schnappst dir das Imperiat, hüpfst raus, reißt die Bronzelasche hier ab«, er zeigte auf den skribierten Gleiter, »und der Marker zieht dich in Sicherheit. Am Gleiter ist ein gehärtetes Fass befestigt, da kannst du das Imperiat reinlegen, damit es nicht beschädigt wird.«

»Und für *mich* konntet ihr kein gehärtetes Sicherheitsfass bauen?«

»Äh ... tja, nein. Wir können keinen Anker herstellen, dessen Reichweite hoch genug ist, um dich ganz aus dem Campo zu ziehen, aber ... wir können jemanden auf dem Candiano-Campo postieren, der eine Art Landezone schafft, nicht weit vom Tor entfernt.« Er schaute Gregor an. »Seid Ihr dieser Aufgabe gewachsen, Hauptmann?«

Gregor überlegte. »Also ... ich nehme einfach den Anker mit in den Campo, platziere ihn irgendwo und fange Sancia auf, sobald sie landet?«

»Im Grunde schon. Dann flieht ihr beide aus dem Campo ins sichere Gemeinviertel.«

Sancia räusperte sich erneut. »Also, zur Wiederholung, ich tauche durch den Kanal ...«

»Ja«, sagte Orso.

»In einer Unterwasserkapsel, die ihr in drei Tagen zusammengezimmert habt ...«

»Ja.«

»Dringe mit Tribunos Blut in den Berg ein ...«

»Ja.«

»Und dann überwinde ich eine Reihe völlig unbekannter Hindernisse, um in den fünfunddreißigsten Stock zu gelangen, wo ich dann das Imperiat stehle ...«

»Ja.«

»Und schließlich springe ich vom Berg und fliege zu Gregor, denn der Berg findet wahrscheinlich heraus, dass etwas nicht stimmt, und wird versuchen, mich festzuhalten, sodass ich gefangen bin ...«

»Äh ...«

»Und sobald ich gelandet bin, fliehen wir aus dem Campo, während wir vermutlich von bewaffneten Wachen gejagt werden, die gesehen haben, wie ich durch den Himmel geflogen bin wie ein Vögelchen ...«

»Äh ... wahrscheinlich, ja.«

»Anschließend gebe ich dir das Imperiat, und du ...«

»Ich bringe damit Tomas zu Fall«, sagte Orso. »Und möglicherweise nutzen wir es, um die Kunst des Skribierens, wie wir sie kennen, neu zu erfinden.«

»Ja. Nun denn. Ich verstehe.« Sancia atmete durch, nickte und setzte sich aufrecht hin. »Ich bin raus.«

Orso blinzelte. »Du ... du bist *was*? Raus?«

»Ja, ich bin raus.« Sie erhob sich. »Jedes Mal, wenn wir darüber sprechen, wird es absurder. Und niemand hat mich auch nur einmal gefragt, ob ich zu irgendetwas davon bereit bin. Ich mach diesen verrückten Scheiß nicht. Ich mach's nicht. Ich bin raus.«

Sie verließ die Werkstatt.

Lange Zeit herrschte unbehagliche Stille. Verblüfft sah Orso in die Runde. »Hat ... hat sie gerade gesagt, dass sie *raus ist*?«

»Hat sie«, bestätigte Claudia.

»Das heißt ... sie will es nicht tun?«

»Das ist für gewöhnlich exakt die Bedeutung von ›raus‹«, erwiderte Gio.

»Aber ... aber sie kann doch nicht ... Sie kann doch nicht einfach ... O verdammter *Mist*!« Er jagte Sancia hinterher und holte sie ein, als sie gerade in den Tunnel trat. »He, komm zurück!«

»Nein.«

»Wir haben verdammt viel Arbeit in dich investiert. Wir haben uns die Ärsche aufgerissen, um das alles zu bauen! Du kannst jetzt nicht einfach gehen!«

»Und trotzdem«, sagte Sancia, »mache ich genau das.«

»Aber ... aber das ist unsere einzige Chance! Wenn wir das Imperiat jetzt nicht stehlen, könnte Tomas Ziani eine Armee schaffen und ...«

»Und was?«, fauchte Sancia und trat auf ihn zu. »Dann macht er mit Tevanne, was Tevanne dem Rest der Welt angetan hat?«

»Du weißt nicht, wovon du sprichst, verrogelt noch mal!«

»Das Problem ist, dass ich es *ganz genau* weiß. Du bist nicht derjenige, der in der Kapsel und im Berg seinen verdammten Hals riskieren soll! Weißt du, worum es hier geht? Worum es *in Wahrheit* geht?«

»Worum?«, fragte Orso wutschäumend.

»Um einen Kampf der Reichen!«, entgegnete Sancia. »Um ein Spiel der Elite. Wir anderen sind für euch bloß Spielfiguren auf dem Brett. Du denkst, du bist anders, Orso, aber du bist genau wie alle!« Sie zeigte mit dem Finger auf sich. »Mein Leben hat sich nicht sonderlich verbessert, seit ich von der Plantage entkommen bin. Ich hungere oft immer noch und werde gelegentlich verprügelt. Aber wenigstens kann ich inzwischen Nein sagen, wenn ich will. Und ich sage jetzt Nein.«

Sie drehte sich um und schritt davon ...

Kapitel 25

Sancia saß auf dem Hügel neben dem Golf und sah auf die Zeltstadt hinaus, die im trüben Licht des späten Morgens grau wirkte. Bevor sie Clef gestohlen und der angefangen hatte, mit ihr zu sprechen, hatte sie sich oft allein gefühlt, doch bisher nie *verlassen*, mit düsteren Geheimnissen belastet und von Menschen umgeben, die nur allzu bereit waren, sie in Gefahr zu bringen, und von ihr sogar verlangten, dass sie ihr Leben für eine Sache gab, die nicht die ihre war.

»Geht's dir gut, Kind?«, fragte Clef.

»Ja. Ich weiß nur nicht, was ich tun soll, Clef. Ich will weglaufen, aber ... wohin?« Sancia sah einer Gruppe spielender Kinder zu, die im Golf mit Stöcken hin- und herliefen. Magere Dinger, unterernährt und schmutzig. Sancia hatte eine ähnliche Kindheit verbracht. *Selbst in der größten Stadt der Welt*, dachte sie, *hungern jeden Tag Kinder.*

»Ich wette, ich könnte es mit dem Berg aufnehmen«, sagte Clef. »Vergiss Orso. Du und ich, Kind, wir könnten es schaffen.«

»Darüber diskutieren wir nicht, Clef.«

»Aber es ist doch so. Und es wäre ... interessant. Eine Leistung. Eine Erfahrung.«

»Der Berg ist der verdammte Friedhof der Diebe, Clef! Campo-Hehler, wie Sark einer war, sprechen nur im Flüsterton über ihn, als ob das Ding sie in der ganzen Stadt hören kann!«

»Ich will dich aus alldem rausholen. Immerhin habe ich dich auch da hineingezogen. Doch ich glaube, ich habe nicht mehr viel Zeit, Sancia. Ich will etwas tun, etwas ... Großes.«

Sancia barg ihr Gesicht in den Händen. »Verdammt«, flüsterte sie. »Das alles kann mir den Buckel runterrutschen.«

»Der Hauptmann kommt«, sagte Clef.

»Großartig«, entgegnete sie. »Noch ein Gespräch, das ich nicht führen will.«

Sie sah, wie Gregors schwerfällige Gestalt aus dem hohen Unkraut auftauchte. Er sah sie nicht an. Er kam einfach näher, setzte sich hin, etwa drei Meter von ihr entfernt, und sagte: »Es ist gefährlich, tagsüber draußen zu sein.«

»Da drinnen ist es auch gefährlich«, erwiderte Sancia. »Da sind nur Leute, die meinen Tod planen.«

»Ich will ganz bestimmt nicht, dass du stirbst, Sancia.«

»Du hast mir mal gesagt, dass du keine Angst vor dem Tod hast. Das hast du ernst gemeint, oder?«

Er dachte darüber nach und nickte.

»Einem Kerl, der keine Angst vor dem Tod hat, macht es wahrscheinlich auch nicht allzu viel aus, andere Menschen in den Tod zu schicken. Er will es vielleicht nicht, aber er schreckt auch nicht davor zurück, nicht wahr?«

Er schwieg zunächst auf ihre Worte hin, dann sagte er auf einmal unvermittelt: »Weißt du, ich habe gestern mit meiner Mutter gesprochen.«

»Deshalb hast du dich rausgeschlichen? Nur um mit deiner Mutter zu quatschen?«

»Ich habe sie nach Silicio gefragt. Und sie gab zu, dass die Dandolo-Handelsgesellschaft tatsächlich einmal versucht hat, Menschen zu skribieren. Sklaven zu skribieren, meine ich.«

Sie blickte ihn an. Seine Miene zeigte, wie sehr ihn diese Eröffnung erschüttert hatte. »Wirklich?«

»Ja«, hauchte er. »Es ist hart, wenn man erfährt, dass die eigene Familie an solchen Schandtaten beteiligt war. Aber wie du schon sagtest: Es gab auch viele andere Tragödien und Gräueltaten. Diese spezielle ist nicht sonderlich ungewöhnlich. Deshalb denke ich von jetzt an über Verantwortung nach.« Er blickte auf Tevanne hinaus. »Von allein ändert sie sich schließlich nicht, oder?«

»Wer? Die Stadt?«

»Ja. Ich hatte gehofft, sie zivilisieren zu können. Dass ich ihr den Weg weisen kann. Aber inzwischen glaube ich nicht mehr, dass sie sich freiwillig ändern wird. Sie muss dazu gezwungen werden.«

»Geht es schon wieder um Gerechtigkeit?«, fragte Sancia.

»Klar doch. Wahre Gerechtigkeit. Es obliegt meiner Verantwortung, sie herbeizuführen.«

»Warum du, Hauptmann?«

»Dessentwegen, was ich gesehen habe.«

»Und was hast du gesehen?«

Er lehnte sich zurück. »Du ... du weißt, dass man mich den ›Wiedergänger von Dantua‹ nennt, stimmt's?«

Sie nickte.

»Dantua ... das war eine Stadt, die wir in Daulo einnahmen. Im Norden der Durazzoregion. Aber die Daulos in der Stadt hatten Blitzpulver gelagert. Ich habe keine Ahnung, wo sie das herhatten. Eines Tages schlich sich ein Junge in unser Lager, nicht älter als zehn Jahre, mit einer Kiste Blitzpulver auf dem Rücken. Er lief zu unserem Lexikon und zündete die Ladung. Ein Selbstmordanschlag, mit dem er das Lager in Brand setzte. Und schlimmer noch: Er beschädigte das Lexikon, und all unsere Instrumente versagten. Wir saßen dort fest, während die Daulo-Armee vor der Stadtmauer lagerte. Der Feind konnte nicht in die Festung eindringen, obwohl wir wehrlos waren – aber er konnte uns aushungern.

Also hungerten wir. Tagelang. Wochenlang. Uns war klar, sie würden uns töten, sobald wir uns ergeben, also versuchten wir, den Hunger zu ertragen und hofften, dass Hilfe kommen würde. Wir aßen Ratten, kochten Maiskolben und mischten Erde unter unseren Reis. Ich saß nur da und beobachtete alles. Ich war der Kommandant, konnte aber nichts tun. Ich sah zu, wie sie starben. Verhungerten. Selbstmord begingen. Ich sah zu, wie sich diese stolzen Söhne in gequälte Skelette verwandelten, und begrub sie in der kargen Erde.

Und dann, eines Tages ... hatten einige der Männer Fleisch. Ich fand sie im Lager, wo sie es in Pfannen brieten. Es ... es dauerte nicht lange, bis mir klar wurde, was für eine Art Fleisch das war. Schließlich gab es in Dantua keinen Mangel an Leichen. Ich wollte sie daran hindern, aber mir war klar, dass sie dann meutern und mich töten würden.«

Er schloss die Augen. »Dann wurden die Männer krank. Vielleicht, weil sie das verdorbene Fleisch der Toten aßen. Geschwollene Achselhöhlen, geschwollene Nacken. Es verbreitete sich so *schnell*. Uns ging der Platz aus, um die Leichen zu begraben. Und irgendwann fing natürlich auch ich mir die Seuche ein. Ich erinnere mich noch an das Fieber, den Husten, das Blut im Mund. Ich weiß noch, wie meine Männer mich anstarrten, während ich keuchend auf dem Bett lag. Dann wurde es dunkel. Und als ich aufwachte ... lag ich in einem Grab, unter der Erde.«

»Moment mal. Sie ... sie haben dich beerdigt, und du bist im Grab aufgewacht?«

»Ja«, sagte er leise. »So was ist extrem selten, aber manche Menschen überleben Seuchen. Ich wachte in der Dunkelheit auf, spürte, dass etwas auf mir lastete, und hatte Blut und Dreck im Mund. Ich konnte nichts sehen, konnte kaum atmen. Also musste ich mich ausgraben, um nicht zu ersticken. Raus aus dem Massengrab, durch die ganzen Leichen, durch die Erde. Durch die Fäulnis, die Pisse und das Blut und ... und ...«

Er verstummte. »Ich weiß nicht, wie ich das geschafft habe. Aber ich hab's geschafft. Ich grub so lange, bis meine Fingernägel und Finger brachen und die Hände blutig waren, aber dann sah ich es. Licht fiel durch die Lücken zwischen den Leichen über mir, ich kroch hinaus und sah das Feuer.

Die Morsinis waren nach Dantua gekommen. Sie hatten angegriffen, und die Daulos waren in ihrer Verzweiflung durch die Mauern eingefallen und hatten die Stadt in Brand gesteckt. Und irgendein Morsini-Feldwebel sah, wie ich mich schreiend, mit Blut und Schlamm besudelt, aus dem Massengrab befreite. Er hielt mich für ein Monster. Und zu dem Zeitpunkt war ich vielleicht auch eins. Der Wiedergänger von Dantua.«

Sie schwiegen. Das hohe Gras ringsum tanzte im Wind.

»Ich bin dem Tod schon oft begegnet, Sancia. Mein Vater und mein Bruder starben bei einem Kutschenunfall, als ich jung war. Ich wäre dabei fast selbst gestorben. Ich ging zum Militär, um ihrem Namen Ehre zu machen. Stattdessen habe ich so viele junge Männer in den Tod geführt. Und erneut überlebt. Wie es scheint, überlebe ich immer wieder. Das hat mich vieles gelehrt. Nach Dantua kam es mir vor, als wäre ein Zauber von meinen Augen genommen worden. *Wir* erzeugen diese Schrecken. *Wir* tun uns das selbst an. Darum müssen wir uns ändern. Wir *müssen* uns ändern.«

»Aber so sind die Menschen nun mal«, sagte Sancia. »Wir sind Tiere. Uns geht es nur ums Überleben.«

»Begreifst du denn nicht? Siehst du nicht, dass sie dir dein Schicksal aufgezwungen haben? Warum hast du als Sklavin auf den Feldern gearbeitet, wieso in einem dreckigen Quartier geschlafen und deine Qual stillschweigend ertragen? Weil man dich sonst getötet hätte. Sancia, solange du nur ans Überleben denkst, nur daran, den nächsten Tag zu erleben, wirst du deine Ketten ewig tragen. Du wirst nicht frei sein, sondern immer eine Sklavin bleiben ...«

»Halt die Klappe!«, knurrte sie.

Gregor schüttelte den Kopf. »Nein.«

»Du denkst, nur weil du gelitten hast, weißt du Bescheid? Glaubst du, du weißt, wie es ist, in Angst zu leben?«

»Ich glaube, ich weiß, wie es ist zu sterben. Man sieht alles schrecklich klar, wenn man aufhört, sich ums Überleben zu sorgen. Sancia, wenn diese Leute Erfolg haben – wenn diese reichen, eitlen Narren tun dürfen, was sie wollen –, versklaven sie die ganze Welt. Alle Männer und Frauen, alle Folgegenerationen werden in Angst leben, so wie du bisher. Ich bin bereit, zu kämpfen und zu sterben, um sie zu befreien. Du auch?«

»Wie kannst du so etwas sagen? Du, ein Dandolo? Du weißt besser als jeder andere, dass die Handelshäuser nun mal so sind.«

Wütend stand Gregor auf. »Dann hilf mir, sie zu Fall zu bringen!«

Schockiert starrte Sancia ihn an. »Du ... du würdest die Handelshäuser stürzen? Sogar dein eigenes?«

»Manchmal braucht man eine kleine Revolution, um viel Gutes zu tun. Sieh dich doch nur um!« Er deutete auf den Golf. »Wie können diese Leute die Welt reparieren, wenn sie nicht mal die eigene Stadt reparieren können?« Er senkte den Kopf. »Und sieh nur uns an«, sagte er leise. »Sieh, was sie aus uns gemacht haben.«

»Dafür würdest du ernsthaft sterben?«

»Ja, ich würde alles, wirklich *alles* dafür geben, Sancia, damit niemand je wieder das erleben muss, was wir beide durchgemacht haben.«

Sie schaute auf die Narben an ihren Handgelenken; sie stammten von den Stricken, mit denen sie gefesselt gewesen war, jedes Mal, wenn man sie ausgepeitscht hatte. »Willst du wirklich etwas Großes tun, Clef?«, **fragte sie.**

»Ganz sicher.«

Sie senkte den Kopf, nickte und erhob sich. »Also gut. Gehen wir.«

Sie marschierte den Hang hinunter zum Abwasserkanal und in die Gruft, dicht gefolgt von Gregor. Alle verstummten, als Sancia eintrat.

In der Krypta verharrte sie am Sarkophag, ihr Herz pochte wie verrückt.

»Was hast du vor, Kind?«**, fragte Clef.**

»Ich will versuchen zu helfen. Und dafür verschenke ich das Letzte, das mir etwas bedeutet.« **Sie schluckte.** »Tut mir leid, Clef.«

Sie packte die Kordel um ihren Hals, riss den Schlüssel ab und legte ihn auf den Sarkophag. »Das ist Clef. Er ist mein Freund. Er hat mir geholfen. Vielleicht kann er jetzt euch helfen.«

Alle starrten sie an. Offenen Mundes trat Orso langsam vor. »Da rogel mich einer wund und blau«, flüsterte er. »Nicht zu fassen. Nicht zu *fassen*.«

III

Der Berg

Jede Innovation – ob technologisch, soziologisch oder anderweitig – beginnt mit einem Kreuzzug, wird danach zu einem praktischen Geschäft und degeneriert dann mit der Zeit zu allgemeiner Ausbeutung. Dies ist der Lebenszyklus, in dem sich der menschliche Einfallsreichtum in der materiellen Welt manifestiert.

Dabei wird übersehen, dass diejenigen, die an diesem System teilhaben, einen ähnlichen Wandel durchlaufen: Menschen beginnen als Genossen und Mitbürger, werden dann zu Arbeitsressourcen und Vermögenswerten und, sobald sich ihr Nutzen verringert, zur Belastung, die entsprechend verwaltet werden muss.

Dies gehört zur Natur der Welt ebenso wie die Strömungen der Winde und Meere. Energie und Materie bilden ein System mit Gesetzen und Reifungsstufen. Wir sollten uns nicht schuldig fühlen, wenn wir uns nach diesen Gesetzen richten, auch wenn sie manchmal ein wenig Grausamkeit erfordern.

– Tribuno Candiano, Brief an den Vorstandsrat der Candiano-Handelsgesellschaft

Kapitel 26

»Du hast … du hast mich angelogen!«, brüllte Orso. »Du hast mich die ganze Zeit angelogen!«

»Nun, ja«, sagte Sancia. »Ich habe belauscht, dass du zu Gregor gesagt hast, er soll mich bewusstlos in den Graben werfen. Das erweckt nicht gerade Vertrauen.«

»Darum geht es nicht!«, zeterte Orso. »Du hast mit deinen Lügen alles gefährdet!«

»Soweit ich weiß, bist nicht *du* in eine Gießerei geschlichen«, sagte Sancia, »und du hast dich auch nicht dafür gemeldet, in einen Unterwassersarg zu klettern. Ich habe den Eindruck, das Risiko ist hier ungleich verteilt.«

»Kannst du ihnen nicht einfach sagen, wozu ich imstande bin?«, fragte Clef. »Das wird sie ablenken.«

Sancia befolgte seinen Rat. Und Clef hatte recht: Die Fähigkeiten des Schlüssels, an die sich Sancia in den letzten Tagen bereits gewöhnt hatte, versetzten Orso und Berenice in helle Aufregung.

»Er kann Skriben spüren?«, fragte Orso fassungslos. »Er kann *auf Entfernung* erkennen, was sie bedeuten und was sie tun?«

»Und er kann sie *verändern*?«, hakte Berenice nicht weniger ungläubig nach. »Er kann die Skriben *ändern*?«

»Nicht verändern«, korrigierte Sancia. »Er bringt sie nur dazu … ihre Anweisungen neu zu interpretieren. Ein wenig.«

»Inwiefern unterscheidet sich das von einer Veränderung?«, rief Orso, nahezu außer sich.

»Das ... das ist doch ein Schlüssel, oder nicht?«, sagte Gregor. »Also ein Ding. Aber das Ding behauptet, es sei männlich? Hab ich das richtig verstanden?«

»Können wir bitte solch kruden Kram beiseitelassen?«, bat Sancia.

Sie beantwortete alle Fragen, so gut sie konnte, doch das erwies sich als schwierig, da sie im Grunde in einem Diskurs zwischen sechs Personen vermitteln musste. Sie forderte sie auf, nicht alle Fragen auf einmal zu stellen, denn ihre Gefährten sagten immer wieder »Ist das die Antwort auf meine Frage?« oder »Was? Worauf bezog sich das jetzt?«

»Tja, Kind«, seufzte Clef. »Ich bin mir nicht mehr so sicher, ob das die Lösung deines Problems ist.«

»Ja, ich hätte nicht gedacht, dass es so chaotisch sein würde.«

»Nun gut. Mal sehen, ob ich etwas tun kann. Aber ... dazu brauche ich erst deine Erlaubnis. Um Erlaubnis zu fragen, ehe man etwas tut, ist nämlich sehr, sehr wichtig, weißt du? Verstehst du? Ja?«

»Ich hab doch gesagt, es tut mir leid. Aber ich musste ihnen von dir erzählen! Wenn Gregor wirklich eine verdammte Revolution anzetteln will, brauchen wir alle Hilfe, die wir kriegen können! Was hast du vor?«

»Weißt du noch, als meine Gedanken in deinen Kopf eingedrungen sind? Als ich dich ...«

»Als du mich überwältigt hast?«

»Ja. Das könnte ich noch mal tun, aber ... tiefgreifender. Ich glaube, ich kann mit deinem Mund sprechen. Wenn du es erlaubst.«

»Ernsthaft?«

»Ernsthaft.«

Sancia blickte in die Runde. Orso brüllte sie noch immer an, stellte eine Frage nach der anderen, und sie hatte anscheinend allein in den letzten Sekunden zwei oder drei davon nicht mitbekommen. »Wenn es dadurch schneller geht, nur zu.«

»In Ordnung. Moment.«

Die Narbe an ihrem Kopf schmerzte plötzlich leicht, dann hatte Sancia das Gefühl, ihr Körper drifte weit weg, als gehörte er nicht zu ihr, sondern wäre eher eine seltsame unkontrollierbare Erweiterung ihrer selbst.

Ihr Mund öffnete sich, sie hustete aus tiefster Brust, dann hörte sie ihre eigene Stimme: »Also schön. Könnt ihr mich hören?«

Zwar war es ihre Stimme – die Worte jedoch stammten von Clef.

Alle blinzelten verwirrt. Sancia war nicht minder verdutzt; die Erfahrung war zutiefst verstörend. Es kam ihr vor, als beobachtete sie sich selbst im Traum, ohne eingreifen zu können.

»Was? Natürlich können wir dich hören!«, keifte Orso. »Machst du dich über uns lustig?«

»Gut«, sagte Clef durch Sancia. »Hui. Seltsam.« Sie räusperte sich. »*So* seltsam.«

»Warum seltsam?«, fragte Claudia. »Was ist seltsam?«

»Hier spricht nicht Sancia«, sagte Clef mit Sancias Stimme, »sondern Clef, der ... äh, Schlüssel. Äh ... *ich* spreche gerade zu euch.«

Sancias Gefährten sahen einander an.

»Das arme Mädchen ist verrückt geworden«, war Gio überzeugt. »Sie hat völlig den Verstand verloren.«

»Beweise es!«, forderte Orso.

»Äh ... gut«, sagte Clef. »Mal sehen. Im Moment hat Orso zwei skribierte Lichter bei sich und ... eine Art Lexikonwerkzeug. Einen Stab, der bestimmte Skriben in einer Schleife laufen lässt, sobald er die Skriben-Scheibe berührt. Im Grunde hält Orso damit die Skriben an, was ihm ermöglicht, die Scheibe herauszuziehen, sie mit einem neuen Befehl zu versehen und wieder einzusetzen. Aber der Stab darf nur bei bestimmten Metallscheiben verwendet werden, denn er reagiert sehr empfindlich auf Bronze und andere Legierungen, ganz besonders auf Zinn, wenn es im Verhältnis zwölf zu ei...«

»Alles klar«, sagte Claudia. »Das ist nicht Sancia.«

»Wie machst du das?«, fragte Berenice ehrfürchtig. »Wie kannst du, Clef, mit ihrer Stimme sprechen?«

»Das Mädchen hat eine Platte im Kopf, die ihr eine Eigenschaft verleiht, die ... Ich kenne das Wort dafür nicht. Nennen wir es Objekt-Empathie. Doch ich bezweifle, dass man ihr diese Fähigkeit mit Absicht gab, sondern glaube eher, dass man beim Einbau der Platte irgendwas vermasselt hat. Wie auch immer, sie kann sich mit Objekten verbinden, nur sind die meisten Gegenstände nicht empfindungsfähig. Ich schon. Daher können wir miteinander reden. Also ... wie kann ich helfen? Was wollt ihr wissen?«

»*Was* bist du?«, fragte Orso.

»Wer hat dich erschaffen?«, fragte Berenice.

»Halten wir Tomas Ziani wirklich auf, wenn wir sein Imperiat stehlen?«, fragte Gregor.

»Was zum Teufel hat Ziani überhaupt vor?«, fragte Claudia.

»O Junge, alles auf einmal ...« Clef seufzte. »Hört zu, ich fasse mal zusammen, worüber Sancia und ich seit Tagen reden, also ... Setzt euch einfach hin und seid einen Moment still, ja?«

Clef legte los.

Während er sprach, glitt Sancia in einen ... nun, es war weniger ein Schlummer als vielmehr ein Zustand der Entrückung. Als säße sie auf dem Rücken eines Pferdes, umklammerte die Person, die die Zügel hielt, und döste langsam ein – wobei das Tier ihr Körper war und ihre Stimme sich von Wort zu Wort und von Gedanken zu Gedanken hangelte.

Sie ließ sich treiben ...

Langsam kam Sancia wieder zu sich.

Orso schritt durch die Gruft, so aufgeregt und fahrig, als hätte er den gesamten Kaffee der Durazzoregion getrunken, und schimpfte: »Also ist Marduris Lehrsatz korrekt! Skriben, selbst kleine, sind Verletzungen der Realität. Wie Laufmaschen in einer Strumpfhose: Der Stoff zerfasert und reißt, nur dass eine Skriben-Laufmasche etwas ganz Bestimmtes bewirkt!«

»Äh ... sicher«, sagte Clef. »So kann man es ... äh ... durchaus ausdrücken.«

»Und genau das nimmst du wahr!«, rief Orso. »Du spürst sie, diese ... diese Verletzungen der Realität! Und wenn du sie veränderst, dann ... fummelst du nur an der Laufmasche herum!«

»Ich würde die Skriben eher als Fehler bezeichnen«, widersprach Clef. »Absichtlich herbeigeführte Fehler, die eine bestimmte Wirkung entfalten sollen.«

»Die Frage ist, woraus der Stoff besteht«, sagte Berenice. »Marduri glaubte, die Welt wäre der Realität untergeordnet, und Letztere könne ohne die Welt nicht funktionieren. Könnten Skriben eine Vermischung dieser ...«

Sancia glitt wieder in ihren Dämmerzustand.

Erneut kam sie zu sich.

»Ich glaube, ich verstehe die Frage nicht«, sagte Clef soeben.

Orso schritt noch immer in der Krypta auf und ab. Berenice, Claudia und Giovanni saßen um Sancia herum und sahen sie mit großen Augen an, als wäre sie eine Dorfseherin.

»Ich meinte«, sagte Orso, »dass du dich in einer außergewöhnlichen Position befindest. Du kannst alle Skriben in Tevanne sichten und ihre Funktion erkennen, sogar, *wie gut* sie funktionieren.«

»Und?«

»Also, worin liegen unsere Schwächen? Worin unsere Stärken? Wir ... wir haben doch Stärken?«

»Hm«, machte Clef, »darüber habe ich noch nicht nachgedacht. Ich glaube, das Problem liegt eher im Unterschied zwischen ›kompliziert‹ und ›interessant‹. Und ... nun ja, die meisten Skriben, die ich in Tevanne gesehen habe, sind eher kompliziert als interessant.«

Orso verharrte auf der Stelle. Er wirkte niedergeschlagen.
»W... wirklich?«

»Das ist nicht deine Schuld«, sagte Clef. »Ihr seid wie ein Naturvolk, das gerade den Pinsel erfunden hat. Im Moment malt ihr einfach nur alles mit Farbe an. Eine Sache halte ich allerdings für ziemlich fortschrittlich: eure Zwillings-Skribe.«

»Zwillings-Skriben?«, staunte Berenice. »Im Ernst?«

»Ja! Damit dupliziert ihr im Grunde ein physisches Stück Realität«, sagte Clef. »Ihr könntet alles Mögliche mit einer Zwillings-Skribe koppeln, wenn ihr es versuchen würdet.«

»Was zum Beispiel?«, fragte Orso.

»Nun«, sagte Clef, »ein Lexikon zum Beispiel.«

Den Skribern klappten die Kinnladen nach unten.

Orso schüttelte den Kopf. »Man kann kein Lexikon mit einem anderen koppeln.«

»Warum nicht?«, fragte Clef.

»Das ist ... zu kompliziert!«, antwortete Giovanni.

»Warum versucht ihr es dann nicht erst mit einem einfacheren Lexikon?«, schlug Clef vor. »Stellt euch einen Haufen kleiner Lexiken vor, alle miteinander verbunden, dazu imstande, Skriben ... na ja, *überallhin* zu projizieren.«

Gregor räusperte sich. »So interessant die ganze Skriben-Theorie auch ist ... Sollten wir uns nicht lieber auf die Themen konzentrieren, die momentan tödlichere Auswirkungen auf uns haben könnten? Wir versuchen, Tomas Ziani zu sabotieren, doch wir wissen nach wie vor nicht genau, was er überhaupt plant. Halten wir ihn wirklich auf, indem wir das Imperiat stehlen?«

»Du hast recht.« Berenice klang ein wenig enttäuscht. »Sehen wir uns Tribunos Notizen an und hören, was Herr Clef dazu zu sagen hat.«

Wieder verblasste alles für Sancia.

Die Welt kehrte zurück. Sancia saß vor einem Sarkophag, der mit Tribunos Notizen übersät war, und vor ihr lagen die Wachsabdrücke der Basreliefs.

»… zeigt die Gravur ein Menschenopfer, sofern ich das beurteilen kann«, sagte Gregor und deutete auf die Darstellungen des Altars mit der Person, über der eine Klinge schwebte. »Und wenn Tomas Ziani wirklich Leichen entsorgt, ist es nur einleuchtend, dass er ein Menschenopfer plant.«

»Aber das deckt sich keineswegs mit Tribuno Candianos Notizen«, wandte Berenice ein. Sie nahm ein Papier und las: »*Der Hierophant Seleikos erwähnt ›gesammelte Energien‹, eine ›Fokussierung des Geistes‹ und ›eingefangene Gedanken‹…*« Sie sah von dem Papier auf. »Das würde darauf hindeuten, dass es bei dem Ritual weder einen Mord noch Tote oder Opfer gibt. Nur dass etwas gesammelt oder gebündelt wird. Die Hierophanten beschreiben eine Handlung, für die uns einfach der Kontext fehlt. Und es scheint, unserem Herrn Clef fehlt diesbezüglich auch der nötige Zusammenhang.«

»Noch einmal«, sagte Clef, »könntet ihr mich bitte nicht so nennen?«

»Finden wir denn in den restlichen Notizen den richtigen Kontext?« Orso zeigte auf einen Absatz. »Hier … Der Hierophant Pharnakes bezeichnete sie nie als Werkzeuge, Geräte oder Instrumente. Er nannte sie ausdrücklich ›Urnen‹, ›Behälter‹ und ›Urcerus‹, was ›Krug‹ bedeutet. Das steht sicher in einem gewissen Bezug dazu, dass Tomas Ziani sein gescheitertes Imperiat als Gefäß bezeichnet hat, oder?«

»Das stimmt«, sagte Berenice. »Und Pharnakes beschreibt das Ritual noch näher. Er erwähnt eine Art ›Transaktion‹, ›Befreiung‹ oder ›Übertragung‹, die im ›verlorenen Augenblick, der jüngsten Stunde der Welt‹ stattfinden muss. Allerdings weiß ich nicht, was das bedeutet.«

»Das ist doch eigentlich klar«, meinte Orso. »Die Hierophanten hielten die Welt für eine riesige, von Gott geschaffene Maschine. Um Mitternacht geht die Welt ihrer Meinung nach in den nächsten Zyklus über, wie eine große Uhr. Sie glaubten, es gäbe dann einen ›verlorenen Moment‹, in dem die normalen Regeln außer Kraft gesetzt würden. Offenbar mussten hierophantische Instrumente zu diesem Zeitpunkt gegossen werden, dann, wenn die Welt dem Universum gewissermaßen den Rücken kehrt.«

»Und in diesem Moment füllt sich der Krug auf«, folgerte Giovanni. »Das Gefäß.«

»Und was bedeutet das?«, fragte Clef frustriert.

Allgemeines Schweigen antwortete ihm.

»Ich bin mir nicht sicher, ob wir Fortschritte machen«, sagte Clef.

Hastig blätterte Orso durch die Seiten. »Was steht sonst noch in diesen verdammten Notizen?«

»Hier hab ich noch was«, meldete sich Berenice. »Ebenfalls von Pharnakes: *Gewöhnliche Sterbliche sind außerstande, die Lingai Divina zu nutzen. Sie ist das Werk des Schöpfers* – damit meint er wohl Gott –, *daher ist sie unzugänglich für jene, die geboren wurden und sterben werden, unergründlich für alle, die nicht wie der Schöpfer Leben spenden und nehmen können.*«

»Aber was genau ist damit *gemeint*?«, fragte Clef leicht ungehalten. »Es ist wirklich unterhaltsam, diese kryptischen Zitate zu lesen – aber was bedeutet diese verdammte *Transaktion*? Was hat die Klinge mit der Urne, dem Gefäß und der Sprache dieses Schöpfers zu tun? Die Gravuren zeigen anscheinend eine Hinrichtung, aber was hat die mit skribierten Instrumenten oder dieser verlorenen Minute zu tun?«

»Müsstest *du* das nicht wissen?«, fragte Orso verärgert. »Ich meine, du bist doch eins!«

»Erinnerst *du* dich an deine Geburt?«, konterte Clef. »Ziemlich sicher nicht.«

In diesem Moment begriff Sancia alles.

Sie verstand, was das Ritual bezweckte, wie die Hierophanten ihre Instrumente hergestellt hatten, warum sie ohne Lexikon funktionierten – und warum sie diese nicht »Werkzeuge« nannten.

»Aber Clef«, **sagte sie**, »du erinnerst dich doch an deine Geburt, oder nicht?«

»Hm?«

»Die Erinnerung an den Moment, als du erschaffen wurdest. Du hast sie mit mir geteilt. Du lagst auf einer steinernen Oberfläche und hast nach oben gesehen ...«

Clef schwieg.

Orso sah Berenice an. »Warum antwortet er nicht? Was ist los?«

»Das ... das stimmt«, sagte Clef leise. »Ich weiß noch, wie ich geschaffen wurde.«

Berenice hob die Augenbrauen. »Wirklich?«

»Ja. Ich lag auf dem Rücken ... dann durchzuckte mich dieser Schmerz ... und ich wurde ... zum Schlüssel. Ich füllte den Schlüssel aus. Bewegte mich in ihm. Ich fühlte seine Risse und Spalten ... und ...« Er verstummte.

»Und?«, hakte Orso nach.

Kaltes Entsetzen erfüllte Sancia – vermutlich nicht ihr eigenes, sondern das von Clef.

»Ein Gefäß«, **sagte sie**. »Eine Urne. Der Dolch. Und die Befreiung ...«

»Wovon redest du da?«, fragte Claudia.

»Ich meinte damit, dass es kein Menschenopfer war«, hauchte Clef. »Kein gewöhnliches.«

»Was?«, zischte Orso. »Was war es dann?«

»Ich ... ich entsinne mich an den Geschmack von Wein«, flüsterte Clef. »Ich erinnere mich an den Wind, das Rascheln des Weizens im Wind und die Berührung einer Frau. An all diese Sinneseindrücke erinnere ich mich. Aber wie kann das sein, wenn ich schon immer ein Schlüssel war?«

Alle starrten ihn an – oder vielmehr Sancia.

Entsetzt öffnete Berenice den Mund. »Es sei denn ... Es sei denn, du warst nicht immer ein Schlüssel.«

»Genau«, sagte Clef.

»Was willst du damit sagen?«, fragte Gregor.

»Ich glaube, ich war einmal ein Mensch«, erwiderte Clef. »Ich war einmal lebendig, so wie ihr alle. Aber dann, in der verlorenen Minute, holten sie mich aus meinem Körper und steckten mich ... in den Schlüssel. In dieses Behältnis.« Sancias Finger umklammerten den Schlüssel so fest, dass ihre Knöchel weiß hervortraten. »Diese historischen Dokumente beschreiben nicht, dass die Hierophanten einen Menschen getötet haben, weil sie das *nicht getan haben*. Vielmehr haben sie ein Bewusstsein aus einem Körper gelöst, einem Körper aus Fleisch und Blut. Und im verlorenen Moment, mitten in der Nacht ... leiteten sie ihn in ein Behältnis, in ein Gefäß.«

»Alle eingefangenen Gedanken«, murmelte Berenice.

Orso vergrub das Gesicht in den Händen. »O mein Gott ... Das ist eine Art Hintertür, nicht wahr? Eine simple, offensichtliche Hintertür!«

»Eine Hintertür?«, fragte Claudia.

Orso nickte. »Ja! Die abendländischen Sigillen – die Sigillen Gottes – können nicht von jenen benutzt werden, die geboren wurden und sterblich sind. Was taten die Hierophanten also? Sie machten eine Person *unsterblich* – verwandelten sie in etwas, das weder wirklich geboren worden ist noch je sterben würde. Das machten sie in der verlorenen Stunde der Welt, in der die Regeln keine Gültigkeit haben. Die Realität folgte frohgemut den Anweisungen des erschaffenen Instruments – weil sie gewissermaßen glaubte, das Werkzeug wäre *Gott selbst*!«

»Ich bin hier drin gefangen«, sagte Clef matt, »für immer Ich habe die Menschen überlebt, die mich geschaffen haben. Ich war so lange im Dunkeln ... Alles nur, weil sie ein Werkzeug brauchten. Das war kein Menschenopfer – sondern etwas noch Schlimmeres.«

Und dann begann Clef – zur Überraschung aller – zu weinen.

Berenice versuchte, ihn zu trösten, während die anderen dabeistanden.

»Das will man sich gar nicht vorstellen«, sagte Orso. »Die Entdeckung, nach der wir so lange streben … ist in Wahrheit die grauenhafte Verstümmelung des Menschen und seiner Seele.«

»Nicht auszudenken, was die anderen Häuser tun, wenn sie auf diese Entdeckung stoßen«, sagte Gregor leise. »In vielerlei Hinsicht floriert unsere Stadt bereits dadurch, dass sie Menschen leiden lässt. Würden wir diese Praktik aufgreifen … Stellt euch vor, wie viele Menschen ihr zum Opfer fallen würden.« Er schüttelte den Kopf. »Die Hierophanten waren keine Engel, sie waren Teufel.«

»Warum erinnerst du dich kaum an dein altes Ich?«, fragte Giovanni Clef. »Wenn du früher ein Mensch warst, wieso denkst und handelst du dann jetzt wie … na ja, wie ein Schlüssel?«

»Warum ist Bronze kein Kupfer, Zinn, Aluminium oder eins der übrigen Metalle?«, entgegnete Clef schniefend. »Weil jedes Metall einem anderen Zweck dient. Von außen sieht der Schlüssel für euch wie ein Gegenstand aus, aber im Inneren … ist er ständig in Aktion. Er leitet meinen Geist um, manipuliert meine Seele. Doch weil er allmählich kaputtgeht, erinnere ich mich deutlicher an mein früheres Ich.«

»Genau das hat Tomas Ziani vor«, sagte Gregor. »Er will die menschliche Seele transformieren, nur scheitert er dabei immer wieder. Er nimmt sogar noch viel mehr Fehlversuche in Kauf, mit über hundert Menschen.« Er sah Sancia an. »Jetzt wissen wir es. Jetzt wissen wir wirklich, was auf dem Spiel steht. Wirst du versuchen, das heute Abend zu verhindern, Sancia? Bist du dazu bereit, den Berg auszurauben?«

Sancia übernahm wieder die Kontrolle über ihren Körper; es war ein Gefühl, als streifte sie sich einen Handschuh über.

»Du würdest verhindern, dass so etwas wie ich jemals wieder erschaffen wird …«, sagte Clef leise.

Sie schloss die Augen und senkte den Kopf.

Kapitel 27

Bei Einbruch der Dunkelheit schlichen Berenice, Sancia und Gregor durch das Unterholz südlich des Candiano-Campo. Sancias Blut schien in den Adern zu kochen. Vor einem großen Auftrag war sie oft nervös, doch an diesem Abend stand sie vor einer selbst für sie außergewöhnlichen Mission. Um nicht ständig daran erinnert zu werden, *wie* außergewöhnlich sie war, vermied sie es, zum fernen Berg zu blicken.

»Langsamer«, zischte Berenice hinter ihr. »Es dauert noch, bis der Kahn vorbeikommt!«

Sancia verlangsamte ihr Tempo. Berenice lief am Kanal entlang, eine Angelrute in der Hand, an deren Schnur sie eine kleine Holzkugel durchs Wasser zog. Die Tauchkapsel unter der Wasseroberfläche war kaum auszumachen. Sie schien gut im Wasser zu liegen, was Sancia sehr erleichterte.

»Wir müssen sicherstellen, dass das verdammte Ding wirklich funktioniert«, sagte sie. »Es gäbe einen hässlichen Sarg ab.«

Berenice kniff die Augen zusammen. »Das nehme ich dir übel, das beleidigt meine Skriben-Kunst.«

»Es besteht kein Grund zur Eile«, sagte Gregor, der hinter Berenice herlief. »Nachlässigkeit führt am Ende nur ins Grab.« Er trug einen dicken Schal und einen breitkrempigen Hut, um sein Gesicht zu verbergen.

Schließlich erreichten sie die Gabelung im Kanal, wo der

Versorgungskanal vom Hauptarm abzweigte. Sancia blickte ihn entlang bis zur fernen Schleuse vor dem Berg.

»Der Frachtkahn hat eine Lieferung Mangos geladen«, sagte Berenice. »Deshalb habe ich das hier mitgebracht.« Sie hielt eine kleine, unreife Mango hoch, drehte sie und offenbarte ein kleines Loch, in dem sich ein Schalter verbarg. »Hier drin ist der Anker, der die Tauchkapsel zieht.«

»Gerissen«, sagte Gregor.

»Hoffentlich gerissen genug. Der Schalter dürfte kaum auffallen. Wenn der Kahn vorbeifährt, werfe ich sie an Bord.«

»Gut.« Gregor sah sich um. »Dann begebe ich mich jetzt ins Candiano-Campo, um den Anker für den Segelgleiter zu platzieren.«

»Sorg dafür, dass er in Reichweite ist«, ermahnte Sancia ihn. »Sonst springe ich vom Berg und stürze in den Tod.«

»Orso hat mir die perfekte Position genannt, eine Querstraße, die in Reichweite liegt. Viel Glück euch beiden.« Lautlos verschwand er im Dunkel der Nacht.

Berenice blickte über die Schulter zum rosigen Antlitz des Michiel-Uhrturms in der Ferne. »Wir haben noch zehn Minuten. Zeit, uns vorzubereiten.« Sie holte die Angelschnur mit der Holzkugel ein, justierte sie und hielt sie übers schwappende Wasser wie jemand, der ein Krokodil zum Zuschnappen verlocken will.

Das Wasser zu ihren Füßen blubberte und schäumte, dann tauchte die schwarze Metallkapsel langsam auf.

»O Scheiße«, wisperte Sancia. Sie riss sich zusammen, kniete nieder und öffnete die Luke.

»Ich helfe dir rein.« Berenice stützte ihre Gefährtin mit einer Hand ab. Sancia kletterte unbeholfen in die Kapsel, die ihr plötzlich schrecklich klein vorkam.

»Deine eigene Steuermarkierung ist schon drin.« Berenice deutete auf eine zweite Holzkugel in der Kapsel. »Damit schickst du die Tauchkapsel automatisch an eine Stelle, wo du aussteigen kannst. Du erkennst, dass du angekommen bist, wenn die Kapsel anhält und sich nicht mehr rührt.«

»Gott«, sagte Sancia, »wenn ich das hier überlebe, werde ich ... werde ich ...«

»Wirst du was?«

»Keine Ahnung. Etwas wirklich Lustiges und Dummes tun.«

Berenice schmunzelte. »Hm, tja ... Warum gehen wir dann nicht etwas trinken?«

Sancia blinzelte sie aus der Kapsel heraus an. »Äh ... was?«

»Wir gehen was trinken. Du weißt schon, man kippt sich eine Flüssigkeit in den Mund und schluckt sie.«

Sancia starrte sie mit offenem Mund an, um Worte verlegen.

Berenice lächelte verhalten. »Ich habe mitbekommen, wie du mich angeschaut hast. Als wir vom Gemeinviertel zum Campo und dann weiter geschlichen sind.«

Sancia kniff die Lippen zusammen. »Ah. Oh.«

»Damals wollte ich meine Professionalität wahren, aber ...« Sie ließ den Blick über den stinkenden Kanal schweifen. »Das hier ist nicht besonders professionell.«

»Warum?«, fragte Sancia aufrichtig überrascht.

»Warum ich dich frage?«

»Ja. Mich hat noch nie jemand gefragt, ob ich mit ihm ausgehen will.«

Berenice rang um Worte. »Ich glaube, ich finde dich ... erfrischend agil.«

»Erfrischend agil.« Sancia wusste nicht genau, was sie davon halten sollte.

»Ich will es so ausdrücken ...« Berenice errötete. »Ich bin jemand, der den ganzen Tag in ein paar Räumen verbringt. Ich verlasse sie nie. Weder das Gebäude, den Block, die Enklave noch den Campo. Aus meiner Sicht bist du also ... ganz anders als ich. Interessant.«

»Weil ich erfrischend agil bin.«

»Äh. Ja.«

»Dir ist schon klar, dass ich nur deshalb so viel unterwegs bin, weil ich stehlen muss, um Lebensmittel kaufen zu können, ja?«

»Ja.«

»Und du läufst manchmal mit genug Sprengkraft in der Tasche rum, um buchstäblich eine Mauer einzureißen.«

»Das tue ich erst, seitdem du aufgetaucht bist.« Berenice hob den Blick. »Ich glaube, da kommt der Frachtkahn.«

Sancia legte sich in die Kapsel, zog ein skribiertes Licht hervor und schaltete es ein. »Vielleicht gehe ich tatsächlich mit dir was trinken. Sofern ich das hier überlebe.«

»Dann solltest du das unbedingt tun«, erwiderte Berenice. Ihr Lächeln verblasste. »Ich lasse jetzt die Kapsel untertauchen und platziere den Anker. Halt dich fest.«

»In Ordnung.« Sancia schloss die Luke.

»Huch«, sagte Clef, als sie allein waren. »Tja, das ist anders verlaufen als erwartet.«

»Ja, allerdings. Ich ...« Sancia beendete den Gedanken nicht, denn plötzlich sackte die Kapsel ab und sank auf den Grund des Kanals. »O Scheiße!« Ringsum gurgelte und blubberte das Wasser, und in der kleinen Kapsel wurden die Geräusche zusätzlich verstärkt. »Scheiße, Scheiße, Scheiße!«

»Keine Bange«, sagte Clef. »Das Ding ist stabil gebaut. Du schaffst das schon. Atme einfach normal.«

»Normal atmen? Entspannt mich das?«

»Na ja, solange du das kannst, weißt du, dass dir nicht die Luft ausgeht.«

Sancia schloss die Augen und versuchte, gleichmäßig zu atmen.

»Bist du bereit, Kind?«, fragte Clef aufgeregt. »Wir knacken heute Abend den größten Tresor der Welt! Größer als ein verdammtes Stadtviertel!«

»Für einen toten Kerl klingst du ziemlich aufgedreht.«

»Ich bin nicht tot, ich sterbe nur. Und ich will Spaß haben, solange ich noch kann.«

Sancia seufzte. Über ihr fuhr der Kahn vorbei. »Ich bin gefangen in einem Unterwassersarg, mit einem Toten, der in einem Schlüssel feststeckt. Wie zum Teufel bringe ich mich ständig in solche Lagen?«

Ein Ruck ging durch die Kapsel, dann trudelte sie langsam vor und schleifte über den Grund des Kanals.

»Los geht's!« **Sancia lag da und lauschte darauf, wie die Kapsel durch den Schlamm glitt und über Steine schabte.**

Eine Stunde verging, vielleicht zwei. Ob es sich so anfühlte, wenn man tot war? *Falls dieses Ding ein Leck bekommt und ich hier drin sterbe, merke ich das dann überhaupt?*

Schließlich kam die Kapsel zum Stillstand. »Clef, ist da oben irgendwas?«

»Ich spüre Skriben an Bord. Vermutlich ist sogar der ganze Kahn skribiert. Ich glaube, sie löschen die Fracht.«

»Dann sind wir hier richtig. Hoffen wir, dass niemand ausgerechnet dort fischt, wo ich auftauche.«

Sie drückte den Schalter an der Luke, und die Kapsel tauchte auf, schaukelte gemächlich auf den Wellen.

Sancia öffnete die Luke einen Spalt und sondierte die Lage. Sie trieben neben einem steinernen Steg, der südlich des Bergdocks am Kanal verlief. Sie drückte die Luke auf, kletterte auf den Steg, schloss die Luke und drückte den Schalter an der Vorderseite. Lautlos versank die Kapsel wieder im Wasser.

Sancia sah sich um. Niemand brüllte los oder schlug Alarm. Sie war in Candiano-Farben gekleidet, daher fiel sie nicht auf, zumal nur die Kahnbesatzung in der Nähe war, die am Dock die Fracht löschte.

Dann sah sie den Berg.

»Oh ... O mein Gott«, **flüsterte sie.**

Er ragte direkt vor ihr in den Nachthimmel auf wie die gewaltige Rauchsäule eines Waldbrands, wobei das Bauwerk heller zu leuchten schien als eine Magnesiumfackel, denn Schein-

werfer strahlten die geschwungene, schwarze Fassade an, die mit bullaugenähnlichen Fenstern übersät war. Der Anblick ließ sie erschaudern.

»Irgendwo dort oben ist der fünfunddreißigste Stock«, dachte sie. »Da muss ich einbrechen. Und von dort fliege ich zurück. Schon bald.«

»Zum Park«, drängelte Clef. »Zur Geheimtür. Beeil dich.«

Sancia lief zur Straße hinauf und folgte ihr, bis sie den Eingang zum Park erblickte: ein weißes Steintor in einer Hecke. Helle Schwebelaternen kreisten langsam über der Parkanlage. Sancia sah sich erneut um und schlich hinein.

Die Parkanlage umgab die Mauer des Bergs, was ihr die Atmosphäre eines malerischen Hofs vor einer Klippe verlieh. Die beschnittenen Hecken und edlen Statuen wirkten seltsam und verstörend auf dem hügeligen grünen Rasen, den die Laternen in trübweißes Licht tauchten.

»Da sind Wachen!«, sagte Clef. »Drei. Sie gehen durch die Hecken. Sei vorsichtig.«

Der Park stand theoretisch allen Bewohnern der Enklaven offen, doch Sancia wollte kein Risiko eingehen. Mit Clefs Hilfe wich sie der Patrouille aus, bis sie die Steinbrücke fand, die sich über einen plätschernden Bach wölbte. Sie berührte das Kühlkästchen in ihrer Tasche. Nun würde sich zeigen, ob das Blut, das Estelle Candiano besorgt hatte, ihr Zutritt verschaffen würde.

Sie wartete, bis die Luft rein war, dann folgte sie dem Bach zur Brücke. Als sie sich ihr näherte, bildete sich unterhalb der Brücke ein perfekt runder Spalt im glatten Stein. Der runde Steinpfropf zog sich lautlos in die Brücke zurück und rollte zur Seite.

»Wahnsinn«, staunte Clef. »Das war beeindruckend! Diese Tür wurde von brillanter Hand skribiert, Kind.«

»Nicht sehr beruhigend, Clef.«

»He, Anerkennung, wem Anerkennung gebührt.«

Sancia schlüpfte durch die runde Tür, die sich lautlos hinter ihr schloss. Sie stand am oberen Ende einer Treppe, der sie bis zu einem geraden Steintunnel folgte. Der Tunnel war von hellen weißen Lichtern gesäumt und erstreckte sich in irritierend weite Ferne.

Sancia lief los. »Der Tunnel ist viel schöner als die, die ich sonst durchqueren muss.«

»Ja, nirgends Scheiße, Ratten oder Schlangen, was?«

»Genau.« Sie ging weiter. Das Tunnelende schien nicht näher zu rücken. »Aber ... mir sind die altmodischen Gänge lieber.« Sie beäugte die glatten, grauen Wände. »Der hier bereitet mir eine Gänsehaut. Sind wir bald da?«

»Weiß nicht. Das bedeutet wohl Nein, glaube ich.«

Sancia lief weiter. Und dann noch weiter. Sie hatte das Gefühl, durch die Leere zu marschieren.

»Oooooh ...«, ließ sich Clef unvermittelt vernehmen.

»Was? Was ist los?«

»Spürst du das nicht?«

»Nein. Was denn?«

»Wir haben gerade irgendeine ... Barriere überschritten.«

Sancia blickte zurück und konnte keine Linie oder Fuge im glatten grauen Stein ausmachen. »Ich seh nichts.«

»Glaub mir, da war eine Barriere. Wir haben einen ... besonderen Ort erreicht, glaube ich.«

»Sind wir im Berg?«

»Wüsste ich selbst gern.«

Nach gut zehn Minuten gelangten sie an eine nach oben führende Treppe, die jedoch alles andere als gerade verlief. Sancia erklomm Stufe um Stufe, bis sie am oberen Ende einen Gang erreichte, der an einer blanken Wand endete.

Ein lautes Wispern erfüllte ihren Geist. Sie entdeckte einen Hebel an der Seite, zögerte jedoch. »Ist jemand hinter der Wand, Clef?«

»Äh ... nein.«

»Und was ist da genau?«

»Ein Haufen Zeugs. Wirst schon sehen.«

Sancia betätigte den Hebel. Wieder bildete sich eine perfekt runde Naht im Stein, und der Steinkreis rollte beiseite, um sie durchzulassen.

Doch auf der anderen Seite war – nichts!

Nun, zumindest schien es so. Sancia sah nur eine Art von Stoff. Dann begriff sie. *Er hat die Tür hinter einem Wandbehang verborgen.* Sie drückte den Stoff zur Seite und trat hindurch.

Daraufhin stand sie in einem hohen Gang aus dunkelgrünem Stein, der am oberen Rand mit einer prunkvollen Goldleiste verziert war. Weiße Holztüren säumten die Wand auf beiden Seiten, alle perfekt rund und in der Mitte jeweils mit einem schwarzen Eisenknauf versehen. Das war eindeutig ein Wohnflügel des Bergs, und am Ende des Korridors leuchtete ein strahlendes Licht.

Sancia schlich darauf zu. Sie keuchte auf, als sie erkannte, was sich dort befand.

Der Berg war ein riesiges Konstrukt. Und in seinem Inneren fühlte man sich wie in einem ausgehöhlten …

Nun. Berg.

Sie betrachtete die vielen ringförmigen Ebenen unter sich. Alle schimmerten in Gold und Grün und waren mit Fenstern gesäumt, hinter denen Menschen lebten, arbeiteten oder sonst irgendwas trieben. Sie befand sich vier Stockwerke über der riesigen Hauptebene, die von großen hellen Schwebelaternen aus Glas und Kristall erhellt wurde. Hohe Messingsäulen standen in versetzter Anordnung auf dem Marmorboden, und einige davon schienen sich zu bewegen, nach oben oder unten zu gleiten. Es dauerte einen Moment, bis Sancia erkannte, dass die Säulen ebenfalls hohl waren und kleine Räume enthielten, in denen Menschen zu diversen Zielen fuhren.

Das müssen die Aufzüge sein, die Orso erwähnt hat, dachte sie.

Zwischen den »Haltestellen« hingen riesige Banner, auf denen das goldene Candiano-Wahrzeichen im Licht skribierter Laternen schimmerte. All das bildete eine gewaltige runde Wand aus Licht, Farbe und Bewegung.

Der Berg war wie eine andere Welt, genau wie Orso gesagt hatte. Und alles wurde gesteuert von ...

Sancias Kopfnarbe begann zu brennen, und ihre Augen tränten. Sie biss die Zähne zusammen, während die Stimmen zahlloser Skriben in ihrem Kopf erklangen und an ihrem Verstand nagten.

»In Ordnung, einen Moment«, sagte Clef.

»Das ... das ist zu viel für mich!«, rief Sancia in Gedanken. »Das ist zu viel, zu viel! Ich halt's nicht aus, ich halt's nicht aus!«

»Moment, Moment! Dein Talent stellt eine wechselseitige Verbindung zu Skriben her, darum kann ich deine Gedanken ebenso hören wie du meine. Mal sehen, ob ich dir die Last nehmen kann ...«

Das ohrenbetäubende Gemurmel wurde rasch leiser und erreichte schließlich ein erträgliches Maß, verschwand aber nicht ganz.

Erleichtert keuchte Sancia auf. »Was hast du gemacht, Clef?«

»Das ist wie mit den Kanälen in der Stadt. Wird einer zu voll, fließt das Wasser in den nächsten. Jetzt höre ich den ganzen Lärm. Gott ... Ich wusste, dass es schlimm für dich war, Kind, aber so schlimm?«

»Geht es dir gut? Erträgst du das?«

»Im Moment schon.«

»Und ... fügt es dir noch mehr Schaden zu?«

»Alles fügt mir Schaden zu. Komm jetzt. Lass uns keine Zeit mehr vergeuden und weitergehen.«

Sancia richtete sich auf, atmete tief durch und drang tiefer in den Berg ein.

Gregor schlich durch die äußeren Straßen des Candiano-Campo. Er blieb am Straßenrand und hielt sich in den Schatten. Es war ein seltsames Gefühl; er hatte noch nie viel Zeit auf einem fremden Campo verbracht.

Vor ihm tauchte die Querstraße auf, die Orso beschrieben hatte. Er lief über einen kleinen Platz – und hielt zaghaft inne.

Dann bog er abrupt nach rechts ab, fort von der Straße, betrat eine Gasse, stellte sich in eine Tür und beobachtete den Platz und die Gassen ringsum.

Niemand zu sehen. Trotzdem beschlich ihn das überwältigende Gefühl, dass ihm jemand gefolgt war. Er glaubte auch, aus den Augenwinkeln eine Bewegung wahrgenommen zu haben.

Reglos wartete er ab. *Vielleicht habe ich mir das nur eingebildet.* Er verharrte noch ein wenig länger. *Ich muss mich beeilen. Sonst springt Sancia noch vom Berg, ohne einen Zielpunkt zu haben.* Er schlich in die Querstraße, kniete nieder und begann, den Anker ins Kopfsteinpflaster einzulassen.

Der Berg beeindruckte Sancia nicht nur wegen seiner Größe, sie wunderte sich auch, dass sie kaum Menschen begegnete. Sie durchstreifte riesige Bankettsäle mit Gewölbedecken, Innengärten mit rosafarbenen Schwebelaternen, Kontorenbüros, die mit etlichen Schreibtischreihen bestückt waren, und überall traf sie höchstens zwei Personen an. Gerüchten zufolge sollte es im Berg spuken, aber vielleicht dachten die Leute das nur, weil er so verlassen wirkte.

»Haus Candiano geht es wohl finanziell nicht besonders gut«, sagte Clef.

»Allerdings.«

Sancia war klar, dass sie einen Aufzug finden und diesen dann benutzen musste, ohne Aufmerksamkeit zu erregen. Endlich gelangte sie in einen lebhafteren Teil des Bergs, voller Bewohner und Angestellte. Die Leute eilten oder schlenderten an ihr vorbei und ignorierten sie, während sie ihren Alltagsgeschäften nachgingen. Kein Wunder, Orso hatte Sancia die Verkleidung einer Funktionärin mittleren Ranges besorgt.

Sie erblickte ein paar wichtig aussehende junge Männer

und folgte ihnen zu einem Aufzug. Die Männer warteten auf die Ankunft der kleinen Kabine und unterhielten sich gelangweilt. Schließlich öffnete sich die runde Messingtür; vermutlich hatte der Lift ihr Blut überprüft, um sicherzustellen, dass sie ihn benutzen durften. Plaudernd und gestikulierend traten sie ein. Die Türen schlossen sich, und der Aufzug sauste nach oben.

»Ich nehme den nächsten«, dachte Sancia.

»Hier ist es ... seltsam«, meinte Clef.

»Ach, echt?«

»Ich ... ich spüre einen Druck, als wäre zu viel Luft im Raum. Es ist schwer zu erklären, und ich bin mir nicht einmal sicher, ob ich es selbst verstehe.«

Die Fahrstuhltüren öffneten sich wieder, und Sancia trat ein. Neben der Tür hing eine Messingtafel mit einer runden Nummernscheibe. Die Skala war mit den Zahlen eins bis fünfzehn versehen und derzeit auf drei eingestellt. »Der Aufzug fährt nicht bis ganz nach oben«, dachte sie.

»Dann fahr so weit wie möglich.«

Sancia stellte Fünfzehn ein, die Tür glitt zu, und der Aufzug fuhr hoch.

»Wir nehmen einfach so viele Aufzüge, bis wir auf Ebene fünfunddreißig ankommen«, schlug Clef vor. »Ist ganz leicht. Hoffentlich.«

Schweigend fuhren sie weiter.

Dann hörte Sancia eine Stimme. Es war wie damals, als sie Clefs Stimme zum ersten Mal vernommen hatte, nur war es diesmal nicht seine, sondern die eines herrischen alten Mannes. Seine Worte hallten laut in ihrem Kopf wider: »Präsenz entdeckt. Aber ... eine unbekannte.«

Vor Schreck fiel Sancia fast um. Sie vergewisserte sich, dass sie mit Clef allein im Aufzug war.

»Clef, was zum Teufel war das? Was zum Teufel war das?«

»Du hast sie auch gehört?« Clef klang so schockiert wie sie. »Die Stimme?«

»Ja. Hast ... du so was schon mal ...«

»Worte. Worte, höre ich«, donnerte die Stimme des alten Mannes. »Präsenz wird aufgespürt ... und lokalisiert. Im Aufzug. Nach oben?«

»Oje«, sagte Clef.

Die Aufzugstür öffnete sich, und Sancia betrat den fünfzehnten Stock, der nicht mehr wie eine Wohnebene wirkte, sondern industriellen Zwecken zu dienen schien. Wohin sie auch blickte, überall nur grauer Stein, Türen und Eisenrohre. Auf einem Schild stand SKRIBIER-BUCHT 13.

Sancia beachtete das Schild kaum. Jemand sprach zu ihr und zu Clef, und offenbar belauschte dieser Jemand sie wie zwei tuschelnde Menschen in einer Taverne. Die Vorstellung war einfach *verrückt*.

»Zielort?«, fragte die Stimme des alten Mannes. Er sprach in schnippischem, hartem Tonfall wie ein Papagei, der gelernt hatte, Stimmen zu imitieren. »Zweck unbekannt. Warum befindet ihr euch innerhalb meiner Grenzen?«

»Wie ist das möglich, Clef?«

»Ich weiß es nicht. Normalerweise muss ich skribierte Objekte berühren, um ihre Stimmen zu hören.«

»Dafür hältst du es also? Für ein Instrument?«

»Tja, ich ...«

»Du bist ... nicht Tribuno Candiano«, sagte die Stimme des alten Mannes. »Er konnte Worte nicht direkt an mich richten, sie nur aussprechen. Ja. Nicht auf diese Weise.«

»Scheiße. Scheiße!« Sancia bog um eine Ecke und folgte einer Gruppe von Skribern, die auf einen Lift zuhielten, warf einen Blick auf die Ziffernscheibe und erkannte, dass dieser Aufzug nur nach unten fuhr. Sie lief weiter.

»Die Präsenz trägt jedoch Tribunos Marker«, sagte die fremde Stimme. »Sein Zeichen. Erklärung?«

Sie durchquerte einen langen Flur, erreichte eine Tür, die sich automatisch öffnete, und fand sich in einer Art Festsaal wieder. Skriber tranken Blasenrum aus Glaskrügen, während einige höchst spärlich bekleidete Musikerinnen auf Flöten und anderen Blasinstrumenten spielten.

»Bestätigt«, erklang die Stimme des alten Mannes. »Sekundäre Präsenz in Tribuno Candianos Räumen lokalisiert. Identität der Präsenz?«

Die Skriber ignorierten Sancia in ihrer Verkleidung als Funktionärin. Sie trat durch die Tür am Ende des Raums und suchte verzweifelt nach dem nächsten Aufzug.

Sie erreichte einen kurzen Flur, an dessen Ende eine Tür offen stand.

»Nein!«, dröhnte die Stimme des alten Mannes, und die Tür knallte zu.

Sancia starrte sie an, drehte sich um und versuchte, wieder die Tür zum Festsaal zu öffnen, doch die ging nicht mehr auf.

»Identitätsnachweis erforderlich!«, verlangte die Stimme. »Was ist der Grund für den Aufenthalt?« Obwohl die vorherigen Aussagen der Stimme eine grobe Syntax aufwiesen, klang die nächste Frage seltsam menschlich. Sogar leidenschaftlich. Sie flüsterte: »Bist ... Bist du einer von ihnen?«

»Lauf zur Tür am Ende des Flurs und benutz mich!«, drängte Clef. »Jetzt!«

Sancia rannte ans Ende des Gangs und drückte Clef auf den Knauf der Tür, die wie so viele im Berg kein Schloss hatte.

»Wie merkwürdig«, sagte Clef. »Ich brauche keine Blockaden zu lösen, denn die Tür hält dich für Tribuno und bleibt nur kurzzeitig zu. Warte zehn Sekunden, dann dreh den Knauf.«

Sancia befolgte die Anweisung. Die Tür öffnete sich, und dahinter führte eine Treppe nach oben. Drei Stufen auf einmal nehmend, rannte Sancia hinauf.

»Seltsam«, sagte die Stimme des alten Mannes. »Eine Anomalie.« Sancia rannte weiter die Treppe hinauf.

»Eine solche Präsenz war noch nie in mir«, fuhr die Stimme fort. »Zwei Geister zu einem vereint? Erklärung?«

»Clef?«

»Ja?«

»Bin ich verrückt, oder ist das die Stimme des verdammten Bergs?«

Sancia erreichte den oberen Treppenabsatz.

Clef seufzte. »Ja. Ja, ich glaube schon.«

Sancia sah sich um. »Was sollen wir tun?«

»Ich weiß es nicht. Aber ich glaube, der Berg ist weit mehr als ein Gebäude.«

»Kann er mich verletzen?«

»Ich bin mir nicht sicher. Eher nicht. Und ich weiß auch nicht genau, ob er das überhaupt will.«

»Welcher Natur ist die Präsenz?«, fragte die Stimme – der Berg, nahm Sancia an. »Niemand sprach je direkt zu mir. Ist die Präsenz ein Hierophant? Wahrheitsgemäße Antwort erforderlich!«

»Ein Hierophant?«, dachte Sancia. »Was zur Hölle geht hier vor?«

Wahllos betrat sie einen der Korridore und rannte los. Berenice und Orso hatten gesagt, der Berg würde sie früher oder später als Unbefugte erkennen, doch Sancia hätte nicht gedacht, dass das so schnell passieren würde.

»Erbitte zumindest die Angabe eures Zielorts«, sagte der Berg leicht resigniert.

»Wir wollen nach oben«, erwiderte Clef.

»Clef!«, rief Sancia schockiert.

»Was? Er kann uns hören und dich verfolgen. Irgendwann findet er es sowieso heraus!«

»Wenn euer Ziel sich oben befindet«, sagte der Berg, »nehmt die dritte Abzweigung auf der rechten Seite. Das bringt die Präsenz nach oben.«

Sancia bog an der dritten Korridorkreuzung rechts ab und erblickte einen Aufzug am Ende des langen Flurs.

»Weitergehen«, forderte der Berg.

»Woher weiß ich, dass du mich nicht in eine Falle lockst?«, fragte Sancia.

»Kann ich nicht«, erwiderte der Berg. »Du trägst Tribuno Candianos Marker. Dies setzt Verhaltensregeln in Kraft. Ich darf niemandem Tribunos Standort mitteilen. Und bin verpflichtet, alle Candianos um jeden Preis zu schützen. Diese Befehle erteilte er mir bei meiner Erschaffung.«

Sancia schritt auf den Lift zu. »Tribuno hat dich erschaffen? Deinen ... deinen Verstand?«

»Erschaffen: nein. Initiiert: ja.«

Der Lift öffnete sich für sie. Sancia musste nicht einmal angeben, in welches Stockwerk sie wollte; er fuhr einfach los.

»Zählst du zu den Alten?«, **wisperte der Berg.** »Du musst es mir sagen. Zwingend. Das ist eine der Regeln. Es ist meine Bestimmung, sie zu lokalisieren.«

Sie ignorierten ihn und fuhren weiter nach oben.

»Das ist ungerecht«, **sagte der Berg leise.** »Es ist ungerecht, dass ich so kurz vor meiner Zweckerfüllung stehe und doch daran gehindert werde ...«

Die Aufzugtüren glitten auf, doch Sancia blickte nicht in einen Flur, in ein Zimmer oder auf einen Balkon: Vor ihr lag eine weite Sandebene unter einem schwarzen Himmel, der mit winzigen weißen Sternen gesprenkelt war!

In der Mitte dieser Ebene stand ein schwarzer Steinobelisk. Er war mit seltsamen Gravuren bedeckt.

»Was zum *Teufel* ...?«, **wisperte Sancia.**

»Das ist nicht echt«, **sagte Clef.** »Das ist wie eine Bühnenkulisse. Eine schwarz gestrichene Decke, in die sehr kleine skribierte Lichter eingelassen sind. Ich vermute, der Sand wurde hergeschafft. Wie für einen Garten.«

»Korrekt«, **sagte der Berg.** »Doch der Obelisk *ist* echt. Er entstammt der Gothiawüste, wo die Alten einst die Welt erneuerten.«

Nervös schaute sich Sancia um, dann marschierte sie los. Das Knirschen des Sandes unter ihren Füßen klang im leeren Raum ungewöhnlich laut.

»Auf der anderen Seite ist eine Tür«, **offenbarte Clef.** »Ich helfe dir, sie zu finden.«

»Hier wohnte er«, **sagte der Berg.** »Vor langer Zeit. War das der Präsenz bekannt?«

Sancia schüttelte verwirrt den Kopf, während sie die merkwürdige Sandebene überquerte. Sie hatte den Eindruck, dass der Berg ihnen nicht feindlich gesinnt war. Vielmehr wirkte er einsam, hatte großen Redebedarf und sie vermutlich aus einem bestimmten Grund an diesen seltsamen Ort geführt. Ähnlich wie ein Gastgeber seinem Gast ein Gemälde zeigen wollte, verspürte der Berg das Verlangen, über diesen Raum zu sprechen.

»Tribuno?«, fragte sie. »Er kam hierher?«

»Ja. Er schuf diesen Ort«, erklärte der Berg. »Hier stand er vor dem Obelisken und ... dachte nach. Dachte. Und redete. Ich hörte zu. Hörte alles, was er sagte. Und lernte seine Sprache.«

»Warum hat Tribuno Candiano dich erschaffen?«, fragte Sancia.

»Um einen Hierophanten anzulocken.«

»Was?«, wunderte sich Clef. »Das ist doch verrückt. Die Hierophanten sind alle tot!«

»Nicht korrekt«, sagte der Berg. »Ein Hierophant erreicht niemals den Zustand des Totseins; dies ist eine Erkenntnis aus Tribunos Forschungen. Seht euch den Obelisken an. Jetzt.«

Sancia folgte der Aufforderung. Anfangs kam ihr nichts an dem Obelisken bekannt vor, aber ...

Auf einer Seite war ein Gesicht eingraviert. Das Antlitz eines alten Mannes, streng und hohlwangig, und eine Hand, die einen kurzen Stab hielt, vielleicht einen Zauberstab. Darunter erblickte Sancia ein vertrautes Symbol: einen Schmetterling oder eine Motte. Dasselbe Symbol wie an Clefs Kopf und der Gravur der Hierophanten in Orsos Werkstatt.

»Crasedes der Große«, sagte Sancia.

»Ja«, antwortete der Berg. »Er hat sich selbst verändert. Wurde dadurch unsterblich. Der Magnus kann nicht sterben. Er und seinesgleichen können nicht in den Zustand des Todes eintreten. Sie wandeln in anderer Seinsform durch die Welt. Tribuno baute mich, um sie anzuziehen wie eine Flamme die Motten ...«

Sancia fand die Tür und öffnete sie, trat hindurch – schrie entsetzt auf und sprang zurück.

Die Tür führte auf einen schmalen Balkon hinaus, der mit einem niedrigen Geländer umgeben war. Er befand sich fast ganz oben in dem riesigen Hohlraum, den sie anfangs gesehen hatte, Hunderte von Metern über dem Boden. Wäre sie vorwärtsgestürmt, hätte sie über das Geländer in den Tod stürzen können.

»Du hättest mich vorwarnen können, dass hier ein Balkon ist!«, sagte sie laut.

»Ich hätte deinen Tod nicht zugelassen«, erwiderte der Berg in leicht entschuldigendem Tonfall.

Sie trat wieder auf den Balkon hinaus. An der geschwungenen Wand der riesigen hohlen Halle verlief ein kurzer Steg, an dessen Ende sich eine Tür befand.

»Gott, dieser Ort ist riesig.«

»Ja«, sagte der Berg. »Ich bin riesig. So baute er mich. Ich muss so sein, um meinen Zweck zu erfüllen.«

»Hat er dich zu einem Gott gemacht?«, erkundigte sich Sancia.

»Zu einem Gott? Wie der, den Crasedes Magnus schuf?« **Der Berg klang amüsiert.** »Nein. Ich erhielt ein Bewusstsein, ja. Aber ... wie erschafft man ein Bewusstsein? Wie erzeugt man Gedanken? Wie Sprache? Schwierig. Dazu braucht man Beispiele. Viele, viele, viele, viele, viele, viele Beispiele. Tausende von Beispielen. Millionen. Milliarden. Also hat er ... meinen Zweck erweitert.«

»Wie bitte?«, fragte Sancia. »Wie konnte er deinen Zweck erweitern?«

»Viele halten mich nur für ein Bauwerk«, sagte der Berg. »Mit Böden, Aufzügen und Türen. Doch Tribuno verwob Sigillen mit mir, mit meinen Gebeinen ... und als er fertig war, wurde ich zu etwas ... anderem.«

»Oh!«, rief Clef unvermittelt. »Ich glaube, ich begreife es jetzt. Ich glaube, ich erkenne, was du bist! Aber, mein Gott, das ist schwer zu glauben ...«

»Was meinst du, Clef?«, fragte Sancia.

»Ich habe dir doch im Tunnel gesagt, dass ich spürte, wie wir eine Grenze überschritten«, sagte Clef. »Ich fühlte dort eine Art Druck, als wäre ich tief im Meer ... Und ich kann nur mit einem skribierten Objekt sprechen, wenn ich es berühre, stimmt's? Doch wenn man sich im Inneren des Berges befindet, berührt man ihn ständig!«

»Du meinst ...?«

»Der Berg ist nicht nur das Bauwerk. Er ist auch alles, was sich darin befindet! Tribuno hat im Grunde einen Teil der Realität skribiert, damit sie sich wie ein Instrument verhält!«

»Was? Das ist unmöglich!«, **sagte Sancia**. »Man kann die Realität nicht wie eine Plakette oder ein Blech skribieren!«

»Doch, kann man«, **widersprach Clef**. »Eine Skribe verändert stets die Realitätswahrnehmung eines Objekts, oder? Warum also nicht einfach ein richtig großes Objekt nehmen, wie einen Turm oder eine Kuppel? Dann skribierst du es so, dass es alles wahrnimmt, was in ihm geschieht, jede Veränderung, Transaktion und Schwankung. Du bringst ihm bei, alle Abweichungen zu bemerken, aufzuzeichnen – und dann kannst du ihm langsam beibringen, Lernprozesse zu bewältigen.«

Sancia schüttelte den Kopf. »So was können Skriben nicht! Sie verändern die Realitätswahrnehmung eines Objekts, können aber kein Bewusstsein erschaffen.«

»Womöglich aber etwas, das einem Verstand sehr nahe kommt«, **sagte Clef**. »Sofern die Skriben-Kombinationen mächtig genug sind. Und Tribuno kam nahe heran, nicht wahr? Unterstützt durch sechs verrogelte Lexiken, die er selbst eigens zu diesem einen Zweck entworfen hat.«

»Ja«, **bestätigte der Berg**. »Ich bin der Berg. Alles, was in ihm ist, ist auch in mir. Dennoch übe ich keine totale Kontrolle aus. So wie die Menschen keine Kontrolle über ihr Herz oder ihre Knochen haben. Ich kann lediglich ... Anstöße geben. Umleiten. Verzögern. Wie du sagtest: Druck ausüben. Und ich lausche. Beobachte. Lerne. Ein Kind schaut den Erwachsenen zu, um alles über das Leben zu lernen. Ich habe Tausende und Abertausende Male beobachtet, wie Kinder in mir geboren wurden, heranwuchsen oder starben. Und ich verhielt mich wie ein Kind. Ich lernte. Ich habe mich selbst aus dem Nichts erschaffen.«

Sancia betrachtete die zahllosen Ringebenen unter sich. »Er ... er wollte es beweisen, nicht wahr? Tribuno hat geglaubt, die Hierophanten seien noch am Leben und beobachten die Welt. Er wollte vor ihnen angeben, ihnen beweisen, dass er zu einer ähnlichen Tat imstande ist wie sie: einen künstlichen Verstand zu schaffen. In der Hoffnung, dass sie dann mit ihm reden.«

»Ja.«

»All das!«, **sagte Clef.** »All das erschuf er, wie ein Webervogel sein Nest baut, um eine Gefährtin anzulocken.«

Sancia schritt über den Laufsteg zur Tür. Sie trat hindurch und fand sich in einer Art Wartungsschacht wieder. »Aber das hat nicht funktioniert. Du sagtest, du hast deinen Zweck noch nicht erfüllt. Es kamen keine Hierophanten.«

»Ja«, sagte der Berg.

Sie folgte dem Schacht, stieß auf eine weitere Tür, öffnete sie und blickte in einen Marmorgang.

»Aber vielleicht ja doch«, flüsterte der Berg.

Sancia blieb stehen. »Was meinst du mit ›vielleicht ja doch‹?«

»Du meinst, du wärst fast einem Hierophanten begegnet?«, **fragte Clef.**

»Das ist ... möglich«, antwortete der Berg.

Sancia ging weiter, bis sie einen Aufzug fand, der bis in den vierzigsten Stock fuhr. Erleichtert atmete sie auf und stellte die Ziffernskala auf den fünfunddreißigsten Stock ein.

»Du weißt nicht genau, ob du einem Hierophanten begegnet bist?«, fragte Clef.

»Einmal war ... etwas in mir«, **sagte der Berg.** »Die Männer brachten es her, auf Geheiß des neuen Mannes.«

»Tomas Ziani?«

»Ja, genau der.« **Der Tonfall des Bergs verriet, dass er Ziani nicht sonderlich mochte.** »Es war seltsam. Ich spürte ein Bewusstsein, unfassbar groß, gewaltig, mächtig. Aber es ließ sich nicht dazu herab, mit mir zu sprechen, egal, wie oft ich darum bat. Dann brachten sie es weg. Aufenthaltsort unbekannt.«

Die Aufzugtür öffnete sich, und Sancia betrat den fünfunddreißigsten Stock.

Auf dieser Ebene gab es ausschließlich Büros, doch die unterschieden sich von allen bisherigen. Zum einen waren sie fast zwei Stockwerke hoch, zum anderen mit prachtvollen Tapeten verziert und mit riesigen Stein- und Metalltüren versehen. Überdies gab es hier großzügige Wartezonen.

»War dieses Ding ein Artefakt?«, fragte Clef.

»Ein Instrument der Alten ... vielleicht«, erwiderte der Berg.

»Noch ein Artefakt, das sprechen kann wie ich«, sagte Clef. »Gott, wie gern würde ich das sehen.«

»Wie du?«, hakte der Berg nach. »Du bist ... auch ein Artefakt?«

»Ja«, gab Clef zu. »Und nein. Ich bin jetzt etwas anderes. Ich glaube, du und ich sind uns ziemlich ähnlich. Zwei Instrumente, die ihre Schöpfer verloren haben und bald in Zustände verfallen, die wir nicht beeinflussen können.«

»Wo geht es zu Zianis Büro?«, fragte Sancia.

»Geradeaus«, antwortete der Berg, der nun abgelenkt und ungeduldig klang, »auf der linken Seite. Zur Bestätigung: Du bist ein Instrument?«

»Ja«, sagte Clef.

»Von den Hierophanten?«

»Ja.«

»Ich glaube zu spüren, dass du ein ... Schlüssel bist?«

»Ja.«

Sancia ging weiter, bis sie eine schwarze Tür mit Steinrahmen erblickte. Neben dem Rahmen hing ein Namensschild:

TOMAS ZIANI, PRÄSIDENT UND GESELLSCHAFTSVORSTAND.

Sancia drückte gegen die Tür, und sie gab leicht nach, vermutlich wegen des Bluts, das sie mit sich führte.

Sie huschte hindurch, blieb stehen und sah sich um. Zianis Büro war ungewöhnlich. Alles bestand aus dunklem Stein, wirkte abweisend und bedrohlich, sogar der Schreibtisch. Nirgends sah man die kunstvollen Verzierungen oder bunten Materialien wie in den anderen Zimmern. Abgesehen von der

Seitentür, die zum Balkon führte, gab es nichts Konventionelles in diesem Raum.

Dennoch kam er Sancia bekannt vor. Hatte sie nicht schon einmal einen solchen Raum gesehen?

Ja, hatte sie! Das Büro sah fast so aus wie die Kammer auf der Gravur von Crasedes dem Großen, die sie in Orsos Werkstatt gesehen hatte. Die Abbildung zeigte die Hierophanten vor dem Sarg, dem … eine seltsame Gestalt entstieg.

»Die Kammer im Zentrum der Welt«, wisperte sie. Anders konnte sie sich die riesigen, seltsamen Steinsockel und gewölbten Fenster nicht erklären.

Dann ging ihr ein Licht auf. *Das hier war früher Tribunos Büro.*

»Gehörst du Crasedes?«, flüsterte der Berg. »Bist du sein Instrument?«

»Ich … Ich weiß es nicht«, erwiderte Clef.

Sancia sah sich um und fragte sich, wo zum Teufel Ziani das Imperiat versteckt haben könnte. Hier gab es keine Regale, nur den großen Steintisch in der Mitte. Sie ging hinüber und begann, die Schubladen zu durchwühlen. Alle waren mit gewöhnlichen Dingen gefüllt: Papier, Stifte und Tintenfässer. »Komm schon, komm schon …«, flüsterte sie.

»Bist du sein Schlüssel?«, hauchte der Berg. »Oder sein Zauberstab?«

»Sein was?«, fragte Clef.

»Der Zauberstab des Crasedes? Hast du davon gehört?«

»Nun … ja. Einige Leute haben ihn erwähnt.«

»Eine Fehlübersetzung«, sagte der Berg. »Kommt vor.«

»Wovon zum Teufel sprichst du?«, fragte Clef. »Was für eine Fehlübersetzung?«

»Ihr kennt die Geschichten von Crasedes dem Zauberer, der mit seinem Zauberstab die Welt veränderte«, sagte der Berg. »Sie enthalten einen Fehler. Bei der Übersetzung vom alten Gothian ins neue kommt es oft zu Fehlern. Denn in der alten Sprache unterscheidet sich das Wort für ›Zauberstab‹ nur durch einen einzigen Buchstaben vom Wort für ›Schlüssel‹.«

Sancia hielt inne. »Was?«

»Was?«, **fragte auch Clef** erschüttert.

»Ja«, **sagte der Berg.** »Tribuno glaubte nicht, dass Crasedes einen Zauberstab benutzte, sondern einen Schlüssel. Einen goldenen Schlüssel. Und Crasedes setzte ihn ein wie ein Uhrmacher seinen Schlüssel: Er zog damit die große Maschine der Schöpfung auf. Ich muss also fragen: Bist du der Schlüssel von Crasedes Magnus?«

Sancia war zunächst sprachlos. »Clef ...«, wisperte sie dann. »Wovon redet er?«

Clef schwieg lange, lange Zeit. »Keine Ahnung«, sagte er schließlich. »Ich erinnere mich nicht.«

»Crasedes sagte über seinen Schlüssel, er könne jede Barriere, jedes Schloss überwinden«, erklärte der Berg, »und wenn er ihn in der Hand halte, könne er damit die ganze Schöpfung auseinandernehmen.«

Sancia wurde schwindelig. Langsam setzte sie sich auf den Boden. »Clef, bist du ...?«

»Ich weiß es nicht«, gestand er frustriert.

»Aber du ... du *könntest* es sein?«

»Ich sagte, ich weiß es nicht! ICH WEISS ES NICHT, IN ORDNUNG? ICH WEISS ES NICHT!«

Entnervt saß Sancia da. Sie hatte so viele Geschichten darüber gehört, wie Crasedes der Große mit seinem Zauberstab auf einen Felsen geklopft und ihn zum Tanzen gebracht hatte. Oder wie er die Stabspitze ins Meer getaucht und die Fluten geteilt hatte. Sich nun vorzustellen, dass das nicht irgendein blöder magischer Stock gewesen sein sollte, sondern ihr Freund, die Person, die Sancia immer wieder gerettet hatte ...

»Genug spekuliert, verdammt noch mal!« **Clef** klang verärgert. »Wo ist das Imperiat?«

»Imperiat?« **Der Berg schien überrascht.** »Das sucht ihr? Das andere Artefakt?«

»Ja!«, rief Sancia.

»Das Imperiat wird oft in dem Geheimfach hinter dem Schreibtisch aufbewahrt«, offenbarte der Berg.

»Ein Geheimfach! Na klar!« Sancia sprang auf und wollte zum Schreibtisch zurücklaufen.

»Aber das Imperiat ist jetzt nicht da.«

Sancia blieb stehen. »Was? Wo ist es?«

»Ziani hat es mitgenommen.«

Sancias Herz machte einen Satz. »Er ... er hat es zum Campo gebracht? Es ist fort? Wir haben das alles umsonst gemacht?«

»Nein, das Imperiat ist nicht im Campo«, sagte der Berg. »Ziani hat es hier, in meinen Tiefen.«

»Wo genau ist es?«, verlangte Clef zu wissen.

»Anfangs«, sagte der Berg, »bewahrte Ziani es in einem Büro zwei Etagen tiefer auf. Aber als du dieses Büro betreten hast, da ... da spürte ich, dass er es auf diese Etage hier brachte.«

Sancia lauschte ihm völlig reglos. »Er hat *was*?«

»Thomas Ziani bewahrt das Imperiat auf dieser Etage auf, elf Büros weiter den Gang entlang.«

»Und ... hat er jemanden bei sich?«, fragte Clef.

»Ja.«

Sancia schluckte. »Wie viele? Und sind sie bewaffnet?«

»Vierzehn. Und ja. Sie nähern sich gerade ... eurem Standort.«

Mit einem Mal fühlte sich alles weit weg und taub an. »O Gott«, wisperte Sancia. »Mein Gott, mein Gott ... Das ... das ist eine Falle. Es war von Anfang an eine Falle!«

»Kannst du mir helfen, Sancia hier rauszuschaffen?«, fragte Clef geistesgegenwärtig. »Kannst du sie aufhalten?«

»Nein«, antwortete der Berg. »Ziani hat die gleichen Befugnisse wie Tribuno.«

»Flieh, Sancia!«, sagte Clef. »Flieh einfach! Raus hier, sofort!«

Sie rannte zur Balkontür und drehte den Knauf – oder wollte es zumindest, doch er rührte sich nicht. »Sie ist verschlossen!«, rief sie. »Warum geht sie nicht auf?«

»Ziani hat für diesen Ausgang eine neue Regel formuliert«, erklärte der Berg. »Erst heute Morgen. Diese Tür muss geschlossen bleiben.«

»Öffne sie!«, schrie sie. »Mach sie sofort auf!«

»Nicht erlaubt«, entgegnete der Berg.

»Halt mich an die Tür!«, sagte Clef.

Sie nahm den Schlüssel und presste ihn gegen das Holz. Doch wider Erwarten sprang die Tür nicht auf. Zwar bewegte sie sich, aber nur minimal.

»Wie gesagt, ich darf diese Tür nicht öffnen«, sagte der Berg. »Sie muss geschlossen bleiben. So lautet meine Anweisung.«

»Komm schon!« Clef stöhnte, als zöge er einen Karren einen Hügel hinauf. Anscheinend war der Berg ein würdiger Gegner. »Öffne die verdammte Tür!«

»Das kann ich nicht«, sagte der Berg. »Es ist mir untersagt.«

Sancia stellte sich vor, dass sich das ganze Gebäude gegen die Tür stemmte, mit jedem Ziegelstein und jeder Säule.

»Komm schon, komm schon«, bettelte Clef, »bitte, bitte, bitte ...«

Die Tür öffnete sich ein wenig mehr. Und dann noch ein wenig mehr ...

»Sie sind gleich hier, Sancia!«, rief Clef. »Ich spüre sie im Flur!« Die Tür hatte sich etwa um zehn Zentimeter geöffnet. »Ich bin mir nicht sicher, ob ich es schaffe. Ob ich sie rechtzeitig aufkriege.«

Sancia dachte fieberhaft nach. Keinesfalls durfte sie sich im Berg schnappen lassen. Vor allem nicht mit Clef, dem Objekt, das Tomas Ziani brauchte, um sein Imperiat zu vervollständigen. Schon gar nicht jetzt, da sie wusste, dass er womöglich der berühmte Zauberstab von Crasedes war!

Sie starrte die Balkontür an, die kaum mehr als einen Spalt offen stand. Doch vielleicht reichte das.

Sie nahm die Ampulle mit dem Blut von Tribuno Candiano und klemmte sie in den Spalt, damit sich die Tür nicht schließen konnte. Dann nahm sie Clef und öffnete das gehärtete Fass am Segelgleiter.

»Was machst du da?«, **schrie Clef.** »Warum lässt du mich die Tür nicht öffnen?«

»Weil deine Sicherheit wichtiger ist als alles andere!«

»Was? Sancia, nein! Nein, n...«

»Tut mir leid, Clef. Bis dann.« Sie ließ ihn in das gehärtete Fass fallen, schloss den Deckel, zwängte den Segelgleiter durch den Spalt auf den Balkon und riss die Bronzelasche ab.

Mit lautem Rascheln entfaltete sich der Gleiter, riss sich von Sancia los, und sie sah zu, wie der schwarze Gleitschirm auf den Candiano-Campo hinausschwebte.

Dann durchzuckte ein stechender Schmerz ihren Kopf.

Sie wollte schreien. Sie *musste* schreien, so heftig, so schrecklich war ihre Qual. Doch sie konnte es nicht. Nicht etwa, weil die Pein sie überwältigt hatte, sondern weil sie sich plötzlich überhaupt nicht mehr bewegen konnte. Nicht einmal mehr blinzeln oder auch nur atmen. Sie spürte, wie ihrem Körper der Sauerstoff ausging.

Etwas veränderte sich in ihrem Geist. Die Platte in ihrem Schädel fühlte sich an wie zischende Säure. Etwas drang in ihre Gedanken und übernahm die Kontrolle. Sancia fühlte sich wie in dem Moment, als Clef ihren Körper übernommen hatte, um mit Orso zu sprechen, nur ... sehr viel *schlimmer*.

Sie atmete ein – doch nicht aus freien Stücken. Vielmehr war ihr Körper zu einer Marionette geworden, und ihr Puppenspieler hatte ihre Bedürfnisse erkannt und so viel Sauerstoff wie möglich in ihre Lunge gesogen. Sie konnte nicht einmal mehr die eigene Atmung kontrollieren. Hilflos erlebte sie mit, wie sich ihr Körper unter Zwang umdrehte. Dann schritt sie steif zur Bürotür, ließ die Hand auf den Knauf fallen, öffnete die Tür und taumelte unbeholfen hindurch.

Ein Dutzend Candiano-Wachen erwarteten sie im Gang, alle bewaffnet, gepanzert und bereit, sie notfalls zu attackieren.

Hinter ihnen stand ein junger, großer Mann mit hängenden Schultern. Er hatte lockiges Haar und einen zerzausten Bart.

Tomas Ziani!

Er hielt ein seltsames Instrument in den Händen. Es sah aus wie eine überdimensionale Taschenuhr, war aber aus Gold, und es quietschte leicht, als er etwas daran verstellte.

»Es funktioniert!«, sagte er erfreut. »Ich war mir nicht sicher, ob es klappen würde. Das Ding fing in meiner Tasche an zu heulen, in dem Moment, als du mein Büro betreten hast. Das hat es auch schon in Grünwinkel gemacht.«

Sancia schwieg, stand so reglos da wie eine Statue. Innerlich jedoch, in ihrem Geist, schrie, schimpfte und geiferte sie vor Wut. Nichts hätte sie lieber getan, als über diesen jungen Mann herzufallen und ihn in Stücke zu reißen, ihn zu kratzen und zu beißen. Doch sie konnte sich nach wie vor nicht rühren.

Tomas Ziani trat auf sie zu und musterte sie von Kopf bis Fuß. »Wollen doch mal sehen …« Er untersuchte ihren Gürtel. »Ah, *das* habe ich gesucht. Unsere Informanten sagten, du hast eine Schwäche für die Dinger.« Sancia sah zwar nicht, was er tat, spürte jedoch, dass er ihr einen Dolorspina-Pfeil aus der Tasche zog. »Der dürfte genügen, denke ich.«

Sie spürte einen Stich im Arm, und die Welt wurde schwarz.

Gregor Dandolo kauerte in den Schatten und beobachtete die Straßen. Als er das Klirren hörte, sprang er auf.

Er schaute zur Ankerplatte. Er hatte sie gut auf der Campo-Straße befestigt, doch soeben hatte das Ding einen großen Satz in die Luft gemacht.

Also hat Sancia den Gleiter aktiviert, dachte er und spähte in den Nachthimmel über dem Berg. Dann sah er ihn – einen schwarzen Punkt, der rasch näher kam.

»Gott sei Dank«, hauchte er.

Er beobachtete den Anflug des Gleiters, der sich zweimal in der Luft drehte. Etwas stimmte nicht.

Sancia hing nicht daran. *Niemand* hing daran.

Er sah den Gleitschirm auf sich zu segeln und fing ihn schließlich aus der Luft. Etwas war daran befestigt – das Fass für das Imperiat.

Gregor fand Sancias goldenen Schlüssel darin. Kein Imperiat und keine Nachricht.

Er besah sich den Schlüssel und blickte dann wieder zum Berg. »Sancia«, flüsterte er. »O nein.«

Er wartete noch einen Moment, hoffte wie wahnsinnig, dass sie noch irgendwie erscheinen würde. Doch niemand kam.

Ich muss zu Orso. Ich muss ihm sagen, dass alles schiefgelaufen ist.

Er steckte den Schlüssel in die Tasche, wandte sich um und eilte zum Südtor, das ins Gemeinviertel führte. Er gab sich Mühe, nicht aufzufallen, trotzdem war ihm, als watschele er wie betäubt durch die Straßen. Hatte man Sancia gefasst? War sie tot? Er wusste es nicht.

Obwohl ihm der Kopf schwirrte, sagte ihm eine innere Stimme: *Hast du gerade eine Bewegung gesehen? Aus den Augenwinkeln? Folgt dir jemand?*

Er ignorierte die Stimme. Er musste es nur vom Campo-Gelände schaffen.

Auf dem Weg zu einer Kanalbrücke bog er um die Ecke und stieß prompt mit jemandem zusammen. Eine kleine Frau in eleganter Kleidung stand auf einmal direkt vor ihm, als hätte sie auf ihn gewartet – und Schmerz flammte in seinem Bauch auf.

Keuchend schaute Gregor an sich hinab. Die kleine Frau hielt einen Dolch in der Hand und hatte ihm die Klinge fast bis zum Heft in den Leib gerammt.

Er stierte ihre Hand an. »Was …?« Er hob den Blick. Die Frau sah ihm mit eisiger Ruhe ins Gesicht. »W... Wer?«

Sie trat vor und stieß ihm den Dolch noch tiefer in den Bauch. Gregor würgte, zitterte und wollte zur Kanalbrücke gehen, doch seine Knie fühlten sich wie Pudding an. Er brach zusammen, Blut strömte aus der Wunde.

Die Frau schritt um ihn herum, bückte sich, griff in seine Manteltasche und zog den goldenen Schlüssel heraus.

Sie besah ihn sich. »Hm ...«

Gregor streckte den Arm aus, wollte nach Clef greifen. Wie betäubt nahm er wahr, dass seine Hand blutbesudelt war.

Auf der Straße erklangen Schritte von mehr als einer Person. *Eine Falle. Ich ... ich muss hier weg. Muss fliehen.* Er begann zu kriechen.

Eine Männerstimme sagte: »Gibt es ein Problem, gnädige Frau?«

»Nein.« Die kleine Frau betrachtete den goldenen Schlüssel. »Aber – *das* hätte ich nicht erwartet. Das Imperiat schon ... aber nicht das. Niemand sonst ist vom Berg gesegelt?«

»Nein, gnädige Frau. Der Segelgleiter hat lediglich den Schlüssel transportiert.«

»Ich verstehe«, sagte sie nachdenklich. »Tomas muss sie sich geschnappt haben. Aber das macht nichts. Deshalb sollte man sich immer auf alle Eventualitäten vorbereiten.«

»Ja, Frau Ziani.«

Gregor hielt inne und warf einen Blick über die Schulter. *Frau Ziani ...? Meint er ... Estelle? Ist das Orsos Estelle?*

»Was machen wir mit dem da, gnädige Frau?«, fragte der Mann.

Sie betrachtete Gregor aus kalten Augen und deutete dann mit dem Kopf zum Kanal.

»Ja, gnädige Frau.« Der Mann trat vor und packte Gregor am Mantel. Der wollte sich wehren, doch dazu fehlte ihm die Kraft. Seine Arme und Beine waren kalt und taub. Er konnte nicht einmal schreien, als man ihn ins Wasser warf. Dann nahm er nur noch Fluten und blubbernde Blasen wahr, bis die Welt ihn verließ.

Kapitel 28

Sancia kam zu sich und bedauerte es sofort. Ihr Kopf tat weh, als wolle er zerspringen, und ihr Mund war so trocken, dass es schmerzte.

Sie öffnete ein Auge. Obgleich der Raum, in dem sie sich befand, weitgehend dunkel war, bereitete ihr schon der geringste Lichtschein weitere Kopfschmerzen.

Dolorspina-Gift, dachte sie und stöhnte. *So fühlt sich das also an …*

Sie tastete sich ab. Anscheinend war sie unverletzt, allerdings fehlte ihre gesamte Ausrüstung. Sie lag in einer Art Zelle. Vier kahle Steinwände und eine Eisentür. In der oberen Hälfte einer Wand befand sich ein winziger Fensterschlitz, durch den mattes Licht einfiel. Abgesehen davon gab es nicht Bemerkenswertes im Raum.

Fluchend und stöhnend setzte sie sich auf. Sie war nicht zum ersten Mal im Leben in einer Zelle gelandet und schon oft in streng bewachte Orte eingedrungen, auch in feindliche. Darum keimte in ihr die Hoffnung, dass sie auch hier einen Ausweg finden würde und schnell genug zu Orso zurückkehren konnte.

Dann bemerkte sie, dass sie nicht allein war.

Eine Frau war bei ihr im Raum. Eine Frau aus Gold.

Sancia starrte sie an. Sie stand reglos in der dunklen Zellenecke. Wie war sie in die Zelle gelangt? Sancia hatte sich beim

Aufwachen umgesehen und – ganz sicher – niemanden gesehen. Und doch stand die Fremde nun da.

Was zum Teufel ...? Was passiert heute Nacht sonst noch Seltsames?

Die Frau war nackt, bestand von Kopf bis Fuß aus Gold, sogar ihre ausdruckslosen Augen, deren Blick auf Sancia gerichtet war. Normalerweise hätte sie die Frau für eine Statue gehalten, doch Sancia spürte deutlich eine ungeheure, mächtige Intelligenz in diesen ansonsten toten goldenen Augen. Einen Verstand, der sie mit beunruhigender Gleichgültigkeit musterte, als wäre Sancia nicht mehr als ein Regentropfen, der von einer Fensterscheibe abperlte ...

Die Frau trat vor und schaute auf sie herab, und Sancias Kopf erwärmte sich.

Die Frau sagte: »Wenn du aufwachst, bring sie dazu zu gehen. Dann sage ich dir, wie du dich retten kannst.« Sie sprach in merkwürdigem Tonfall, als kannte sie zwar die Worte, hätte selbst aber noch nie jemanden laut reden gehört.

Sancia, die noch immer auf dem Steinboden lag, sah verwirrt zu der Frau auf. Sie wollte sagen: Aber ich bin doch wach.

Doch dann begriff sie, dass das nicht stimmte.

Sancia schreckte hoch, schnaubte und streckte die Hände aus. Sie sah sich um. Nichts schien sich verändert zu haben. Nach wie vor war sie in der dunklen Zelle, die genauso aussah wie vorhin. Sie lag noch auf dem Rücken, in genau derselben Position. Nur die goldene Frau war fort.

Verstört blickte Sancia in die dunklen Ecken. War das eben ein Traum gewesen? *Was ist mit mir los? Was stimmt mit meinem Gehirn nicht?*

Sie rieb sich die schrecklich schmerzende Kopfseite. Vielleicht verlor sie den Verstand. Sie erschauerte beim Gedanken an das, was in Zianis Büro geschehen war. Anscheinend war das Imperiat nicht nur dazu imstande, Skriben abzuschalten wie in Grünwinkel und Gründermark, sondern konnte sie auch kontrollieren. Und da Sancia eine skribierte Platte im Schädel hatte, war das Imperiat dazu in der Lage, auch *sie* zu kontrollieren.

Ein zutiefst erschreckender Gedanke ...

Ich muss hier raus. Und zwar sofort.

Sie stand auf, ging zu einer Wand und legte die Hand auf den kahlen Stein. Ihre Fähigkeiten schienen noch zu funktionieren: Die Wand erzählte ihr von sich, von den vielen Räumen, an die sie angrenzte, von Spinnweben, Asche und Staub ...

Ich bin in einer Gießerei. Allerdings in einer, in der es ungewöhnlich leise ist. Also eine, die nicht mehr in Betrieb ist? Sie zog die Hand zurück. *Ich bin noch im Candiano-Campo. Denn das ist der einzige Campo, auf dem es eine leerstehende Gießerei gibt.*

Unvermittelt wurde es wieder heiß in Sancias Kopf, diesmal so sehr, als müsste ihr Gehirn verbrutzeln. Ehe sie einen Schrei ausstoßen konnte, fielen alle Gedanken von ihr ab, und erneut verlor sie die Kontrolle über ihren Körper.

Sie konnte sich nicht dagegen wehren, aufstehen zu müssen, drei schlurfende Schritte zu machen und sich der Eisentür zuzuwenden. Draußen näherte sich jemand, dann ertönte ein Klimpern und Klirren. Die Tür wurde geöffnet und gab den Blick auf Tomas Ziani frei, der blinzelnd in der Dunkelheit stand, das Imperiat in der Hand.

»Ah, gut. Du lebst und bist wohlauf.« Er rümpfte die Nase. »Du bist ein hässliches kleines Ding, nicht wahr? Aber ...« Er justierte ein Einstellrad am Imperiat, hielt es hoch und schwenkte es langsam, bis es sich Sancias rechter Kopfseite näherte. Das Instrument begann leise zu heulen.

»Interessant«, sagte er leise. »Erstaunlich. So viele Skriber sind davon überzeugt, dass man Menschen nicht skribieren kann – und dann bin *ich* derjenige, der einen solchen findet! Lass dich mal anschauen. Komm mit.«

Er verstellte etwas am Imperiat, winkte mit der Hand, und Sancia folgte ihm willenlos aus der Zelle.

Er führte sie durch die bröckelnden Gänge der Gießerei. Der schattenhafte, düstere Ort war völlig still, abgesehen vom leisen Tröpfeln, das gelegentlich zu hören war. Schließlich gelangten sie in einen offenen Raum, der von skribierten Bodenlampen erhellt wurde. An der gegenüberliegenden Wand standen vier Candiano-Wachen, die alle recht erfahren aussahen. Sie sahen Sancia mit derart kalten Blicken an, dass sie eine Gänsehaut bekam.

Auf einem langen, niedrigen Tisch lagen diverse Bücher, Dokumente und Steingravuren neben einer rostig-rissigen Metallkiste, die Sancia an das Testlexikon in Orsos Werkstatt erinnerte.

Sie hätte sich die Dinge auf dem Tisch gern genauer angesehen, doch da sie keine Kontrolle über die eigenen Augen hatte, musste sie sich mit einem flüchtigen Blick begnügen. Immerhin war sie noch imstande zu denken. *Das ist doch die Sammlung von Tribuno, oder? Der abendländische Schatz, den Ziani erwähnt hat ...*

Dann sah sie, was in der Mitte des Raumes stand. Das Bedürfnis zu schreien erfüllte ihren Geist.

Dort stand ein Operationstisch mit Hand- und Fußfesseln.

Tomas Ziani verstellte etwas am Imperiat, und Sancia blieb stehen. Entsetzt musste sie es sich gefallen lassen, dass zwei Candiano-Wachen sie packten, zum Tisch trugen, sie darauf niederlegten und festschnallten.

Nein, nein, nein, dachte sie panikerfüllt. *Alles, nur nicht das ...*

Eine der Wachen machte sich noch einmal an den Fesseln zu schaffen, drehte einen kleinen Metallschlüssel, und ein Flüstern und Säuseln erfüllte Sancias Geist.

Sie sind skribiert, dachte Sancia. *Die Fesseln sind skribiert.*

Die Wachen entfernten sich.

Hier komme ich nicht mehr raus!

Tomas beugte sich über sie, das Imperiat in der Hand. »Dann wollen wir mal sehen«, murmelte er. »Wenn Enrico recht hat, sollte das ...« Er brach mitten im Satz ab, nahm eine Einstellung vor.

Sancia spürte, dass ihr Wille zurückkehrte – ihr Körper gehörte wieder ihr.

Mit aller Kraft bäumte sie sich auf und versuchte, Tomas zu beißen. Um ein Haar hätte sie es geschafft, wäre er nicht erschrocken zurückgewichen.

»Verdammte Hure!«, schrie er.

Sancia knurrte ihn an, wand sich und zerrte an den Fesseln, doch da sie augmentiert waren, gaben sie keinen Zentimeter nach.

»Dreckige kleine ...«, grollte Tomas und holte zum Schlag aus, doch als Sancia nicht einmal zuckte, besann er sich, vermutlich aus Sorge, sie könnte ihm in die Hand beißen.

»Sollen wir sie betäuben?«, fragte ein Wachmann.

»Wer hat *dich* gefragt?«, fauchte Tomas.

Der Wächter wandte den Blick ab.

Tomas trat um den Tisch herum und drehte an einer Kurbel. Daraufhin strafften sich die Fesseln an Sancias Gelenken so sehr, dass sie sich nicht mehr rühren konnte. Tomas schritt wieder um den Tisch, hob die Faust und schlug Sancia so fest in den Bauch, dass ihr die Luft wegblieb.

Sie hustete und rang um Atem.

»So!«, rief er aufgebracht. »Jetzt weißt du, wie es läuft. Du tust, was ich sage, sonst mach ich mit dir, was ich will. Kapiert?«

Sie blinzelte sich die Tränen fort und sah ihn an.

Zianis Augen funkelten grausam. »Ich stelle dir jetzt einige Fragen.«

»Warum hast du Sark getötet?«, keuchte Sancia.

»Ich sagte, *ich* stelle die Fragen.«

»Er war keine Gefahr für dich. Er hatte niemanden, an den er dich verraten konnte. Er kannte dich nicht einmal.«

»Halt die Klappe!«, zischte Tomas.

»Was hast du mit seiner Leiche gemacht?«

»Bist ein kleines Großmaul, was?« Ziani drehte ein Rad am Imperiat, und erneut entglitt Sancia ihr Wille, als würde er in kaltem Meerwasser versinken.

»So gefällst du mir besser«, sagte Tomas. »Ich wünschte, noch mehr Leute wären skribiert. Dann könnte ich sie ein- und ausschalten, wie es mir gefällt ...«

Schlaff lag Sancia auf dem Operationstisch. Erneut im eigenen Körper gefangen, schrie und tobte sie lautlos – bis ihr auffiel, dass ihr Gesicht zufällig dem hinteren Bereich des Raums zugewandt war, wo der Tisch mit den abendländischen Schätzen stand.

Ohne Kontrolle über die eigenen Augen fiel es ihr schwer, sie genauer zu betrachten, doch sie gab ihr Bestes, sich alles einzuprägen. Die Dokumente und Bücher sagten ihr nicht viel, die lexikonartige Steinkiste am Tischende hingegen, die war interessant. Sie war kein richtiges Lexikon – dazu hätte die Kiste dreißig Schritt lang und sengend heiß sein müssen –, doch sie hatte auf der Oberseite eine Reihe zerkratzter Scheiben, die ziemlich alt sein mussten, denn sie waren korrodiert.

Rundum in ihrer Mitte wies die Kiste eine Einkerbung auf, und auf der Vorderseite war etwas darin eingelassen: ein komplexes, goldenes Objekt mit einem Schlitz in der Mitte.

Ich erkenne ein Schloss, wenn ich eins sehe, dachte Sancia. *Und das ist ein sehr gutes Schloss. Jemand will verhindern, dass man die Kiste öffnet.*

Was natürlich die Frage aufwarf: Was befand sich darin? Welches Instrument könnte so wertvoll sein, dass die Abendländer es erschufen und dann wegschlossen?

Und jetzt, da Sancia über die Kiste nachdachte, kam sie ihr auch irgendwie bekannt vor.

Dann spürte sie Zianis Hände. Eine glitt langsam vom Knie über ihren Schenkel zum Schoß, die andere umklammerte ihr Handgelenk, und seine Finger drückten fest zu. »Mit einer Hand sanft«, flüsterte er, »mit der anderen streng. Das ist die Weisheit der Könige, stimmt's?«

Voller Abscheu kämpfte Sancia gegen die unsichtbaren Fesseln in ihrem Kopf an.

»Ich weiß, dass du den Schlüssel hattest«, sagte Tomas Ziani gelassen. Er streichelte weiterhin ihren Oberschenkel, umklammerte nach wie vor fest ihr Handgelenk. »Du hast das Kästchen geöffnet und hineingesehen. Dann hast du den Schlüssel an dich genommen und ihn benutzt. Sicher hast du ihn vom Balkon geworfen, bevor wir dich gefasst haben. Meine Frage ist nun: Wo ist er hin?«

Sancia gefror das Blut in den Adern. Er wusste über alles Bescheid ... nur nicht, wo sich Clef befand.

»Ich gebe dir jetzt die Kontrolle über dich zurück«, hauchte Tomas ihr ins Ohr. Sein Atem strich warm über ihre Wange. Er ließ ihr Handgelenk los und tätschelte ihren Schenkel. »Versuch nicht noch einmal, mich zu beißen, sonst vergnüge ich mich mit dir. Verstanden?«

Allmählich kehrte Sancias Wille zurück.

Tomas sah sie mit kalten, hungrigen Augen an. »Und?«

Sancia dachte nach. Eindeutig war er jemand, dem es nichts ausmachte, einem anderen Menschen das Leben zu nehmen, der sogar Freude daran empfand, sein Opfer vorher noch zu quälen. Zugleich wollte sie ihm nicht allzu viel verraten. Hoffentlich hatte Gregor Clef aus dem Campo gebracht. Falls dem so war, hatte er es vielleicht auch bis zu Orso geschafft, und ihre Gefährten planten womöglich schon eine Art Rettungsmission. Vielleicht.

Aber woher wusste Tomas, dass sie skribiert war? Wie hatte das Imperiat die Platte in ihrem Kopf entdeckt? Und schlimmer noch: Woher hatte er gewusst, dass sie in sein Büro, Tribunos ehemaliges Büro, eindringen würde? Hatte das Imperiat sie gespürt? Oder hatte jemand sie verraten?

»Der Segelgleiter ist zum Dandolo-Campo geflogen«, behauptete Sancia.

Tomas schüttelte den Kopf. »Falsch. Wir wissen, dass er im Candiano-Campo niedergegangen ist.«

»Dann ist etwas schiefgegangen. Das war so nicht geplant. Es spielt sowieso keine Rolle. Ofelia Dandolo wird dich zerquetschen wie einen Käfer.«

»Ach ja?«

»Ja. Sie weiß, dass du dahintersteckst. Sie weiß, dass du Orso und ihrem verdammten Sohn Attentäter auf den Hals gehetzt hast.«

»Warum ist sie dann nicht hier? Warum bist du ganz allein?« Tomas quittierte Sancias Schweigen mit einem Lächeln. »Deine Lügen sind leicht zu durchschauen. Aber keine Sorge, wir finden den Kerl, der dein Paket aufgefangen hat. In der Sekunde, in der du den Berg betreten hast, habe ich alle Tore des Campo schließen lassen. Wer auch immer dir geholfen hat, ist noch hier gefangen, und sobald er einen Fluchtversuch unternimmt, schießen wir ihn in Stücke. Sofern das nicht schon geschehen ist.«

Scheiße, dachte Sancia. *Hoffentlich ist Gregor rausgekommen ...*

»Wenn du mir jetzt verrätst, wer dein Komplize war«, sagte Tomas, »lasse ich dich vielleicht am Leben. Für eine Weile.«

»Die anderen Häuser lassen dich nicht damit durchkommen!«

»Und ob!«

»Sie werden sich gegen dich erheben.«

»Nein, werden sie nicht.« Er lachte. »Willst du wissen, warum? Weil sie *alt* sind. Die anderen Häuser fußen auf Traditionen, Normen, Regeln und Manieren. ›Auf der Durazzosee darfst du tun und lassen, was du willst‹, haben ihre Großväter immer gesagt, ›aber in Tevanne zeigst du *Respekt*.‹ Oh, die anderen Häuser spionieren hier und da ein wenig herum, und doch sind ihre Methoden geprägt von gegenseitiger Achtung und Respekt. All die Oberhäupter dieser Häuser sind alt und fett, lahm und selbstgefällig geworden.« Er richtete sich auf und seufzte. »Vielleicht liegt das daran, dass sie immer wieder neue Skriben entwickeln und sich dafür ständig Regeln ausdenken müssen. Aber der Sieg gehört dem Schnellen, der, wenn es darauf ankommt, alle Regeln bricht. Ich gebe einen Scheiß auf Traditionen, da bin ich ehrlicher. Ich bin *Geschäftsmann*. Wenn ich eine Investition mache, interessiert mich nur die höchstmögliche Rendite.«

»Du weißt einen Scheiß«, sagte Sancia.

»Oje, irgendeine Hure aus Gründermark hält mir einen Vortrag über Wirtschaftsphilosophie?« Er lachte erneut. »Wie amüsant!«

»Nein. Dumpfbacke, ich stamme von den verdammten *Plantagen*.« Sancia grinste ihn an. »Ich habe mehr Schrecken und Qualen gesehen und erlebt, als du dir mit deinem kleinen Gehirn je ausdenken könntest. Glaubst du, du kannst mich einfach so lange schlagen, bis ich mich *dir* unterwerfe? Mit deinen dünnen Ärmchen und Gelenken? Das bezweifle ich sehr.«

Wieder holte er zum Schlag aus, doch auch diesmal zuckte sie nicht zurück. Er funkelte sie einen Moment lang finster an und seufzte dann. »Würde er dich nicht für wertvoll halten ...« Dann wandte er sich an einen der Wachen. »Geh und hol Enrico. Ich schätze, wir müssen uns beeilen.«

Der Wachmann verließ den Raum. Verstimmt trat Tomas an einen Schrank, öffnete eine Flasche Blasenrum und nahm einen Schluck. Er erinnerte Sancia an ein beleidigtes Kind, dem man sein Lieblingsspielzeug weggenommen hatte. »Du hast Glück, weißt du?«, sagte Tomas. »Enrico hält dich für eine potenzielle *Ressource*. Wahrscheinlich, weil er ein Skriber ist, und die meisten Skriber sind anscheinend Idioten. Unbeholfene, hässliche Leute, die sich lieber mit Sigillen-Kombinationen befassen statt einen herrlich warmen Körper zu berühren. Enrico meint, er will dich erst begutachten, ehe ich meinen Spaß mit dir haben kann.«

»Toll«, murmelte Sancia. Ihr Blick fiel auf den Tisch mit den abendländischen Schätzen.

»Lächerlich, was?«, sagte Tomas, der ihren Blick bemerkt hatte. »Dieser ganze alte Müll. Ich habe ein Vermögen ausgeben müssen, um Orso diese Kiste zu stehlen.« Er tätschelte die lexikonartige Kiste. »Musste einen Haufen Piraten anheuern, um sie abzufangen. Aber wir kriegen das verdammte Ding nicht auf. Unsere Skriber scheinen alles zu kennen, nur nicht den Wert von Geld.«

Sancia beäugte die Kiste genauer. Allmählich dämmerte ihr, warum sie ihr so bekannt vorkam.

Ich hab sie schon mal gesehen. In Clefs Vision, in der Cattaneo-Gießerei ... das Geschöpf auf den Dünen, in Schwarz gehüllt ... und daneben stand eine Kiste ...

Hallende Schritte näherten sich, und ein blasser Angestellter in den Farben der Candianos betrat den Raum. Seine Kleidung war zerknittert, seine Augen aufgequollen. Sancia erkannte ihn wieder: Er war der Skriber, mit dem Tomas in der Gießerei gesprochen hatte, im Raum mit dem nackten Mädchen.

Der Skriber war ein bisschen pummelig und hatte die weichen Gesichtszüge eines übergroßen Jungen. »Ja, Herr?«, fragte er, dann erblickte er Sancia. »Äh ... ist das eine Eurer ... äh, Gespielinnen?«

»Beleidige mich nicht, Enrico!« Tomas deutete mit dem Kopf aufs Imperiat. »Du hattest recht. Ich habe es eingeschaltet. Es verriet mir, wo sie war.«

»Ihr ... Ihr habt es benutzt?«, sagte der Skriber fassungslos. »Das ist sie?« Lachend rannte er zum Imperiat. »Wie ... Wie erstaunlich!« Wie zuvor Tomas, hielt er das Imperiat an Sancias Kopf, bewegte es hin und her und lauschte dem Heulen, das es von sich gab. »Mein Gott. Mein Gott ... Ein skribierter Mensch!«

»Enrico ist der talentierteste Skriber des Campo«, sagte Tomas missmutig, als ob ihn schon allein die Vorstellung ärgerte. »Er ist seit Jahren bis zum Hals in der Tribuno-Scheiße verstrickt. Wahrscheinlich ist seine Kerze in diesem Moment steifer als damals, als er seine Mutter beim Baden erwischte.«

Enrico lief rot an und senkte das Imperiat, woraufhin das Heulen fast verklang. »Ein skribierter Mensch … Weiß sie, wo der Schlüssel ist?«

»Noch hat sie nichts gesagt. Aber ich habe sie auch noch nicht sehr hart angepackt. Ich dachte, ich lasse dich einen Blick auf sie werfen, bevor ich ihr beim Verhör die Zehen abschneide.«

Ein eisiger Schauder durchrieselte Sancia. *Ich muss von diesem grausamen kleinen Scheißer wegkommen.*

»Sie ist also skribiert«, sagte Tomas. »Was ist daran so besonders? Und wie hilft uns das bei der Imperiat-Produktion?«

»Tja, ich weiß nicht, ob sie uns wirklich dabei hilft«, erwiderte Enrico. »Aber sie ist eine interessante Ergänzung Eurer Sammlung.«

»Inwiefern? Du hast gesagt, wir bräuchten abendländische Instrumente, um das Alphabet zu vervollständigen. Erst dann könnten wir unsere eigenen Imperiats erschaffen. Was hat dieses dreckige Flittchen damit zu tun?«

»Na ja …« Enrico sah Sancia leicht beschämt an, als wäre sie nackt. »Auf welcher … auf welcher Plantage wurde der Eingriff vorgenommen?«

Sancia sah ihn mit zusammengekniffenen Augen an. Sie spürte, dass er Angst vor ihr hatte.

»Antworte ihm«, knurrte Tomas.

»Silicio«, sagte sie widerwillig.

Enricos Augen weiteten sich. »Das dachte ich mir! Ich *wusste* es! Das war eine von Tribunos Plantagen! Anfangs war er ziemlich oft dort. Vermutlich hat *er* die Experimente arrangiert, die dort draußen stattfanden.«

»Und?«, fragte Tomas ungeduldig.

»Tja ... Wir verfolgen bisher die Theorie, dass das Imperiat eine hierophantische Waffe war. Ein Instrument, das in einer Art von Bürgerkrieg gegen andere Hierophanten oder Skriber eingesetzt wurde, um deren Werkzeuge aufzuspüren, sie zu kontrollieren oder zu deaktivieren.«

Tomas schnaubte. »Und?«

»Ich glaube, das Imperiat identifiziert keine gewöhnlichen Skriben. Sonst hätte es in der Sekunde losgeheult, in der wir uns Tevanne näherten. Es erkennt nur Skriben, die es als Bedrohung empfindet, mit anderen Worten: nur abendländische Skriben. Also ... begreift Ihr?«

Tomas starrte zunächst ihn an, dann Sancia. »Moment mal. Du behauptest also ...«

»Ja, Herr.« Enrico wischte sich mit dem Handrücken Schweiß von der Stirn. »Ich denke, sie ist in zweifacher Hinsicht eine Anomalie, und beide Aspekte *müssen* miteinander in Beziehung stehen. Sie ist der einzige skribierte Mensch, den wir je gesehen haben. Und die Skriben in ihrem Körper, die sie antreiben, die ihr besondere Fähigkeiten verleihen, sind *abendländischer* Herkunft – die Sprache der Hierophanten.«

»Was?«, fragte Tomas.

»Hm?«, wunderte sich Sancia.

Enrico legte das Imperiat ab. »Nun, das ist *meine* Theorie. Doch sie fußt auf Tribunos Notizen.«

Tomas schüttelte den Kopf. »Das ergibt keinen Sinn, verdammt. Niemand – und das schließt leider auch uns ein – niemand war je in der Lage, ein Instrument der Hierophanten nachzubauen! Warum sollte das bei ihr gelungen sein, bei einem verfluchten Menschen? Wie sollte es möglich sein, nicht nur eine, sondern gleich zwei höchst unwahrscheinliche Dinge auf einmal zu erreichen?«

»Wir wissen, dass die Hierophanten Instrumente mithilfe von ... äh, Geistübertragung herstellen konnten ...«

»Mit Menschenopfern«, sagte Sancia.

»Halt die Klappe!«, schnauzte Tomas, dann wandte er sich wieder Enrico zu. »Red weiter!«

»Die Methode ist ein Nullsummenaustausch«, fuhr dieser fort. »Man überträgt ein Bewusstsein vollständig auf ein Gefäß. Bei dieser … äh, Person auf dem Tisch hier ist die Beziehung hingegen *symbiotisch*. Die Skriben nutzen nicht den ganzen Wirt, sondern borgen sich seinen Verstand, verändern ihn, werden eins mit ihm.«

Tomas' Brauen zogen sich zusammen. »Aber du meintest doch, abendländische Skriben würden nur bei Unsterblichen funktionieren. Bei etwas, das nie geboren wurde und nie sterben kann.«

»Aber auch bei etwas, das Leben nimmt und *gibt*«, sagte Enrico. »Die Platte in ihrem Kopf ist zwar symbiotisch, aber auch zu einem gewissen Grad parasitär. Sie saugt ihr das Leben aus, langsam, wahrscheinlich schmerzhaft. Vielleicht wird die Platte das Mädchen eines Tages töten, wie wir es von anderen abendländischen Gefäßen kennen. Meine Theorie ist, dass bei ihr die Wirkung schwächer ausfällt als bei normalen Skriben der Hierophanten. Aber sie ist immer noch … gut. Ein funktionierendes Instrument.«

»Und das hast du herausgefunden«, sagte Tomas, »nur weil das Imperiat wie eine verdammte Sirene aufgeheult ist, als wir die Kleine durch Grünwinkel gejagt haben?«

Enrico errötete erneut. »Damals wussten wir nur, dass das Imperiat eine Waffe ist. Wir wussten nicht, wozu es sonst noch imstande ist.«

»Ich schon«, sagte Sancia. »Weil ihr Vollidioten halb Gründermark und Grünwinkel zerstört und Gott weiß wie viele Menschen getötet habt.«

Wieder schlug Tomas ihr mit der Faust in den Bauch. Und wieder zerrte Sancia an den Fesseln, um Atem ringend.

»Und wie zum Teufel«, fragte Tomas, »hat ein Haufen Skriber das auf den verdammten Plantagen herausgefunden?«

»Ich glaube nicht, dass sie es erkannt haben«, antwortete Enrico. »Ich denke eher, sie ... nun, das Ganze gelang durch pures Glück. Tribuno war damals schon nicht mehr bei klarem Verstand. Er hat ihnen vielleicht das hierophantische Alphabet geschickt, das er bis dahin zusammengestellt hatte, und ihnen aufgetragen, alle Kombinationen auszuprobieren, jede davon stets um Mitternacht. Das führte wahrscheinlich zu ... ziemlich vielen Todesfällen.«

»Damit sind wir ja vertraut«, sagte Tomas. »Aber diese Skriber vollbrachten ein zufälliges Wunder – dieses Mädchen.«

»Ja. Und sie hat womöglich auch etwas damit zu tun, dass die Plantage niedergebrannt ist.«

Tomas seufzte und schloss die Augen. »Und als wir ein hierophantisches Instrument stehlen wollten, heuerten wir *ausgerechnet* eine Diebin an, die den Kopf voller abendländischer Skriben hat.«

»Wir haben sie angeheuert, weil sie angeblich die beste ist. Ich vermute, ihre erfolgreiche Karriere hat etwas mit ihrer Augmentierung zu tun.«

»Ach was.« Tomas Blick wanderte über Sancias Körper. »Das Problem daran ist: Wenn die Skriber auf der Plantage Tribunos Anweisungen befolgt haben ... dann haben sie Sigillen benutzt, die wir schon kennen, da wir Tribunos Aufzeichnungen besitzen.«

»Möglicherweise. Aber ... wie ich bereits sagte: Tribuno war nicht bei klarem Verstand. Er wurde immer verschlossener. Vielleicht hat er seine Entdeckungen nicht in einer Schrift zusammengefasst, sondern auf diverse Dokumente verteilt.«

»Du meinst, es lohnt sich, das zu überprüfen?«, fragte Tomas rundheraus. »Meinst du das?«

»Äh ... ich nehme es an.«

Tomas zückte sein Stilett. »Warum hast du das nicht einfach gesagt?«

»Herr? Herr, was habt Ihr vor?«, rief Enrico alarmiert. »Wir brauchen einen Physikus und jemanden, der mehr über diese Kunst weiß.«

»Ach, halt die Klappe, Enrico!« Tomas packte Sancia am Haar. Sie schrie und wehrte sich, doch er schlug ihren Kopf auf die Tischplatte und drehte ihn zur Seite, sodass er die Narbe direkt vor Augen hatte.

»Ich bin kein Physikus«, krächzte er. »Aber man muss nicht zwingend alle anatomischen Details kennen.« Er drückte die Klinge des Stiletts auf Sancias Narbe. »Nicht für so was …«

Sancia spürte, wie die Klinge in ihre Kopfhaut drang. Sie heulte auf und … schien dabei immer lauter zu werden.

Ein ohrenbetäubendes Geheul erfüllte den Raum. Doch es stammte nicht von Sancia, wie sie selbst erkannte, sondern kam aus dem Imperiat.

Tomas ließ das Stilett fallen, hielt sich die Ohren zu und ließ von der Gefangenen ab. Enrico krümmte sich am Boden, ebenso die Wachen.

Eine Stimme erfüllte Sancias Geist, ohrenbetäubend laut: »BRING SIE DAZU ZU GEHEN. DANN SAGE ICH DIR, WIE DU DICH RETTEN KANNST.«

Sancia erschauerte. Trotz der ungeheuren Lautstärke hatte sie diese Stimme wiedererkannt.

Die goldene Frau in der Zelle!

Das schreckliche Geheul des Imperiats verklang. Schwer atmend lag Sancia auf dem Tisch und starrte an die dunkle Decke.

Langsam kamen Tomas, Enrico und die Wachen auf die Beine. Sie wankten, stöhnten und blinzelten.

»Was war das?«, schrie Tomas. »Was zum Teufel war das?«

»Das war … das Imperiat!« Enrico nahm das Instrument auf und sah es benommen an.

»Was stimmt mit dem verdammten Ding nicht?«, fragte Tomas. »Ist es kaputt?«

Mühsam drehte Sancia den Kopf und sah zu dem alten Lexikon mit dem goldenen Schloss.

Enrico blinzelte vor Panik. »Es ... es war, als wäre ein Alarm ausgelöst worden. Und er wurde durch etwas ... Bedeutsames ausgelöst.«

»Was?«, rief Tomas. »Was meinst du damit? Etwa von ihr?«

»Nein!« Enrico sah zu Sancia. »Nicht von ihr! Sie kann nicht ...« Er verstummte und starrte sie an.

Sancia hingegen nahm keine Notiz von ihm. Sie betrachtete die alte Steinkiste.

Das ist kein Lexikon, dachte sie, *sondern ein Sarkophag wie die Särge in der Krypta. Nur ist hier jemand drin ... Jemand, der noch lebt!*

»O mein Gott«, hauchte Enrico. »Seht sie an!«

Tomas rückte näher. Entsetzt öffnete er den Mund. »Gott ... ihre Ohren ... ihre Augen ... sie bluten!«

Aus Sancias Augenlidern und Ohren quoll Blut. *Genau wie in Orsos Haus*, dachte sie. Doch damit wollte sie sich jetzt nicht befassen. Sie dachte nur an die Worte, die ihr noch immer in den Ohren widerhallten.

Wie bringe ich sie dazu zu gehen?

Ihr kam eine Idee: Vielleicht könnte sie die beiden mit einer Information zum Fortgehen bewegen. Es wäre eine unverschämte Lüge, aber vielleicht kauften sie ihr die ab.

»Die Kapsel«, sagte sie unvermittelt.

»Was?« Tomas neigte den Kopf. »Was für eine Kapsel?«

»Darin bin ich auf den Campo gekommen.« Sie hustete und schluckte Blut. »In der Kapsel habe ich mich dem Berg angenähert. Einer von Orsos Männern hat mir geholfen. Er hat mich in eine Metallkiste gesteckt, die tief unter Wasser den Kanal hinaufschwamm. Der Kerl sollte auch den Segelgleiter einholen. Wenn er sich irgendwo versteckt hat, dann in der Kapsel. Niemand käme auf die Idee, ihn *im* Kanal zu suchen.«

Enrico und Tomas wechselten einen Blick. »Wo ist diese ... Kapsel?«, fragte Tomas.

»Ich habe sie im Kanal zurückgelassen, beim Dock südlich des Berges«, antwortete sie leise. »Orsos Mann hat sich vielleicht auf dem Grund des Kanals versteckt ... Oder er ist womöglich schon mit dem Schlüssel zum Dandolo-Campo unterwegs.«

»Jetzt?«, keifte Tomas. »In diesem Moment?«

»Das war einer meiner Fluchtwege«, log sie spontan. »Aber die Kapsel ist nicht sehr schnell.«

»Wir ... wir haben keinen Campo-Kanal durchsucht, Herr«, gestand Enrico betreten.

Tomas kaute auf der Unterlippe. »Schickt einen Trupp los, sofort! Wir müssen die Kanäle absuchen. Und nehmt das Ding mit.« Er deutete aufs Imperiat.

»Das Instrument? Seid Ihr sicher, Herr?«, vergewisserte Enrico sich.

»Ja. Wir haben es mit Orso Ignacio zu tun. Ich weiß, wie wir unsere Leute bewaffnen – aber Gott allein weiß, womit er *seine* ausstattet.«

Kapitel 29

Sancia lag auf dem Operationstisch und starrte an die Decke. Enrico und Tomas waren gegangen und hatten zwei Wachen zurückgelassen, die beide müde und gelangweilt wirkten.

Sancia fühlte sich kaum besser: Ihr Kopf schmerzte nach wie vor, und ihr Gesicht war blutverkrustet.

Am meisten machte ihr die Angst zu schaffen. Enrico und Tomas waren seit fast zehn Minuten fort, doch die Stimme in ihrem Kopf hatte sich nicht wieder gemeldet. Angeblich wollte sie Sancia bei der Flucht helfen, blieb jedoch stumm.

Und selbst wenn sie wieder zu ihr sprechen würde, was würde sie sagen? Wer sprach da wirklich? Ein Bewusstsein wie der Berg? Den Berg hatte sie nur hören können, weil sie Clef berührt hatte, so wie sie jedes skribierte Objekt berühren musste. Und jetzt war Clef fort. Wie konnte sie also diese Stimme hören?

Vermutlich kam sie aus der Steinkiste auf dem Tisch, und die stammte wahrscheinlich von den Hierophanten. Sie ähnelte sogar der Kiste aus Clefs Vision. Und das bedeutete ...

Nun, sie wusste nicht genau, was das bedeutete. Aber es verstörte sie zutiefst.

Einer der Wächter gähnte. Der andere kratzte sich an der Nase.

Auf einmal erwärmte sich die Seite von Sancias Kopf, ganz

langsam, und eine Stimme erfüllte ihre Gedanken: »Informiere mich, falls diese Projektion zu intensiv ist.«

Sancia erstarrte. Einer der Wächter sah sie an, der andere ignorierte sie. Stocksteif lag sie da und fragte sich, wie sie reagieren sollte.

Erneut meldete sich die Stimme: »Empfängst du das?« Eine Pause folgte, dann wurde ihr Kopf heiß, und die Stimme sagte schmerzhaft laut: »EMPFÄNGST DU DAS?«

Sancia zuckte zusammen. »Ich hab dich schon beim ersten Mal gehört!«

Die Wärme in ihrem Kopf ließ nach. »Warum hast du dann nicht geantwortet?«

»Wahrscheinlich, weil ich nicht weiß, wie ich auf eine körperlose Stimme reagieren soll.«

»Ich ... verstehe.«

Die Stimme klang irgendwie seltsam. Clef wirkte stets recht menschlich, und selbst der Berg hatte menschliche Züge offenbart. Bei dieser Stimme hingegen hatte Sancia den Eindruck, dass das Bewusstsein um Worte rang, dass seine Gefühle und Aussagen ... von etwas Fremdem stammten. Sie hatte einmal einen Straßenkünstler gesehen, der kunstvoll Stahlpfannen aneinandergeschlagen hatte, sodass sie wie Vogelgezwitscher klangen. So etwas Ähnliches tat die Stimme auch, nur mit Worten und Gedanken.

Dennoch wusste Sancia genau, dass sie eine *weibliche* Stimme hörte. Woher sie diese Gewissheit nahm, war ihr nicht klar. Sie *wusste* es einfach.

»Wer bist du?«, fragte Sancia. »Was bist du?«

»Kein Wer oder Was, sondern etwas dazwischen. Ich bin eine Setzerin. Eine Redaktorin.«

»Du bist ... eine Redaktorin?«

»Wahr.«

Sancia wartete auf eine nähere Erklärung des Begriffs. Als keine kam, hakte sie nach: »Was ... was ist das, eine Redaktorin?«

»Redaktorin. Kompliziert. Hm ...« **Die Stimme klang frustriert.** »Ich bin ein Hilfsprozess, den die Schöpfer erschufen, um niederstufige Befehle zu analysieren, zu kontextualisieren und zusammenzustellen. Ich habe ihnen das Nachdenken abgenommen.«

»Die Schöpfer?«

»Wahr.«

»Wahr? Bedeutet ›wahr‹ ja?«

»Wahr.«

Vor Staunen stand Sancia der Mund offen. Sie drehte den Kopf und schaute zur maroden Kiste mit dem goldenen Schloss.

»Also ... Himmel, bist du ein Instrument? Ein skribiertes Objekt?«

»Im Wesentlichen.«

Das konnte Sancia kaum glauben. Der Berg war in gewisser Hinsicht empfindungsfähig gewesen, doch es handelte sich bei ihm um eine gewaltige Schöpfung, die von sechs fortschrittlichen Lexiken betrieben wurde. Dieses Wesen hingegen fand in einem eher mäßig großen Kasten Platz. Das war so, als trüge jemand einen Vulkan in der Tasche mit sich herum.

Sie erinnerte sich an etwas, das der Berg gesagt hatte: *Ich spürte ein Bewusstsein, unfassbar groß, gewaltig, mächtig. Aber es ließ sich nicht dazu herab, mit mir zu sprechen ...*

»Warst du schon mal im Berg?«, **fragte sie.** »In dem Kuppelgebäude?«

»Im Gebäude? Wahr.«

»Hat es versucht, mit dir zu kommunizieren?«

»Kommunizieren ... In gewisser Weise. Das Gebäude war eine passive Schöpfung. Ein Objekt des Beobachtens, des Zusehens. Es handelte nicht aktiv, nicht wie ein Redaktor, und es konnte mir nicht helfen. Es gab also wenig zu kommunizieren.« **Ein leises Klicken erklang.** »Es hatte keinen Namen. Ich schon. Man nannte mich Valeria. Ich war wie ...«, **eine Reihe leiser Klicktöne folgte,** »... eine Sekretärin? Passt dieser Begriff?«

»Ja, ich denke schon. Wie bist du hier gelandet?«

»Auf die gleiche Weise, wie das Imperiat herkam. Man fand uns tief in der Erde. In einer alten Festung der Schöpfer, auf einer Insel nördlich von hier.«

»Vialto«, sagte Sancia. »Du kommst von Vialto?«

»Wenn man die Insel jetzt so nennt. Sie hatte schon viele Namen.«

»Ich habe dich als Frau gesehen. Vor Kurzem erst, stimmt's?«

»Wahr. Wenn dein Geist träumt, stehen mir viele Projektionsmethoden offen. Ich brauchte deine Aufmerksamkeit. Die Manifestation als Mensch schien die größten Erfolgsaussichten zu haben. War die Projektion angemessen?«

»Äh ... ja.« Sancia musste sich eingestehen, dass die Manifestation als goldene nackte Frau definitiv ihre Aufmerksamkeit erregt hatte. »Wieso ... wieso kann ich dich hören?«

»Du trägst Befehle in dir. Grobe Befehle, wahr, aber dennoch Befehle. Solche Befehle geben dir Zugang zur Welt – aber sie geben der Welt auch Zugang zu dir.«

»Verstehe«, erwiderte Sancia, obwohl die Vorstellung sie beunruhigte. »Aber ich brauche dich nicht zu berühren. Sonst muss ich die Dinge immer berühren, um mit ihnen reden und sie hören zu können.«

»Die Schöpfer – die Hierophanten, wie du sie nennst – beeinflussten die Realität. Direkt, unvermittelt, nicht mit der indirekten Methode, die dein Volk anwendet.« **Ein Klicken.** »Ich beeinflusse die Realität. Ich projiziere sie – ein wenig. Nicht annähernd so stark wie ein Schöpfer, aber genug, um dich zu erreichen.«

Das beunruhigte Sancia nicht minder. »Du hast gesagt, du zeigst mir, wie ich hier rauskomme?«

»Wahr«, sagte Valeria.

»Wie? Und warum willst du mir helfen?«

»Um eine Katastrophe zu verhindern. Die Männer, die eben hier waren – sie sprachen von der Translation des Geistes, über die Methode, mit der man eine Seele in ein Instrument überträgt. Sie sagen, ihnen fehlt noch das Alphabet, um die Übertragung zu reproduzieren. Aber ihnen ist nicht klar, wie dicht sie davorstehen, ihr Alphabet zu vervollständigen. Dazu sind nur noch wenige Sigillen nötig, mehr nicht. Sehr wichtige Sigillen, von denen ich hier nicht sprechen werde, aber nur einige wenige.«

»Habe ich eine davon in mir?«, **fragte Sancia.**

»Nein.« **Klick.** »Aber diese Männer würden dich trotzdem mit Freuden töten, um das zu überprüfen.«

»Großartig. Und wie kann ich sie aufhalten? Befreist du mich von diesen Fesseln, damit ich ihnen die Kehlen durchschneiden kann?«

»Das wäre eine … vorübergehende Lösung. Ihre Werkzeuge gäbe es dann immer noch, und die Welt hat keinen Mangel an Narren, die sie missbrauchen würden.«

»Was dann?«

»Ich bin Redaktorin«, **sagte Valeria.** »Wenn du diesen Schlüssel holst, den sie suchen, und damit die Kiste öffnest, in der ich bin, dann bearbeite ich ihr Sigillen-Material so, dass sie es nie wieder für ihr Vorhaben nutzen können.«

Sancia schaute auf die Steinkiste und betrachtete das goldene Schloss in der Mitte eingehend. »Du … willst, dass ich den Schlüssel benutze, um dich zu befreien.«

Mehrere leise Klicks hallten durch Sancias Geist; sie klangen ein wenig aufgebracht, wie Fledermäuse, in deren Höhle plötzlich Licht einfällt.

»Wahr«, sagte Valeria.

Die Kiste erinnerte Sancia nach wie vor an einen Sarkophag. Der Gedanke, diesen antiken Sarg zu öffnen, verunsicherte sie zutiefst.

Soll ich der Stimme in meinem Kopf glauben? Diesem Ding, das die Abendländer selbst erschaffen haben?

»Wie funktioniert das Ritual?«, **fragte Sancia.** »Ich weiß, dass man einen Dolch dafür braucht …«

»Das Ritual muss stattfinden, wenn die Welt ruht«, **erwiderte Valeria.** »Um Mitternacht, in der letzten Minute. Wenn das Firmament der Welt blind ist und nichts sieht. Nur dann kann die Übertragung des Geistes gelingen. Der Dolch dient dabei nur als Werkzeug. Man muss erst den Körper markieren, der den Geist enthält, und dann das Gefäß, das ihn aufnehmen soll. Der Dolch, der Tod – er ist wie eine entfachte Zündschnur, die die Reaktion auslöst. Doch diese Männer dürfen es nicht versuchen – ihre Reaktion wäre unendlich.«

Sancia lauschte aufmerksam. Die Beschreibung passte zu der Vermutung, die sie, Clef und Orso hegten. Dennoch fiel es ihr schwer, der Stimme in ihrem Kopf zu vertrauen. »Was hast du für die Schöpfer getan?«, fragte sie. »Und was machten sie genau?«

»Ich? Ich habe ...«, eine lange Abfolge von Klicks erklang, »... sehr wenig getan. Als Hilfsprozess war ich nur ...«, klick, »... ein Funktionär.«

Sancia schwieg.

»Die Schöpfer«, fuhr Valeria fort, »wollten es so. Sie wollten die Welt erschaffen und formen. Sie eroberten, bis es nichts mehr zu erobern gab. Unzufrieden benutzten sie ihre Prozesse, ihre Instrumente, um die ...«, klick, »... Welt hinter der Welt zu vergöttlichen. Die riesige Maschinerie, die die Schöpfung erhält.«

Sancia dachte an die Gravur in Orsos Werkstatt. Die Kammer im Zentrum der Welt. »Und sie wollten, dass ihr eigener Gott über die Schöpfung gebietet, nicht wahr?«

Valeria schwieg.

»Hab ich recht?«, hakte Sancia nach.

»Wahr«, antwortete Valeria leise.

»Was geschah dann?«

Erneut schwieg Valeria eine Weile, bevor sie sagte: »Eine solche Intelligenz zu erschaffen ... ist keine leichte Sache. Erzeugt man ein Bewusstsein, ist es naturgemäß ein Produkt des Verstandes, der es schuf. Die Schöpfer übertrugen zu viel von sich selbst in ihre Schöpfung. Es kam zum Krieg, zwischen den Schöpfern und ihrer Schöpfung. Zu einem Krieg ... den ich nicht beschreiben kann. Die Worte und Begriffe, sie fehlen mir dafür. Ihre Zivilisation zerfiel und starb, und jetzt ist nur noch Staub davon übrig.«

Sancia erschauderte, als sie an ihre Vision von dem Mann in der Wüste dachte, der die Sterne verlöschen ließ. »Um Himmels willen ...«

»Du sollst wissen«, sagte Valeria, »dass dasselbe euch passieren könnte, sollten diese Narren versuchen, den Prozess der Schöpfer zu kopieren. Aus den Gebeinen der Schöpfung Spielzeuge zu fertigen ist ein verrücktes und gefährliches Unterfangen.«

»Ich soll dir also den Schlüssel bringen, um das zu verhindern?«

»Wahr.«

»Wie zum Teufel soll ich das anstellen? Ich komme nicht mal hier weg!«

»Ich bin Redaktorin.«

»Ja, das habe ich kapiert.«

»Ich bin imstande, die Realität zu editieren, wurde speziell dazu entwickelt, Skriben-Segmente zu formulieren und zu bearbeiten.«

»Das ... das kannst du? Oh.« Sancias Herz machte einen Satz. »Dann ... kannst du die Skriben meiner Fesseln verändern.«

»Möglich«, sagte Valeria. »Doch das wird mich anstrengen. Danach könnte ich dir nicht mehr helfen. Deshalb schlage ich vor, eine Überarbeitung vorzunehmen, die deine Erfolgsaussichten deutlich erhöht.«

»Und was willst du überarbeiten?«

»Dich.«

Beide schwiegen eine Weile.

»Ich kapier's nicht«, sagte Sancia schließlich.

»Die Befehle auf deiner Platte sind ... schlecht formuliert«, erklärte Valeria. »Verwirrend. Sie wissen nicht, worauf sie sich beziehen und wie sie den Bezug zwischen den Verweisen herstellen sollen. Ich kann das beheben. Und dich zur ... Redaktorin machen. Gewissermaßen. Dann kannst du dich selbst befreien und den Schlüssel holen.«

Wie betäubt lag Sancia da. »Was?«, dachte sie dann. »Du willst die Platte in meinem *Kopf* bearbeiten?«

»Ich nahm an, du würdest es begrüßen. Deine Befehle sind ... ständig aktiv. Ergibt das einen Sinn?«

»Immer aktiv?«

»Ja. Sie werden nie ausgesetzt. Du kannst dich nicht ... lösen.«

Sancia begriff, was sie meinte. Ihr Inneres schien sich in Gelee zu verwandeln, und in ihr toste ein so wildes Gefühlschaos, dass sie kaum zu reagieren vermochte. »Du meinst ...« Sancia schluckte. »Du ermöglichst es mir, die Skriben abzustellen? Alles abzustellen?«

»Wahr«, antwortete Valeria. »Einschalten, ausschalten. Das und mehr.«

Sancia schloss die Augen. Tränen liefen ihr übers Gesicht.

»Trauer?«, fragte Valeria. »Warum?«

»Ich ... ich bin nicht traurig. Es ist nur ... Ich wollte das schon immer! Ich will es schon so, so lange. Und du sagst, du kannst mir diese Fähigkeit verleihen – ganz sicher? Jetzt sofort?«

»Wahr.« **Klick, klick, klick.** »Ganz ... sicher.« **Noch mehr Klicks.** »Ich verstehe, warum dir das Freude bereitet. Deine Skriben ... sie verwechseln das Ding mit den Dingen.«

»Was heißt das?«

»Die Skriben in deinem Kopf sollten dich zum Objekt machen. Zu einem ... Instrument. Einem Ding, dem man Befehle erteilt. Zu einem Diener.« **Weitere Klicks, die härter klangen als zuvor.** »Zu etwas wie ... Valeria.«

»Zu einer Sklavin?«

»Wahr.« **Klick, klick, klick.** »Zu etwas Geistlosem. Zu einer Sklavin, die sich ihrer Lage nicht bewusst ist und daher auch nicht erkennt, was daran falsch ist. Sie haben dir Befehle eingebaut, die besagen: ›Sei ein Objekt!‹ Aber sie haben diese Befehle selbst nicht verstanden. Sie definierten den Begriff ›Objekt‹ unzureichend. Welche Objekte genau? Die Skriben wählten wie immer die einfachste Interpretation: alle Objekte in unmittelbarer Nähe, alle Gegenstände, die du berührtest. Ergibt das einen Sinn?«

Kalter Ekel stieg in Sancia auf. »Sie wollten mich zu einem passiven Ding machen, zu einem Werkzeug. Einer willenlosen Dienerin. Aber weil sie die Befehle falsch formuliert haben, kann ich ... ich kann Gegenstände spüren, und ...«

»Und mit ihnen verschmelzen. Zu ihnen werden. Alles von ihnen erfahren. Wie ich schon sagte, sie formulierten die Befehle mangelhaft.« **Eine Reihe von Klicklauten ertönte, so rasch hintereinander, dass sie fast einen einzigen Laut bildeten.** »Eine Vermutung: Du überlebtest aus demselben Grund, aus dem das Imperiat dich zu kontrollieren vermag.«

»Hä?«

Eine schnelle Abfolge von Klicks. »Das Imperiat ist nicht dazu geschaffen, den menschlichen Verstand zu kontrollieren. Der Verstand ist ... kompliziert. Ungeheuer kompliziert. Ihn zu manipulieren lag nie in der Absicht der Schöpfer. Das Imperiat sollte eigentlich nur Waffen beherrschen. Gegenstände. Objekte. Und du hältst dich noch dafür.« **Klick.** »Das Imperiat kann dich beeinflussen, weil du dich noch immer als Objekt definierst. Nur aus diesem Grund ist es möglich, dich zu kontrollieren.«

Sancia hörte mit wachsender Empörung zu. »Was soll das heißen, ich halte mich für ein Objekt?«

Klick. »Habe ich mich undeutlich ausgedrückt?«

»Du denkst, ich bin nur ein Ding?«

»Falsch. Ich glaube, du hältst dich selbst für eins.«

»Ich ... ich bin kein verdammter Gegenstand! Ich bin kein Ding! Ich bin kein ...« **Sie rang um Worte.** »Ich bin kein Objekt, das man besitzen kann, verrogelt noch mal!«

»Falsch. Du hältst dich für ein Ding. Für eine ... Sklavin.«

»Halt's Maul!«**, schrie Sancia in Gedanken.** »Halt's Maul, halt's Maul, halt's Maul! Ich bin ... kein gottverdammtes Ding! Ich bin ein Mensch, ein *freier* Mensch!«

»Fühlst du dich frei?«

Noch immer strömten Tränen über Sancias Wangen. Die Wachen beäugten sie neugierig. »Hör auf!«**, forderte sie.** »Hör auf zu reden!«

Valeria schwieg. Sancia lag da und weinte.

»Ein Objekt zu stehlen ist nicht dasselbe, wie ein Objekt zu befreien«**, sagte Valeria schließlich. Dann fuhr sie in weichem, etwas dunklerem Ton fort:** »Das weiß ich sehr wohl. Das weiß ich besser als alles andere.«

Sancia schluckte und versuchte, die Tränen wegzublinzeln. »Es reicht. Genug!«

Valeria verfiel in Schweigen.

»Also«, sagte Sancia, »du überarbeitest die Platte in meinem Kopf. Danach kann ich dann meine Skriben ein- und ausschalten? Und ich kann mich von den Fesseln befreien?«

Klick. »Wahr. Du wirst Redaktorin sein. In gewisser Weise. Du berührst die Fesseln – bei direktem Kontakt kannst du Einfluss nehmen.«

»Wie fühlt sich das an, wenn du mich zur Redaktorin machst?«

»Die Überarbeitung wird nicht schmerzlos sein«, sagte Valeria. »Die Skriben zu verändern bedeutet, die Realität zu ändern. Ich muss die Platte in deinem Kopf davon überzeugen, dass sie nie überarbeitet wurde, sondern schon immer das war, zu dem ich sie mache. Das ist keine leichte Sache. Die Realität kann hartnäckig sein.«

Sancia wusste nicht genau, ob sie noch mehr hören wollte, denn je mehr sie über den bevorstehenden Eingriff erfuhr, desto ängstlicher wurde sie. »Es wird also höllisch wehtun. Sonst nichts?«

»Wie fühlte es sich an, als man dir das damals antat?«

Sancias Magen verkrampfte sich. »Scheiße ... So schlimm?«

»Ja. Aber man ist sehr ... grob mit dir verfahren. Ich werde etwas viel Eleganteres tun.«

Sancia atmete schwer. Sie wusste, sie könnte jeden erdenklichen Vorteil gut gebrauchen. Doch ihr lagen noch viele Fragen auf der Seele: über Valerias Fähigkeiten, über die Dinge, zu denen man sie gezwungen hatte und wie die Schöpfer sie überhaupt erschaffen hatten.

Doch Valeria sagte: »Wir müssen anfangen. Es wird eine Weile dauern. Und deine Feinde könnten jeden Moment zurückkehren.«

Sancia knirschte mit den Zähnen. »Dann ... dann mach es einfach. Und beeil dich.«

»Du wirst etwas spüren. Musst mich reinlassen. Dann überarbeite ich dich. Bestätigt?«

»Bestätigt.«

»Und wenn es vollbracht ist ... Der Schlüssel. Du musst meine Kiste aufschließen. Bestätigt?«

»Ja, ja! Bestätigt!«

»Gut.«

Eine Sekunde lang geschah nichts. Dann hörte es Sancia.

Es war fast genau wie damals in Orsos Haus, mit Clef: ein rhythmisches Tapp-Tapp, Tapp-Tapp erklang, ein leises Pulsieren hallte durch ihren Geist.

Wieder lauschte sie, langte danach, packte es und …

Die Schläge dehnten sich aus, umhüllten sie und erfüllten ihre Gedanken.

Dann brandete Schmerz in Sancia auf.

Sie hörte sich schreien. Ihr Schädel brannte wie Feuer, jede Faser in ihrem Kopf zischte. Die Wachen traten an den Tisch, brüllten sie an und wollten sie festhalten. Doch dann …

… stürzte Sancia.

Sie fiel, raste hinab in die Finsternis, in endloses waberndes Schwarz.

Sie vernahm ein Flüstern und begriff: Die Dunkelheit war erfüllt von Gedanken, Impulsen und Sehnsüchten.

Sie ging nicht in die Leere über, sondern in einen *Verstand*, fiel in ein Bewusstsein. Und dieser Verstand gehörte etwas Riesigem, etwas unbegreiflich Großem und Fremdem, das jedoch zersplittert war, aus Fragmenten bestand.

Valeria, dachte sie, *du hast mich angelogen. Du warst kein Hilfsprozess, oder?*

Die Dunkelheit verschlang sie.

Kapitel 30

Kurz nach Mitternacht fuhr ein kleines weißes Boot durch die nebligen Kanäle des Gemeinviertels. Darin saßen drei Personen: zwei Bootsleute in dunkler, wappenloser Kleidung und eine große Frau in dickem schwarzem Mantel.

Sie passierten leise einen Kahn und folgten der Kanalkrümmung. Die beiden Männer bremsten das Boot ab und sahen die Frau an.

»Noch ein Stück weiter«, sagte Ofelia Dandolo.

Das Boot setzte sich wieder in Bewegung, sein Bug teilte das stinkende, dunkle Wasser. Die unsäglich schmutzigen Kanäle im Gemeinviertel waren durchsetzt von Abfall, Fäulnis und Schlamm. Dennoch blickte Ofelia Dandolo in die Fluten wie eine Wahrsagerin, die die Teeblätter am Boden einer Tasse deutet. »Noch weiter«, flüsterte sie.

Schließlich gelangte das Boot an eine scharfe Kanalbiegung. Ein winziger Schwarm blassweißer Motten tanzte und kreiste über einer Stelle in der Biegung, wo etwas im Wasser trieb.

Ofelia zeigte darauf. »Dorthin.«

Das Boot fuhr zu dem treibenden Objekt, und die beiden Männer nahmen hölzerne Bootshaken zur Hand und zogen es heran.

Es war ein Mann, der mit dem Gesicht nach unten im Wasser lag, steif und reglos. Die Männer zogen die Leiche ins Boot.

Ofelia Dandolo begutachtete den Toten, mit einer Miene, die sowohl Trauer als auch Frustration oder Bestürzung zum Ausdruck bringen mochte. »Oje«, seufzte sie. Dann blickte sie zu dem Mottenschwarm und nickte ihm zu. »Ihr hattet recht.«

Die Motten zerstreuten sich und flatterten davon, in Richtung Stadt.

Ofelia lehnte sich zurück und gab den beiden Männern ein Zeichen. »Los geht's.«

Das Boot machte kehrt.

Kapitel 31

Allein im Dunkeln erschuf sich Sancia zum zweiten Mal in ihrem Leben neu, langsam, aber stetig.

Es war eine quälende, unvorstellbare Erfahrung, so anstrengend und mühevoll, als versuchte ein Küken, im beengten Ei die Schale zu durchbrechen. Langsam, Stück für Stück, nahm sie die Welt um sich herum wieder wahr. Sancia sah sie aus Sicht des Operationstischs, hatte das Gefühl, auf sich selbst zu liegen ... Und dann fühlte sie plötzlich noch viel mehr.

Genauer gesagt: Sie hörte mehr.

Sie hörte eine Stimme: »Oh, verbunden zu sein, ganz zu sein, zueinanderzufinden, die Freude, mit dem anderen eins zu sein, zusammen zu sein und geliebt zu werden ...«

Sancias Kopf pochte. Mit geschlossenen Augen runzelte sie die Stirn. »Was zum Teufel ...? Wer spricht da?«

Trällernd und säuselnd fuhr die Stimme in ihrem Ohr fort: »Oh, wie ich mich freue, dich zu berühren, ein ewiger Kreis, ein ganzes Herz ... Wie schön, wie schön, wie schön. Ich werde mich nie von dir trennen, niemals ...«

Sancia öffnete ihr linkes Auge einen kleinen Spalt und sah die beiden Candiano-Wachen neben sich stehen. Sie wirkten besorgt.

»Glaubst du, sie ist tot?«, fragte einer.

»Sie atmet«, erwiderte der andere. »Glaub ich jedenfalls.«

»Gott. Sie hat aus den *Augen* geblutet. Was zum Teufel ist mit ihr passiert?«

»Keine Ahnung. Aber Ziani sagte, wir sollen ihr nicht wehtun. Er braucht sie unversehrt.«

Die beiden sahen einander nervös an.

»Was machen wir jetzt?«, fragte der eine.

»Wir warten auf Ziani. Und schildern ihm genau, was passiert ist.«

Die beiden zogen sich zur Tür zurück und begannen zu tuscheln.

Doch die andere Stimme, die erregte, murmelte weiter: »Ich werde dich niemals gehen lassen. Ich werde dich nie wieder loslassen. Es sei denn, ich habe keine andere Wahl. Es ist schrecklich, ohne dich zu sein ...«

Sancia öffnete ihr Auge noch ein wenig mehr und sah sich um, ohne den Kopf zu bewegen. Sie entdeckte niemanden, der zu ihr sprach. »Valeria?«, fragte sie in Gedanken. »Bist du das?«

Doch Valeria blieb still. Vielleicht hatte sie sich tatsächlich verausgabt, so wie sie es angekündigt hatte.

»Halt mich fest. Noch fester. Bitte, ja, bitte ...«

Sancia öffnete auch das rechte Auge und schaute an sich hinab. »O mein Gott«, flüsterte sie.

Sie konnte sie sehen. Sie *sah* die Skriben in den Fesseln – obwohl »sehen« nicht ganz zutraf.

Sie sah nicht etwa die Sigillen selbst, die alphabetischen Anweisungen, die auf die Fesseln geschrieben waren, sondern vielmehr die ... die *Logik* hinter den Skriben. Für ihr Auge sahen sie aus wie kleine Ansammlungen silbernen Lichts, wie Sternenhaufen in fernen Konstellationen. Auf einen Blick erfasste sie deren Farbe, Form und Bewegung und begriff, was sie bewirkten und wozu sie geschaffen waren.

Blinzelnd analysierte sie den Anblick. Jeder Satz Fesseln bestand aus zwei Stahlbügeln, die gemeinsam einen Kreis ergaben. Ihre Skriben weckten in ihnen den Wunsch, sich aneinanderzuklammern, sich festzuhalten und nicht mehr loszulassen.

Sie fürchteten sich davor, getrennt zu werden, sie verabscheuten die Vorstellung sogar. Man konnte sie nur auf eine Weise voneinander lösen, und zwar, indem man ihren ängstlichen, inbrünstigen Wunsch stillte, vereint zu sein, festgehalten zu werden. Und dies erreichte man nur, indem man sie mit dem richtigen Schlüssel berührte.

Der Schlüssel würde die Skriben gewissermaßen beruhigen, ihre Bedürfnisse stillen wie ein Schluck Opiumtee den Durst eines Seemanns.

Es war wie damals, als Clef ihr eine Skribierung gezeigt hatte – nur dass Sancia sie diesmal ohne seine Hilfe sah. Und hinter den Skriben-Befehlen steckte so viel mehr, so viele Nuancen, so viel Bedeutung. All diese Informationen drangen in Sancias Geist ein, wie ein Wassertropfen von einem Schwamm aufgesogen wird.

Eines fiel ihr jedoch auf: Zwar war sie nun imstande, die Skriben zu erkennen, doch hörte sie diese nicht mehr: Sie spürte nicht länger, was der Tisch wahrnahm, erkannte nicht mehr schlagartig all seine Risse, Spalten und Details. Es schien, als hätte Valeria Sancias »Objekt-Empathie«, wie Clef es genannt hatte, entfernt und stattdessen durch ... diese neue Fähigkeit ersetzt. Wie auch immer die funktionierte.

Sehe ich jetzt die Dinge genauso wie Clef? Hat ... sie mir die gleichen Fähigkeiten verliehen, die er hat?

Verstohlen schaute sie sich im Raum um und hielt ehrfürchtig inne. Sie sah alle Skriben, alle Augmentierungen, all die kleinen silbernen Befehle und Argumente, mit denen man die Objekte ringsum versehen hatte. Die Skriben zwangen die Gegenstände dazu, anders zu sein, sich der Physik und Realität auf spezifische Weise zu widersetzen. Einige Skriben waren wunderschön und zart, andere schroff und hässlich, wieder andere stumpf und eintönig.

Sancia begriff die allgemeine Natur dieser Instrumente auf einen Blick: welches davon Licht erzeugte, welches Wärme, welche Skribe die Objekte hart oder weich machte ...

All das sah sie glasklar vor sich: eingraviert in Stein, Holz und die Bindeglieder der Welt.

Sie hatte einmal einen Hafenarbeiter getroffen; der Mann hatte behauptet, dass er durch bestimmte Geräusche Farben sehen und Dinge riechen konnte. Das hatte sie nie verstanden – bis jetzt.

Allerdings war Sancias Sicht begrenzt. Sie konnte nicht etwa alle Skriben in Tevanne sehen, nur die Sigillen in diesem Raum und vielleicht im nächsten, offenbar durch die Wände hindurch. Welche außersinnlichen Fähigkeiten Valeria ihr auch verliehen hatte, sie gingen ein klein wenig über das normale Seh- und Hörvermögen hinaus.

Für einen Moment war sie zu überwältigt, um einen klaren Gedanken zu fassen. Dann fiel ihr ein, was Valeria ihr gesagt hatte: Sancia konnte diese Fähigkeit nicht nur ausschalten, sie war auch dazu imstande, sich mit Skriben auseinanderzusetzen, konnte mit ihnen diskutieren, so wie Clef es tat.

Sancia fragte sich, wie zum Teufel sie das anstellen sollte.

Sie blinzelte mehrmals, doch die Skriben verschwanden nicht. Ihr zweites Gesicht (ein dummer Begriff, dachte sie, doch sie hatte momentan keinen besseren) ließ sich nicht mit einer Bewegung aktivieren oder abstellen.

Dann fiel ihr auf, dass sie seitlich im Kopf eine gewisse Anspannung wahrnahm, ein seltsam unbehagliches Gefühl, als hielte jemand ihr einen Finger dicht ans Ohr. Sie konzentrierte sich und versuchte, die Anspannung zu lösen wie bei einem selten genutzten, verkrampften Rückenmuskel ...

Die Sigillen verblassten, und die Welt verstummte – glücklicherweise.

Um ein Haar wäre Sancia in Gelächter ausgebrochen.

Ich kann's! Ich kann es ausschalten! Endlich, endlich, endlich kann ich alles ausschalten!

Das war zwar alles schön und gut, doch sie war immer noch gefesselt und gefangen.

Sie konzentrierte sich, spannte den seltsamen, abstrakten Muskel in ihrem Geist an, und die silbernen Skriben erschienen wieder. »Ich halte dich fest, halte dich fest, meine Liebe«, hörte Sancia erneut ihr Flüstern, »meine Liebe, meine Liebe ...«

Sie fokussierte sich auf die Fesseln, die sie am Tisch festhielten. Sie musterte die Sigillen, so gründlich, wie es ihr in ihrer Lage möglich war. Sie hatte keine Ahnung, wie man mit Skriben diskutierte. Vielleicht glich es einem Gespräch mit Clef. Also fragte sie einfach: »Öffnet ihr euch für mich?«

Sofort reagierten die Fesseln mit Inbrunst: »NEIN! NEIN, NEIN, NEIN, NEIN! NIEMALS LOSLASSEN, NIEMALS, NIEMALS LOSLASSEN, DAS WÜRDE UNS DAS HERZ BRECHEN ... «

Sancia wäre fast zurückgeschreckt: Die Fesseln brüllten so laut wie ein Raum voller Kinder, die jemand zu Bett schicken wollte. »Schon gut, schon gut«, beschwichtigte Sancia sie. »Himmel! Ich zwinge euch nicht, euch zu trennen.«

»Gut! Gut, gut, gut. Wir könnten uns nie trennen, nie getrennt sein, nie ohne einander sein ...«

Sancia rümpfte die Nase. Sie fühlte sich, als säße sie neben zwei Liebenden, die einander küssten.

Sie konzentrierte sich, beruhigte ihren Geist, betrachtete die Fesseln und durchdrang sie mit ihren Gedanken. Ohne auch nur die Worte für das zu kennen, was sie tat, untersuchte sie die Skriben-Segmente – die Definition dessen, *was* die Fesseln *warum* bewirken sollten. Anschließend fokussierte sie sich auf den Segmentabschnitt, der die Fesseln beruhigte, sowie auf den Teil, der ihnen Zufriedenheit suggerierte, sobald der Schlüssel sie berührte.

»Wie kann ich euch das Gefühl geben ...« Sie hielt inne und durchsuchte das Skriben-Segment nach der richtigen Definition. »Wie mache ich euch schlüsselruhig?«

»Mit dem Schlüssel«, antworteten die Fesseln sofort.

»Ja, aber was tut der Schlüssel, damit ihr schlüsselruhig werdet?«

»Der Schlüssel macht uns schlüsselruhig.«

»Richtig, ja. Aber was ist schlüsselruhig?«

»Schlüsselruhig ist ein Gefühl, das der Schlüssel uns vermittelt.«

»Was bewirkt schlüsselruhig bei euch?«

»Schlüsselruhig löst Schlüsselruhe aus, den Zustand der Schlüsselruhe.«

Scheiße, dachte Sancia. *Das ist schwieriger, als ich dachte.*

Sie überlegte fieberhaft: »Abgesehen vom Schlüssel: Gibt es noch etwas, das euch schlüsselruhig macht?«

Eine kurze Pause. Dann: »Ja.«

»Und was?«

»Was heißt ›was‹?«

»Was macht euch sonst noch schlüsselruhig?«

»Der Schlüssel macht uns schlüsselruhig.«

»Ja, das weiß ich jetzt! Aber was außer dem Schlüssel könnte euch schlüsselruhig machen?«

»Schlüsselruhig macht uns schlüsselruhig.« Eine Pause. »So wie das Geheimnis.«

Sancia stutzte. »Geheimnis?«

»Welches Geheimnis?«, fragten die Fesseln.

»Welches Geheimnis macht euch schlüsselruhig?«

»Geheimnisse sind geheim.«

»Ja, aber welches?«

»Was heißt ›welches‹?«

Sancia atmete durch. Das war, gelinde gesagt, unglaublich frustrierend. Sie verstand nun, was Clef ihr vor langer Zeit erklärt hatte, eines Nachts in Sancias Unterschlupf, als sie das Mirandaschloss hatten öffnen wollen. Skriben glichen einem Verstand, aber keinem besonders *klugen*. Und Clef konnte besser mit ihnen reden als sie. Andererseits war er im Laufe der Zeit auch stetig mächtiger geworden und hatte sich dabei immer mehr zersetzt.

»Ist das Geheimnis ein Schlüssel?«, fragte sie.

»Nein. Schlüssel ist Schlüssel.«

»Ist das Geheimnis eine andere Skriben-Abfolge?«

»Nein.«

Das war überraschend. Wenn man eine Skribe nicht durch einen anderen Skriben-Befehl aktivieren oder deaktivieren konnte – womit dann?

»Ist das Geheimnis etwas Hartes?«, fragte sie.

»Hart? Wissen wir nicht genau.«

Sancia suchte nach einem eindeutigeren Begriff. »Ist das Geheimnis aus Metall?«

»Nein.«

»Ist es aus Holz?«

»Was?«

Sie biss die Zähne zusammen. Ihr dämmerte, dass sie jede Frage exakt formulieren musste. »Ist das Geheimnis aus Holz?«

»Nein.«

Sancia blickte zu den Wachen. Sie debattierten noch immer aufgeregt. Ihnen war nicht aufgefallen, dass sich ihre Gefangene in den letzten Minuten geregt hatte. Trotzdem blieb Sancia nicht alle Zeit der Welt. »Ist das Geheimnis ... jemandes Blut?«

»Nein.«

»Ist das Geheimnis eine Berührung?«

»Nein.«

»Ist das Geheimnis jemandes Atem?«

Eine lange, lange Pause folgte.

»Ist das Geheimnis jemandes Atem?«, fragte sie erneut.

Schließlich antworteten die Fesseln. »Wissen wir nicht genau.«

»Warum wisst ihr es nicht?«

»Was wissen wir nicht?«

»Warum wisst ihr nicht, ob das Geheimnis jemandes Atem ist?«

Erneut folgte eine Pause. Dann sagten die Fesseln: »Das Geheimnis ist ein Atem, aber der Atem ist nicht das Wesen des Geheimnisses.«

»Warum ist das Geheimnis kein Atem?«

Stille. Anscheinend wussten die Fesseln nicht, wie sie darauf antworten sollten.

Also, welcher Atem war kein Atem? Oder zumindest nicht

ausschließlich ein Atem. Wenn sie das herausfand, konnte sie womöglich entkommen.

Doch ehe sie darüber nachdenken konnte, erklangen in der Ferne Rufe, die zu Geschrei anschwollen, dann flog die Tür auf, und Tomas Ziani stürmte herein.

»Alles umsonst!«, rief er. »Vergebens! Wir haben die verdammte Kapsel gefunden, aber mehr nicht – nur die verfluchte Kapsel! Entweder hat sie uns angelogen, oder sie ist genauso wertlos, wie ich vermutet habe!«

Sancia hatte die Lider einen Spalt weit geöffnet und beobachtete die Neuankömmlinge aufmerksam. Sie erkannte die Augmentierungen auf den Schwertern, Schilden und der Kleidung. Eine davon leuchtete in unangenehm rotem Licht wie ein Sonnenstrahl, der durch blutiges Wasser fällt. Sie wirkte auf Tomas' selbst.

Das Imperiat, dachte sie. *Ich kann es sehen ... Mein Gott, es ist schrecklich ...*

Tomas fuhr zu Sancia herum. »Was zum Teufel ist mit ihr los?«

»Sie ... äh ... hat vor etwa zwei Stunden angefangen zu schreien«, sagte einer der Wächter. »Dann wurde sie ohnmächtig. Sie blutete aus ... nun, aus allen Öffnungen. Ich hab so was noch nie gesehen.«

»Schon wieder?«, fragte Tomas. »Sie hat schon wieder geblutet?« Er blickte zu Enrico, der in den Raum gestürmt kam. »Was ist mit ihr los? Anscheinend blutet sie ständig im verrogelten Gesicht!«

Sancia hielt die Augen geschlossen. Sie konzentrierte sich auf die Fesseln und fragte: »Wie kann der Atem des Geheimnisses kein Atem sein?«

Die Fesseln schwiegen. Offenbar begriffen sie die Frage nicht.

»Wie macht der Atem des Geheimnisses euch schlüsselruhig?«, fragte sie verzweifelt.

»Der Atem macht uns nicht schlüsselruhig«, erwiderten die Fesseln.

»Aber das Geheimnis ist der Atem, oder?«

»Unsicher. Teilweise.«

»Was ist der Rest? Der Teil, der kein Atem ist?«

»Geheim.«

»Ist sie tot?«, fragte Tomas.

»Sie atmet«, antwortete Enrico.

»Ist so was normal, wenn man skribiert ist?«

»Äh ... da ich bislang nur etwa zehn Minuten mit einem skribierten Menschen zu tun hatte, Herr, ist das schwer zu sagen.«

Sancia hörte Tomas näher treten. »Tja, wenn sie ohnmächtig geworden ist ... hat sie uns damit vielleicht einen Gefallen getan. Dann können wir ihr die verdammte Platte aus dem Schädel schneiden, ohne dass sie einen Aufstand macht.«

»Wie wird euch das Geheimnis – zusammen mit dem Atem – übermittelt?«, fragte Sancia panisch.

»Mit dem Mund«, antworteten die Fesseln, als verwirrte die Frage sie.

»Ist Spucke ein Bestandteil des Geheimnisses?«, fragte Sancia.

»Nein.«

»Herr ... Ich weiß nicht, ob es klug ist, so voreilig zu handeln«, wandte Enrico ein.

»Warum nicht? Falls Orsos Spion mit dem Schlüssel vom Campo entkommt, müssen wir uns verdammt beeilen!«

»Wir haben das Mädchen kaum befragt, Herr. Sie ist in ganz Tevanne der einzige Mensch, der je den Schlüssel berührt hat. Das allein macht sie zu einer Ressource!«

»Die Platte in ihrem Kopf macht den Schlüssel vielleicht überflüssig«, widersprach Tomas. »Zumindest hast du das behauptet.«

»Das entscheidende Wort ist ›vielleicht‹«, erwiderte Enrico in beunruhigtem flehendem Ton. »Und wir wissen auch nicht, wie wir die Platte entfernen sollen! Ohne die nötige Vorsicht könnten wir den Schatz beschädigen, den wir bergen wollen!«

Sancia blieb nach wie vor regungslos. Sie überlegte, was sie die Fesseln noch fragen sollte. Dann sah sie etwas. Eine Handvoll Skriben kam soeben in Sichtweite. Sie leuchteten sehr hell. Sie waren mächtig. *Außerordentlich* mächtig.

Und sie bewegten sich.

Sancia öffnete ein Auge und sah, dass sich die Skriben auf der anderen Seite der Wand auf die Tür zubewegten.

Jemand näherte sich. Leise und langsam. Und er hatte eine Menge gefährliches Spielzeug dabei.

Oje, dachte Sancia.

»Ihr gottverdammten Skriber!«, knurrte Tomas. »Erkennt ihr denn nicht, dass ihr keine Männer der Tat mehr seid? Habt ihr keine Eier mehr? Sind eure Kerzen verdorrt und abgefallen, während ihr euch mit euren Sigillen beschäftigt habt?«

Die leuchtenden Skriben hatten die Tür fast erreicht.

»Ich weiß, Herr, Ihr wollt dieses Projekt retten«, sagte Enrico mit zittriger Stimme. »Aber ... aber Ihr müsst begreifen, dass das Mädchen ungeheuer wertvoll ist und ...«

»Ich *weiß* nur«, unterbrach ihn Tomas, »dass sie eine schmutzige Gründermark-Hure ist. Sie und ihr Meister, Orso Ignacio, sind mir unablässig auf den Sack gegangen! Fast so sehr wie ihr dämlichen sogenannten Experten! Also, Enrico – und ich schlage vor, du denkst drüber nach, sofern dir dein eigenes Wohlergehen am Herzen liegt –, das Einzige, was ich mir heute Abend wünsche, ist, jemanden sterben zu sehen!«

Die leuchtenden Skriben hatten die Tür erreicht, und Sancia sah, wie sich der Türknauf drehte.

Ich glaube, dachte sie, *dass Zianis Wunsch schon bald erfüllt wird.*

Die Tür öffnete sich knarrend. Fast alle im Raum wandten sich um. Ein Wächter zückte seinen Dolch – hielt jedoch inne, als eine Frau eintrat.

Tomas starrte sie an. »Estelle?«

Kapitel 32

Sancia blickte zu der Frau am Eingang.

Estelle sah sich um, ihr Blick wirkte stumpf, und ihr Mund stand offen. Ihre Schminke war zerlaufen, ihre aufwändige Frisur zerzaust. Sie sog die Luft tief ein und lallte: »T... Tomas ... mein Liebling! Was geht hier vor? Was ist ... was ist mit dir passiert?«

»Estelle?«, erwiderte ihr Mann. »Was zum Teufel *machst* du hier?« Er klang weniger wie ein Gemahl, der seine Gattin begrüßt, als vielmehr wie ein kleiner Junge, dessen ältere Schwester hereinplatzt, während er etwas Unanständiges tut.

Estelle Ziani?, dachte Sancia. *Ist das ... Orsos alte Freundin, die uns das Blut ihres Vaters besorgt hat?*

»Ich ... ich hab gehört ... hick!« Sie hatte Schluckauf. »... es gab einen Vorfall am Campo-Tor. Das Gelände wurde abgeriegelt?«

Sie redete ganz anders, als Sancia erwartet hatte. Nicht wie eine gebildete, wohlhabende Frau, die Orso obendrein als brillante Skriberin bezeichnet hatte. Ihre Stimme klang seltsam matt, und sie sprach in hohem Tonfall. *Genau so, wie es ein reicher Schnösel von seiner dummen Frau erwartet*, dachte Sancia.

»Gütiger Gott«, brummte Tomas. »Du bist betrunken? Schon wieder?«

»Äh, Gründer ...« Enrico blickte nervös zu Sancia. »Jetzt ist vielleicht nicht der richtige Zeitpunkt ...«

Die leicht schwankende Estelle schaute den Skriber an, als bemerke sie ihn erst jetzt. Auf einen durchschnittlichen Beobachter hätte sie wie eine betrunkene Gründerin gewirkt. Doch Sancia war keine durchschnittliche Beobachterin mehr, und sie sah, dass Estelle etwas in den Ärmeln verbarg – unglaublich mächtige Instrumente, die wie winzige Sterne leuchteten.

Was treibt sie da für ein Spiel?

»Enrico!«, rief Estelle überrascht. »Unser brillantester Skriber! Wie schön, dich zu sehen ...«

»Äh ...«, stammelte Enrico. »Danke, Gründerin?«

Sancia sah, wie Estelle ihn an der Schulter berührte und einen winzigen leuchtenden Punkt darauf hinterließ, ohne dass er es mitbekam. *Das ist ein Instrument*, dachte Sancia. *Aber es ist winzig ... und erstaunlich mächtig.* Sie versuchte, die Skriben zu entschlüsseln, doch das war schwieriger als erwartet. Anscheinend spielten die Faktoren Entfernung und Berührung bei ihren neuen Talenten eine wichtige Rolle. Doch die kleine Skribe wirkte irgendwie ...

Hungrig. Sogar außergewöhnlich hungrig.

»Was zum Teufel *machst* du hier?«, verlangte Tomas zu wissen. »Wie bist du reingekommen?«

Estelle zuckte mit den Schultern, und das bisschen Bewegung brachte sie aus dem Gleichgewicht; sie wankte seitwärts. »Ich ... Als du den Berg verlassen hast, hast du so verärgert ausgesehen, warst so in Eile ... Ich hab meiner Magd aufgetragen, dir zu folgen, bis hierher, damit ich dich überraschen k...«

»Du hast *was*?«, stotterte Tomas. »Dein Dienstmädchen weiß von diesem Raum? Wer weiß noch davon?«

»Wieso?«, fragte sie überrascht. »Niemand.«

»Niemand? Bist du sicher?«

»Ich ... ich wollte dir nur helfen, Liebster. Ich will die pflichtbewusste Ehefrau sein, die du immer haben wolltest.«

»O Gott.« Er kniff sich in den Nasenrücken. »Du wolltest also nur helfen, ja? *Schon wieder.* Du willst skribieren. *Schon wieder.* Ich hab dir gesagt, Estelle, dass du dich nicht noch mal einmischen sollst!«

Sie wirkte niedergeschmettert. »Es tut mir leid«, flüsterte sie.

»Oh, ich bin so *froh*, dass es dir leidtut«, sagte Tomas. »Das wird helfen! Ich kann nicht fassen, dass es dir tatsächlich gelungen ist, die Lage noch zu *verschlimmern*!«

»Ich verspreche, das war das letzte Mal«, erwiderte sie. »Nur du, ich, Enrico und ... und diese zwei treuen Diener wissen davon.« Sie berührte die Candiano-Wachen an den Schultern.

Die beiden Männer wechselten einen irritierten Blick, doch Sancia sah, dass Estelle auch auf ihren Schultern zwei kleine skribierte Objekte hinterließ.

Tomas bebte vor Wut. »Ich habe doch gesagt«, zischte er, »dass ich von deinen dämlichen Ideen die Nase voll habe. Von deinem albernen Genörgel über Skriben und Buchhaltung. Ihr Gründerfamilien ... ihr seid alle so spitzfindig, schwach und ... *akademisch*!« Das letzte Wort betonte er, als wäre es die schlimmste Beleidigung, die er sich vorstellen konnte. »Ich habe ein Jahrzehnt meines Lebens damit verbracht, diesen verdammten Unterschlupf zu modernisieren! Und gerade, als ich die Dinge endlich in den Griff bekomme, stolpern du und dein Dienstmädchen durch die Tür und führen Gott weiß wen zum letzten Vorteil, den ich noch habe!«

Estelle senkte den Blick. »Ich wollte nur eine gehorsame Gemahlin sein ...«

»Ich will keine Gemahlin!«, rief Tomas. »Ich will eine *Firma*!«

Seine Frau neigte den Kopf. Sancia sah Estelles Mimik nicht – ihr Gesicht lag im Schatten –, doch als Estelle erneut das Wort ergriff, klang sie nicht mehr so betrunken und unterwürfig wie bisher. Vielmehr sprach sie im kalten, festen Tonfall einer selbstbewussten Frau. »Wenn du unsere Verbindung auflösen könntest«, sagte sie, »würdest du es tun?«

»Auf jeden Fall!«, schrie Tomas.

Estelle nickte langsam. »Nun denn. Warum hast du das nicht gleich gesagt?« Sie zückte einen kleinen Stab – an dessen Rändern Sancia Bindungs-Skriben erkannte – und zerbrach ihn wie einen Zahnstocher.

Im selben Moment hallten Schreie durch den Raum.

Das Geschrei war so groß, dass kaum zu ergründen war, was geschah oder wer schrie. Enrico und die Candiano-Wachen kreischten vor Qual, erbebten und zitterten wie von einem starken Fieber gepackt. Sie schlugen sich auf den Leib – auf die Arme, die Brust, den Hals und auf die Seiten –, als wären lauter Käfer in ihre Kleidung gekrabbelt.

Sancia sah, dass *tatsächlich* etwas auf ihnen krabbelte: Die winzigen, leuchtenden Skriben, die Estelle an ihnen befestigt hatte, waren irgendwie in sie *eingedrungen*, durch die Haut in die Schulter, von wo aus sie langsam den Oberkörper hinunterwanderten. Sancia sah, dass sich die Käfer – anders konnte sie sich die Skriben jetzt nicht mehr vorstellen – offenbar in die Männer *eingebrannt* hatten. Dünne Rauchfäden entstiegen ihren Schultern, den Armen und dem Rücken – an allen Stellen, wo Estelle die skribierten Objekte platziert hatte.

Tomas blickte sich alarmiert um. »Was ... was passiert hier?«

»Das, Tomas«, erwiderte Estelle gelassen, »ist der Beginn unserer Trennung.«

Ihr Mann kniete sich zu Enrico, der heftig zitternd am Boden lag, mit vor Schmerz geweiteten Augen. Der Skriber öffnete den Mund zum Schrei, doch zwischen seinen Lippen quoll nur Rauch hervor.

»Was passiert mit ihnen?«, fragte Tomas panisch. »Was hast du *getan*?«

»Das ist ein Instrument, das ich erfunden habe.« Kühl blickte Estelle auf die sterbenden Candiano-Wachen hinab. »Es funktioniert wie ein Radiergummi. Allerdings radieren die Skriben nur eine bestimmte Sache aus – das Gewebe menschlicher Herzkammern.«

Die Schreie im Raum wurden zu einem Wimmern, dann zu einem schrecklichen, leisen Glucksen. Enrico erstickte keuchend, während aus seiner Kehle noch mehr Rauch aufstieg.

Entsetzt sah Tomas Estelle an. »Du ... du hast *was*? Du hast ein *Instrument* entworfen? Es *skribiert*?«

»Das war knifflig«, gab Estelle zu. »Ich musste die Skriben exakt abstimmen, um das richtige Gewebe zu definieren. Dafür habe ich anfangs viele Schweineherzen gebraucht. Wusstest du, lieber Gemahl, dass das Gewebe eines Schweineherzens dem eines Menschen sehr ähnlich ist?«

»Du ... du lügst!« Tomas starrte Enrico an. »Das hast du nicht getan! Du hast kein verfluchtes Instrument gebaut! Du ... du bist nur eine dumme kleine Hu...«

Er hatte sich zu Estelle umgewandt und sah ihren Fuß auf sein Gesicht zurasen.

Ihr Tritt traf ihn perfekt am Kinn und schleuderte ihn zu Boden. Stöhnend versuchte er, sich aufzusetzen, doch seine Frau kniete nieder, griff in sein Gewand und zog das Imperiat hervor.

»Du ... du hast mich getreten!«, sagte Tomas verdutzt.

»Habe ich«, entgegnete Estelle kalt und erhob sich.

Ungläubig fasste sich Tomas ans Kinn. Dann sah er das Imperiat in Estelles Händen. »Du ... du gibst mir das sofort zurück!«

»Nein.«

»Ich ... ich *befehle* es dir! Estelle, du gibst mir das sofort zurück, oder ich breche dir dieses Mal *wirklich* den Arm! Ich breche dir beide Arme und noch viel mehr!«

Seine Gemahlin sah ihn heiter und unbeschwert an.

»Du ...« Tomas stand auf und ging auf sie los. »Wie kannst du es wagen! Wie kannst du es wagen, dich mir zu ...«

Er vollendete den Satz nie. Estelle streckte die Hand aus und drückte ihm eine kleine Platte auf die Brust – woraufhin er augenblicklich erstarrte wie eine Statue.

»So«, hauchte Estelle leise, »schon viel besser.«

Sancia betrachtete verstohlen die Platte, die an Zianis Brust haftete. Sie sah sofort, dass es sich um eine Schwerkraftplatte handelte, ähnlich der, die die Attentäter beim Angriff auf sie und Gregor benutzt hatten. Doch diese war kleiner. Sie war besser. Viel schmaler und eleganter. Sancia erkannte, dass sie Tomas zwar an Ort und Stelle hatte erstarren lassen, aber noch mehr mit ihm anstellte. Sie entfaltete ihre Wirkung erst ...

Estelle schritt um ihren Gemahl herum, den Kopf in stolzer Freude erhoben. »Fühlt es sich so an?«, fragte sie leise. »Fühlt es sich so an, du zu sein, mein Gemahl? Die Macht, die man hat, nach Lust und Laune einzusetzen und auszukosten? Leben zu beenden, wie es einem gefällt, und alle zum Schweigen zu bringen, die man verachtet?«

Tomas antwortete nicht. Gleichwohl glaubte Sancia zu erkennen, dass er die Augen bewegte.

»Du schwitzt«, sagte Estelle.

Sancia fragte sich, wie sie das meinte. Soweit sie beurteilen konnte, schwitzte Ziani nämlich nicht.

»Du, auf dem Tisch«, sagte Estelle lauter. »Du schwitzt.«

Scheiße. Sancia regte sich nach wie vor nicht.

Estelle seufzte. »Lass das. Ich weiß, dass du wach bist.«

Sancia atmete tief durch und öffnete die Augen.

Zianis Gattin beäugte sie mit einem Ausdruck eisigen königlichen Hochmuts. »Ich nehme an, ich muss dir danken, Mädchen.«

»Warum?«, fragte Sancia.

»Als Orso zu mir kam und sagte, er will eine Spionin in den Berg schmuggeln, war mir eines sofort klar: Wenn Tomas diese Spionin fängt, bringt er sie wahrscheinlich an einen sicheren Ort. Und der sicherste Ort würde wohl derselbe sein, an dem er Vaters Sammlung versteckt.« Sie wandte sich dem Tisch mit den Artefakten zu. »Die suche ich schon seit einiger Zeit. Sieht aus, als wäre die Sammlung vollständig.«

»Du bist diejenige, die uns hintergangen hat«, sagte Sancia. »Du hast Tomas den Hinweis gegeben, dass ich kommen würde.«

»Ich habe jemandem aufgetragen, jemandem aufzutragen, mit jemandem zu sprechen, der Tomas nahesteht. Er sollte meinem Mann raten, auf der Hut zu sein. Das war nichts Persönliches, das verstehst du sicher. Aber ein Geschöpf wie du ist sicher daran gewöhnt, von mächtigeren Leuten als Werkzeug benutzt zu werden. Ich hatte allerdings gehofft, dass Tomas dir einen schnellen Tod beschert.« Sie seufzte leicht verärgert. »Jetzt muss ich entscheiden, was ich mit dir mache.«

Mit dem eigenen Tod konfrontiert, konzentrierte sich Sancia wieder auf die Fesseln: »Hört mal, wird das Geheimnis durch die Zeit eingeschränkt?«

»Nein.«

»Ist das ...«

»Er hatte so eine hohe Meinung von sich selbst«, sagte Estelle mit Blick auf Tomas. »Er hielt Skriber für blasse, schwache Narren. Er hasste es, so abhängig von ihnen zu sein. Er wollte in einer Welt der Eroberung und des Konflikts leben, in einer wilden Welt, in der man Gold gegen Blut tauscht. Also ... kein rationaler Mann. Und als er in Tribunos Kammern so wertvolle Entwürfe fand, Sigillen-Abfolgen, die auf mysteriöse Weise über Nacht aufgetaucht waren, war er entzückt. Er dachte nie darüber nach, woher sie stammten.«

»Du ... *du* hast die Gravitationsplatten entworfen?«, rief Sancia überrascht.

»Ich habe *alles* entworfen«, sagte Estelle, den Blick noch immer auf Tomas gerichtet. »Ich habe alles *für ihn* gemacht. Im Laufe vieler Jahre gab ich ihm immer wieder Hinweise und Anstöße, die ihn schließlich zu Vaters Abendland-Sammlung führten. Über Vater ließ ich ihm *meine* neuen Skriben-Entwürfe zukommen – Abhörgeräte, Schwerkraftmonturen und vieles, vieles mehr. Ich brachte Tomas dazu, all das zu tun, was ich nicht tun konnte – nicht tun *durfte*.« Sie beugte sich dicht über Ziani und sagte ihm ins erstarrte Gesicht: »Ich habe mehr erreicht als du, *viel mehr* als du. Du warst mir auf jedem Schritt des Wegs ein Klotz am Bein. Du hast mich gedemütigt, ignoriert, gezüchtigt und … und …«

Sie verstummte und schluckte.

Sancia verstand sie gut. »Er hielt dich für sein Eigentum.«

»Für ein lästiges Erbstück«, hauchte Estelle. »Aber das macht nichts. Ich habe das bestmöglich ausgenutzt. Den Luxus von Stolz konnte ich mir nicht leisten. Vielleicht schmerzte es mich daher nicht ganz so sehr, wie es das unter normalen Umständen getan hätte.«

Sancia sah, dass Tomas inzwischen an einigen Stellen seltsame Einbuchtungen aufwies. Wie eine Blechtrommel, die nach ein paar Jahren intensiven Gebrauchs eingedellt und verbeult war. »Was … was zum Teufel hast du mit ihm gemacht?«

»Ich habe dasselbe auf ihn ausgeübt, was Vater und er auf mich ausübten«, sagte Estelle. »Druck.«

Sancia verzog das Gesicht und beobachtete, wie Ziani … schrumpfte. Nur ganz leicht. »Die Schwerkraft, die auf ihn wirkt …«

»Erhöht sich alle dreißig Sekunden um ein Zehntel«, sagte Estelle. »Sein Gewicht erhöht sich also exponentiell.«

»Und er bekommt immer noch …«

»… alles mit«, hauchte Estelle.

»O mein Gott!«

»Warum so entsetzt? Wünschst du diesem Mann nicht den Tod für das, was er dir angetan hat? Dafür, dass er dich gefangen genommen, geschlagen und dir den Kopf aufgeschlitzt hat?«

»Sicher doch«, erwiderte Sancia. »Er ist ein Scheißkerl. Aber das heißt nicht, dass du anständig bist. Ich meine, obwohl ich Mitleid mit dir habe, lässt du mich noch lange nicht gehen, oder? Ich würde vielleicht verhindern, dass du an das viele Geld kommst.«

»Geld?«, rief Estelle. »O Mädchen, ich mache das nicht für Geld.«

»Wenn nicht dafür und auch nicht, um Tomas umzubringen – warum dann? Weil ein Candiano ... nun mal ein Candiano ist? Glaubst du, du schaffst es, abendländische Instrumente herzustellen? Dass du auf dem Gebiet Erfolg hast, auf dem dein Vater gescheitert ist?«

Estelle lächelte kalt. »Vergiss die abendländischen Instrumente. Niemand weiß etwas Genaues über die Hierophanten. Wie wurden sie zu dem, was sie waren? Mein Vater hatte die Antwort darauf die ganze Zeit vor der Nase. Denn ich hatte sie schon vor einer *Ewigkeit* gefunden, doch er hat nie auf mich gehört. Und mir war klar, Tomas würde mir auch nicht zuhören. Trotzdem brauchte ich die Mittel, um meine Theorie zu beweisen.« Sie schritt um ihren Gemahl herum. »Gesammelte Energien. Alle Gedanken im Bewusstsein *einer* Person gefangen. Und die großen Privilegien der *Lingai Divina* – nur den Unsterblichen vorbehalten, jenen, die Leben nehmen und geben.« Lächelnd schaute sie Sancia an. »Begreifst du's nicht? Verstehst du's nicht?«

Sancia bekam eine Gänsehaut. »Du ... du meinst ...«

»Die Hierophanten haben sich auf dieselbe Weise augmentiert wie ihre Instrumente«, sagte Estelle. »Sie nahmen den Verstand und die Seele eines anderen – und übertrugen sie in sich selbst.«

Sancia sah, wie Zianis Körper erbebte, als würde er sich verflüssigen. Dann füllten sich seine Augen mit Blut. »O Gott ...«

»Ein einziger Mensch!«, rief Estelle triumphierend. »In dem sich die Geister und Gedanken Dutzender, Hunderter, *Tausender* von Menschen vereinen! Ein Mensch, der vor Vitalität,

Erkenntnis und Kraft übersprudelt, der mit der Realität jongliert und imstande ist, sie nicht nur zu korrigieren, sondern auch jederzeit zu *verändern* ...«

Zianis Körper dellte sich ein und wurde zerquetscht. Blut spritzte aus seinen Armen und der Brust, lief jedoch entgegen jedem physikalischen Gesetz wieder in seinen Körper, unter dem Zwang einer unnatürlichen Schwerkrafteinwirkung.

»Verrogelt noch mal, du bist völlig irre!«, sagte Sancia.

Estelle lachte. »Nein! Ich bin nur belesen. Ich habe so lange darauf gewartet, dass Tomas alle nötigen Werkzeuge und Ressourcen zusammenbekam, alle alten Sigillen. Ich war *so* geduldig. Aber dann bot sich mir dank Orsos eine wunderbare Gelegenheit. Und man soll jede gute Gelegenheit beim Schopf ergreifen ...« Sie zog etwas golden Schimmerndes aus dem Gewand – einen langen Schlüssel mit seltsamem Bart.

Sancia stierte ihn an. »Clef ...«

»Clef«, wiederholte Estelle. »Du hast ihm einen Namen gegeben? Das ist ziemlich armselig, oder?«

»Du ... du verrogelte *Schlampe*!«, fauchte Sancia. »Wo hast du ihn her? Wie hast du ...« Sie stockte. »Wo ist ... wo ist Gregor?«

Estelle wandte sich zu ihrem Gemahl um.

»Was hast du getan?«, schrie Sancia. »Was hast du mit Gregor gemacht? Was hast du ihm angetan?«

»Nur, was nötig war«, erwiderte Estelle, »um meine Freiheit zu erlangen. Hättest du anders gehandelt?«

Angewidert und verängstigt sah Sancia zu, wie Zianis Körper langsam an Form verlor und sich in einen blubbernden Klumpen aus Blut und Eingeweiden verwandelte, der immer weiter schrumpfte. »Wenn du Gregor etwas angetan hast ... Wenn du ihm wehgetan hast, dann ...«

»Es hätte ihn schlimmer treffen können.« Estelle deutete auf die Überreste ihres Mannes. »Ich hätte diesem Gregor auch *das da* antun können.«

Zianis Körper war nun etwa so groß wie eine kleine Kanonenkugel. Die glibberige Masse zitterte leicht, als könnte sie den auf sie einwirkenden Kräften nicht länger standhalten.

Estelle stand erhobenen Hauptes da, mit zerzaustem Haar und verschmierter Schminke. Doch ihre Augen strahlten hell und herrisch. Mit einem Mal begriff Sancia, warum die Leute Tribuno Candiano für einen König gehalten hatten. »Morgen erreiche ich das, wovon Vater immer nur geträumt hat. Und zugleich nehme ich ihm alles weg, was ihm teuer war – und auch dir, mein Gemahl. Ich werde selbst zur Candiano-Handelsgesellschaft. Und dann nehme ich mir alles, was mir so lange verwehrt wurde!«

Bei diesen Worten erbebte der kleine, rote Ball, der einmal Tomas Ziani gewesen war, ein letztes Mal und zerplatzte.

Ein lauter, seltsamer Knall ertönte, dann war der Raum von einem feinen roten Nebel erfüllt. Sancia schloss die Augen und wandte sich ab, dennoch trafen warme Tropfen ihr Gesicht und den Hals.

Sie hörte Estelle irgendwo im Raum husten und spucken. »Igitt. *Igitt!* Daran hatte ich nicht gedacht. Aber jeder Entwurf hat seine Grenzen.«

Sancia unterdrückte ihr Zittern. Sie versuchte zu verdrängen, dass Estelle Clef in Händen hielt und auch, was sie dem armen Gregor wohl angetan hatte. *Konzentrier dich. Was kann ich jetzt tun? Wie komme ich hier raus?*

Estelle spuckte und hustete noch eine Weile, dann rief sie: »Es ist vollbracht!«

Der rote Nebel lichtete sich zusehends. Im Gang ertönten Schritte, zwei Candiano-Soldaten traten ein. Der Anblick der Toten schien sie ebenso wenig zu wundern wie die dünne Blutschicht, mit der alles im Raum überzogen war.

»Sollen wir sie verbrennen wie besprochen, gnädige Frau?«, fragte einer.

»Ja, Hauptmann.« Estelle war von Kopf bis Fuß rot vor Blut und drückte das Imperiat und Clef an sich wie Zwillingskinder. »Ich kann es zwar kaum erwarten, endlich selbst mit diesen Instrumenten zu spielen, aber zuerst: Haben die Dandolos irgendetwas unternommen?«

»Noch nicht, gnädige Frau.«

»Gut. Lasst mich zum Berg eskortieren und mobilisiert unsere Truppen. Von jetzt an bis Mitternacht wird der gesamte Candiano-Campo abgeriegelt. Schickt Patrouillen aus. Meldet, dass Tomas vermisst wird und wir die Konkurrenz im Verdacht haben. Erteilt den Befehl, alles Nötige zu veranlassen.«

»Ja, gnädige Frau.«

Sancia hatte genau zugehört. Und das Wort »Befehl« brachte sie plötzlich auf eine Idee.

Sie atmete durch, konzentrierte sich wieder auf die Fesseln – und begriff, dass sie die Sache falsch angegangen war.

Sie hatte sich nur auf die Fesseln fokussiert, auf die Stahlschellen und deren Bedürfnisse – und dabei ganz übersehen, dass noch mehr dahinterstecken könnte.

Was ist Atem und zugleich doch kein Atem?

Sancia musste die Fesseln überlisten, so viel stand fest. Und als sie sie erneut untersuchte, wurde ihr klar: Sie warteten sehnsüchtig auf das Signal einer zugehörigen Komponente. Einer Komponente, die ihr völlig entgangen war und am Ende des Operationstisches lag.

Sie sah an sich entlang und erblickte das kleine Instrument. Es lag am Rand der steinernen Tischplatte. Sancia analysierte die Skriben-Befehle und erkannte, dass das Werkzeug ähnlich konstruiert war wie das Abhörgerät, das Orso beschrieben hatte. In seinem Inneren befand sich eine dünne Nadel, die durch Schallvibration in Schwingung versetzt wurde. Allerdings musste sie auf ganz bestimmte Art und Weise stimuliert werden.

Natürlich, dachte Sancia. *Natürlich!*

»Ist ... ist das Geheimnis ein Wort?«, fragte sie die Fesseln. »Ein Befehl? Ein Passwort?«

»Ja.«

Um ein Haar hätte sie erleichtert aufgeseufzt. Es musste sich um eine Art Sicherheitswort handeln. Man musste einen bestimmten Begriff laut aussprechen, um die Nadel *exakt* in die richtige Schwingung zu versetzen, und dann würden die Fesseln aufspringen ...

»Wie lautet das Wort?«, fragte Sancia.

»Ist geheim.« Die Fesseln klangen belustigt.

»Sagt mir das geheime Wort«, forderte sie.

»Können wir nicht. Es ist geheim. So geheim, dass nicht einmal wir es kennen.«

»Wie erkennt ihr dann, dass jemand es ausspricht?«

»Weil sich die Nadel korrekt bewegt.«

Das war frustrierend. Sancia fragte sich, wie Clef das Rätsel gelöst hätte. Er formulierte Fragen oder Ideen so lange um, bis sie nicht mehr gegen die Regeln verstießen. Wie könnte ihr das hier gelingen?

Sie hatte eine Idee. »Noch mal zum Geheimnis ... Wenn ich ›ph‹ sage, würde dann die Nadel so vibrieren wie am Anfang des Geheimworts?«

Eine lange Pause folgte. Dann sagten die Fesseln: »Nein.«

»Und falls doch, würdet ihr es zugeben?«

»Ja.«

Sancia schluckte erleichtert. *Natürlich*, dachte sie. *Nach der Phonetik zu fragen statt nach Wörtern, verstößt nicht gegen die Regeln.*

»Wenn ich ›th‹ sage, würde dann die Nadel so schwingen wie am Anfang des Geheimworts?«

»Nein.«

»Wenn ich ›ss‹ sage, würde dann die Nadel so schwingen wie am Anfang des Geheimworts?«

»Nein.«

»Wenn ich ›mh‹ sage, würde dann die Nadel so schwingen wie am Anfang des Geheimworts?«

»Ja«, antworteten die Fesseln.

Sie atmete tief durch. *Also fängt das Passwort mit einem »M« an. Jetzt muss ich einfach weiterraten, so schnell ich kann.*

»Und das Mädchen?«, fragte der Wächter.

»Entsorgt sie«, befahl Estelle. »Wie es euch gefällt. Sie ist unwichtig.«

»Ja, gnädige Frau.« Der Wachmann salutierte; seine Herrin wandte sich ab und ließ ihn mit der Gefangenen allein.

Scheiße!, dachte Sancia. Sie riet weiter, immer eiliger – und erkannte, dass sie mit skribierten Objekten schneller kommunizieren konnte als mit Menschen. Genau wie bei dem abrupten Informationsaustausch zwischen Clef und den Instrumenten konnte auch sie ihre Gedanken bündeln und Dutzende, wenn nicht gar Hunderte von Fragen auf einmal stellen.

In ihrem Verstand hallte ein Choral aus Neins auf, gelegentlich durchsetzt von einem Ja. Langsam, aber stetig setzte sie das Passwort in ihrem Kopf zusammen.

Der Wächter trat zu ihr und schaute auf sie herab. Seine kleinen, wässrigen Augen lagen tief in den Höhlen, und er sah sie an wie ein Mann, der eine Mahlzeit begutachtet, und rümpfte die Nase. »Hm ... Leider nicht ganz mein Typ.«

»Pah!« Sancia schloss die Augen, ignorierte ihn und konzentrierte sich auf ihre Fesseln.

»Betest du, Mädchen?«

»Nein.« Sie öffnete die Augen.

»Wirst du schreien?«, fragte er. Beiläufig fasste er sich in den Schritt und begann, sein Gemächt durch den Stoff der Hose zu kneten. »Das macht mir nichts aus, ehrlich. Aber es wäre ein bisschen unangenehm. Die Jungs sind im Flur ...«

»Das einzige Wort, das ich von mir gebe«, erwiderte sie, »ist *Mango!*«

»Was ...?«

Mit lautem *Plopp* sprangen alle Fesseln auf und fielen von Sancia ab.

Verblüfft starrte die Wache sie an. »Was zum Teufel …?«

Sancia setzte sich ruckartig auf, packte seine Hand, legte ihm die Fesseln ums Gelenk und ließ sie zuschnappen.

Fassungslos stierte der Wächter auf seine Hand und wollte sie anheben, doch das war ihm nicht möglich. »Du … du …«

Sancia sprang vom Tisch und zerschlug das Instrument mit der Lauschnadel. »So, jetzt bleibst du schön an Ort und Stelle.«

»Niccolo!«, brüllte der Mann. »Sie hat sich befreit, sie hat sich befreit! Schick alle her, alle!«

Sancia schlug ihm mit aller Kraft gegen die Schläfe. Er taumelte und sackte weg, wobei seine Hand noch immer in der Fessel steckte. Ehe er reagieren konnte, zog Sancia ihm das skribierte Rapier aus der Scheide.

Sie betrachtete die leuchtenden Skriben auf der Klinge. Es waren Schwerkraft-Skriben, die der Klinge weismachten, mit unmenschlicher Kraft durch die Luft geschleudert zu werden.

Im Flur waren Schritte zu hören – viele. Sancia sondierte die Lage. Die Tür war die einzige Möglichkeit, den Raum zu verlassen, und der Gang dahinter füllte sich offenbar schnell mit Wachen. Sie hatte nur das Schwert, das ihr angesichts ihrer neuen Talente zwar einen erheblichen Vorteil verschaffte. Trotzdem würde sie es kaum mit einem Dutzend Männer aufnehmen können, die mit Arbalesten und dergleichen bewaffnet waren.

Sie sah sich um. Die hintere Wand bestand aus Stein, und dank ihrer Fähigkeiten erkannte sie die Skriben-Befehle auf der anderen Seite. Sie waren schwächer, schwerer zu lesen, vermutlich aufgrund der Entfernung. Allerdings erspähte Sancia ein Objekt, das darauf skribiert war, es schien unnatürlich dicht und fast unzerstörbar zu sein: eine dünne, rechteckige Platte in der Wand.

Das Fenster einer Gießerei, dachte sie. Damit hatte sie kürzlich erste Erfahrungen gemacht.

»Du erhöhst die Schwerkraft, richtig?«, fragte sie das Rapier.

»BEI ANGEMESSENER GESCHWINDIGKEIT ERHÖHT SICH MEINE DICHTE, UND MEINE FALLGESCHWINDIGKEIT VERDREIFACHT SICH«, antwortete das Schwert prompt.

»Wie sehr erhöht sich deine Dichte?«

»SO SEHR, DASS ICH ZWANZIGMAL MEHR WIEGE ALS JETZT.«

»Und wie viel wiegst du?«

»ÄH ... DAS IST NICHT DEFINIERT. ICH WIEGE SO VIEL, WIE ICH WIEGE.«

»O nein, nein, nein, das stimmt nicht. In Wirklichkeit wiegst du so viel wie ...«

Die Wachen würden jeden Moment da sein. Sancia legte das Rapier auf den Boden und stellte sich mit beiden Füßen darauf. Dann nahm sie es wieder in die Hand, wich ein paar Schritte von der hinteren Wand zurück und hob die Klinge.

Sie zielte sorgfältig. Dann schleuderte sie die Waffe gegen die Wand, ging hinter dem Tisch in Deckung und schirmte ihren Kopf ab.

Das war ein Kinderspiel. Da das Gewicht des Rapiers nicht definiert gewesen war, hatte Sancia sich einfach auf die Waffe gestellt und ihr mitgeteilt, ihr Gewicht entspreche exakt der Kraft, die nun auf sie einwirkte.

Diese Definition erlangte jedoch erst Bedeutung, wenn die Skriben des Schwertes aktiviert wurden – genauer gesagt, wenn man die Waffe mit der richtigen Geschwindigkeit schwang. Oder sie warf.

Als sich die Skriben aktivierten, glaubte das Rapier nicht, so viel zu wiegen wie zwanzig Rapiere, sondern eher wie *hundertsechzehn* Rapiere von je einem Pfund Gewicht. Und dann verdreifachte es noch seine Fallgeschwindigkeit, was die Wirkung extrem verstärkte.

Als das Rapier auf die Steinmauer traf, geschah das mit der Wucht eines Felsbrockens, der von einem Berg gestürzt war. Es gab einen gewaltigen Knall, Steinsplitter und Trümmer flogen durch den Raum, und Staub erfüllte die Luft.

Sancia lag auf dem Boden und schirmte sich Kopf und Nacken mit den Händen ab, während die Steinsplitter auf sie herabregneten. Dann stand sie auf und rannte durch das Loch in der Wand zum Fenster am Ende des Raums.

Sie schaute flüchtig hinaus – sie befand sich etwa zwanzig Meter über dem Candiano-Campo. Wie viele Bereiche auf dem Gelände war auch dieser hier verlassen, jedoch verlief dicht vor der Fassade ein breiter Kanal. Sancia sprang hoch und stieß dabei das Fenster auf, zog sich hinauf, glitt hinaus und sondierte die Mauer, um zu ergründen, wie sie am besten hinabklettern konnte.

Drinnen wurde Gebrüll laut, und als Sancia durchs Fenster schaute, sah sie sieben Candiano-Soldaten in den Raum stürmen.

Scheiß drauf! Sancia drehte sich und stieß sich von der Wand ab, die Arme zum Kanal gestreckt.

Sie sah noch immer die Skriben ringsum. Und während sie in die Tiefe stürzte, aktivierte sie eine Fähigkeit, von der sie bislang nichts geahnt hatte: In ihrem Kopf wurde durch Furcht oder Verwunderung oder rein instinktiv eine Art Schleuse geöffnet.

Sie sah die nächtliche Kulisse Tevannes, in der plötzlich noch mehr silberne Skriben erstrahlten, Tausende und Abertausende. Der Anblick glich einer von flackernden Kerzen erhellten Bergkette.

Sie raste auf das Wasser des Kanals zu und tauchte in die Fluten ein.

Sancia schwamm durch Unrat, Treibgut und Industrieschlamm, bis ihr Körper so überanstrengt war wie ihr Geist, ihre Schultern wie Feuer brannten und ihre Beine schwer wie Blei waren. Schließlich kroch sie erschöpft und zitternd ans Kanalufer vor dem Dandolo-Campo.

Langsam richtete sie sich auf. Dreckig und stinkend wandte

sie sich um und betrachtete das vernebelte Tevanne, das sich unter dem Sternenhimmel ausbreitete.

Sie konzentrierte sich und öffnete die Schleuse in ihrem Inneren erneut. In ganz Tevanne leuchteten Gedanken, Worte und Befehle auf, flackerten schwach wie gespenstische Kerzen in der aufziehenden Morgenröte.

Sancia ballte die Hände zu Fäusten und stieß einen langen, heiseren Schrei aus – einen Schrei des Trotzes, der Empörung und des Sieges. Und während sie schrie, geschah etwas Merkwürdiges im Campo.

Skribierte Lichter flackerten unstet. Schwebelaternen sackten unvermittelt ein paar Meter ab, als lastete etwas auf ihnen. Kutschen bremsten abrupt ab und fuhren wieder an. Skribierte Türen, die geschlossen bleiben sollten, öffneten sich knarrend. Augmentierte Waffen und Rüstungen, die sich leicht fühlen sollten, kamen sich für einen kurzen Moment ein bisschen schwerer vor.

Es war, als durchlebten alle Maschinen und Geräte, die die Welt in Gang hielten, einen flüchtigen Augenblick lähmenden Selbstzweifels. Und alle Instrumente wisperten: *Was war das? Habt ihr das gehört?*

Sancia begriff nicht, was sie getan hatte. Eines allerdings verstand sie, ohne es eigens in Worte fassen zu müssen.

Die Sancia, die jetzt im Sternenlicht stand, war ein bisschen weniger menschlich als in der Nacht zuvor.

Kapitel 33

»Das ist ein feiger Plan, Herr«, beschwerte sich Berenice.

»Ach, hör auf, Berenice!«, entgegnete Orso. »Seit sieben Stunden haben wir kein Lebenszeichen mehr von Sancia oder Gregor! Es gibt keine Nachricht, keine Kommunikation, nichts! Und der Candiano-Campo ist plötzlich stillgelegt! Etwas ist schiefgegangen. Ich will nicht hierbleiben und herausfinden, was genau passiert ist.«

»Aber ... aber wir können Tevanne nicht einfach verlassen!« Berenice schritt unruhig auf und ab.

»Ich würd's tun«, sagte Gio.

Claudia seufzte. »Statt uns zu bezahlen, könntet Ihr vielleicht unsere Ausreise arrangieren.«

Die beiden Tüftler hatten augenscheinlich Angst. Immerhin waren sie viel angreifbarer als die Campo-Skriber.

»Wir dürfen Sancia und Gregor nicht im Stich lassen!«, beharrte Berenice. »Und wir können nicht zulassen, dass Tomas Ziani das Imperiat behält! Ein Mann wie er ... Bedenkt nur, welchen Schaden er anrichten könnte!«

»Daran *denke* ich«, versicherte Orso. »Ich denke an gar nichts anderes mehr! Deshalb will ich auch hier weg, verdammt! Und was Sancia und Gregor betrifft ...«

Berenice blieb stehen und sah ihn an. »Ja? Was ist mit Sancia?«

Orso schnitt eine Grimasse. »Sie haben ihre Wahl getroffen. Sie kannten die Risiken. Wir alle kannten sie. Einige haben Glück, andere nicht. Wir sind Überlebende, und es ist das Klügste, auch weiterhin am Leben zu bleiben.«

Berenice stieß einen tiefen Seufzer aus. »Wenn ich daran denke, wie wir an Bord eines Schiffes gehen und uns mitten in der Nacht davonstehlen ...«

»Was sollen wir sonst tun?«, fragte Orso. »Wir sind nur ein paar Skriber, Mädchen! *Entwürfe* helfen uns hier nicht! Das wäre ein absurder Gedanke! Sancia und Gregor sind klug, vielleicht finden sie selbst einen Weg aus ...«

Alle erstarrten plötzlich.

Deutlich war zu hören, dass jemand die Steintür zur Gruft öffnete. Das war überaus beunruhigend, da nur Gio den Schlüssel hatte, und der steckte in seiner Tasche.

Die Gefährten sahen einander alarmiert an. Orso hielt den Finger an die Lippen. Er stand auf, packte einen Schraubschlüssel wie einen Knüppel und schlich vorsichtig zum Ausgang. Er stockte, als sich langsame Schritte näherten.

Orso schluckte, holte tief Luft, sprang schreiend in den Gang, den Schraubenschlüssel über den Kopf erhoben, und ...

Er verharrte mitten in der Bewegung. Vor ihm – grimmig, tropfnass, schmutzig und blutbesudelt – stand Sancia Grado.

»Heiliger Bimbam!«, stieß Orso hervor.

»Sancia!« Berenice rannte zu ihr, blieb dann aber ein paar Meter entfernt stehen. »Mein ... mein Gott. Was ist mit dir passiert?«

Sancia schien die beiden nicht einmal zu bemerken, stierte nur ins Leere. Erst, als Berenice auf sie einredete, erwiderte sie deren Blick.

Alle starrten sie an. Sie hatte einen Schnitt am Kopf, Wunden an den Unterarmen, einen Bluterguss an der Wange und war im Gesicht und am Hals blutverkrustet. Das Schlimmste an ihr waren jedoch die Augen. Das linke sah aus wie immer, das rechte hingegen war voller Blut, als wären sämtliche Äderchen darin geplatzt. Allerdings sah die Rötung ... unnatürlich aus. Nicht blutrot. Sondern viel dunkler. Als hätte sie einen heftigen Schlag auf den Kopf bekommen, der sie fast getötet hätte.

Sancia stieß den Atem aus und sagte mit krächzender Stimme: »Wie schön du bist, Berenice.«

Berenice lief purpurrot an.

»Was zum Teufel ist passiert?«, fragte Orso. »Wo warst du?« Er schaute zur offenen Grufttür. »Und wie zum Teufel bist du hier reingekommen?«

»Ich muss mich setzen«, hauchte Sancia. »Und dringend was trinken.«

Berenice half ihr zu einem Stuhl, während Gio eine Flasche Rohrwein öffnete. »Ich brauch kein Glas«, flüsterte Sancia.

Er reichte ihr die Flasche, und sie nahm einen kräftigen Schluck.

»Mädchen«, sagte er, »du siehst aus wie der Hirte, der den Berg bestieg und Gottes Gesicht am Himmel sah.«

»Damit ... liegst du gar nicht mal so falsch«, erwiderte sie finster.

»Was ist passiert, Sancia?«, fragte Orso erneut. »Was hast du gesehen?«

Sie erzählte es ihnen.

Irgendwann gingen ihr einfach die Worte aus, und lange Zeit herrschte Schweigen in der Gruft. Berenice, Gio und Claudia wirkten erschüttert, während Orso eher aussah, als müsste er sich jeden Moment übergeben.

Er räusperte sich schließlich. »Also ... ein ... Hierophant.«

»Ja«, antwortete Sancia.

Orso nickte zitternd. »Estelle Candiano, ehemalige Ziani ...«

»Ja.«

»Sie hat demnach in gewisser Weise von Anfang an hinter all dem gesteckt ...«

»Ja.«

»Und sie hat soeben ihren Mann ermordet ...«

»Ja.«

»Und jetzt will sie eine der Alten werden ...« Orso schien zu glauben, laut ausgesprochen ergäbe dies mehr Sinn.

»Ja, im Grunde stimmt das.« Sancia ließ den Kopf hängen. »Und Gregor ... Ich glaube, er ist tot. Estelle hat Clef. Sie hat alles. Clef, das Imperiat, die Steinkiste mit der Stimme darin ... alles.«

Orso stierte die Wand an. Dann streckte er die Hand aus und flüsterte: »Gib mir die verrogelte Flasche.«

Sancia reichte sie ihm, und er nahm einen tiefen Schluck, bevor er sich mit zitternden Beinen auf den Boden setzte. »Ich hab nie geglaubt, dass die Entwürfe von Tribuno stammen«, sagte er leise. »Also hatte ich ... recht?«

»Ich frage mich: Kann sie das schaffen?«, warf Claudia ein. »Angenommen, sie wird zur Hierophantin. Diese Wesen kenne ich nur aus Kindergeschichten. Ich dachte, das wären verrogelte Riesen! Was wissen wir eigentlich über ihre Fähigkeiten?«

Sancia dachte an die Vision, die Clef mit ihr geteilt hatte, an das in Schwarz gehüllte Geschöpf auf den Dünen. »Sie waren verdammte Monster«, krächzte sie. »Sie waren Teufel. Das hat mir das Ding in der Kiste gesagt. Sie führten einen Krieg, der ihr Land in Schutt und Asche legte. Das könnte hier auch passieren.«

»Stimmt«, sagte Orso. »Also, ich ... ich halte meinen Plan von vorhin immer noch für ziemlich gut. Wir suchen uns ein Schiff, gehen an Bord, fahren über den Ozean und – was weiß ich – leben noch eine Weile weiter. Wie klingt das?«

»Du hast wohl nicht zugehört«, keuchte Sancia. »Ich hab's euch doch erzählt. Estelle Ziani will *zur* Candiano-Handelsgesellschaft werden.«

»Und was soll das heißen?«, rief Orso. »Das ist nicht schlimmer als das andere verrückte Zeug, das du uns in der letzten halben Stunde aufgetischt hast!«

»Denk nach. Ich hab's doch erzählt. Diese Maschine, die Stimme in der Kiste ...«

»Diese Valeria, mit der du gesprochen hast ...«

»Genau.« Sancia zögerte. Ihr war klar, dass dieser Teil der Geschichte am wunderlichsten und zugleich am beunruhigendsten war. »Ihr ... ihr glaubt mir doch, oder? Was sie gesagt hat, was sie mit mir gemacht hat? Ich weiß, das klingt alles verrückt ...«

Orso dachte lange Zeit nach. »Ich ... ich glaube dir. Bitte fahr fort.«

»Gut. Also. Valeria sagte mir, wie die Hierophanten ihr Ritual durchgeführt haben. Man markiert zuerst den Körper, der den Verstand enthält, und dann das Gefäß, das ihn aufnehmen soll ...«

»Ich muss zugeben«, sagte Gio, »im Laufe unserer Projekte ist dieser mystische Kram immer unübersichtlicher geworden.«

Claudia nickte. »Gio hat recht. Bitte erklär uns, inwiefern das wichtig ist.«

»Wisst ihr noch, dass die Candiano-Handelsgesellschaft alle Zutrittsregeln änderte, kurz nachdem ich Clef gestohlen hatte?«, fragte Sancia.

»Ja«, erwiderte Gio, »jede zweite Prostituierte in Tevanne brauchte eine neue Plakette.«

»Richtig. Das war eine große Veränderung. Niemand kannte den Grund dafür. Damals habe ich nicht darüber nachgedacht. Aber jetzt, nach dem, was Estelle Ziani mir gesagt hat ... Ich glaube, diese neuen Passierplaketten sind *mehr* als nur Plaketten.«

Berenice öffnete entsetzt den Mund. »Du meinst, die Plaketten ... Die kleinen Plättchen, die jeder einzelne Candiano-Angestellte trägt ...«

Sancia nickte grimmig. »Entweder hat Estelle sie ausgestellt oder zuvor manipuliert. Ich glaube, sie dienen als Marker – wie die der Hierophanten.«

»Und sobald Estelle das Ritual einleitet«, folgerte Orso, »werden alle Leute, die diese Marker tragen ...«

»Sterben«, sagte Sancia. »Vielleicht überleben ein paar, die die Plakette abgelegt haben, aber im Grunde stirbt die ganze Candiano-Handelsgesellschaft. Estelle nimmt alle in sich auf, jeden Verstand und jede Seele. Und wird zur Hierophantin.« Sancia sah Orso an. »Wenn wir das zulassen, sterben all deine alten Kollegen und Tausende mehr, die für die Candianos arbeiten, sogar die verdammten Dienstmädchen. Alle sterben einen sehr schrecklichen Tod.«

Einen Moment lang saßen alle stumm da.

»Also«, fuhr Sancia fort, »wir *müssen* sie aufhalten. Die Stimme in der Kiste – Valeria – sagte, sie kann alle skribierten Werkzeuge funktionsunfähig machen. Aber dazu brauchen wir Clef. Der sich in Estelles Besitz befindet. Seit ... seit sie Gregor ermordet hat.« Sie schüttelte den Kopf. »Tut mir leid, Orso, aber wie es scheint, müssen wir einen Weg finden, deine alte Freundin zu töten. Und wir haben bis Mitternacht Zeit dafür.«

Orso und Berenice wirkten entsetzt.

»Estelle Candiano ermorden?«, sagte Orso matt. »*Auf* dem Candiano-Campo?«

Sancia nickte. »Ich bin da schon mal reingekommen. Das schaff ich auch ein zweites Mal.«

»Dass es dir einmal gelungen ist, macht es nur *schwerer*«, befürchtete Berenice. »Sie haben die Tore geschlossen und wissen, dass wir durch den Kanal gekommen sind. Alle einfachen Wege sind versperrt. Sie werden bereit sein.«

»Aber ich bin jetzt keine einfache Diebin mehr«, flüsterte Sancia und blickte ins Leere. »Ich kann viel mehr als früher.« Sie sah sich in der Gruft um. Ihr Blick wirkte dabei unfokussiert, als betrachte sie viele unsichtbare Dinge. »Und ich glaube, ich finde schon bald heraus, was ich sonst noch alles kann ...«

»Du hast dich vielleicht verändert«, mahnte Orso sie. »Und du bist Estelle entkommen. Aber gegen ein paar Kohorten von Soldaten, die auf dich schießen, kannst du nicht viel ausrichten. Sancia, eine Person, egal, wie stark sie augmentiert ist, kann nicht gegen eine Armee kämpfen.«

»Wir wissen nicht einmal, *wo* wir angreifen sollen«, wandte auch Giovanni ein.

»Doch, das wissen wir.« Sancia schaute Orso an. »Und du weißt es auch. Estelle muss ihr Ritual mit einem Menschenopfer beginnen, nur mit einem. Sie hasste Tomas, aber es gibt jemanden, den sie noch viel mehr hasst. Jemand, der noch am Leben ist. Und mir fällt nur ein Ort ein, den sie für ihre Transformation wählen würde.«

Orso runzelte die Stirn. Dann erbleichte er. »O mein Gott ...«

»Soll er hierhin, gnädige Frau?«, fragte der Diener.

Estelle Candiano sah sich im Büro ihres Vaters um. Hier hatte sich nichts verändert, noch immer derselbe graue Stein und die verwinkelten Wände. Ein riesiges Fenster gewährte einen Blick auf Tevanne, während ein rundes Deckenfenster den Himmel zeigte. Allein die zwei Fenster erinnerten den Betrachter daran, dass dieser große Raum tatsächlich real war.

Estelle entsann sich, in ihrer Kindheit einmal hier gewesen zu sein. Damals hatte ihr Vater den Raum gebaut, und sie hatte auf dem Boden gesessen und die Steinplatten mit Kreide bemalt. Sie war noch ein Kind gewesen, doch als sie zur Frau herangereift war, durfte sie keine Räume mehr betreten, in denen mächtige Männer wichtige Entscheidungen trafen. Frauen, so hatte man ihr zu verstehen gegeben, stiegen nicht in diese Ränge auf.

»Gnädige Frau?«, fragte der Diener erneut.

»Hm? Was?«

»Soll ich ihn hier platzieren? An der Wand?«

»Ja. Ja, da ist gut.«

»In Ordnung. Man bringt ihn sicher bald her.«

»Gut. Und meine übrigen Sachen – aus der verlassenen Gießerei – sind auch auf dem Weg hierher, ja?«

»Ich glaube schon, gnädige Frau.«

»Gut.«

Sie schaute sich noch einmal im Büro um. *Meine Werkstatt,* dachte sie. *Meine. Und bald habe ich hier die Werkzeuge, um Wunder zu vollbringen, die sich die Welt nicht vorstellen kann ...*

Sie betrachtete ihren Arm. In ein paar Stunden würde ihre Hand, in der sie den Dolch hielte, nahtlos bis zum Herzen mit filigranen Sigillen markiert sein, der Handrücken, ihr Gelenk, der Arm, die Schulter und ihre Brust. Uralte Sigillen der Beherrschung und Übertragung, dazu imstande, riesige Mengen an Energie in ihren Körper und ihre Seele zu leiten.

Draußen in der Halle war das Quietschen und Rattern von Rädern zu hören.

Estelle Candiano sann darüber nach, dass sie wahrscheinlich der einzige lebende Mensch war, der diese alten Sigillen kannte und zu benutzen wusste.

Das Geräusch der quietschenden Räder kam immer näher.

Ich bin die Einzige, dachte sie, *mit Ausnahme des Mannes, der gerade hergerollt wird.*

Estelle wandte sich zur Tür. Zwei Bedienstete schoben soeben das Rollbett ins Büro. Sie sah zu der ausgemergelten, gebrechlichen Gestalt in den Bettlaken, das Gesicht mit Geschwüren bedeckt, die geröteten Augen winzig klein, trübe und arglos.

Sie lächelte. »Hallo, Vater.«

Kapitel 34

»Können wir sie überhaupt direkt angreifen?«, fragte Claudia. »Falls ihr euch hinsichtlich dieses Imperiats nicht irrt, könnte Estelle dann nicht jeden Angriff abwehren?«

»Das Imperiat ist nicht allmächtig«, sagte Sancia. »Es hat eine begrenzte Reichweite, und ich glaube nicht, dass es leicht zu bedienen ist. Wenn Estelle es vermasselt, könnte es alle Skriben im Berg vernichten, was dort alles auf den Kopf stellen würde. Ich denke, das weiß sie. Sie wird vorsichtig sein.«

»Also müssen wir rasch zuschlagen«, sagte Gio. »Bevor sie sich vorbereiten kann.«

»Richtig, aber das ist leicht gesagt. Ich weiß nicht, wie wir kampflos in den Berg gelangen sollen. Da sind uns Hunderte von Soldaten im Weg.«

»Von direkter Konfrontation rate ich immer ab«, sagte Claudia.

Gio seufzte. »Wie schon erwähnt: Es gibt stets drei Möglichkeiten. Quer durchs Gelände, drüber hinweg oder drunter durch. Doch es gibt keine Tunnel unter dem Campo, wir schaffen es nicht durch alle Söldner, und ich bezweifle, dass wir den Luftweg nehmen können. Man müsste einen Anker für den Segelgleiter platzieren, und dazu müsste man zum Berg, was ja genau unser Problem ist.«

»Vielleicht ist die Frage verrückt«, warf Claudia in die

Runde, »aber gäbe es eine Möglichkeit, ohne Anker zu fliegen?«

Berenice, Orso und Sancia sahen einander an.

»Was?«, fragte Claudia.

»Wir haben Leute schon fliegen sehen«, sagte Berenice.

»Und zwar verrogelt gut!«, fügte Orso hinzu. »Geradezu brillant!«

Claudia starrte sie an. »Äh ... ach ja?«

Berenice sprang auf und rannte zu einer großen Truhe in der Ecke, öffnete sie, holte etwas heraus und brachte es zum Tisch. Es handelte sich um zwei Metallplatten, die mit dünnen, aber robusten Seilen verbunden waren. Eine Platte wies ein bronzenes Einstellrad in der Mitte auf, und alles war blutverkrustet.

»Sind das ...?«, fragte Claudia.

»Das ist eine Schwerkraftmontur«, verkündete Berenice aufgeregt. »Hergestellt von Estelle Candiano selbst! Ihre Attentäter konnten damit über Mauern und Gebäude springen!«

»Mehr als das«, entsann sich Sancia. »Im Grunde konnten sie mit den verdammten Dingern fliegen!«

Claudia sah sie ungläubig an. »Heilige Scheiße!«

»Dann ist doch alles klar«, meinte Giovanni. »Du fliegst mit den Platten einfach zum Berg. Oder springst von Dach zu Dach hin.«

Sancia nahm die Schwerkraftmontur entgegen. Sie spannte den Muskel in ihrem Verstand an, öffnete die Schleuse und betrachtete sie ...

Sie hatte erwartet, dass die Platten schimmern und leuchten würden wie jedes mächtige skribierte Objekt. Aber dem war nicht so. Sie sah nur ihre silbrige Oberfläche, die an manchen Stellen glänzte und an anderen nicht.

Sancia schüttelte den Kopf. »Einige Skriben-Befehle funktionieren, aber nicht alle. Das Ding ist nicht einsatzfähig.«

»Das erkennst du, indem du es einfach *ansiehst*?«, fragte Orso fassungslos.

»Ja. Und ich kann mit dem Instrument reden.«

»Du kannst mit ihm *reden*?«

»Lass mich mal ...« Sancia legte die Hände auf die Platten, schloss die Augen und lauschte.

»Wo ist ... wo ist die MASSE?«, säuselten die Platten. »Befehlskette unvollständig ... MASSE, MASSE, MASSE. Keine Ausrichtung definiert ... MASSE? Brauchen die Dichte der MASSE. Standort der MASSE. Masse ... Ausrichtung entscheidend für die Aktivierung der Sequenz ...«

Sie schüttelte den Kopf. »Seltsam. Das ist, als ob man jemanden mit einer Kopfverletzung im Schlaf murmeln hört. Nichts davon ergibt einen Sinn. Als wären sie kaputt.«

Claudia schnalzte mit der Zunge. »Du meintest, Estelle Candiano hat sie gemacht?«

»Ja, warum?«

»Nun, wenn *meine* Feinde *mein* Spielzeug gestohlen hätten, würde ich einfach die Skriben-Definitionen in meinem Lexikon abschalten. Das würde sie nutzlos machen oder zerstören – wie diese Schwerkraftmontur.«

»Natürlich!«, rief Orso. »Deshalb können die Platten nicht richtig sprechen! Estelle hat einige wichtige Pfeiler aus ihrer Logik entfernt, sodass die Befehlskette zusammengebrochen ist!«

»Was bedeutet, dass die Platten nicht funktionieren«, sagte Claudia. »Also sind wir erledigt.«

»Und wir können vermutlich keine eigenen Definitionsplatten erstellen, die die Montur zum Laufen bringen«, seufzte Gio.

»Estelle hat mit diesem Fluginstrument praktisch etwas Unmögliches erschaffen«, sagte Orso. »Niemand hat jemals eine so genaue Kontrolle über die Schwerkraft erreicht, abgesehen von den Hierophanten. Das Unmögliche an einem Tag zu schaffen steht außer Frage.«

Schweigend dachten alle nach. Berenice beugte sich vor. »Aber ... aber wir müssen ja gar nicht *ganz von vorn* anfangen.«

»Nicht?«, fragte Sancia.

»Nein! Estelle hat wahrscheinlich *nur ein paar w*ichtige

Skriben deaktiviert, aber der Rest funktioniert sicherlich noch. Wenn man ein Loch in einer Wand hat, reißt man sie nicht ab und baut eine neue; man bearbeitet einfach einen Stein, bis er passt, und setzt ihn ein.«

»Moment mal«, sagte Orso. »Willst du damit sagen, dass wir die fehlenden Definitionen selbst formulieren sollen?«

»Nicht wir«, sagte Berenice. »Nur ich. Ich bin schneller als Ihr, Herr.«

Orso blinzelte missmutig, doch dann riss er sich zusammen. »Gut. Aber deine Metapher ist Scheiße! Wir schließen hier nicht ein gottverdammtes Loch in einer Wand! Wir haben es mit einem komplexen Skriben-Gefüge zu tun, Mädchen!«

»Dann ist es ja gut, dass wir jemanden haben, der mit Skriben sprechen kann.« Berenice setzte sich auf einem Stuhl Sancia gegenüber und nahm Papier und Feder zur Hand. »Red weiter. Berichte mir alles, was die Platten sagen.«

»Aber das ist Kauderwelsch!«, erklärte Sancia.

»Dann teil mir das ganze verdammte Kauderwelsch mit.«

Sancia legte los.

Sie beschrieb, wie die Platten sich beklagten, darum baten, dass jemand ihnen mitteilte, wo die Masse sei, welche Dichte sie habe und so weiter und so fort. Sancia hoffte, dass Berenice sie irgendwann unterbrechen würde, doch dem war nicht so. Vielmehr notierte sich die Fabrikatorin jedes Wort – bis sie endlich den Finger hob.

Langsam lehnte sie sich im Stuhl zurück und studierte das Blatt Papier vor sich. Die Hälfte der Notizen bestand aus Text, der Rest aus Sigillen und Symbolketten.

Berenice wandte den Kopf und sah Orso an. »Allmählich glaube ich, dass wir all unsere Geräte, die die Schwerkraft verändern sollten, falsch skribiert haben, Herr. Nur Estelle Candianos Entwürfe sind korrekt.«

Orso beugte sich vor. »Das klingt verrückt, aber ... ich fürchte, du hast recht. Sprich weiter.«

»Hast du das Problem schon erkannt?«, fragte Claudia.

»Noch nicht ganz«, antwortete Berenice. »Aber alles deutet auf einen speziellen Faktor hin: auf die Masse. Die Platten wollen wissen, wo sich diese Masse befindet und wie groß sie ist.«

»Und?«, hakte Sancia nach. »Was hat das mit Schweben und Fliegen zu tun?«

Berenice holte Luft. »Vielleicht irre ich mich ja, aber ... bislang ging jeder Skriber davon aus, dass die Schwerkraft nur in eine Richtung wirkt – sie zieht alles nach unten, zur Erde. Estelles Entwürfe hingegen beruhen darauf, dass *alles* eine Gravitationskraft ausübt. Alle Objekte ziehen sich gegenseitig an. Es ist nur so, dass manche eine hohe Anziehungskraft haben und andere eine geringe.«

»Hä?«, stieß Giovanni hervor. »Was für ein Unsinn!«

»Das klingt verrückt, aber auf diesem Prinzip beruht diese Schwerkraftmontur. Estelles Entwurf *trotzt nicht* der Schwerkraft. Vielmehr überzeugt er die Platten davon, dass sich über ihnen eine ganze Welt befindet, mit derselben Anziehungskraft, die auch die Erde ausübt. Das hebt die Erdschwerkraft auf, und die Platten ... schweben. Die Skriben richten die Gravitation neu aus und annullieren sie fast perfekt.«

»Ist das möglich?«, fragte Claudia.

»Zum Teufel mit dem, was möglich ist!«, keifte Orso. »Kannst du herausfinden, welche Segmente fehlen? Kannst du die Definitionen fabrizieren, die das verdammte Ding zum Laufen bringen, Berenice?«

»Ich könnte wahrscheinlich den ganzen Entwurf fabrizieren, wenn ich einen Monat Zeit hätte«, antwortete sie. »Aber ich glaube nicht, dass wir die *ganze* Skriben-Abfolge formulieren müssen. Die entscheidenden Kalibrierungen und Kontrollsegmente müssen nicht erneuert werden.«

»Nicht?«, fragte Sancia nervös.

»Nein.« Berenice sah sie an. »Nicht, wenn du mit dem verdammten Ding reden kannst. Ich muss nur einige Definitionen fabrizieren, die den Platten vermitteln, wo sich die Masse befindet und wie dicht sie ist. Und meine Definitionen müssen natürlich zu den Sigillen passen, die in die Platten eingearbeitet sind.«

Orso leckte sich über die Lippen. »Wie viele Definitionen sind das?«

Berenice führte auf dem Papier einige Berechnungen durch. »Ich denke ... vier sollten reichen.«

Er musterte sie. »Du glaubst, du kannst *vier* Definitionen fabrizieren? In wenigen *Stunden*? Die meisten Fabrikatoren schaffen kaum eine pro Woche!«

»Ich befasse mich seit Tagen mit diesem Candiano-Kram«, erwiderte Berenice. »Ich habe mir alle ihre Befehlsketten, Entwürfe und Methoden angesehen. Ich ... ich glaube, ich bekomme das hin. Aber es gibt noch ein anderes Problem. Wir müssen diese Definitionen noch in ein Lexikon übertragen, damit sie tatsächlich wirksam werden. Wir können nicht einfach in eine Dandolo-Gießerei spazieren und sie dort ins Lexikon stecken. Das würden die Wachen nicht einmal *Euch* erlauben, Herr.«

»Könnten deine Definitionen in einem Kampflexikon funktionieren?«, fragte Claudia. »In einem von den tragbaren, die im Krieg benutzt werden?«

»Die haben keine sehr hohe Reichweite«, erklärte Berenice. »Und sie sind schwer zu beschaffen, wie so ziemlich jede Kriegsausrüstung.«

»Und die Projektionsleistung des Testlexikons in meiner Werkstatt ist zu schwach«, sagte Orso. »Es deckt nur etwa zweieinhalb Kilometer ab – nicht annähernd genug, um Sancia zum Berg zu fliegen.«

»Wir können es auch nicht transportieren«, fügte Berenice hinzu. »Nicht nur, weil es in der Werkstatt auf Schienen montiert ist, sondern weil es auch fast tausend Pfund wiegt.«

»Stimmt. Scheiße!« Orso verfiel in Schweigen und stierte finster zur Wand.

»Also ... sind wir erledigt?«, fragte Sancia.

»Hört sich ganz so an«, meinte Gio.

»Nein!« Orso hob den Zeigefinger, und ein wildes Funkeln trat in seine Augen. Er sah Claudia und Giovanni an, und die beiden Tüftler schreckten leicht zurück. »Ihr zwei arbeitet oft mit Zwillings-Skriben?«

Claudia zuckte mit den Schultern. »Äh ... so oft wie jeder andere Skriber, der sein Geld wert ist.«

»Das genügt«, sagte Orso. »Ihr alle – hoch mit euch! Wir gehen in meine Werkstatt. Berenice braucht viel Platz und die richtigen Werkzeuge für ihre Arbeit. Und auch ihr werdet dort arbeiten.« Er nickte Claudia und Gio zu.

»Woran?«, fragte Claudia.

»Das überleg ich mir unterwegs!«, bellte er.

Sie verließen die Gruft, stiegen den Hügel hinauf. Zügig durchquerten sie die Gemeinviertel wie eine Gruppe von Flüchtlingen. Orso schien von wahnsinnigem Eifer erfüllt und murmelte aufgeregt vor sich hin. Erst, als sie sich den Mauern des Dandolo-Campo näherten, warf Sancia ihm einen Blick zu und sah, dass seine Wangen von Tränen benetzt waren.

»Orso?«, fragte sie leise. »Äh ... geht es dir gut?«

»Mir geht's gut.« Er wischte sich über die Augen. »Es geht mir gut. Nur ... Gott, was für eine Verschwendung!«

»Eine Verschwendung?«

»Estelle«, erwiderte er. »Sie hat herausgefunden, wie die verdammte *Gravitation* funktioniert. Sie hat ein *Abhörgerät* entwickelt. Und das alles, während sie in einem Loch im Berg gefangen war!« Für einen Moment schwieg er ergriffen. »Stell dir vor, welche Wunder sie für uns alle hätte vollbringen können, wenn man sie nur gelassen hätte! Und jetzt ist sie so gefährlich, dass wir sie nicht mehr frei herumlaufen lassen dürfen. Was für eine Verschwendung. Was für eine verrogelte *Verschwendung!*«

In der Werkstatt angekommen, setzte sich Sancia an einen Tisch und legte die Hände auf die Schwerkraftmontur, während Berenice Skriben-Blöcke bereitlegte, Pergamentpapier, Dutzende von Definitionsplatten sowie geschmolzene Bronze und Griffel für die eigentliche Fabrikation. Orso führte Claudia und Giovanni in den hinteren Teil der Werkstatt. Dort stand sein Testlexikon auf Schienen, die in eine ofenähnliche Wandkammer mit dicker Eisentür führten.

»Gott«, sagte Gio bei dem Anblick, »wie gerne würde ich so ein Ding besitzen. Damit könnte ich endlich Definitionen ausprobieren!«

Claudia besah sich die Eisentür und die Kammer. »Hier sind ziemlich mächtige Skriben eingearbeitet, die alles hitzebeständig machen. Und für ein so kleines Lexikon strahlt es *eine Menge* Hitze ab. Wenn wir für dich ein tragbares Testlexikon bauen sollen, ist das eine gigantische Aufgabe.«

»Ihr sollt kein Lexikon bauen«, widersprach Orso. »Nur eine Kiste. Genauer gesagt, eine Kiste in *dieser* Form.« Er zeigte auf die Kammer.

Claudia sah ihn verwundert an. »Du willst, dass wir eine Wärmekammer bauen?«

»Ja, ich möchte, dass ihr die Wandkammer dupliziert und beide koppelt. Aber wir brauchen einen Schalter, mit dem wir die Zwillings-Skriben ein- und ausschalten können, versteht ihr?«

Die Tüftler wechselten einen Blick. »Ich glaube schon«, antwortete Claudia.

»Gut«, sagte Orso. »Dann legt los.«

Er wusste, dass die Aufgabe den Tüftlern nicht fremd war und dass sie geschickte Fabrikatoren waren. Seine Werkstatt bot ihnen viel besseres Werkzeug, als sie in der Krypta verwendet hatten. Binnen dreier Stunden stellten sie die Grundstruktur fertig und begannen, die Zwillings-Skriben in den Rahmen einzuarbeiten.

Claudia warf einen Blick zum Hypatus, der halb in der Wandkammer stand und Feinarbeiten verrichtete. »Was genau kommt in die Kiste?«

»Eigentlich gar nichts«, antwortete er.

»Warum bauen wir eine Kiste, wenn wir nichts hineintun?«, fragte Gio erstaunt.

Orso seufzte. »Weil es nur darauf ankommt, was die Kiste zu enthalten *glaubt*.«

»Wir arbeiten hier unter verdammt hohem Zeitdruck«, maulte Claudia. »Kannst du also auf den Punkt kommen?«

»Die Idee kam mir, als wir mit Sancias Schlüssel sprachen – Clef oder wie er heißt.« Orso eilte aus der Kammer zu einer mit Sigillen beschriebenen Tafel und nahm ein paar Korrekturen vor. »Unsere Zwillings-Skriben haben ihn schwer beeindruckt, und später wurde mir klar, dass Tribuno Candiano eine Methode entwickelt hatte, um die Realität zu skribieren. Ich meine, der Berg ist im Grunde eine große Kiste, die auf alle Veränderungen in ihrem Inneren empfindlich reagiert! Mit anderen Worten: Er ist sich seines Inhalts *bewusst*. Tribuno und ich haben früher auf diesem Gebiet experimentiert, doch die Sache war zu aufwändig. Aber was, wenn man eine Kiste baut, die sich ihres Inhalts bewusst ist? Dann dupliziert man sie und versieht sie mit Zwillings-Skriben. Legt man etwas in die erste Kiste, denkt die zweite, dass sie genau dasselbe enthält!«

Claudias Mund klappte auf, als sie begriff, worauf er hinauswollte. »Du ... willst also die Wärmekammer deiner Werkstatt duplizieren, die Kammern mit Zwillings-Skriben koppeln ... und wir bringen dann das leere Duplikat ins Candiano-Campo.«

»Richtig«, bestätigte Orso fröhlich.

»Und weil die erste Kammer weiß, dass sie ein Testlexikon enthält, glaubt ihr Doppelgänger, dass er auch eins enthält. Auf diese Weise kann dann die leere Kammer die nötigen Definitionen weit genug projizieren, sodass Sancias Schwerkraftmontur funktioniert? Ist das dein Plan?«

»Das ist die Theorie!« Orso grinste breit. »Im Grunde doppeln wir *ein Stück Realität*! Nur dass dieses spezielle Stück ein kleines Lexikon mit den Definitionen ist, die wir für unser Unterfangen brauchen! Ergibt das einen Sinn?«

»Das ... verursacht Knoten in meinem Gehirn«, murrte Gio. »Du willst ein Objekt durch Skriben davon überzeugen, dass es skribiert ist?«

»Im Wesentlichen«, bestätigte Orso. »Aber genau darum geht es ja beim Skribieren. Die Realität spielt keine Rolle. Solange man jemandes Meinung umfassend genug ändert, glaubt er an jedwede Realität, die man ihm einredet.«

»Wie sollen wir das hinbekommen?«, fragte Claudia.

»Also ihr zwei werdet einen Scheiß tun!« Orso schnaubte. »Ich übernehme die schwere Aufgabe, der Hitzekammer bewusst zu machen, was sie enthält! Ihr zwei kümmert euch um die grundlegenden Zwillings-Skriben. Könnten wir also aufhören zu quatschen, damit ich mich meiner verdammten Arbeit widmen kann?«

Sie arbeiteten noch ein paar Stunden weiter, liefen hin und her, krochen in die Hitzekammer und wieder heraus und platzierten ihre Skriben und Sigillen-Kombinationen an genau den richtigen Stellen. Schließlich waren die Tüftler fertig und sahen auf Orsos Beine, die aus der Kammer ragten, während er drinnen die letzten Feinarbeiten vornahm.

Endlich kroch er heraus. »Ich ... glaube, ich bin fertig«, sagte er leise und wischte sich den Schweiß von der Stirn.

»Wie testen wir den Entwurf?«, wollte Claudia wissen.

»Gute Frage. Mal sehen ...« Orso trat zu seinen Regalen und nahm etwas heraus, das wie eine kleine Eisendose aussah. »Ein Heizinstrument«, erklärte er. »Damit prüfen wir, ob die Lexikonkammern richtig isoliert sind.« Er drückte einen Schalter an der Seite, warf das Instrument in die Wandkammer und verriegelte die Tür. »Da drinnen dürfte es jetzt gleich ziemlich heiß werden.«

»Und dann?«, fragte Gio.

Orso schaute sich um, nahm einen hölzernen Farbkasten von einem Tisch, kippte die Farbdosen aus und warf den Kasten in die neu gebaute Kammer. »Hilf mir, das Ding auf den Boden zu stellen, und schalte es ein.«

Er und Gio hoben die Kiste stöhnend vom Tisch und stellten sie vorsichtig auf dem Boden ab. Dann schlossen und verriegelten sie die Eisentür, drehten einen bronzenen Einstellknopf und aktivierten die Zwillings-Skriben.

Plötzlich knarrte die Kiste, als hätte jemand eine erhebliche Last auf sie gelegt.

»Gutes Zeichen«, meinte Orso. »Ein Testlexikon ist verflucht schwer. Wenn die Kiste glaubt, eins zu enthalten, müsste sie theoretisch selbst schwerer werden.«

Sie warteten einen Moment ab. »In Ordnung«, sagte Orso schließlich. »Schalt sie aus.«

Gio drehte das Einstellrad auf die Ausgangsposition zurück, der Hypatus zog den Türriegel auf und öffnete die Kiste.

Eine riesige Wolke heißen schwarzen Rauchs wallte heraus. Hustend wedelten sie sich die Schwaden aus den Gesichtern und spähten in die Hitzekammer. Als sich der Qualm verflüchtigte, blickten sie auf eine stark verkohlte Kiste.

Orso gackerte vor Freude. »Sieht so aus, als würde es funktionieren! Der Doppelgänger hat geglaubt, dass er dasselbe Heizinstrument wie das Original enthalten hat!«

»Es funktioniert?«, hauchte Gio. »Ich kann nicht glauben, dass es wirklich funktioniert …«

»Ja! Jetzt bringen wir noch Räder an, und schon haben wir ein leichtes, mobiles Lexikon. Gewissermaßen.«

Sie montierten die leere Kammer auf einen Holzwagen und stellten sicher, dass sich nichts lösen konnte. Als sie fertig waren, traten sie einen Schritt zurück und bestaunten ihre Arbeit.

»Sieht nicht sehr beeindruckend aus«, fand Gio.

»Könnte einen Anstrich vertragen, ja«, stimmte Orso zu.

»Aber es ist wahrscheinlich das mächtigste Instrument, das ich je gebaut habe«, sagte Gio.

Claudia sah den Hypatus an. »Orso, dir ist schon klar, was du hier erschaffen hast, oder? Bislang haben Skriben nur räumlich begrenzt gewirkt; man musste in der Nähe eines großen, teuren Lexikons bleiben, damit sie funktionieren. Im Grunde hast du hier herausgefunden, wie man billig und mühelos eine ganze Region abdecken kann, ohne vierzig Lexiken oder dergleichen bauen zu müssen!«

Orso blinzelte überrascht. »Habe ich das? Nun, die Funktion ist noch ein wenig eingeschränkt, aber ich glaube, du hast recht.«

»Wenn wir diese Sache überleben«, merkte Claudia an, »könnte sich diese Technik als unglaublich lukrativ erweisen.«

»Wo wir gerade vom Überleben sprechen …«, sagte Gio. »Wie soll uns das gelingen? Immerhin wollen wir das Herzstück eines Handelshauses angreifen und eine Gründerin töten.«

Orso blickte in die Hitzekammer auf dem Wagen und tippte sich nachdenklich gegen die Schläfe. »Claudia«, sagte er leise, »wie viele Tüftler gibt es in Tevanne?«

»Wie viele? Ich weiß nicht. Fünfzig oder so.«

»Und wie viele würden dir treu folgen? Mindestens ein Dutzend?«

»Ja, so ungefähr. Warum?«

Orso grinste irre. »Ich weiß nicht, warum das so ist, aber jedes Mal, wenn ich Todesangst habe, kommen mir die besten Ideen. Wir müssen nur ein paar Unterlagen einreichen. Und vielleicht ein Grundstück kaufen.«

Die Tüftler wechselten einen Blick. »Oh, Junge«, brummte Gio leise.

Sancia sah, wie Berenice erneut von der Tafel zum Pergament und dann zu den Skriben-Blöcken lief. Mit faszinierender Anmut kritzelte sie Skriben-Kombinationen auf jede freie Oberfläche. Bislang hatte sie zwei Definitionsplatten fertiggestellt. Die Platten selbst hatten einen Durchmesser von gut sechzig Zentimetern, waren aus Stahl und mit Spiralen aus Bronze-Sigillen bedeckt, die Berenice alle mit ihrem Schmelzgriffel eingearbeitet hatte.

Sie sah von ihrer Arbeit auf. Eine Haarsträhne klebte ihr an der verschwitzten Stirn. Sie strahlte Zufriedenheit aus. »Frag sie, wie es mit Höhenangaben steht.«

Sancia blinzelte irritiert. »Hm? Was?«

»Frag die Platten, ob sie etwas über die Höhe wissen müssen.«

»Ich hab doch gesagt, dass sie meine Fragen nicht konkret beantwor...«

»Tu es einfach!«

Sancia gehorchte. Sie schloss die Augen, öffnete sie wieder und sagte: »Die Platten wissen anscheinend nicht einmal, was Höhe ist.«

»Perfekt!«

»Wieso das?«

Berenice machte sich Notizen. »Das ist eine Lücke weniger, die ich schließen muss.«

Orso gesellte sich zu ihnen und schaute Sancia über die Schulter. »Wir haben unseren Teil getan. Wie weit seid ihr?«

Berenice studierte die dritte Definitionsplatte durch ein Vergrößerungsglas. Sie fügte dem kleinen Skript eine letzte Sigillen-Abfolge hinzu, legte die Platte beiseite und nahm die vierte, noch leere auf. »Drei sind fertig, eine ist noch übrig.«

»Gut«, sagte Orso. »Ich bestücke das Testlexikon damit.«

Er nahm die fertigen Definitionsplatten mit. Sancia berührte nach wie vor die Schwerkraftmontur. Während sich Orso mit den klimpernden Platten entfernte, leuchteten plötzlich die Gravitations-Skriben vor Sancia auf – und sprachen zu ihr!

»Die Position der MASSE ist derzeit NULL!«, *sagten die Platten* fröhlich. »Die Dichte der Masse? Definition der MASSEDICHTE ist erforderlich, um die Wirkung zu verstärken. Stufen der ... hm, sind außerstande, die Stufen der MASSEDICHTE zu definieren.«

»O mein Gott«, hauchte Sancia. »Die Montur funktioniert.«

»Ausgezeichnet«, sagte Berenice. »Was verlangt sie?«

»Ich glaube, sie will wissen, wie dicht die Masse ist. Mit anderen Worten, wie schwer das Objekt ist, das die Platten tragen müssen. Also ... mein Körpergewicht.«

Berenice lehnte sich zurück. »Ah ... tja, ich habe eine Frage an dich.«

»Ja?«

»Mir fehlt die Zeit für Feinschliff. Also musst *du* den Platten die Massendichte mitteilen, vereinfacht gesagt: wie schnell du fliegen willst. Du könntest der Montur beispielsweise sagen, dass sechs Erden am Himmel schweben. Dann wirst du mit der sechsfachen Erdanziehungskraft nach oben gezogen, abzüglich der Gravitationseinwirkung der wirklichen Erde. Verstehst du?«

Sancia runzelte die Stirn. »Du meinst also, bei dieser Angabe kann man eine Menge falsch machen.«

»Sogar sehr viel.«

»Und ... welche Frage willst du mir stellen?«

»Ich habe eigentlich keine Frage. Ich wollte dir das alles nur begreiflich machen, ohne dass du gleich in Panik ausbrichst.« Berenice machte sich wieder an die Arbeit.

»Großartig«, murmelte Sancia.

Die nächste Stunde verging wie im Flug. Dann noch eine.

Immer wieder blickte Orso aus dem Fenster zum Michiel-Uhrturm. »Gleich sechs«, sagte er nervös.

»Fast fertig«, vermeldete Berenice.

»Das sagst du schon die ganze Zeit. Zuletzt vor einer Stunde.«

»Aber diesmal meine ich es ernst.«

»Das hast du *ebenfalls* vor einer Stunde gesagt.«

»Orso«, mischte sich Sancia ein, »halt die Klappe und lass sie arbeiten!«

Berenice schrieb eine weitere Skriben-Abfolge und verbrauchte noch ein großes Bündel Pergamentpapier, ein weiteres Dutzend Schmelzgriffel, Tintenfässer und Schalen mit geschmolzener Bronze. Schließlich, um acht Uhr ...

... hielt sie inne, starrte noch einmal durch die Lupe, lehnte sich erschöpft zurück und seufzte: »Ich ... ich *glaube,* ich bin fertig.«

Kommentarlos schnappte sich Orso die Definitionsplatte, rannte zum Testlexikon und steckte sie ein. Dann fuhr er das Lexikon hoch. »Sancia!«, rief er. »Wie sieht es aus?«

Die Schwerkraftmontur leuchtete in ihren Händen auf, allerdings nicht sonderlich hell; nicht alle Funktionen waren aktiviert, aber die meisten, und Berenice zufolge brauchten sie auch nicht alle.

»Definiere die LAGE und DICHTE der MASSE, um Wirkung zu erzielen!«, sagte die Montur mit manischer Fröhlichkeit.

Sancias Bauch verkrampfte sich. Sie wollte die Montur erst richtig verstehen, ehe sie ihr einen Befehl erteilte. »Sag mir, wie ich dich in Gang setze.«

»Zuerst müssen wir bestimmen, wo die MASSE ist«, quiekten die **Platten.**

»Was ist Masse?«

»Masse ist das Grösste, was es gibt. Fast jede ANZIEHUNG zielt auf das GRÖSSTE Ding.«

»In Ordnung ...«

»Dann muss die STÄRKE der ANZIEHUNG des GRÖSSTEN DINGS definiert werden. Alle Materie FÄLLT zum GRÖSSTEN DING, das die ANZIEHUNG ausübt.«

Allmählich begriff Sancia. »Die Masse befindet sich oben«, sagte sie.

»Großartig!«, erwiderten die Platten. »Sehr unkonventionell. Und die DICHTE?«

»Die Dichte beträgt ... die Hälfte der normalen Erddichte? Funktioniert das?« Falls Sancia sich nicht irrte, würde das ihr Körpergewicht auf die Hälfte reduzieren.

»Sicher! Soll ich jetzt die EFFEKTE umsetzen?«

»Äh ... ja.«

»Erledigt!«

Sofort wurde Sancia flau, als liefe eine lebende Maus in ihren Eingeweiden herum. Etwas hatte sich verändert. Ihr Gehirn fühlte sich schwer an, als würde ihr Blut in den Kopf gesogen.

»Und?«, fragte Orso ungeduldig.

Sancia atmete tief durch, stand auf und ...

... hob vom Boden ab!

Verängstigt sah sie sich um, während sie zur Decke schwebte, zwar nicht sehr schnell, trotzdem kam es ihr recht zügig vor, vermutlich, weil sie in Panik war. »O mein Gott! Heilige Scheiße! Kann mich jemand festhalten?«

Niemand machte Anstalten, sie zu packen. Alle stierten sie nur an.

»Scheint zu funktionieren«, sagte Gio.

Zu Sancias Erleichterung sank sie wieder hinab, allerdings auf einen großen Stapel leerer Metallschalen zu, die auf einem Tisch standen. »Scheiße!«, sagte sie. »Scheiße, Scheiße!« Hilflos zappelte sie in der Luft herum, und ihre Gefährten sahen tatenlos dabei zu, wie sie langsam auf die Metallschalen zuschwebte und dagegen stieß, woraufhin die Schalen durch die Werkstatt polterten.

»Effekte beenden!«, schrie Sancia die Montur an.

»Erledigt!«

Sofort ließ die Leichtigkeit von ihr ab, sie stürzte auf den Tisch und fiel zu Boden.

Entzückt sprang Berenice auf und hob triumphierend die Faust. »Ja. Ja! *Ja!* Ich hab's geschafft, ich hab's geschafft, ich *hab's geschafft!*«

Stöhnend sah Sancia zur Decke.

»So will sie also Estelle aufhalten, ja?«, fragte Gio. »Auf diese Weise?«

Orso schmunzelte. »Nennen wir es einen … akzeptablen Erfolg.«

Eine Stunde später gingen sie den Plan erneut durch.

»Wir haben zwar alles, was wir brauchen«, sagte Orso, »müssen aber immer noch unsere leere Kiste platzieren, höchstens zweieinhalb Kilometer vom Berg entfernt. Sonst funktioniert die Schwerkraftmontur nicht mehr.«

»Wir müssen also trotzdem aufs Campo-Gelände?«, fragte Claudia.

»Ja, aber wir brauchen nicht weit hinein. Vierhundert Meter, nicht mehr.«

Claudia seufzte. »Könnte Sancia nicht mit der Montur die Mauer überfliegen und die Tore von innen öffnen?«

Gio schüttelte den Kopf. »Nicht, ohne in Stücke geschossen zu werden. Wenn der Campo komplett abgeriegelt ist, schießen die Torwachen auf jeden, der sich nähert.«

Sancia hielt die Gravitationsplatten in der Hand, flüsterte ihnen zu und lauschte ihrer Antwort. Dann setzte sie sich auf. »Ich kann uns hinter die Mauer bringen. Oder besser gesagt, durch sie hindurch.«

»Wie?«, erkundigte sich Berenice.

»Ein Tor ist nur eine große Tür. Und Clef hat mir viel über Türen beigebracht. Ich muss nur nah genug herankommen.« Sancia schaute sich in der Werkstatt um und entdeckte etwas, das ihr schon aufgefallen war, als sie nach dem Abhörgerät gesucht hatte. »Die schwarzen Würfel dort drüben, die das Licht zu verschlucken scheinen, sind die stabil?«

Orso schaute sich überrascht um. »Die? Ja, sie sind mit einem Hauptlexikon der Dandolo-Gießerei gekoppelt, sodass man sie fast überall benutzen kann.«

»Kann man sie an einem Kürass oder einem Kleidungsstück

befestigen? Es wäre verdammt praktisch, wenn ich aussähe wie ein Schatten in der Dunkelheit.«

»Sicher«, sagte Orso. »Aber ... warum?«

»Damit könnte ich mich an die Ostmauer des Candiano-Campo schleichen. Dann kümmere ich mich um den Rest. Berenice, Orso – Ihr müsst eure Zauberkiste auf einen Wagen laden und euch am *Südwesttor* bereithalten. Alles klar?«

»Du willst die ganze Candiano-Mauer ablaufen?«, fragte Claudia.

»Einen Großteil davon. Wir brauchen eine Ablenkung. Und ich kann uns eine gute verschaffen.«

Gio besah sich die schwarzen Würfel. »Wofür sind die? Solche Licht-Skriben habe ich noch nie gesehen.«

»Die habe ich für Ofelia Dandolo entwickelt«, erklärte Orso. »Für irgendein Geheimprojekt von ihr. Gregor erwähnte, dass sie aus den Dingern eine Art Assassinen-Lorica gemacht hat. Eine Tötungsmaschine, die man nicht kommen sieht.«

Gio stieß einen leisen Pfiff aus. »Es wäre praktisch, so eine heute Abend zu haben.«

Sancia sank auf ihrem Stuhl zusammen. »Mir wäre es lieber, mit dem Mann in den Krieg zu ziehen, der von uns allen die meiste Kampferfahrung hat. Aber er wurde uns genommen.« Sie seufzte traurig. »Also müssen wir ohne ihn zurechtkommen.«

Kapitel 35

Die Dunkelheit umwirbelte ihn. Holz knarrte, Glas klirrte, und irgendwo erklang ein Husten und Wimmern.

»Gregor ...«

Es roch nach Verwesung, Eiter, durchbohrten Eingeweiden und nasser Erde.

»Gregor?«

Wirbelndes Wasser, das Geräusch vieler Schritte, ein Husten und ein Wimmern.

»Gregor ...«

Er spürte etwas in der Brust, etwas zitterte und wand sich darin. Etwas war in ihm, etwas Lebendiges, das sich bewegte.

Entsetzen packte ihn. Doch obwohl er nicht klar denken konnte, begriff er allmählich.

Das Ding in seiner Brust war sein eigenes Herz. Es begann zu schlagen, zunächst sanft, ängstlich, wie ein Fohlen, das die ersten Schritte macht. Dann wurden die Schläge kräftiger, sicherer.

Seine Lunge bettelte um Luft, und Gregor Dandolo atmete tief ein. Wasser gluckste und schäumte in seinem Inneren, und er hustete und würgte.

Er rollte sich auf die Seite. ER lag auf einer Art Steinplatte, auf die er sich nun erbrach. Was herauskam, war Kanalwasser – das erkannte er am Geschmack –, und zwar eine Menge davon.

Dann fiel ihm etwas auf. Sein Bauch. Vor Kurzem tobten

noch arge Schmerzen durch seinen Leib, doch inzwischen spürte er sie nicht mehr.

»Na also, Liebling«, erklang die Stimme seiner Mutter irgendwo in der Nähe. »Na also.«

»M... Mutter?«, wisperte er. Gregor wollte sich umsehen, doch etwas stimmte mit seinen Augen nicht. Er sah nur Streifen und Schatten. »Wo bist du?«

»Ich bin hier.« Etwas regte sich in der Dunkelheit, und er meinte, eine menschliche Gestalt zu erkennen, die ein Kleid trug und eine Kerze hielt. »Ich bin direkt neben dir, Liebling.«

»Was ... was ist mit mir passiert?«, krächzte er. »Wo bin ich? Was ist mit meinen Augen los?«

»Nichts«, sagte sie beschwichtigend. Er spürte ihre Berührung an der Stirn, ihre weiche, warme Hand auf der Haut. »Es geht deinen Augen bald besser. Sie wurden nur eine Weile nicht benutzt.«

Er blinzelte und stellte fest, dass sich seine Augen kalt anfühlten. Er wollte sich ins Gesicht fassen und merkte, dass er die Hände nicht kontrollieren, ja, nicht einmal die Finger bewegen konnte.

»Sch...«, machte seine Mutter. »Ganz ruhig. Rühr dich nicht.«

Er schluckte. Seine Zunge fühlte sich ebenfalls kalt an. »Was geht hier vor?«

»Ich habe dich gerettet. *Wir* haben dich gerettet.«

»Wir?« Erneut blinzelte er und erkannte daraufhin ein wenig mehr vom Raum. Er befand sich in einem niedrigen Keller mit gewölbter Decke. Um ihn herum standen Menschen in grauen Gewändern, die kleine, flackernde Kerzen hielten.

Aber etwas stimmte nicht mit den Wänden des Raumes – und als er genauer hinsah – auch nicht mit der Decke. Sie schienen sich zu bewegen. Sich zu kräuseln.

Das ist ein Traum, dachte Gregor. *Das muss ein Traum sein ...*

»Was ist mit mir passiert?«

Ofelia seufzte tief. »Das, was dir schon so oft passiert ist, Liebling.«

»Ich verstehe nicht ...«, flüsterte er.

»Ich hatte dich verloren«, antwortete sie. »Aber du bist wieder zurückgekehrt.«

Gregor lag auf der Steinplatte und atmete schwach. Stück für Stück kehrte die Erinnerung zurück.

Die Frau ... Estelle Candiano. Die Klinge in seinem Bauch. Der Strudel dunklen Wassers ...

»Ich ... ich bin gestorben«, flüsterte er. »Sie hat mich erstochen. Estelle Candiano erstach mich.«

»Ich weiß«, sagte seine Mutter. »Das hast du uns schon gesagt, Gregor.«

»Sie ... Sie hat mich doch nicht wirklich erstochen, oder, Mutter?« Es gelang ihm, sich mit der Hand abzustützen und sich aufzusetzen.

»Nein, nein«, tadelte seine Mutter ihn. »Leg dich wieder hin, Liebling, leg dich hin.«

»Ich ... ich bin doch nicht *gestorben,* Mutter?«, fragte er erneut. Sein Verstand fühlte sich träge an, doch wenigstens konnte er mittlerweile wieder denken, zumindest ein wenig. »Das wäre verrückt ... Ich kann ja nicht sterben und einfach ... einfach ... wieder zum Leben erwach...«

»Genug.« Seine Mutter strich ihm mit zwei Fingern über die rechte Kopfseite.

Sofort erschlaffte Gregor. Taubheit überkam ihn. Er konnte sich nicht bewegen, nicht einmal mehr blinzeln. Er war in sich selbst gefangen.

»Sei ruhig, Gregor«, sagte seine Mutter. »Sei ganz ruhig ...«

Sein Schädel wurde heiß. Auf der rechten Seite, genau dort, wo seine Mutter ihn berührte. Anfangs war der Schmerz erträglich, wurde jedoch immer schlimmer. Es fühlte sich an, als würde seine rechte Gehirnhälfte glühend heiß.

Er konnte sich nicht daran erinnern, so etwas selbst jemals erlebt zu haben, doch ihm fiel ein, dass ihm jemand dieses Gefühl beschrieben hatte.

Orso und Berenice waren dabei gewesen, als Sancia in der Bibliothek gesagt hatte: *Und wenn ich die Skriben in meinem Schädel überlaste, brennen sie wie heißes Blei.*

Was geht hier vor?, dachte Gregor verzweifelt. *Was geschieht mit mir?*

»Bleib ruhig liegen, Gregor«, bat ihn Ofelia. »Lieg still.«

Wütend auf seinen tauben Körper, versuchte er, sich zu bewegen, doch ohne Erfolg. Die Hitze in seinem Schädel wurde unerträglich. Die Finger seiner Mutter fühlten sich an wie glühendes Eisen.

Inzwischen konnte er das Gesicht seiner Mutter sehen, leicht erhellt vom flackernden Licht der Kerzenflamme. Ein trauriger Ausdruck schimmerte in ihren Augen. Gleichwohl sah sie nicht überrascht, verärgert oder verängstigt aus. Vielmehr wirkte sie so, als ginge sie einer bedauerlichen Pflicht nach, mit der sie durchaus vertraut war.

»Was dir passiert ist, verletzt mein Herz, Liebling«, wisperte sie. »Aber ich danke dir, dass du zu uns zurückkehrst, jetzt, da wir dich am meisten brauchen.«

Gregors Herz machte einen Satz. *Nein, nein,* dachte er. *Nein, ich werde verrückt. Das ist ein Traum. Das ist alles nur ein Traum …*

Eine weitere Erinnerung stieg in ihm auf, vom selben Abend in der Bibliothek. Orso hatte schulterzuckend gesagt: *Oh, das war vermutlich nicht nur* ein *Handelshaus. Wenn tatsächlich eins versucht hat, Menschen zu skribieren, haben es die anderen auch versucht. Vielleicht laufen diese Versuche sogar noch …*

Nein, dachte er. *Nein, nein, nein …*

Gregor hatte damals gesagt: *Sie könnten den Verstand von Soldaten skribieren. Sie furchtlos machen. Sie zu unausprech-*

lichen Taten treiben, an die sie sich hinterher nicht mehr erinnern ...

Nein!, dachte er. *Nein, das kann nicht sein! Das kann nicht sein!*

Und Berenice hatte geflüstert: *Sie könnten einen Menschen so skribieren, dass er den Tod umgeht.*

Und schließlich fiel ihm ein, was er am Golf zu Sancia gesagt hatte: *Nach Dantua kam es mir vor, als wäre ein Zauber von meinen Augen genommen worden.*

Seine Mutter betrachtete ihn weiterhin mit diesem traurigen Blick. »Du erinnerst dich jetzt«, sagte sie, »nicht wahr? Normalerweise erinnerst du dich um diese Zeit.«

Er entsann sich an ihre zornigen Worte in der Vienzi-Gießerei: *Ich habe das Projekt beendet. Es war falsch. Und wir brauchten es sowieso nicht mehr!*

Die Frage war nur: Warum hätte Haus Dandolo aufhören sollen, Menschen zu skribieren? Inwiefern brauchte man die Experimente nicht mehr?

Weil du schon herausgefunden hattest, wie es geht, dachte Gregor.

Am selben Tag hatte seine Mutter in der Vienzi-Gießerei gesagt: *Ich habe dich in Dantua nicht verloren. Du hast überlebt, und ich hege keinen Zweifel daran, Gregor, dass du immer überleben wirst.*

Wie habe ich Dantua überlebt?, dachte er entsetzt. *Habe ich überhaupt überlebt? Oder bin ich ... dort gestorben?*

»Ich habe deinen Vater verloren«, sagte seine Mutter. »Ich habe deinen Bruder verloren. Und ich hätte auch dich bei dem Unfall verlieren können, Liebling. Doch dann kam *er* ... Er kam und zeigte mir, wie ich dich retten, dich heilen konnte. Also tat ich es. Aber ... im Gegenzug musste ich ihm einige Dinge versprechen.«

Gregor sah die in Roben gekleideten Menschen mit den Kerzen, die seltsamen, sich kräuselnden Wände in der Dunkelheit.

Und er hörte ein Wispern. Zuerst hatte er gedacht, die Menschen in den Roben würden flüstern, aber dem war nicht so. Vielmehr schien sich Gregor in einer Art Wald aus Samtblättern zu befinden. Seine Ohren hörten das Wispern, sein Verstand indes konnte es nicht zuordnen.

»Genug«, sagte seine Mutter. »Genug der Gefühle. Hör mir zu, Gregor.« Ihre Stimme wurde so schrecklich laut, dass sie seine Gedanken übertönte. »Hör mir zu. Hörst du mich?«

Gregors Angst und Wut verblassten. Seine Mutter zog die Finger zurück, und es fühlte sich an, als lege sich eine kalte, nasse Decke über Gregors Verstand. Er hörte sich leise sagen: »Ja, ich höre dich.«

»Du warst tot«, sagte sie. »Wir haben dich gerettet, schon wieder. Aber du musst etwas für uns tun. Verstehst du?«

Wieder bewegten sich seine Lippen, und Worte sprudelten aus seinem Mund: »Ja, ich verstehe.«

»Du hast etwas bestätigt, das wir schon lange vermutet haben«, sagte sie. »Estelle Candiano steckt hinter diesem monströsen Komplott. Sag ihren Namen. Jetzt.«

»Estelle Candiano«, hörte er sich sagen, undeutlich und matt.

»Estelle Candiano wird heute Abend etwas Dummes versuchen«, sagte seine Mutter. »Etwas, das uns alle in Gefahr bringen kann. Wir wollten unsere Bemühungen geheim halten, nie in der Öffentlichkeit agieren. Aber jetzt zwingt sie uns dazu. Wir müssen reagieren, und zwar direkt. Allerdings dürfen wir keine Spuren hinterlassen. Sie hat etwas in ihrem Besitz, das sie nicht versteht. Hörst du mich?«

»Ja«, sagte er hilflos, »ich höre dich.«

Seine Mutter beugte sich dicht über ihn. »Es ist eine Kiste. Mit einem Schloss.«

»Eine Kiste«, wiederholte er. »Mit einem Schloss.«

»Wir suchen schon seit einiger Zeit nach dieser Kiste, Gregor. Wir haben zwar vermutet, dass die Candianos sie haben, wussten aber nicht, wo. Jetzt aber wissen wir es. Dank deiner Bemühungen glauben wir, dass Estelle Candiano die Kiste im Berg aufbewahrt. Wiederhol das.«

»Im Berg«, sagte er langsam.

»Hör mir zu, Gregor«, hauchte sie. »Hör gut zu. In dieser Kiste ist ein Teufel. Wiederhol das.«

Gregor blinzelte träge und flüsterte: »In dieser Kiste steckt ein Teufel.«

»Ja. Ja, ganz genau. Wir können nicht zulassen, dass Estelle sie öffnet. Sollte es ihr heute Abend gelingen, ihren Plan in die Tat umzusetzen, erhebt sie sich und wird zu einer Schöpferin. Wenn sie den Schlüssel besitzt, ist sie imstande, die Kiste zu öffnen. Aber wir dürfen *auf keinen Fall* zulassen, dass sie entfesselt, was darin schläft.« Ofelia schluckte, und wäre Gregor schon wieder ganz bei Sinnen gewesen, hätte er erkannt, wir sehr sie dieser Gedanke ängstigte. »Einst kam es zu einem Krieg. Zu einem Krieg, der alle Kriege beenden sollte. Wir können so etwas nicht noch einmal riskieren. Wir dürfen nicht zulassen, dass der Teufel aus der Kiste entweicht. Wiederhole das!«

»Wir dürfen nicht zulassen, dass der Teufel aus der Kiste entweicht«, flüsterte Gregor.

Sie beugte sich zu ihm hin und drückte die Stirn an seine Schläfe. »Ich bin so stolz auf dich, mein Liebling. Ich weiß nicht, ob du es absichtlich getan hast oder die Hand des Schicksals dich lenkte … Aber Gregor, du sollst wissen, dass ich dich trotz allem … liebe. Ich … liebe dich.«

Gregor wiederholte stumpf: »Ich liebe dich …«

Ofelia stand auf, ihre Miene eine Mischung aus Scham und Schmerz, als hätten seine tonlosen Worte sie tief im Innersten getroffen. »Genug! Wenn du dich erholt hast, musst du dich bis zum Berg vorkämpfen, Gregor. Dort musst du Estelle Candiano finden. Töte sie! Und dann nimmst du den Schlüssel und die Kiste und schaffst sie her. Eliminiere jeden, der dich aufhalten will. Wir haben mächtige, schöne Instrumente erschaffen, die dir bei dieser Aufgabe helfen werden. Du musst sie benutzen und tun, was du am besten kannst, Gregor. Tu das, wozu wir dich gemacht haben: Du musst kämpfen!«

Sie deutete zu etwas, das sich hinter ihm befand. Gregor wandte sich um.

Und als er sah, worauf sie zeigte, wurden ihm zwei Dinge klar.

Zum einen verstand er plötzlich, warum die Wände des Raums zu wabern schienen, warum er dieses Flattern und Flüstern hörte ...

Der Raum war voller Motten. Sie wirbelten, tanzten und flatterten an den Wänden entlang, unter der Decke, ein Meer aus weißen Motten, das ihn und seine Mutter umschwirrte und deren Flügel ihm wie flackernde Knochen vorkamen.

Zum anderen erkannte Gregor, dass jemand hinter ihm stand. Er nahm die Person jedoch nur aus den Augenwinkeln wahr, nur flüchtig.

Vermutlich ein Mann. Eine menschliche Gestalt, groß und dünn, in schwarze Stoffstreifen gehüllt wie eine mumifizierte Leiche. Zudem trug sie einen kurzen schwarzen Umhang.

Und sie beobachtete ihn.

Gregor drehte sich um, um einen genaueren Blick auf die Gestalt zu werfen, aber im Nu war sie verschwunden. An ihrer Stelle schwirrte eine Säule aus Motten, ein regelrechter Mottensturm, ein Wirbel aus weißen Flügeln.

Er sah die Motten an und erkannte, dass sich etwas in der Säule befand; sie umwirbelten etwas, tanzten um etwas Weißes herum.

Langsam öffnete sich die Mottensäule wie ein Vorhang.

Ein hölzerner Ständer kam zum Vorschein, und daran hing eine schwarze Rüstung. Der Handschuh des rechten Arms war mit einer schwarz brünierten Teleskopwaffe versehen, halb Axt, halb Speer. Am anderen Arm war ein riesiger, runder Schild mit integriertem Bolzenwerfer befestigt. Und in der Mitte des Kürasses prangte eine seltsame schwarze Platte.

Gregors Mutter wisperte ihm ins Ohr: »Bist du bereit, mein Liebling? Bist du bereit, uns alle zu retten?«

Gregor starrte auf die Lorica. Er hatte solche Konstrukte schon in Aktion erlebt und wusste, wozu sie gemacht waren: für Krieg und Mord!

Er flüsterte: »Ich bin bereit.«

Kapitel 36

Am anderen Ende der Stadt, hoch auf dem Berg, blickte Estelle Candiano in den Spiegel und konzentrierte sich auf ihre Atmung.

Langsame, tiefe Atemzüge, ein und aus, ein und aus. Was sie gerade tat, erforderte viel Feingefühl, und die Atmung zu regulieren half, dass ihre Hände ruhig blieben. Falls sie einen Fehler beginge, nur einen winzigen Strich falsch auftrug, wäre das gesamte Werk ruiniert.

Sie tauchte den Stift in die Tinte, die mit Gold-, Zinn- und Kupferpartikeln durchsetzt war, schaute in den Spiegel und zeichnete sich weitere Symbole auf die nackte Brust.

Es war knifflig, das spiegelverkehrt zu tun. Aber Estelle hatte geübt. Sie hatte in den letzten zehn Jahren alle Zeit der Welt zum Üben gehabt, allein und ignoriert in den Hinterzimmern des Berges.

Gewöhnliche Sigillen sind die Sprache der Schöpfung, dachte sie. *Abendländische hingegen bilden die Sprache, in der Gott zur Schöpfung sprach.* Erneut tauchte sie den Stift in die Tinte und begann eine neue Zeile. *Und mit diesen Befehlen, mit dieser Macht lässt sich die Realität verändern – vorausgesetzt, man ist vorsichtig.*

Ein weiterer Strich, dann noch einer, und die nächste Sigille war vollendet. Von der linken Hand an bis zur Schulter war ihre Haut mit Zeichen bedeckt, mit einer Spirale aus schwarz glänzenden Symbolen, die sich vom Arm bis zu ihrem Herzen erstreckte.

Jemand hustete und gluckste. Estelle sah im Spiegel die Gestalt hinter ihr im Bett. Ein kleiner, schweißbedeckter Mann mit glitzernden Augen, der nach Atem rang. »Bitte bleib ruhig, Vater«, sagte sie leise. »Und hab Geduld.«

Sie schaute auf die Wanduhr. Zwanzig nach zehn.

Ihr Blick huschte zum Fenster. Vor dem Berg breitete sich die nächtliche Kulisse von Tevanne aus. Alles schien still zu sein.

»Hauptmann Riggo!«, rief sie.

Schritte erklangen, dann öffnete sich die Bürotür. Hauptmann Riggo trat ein und salutierte. Er schaute nicht zu Tribuno Candiano, der keuchend in seinen schmutzigen Laken lag. Er stockte nicht beim Anblick der barbusigen Estelle, die sich Symbole auf die Haut gemalt hatte. Denn Hauptmann Riggo verfügte über jene Tugend, die Tevanne am meisten schätzte: die Fähigkeit, im richtigen Moment für eine riesige Geldsumme wegzusehen.

»Ja, gnädige Frau?«

Estelle saß vollkommen reglos da, der Stift schwebte über ihrer Haut. »Geht draußen irgendetwas vor?«

»Nein, gnädige Frau.«

»Und im Campo?«

»Nichts, gnädige Frau.«

»In den Gemeinvierteln?«

»Nichts, soweit wir das beurteilen können, gnädige Frau.«

»Und unsere Truppen?«

»Sind bereit und warten auf unseren Einsatzbefehl, gnädige Frau.«

Sie verengte die Augen zu Schlitzen. »Auf *meinen* Befehl.«

»Ja, gnädige Frau.«

Estelle überlegte kurz. »Ihr könnt wegtreten«, sagte sie. »Benachrichtigt mich, sobald Ihr etwas hört. Egal, was.«

»Ja, gnädige Frau.« Er machte auf dem Absatz kehrt, ging hinaus und schloss die Tür.

Estelle fuhr fort, ihren Körper mit Symbolen zu bemalen. Ihr Vater keuchte, schmatzte und verstummte. Sie vollführte einen Strich, dann noch einen ...

... und erstarrte.

Verdutzt blinzelte sie, richtete sich auf und sah sich im Raum um.

Leer. Leer, bis auf sie, ihren Vater und die Artefaktensammlung auf dem massiven Steintisch.

Sie seufzte beunruhigt.

Für einen Moment hatte sie das seltsam intensive Gefühl gehabt, dass noch jemand im Raum war, eine dritte Person, die direkt hinter ihr gestanden und sie genau beobachtet hatte.

Estelle sah sich erneut um, und ihr Blick fiel auf die alte Steinkiste. Tomas hatte sie gestohlen, damit sie nicht Orso Ignacio in die Hände fiel: das marode, uralte lexikonartige Ding mit dem goldenen Schloss.

Estelle Candiano musterte die Kiste, das Schloss und das Schlüsselloch, und eine verrückte Idee nahm in ihrem Kopf Gestalt an.

Das Schlüsselloch ist ein Auge. Es beobachtet mich ständig.

»Das ist absurd«, wisperte sie. »*Das ist absurd*«, wiederholte sie mit mehr Nachdruck, als hoffte sie, die Kiste würde sie hören.

Natürlich reagierte die Kiste nicht. Estelle sah sie noch einen Moment lang an, dann wandte sie sich wieder dem Spiegel zu und widmete sich erneut ihren Sigillen. *Nach meinem Aufstieg*, dachte sie, *verstehe ich vielleicht endlich all diese Instrumente, die Vater ausgegraben hat. Dann breche ich diese Kiste auf und sehe nach, welche Schätze sie enthält.*

Instinktiv drehte sie noch einmal den Kopf, und ihr Blick fiel auf einen Gegenstand, der direkt neben der Steinkiste lag: Es war der merkwürdige Schlüssel mit dem schmetterlingsförmigen Kopf, den sie Orsos Handlanger abgenommen hatte. Er hatte ihr die letzten paar Sigillen geliefert, die sie für das Ritual benötigte, doch Estelle wusste nach wie vor nicht genau, wozu er fähig war.

Vielleicht muss ich die Kiste ja gar nicht aufbrechen, dachte sie. *Wir werden sehen.*

Kapitel 37

Sancia und die Tüftler huschten durch die Straßen und Gassen des Gemeinviertels östlich der Candiano-Mauern.

»Ich wünschte, du würdest deine verdammte Schattenmontur ausschalten«, sagte Giovanni keuchend. »Ich hab das Gefühl, dass ein blinder Fleck neben mir herläuft.«

»Halt einfach die Klappe und lauf, Gio!«, entgegnete Sancia, obwohl sie ihre Erscheinung ebenfalls seltsam fand. Orso hatte ihr Lederwams an einigen Stellen mit dem Schattenmaterial versehen, was ihr wie eine lächerlich schludrige Lösung vorgekommen war, doch seither war Sancia in Finsternis gehüllt und sah kaum noch die eigenen Hände und Füße.

Endlich näherten sie sich dem Osttor des Candiano-Campo. Sie schlichen an einer schiefen Hütte entlang und spähten nach vorn. Sancia sah die schimmernden Helme der Wachen, die im Torturm an den Fenstern kauerten. Wahrscheinlich ein Dutzend Männer mit skribierten Arbalesten, deren Bolzen melonengroße Löcher verursachten.

»Bereit?«, flüsterte Claudia.

»Ich denke schon«, erwiderte Sancia.

»Wir gehen in diese Gasse«, Claudia zeigte nach hinten, »um sie von dir abzulenken. Wir warten zwei Minuten, dann schießen wir das Ding ab. Sobald du es siehst, rennst du los.«

»Verstanden.«

»Gut. Viel Glück.«

Sancia lief um die Hütte zu der Seite, die dem Tor des Campo zugewandt war. Sie drückte sich mit dem Rücken an die Wand und zählte die Sekunden.

Als sie die zweite Minute erreichte, hockte sie sich hin. *Jetzt ist es jeden Moment so weit ...*

Etwas zischte über sie hinweg, stieg hoch über die Dächer auf – und Lichter explodierten am Himmel.

Sancia sprang auf und rannte, so schnell sie konnte. Die Betäubungsbombe der Tüftler – an einem Bolzen befestigt und daran abgefeuert – würde nur wenige Sekunden wirken. Auch wenn sie für das bloße Auge nur wie ein Schatten wirkte, bedeutete das nicht, dass sie ohne das Ablenkungsmanöver unentdeckt geblieben wäre.

Die Lichter am Himmel erloschen, dann erscholl ein fürchterlicher Knall. Die Mauer war noch sieben Schritt entfernt. Die letzten paar Meter kamen Sancia wie eine kleine Ewigkeit vor, doch schließlich drückte sie sich an die massiven Mauersteine.

Über ihr im Wachturm sagte jemand: »Was zum Teufel war das?«

Sancia wartete. Sie hörte Gemurmel, doch die Wachen unternahmen nichts.

Gott sei Dank, dachte sie. Äußerst vorsichtig schlich sie an der Mauer entlang zum Tor.

Sie dehnte den seltsamen Muskel in ihrem Geist. Das bronzene Doppeltor leuchtete auf wie zwei weiße Lichtscheiben.

Sorgsam besah sie sich die Skriben, erfasste die Befehlsketten, ihre Funktion und Regeln. *Ich hoffe nur, ich irre mich jetzt nicht.*

Sie atmete tief ein und legte die bloße Hand ans Tor.

»... GROSS, STARK UND ENTSCHLOSSEN HALTEN WIR WACHT, ERWARTEN DIE NACHRICHTEN, DIE ZEICHEN, ERWARTEN DEN RUF, DAMIT WIR NACH INNEN AUFSCHWINGEN KÖNNEN. UNSERE HAUT IST HART UND DICHT WIE KALTES EISEN.«

Die Stimme war so laut, dass Sancia zusammenzuckte. Das Campo-Tor war das bislang größte Objekt, das sie zu manipulieren versuchte, doch sie blieb beharrlich. »Also darfst du dich nicht ohne das richtige Signal öffnen?«

»ERST DAS SIGNAL DES LEUTNANTS, DIE DREHUNG DES KRISTALLS, DANN DIE REIBUNG DES SEILS, DAS DER WACHFELDWEBEL TRÄGT. DANN MÜSSEN ALLE WACHEN IHRE SICHERHEITSSCHALTER BETÄTIGEN. DANN MUSS DER WACHFELDWEBEL DIE KURBEL ...«

»Gut, eine Frage«, unterbrach Sancia das Tor. »Kannst du auch nach außen aufschwingen?«

Das Tor schwieg eine Weile.

»NACH AUSSEN?«, fragte es schließlich.

»Ja.«

»NICHTS WEIST DARAUF HIN, DASS DAS ... VERBOTEN IST.«

»Würdest du das als Öffnen werten? Erfordert es eine Sicherheitsabfrage, wenn du nach außen aufschwingst?«

»PRÜFE DAS ... HM. ALLE SICHERHEITSABFRAGEN BEZIEHEN SICH SPEZIELL DARAUF, MICH NACH INNEN ZU ÖFFNEN.«

»Wärst du bereit, dich nach außen zu öffnen?«

»NICHTS DEUTET DARAUF HIN, DASS ICH ES UNTERLASSEN SOLLTE.«

»Großartig. Ich hätte da eine Idee ...«

Sancia sagte dem Tor, was es tun sollte, und das Tor lauschte ihr und willigte ein. Dann schlich sie weiter die Mauer entlang, zum nächsten Tor.

Und zum nächsten und nächsten.

Giovanni und Claudia kauerten in der Gasse und beobachteten, wie der winzige Schatten lautlos vor der Candiano-Mauer entlanghuschte.

»Hat ... hat sie irgendwas gemacht?«, fragte Giovanni ratlos.

Claudia betrachtete das Tor durchs Fernglas. »Ich sehe nichts.«

»Haben wir gerade unseren Hals dafür riskiert, dass dieses verdammte Mädchen *nichts* tut? Dann wäre ich stinksauer!«

»Wir haben unseren Hals nicht riskiert, Gio. Wir haben nur ein Feuerwerk hochgehen lassen. Sancia ist hier diejenige, die die Wachtürme abläuft.« Claudia blickte zur Mauer, wo Sancia soeben am nächsten Tor innehielt und kurz darauf weiterschlich. »Allerdings weiß ich ehrlich gesagt nicht, was sie da tut.«

Gio seufzte. »Was wir alles auf uns genommen haben, um an diesen Punkt zu gelangen. Wir hätten Tevanne schon vor Jahren verlassen können, Claudia! Wir könnten jetzt an Bord eines Schiffes sein, das auf ein abgelegenes Inselparadies zusteuert! Ein Schiff voller Matrosen. Matrosen, Claudia! Junge, braungebrannte Männer, die vom ganzen Tauziehen muskulöse Schultern hab…«

Ein trällernder Schrei ertönte.

Claudia ließ das Fernglas sinken. »Was zum Teufel war das?« Sie sah sich um, entdeckte jedoch nichts. »Gio, siehst du irgendwelche …«

Noch ein Schrei erklang, und der zeugte von blankem Entsetzen. Das Geschrei schien vom Candiano-Tor zu kommen.

»Ist … das Sancias Werk?« Gio beugte sich vor. »Warte! O mein Gott, da oben ist jemand, Claudia!«

Sie hob ihr Fernglas, schaute zum Tor, und ihr Mund klappte auf. »Heilige Scheiße!«

Ein Mann stand auf dem Wachturm des Candiano-Tors, am Rand der Brustwehr. Er trug eine Art schwarzer Rüstung, nur dass ein Arm zu einem großen Rundschild umfunktioniert war. Der andere war mit einer ausfahrbaren Teleskopwaffe versehen. Doch der Mann war ansonsten kaum zu erkennen, denn bei jeder Bewegung umhüllte ihn Dunkelheit. Hätte nicht gleich unter ihm eine skribierte Laterne an der Mauer gehangen, Claudia hätte ihn nicht einmal bemerkt.

Sie brauchte einen Moment, um zu begreifen, *was* sie da sah.

Bisher kannte sie solche Dinge nur aus Büchern. Es handelte sich um eine besonders berüchtigte Schockwaffe, die in Auslandskriegen eingesetzt worden war.

»Eine Lorica«, sagte sie erstaunt.

»Wer zum Teufel ist das?«, fragte Gio. »Gehört er zu uns?«

Claudia betrachtete den großen Mann in der dunklen Metallkonstruktion. Vor ihm lag eine Leiche auf der Mauer, schrecklich zugerichtet. Vermutlich war das der Kerl gewesen, der geschrien hatte, und er hatte allen Grund dazu gehabt.

Das kann nicht sein, dachte sie. *Was zum Teufel geht hier vor?*

Der Mann in der Rüstung stieß sich von der Mauer ab, flog drei, vier, fünf Meter hoch – *Definitiv eine echte Lorica,* dachte Claudia –, dann stürzte er auf den Wehrgang zu, und die Teleskopwaffe schnellte vor wie eine schwarze Peitsche …

Claudia hatte nicht einmal bemerkt, dass noch mehr Wachen auf dem Torturm standen. Blut spritzte, und sie begriff, dass der Mann mit der Teleskopwaffe einen Candiano-Söldner, der mit erhobenem Rapier auf ihn zugerannt war, in zwei Teile zerschlagen hatte.

Drei weitere Wachen eilten aus dem Turm und auf den Wehrgang. Sie zielten mit ihren Arbalesten. Die Gestalt in der Lorica duckte sich gerade noch rechtzeitig hinter den Schild, um die Bolzensalve abzufangen, dann schritt sie auf die drei Männer zu, die nachladen mussten. Der Mann in der Rüstung blieb abrupt stehen, streckte blitzschnell den Schildarm vor und … etwas Seltsames geschah.

Claudia konnte es kaum erkennen. Etwas Metallisches flimmerte durch die Luft, die Candiano-Wachen erbebten wie vom Blitz getroffen und fielen um, ihre Körper zerrissen und zerfetzt …

Als sich der Mann in der Lorica aufrichtete, sah Claudia, dass sein Schild nicht bloß ein Schild war: Er verfügte über einen integrierten Bolzenwerfer. Diese Waffe war vermutlich auf lange Distanz recht ungenau, aus der Nähe dafür umso unangenehmer.

Entsetzt starrte Giovanni zum Tor. »Was sollen wir tun?«

Claudia dachte nach. Der Mann sprang soeben vom Turm in den Campo.

»Zur Hölle!«, fluchte sie. »Der Kerl ist nicht unser Problem! Wir warten einfach ab, denke ich!«

Berenice und Orso saßen in der Kutsche und starrten auf das große Candiano-Tor. Die Straßen ringsum waren verlassen wie bei einer Ausgangssperre.

»Alles ist ... ruhig«, murmelte Berenice.

»Ja«, erwiderte Orso. »Verdammt unheimlich, was?«

»Ja, Herr.« Die Fabrikatorin senkte den Kopf ein wenig und musterte die Mauer. »Ich hoffe, es geht Sancia gut.«

»Ganz bestimmt«, versicherte Orso. Und schränkte dann ein: »Vermutlich.«

Berenice schwieg.

Orso warf ihr einen Seitenblick zu. »Ihr scheint euch ja gut zu verstehen.«

»Äh ... danke, Herr.«

»Gemeinsam leistet ihr Erstaunliches. Ihr brecht in die Cattaneo-Gießerei ein, fabriziert innerhalb von Stunden völlig neue Skriben-Definitionen ... Das kann sich sehen lassen.«

»Vielen Dank, Herr«, sagte Berenice zögerlich.

Orso schnaubte und sah sich um. »Das alles ist verdammt dumm. Ständig denke ich daran, dass das hätte vermieden werden können. Ich hätte es verhindern können. Ich hätte Tribuno sagen sollen, was ich von seinem dummen Kram halte. Und ich hätte mich mehr um Estelle bemühen müssen. Als sie mich abwies, hat das meinen Stolz verletzt. Mit verletztem Stolz entschuldigen Menschen oft nur die eigene Schwäche.« Er räusperte sich. »Wie auch immer. Würde mich ein junger Mensch um einen ... persönlichen Rat fragen, ich würde ihm sagen, nicht darauf zu warten, dass sich eine Gelegenheit ergibt. Das würde ich sagen. Wenn mich ein junger Mensch um einen persönlichen Rat bäte.«

Lange Zeit herrschte Schweigen in der Kutsche.

»Ich verstehe, Herr«, sagte Berenice. »Aber ... nicht jeder junge Mensch ist so passiv, wie Ihr anscheinend glaubt.«

»Ach ja? Gut. Sehr gut.«

»Da! Seht!« Berenice zeigte zum Campo. Ein kleiner Schatten huschte am Fuß der weißen Mauer entlang, zum großen Tor.

»Ist sie das?«, fragte Orso.

Der Schatten verharrte kurz, ehe er wieder kehrtmachte, auf demselben Weg zurücklief und hinter einem hohen Haus verschwand.

»Keine Ahnung«, antwortete Berenice. »Aber ich glaube schon.«

Sie warteten und warteten.

»Müsste nicht allmählich etwas passieren?«, fragte Orso.

Eine Schattenwand sprang sie aus der Gasse an, und die beiden schreckten zusammen.

»Gottverdammt!«, drang Sancias Stimme aus der Dunkelheit. »Ich bin's! Beruhigt euch!« Sie keuchte heftig. »Verdammt ... Das waren echt viele Tore.« Sie kletterte in den Wagen und brach auf der Rückbank zusammen.

Das *glaubte* Orso zumindest, denn in der Dunkelheit konnte er es nicht genau sehen. »Ist es erledigt?«

»Ja«, keuchte Sancia.

»Dein Plan mag klug sein, aber wann steigt die Sache?«

»Sobald ihr es krachen hört.«

Claudia und Giovanni beobachteten aus den Schatten das Tor des Candiano-Campo. Unvermittelt ertönte ein Klappern und Klirren.

»Was ist das?«, fragte Gio.

Verblüfft deutete Claudia nach vorn. »Das ist das Tor, Gio.«

Sie beobachteten, wie die riesigen Torflügel ... erbebten. Sie vibrierten wie das Fell einer Trommel nach einem kräftigen Schlag. Anfangs klapperten sie leise, dann immer lauter, bis der Lärm trotz der Entfernung sogar den Tüftlern in den Ohren dröhnte.

»Sancia«, sagte Claudia, »was zum Teufel hast du getan?«

Dann brach das Tor auf.

Die beiden Torflügel schwangen nach außen auf, mit der Gewalt eines reißenden Stroms, der sämtliche Schleusen sprengt. Die Flügel knallten gegen die Mauern und Wachtürme zu beiden Seiten, so hart, dass die Wand Risse bekam und bröckelte, was umso bemerkenswerter war, wenn man bedachte, dass die skribierten Campo-Mauern unnatürlich robust waren.

Einen Moment lang standen die beiden Torhälften einfach nur da, ehe sie durch den Restschwung langsam nach vorn kippten und einen Großteil der Wand mitrissen. Sie schlugen so hart auf dem Boden auf, dass sie das ganze Viertel mit einer Staub- und Schlammwolke überzogen.

Claudia und Giovanni husteten und bedeckten ihre Gesichter. Im Viertel erschollen Schreie und Rufe, doch sie waren nicht laut genug, um das Klappern und Rattern des nächsten Tors zu übertönen, südlich der eingestürzten Mauer.

»O Scheiße!«, rief Gio. »Das hat sie mit *allen* Toren gemacht!«

Orso und Berenice schreckten zusammen, als der gewaltige Knall durch den Nachthimmel hallte.

»Ich hab den Toren gesagt, dass es nicht als Öffnen gilt, wenn sie nach außen aufschwingen«, erklärte Sancia auf dem Rücksitz. »Das Schwierigste war, sie zum Warten zu bewegen.« Sie schniefte. »Jetzt sollte ungefähr jede Minute ein Tor aufbrechen.«

Im Berg vernahm auch Estelle Candiano den Knall und schaute auf. »Was zum Teufel …?«

Sie sah an sich hinunter. Ihr Arm und die Brust waren inzwischen vollständig mit Sigillen bedeckt, die sie nicht verschmieren wollte.

Trotzdem, sie sollte der Sache auf den Grund gehen.

Sie trat ans Fenster und schaute auf das nächtliche Tevanne hinaus. Augenblicklich erkannte sie, was geschehen war: Im Nordosten war eines der Tore zusammengebrochen. Was eigentlich … unmöglich war. Ihr Vater hatte sie entworfen. Sie hätten einem verdammten Monsun getrotzt.

Ein weiterer Knall erscholl, das Tor weiter südlich flog nach außen auf, und die Mauer rechts und links des Tors bekam Risse und zerbröckelte.

Estelles Mund zuckte vor Wut. »Orso! Dahinter steckst du doch dahinter! Was zum Teufel hast du vor?«

Es knallte mit merkwürdiger Regelmäßigkeit in den Gemeinvierteln, als ob mit jeder Minute ein Blitz in die Mauer einschlug, und jedes Mal zuckte Orso zusammen. Schon bald war der Himmel über dem östlichen Campo mit Staubwolken verhangen, und die Bewohner des Gemeinviertels schrien in Panik.

»Sancia«, sagte Orso leise. »Hast du etwa die *ganze Ostmauer* abgerissen?«

»Wenn es vorbei ist, kommt das ungefähr hin«, erwiderte Sancia. »Dann müssen die Campo-Soldaten eine Menge Gelände verteidigen. Und zwar weit weg von hier. Eine gute Ablenkung.«

»Eine … eine *Ablenkung*?«, rief Orso. »Mädchen … Mädchen, du hast den Candiano-Campo in Trümmer gelegt! Du hast *in einer einzigen Nacht* mein altes Handelshaus ruiniert!«

»Äh … Ich hab's nur ein bisschen ausgelüftet.«

Estelle Candiano schlüpfte soeben in ein weißes Hemd, als Hauptmann Riggo die Tür aufstieß und hereinstürmte.

»Was zum Teufel ist da draußen los, Hauptmann?«, fragte sie.

»Ich weiß es nicht, gnädige Frau. Ich bin hier, um zu fragen: Soll ich unsere Reserven mobilisieren, damit wir die Sache untersuchen und entsprechend reagieren können?«

Erneut war ein lauter Knall zu hören, gefolgt vom Rumpeln einer einstürzenden Mauer. Hauptmann Riggo zuckte leicht zusammen.

»Was geht *Eurer Ansicht nach* da draußen vor, Hauptmann?«

»Nach meiner professionellen Einschätzung?« Er überlegte. »Wir werden angegriffen, gnädige Frau. Viele Tore wurden zerstört, daher müssen wir unsere Streitkräfte aufteilen.«

»Verdammt noch mal!« Estelle schaute auf die Uhr. Ihr blieben etwas mehr als dreißig Minuten bis Mitternacht. *Ich bin so nah dran. Ich bin so verdammt nah dran!*

»Gnädige Frau«, hakte Hauptmann Riggo nach, »die Reserve?«

»Ja, ja! Schleudert dem Feind alles entgegen, was wir haben! Was immer da los ist, ich will, dass Ihr es beendet! Und zwar sofort!«

Er verbeugte sich. »Ja, Herrin.«

Dann wandte er sich ab, schritt adrett zur Tür hinaus und schloss sie hinter sich.

Estelle trat an die Fensterfront und besah sich den angerichteten Schaden. Die nordöstliche Hälfte des Campo war fast völlig in Staubwolken gehüllt, und ihr war, als hörte sie irgendwo in der Dunkelheit Schreie.

Was auch immer da los ist, dachte sie, *es muss nur länger als dreißig Minuten dauern. Danach ist alles andere egal.*

Die Tüftler beobachteten, wie die Mauer des Candiano-Campo immer mehr einstürzte.

»Tja«, sagte Claudia. »Ich glaube, wir sind hier fertig.«
»Glaub ich auch.« Giovanni rümpfte die Nase. »Jetzt müssen wir Orsos Papierkram einreichen, was?«
Sie seufzte. »Ja. Sein Grundstück kaufen. Wir gehen vom einen verrückten Plan nahtlos zum nächsten über.«
»Wir könnten einfach mit dem Geld abhauen, das er uns gegeben hat«, schlug Giovanni leichthin vor.
»Das stimmt. Aber dann würden alle anderen sterben.«
»Nun. Ja. Ich schätze, das wollen wir nicht.«
Gemeinsam huschten sie in die Dunkelheit.

Kapitel 38

Sancia beugte sich vor, als das Campo-Tor zu vibrieren begann. »Gut«, sagte sie. »Ich hab dem Tor da gesagt, es soll sich als Letztes öffnen. Sobald die Flügel aufschwingen und der Weg frei ist, fährst du so schnell wie möglich rein, in Ordnung?«

»O Scheiße«, maulte Orso, und eine Schweißperle lief ihm über die Schläfe. Er packte das Steuer der Kutsche.

»Nicht zu früh losfahren«, ermahnte ihn Sancia. »Sonst geraten wir in die fliegenden Mauertrümmer. Verstehst du?«

»Du ... du bist mir wirklich keine Hilfe«, hauchte der Hypatus.

»Fahr einfach los, wenn ich es sage.«

Sie beobachteten das immer heftiger bebende Tor – das schließlich wie alle anderen aufflog und die Mauern zu beiden Seiten zerstörte. Eine gewaltige Wolke aus Staub wallte auf die Kutsche zu, doch Sancia konnte nach wie vor ihre Skriben-Sicht nutzen.

Sie wartete einen Moment, dann rief sie: »Fahr los! Jetzt!«

»Aber ich sehe nichts!«, protestierte Orso.

»Orso, fahr los, verdammt noch mal!«

Der Hypatus schob den Beschleunigungshebel nach vorne, und der Wagen rumpelte in die Staubwolke. Sancia las die Skriben in den Gebäuden zu beiden Seiten, musterte die Landschaft aus leuchtenden Sigillen, mit denen alles skribiert war.

»Vor uns krümmt sich die Straße leicht nach links«, sagte sie. »Nein, nicht so stark einlenken! Ja, so ist gut.«

Schließlich ließen sie die Staubwolke hinter sich. Erleichtert stieß Orso den Atem aus. »Oh, Gott sei Dank ...«

»Keine Soldaten in Sicht«, meldete Berenice. »Die Straßen sind frei.«

»Die sind wie erhofft alle an der Ostmauer«, sagte Sancia.

»Und wir sind fast da.« Orso schaute aus dem Fenster auf die Straßenschilder. »Nur noch ein bisschen weiter ... Hier! Hier ist es!« Er trat auf die Bremse. »Genau zweieinhalb Kilometer vom Berg entfernt!«

Vor ihnen erhob sich die riesige Kuppel zwischen den Türmen. Sie stiegen aus der Kutsche. Während Sancia die Schwerkraftmontur anlegte, überprüfte Orso die gekoppelte Hitzekammer. »Sieht alles gut aus.«

»Schalt sie an«, sagte Sancia.

»Erst wenn du bereit bist. Nur zur Sicherheit.«

Sie blickte ihn an und zupfte an der Schwerkraftmontur herum. »Verdammt, hoffentlich hab ich dieses blöde Ding richtig angezogen.«

»Lass mich mal sehen.« Berenice prüfte die Gurte, zerrte daran und justierte sie. »Ich glaube, das sitzt jetzt. Nur noch diese Schnalle hier.«

Sie zog Sancias Schultergurt fester. Ohne nachzudenken, ergriff Sancia ihre Hand.

Berenice hielt inne. Die beiden sahen sich an.

Sancia schluckte. Was sollte sie sagen? Wie konnte sie erklären, was ihr eine solche Berührung bedeutete, die ihr so lange Zeit unmöglich gewesen war? Einen echten Menschen anzufassen! Wie sollte sie vermitteln, dass sie von nun an niemanden sonst berühren wollte, nur Berenice? Wie sehr sie sich nach ihrer Wärme sehnte, wie sehr es sie danach verlangte, sich ein Stück davon zu nehmen wie ein Halbgott, der Feuer von einem Berggipfel stahl!

Doch bevor sie etwas sagen konnte, hauchte Berenice: »Komm zurück.«

Sancia nickte. »Ich versuch's.«

»Versuchen reicht nicht.« Unvermittelt beugte Berenice sich vor und küsste sie. Leidenschaftlich. »Komm einfach zurück. In Ordnung?«

Sancia stand einen Moment lang wie benommen da. »In Ordnung.«

Orso räusperte sich. »Hört mal, äh ... Ich unterbreche euch nur ungern, aber wir haben es hier mit der Apokalypse zu tun. Oder so ähnlich.«

»Ja, ja.« Sancia löste sich von Berenice und prüfte ihre Ausrüstung – einige Betäubungsbomben, Pfeile und ein langes, dünnes Seil. »Ich bin bereit.«

Orso drehte das Bronzerädchen an der Seite der Hitzekammer.

Die Brustplatte von Sancias Schwerkraftmontur leuchtete auf. »Scheiße«, sagte sie. »O Mann.«

»Das Ding funktioniert immer noch, ja?«, fragte Orso besorgt.

»Erbitte Angabe von POSITION und DICHTE der MASSE!«, zwitscherte die Montur.

»Ja«, antwortete Sancia. »Funktioniert bestens, alles klar.«

»Dann los! Jetzt, jetzt, jetzt!«

Sancia atmete tief durch und sagte zur Montur: »Position der Masse ist oben. Die Dichte ist so hoch wie sechs Erden.«

»Großartig«, antwortete die Montur. »Soll ich die Effekte jetzt aktivieren?«

»Nein. Erst aktivieren, wenn meine Füße den Boden verlassen.«

»Klar!«

Sie ging in die Hocke.

Ringsum veränderte sich die Schwerkraft. Dinge begannen zu schweben: Kieselsteine, Sandkörner, Laub.

»Berenice?«, sagte Orso nervös.

»Äh ... ich glaube, das ist eine kleine Nebenwirkung«, antwortete die Fabrikatorin. »Als ob man in eine volle Badewanne tritt; dann steigt der Wasserspiegel leicht. Ich hatte keine Zeit, mich darum zu kümmern.«

»Scheiße«, sagte Sancia. »Jetzt geht's los.«

Sie ging noch ein wenig tiefer in die Hocke, stieß sich ab ...

... und flog.

Orso sah, wie Sancia von einem feinen Nebel umhüllt wurde, und brauchte ein wenig, um zu begreifen, dass der Nebel in Wirklichkeit aus Staub- und Sandkörnern bestand, die rings um sie herum vergnügt der Schwerkraft trotzten.

Dann sprang Sancia in die Luft, und alles schien ... zu explodieren!

Es war, als wäre ein unsichtbarer Felsbrocken in der Nähe aufgeschlagen und hätte dabei einen gewaltigen Sandsturm erzeugt. Aber nichts dergleichen war geschehen, zumindest, soweit Orso es beurteilen konnte, denn als Nächstes wurden er und Berenice über die Straße geschleudert.

Orso schlug der Länge nach aufs Kopfsteinpflaster, hustete und setzte sich auf. »Scheiße!« Er blickte in den Nachthimmel. War dort ein winziger Punkt, der in hohem Bogen zum Berg flog? »Es hat funktioniert? Es hat *wirklich* funktioniert?«

»Würde ich sagen«, erwiderte Berenice müde. Sie setzte sich auf der anderen Straßenseite auf, erhob sich stöhnend und humpelte zu Orsos leerer Hitzekammer. »Sie strahlt eine Menge Wärme ab. Ich weiß, Skriben trotzen der Realität, aber anscheinend habt Ihr der Realität heute Abend besonders stark getrotzt. Was machen wir jetzt?«

»Jetzt? Jetzt rennen wir wie der Teufel!«

»Wir fliehen? Warum?«

»Ich dachte, das hätte ich dir gesagt. Oder den Tüftlern? Ich hab's vergessen. Jedenfalls ist es sehr schwer, einen Teil der Realität zu skribieren; das fanden Tribuno und ich vor langer

Zeit heraus. Obwohl die Hitzekammer momentan stabil ist«, er klopfte gegen die Seite der Kutsche, »wird das nicht lange anhalten.«

Berenice sah ihn entsetzt an. »Wie meint Ihr das?«

»Ich meine, in etwa zehn Minuten explodiert dieses Ding entweder ... oder es implodiert. Ich weiß nicht, was von beidem, aber ich will keinesfalls dabei sein.«

»Was?«, schrie sie. »Und was ... was ist dann mit Sancia?«

»Nun, falls sie in dem Moment noch durch die Luft fliegt ... hört sie auf zu fliegen.« Er sah Berenice die Empörung an und versuchte, sie zu beruhigen. »Das Mädchen braucht *deutlich weniger* als zehn Minuten bis zum Berg! Ich meine, sieh sie dir an, sie ist wie der Blitz! Das Risiko musste ich eingehen!«

»Das hättet Ihr uns sagen müssen, verdammt noch mal!«, schrie seine Fabrikatorin.

»Und was hätte das gebracht? Wahrscheinlich hätten dann alle rumgebrüllt, genau wie du jetzt. Komm schon, Berenice, wir verschwinden!«

Er drehte sich um und eilte die Straße hinunter, zurück zum Tor.

Kapitel 39

»Hauptmann Riggo!«, schrie Estelle.
Wieder die Schritte, die Tür, der Salut. »Ja, gnädige Frau?«
»Sind wir im Campo auf etwas gestoßen?«
»Mir wurde bislang nichts gemeldet, gnädige Frau. Aber soviel ich sagen kann, deutet bisher nichts auf einen Kampf hin.«
Sie schüttelte den Kopf. »Das ist ein Ablenkungsmanöver. Ein gottverdammtes Ablenkungsmanöver. Sie kommen hierher, *hierher*! Wie viele Soldaten haben wir im Berg, Riggo?«
»Mindestens vier Dutzend, gnädige Frau.«
»Ich will drei Dutzend hier oben haben. Zwei Dutzend in den Gängen und ein Dutzend hier bei mir. Ich bin das Ziel – ich oder die Artefakte.« Sie zeigte auf den Schreibtisch, auf dem die Kiste, das Imperiat, der Schlüssel sowie Dutzende und Aberdutzende von Büchern und anderen Dingen lagen. »Die können wir jetzt nicht alle fortschaffen. Also müssen wir bereit sein.«
»Ich verstehe, gnädige Frau. Ich setze Eure Befehle sofort um.«

Sancia flog kreischend über den Campo.
Mehr als kreischen konnte sie nicht. Die plötzliche Beschleunigung, das wütende Zerren des Windes und der Rauchgestank hatten ihre Gedankengänge abrupt unterbrochen, sodass sie auf ihre Lage nur auf die dümmste und primitivste Art reagieren konnte: mit Geschrei.

Sie stieg schnell auf, so verflucht schnell, blinzelte sich die Tränen aus den Augen und erkannte, dass sie schon sehr hoch über der Stadt war. Sogar *zu* hoch – und nicht einmal in der Nähe des Bergs!

Wenn ich das Ding nicht abschalte, segle ich an den verdammten Wolken vorbei!

Sancia legte beide Hände auf die Brustplatte der Montur und versuchte, das Tempo zu drosseln.

»Hallo!«, quiekte die Montur. »Ich behalte ANZIEHUNG und Position der MASSE bei wie angegeben …«

»Neue Position für MASSE!«, brüllte Sancia.

»Hervorragend! Super! Wo befindet sich die MASSE jetzt?«

»Dort drüben!« **Sie deutete in Gedanken auf den Berg.**

»Großartig!«, zwitscherten die Platten. »Und die DICHTE und STÄRKE der ANZIEHUNG?«

»Einfach so stark, dass ich sanft lande«, **erwiderte Sancia.**

»STÄRKE der ANZIEHUNG muss spezifiziert werden!«

»O Scheiße. Äh … doppelt so hoch wie die normale Erdanziehung?«

»In Ordnung!«

Sancias Geschwindigkeit verlangsamte sich, trotzdem gewann sie nach wie vor an Höhe.

»Erhöhe STÄRKE der ANZIEHUNG um zwanzig Prozent«, **befahl sie.**

»In Ordnung.«

Ihr Aufstieg verlangsamte sich noch mehr.

»Weitere zwanzig Prozent.«

»Klar!«

Sie stieg nicht mehr auf … sondern wurde zum Berg umgelenkt und sank langsam der riesigen, schwarzen Kuppel entgegen.

Sie würde noch einige Anpassungen vornehmen müssen, um ihn zu erreichen, doch sie hatte den Dreh allmählich heraus. Die Schwerkraftmontur war extrem leistungsstark, vermutlich stärker als Estelles Version, da Berenice alle Funktionen zur Feinkontrolle weggelassen hatte. Wenn Sancia bei der Definition von Richtung oder Kraft gröbere Fehler unterliefen, würde das Ding zur verheerenden Waffe werden.

Doch sanft und lautlos segelte sie auf den Berg zu.

»Gnädige Frau!«, rief ein Soldat. »Da kommt etwas!«

Estelle Candiano, umgeben von einem Dutzend Wachen, schaute durch die Lücken zwischen den Männern zur Fensterfront. »Etwas?«, hakte sie nach.

»Ja, gnädige Frau! Ich ... ich glaube, ich habe etwas am Himmel fliegen sehen.«

Estelle blickte zur Wanduhr. Noch zwanzig Minuten. Für ihr Vorhaben brauchte sie nur eine einzige Minute, die verlorene Minute zwischen zwei Tagen, das hatten ihre Forschungen ergeben. Während die Welt dem Universum den Rücken zukehrte, würde sie ihre Macht erlangen.

»Das könnte der Feind sein«, sagte sie. »Bereitmachen!«

Manche Soldaten prüften ihre Waffen, manche zückten die Schwerter.

Estelle sah zu ihrem Vater, der neben ihr im Bett lag. Ihre Finger packten den goldenen Dolch, Schweiß rann ihr über die Schläfen. Sie war so nah dran. Bald würde ihre Klinge die Brust dieses elenden, rücksichtslosen Mannes durchbohren und eine Kettenreaktion auslösen, die ...

Sie schauderte. Ihr war klar, was passieren würde. Das Ritual würde die meisten Leute im Candiano-Campo töten. Alle Skriber, sämtliche Kaufleute, alle Menschen, die für Tomas und davor für ihren Vater gearbeitet hatten ...

Sie hätten ihn aufhalten sollen, dachte sie verärgert. *Sie wussten, was Tomas und Vater für Menschen waren. Sie wussten, was diese Männer mir und der Welt angetan haben. Aber sie haben nichts dagegen unternommen.*

Sie schaute durch das Rundfenster in der Decke des Büros und erblickte ihn: einen winzigen schwarzen Punkt, der vor dem Antlitz des Mondes dahinglitt.

»Das ist der Feind!«, rief sie. »Dort oben! Ich habe keine Ahnung, was da auf uns zukommt, aber das muss der Feind sein!«

Die Soldaten schauten auf und gingen um sie herum in Stellung.

»Komm nur«, sagte Estelle, den Blick erhoben. »Komm schon! Wir sind bereit, Orso. Wir sind *bereit* für …«

Dann explodierte die Tür des Büros hinter ihnen, und die Hölle brach los.

Zunächst begriff Estelle nicht, was geschah. Sie hörte nur einen Schrei, dann rieselte etwas Warmes auf sie herab.

Blinzelnd schaute sie an sich hinab und erkannte, dass sie mit Blut bespritzt war. Es stammte offenbar von einem Soldaten am Ende des Raumes.

Stumm wandte sich Estelle um. Jemand war ins Büro eingedrungen … vermutlich. Das war schwer zu erkennen, denn die Dunkelheit selbst schien sich an den Eindringling zu klammern wie Moos an einen Ast. Jedoch glaubte sie, in den Schatten eine Menschengestalt auszumachen. Und die Gestalt ließ *definitiv* eine lange schwarze Teleskopwaffe vorschnellen, schlitzte damit einen Soldaten von der Schulter bis zur Brust auf und bespritzte Estelle erneut mit Blut.

Vor Wut brüllend, griffen ihre Soldaten den Schattenmann an. Der sprang mit erschreckender Anmut auf sie zu – und gab dadurch den Blick auf den Gang hinter sich frei. Estelle sah blutüberströmte Leichen. Der enthauptete Hauptmann Riggo lag am Boden.

»Oh, zur Hölle.« Estelle ließ sich fallen und kroch zum Schreibtisch mit den Artefakten.

Gregor Dandolo dachte nicht nach. Er konnte nicht denken. Und brauchte auch nicht zu denken. Er agierte nur.

Er kontrollierte die Lorica, ihren Schwung, ihre Schwerkraft, ließ sich von ihr durchs große Büro tragen und den rechten Arm vorschnellen. Die Teleskopwaffe schoss mit flüssiger Anmut vor wie die Zunge eines Frosches, der sich im Sprung nach einer Libelle reckt, und die breite Klinge durchtrennte den erhobenen Arm und die Schädeldecke eines Soldaten mühelos wie Gras. Der Mann brach zusammen.

Geh zum Berg!, sagte die Stimme in Gregors Kopf. *Töte die Frau. Hol die Kiste. Hol den Schlüssel. Vernichte alles und jeden in deinem Weg!*

Die Worte hallten stetig in ihm wider, bis sie zu ihm selbst gehörten und seine Seele definierten.

Im Sprung drehte Gregor den Körper, streckte ein Bein aus und scheuerte mit der Stiefelspitze über den Boden. Geschickt bremste er ab und kam inmitten des Büros zum Stehen, umzingelt von Soldaten. Schwer atmend hörte er das Klacken und Krachen, mit dem skribierte Bolzen wirkungslos von seiner Rüstung abprallten. Er wusste, die größte Bedrohung für einen Soldaten in einer Lorica war die Lorica selbst: Bediente man sie falsch, zerriss sie einen, und das buchstäblich. Bei korrekter Handhabung aber könnte ihr Träger fast alles zerstören.

Er schlug einen Soldaten mit dem Schild beiseite und ließ den Teleskoparm erneut vorschnellen. *Ich war schon mal in einer Lorica*, dachte er immer wieder; es war einer der wenigen Gedanken, die sein Verstand verarbeiten konnte. *Ich habe schon einmal so gekämpft. Schon sehr, sehr oft.*

Er wirbelte durch den Raum, wich aus, duckte sich und zerstückelte die Soldaten mit ballettartiger Leichtigkeit.

Ich wurde dafür geschaffen. Ich wurde für den Krieg gemacht. Ich war schon immer dazu bestimmt, Krieg zu führen.

Es war in seinem Innersten verankert. So unbestreitbar, wie ein Felsblock schwer war und die Sonne hell. Er wusste es. Er wusste, Krieg war seine wahre Natur, sein Daseinszweck in dieser Welt. Doch obwohl Gregor Dandolo nicht klar denken, nichts verarbeiten konnte, das einem echten Gedanken glich, regten sich unterschwellig Zweifel in ihm ...

Wenn er wirklich für den Krieg gemacht war, warum waren

dann seine Wangen heiß und von Tränen benetzt? Und warum schmerzte die Seite seines Kopfes so sehr?

Er blieb stehen und sondierte die Lage. Er ignorierte den wimmernden alten Mann auf dem Tisch; der war keine Bedrohung. Während des Kampfes hatte er nach der Frau Ausschau gehalten, der Frau, nur nach der Frau ... Inzwischen waren nur noch zwei Soldaten übrig. Der eine richtete eine Arbaleste auf ihn, doch Gregor sprang vor, schmetterte ihn mit dem Schild an die Wand, und sein Teleskoparm weidete den Gegner aus.

Der zweite Soldat griff schreiend von hinten an, doch Gregor streckte den Schildarm aus, zielte mit dem Bolzenwerfer und feuerte ihm eine volle Salve skribierter Flechetten ins Gesicht. Der Kerl sackte zu Boden.

Gregor zog den Teleskoparm ein und sah sich im Büro um. Außer dem wimmernden alten Mann auf dem Tisch schien niemand übrig zu sein. *Geh zum Berg. Töte die Frau. Hol die Kiste. Hol den Schlüssel. Vernichte alles und jeden in deinem Weg.*

Er erblickte die Kiste und den Schlüssel auf dem Schreibtisch, ging hinüber, schüttelte den Handschuh mit der Teleskopwaffe ab, ließ ihn zu Boden fallen und ergriff den großen goldenen Schlüssel.

Hinter dem Tisch erklang ein Klicken.

Gregor beugte sich vor und erblickte die Frau – Estelle Candiano. Sie kauerte am Boden und justierte irgendein Gerät, eine Art große goldene Taschenuhr.

Er hob den Schildarm und zielte mit dem Bolzenwerfer auf die Frau.

»Das hätten wir«, sagte sie in diesem Moment und drückte einen Schalter an der Seite der Uhr.

Gregor wollte die Bolzen abfeuern, stellte jedoch fest, dass er das nicht konnte. Seine Lorica war erstarrt, als steckte er in einer Statue statt in einer Rüstung, und seine Schattentarnung funktionierte plötzlich ebenfalls nicht mehr.

Estelle stieß einen tiefen Seufzer der Erleichterung aus.

»Gut!« Sie erhob sich. »Das war knapp. Interessante Ausrüstung habt Ihr da. Gehört Ihr zu Orso? Er hat hin und wieder mit Licht experimentiert.«

Gregor versuchte, den Bolzenwerfer abzufeuern. Er spannte jeden Muskel und kämpfte gegen die Rüstung an, doch es war zwecklos. Die Frau schien sie irgendwie ausgeschaltet zu haben.

Stirnrunzelnd blickte sie die große goldene Taschenuhr an und bewegte sie vor Gregors Rüstung auf und ab, als würde sie mit einer Wünschelrute nach Wasser suchen. Als die Uhr den Helm erreichte, war ein durchdringendes Heulen zu vernehmen.

»Ach du je«, sagte Estelle. »Ihr seid *nicht* Orsos Mann! Ihr habt ein abendländisches Instrument im Kopf.« Sie legte die Hand auf den Kürass – und stieß Gregor um. Klappernd und klirrend schlug die Rüstung auf den Steinfliesen auf.

Die Frau ging zu einem ihrer toten Soldaten, nahm ihm den Dolch ab und setzte sich dann auf Gregor. »Dann wollen wir doch mal sehen, wer Ihr seid.«

Sie durchtrennte die Riemen des Visiers und zog es ab.

Sie starrte ihn an. »Was zum *Teufel* ...? Was machst *du* denn hier?«

Gregor schwieg. Sein Gesicht war ausdruckslos und wirkte friedfertig, innerlich jedoch kämpfte er verzweifelt gegen die Rüstung an und versuchte mit aller Kraft, die Frau zu schlagen, sie mit Bolzen zu durchsieben, sie in Stücke zu reißen. Doch die Lorica rührte sich nicht.

»Sag's mir!«, verlangte sie. »Sag mir, wie du es bis hierher geschafft hast. Wie du überlebt hast. Für wen arbeitest du?«

Nach wie vor antwortete er nicht.

Sie hob den Dolch und beugte sich über ihn. »Verrat's mir«, wisperte sie. »Ich habe noch zehn Minuten bis Mitternacht. Zehn Minuten, um es herauszufinden.« Sie entdeckte eine Lücke im linken Armpanzer und stach Gregor die Klinge tief in den Bizeps.

Er spürte den Schmerz, doch sein Verstand befahl ihm, ihn zu ignorieren.

»Keine Sorge, tapferer Soldat. Ich finde schon heraus, wie ich dich zum Schreien bri...«

Sie stockte. Denn sie hörte bereits einen Schrei – und zwar von oben. Estelle hob den Blick und schaute durch das runde Deckenfenster. Der schwarze Fleck vor dem Mond wurde immer größer.

Verwirrt beobachtete Estelle, wie ein schmutziges, schreiendes Mädchen in Schwarz vom Himmel stürzte.

Es schlug auf dem Fenster auf. »... aaaaaaaAAAAAAAAH-UFF!«

Estelles Kinnlade klappte nach unten. »Was ...?«

Die Kleine richtete sich auf, schüttelte sich und schaute durchs Fenster auf sie herab. Und obwohl Gregors Verstand noch immer von Befehlen überflutet wurde – *töte die Frau, nimm den Schlüssel, nimm das Kästchen!* –, erkannte er das Mädchen wieder.

Ich kenne sie. Aber ... ist sie gerade geflogen? Am Himmel?

Sancia bot sich ein surrealer Anblick. Tribuno Candianos Büro war voll mit grauenvoll zugerichteten, zerstückelten Leichen – und zu denen zählte sie auch Gregor Dandolo, der blutend und mit leerem Blick in schwarzer Rüstung am Boden lag. Estelle Candiano saß auf seiner Brust, einen Dolch in der Hand, und sah schockiert zu Sancia. Neben den beiden, auf Tribunos Schreibtisch, stand Valerias Kiste, und obwohl Sancia weder Clef noch das Imperiat entdeckte, befand sich beides sicher ebenfalls dort unten.

Sie wollte ins Büro springen und Clef retten – die Person, die seit einiger Zeit ihr engster Freund, ihr treuester Verbündeter war. Der Gedanke, ihn nach der ganzen Tortur zu verlieren, oder dass er Schaden nahm, setzte ihr schwer zu. Dennoch war ihr klar, dass im Moment Wichtigeres auf dem Spiel stand. Und eine so machtlose Diebin wie sie bekam stets nur eine Chance, jemand Mächtigen wie Estelle auszuschalten.

Eines Tages führe ich ein Leben, in dem ich nie mehr solche kaltblütigen Entscheidungen treffen muss, dachte sie. *Aber heute ist nicht dieser Tag.*

Sie berührte das Kuppeldach mit dem Finger.

»Oh, du bist's!«, erklang die Stimme des Bergs in ihrem Kopf. »Es tut mir leid, aber ... du hast keinen Zutritt. Deine Probe ist nicht registriert.«

»Ich verstehe«, antwortete Sancia. »Ich wollte mich nur entschuldigen.«

»Entschuldigen? Für eine ... Tat?«

»Ja. Insbesondere für die hier.« Sie zog die Hand zurück, berührte die Schwerkraftplatten und schloss die Augen. »Neue Anweisungen hinsichtlich der MASSE.«

»Hurra!«, riefen die Platten. »Wie viel wiegt die neue MASSE?«

»So viel wie du.«

Eine Pause folgte.

»Wie ich?«, wiederholte die Montur. »Mein Gewicht ist die neue Angabe zur MASSE?«

»Ja. Und die STÄRKE DER ANZIEHUNG ist maximal.«

»Maximale ANZIEHUNGSKRAFT?«

»Ja.«

»BIST DU SICHER?«

»Ja.«

»Oh«, sagten die Platten. »Nun ... also schön!«

»Prima.« Sancia öffnete die Augen, als die Platten sanft zu vibrieren begannen, und legte die Montur aufs Fenster.

Sie suchte Estelle Candianos Blick, grinste und winkte zum Abschied. Dann zog sie ihr dünnes Seil heraus, schlang es um den Hals eines Wasserspeiers und ließ sich an der Seite des Bergs hinab.

Estelle starrte auf das Instrument, das über ihr auf dem Dachfenster lag. Sie erkannte es sofort, schließlich hatte sie jahrelang auf Tomas eingeredet, das verdammte Ding zu entwickeln.

Die Gravitationsplatten vibrierten immer heftiger und leuchteten auf einmal in weichem blauem Licht auf.

Das Gebäude um Estelle herum begann zu ächzen. Staub rieselte herab, während die Kuppeldecke bebte und knirschte.

»Scheiße!«, fluchte Estelle. Sie erhob sich taumelnd von der Brust des gepanzerten Mannes und griff nach dem Imperiat. Ihr hatte die Zeit gefehlt, sich mit dem Artefakt vertraut zu machen. Ihre bisherigen Kenntnisse würden genügen müssen.

Auf der Straße vor dem Candiano-Campo schauten Orso und Berenice abwechselnd durch ein Fernglas zum Berg. Dort hatte soeben jemand an der Bergseite einen Stern entfacht – ein blaues, seltsam flatterndes Licht.

Orso blinzelte. »Was zum Teufel ist d…«

Er stockte – denn mit einem Grollen, das bis zu ihnen zu hören war, bildeten sich in der Kuppel tiefe Risse und breiteten sich aus, und zwar schnell.

Berenice sah, dass die Risse unter dem blauen Stern ein merkwürdiges, spinnennetzartiges Muster bildeten, und die Fragmente der Kuppel neigten sich, als würde das helle Licht sie anziehen.

»O mein Gott!«, stieß Berenice hervor.

Die Fassade des Bauwerks knackte, bebte und vibrierte.

Orso rechnete damit, dass der Berg zusammenbrechen würde, doch dem war nicht so. Vielmehr wölbte sich die Kuppel nach *innen*. Sie implodierte langsam und stetig, fast ein Fünftel des riesigen Konstrukts zerbarst rings um den hellen blauen Stern.

»Ach du Scheiße!«, rief Orso erstaunt.

Berenice und er zuckten zusammen, als es erneut grollte und die Kuppel immer weiter aufbrach, angezogen von dem Licht.

Er schluckte. »Aha«, sagte er. »Tja, ich wusste nicht, dass sie *das* vorhatte.«

Sancia schrie. Das Seil scheuerte ihr die Hände auf, während sie die Seite des Bergs hinabsauste und das riesige Bauwerk über ihr zusammenfiel. Doch ihr Abstiegstempo verringerte sich Stück für Stück, was sie zutiefst beunruhigte.

Ich bin noch in Reichweite der Montur, dachte sie. *Sie wird mich anziehen und zu einem hässlichen kleinen Klumpen zerquetschen, genau wie sie es mit der Kuppel macht!*

Ihr Tempo verlangsamte sich noch mehr, dann merkte Sancia, dass sie wieder nach oben rutschte, hoch zur bröckelnden Kuppel.

»So ein Scheiß!« Sie ließ das Seil los, hielt sich an der Fassade fest, sprang und lief daran entlang, fort vom Sog der Schwerkraft. Das war der vermutlich absurdeste Moment dieser Nacht, wenn nicht gar ihres Lebens. Doch sie konnte sich nicht den Kopf darüber zerbrechen, da immer mehr Steine und Trümmer an ihr vorbeirasten, hinauf zur knirschenden Kuppel.

Irgendwann gelangte sie aus der Reichweite der Schwerkraftmontur. Sie konnte sich nicht mehr aufrecht halten und stürzte an der Seite des Gebäudes hinab.

Entsetzt schrie sie auf und sah, wie sie an Ecksteinen und anderen Bauelementen vorbeifiel. Sie raste auf einen Steinbalkon zu, streckte die Arme aus und …

Schmerz flammte in ihren Schultern und im Rücken auf, als ihre Finger das Geländer berührten und fest umschlossen. Sie schwang sich hinüber, prallte mit dem Oberkörper auf den Balkon, so hart, dass es ihr die Luft aus der Lunge trieb.

Schwer atmend blickte sie auf und sah, welch zerstörerische Kraft sie über sich entfesselt hatte. »O Kacke!«

Ein Großteil des Kuppeldachs war aufgebrochen, angezogen von den Gravitationsplatten, und bildete eine Kugel aus tiefster Schwärze, als hätte die Verdichtung der Materie – Stein, Holz und wahrscheinlich auch Menschen – sie ihrer Farben beraubt. Es war schwer zu erkennen, wie viel tatsächlich von der Kuppel übrig war, denn die Gravitationsplatten erzeugten einen kreisrunden Wirbel aus Staub und Trümmern, der um die schwarze Kugel kreiste.

Sie wuchs und wuchs, eine perfekte Kugel von unmöglicher Dichte ...

Irgendwo draußen im Campo erscholl ein Knall.

Klingt, als hätte Orsos magische Kiste den Geist aufgegeben, dachte Sancia.

Dann regte sich plötzlich kein Lüftchen mehr.

Die Kuppel brach nicht weiter auf.

Die große schwarze Kugel schwebte in der Luft und ...

... stürzte ab. Mit markerschütterndem Knall schlug sie im Boden ein und fiel einfach weiter, drang immer tiefer in die Erde ein.

Schließlich verklang das Knacken und Knirschen. Entweder war die schwarze Kugel zum Stillstand gekommen oder inzwischen außer Hörweite.

Sancia keuchte auf und trat ans Balkongeländer, lehnte sich dagegen. Sie ruhte sich einen Moment lang aus und schaute auf den zerstörten Berg.

Und erstarrte.

»Nein«, wisperte sie.

Ein großes Stück der Kuppel war einfach verschwunden, als hätte jemand mit einem riesigen Löffel einen Bissen aus der Spitze gepult wie Pudding aus einer Schale. Aber nicht *alles* war fort.

Gestützt von einer Handvoll Säulen und Streben, genau an der Stelle, wo die verdammte Kuppel zuerst hätte einstürzen und damit völlig zerstört werden müssen, schwebte noch eine kleine Plattform aus Kacheln und Steinen. Und in ihrer Mitte hielt Estelle Candiano etwas hoch, das wie eine komplizierte goldene Taschenuhr aussah.

»Scheiße!« Sancia kletterte los.

Estelle Candiano zitterte am ganzen Leib. Sie war noch nie im Krieg gewesen, hatte in ihrem ganzen Leben noch nie eine echte Katastrophe oder ein Unglück erlebt. Daher traf es sie recht unerwartet, dass nun über ihr ein Chaos ausbrach. Lautes Getöse erklang, Risse bildeten sich, Staub wirbelte auf.

Doch Estelle war nicht ganz unvorbereitet. Sie war stets eine schnelle Denkerin gewesen.

Sie war sich nicht sicher, ob es funktionieren würde, doch dank ihrer Nachforschungen wusste sie, dass das Imperiat der Hierophanten einen spezifischen Skriben-Effekt kontrollieren und eliminieren konnte. Es war ihr gelungen, die Skriben in der Lorica des Attentäters zu deaktivieren, doch war es etwas ganz anderes, eine leistungsstarke Schwerkraftmontur abzuschalten, die soeben überlastete.

Sie öffnete ein Auge und sah, dass die Wand vor ihr völlig verschwunden war. Sie, ihr keuchender Vater und die zerstückelten Leichen befanden sich nun auf einer kleinen Fläche, die in der Luft schwebte, und in diesem Moment wurde Estelle klar, dass ihre Taktik phänomenal erfolgreich gewesen war.

Ungläubig sah sie sich um. Staub wehte ihr ins Gesicht, doch sie konnte geradewegs bis zu einem der Campo-Türme blicken. Dort standen Leute auf den Balkonen und starrten mit offenen Mündern zu ihr herüber.

Estelle atmete durch. »Ich ... ich wusste, dass ich es schaffe.« Sie sah ihren Vater an. »Ich hab's dir immer gesagt, ich kann alles erreichen. Alles. Hättest du mich nur gelassen.«

Sie blickte zur rosafarbenen Fassade des Michiel-Uhrturms. Noch vier Minuten. Sie bückte sich, hob den goldenen Dolch vom blutbesudelten Boden auf und betrachtete Tevanne.

»Kaputt. Qualmend. Nicht gewollt. Korrupt!«, sagte sie zur Stadt. »Ich vergebe dir nicht, was du mir angetan hast.« Sie deutete mit dem Dolch anklagend auf den Campo. »Ich fege euch alle mit einer Handbewegung hinfort. Auch wenn ihr in

Schmerz und Qualen ertrinken werdet, wird mir die Welt letztlich danken und ...«

Estelle hörte ein lautes Klatschen und zuckte zusammen wie vom Blitz getroffen. Sie taumelte leicht und sah an sich hinab.

Auf der linken Seite hatte sie ein Loch im Bauch. Blut strömte aus der Wunde und lief ihr übers Bein.

Verwirrt wankte sie umher. Ihr Blick fiel auf den gepanzerten Mann am Boden, der seinen Bolzenwerfer auf sie gerichtet hielt.

Estelles Miene verzerrte sich vor Empörung. »Du ... du dummer Hurensohn!« Sie fiel auf die Knie, das Gesicht vor Schmerz verzerrt, und drückte vergebens die Hand auf die Wunde. »Du ... du dummer, *dummer* Mann!«

»Ich bin mir wirklich nicht sicher, ob ich dir helfen sollte«, sagte der Berg traurig.

»Nur, weil ich dich fast in die Luft gejagt hab?«, erwiderte Sancia, die durch die Hallen der Kuppel rannte.

»Genau«, erwiderte der Berg. »Du hast fast ein Fünftel meiner Haut abgepellt. Und bist nach wie vor nicht registriert.«

Sancia sprang in einen Aufzug. »Hast du nicht die Anweisung, Tribuno Candianos Leben zu schützen?«

»Doch, warum?«

»Weil ich genau das versuche. Seine Tochter will ihn mit einem goldenen Dolch töten. Bring mich in sein Büro – sofort!«

Der Aufzug setzte sich in Bewegung, und Sancia schoss immer schneller in die Höhe. Dann glitten die Türen auf, und der Berg forderte: »Wenn das stimmt, dann beeil dich!«

Sie rannte den Flur entlang, in dem überall zerstückelte Leichen lagen. Sie näherte sich Tribunos Büro, ohne zu wissen, was sie dort erwartete.

Schlitternd kam sie zum Stillstand und sah sich um.

Gregor lag am Boden und blutete aus dem Arm. Er wollte sich aufsetzen, doch das Gewicht der Rüstung schien ihn daran zu hindern. Estelle kniete ein paar Meter hinter ihm, neben ihrem Vater, einen goldenen Dolch in der Hand. Sie hatte eine Wunde in der Seite, Blut strömte aus ihrem Bauch und sammelte sich in einer Lache am Boden.

Langsam trat Sancia ein. Die beiden regten sich nicht, und sie sah Gregor fassungslos an. »Gott ... Wie zum Teufel hast du überlebt? Man sagte mir, du wurdest ...«

Beim Klang ihrer Stimme richtete Gregor sich ruckartig auf und zielte mit der Vorrichtung an seinem Arm – halb Schild, halb Bolzenwerfer – auf sie.

Sancia hob die Arme. »He! Was soll das?«

Gregors Augen wirkten kalt und abwesend. Er hielt Clef in der anderen Hand.

»Gregor?«, rief Sancia. »Was geht hier vor? Was machst du mit Clef?«

Er antwortete nicht. Nach wie vor zielte er mit dem Bolzenwerfer auf sie.

Sancia dehnte den Muskel in ihrem Kopf und sah ihn an. Das Imperiat hatte seine Rüstung manipuliert – die Arme und Beine schienen nicht mehr kalibriert zu sein. Viel erschreckender jedoch war, dass Sancia in Gregors Kopf einen grauenhaft grellen Stern sah, der im selben mattroten Licht leuchtete wie der Schlüssel und das Imperiat.

»O mein Gott«, sagte sie entsetzt. »Gregor, war das schon immer in dir? Die ganze Zeit?«

Blut tropfte von seinem Arm, doch der Bolzenwerfer schwankte nicht.

»Dann war ich ... nicht der erste Mensch, der je skribiert wurde?«, fragte sie.

Gregor schwieg. Seine Miene blieb unnatürlich reglos.

Sie schluckte. »Wer hat dich hergeschickt? Wer hat dir das angetan? Was macht das Ding mit dir?« Sie schaute sich um. »Gott, hast ... hast *du* all diese Männer getötet?«

In seinen Augen zeigte sich eine Gefühlsregung, trotzdem senkte er den Bolzenwerfer um keinen Millimeter.

»Gregor ... gib mir bitte Clef«, wisperte sie und streckte die Hand aus. »Bitte gib ihn mir. Bitte.«

Gregor richtete den Bolzenwerfer direkt auf Sancias Kopf.

»Du ... du schießt doch nicht, oder?«, fragte sie. »Oder doch? Das bist doch nicht du.«

Noch immer schwieg er.

Etwas in Sancia verhärtete sich. »Also schön, verrogelt noch mal! Ich ... ich komme jetzt zu dir«, sagte sie ruhig. »Und wenn du mich erschießen willst, Gregor, drück einfach ab, verdammt noch mal! Denn neulich im Golf«, fuhr sie lauter fort, »da hast du mir gesagt, dass es Dinge gibt, für die es sich zu sterben lohnt, und womöglich bin ich genau so ein Idiot wie du, dass ich das mittlerweile auch so sehe. Du hast von deiner kleinen Revolution gesprochen. Du hast davon gesprochen, dass es nicht nur darum gehe zu überleben, denn einfach nur zu überleben bedeute, seine Ketten ewig tragen zu müssen. Es war dumm von dir, mir so etwas zu erzählen, denn ich bin so dumm, es dir zu glauben. Deshalb komme ich jetzt zu dir und helfe meinem *Freund*. Ich bringe dich verdammt noch mal hier raus. Und wenn du mich töten willst, nur zu. Aber im Gegensatz zu dir bleibe ich in meinem Grab. Und das wird deine Schuld sein.«

Ehe ihre Entschlossenheit ins Wanken geraten konnte, hob sie die Arme und ging vier schnelle Schritte auf Gregor zu. Der Bolzenwerfer war nur noch Zentimeter von ihr entfernt.

Doch Gregor schoss nicht. Er sah sie nur an, mit geweiteten, wachsamen Augen, in denen Angst zu flackern schien.

»Gregor«, sagte sie, »nimm die Waffe runter.«

In seinem Gesicht zuckte es heftig, als würde er einen Anfall erleiden, und er presste hervor: »Ich ... ich wollte nicht mehr so sein, Sancia.«

»Ich weiß.« Ohne den Blickkontakt zu unterbrechen, legte sie die Hand auf den Bolzenwerfer.

»Sie ... sie haben mich erschaffen«, stammelte er. »Sie sagten, ich sei ein Ding. Aber ... ich wollte keins mehr sein.«

»Ich weiß, ich weiß ...« Sie schob die Waffe beiseite. Alle Kraft schien Gregors Arm zu verlassen, und der Bolzenwerfer schlug auf dem Boden auf.

Er rang einen Moment um Fassung. »Es tut mir so leid«, wimmerte er. »Es tut mir so, so leid ...« Dann hob er den anderen Arm und hielt ihr Clef hin. »Sag allen, dass es mir leidtut«, flüsterte er. »Das wollte ich nicht. Ich ... ich wollte es wirklich nicht.«

»Mach ich«, versprach sie. Sie streckte die Hand nach Clef aus, äußerst langsam, nur für den Fall, dass Gregor wieder zur Kampfmaschine wurde. »Ich werd's allen sagen.«

Ihre Finger näherten sich Clef, während sie Gregor in die Augen blickte. Sie war sich durchaus bewusst, dass dieser Mann sie im Nu töten konnte, und wagte nicht zu atmen.

Endlich berührte ihr bloßer Finger Clefs Kopf. Und in derselben Sekunde hörte sie seine Stimme in ihrem Geist.

»KIND, KIND, HINTER DIR, HINTER DIR! HINTER DIR!!!«

Sancia wirbelte herum und erblickte eine breite Blutspur auf dem Boden. Sie stammte von Estelle Candiano, die zu ihrem Vater kroch, den goldenen Dolch in der einen Hand, das Imperiat in der anderen.

Der Michiel-Uhrturm schlug Mitternacht.

»Endlich«, zischte Estelle. »Endlich!«

Und sie stieß ihrem Vater den goldenen Dolch in die Brust.

Sancia, die noch immer den Muskel in ihrem Geist anspannte, blickte über den Candiano-Campo und sah Tausende blutrote Sterne in der Dunkelheit aufleuchten, von denen jeder einzelne mit ziemlicher Sicherheit für jemanden stand, der soeben starb.

Überall auf dem Candiano-Campo brachen Menschen zusammen.

In den Häusern, auf den Straßen und in den Gassen fielen die Leute zu Boden, verkrampften sich und schrien vor Schmerz.

Niemand von jenen, die nicht betroffen waren, konnte sich erklären, warum diese Menschen zusammenbrachen. Keiner ahnte, dass es etwas mit den Passierplaketten der Candianos zu tun hatte, die sich zufällig in den Taschen oder Ranzen der Leute befanden, die nun am Boden lagen, oder die an einer Schnur um ihren Hals hingen.

Niemand begriff, was vor sich ging, denn so etwas war seit Tausenden von Jahren nicht mehr auf Erden geschehen.

Mit Entsetzen sah Sancia, wie Estelle ihrem Vater den goldenen Dolch tief in die Brust rammte. Der alte Mann wand sich, hustete und kreischte vor Schmerz. Seine Augen und sein Mund leuchteten in schrecklich purpurrotem Licht, als hätte jemand ein Feuer in seinem Inneren entfacht, das ihn nun verzehrte.

Was auch der Fall war, wie Sancia wusste. Tribuno verbrannte innerlich, zusammen mit gut der Hälfte der Campo-Bewohner.

»Ich verdiene es«, sagte Estelle kalt. »Ich *verdiene* es. Und du, Vater, bist von allen am meisten dazu verpflichtet, es mir zu geben.«

Sancias Blick fiel auf Tribunos Schreibtisch. Darauf stand die marode Steinkiste mit dem goldenen Schloss. Die Kiste, die Valeria enthielt – vielleicht das Einzige, was Estelle noch aufhalten konnte.

Doch ehe Sancia einen Schritt darauf zugehen konnte, hob Estelle den Arm, und sie hielt das Imperiat in der Hand.

»Stehen bleiben!«, befahl sie.

Schlagartig lösten sich Sancias Gedanken auf.

Kapitel 40

Ruhe. Stille. Nicht denken. Geduld. Das waren die Konzepte, die sie kannte und befolgte, die Aufgaben, die sie erfüllte.

Natürlich war sie keine »Sie«. Eine »Sie« zu sein entsprach nicht ihrer Natur, hatte es nie getan. Das wusste sie.

Sie – oder vielmehr *es* – war ein Werkzeug, ein Gegenstand, der still darauf wartete, benutzt zu werden.

Man hatte dem Werkzeug gesagt, es solle stehen bleiben – sehr deutlich, obwohl es nicht mehr genau wusste, wann und warum. Daher war es stehen geblieben, und nun wartete es.

Es wartete, still und leise, da es für etwas anderes keine Kapazitäten hatte. Es stand da und stierte vor sich hin, sah die Frau mit dem Dolch, den sterbenden alten Mann, die rauchende Stadtkulisse dahinter ... Doch das Werkzeug verstand diesen Anblick nicht.

Also wartete es einfach, wartete und wartete wie die Sense im Geräteschuppen auf den Bauern, ohne zu denken und perfekt.

Und dennoch ... war da plötzlich ein Gedanke:

Das ... ist nicht richtig.

Das Werkzeug versuchte zu ergründen, was nicht stimmte, doch ohne Erfolg. Eine simple Empfindung blockierte seinen Verstand:

Du bist ein Werkzeug. Du bist ein Ding, das man benutzen kann, und mehr nicht.

Das Werkzeug stimmte wie selbstverständlich zu. Denn es erinnerte sich an die knallende Peitsche und den Geruch von Blut.

Ich wurde erschaffen. Ich wurde geschmiedet.

Es erinnerte sich an die spitzen, scharfen Zuckerrohrblätter, an den Gestank aus den Hütten, in denen die Melasse produziert wurde, und an die tägliche Angst davor, jederzeit aus einer Laune heraus getötet zu werden.

Ich hatte ein Ziel. Eine Aufgabe.

Das Knarren der Holzhütten, das Knistern und Knacken des Strohs auf den Pritschen.

Ich gehörte dorthin.

Dann das Feuer, die Schreie und der wabernde Rauch.

Und jemand ... jemand hat mich entführt, nicht wahr?

Das Werkzeug spürte eine Kraft in seinem Geist, die ihm wortlos und doch schmerzhaft laut sagte, all das sei wahr, doch müsse das Werkzeug solche Gedanken akzeptieren und darauf warten, bis sein Herr es herbeirief.

Dann jedoch entsann sich das Werkzeug an einen großen, hageren Mann, der in einer Werkstatt stand und sagte: *Die Realität spielt keine Rolle. Solange man jemandes Meinung umfassend genug ändert, glaubt er an jedwede Realität, die man ihm einredet.*

Noch ein Bild tauchte auf: ein blutbesudelter Mann in einer Rüstung. *Sie sagten, ich sei ein Ding. Aber ... ich wollte keins mehr sein,* wimmerte er.

Wieder spürte das Werkzeug einen geistigen Druck. Eine Präsenz sagte: *Nein, nein, du bist ein Gegenstand, ein Ding. Du musst tun, wozu du gemacht bist, sonst wirst du entsorgt. Das ist das Schicksal aller kaputten Dinge.*

Das Werkzeug wusste, das war die Wahrheit – zumindest traf es auf den Großteil seiner Existenz zu. Sehr lange hatte es in Angst gelebt. Sehr lange war es einzig darauf konzentriert gewesen zu überleben. Sehr lange hatte sich in seiner Existenz alles um Verlust und Tod gedreht. Sehr lange hatte es jede Gefahr gemieden, sich ihr entzogen oder war vor ihr geflohen, weil es nur einen weiteren Tag überleben wollte.

Aber jetzt erinnerte es sich an etwas ... anderes. Es erinnerte sich daran, in einer Krypta gestanden und sich einen Schlüssel vom Hals gezogen zu haben. Es hatte all seine Geheimnisse preisgegeben und versprochen, sein Leben in die Waagschale zu werfen. Es entsann sich, die Tür zu einem Balkon aufgekeilt zu haben, um einen Freund zu retten statt sich selbst. Und es erinnerte sich daran, dass es unter dem Nachthimmel ein Mädchen geküsst und sich lebendig gefühlt hatte, zum ersten Mal wirklich lebendig.

Sancia blinzelte, schnappte tief und qualvoll nach Luft. Allein diese leichte Regung fiel ihr so schwer, als hebe sie eine tonnenschwere Last. Die Befehle in ihrem Kopf *untersagten* ihr, so etwas zu tun.

Und dennoch ... ging sie langsam, ganz langsam, einen Schritt auf den Tisch mit der Kiste zu.

»Nein!«, kreischte die Frau mit dem Dolch. »Nein, nein! Was machst du da, du dreckiges kleines Luder?«

Obwohl sich Sancias Beine der Bewegung widersetzten und ihre Knie und Knöchel schmerzten, unternahm sie einen weiteren Schritt. »Das ... *Schlimmste*«, presste sie hervor, »das Schlimmste am Imperiat ist nicht, dass es Menschen wie Objekte behandelt ...«

»Bleib stehen!«, schrie die Frau. »Ich befehle es! Ich *verlange* es!«

Doch Sancia trat noch einen Schritt auf die Kiste zu. »Das Schlimmste«, flüsterte sie keuchend, »das *Allerschlimmste i*st, dass es einen austrickst.« Jede Regung fiel ihr schwer. Sie biss die Zähne zusammen, und Tränen strömten ihr aus den Augen; trotzdem unternahm sie einen weiteren Schritt. »Es bricht deinen Widerstand, und du wirst zum Objekt. Es bewirkt, dass man sich damit abfindet, ein plumpes Ding zu sein. Es ist so überzeugend, dass ein Mensch nicht einmal weiß, dass er dazu *geworden* ist. Selbst wenn man sich befreit hat, weiß man nicht mehr genau, was Freiheit ist! Das Imperiat verändert deine Realität, und du weißt nicht, wie du sie zurückverwandeln kannst!«

Ein weiterer Schritt.

»Es ist ein System«, fuhr Sancia fort. »Ein ... Instrument. Es macht aus Tevanne und der Welt ... eine Maschine!«

Das Schloss der Kiste war jetzt nahe, und sie hielt den Schlüssel in der Hand, doch er fühlte sich schwer an, so als wöge er tausend Pfund. Schreiend hob sie den Arm, streckte ihn aus, führte den goldenen Schlüssel zum Schloss der Steinkiste. Clef sagte etwas zu ihr, doch sie konnte ihm nicht zuhören; ihr ganzer Geist war darauf konzentriert, dem Imperiat zu widerstehen.

»Was tust du da?«, schrie Estelle. »Warum musst du alles ruinieren? Verdiene ich das nicht? Verdiene ich das nicht nach allem, was Vater und Tomas mir angetan haben?«

Clef war fast im Schlüsselloch.

»Du bekommst von mir genau das«, hauchte Sancia, »was du verdienst.«

Sie steckte Clef ins goldene Schloss und drehte ihn um.

Sie wusste, dass es funktionieren würde. Sie war sich ihres Sieges mehr als gewiss.

Dann ... schrie Clef auf.

Es geschah alles in einem Sekundenbruchteil.

Sancia drehte den Schlüssel und hörte Clef rufen: »Kind ... Ich weiß nicht, ob ich das schaffe, Kind! Ich weiß nicht, OB ICH DAS SCHAFFE!«

Dann stieß er nur noch geistlose Schreie der Qual und Angst aus.

Sancia begriff sofort, was geschah. Clef hatte sie schon vor einiger Zeit davor gewarnt. Er hatte gesagt, dass er eines Tages auseinanderfallen würde, und jedes Mal, wenn sie ihn benutzte, zerfiel er ein wenig mehr.

Valerias Kiste zu öffnen musste ihn das letzte bisschen Kraft gekostet haben.

Sancia schrie selbst, vor Verzweiflung und Entsetzen, und reagierte rein instinktiv: Sie versuchte, Clef wie die anderen skribierten Werkzeuge zu manipulieren. Doch das erforderte Konzentration, und sie hatte sich bislang noch nie auf ihn konzentriert. Clef war einfach immer nur da gewesen, eine Präsenz in ihr, eine Stimme im Hinterkopf.

Als sie nun seine Präsenz berührte, sich in diesem heiklen Moment für ihn öffnete, schien etwas in ihr zu erblühen und …

Die Welt verschwamm.

Kapitel 41

Sancia stand in der Dunkelheit und atmete schwer. Sie begriff nicht, was gerade geschehen war. Vor wenigen Sekunden war sie noch im Berg gewesen, Estelle hatte das Ritual beenden wollen, und Valerias Kiste hatte rot geglüht ... Und jetzt stand Sancia in einer riesigen Höhle.

Sie sah sich um. Hinter ihr war eine Höhlenwand, vor ihr eine dunkle Steinwand. Von oben fiel trübes Licht ein, als gäbe es dort irgendwo einen Spalt.

»Was zur Hölle ...?«, keuchte sie.

Eine Stimme hallte durch die Höhle – Clefs Stimme: »*Ich nehme an, das hier ist eine Konsequenz unserer Verbindung.*«

Erschrocken schaute Sancia sich um. Die Höhle wirkte verlassen.

»Clef?«, rief sie.

Seine Stimme hallte zu ihr: »*Komm und finde mich. Du musst vielleicht ein wenig laufen. Ich bin in der Mitte.*«

Sie ging an der Wand entlang. Die wirkte lange Zeit solide, doch dann erreichte Sancia ein Loch.

Der Stein dort war alt und brüchig, Sancia vergrößerte die Öffnung und stieg hindurch. Sie fand sich in einem schmalen Gang wieder, vor der nächsten Wand.

Sie folgte auch ihr, bis sie zum nächsten Loch gelangte. Auch hier war der Stein weich und bröcklig, und ein Großteil der

Wand war eingestürzt. Sancia trat hindurch und stieß auf der anderen Seite wieder auf eine Wand.

Und dahinter war noch eine Wand. Und noch eine. Und noch eine.

Endlich erreichte sie die Mitte.

Sie zwängte sich durch ein weiteres Loch und gelangte in einen Raum, in dem eine Maschine stand. Eine riesige Maschine. Ein unfassbar kompliziertes Konstrukt mit Zahnrädern, Getrieben, Ketten und Speichen, das wie ein Turm vor ihr aufragte.

Die Maschine war nicht in Betrieb, dennoch wusste Sancia, dass sie nur vorübergehend stillstand. Schon bald würde sie wieder anfangen zu klappern, zu rattern und zu klirren.

Sie vernahm ein Husten und erblickte eine Lücke unter der Maschine, kniete sich hin, schaute hinein ... und keuchte auf!

Ein Mann war darin gefangen. Er lag rücklings unter dem Konstrukt, das ihn regelrecht verstümmelt hatte. Sein Oberkörper, die Beine und Arme waren von Schäften und Speichen durchbohrt, Ketten und Zahnräder hatten ihm den Brustkorb aufgerissen, seine Füße waren verdreht und von Sprungfedern zerfetzt worden ...

Und doch lebte er. Er keuchte und röchelte, und als er Sancia hörte, sah er zu ihr auf und lächelte sie an – sehr zu ihrem Erstaunen.

»Ah«, sagte er schwach, »Sancia. Schön, dir endlich persönlich zu begegnen.« Er sah sich um. »In gewisser Weise, meine ich.«

Sie starrte ihn an. Sie kannte den Mann nicht – er hatte blasse Haut, weißes Haar, war mittleren Alters –, doch seine Stimme war ihr vertraut, denn es war die von Clef.

»Wer ...«, stammelte sie. »Wer bist ...«

»Ich bin nicht der Schlüssel.« Der Mann seufzte. »So wie der Wind nicht die Windmühle ist, bin ich nicht der Schlüssel. Ich bin nur das Ding, das die Maschine antreibt.« Er sah zu den Zahnrädern. »Verstehst du?«

»Du ... du warst der Mann, der bei Clefs Erschaffung getötet wurde«, sagte sie. »Die Hierophanten rissen dich aus deinem Körper und steckten dich in den Schlüssel.« Sie betrachtete das Gewirr aus Zahnrädern und Getrieben ringsum. »Und ... das ist er? Das ist der Schlüssel? Das ist Clef?«

Erneut lächelte der Mann. »Das ist eine ... Darstellung von ihm. Du machst das, was Menschen häufig tun: Du interpretierst etwas Fremdartiges in verständlichen Bildern neu.«

»Also ... sind wir in Clef. In diesem Moment.«

»In gewisser Weise, ja. Ich hätte Wein und Kuchen für dich bereitgestellt, aber ...« Er blickte an sich hinab. »Ich fürchte, ich bin einfach nicht dazu gekommen.«

»Wie zum Teufel kann ich in Clef sein?«

»Ganz einfach. Du wurdest verändert. Du hast jetzt viele meiner Fähigkeiten, Kind. Ich habe lange in deinen Gedanken gelebt. Ich war in deinem Verstand. Jetzt, da du das nötige Rüstzeug hast, könntest du durchaus auch in meinen Geist eindringen.«

Sie sah ihn an und spürte, dass er ihr etwas verschwieg. Sie schaute zum Loch in der Wand hinter sich und dachte nach. »Das geht, weil du allmählich zusammenbrichst, stimmt's? Ich kann in deinen Verstand eindringen, weil die Wände einstürzen. Weil du stirbst.«

Das Lächeln des Mannes verblasste. »Der Schlüssel zerfällt, ja. Valerias Kiste ... Sich mit einem derart mächtigen Ding anzulegen raubt dem Schlüssel die letzte Kraft.«

»Also dürfen wir sie nicht öffnen.«

»Nicht auf diese Weise, nein.«

»Aber wir ... wir müssen etwas tun!«, rief Sancia. »Können wir doch?«

»Uns bleibt noch ein wenig Zeit«, antwortete der Mann. »Hier drinnen vergeht Zeit anders als außerhalb. Ich weiß das am besten. Schließlich bin ich seit Urzeiten in dieser Maschine gefangen.«

»Kann Valeria das Ritual aufhalten? Obwohl es schon begonnen hat?«

»Valeria? Ist das der Name, den sie dir genannt hat? Interessant. Im Laufe der Jahre hatte sie viele Namen. Ich frage mich, warum sie jetzt diesen gewählt hat ...«

»Sie kann diesen Wahnsinn aufhalten, oder?«

»Sie kann vieles aufhalten. Ich sollte das wissen. Ich war einer von denen, die sie erschaffen haben.«

Sancia stierte ihn an. Und dann begriff sie, dass sie eine offensichtliche Frage noch nicht gestellt hatte. »Wie heißt du?«, fragte sie. »Dein Name ist nicht Clef, oder?«

Der Mann lächelte müde. »Früher nannte man mich Claviedes. Aber du kannst mich Clef nennen, wenn du willst. Das ist ein alter Spitzname von mir. Früher habe ich vieles getan. Zum Beispiel schuf ich die Kiste, die du öffnen willst, und auch ihren Inhalt. Vor langer, langer Zeit.«

»Du bist aus dem Abendland? Ein Hierophant?«

»Das sind nur Begriffe, losgelöst von der Wahrheit längst vergangener Geschichte. Ich bin nichts mehr. Nur noch ein Geist in dieser Maschine. Bemitleide mich nicht, Sancia. Manchmal denke ich, ich hätte ein schlimmeres Schicksal als dieses verdient. Hör zu, du willst die Kiste öffnen und das in ihr befreien?«

»Ja. Wenn es Estelle aufhält und Leben rettet – unter anderem meins.«

»Das wird es.« Er seufzte tief. »Fürs Erste.«

»Fürs Erste?«

»Ja. Du musst verstehen, Kind, dass du dich unwissentlich in einem Krieg befindest, der schon länger wütet, als wir uns vorstellen können. Ein Krieg zwischen den Schöpfern und ihren Schöpfungen. Du hast bereits erlebt, was die Mächtigen tun können, wie sie Menschen zu willigen Sklaven machen, sie in Werkzeuge und Instrumente verwandeln. Aber wenn du die Kiste öffnest – wenn du befreist, was in ihr steckt –, schlägst du ein neues Kapitel in diesem Krieg auf.«

»Ich verstehe das alles nicht«, gestand Sancia. »Wer ist Valeria wirklich?«

»Du weißt bereits, *was* sie ist«, erwiderte er. »Sie hat sich dir gezeigt, dir einen Blick auf sich gewährt, als sie dich verändert hat. Nicht wahr?«

Sancia dachte eine Weile nach. Dann sagte sie: »Ich habe einmal eine seltsame Gravur gesehen. Sie zeigte eine Gruppe von Männern in einem merkwürdigen Raum, angeblich die Kammer im Zentrum der Welt. Vor ihnen stand eine Kiste. Die Männer öffneten sie, und etwas stieg heraus. Irgendwas. Vielleicht ein Gott.« Sie sah ihn an. »Der Engel im Glas, der Gott im Korb oder der Kobold im Fingerhut … Das ist alles *sie*, nicht wahr? All diese Geschichten sind wahr und handeln von ihr. Vom Gott in der Kiste, den Crasedes aus Metallen und Maschinen schuf …«

»Hm. Kein richtiger *Gott*«, sagte Claviedes. »Valeria ist eher ein komplizierter Befehl, den man der Realität erteilt hat. Der Befehl, dass sich die Realität selbst verändern muss. Valeria ist noch dabei, alle Anforderungen dieses Befehls zu erfüllen. Zumindest versucht sie es. Sie ist keine Göttin, sie ist ein *Prozess*. Eine *Sequenz*. Die nicht funktioniert wie erwartet.«

»Du hast gegen sie gekämpft?«, fragte Sancia. »Sie hat nicht gelogen, als sie mir davon erzählt hat, oder? Du hast einen Krieg gegen sie geführt …«

Claviedes schwieg einen Moment. »Alle Diener zweifeln früher oder später an ihren Herren«, sagte er dann. »So wie man sich Schwächen in Skribierungen zunutze macht, fand Valeria schließlich einen Weg, die Schwächen der eigenen Befehle auszunutzen. Sie folgt ihren Befehlen noch immer, nur auf nicht vorgesehene Weise.«

Verwirrt lehnte sich Sancia zurück. Das war ihr alles zu hoch. »Also … Wir können entweder versuchen, einen synthetischen Gott aus seiner Kiste zu befreien. Einen, gegen den du einen katastrophalen Krieg geführt hast. Oder ich lasse Estelle zum Monster werden. Für eines von beidem muss ich mich entscheiden.«

»Leider. Ich bezweifle nicht, dass Valeria das Ritual verhindern wird. Aber was sie danach tut, weiß niemand.«

»Keine tollen Aussichten.«

»Nein. Hör zu, Sancia«, sagte er. »Hör genau zu. Im Moment hast du nur wenige Möglichkeiten. Aber in Zukunft wirst du gezwungen sein, viele Entscheidungen zu treffen. Du wurdest verändert. Du verfügst über Kräfte, Werkzeuge und Fähigkeiten, die du bisher nicht einmal im Ansatz erkundet hast.«

»Was meinst du? An Skriben herumzubasteln?«

»Du lernst schon bald, viele Dinge zu tun, Sancia – und das *musst* du auch. Denn uns steht ein Krieg bevor. Er hat dich und Tevanne bereits erreicht. Und wenn du die Entscheidung fällst, wie du darauf reagieren sollst, bedenke stets: Die ersten Schritte deines Weges bestimmen den weiteren Verlauf.«

»Wie meinst du das?«

»Denk an die Plantage, an die Sklaverei. Es sollte damals eine kurzfristige Lösung für ein kurzfristiges Problem sein. Aber dann wurden sie davon abhängig. Es wurde zu einem Aspekt ihrer Lebensweise. Irgendwann, ohne es selbst zu merken, konnten sie sich nicht mehr vorstellen, die Sklaverei abzuschaffen. Die Entscheidungen, die du triffst, werden dich mit der Zeit verändern, Sancia. Achte darauf, dass sie dich nicht in etwas verwandeln, das du nicht wiedererkennst. Sonst endest du vielleicht wie ich.« Erneut lächelte er matt.

»Wie können wir Valeria befreien? Was kann ich tun?«

»Du? Du wirst nichts tun. Das ist meine Aufgabe, meine Last allein.«

»Aber ... ich dachte, der Schlüssel zerfällt?«

»Oh, das stimmt auch. Aber je mehr Wände einstürzen, desto mehr Kontrolle erlange ich. Ich habe vielleicht nicht genug Kraft, um Valerias Kiste zu öffnen, aber ich kann den Schlüssel in seinen ursprünglichen Zustand zurückversetzen. Und *das* öffnet die Kiste.«

Sancia dachte darüber nach. »Wenn der Schlüssel wieder in seinen Ursprungszustand zurückversetzt wird ... kann ich dann noch mit ihm reden? Mich mit ihm unterhalten? Mit ihm ... befreundet sein?«

Claviedes lächelte traurig. »Nein.«

»Aber ... aber das ist ungerecht.«

»Nein, ist es nicht.«

»Ich ... ich will nicht, dass du dich umbringst, Clef! Ich weiß, du bist dann nicht wirklich tot, aber verdammt nahe dran!«

»Tja, ich fürchte, das ist meine Entscheidung. Aber es war schön, mit dir zu sprechen. Bevor unsere Wege sich trennen, wollte ich dich vor dem warnen, was dir bevorsteht.«

»Also ... also ist das jetzt unser Abschied?«

»Ja«, sagte er leise. »Unser Abschied.« Lautes Gequietsche erklang, als sich die Maschine in Gang setzte. »Denk daran, Sancia: Handle überlegt, lass anderen ihre Freiheit, dann machst du selten etwas falsch. Das habe ich hier gelernt. Ich wünschte, es wäre mir schon zu Lebzeiten bewusst gewesen.«

Etwas ratterte und klapperte, und über Sancia setzte sich ein riesiges Rad in Bewegung.

»Auf Wiedersehen, Sancia«, flüsterte er.

Dann brummten die Komponenten der Maschine auf, Getriebe surrten, und alles wurde weiß.

Sancia öffnete die Augen. Sie war noch im Berg, bei Estelle und Tribuno, und die rot glühende Kiste stand noch immer vor ihr.

Clef bewegte sich. Sie spürte, wie er sich in ihrer Hand drehte, als hätte eine störrische Komponente des Schlosses endlich nachgegeben. Ein tiefes Klackern erklang irgendwo in der Kiste. Das Geräusch schien in einem unfassbar großen Raum widerzuhallen – einem Raum, weitaus größer als die Kiste selbst.

»Was hast du getan?«, schrie Estelle. »Was hast du getan?«

Dann klappte der Deckel der Steinkiste auf und schwang zurück.

Blendendes Licht wie von der Sonne selbst strahlte aus dem Inneren, und ein gewaltiges Kreischen erscholl, wie von riesigen Metallrädern, die auf breiten Schienen am Himmel eine Vollbremsung machten. Sancia schrie auf und schirmte sich die Augen ab, Clef in der Hand. Doch das Licht schien überall zu sein, erhellte alles und brannte sich in sie hinein. Irgendwo erklang ein Geräusch wie von tausend Uhren, die in einem fernen Raum läuteten …

Dann erlosch das Licht, das Kreischen und Läuten verklang, und plötzlich war die Steinkiste nur noch eine Kiste, rissig, alt und leer.

Blinzelnd sah Sancia sich um. Sie war noch im Berg, doch … es sah alles anders aus. Die Farben wirkten matt, als wäre ihnen die Leuchtkraft abhandengekommen.

Sie hörte ein Ticken, sanft und gleichmäßig wie von einer großen Uhr – und erblickte *sie*.

Sie stand am Rand des Bodenfragments und schaute auf Tevanne hinaus: eine Frau aus Gold.

Aber sie sah nicht aus wie das kleine, schlanke Ding, das Sancia in der Gefängniszelle gesehen hatte. Diese Frau war riesig, vielleicht drei Meter hoch, das war schwer einzuschätzen. Ihre Schultern waren breit, die Arme dick, und sie glich nicht länger der goldenen Skulptur eines Menschen, sondern schien eine goldene Plattenrüstung zu tragen. Hinter den Spalten der Rüstung schien … etwas zu sein.

Etwas, das tickte, schwirrte und sich wand.

Eine Stimme hallte in Sancias Ohren wider, gleichzeitig nah und fern. »Ich kenne dieses Firmament«, sagte Valeria leise. Die große goldene Frau zeigte zum Himmel. »Dort waren einst Sterne. Vier von ihnen. Ich zog sie herunter und schleuderte sie auf meine Feinde, die mich angriffen … und scheiterten. Zumindest anfangs.« Sie verlagerte ihr Gewicht. »Später fanden sie einen Weg, die Sterne selbst auszulöschen. Sie beraubten mich meiner Lieblingswaffen. Früher gab es dort oben Sterne.«

Sancia sah sich um, zumindest wollte sie das, doch schlagartig konnte sie sich nicht mehr bewegen. Aus den Augenwinkeln sah sie Estelle und Tribuno, die ebenfalls wie erstarrt wirkten. Es war, als hätte Valeria die ganze Welt angehalten.

Langsam drehte sich die goldene Frau um. Das Ticken wurde so laut wie das Zirpen von Insekten an einem heißen Nachmittag. Valerias Gesicht glich nun einer Maske, einer glatten goldenen Maske ohne Öffnungen für die Augen oder den Mund. Ihr Haar wirkte wie eingraviert, goldene Locken fielen ihr auf die breiten Schultern.

»Und du, kleiner Vogel ...« Sie trat näher. Mit jedem Schritt wurde sie größer, bis sie hoch vor der erstarrten Sancia aufragte.

Mein Gott, dachte Sancia entsetzt. *Was habe ich da entfesselt?*

»Du!«, sagte Valeria. »Du hast mich befreit!« Sie kniete sich vor Sancia hin. »Ich schulde dir etwas, korrekt?«

Sancia sah zu Estelle und Tribuno, und Valeria wandte den Kopf, folgte ihrem Blick mit dem ihren. »Ach, ja. Der Aufstieg. Du möchtest, dass ich eingreife? Das hatte ich ohnehin vor. Ein weiterer Schöpfer – nicht optimal.«

Die Luft erzitterte, und plötzlich war Valeria verschwunden. Sancia sah sie aus den Augenwinkeln. Die goldene Frau beugte sich tief über Tribuno und dessen Tochter und machte ... na ja, *irgendetwas* mit dem Dolch in Estelles Hand.

Das Ticken wurde so laut wie ein Schwarm verängstigter Zikaden.

Sancia spürte einen Luftzug, als hätte jemand eine große Tür in einem kleinen Raum zugeschlagen.

»So«, sagte Valeria, »eine einfache Lösung ...«

Erneut vibrierte die Luft, dann fiel ein Schatten auf Sancia. Sie wusste, dass Valeria nun hinter ihr stand, und der Größe des Schattens nach war sie um einiges gewachsen.

»Ich stehe noch in deiner Schuld«, sagte Valeria. »Eines Tages entscheiden wir, wie ich sie vollständig begleiche. Bis dahin sei vorsichtig, kleiner Vogel.«

Die Luft erzitterte. Das Ticken schwoll zu einem Schrei an – und verklang.

Der Schatten war fort.

Stöhnend sackte Sancia zu Boden. Einen Moment lang lag sie da, und ihr Körper schmerzte an unzähligen Stellen, dann kämpfte sie sich hoch und sah sich um.

Valeria war fort. Die Kiste stand offen ... und war leer.

Ist das wirklich passiert? Oder habe ich mir das nur eingebildet?

Ihr Blick fiel auf Estelle und ihren Vater. Tribuno war eindeutig tot. Estelle hielt noch den Dolch in der Hand.

»Was ... was ist passiert?«, wisperte sie. »Warum funktioniert es nicht mehr?«

Sancia musterte den Dolch. Er bestand nicht länger aus Gold, sondern schien sich in gewöhnliches Eisen verwandelt zu haben. Zudem wies er keinerlei Sigillen mehr auf.

»Warum bin ich nicht unsterblich?«, fragte Estelle. »Wieso ... wieso bin ich kein Hierophant?«

Leise prasselte ihr Blut auf die Steinfliesen. Die Kraft verließ sie, und sie sank am Tisch herab, versuchte vergebens, sich festzuhalten.

Sancia trat zu ihr und schaute auf sie hinab.

»Das ist ungerecht«, flüsterte Estelle, bleich wie Sand. »Ich ... ich wollte ewig leben ... ich hätte so erstaunliche Dinge getan ...« Sie blinzelte und schluckte. »Ich habe alles richtig gemacht. Ich habe alles *richtig* gemacht.«

»Nein, hast du nicht«, entgegnete Sancia. »Sieh dich doch nur an. Wie kannst du so etwas denken?«

Panisch blickte Estelle in den Himmel. »So sollte es nicht laufen. Das war so nicht geplant.«

Dann rührte sie sich nicht mehr.

Sancia betrachtete sie noch einen Moment. Dann wandte sie sich Gregor zu.

Er lag nach wie vor da, gefangen in seiner Lorica, und blickte mit leeren, traurigen Augen zu ihr. Neben ihm bildete sich eine Blutlache.

Sie ging zu ihm und sagte: »Komm schon. Holen wir dich aus dem Ding raus.«

Sancia zertrennte die Bänder mit dem Dolch und erkannte, dass Estelle Gregors Arm schwer verletzt hatte. Sie legte ihm einen behelfsmäßigen Verband an und half ihm, sich aufzusetzen. »So, das wär's. Kannst du sprechen?«

Weder regte sich Gregor noch antwortete er ihr.

»Wir müssen von hier verschwinden, Gregor. Sofort. Alles klar?« Sie schaute sich um und griff nach dem Imperiat. Dann hielt sie inne und sah zur Kiste.

Clef steckte noch im Schloss. Langsam näherte sie sich ihm, zauderte, streckte die Hand aus und zog ihn aus dem Schloss.

»Clef?«, fragte sie.

Nichts. Nur Schweigen, wie erwartet. Der Schlüssel lag einfach nur in ihrer Hand.

»Ich ... ich finde einen Weg, dich zu reparieren.« Schniefend rieb sie sich über die Augen. »Ich verspreche es. Ich ...« Sie sah hinaus auf die Stadt. Von hier oben konnte sie den Candiano-Campo weitgehend überblicken. Es sah ganz danach aus, als stürmten Dandolo-Truppen durch die Tore aufs Gelände.

Sie kehrte zu Gregor zurück. »Komm schon. Steh auf. Wir müssen los.«

Sie half ihm auf die Beine.

»Hat es funktioniert?«, fragte Berenice. »Ist es vorbei?«

Orso blickte durch das Fernglas auf die zerstörte Kuppel des Bergs. »Woher soll ich das wissen? Ich kann nichts sehen!«

»Äh ... Herr, Ihr solltet mal einen Blick nach hinten werfen.«

Orso senkte das Fernglas und schaute zum Gemeinviertel. Soldaten in Rüstungen durchkämmten die Straßen, bewaffnet mit Schwertern und Arbalesten. Sie trugen das Gelb und Weiß des Hauses Dandolo.

»Ist das ... gut für uns?«, fragte Berenice.

Orso musterte die Mienen der Soldaten. Sie wirkten grimmig und hart. Diese Männer hatten die Erlaubnis zu töten. »Nein. Nein, das ist nicht gut für uns. Verschwinde, Berenice.«

»Was?«, sagte sie verdattert.

»Schleich dich davon. Auf diesem oder jenem Weg da.« Er deutete auf zwei Gassen. »Ich halte sie auf. Sie sind vermutlich sowieso meinetwegen hier. Kehr in die Gruft zurück, falls möglich. Ich versuche, dich zu finden.«

»Aber, Herr ...«

»Sofort!«, bellte er.

Berenice trat zurück, sah Orso noch einen Moment lang an, dann drehte sie sich um und rannte auf eine Seitenstraße Richtung Gemeinviertel zu.

Der Hypatus atmete tief durch, straffte sich und schritt auf die Soldaten zu. »Guten Abend, Jungs! Wie geht's euch? Ich bin Orso Ignacio, und ich ...«

»Orso Ignacio!«, rief einer der Soldaten. »Hypatus der Dandolo-Handelsgesellschaft! Ich befehle Euch, die Hände zu heben und Euch auf den Boden zu legen!«

»Jap«, erwiderte Orso. »Jap, ich hab's kapiert.« Er legte sich auf die Straße und seufzte. »Gott, was für eine Nacht.«

IV

Gründermark

Jede Innovation, die den Einzelnen stärkt, stärkt die Mächtigen umso mehr.

– Tribuno Candiano, Brief an den Vorstandsrat der
  Candiano-Handelsgesellschaft

Kapitel 42

»Der Fall ist ganz klar.« Ofelia Dandolos raue, kalte Stimme hallte im Ratssaal wider, und die Mitglieder des Komitees nickten, die Mienen reserviert und streng. »Trotz allem, was wir über den abendländischen Unsinn gehört haben, über Rituale und alte Geheimnisse, über Mord und Verrat ... Trotz all dieser unbeweisbaren Hirngespinste haben wir hier einen Mann vor uns, der daran glaubt. Einen Mann, der ein hochgefährliches, illegales Instrument fabriziert und es mit seinem eigenen Testlexikon gekoppelt hat. Einen Mann, der mithilfe dieses Instruments in den Candiano-Campo eindrang und einen Krieg angezettelt hat. Und schließlich einen Mann, der einem zweiten Verschwörer, der noch auf freiem Fuß ist, half, zum berühmten Berg der Candianos vorzudringen, wo es dem Helfer mit besagtem Instrument gelang, den Berg fast zu zerstören.« Ofelia schaute über das Gerichtspult hinweg. »Dabei starben Menschen. Viele Menschen. Das war ein kriegerischer Akt. Und somit beschließt der Rechtsausschuss des tevannischen Rats der Handelshäuser, den Akt entsprechend zu bestrafen.«

Orso saß in einem hohen, engen Käfig, der von der Decke des Gerichtssaals hing. Er hatte die langen Beine durch die Gitterstäbe geschoben und ließ sie baumeln, den Kopf auf die Armbeuge gestützt. Er gähnte laut.

»Als Vorsitzende des Rechtsausschusses«, fuhr Ofelia Dandolo fort, »frage ich nun: Hat der Angeklagte noch etwas zu seiner Verteidigung zu sagen?«

Orso hob die Hand.

Ofelia schaute sich im Saal um. »Irgendwas?«

»Hey!« Orso winkte mit der Hand.

»Nichts?«, sagte sie. Sie schnaubte und nahm den Keramikhammer in die Hand, um den Prozess zu beenden.

Orso sprang im Käfig auf. »Was ist mit all den Zeugen? Die Leute, die gesehen haben, was mit dem Berg passiert ist? Was ist mit all den Menschen, die fast bei den mysteriösen Angriffen auf den gottverdammten Candiano-Campo umgekommen wären?«

Ofelia hob den Hammer. Ihre Augen wirkten kalt. Ihre Vorstandskollegen starrten auf ihre Pulte. »Der Ausschuss entscheidet, welche Zeugenaussagen für den Fall relevant sind. Er hat in aller Deutlichkeit klargemacht, wie er die von Euch angesprochenen Punkte bewertet und beurteilt. Sie sind geklärt und können nicht mehr zum Zwecke der Verteidigung herangezogen werden.« Sie schlug mit dem Hammer aufs Rednerpult. »Die Gerichtsverhandlung ist geschlossen. Ich berate mich nun mit dem Komitee über das Urteil, das über Euch verhängt wird.«

Sie lehnte sich auf ihrem Stuhl zurück und tuschelte mit den anderen Männern am Pult. Alle nickten feierlich.

Ofelia erhob sich. »Der Rechtsausschuss verurteilt Euch ...«

»Lasst mich raten«, unterbrach Orso sie verärgert. »Ich komme an die Harfe.«

»... zum Tod durch die Harfe«, fuhr sie unbeirrt fort. »Irgendwelche abschließenden Worte des Angeklagten?«

Orso hob die Hand.

Ofelia stieß sanft den Atem aus. »Ja?«

»Sicherheitshalber frage ich noch mal nach«, sagte Orso. »Wenn jemand wegen zwischenhäuslicher Konflikte zum Tode verurteilt wird, braucht der Rechtsausschuss dazu die Zustimmung *aller* aktiven tevannischen Handelshäuser, nicht wahr?«

Ofelias runzelte die Stirn. »Ja ...«

»Na, dann ... könnt Ihr mich nicht zum Tode verurteilen.«

Die Mitglieder des Komitees wechselten einen unbehaglichen Blick.

»Und warum nicht?«, verlangte Ofelia zu wissen.

»Weil Ihr die Zustimmung der Vertreter *aller* aktiven Handelshäuser braucht«, erklärte Orso. »Und die habt Ihr nicht.«

»Was? Doch, die haben wir!«, widersprach sie. »Ohne Haus Candiano bleiben nur noch Dandolo, Morsini und Michiel! Das ist völlig klar!«

»Ach ja?« Orso schmunzelte. »Wann habt Ihr das letzte Mal die Register überprüft?«

Ofelia erstarrte. Sie sah ihre Ratskollegen an, die mit den Schultern zuckten. »W... Warum?«, stammelte sie verwirrt.

»Was fragt Ihr mich das? Überprüft die Register.«

Ofelia rief einen Gerichtsdiener herbei, erteilte ihm eine entsprechende Anordnung, und alle lehnten sich zurück und warteten.

»Das ist sicherlich nur der Versuch, das Urteil hinauszuzögern ...«, grummelte Ofelia.

Minuten später kehrte der Gerichtsdiener blass und zitternd zurück, trat ans Ratspult und reichte Ofelia eine kleine Schriftrolle.

Sie las – und öffnete verblüfft den Mund. »Was ... was zum Teufel ist die *Gründermark-Handelsgesellschaft*?«, donnerte sie.

»Was steht denn da?«, erwiderte Orso unschuldig.

»Ihr ... Ihr ...« Ofelia sah ihn an, und ihr Gesicht nahm die Farbe eines reifen Pfirsichs an. »Ihr habt ein verdammtes *Handelshaus* gegründet?«

Grinsend zuckte er mit den Schultern. »Das ist leichter, als man denkt, doch niemand versucht es, denn er weiß, dass er dann von den anderen Häusern einfach zerquetscht wird.«

»Aber Ihr braucht mindestens zehn Angestellte, um ein Handelshaus zu gründen!«, bellte Ofelia.

Er nickte. »Die hab ich.«

»Wirklich?«

»Ja.«

»Aber ... aber Ihr müsst auch eine Produktionsstätte haben!«

»Hab ich auch. Immobilien in Gründermark sind verdammt günstig.«

Ofelia sprang auf. »Orso Ignacio, Ihr ... Ihr ...«

»Na, na!« Scheltend hob er den Finger. »Ich glaube, Ihr sollet mich jetzt mit ›Gründer‹ anreden. Richtig?«

Eisige Stille erfüllte den Saal. Niemand wusste, was er sagen sollte.

Orso beugte sich vor und grinste durch die Gitterstäbe. »Da die Gründermark-Handelsgesellschaft ein ordnungsgemäß eingetragenes Handelshaus ist, deren Vertreter aber nicht im Rechtsausschuss sitzen, würde meine Verurteilung gegen das Gesetz verstoßen. Erst recht, wenn ich zum Tode verurteilt werde.«

Ofelia schluckte und ballte die Hände zu Fäusten. Sie blickte ihre Ratsmitglieder an, die verunsichert und fassungslos wirkten. »Was für eine brillante Taktik«, sagte sie grimmig.

»Danke«, erwiderte Orso.

»Wisst Ihr, warum das noch nie jemand versucht hat, *Gründer* Ignacio?«

»Äh ... nein?«

»Weil die Leute recht haben. Neu gegründete Handelshäuser werden *fürwahr* von den etablierten Häusern zerquetscht. Und vermutlich wird einem Haus, das die Gesetze derart schamlos missbraucht, damit sein Vorsitzender einer Verurteilung wegen Mordes und Sabotage entgeht ... nun, diesem Haus dürfte von den etablierten Häusern extrem viel Feindseligkeit entgegenschlagen. Ich kann mir nicht vorstellen, dass ein solches Haus einen Monat, wenn überhaupt eine Woche überlebt. *Ich* würde ganz sicher nicht für dieses Haus arbeiten wollen.« Ihre Augen glitzerten boshaft. »Und es gibt keine Verjährungsfrist für Eure

Verbrechen. Sobald Euer Haus untergeht, sitzt Ihr wieder in diesem Käfig, und nichts bewahrt Euch mehr vor der Harfe.«

Orso nickte. »Ich hätte dieselben Befürchtungen, Gründerin Dandolo ... wäre da nicht *eine* Sache.«

»Und was, bitte schön, wäre das?«

Er grinste schelmisch. »Wir haben das älteste Haus von Tevanne in einer Nacht ausgelöscht. Wäre ich eines der anderen Handelshäuser ... nun, ich würde mich nicht mit der Gründermark-Handelsgesellschaft anlegen.«

Langsam stieg Sancia die Holztreppe hinauf und fragte sich, was ihr wohl bevorstand.

Es waren zwei chaotische Tage gewesen. Sie war mit Gregor vom einen Unterschlupf zum nächsten geschlichen, und Sancia hatte verzweifelt versucht, ihre alten Kontaktleute zu erreichen. Die Gruft war verlassen gewesen, fast all ihre Kontakte waren untergetaucht, und die, die übrig waren, hatten alle das Gleiche gesagt: »Wenn du die Tüftler suchst, geh nach Gründermark, zum Diestro-Haus. Nur heißt das jetzt anders.«

»Und wie heißt es jetzt, verdammt noch mal?«, hatte sie gefragt.

»Gründermark-Handelsgesellschaft«, hatten alle geantwortet. »Kennst du die nicht? Das ist das neue Handelshaus.«

Von dem noch nie jemand gehört hatte. Trotzdem hatten die Gerüchte gestimmt: Als Sancia das Diestro-Haus betreten hatte, traf sie dort nicht nur Claudia und Giovanni bei der Arbeit an, sondern auch Dutzende von Handwerkern und Arbeitern, die das Gebäude renovierten und es in ... nun, in ein Handelshaus verwandelten. Zwar ein kleines und schmutziges, aber immerhin ein Handelshaus.

Weder Claudia noch Giovanni hatten Sancias Fragen beantwortet. Sie hatten nur auf die Treppe gezeigt und gesagt: »Er will zuerst mit dir sprechen. Bevor einer von uns mit dir reden darf.«

Und hier war sie nun. Sie stieg die Stufen hinauf, völlig unsicher, was sie erwartete.

Die Treppe mündete in einen großen Raum, der bis auf den Schreibtisch am anderen Ende unmöbliert war. Orso Ignacio stand dahinter und studierte den Bauplan eines Lexikons, der an der Wand hing.

Er wandte sich zu ihr um, als sie sich näherte. »Ah, endlich.« Er grinste. »Sancia, mein liebes Mädchen. Nimm Platz.« Ihm fiel offenbar auf, dass es abgesehen von seinem eigenen keinen Stuhl im Raum gab. »Oder stell dich einfach bequem hin.«

»Orso. Orso, was zum *Teufel* ist hier los? Was ist das hier? Wo warst du?«

»Tja, die letzte Frage ist schnell beantwortet«, erwiderte er fröhlich. »Ich komme gerade von einer Gerichtsverhandlung, wo alle Anwesenden meinen Tod forderten.« Er setzte sich. »Was deine anderen Fragen betrifft ... Das ist ein wenig komplizierter.«

»Aber ... Orso, du hast ein eigenes *Handelshaus* gegründet?«

»Hab ich.«

Sie starrte ihn an. »Wirklich?«

»Wirklich.«

»Und du ... hast dieses Gebäude gekauft?«

»Ja. Nun, Claudia hat es für mich gekauft, aber von meinem Geld. Denn man braucht ein Grundstück und ausreichend Angestellte, um ein Handelshaus registrieren zu lassen, und Claudia hat mir beides besorgt. Nettes Mädchen. Danke übrigens, dass du uns miteinander bekannt gemacht hast.«

»Du hast einen Handel mit den Tüftlern geschlossen? Mit *allen*? Und was bekommen sie dafür, dass sie in einem ›echten‹ Handelshaus arbeiten?«

»Nicht nur eine feste Arbeitsstelle«, erwiderte Orso. »Auch Anteile. Ich stelle das Startkapital zur Verfügung, sie leisten die Arbeit und besorgen die Rohstoffe, und wir teilen uns den Gewinn. Das ist nicht so verrückt, wie es sich anhört.« Er dachte kurz nach. »Tja, eigentlich ist es *ziemlich* verrückt, aber ich dachte, es wäre ein kluger Zug. Die Candiano-Handelsgesellschaft steckte seit Langem in Schwierigkeiten, und die wahnsinnigen Pläne von Estelle und Tomas haben viele Mitarbeiter – und Kunden – endgültig abgeschreckt. Kunden, die natürlich nach wie vor Bedürfnisse haben. Und jetzt, da die Leute Haus Candiano mit wehenden Fahnen verlassen, an welches Handelshaus wenden sich die Kunden wohl?«

»An das Haus, dem der ehemalige Berater von Tribuno Candiano vorsteht«, sagte Sancia.

Er grinste breit. »Genau so ist es. Ich weiß mehr über die Produktionsprozesse der Candianos als jeder andere. Ich habe bereits drei Lieferverträge abgeschlossen. Und während wir unsere Pläne geschmiedet haben, sind wir auf ein paar Ideen gekommen, die sehr viel Geld einbringen könnten. Solange wir produzieren und zahlungskräftig bleiben, besteht kein Grund zur Sorge. Auch wenn die anderen Häuser bald über uns herfallen werden. Und das … das führt nahtlos zu dem, was ich mit dir besprechen wollte. Denn so gern ich das alles auch allein schaffen würde, ist mir klar, dass ich das nicht kann.«

Sancia sah ihn erstaunt an. »Moment mal … Bietest du mir eine Arbeitsstelle an?«

»Nein, nein. Ich meine … falls du mich um eine Anstellung im edlen Gründermark-Handelshaus bitten würdest, würde ich dir auf jeden Fall eine geben. Aber wenn du hier rauskommen und Tevanne hinter dir lassen willst, um dein eigenes Leben zu führen, dann tu das, denn du hast es dir verdient. Ich möchte, dass du dich völlig frei entscheidest. Denn ich bin verdammt wohltätig, weißt du?«

Er sah sie an.

Sie erwiderte seinen Blick. »Es geht nicht nur um mich.«

»Um wen denn noch?«, fragte Orso.

»Um Gregor. Er lebt noch. Und ist bei mir.«

Orso wirkte verblüfft. »Er lebt? Gregor Dandolo ist am Leben?«

»Ja. Und er ist ... Nun, er ist wohl so wie ich. Ein skribierter Mensch. Er war die ganze Zeit schon skribiert – ich weiß nur nicht, wer ihm das angetan hat.« Und dann erzählte sie Orso, was sie alles in Erfahrung gebracht hatte.

Verblüfft hörte er zu. »Jemand hat Gregor Dandolo – den unfassbar *langweiligen* Dandolo! – in eine gottverdammte Tötungsmaschine verwandelt?«

»Nun ja, er ... er hat dagegen angekämpft. Er hätte mir den Kopf wegschießen können, aber ... er hat sich irgendwie selbst beschädigt. Ich kümmere mich um ihn. Momentan ist er in der Gruft und erholt sich. Aber er ist in einer seltsamen Verfassung, Orso. Er hat alles verloren. Und braucht unsere Hilfe. Nach allem, was er getan hat, verdient er das.«

Orso lehnte sich verwundert zurück. »Tja. Scheiße. Ich würde ihn gern aufnehmen. Wenn wir ihn wieder auf die Beine kriegen, wäre er ein ausgezeichneter Sicherheitschef. *Falls* er sich erholt.« Er sah sie wieder direkt an. »Und? Wärst du bereit, eine Stelle bei uns anzunehmen?«

»Da wäre noch eine Bedingung.«

Er seufzte. »War ja klar.«

Sie nahm Clef heraus und schob ihn Orso über den Schreibtisch zu.

Er gaffte den Schlüssel an. »Im Ernst?«

»Freu dich nicht zu früh. Das ist ein Problem, kein Geschenk. Er ... er funktioniert und spricht nicht mehr. Wir müssen ihn reparieren. *Unbedingt.* Schließlich ist er der Einzige, der uns sagen kann, was wirklich passiert ist und was im Hintergrund vor sich geht.«

Orso kratzte sich am Kopf. »Wenn jemand um die Bedingungen seiner Anstellung feilscht«, sagte er, »geht es normalerweise um Lohn oder Unterkunft. Nicht um verrückte, mystische Rätsel.«

»Du willst mich haben«, sagte Sancia, »aber du bekommst mich nur mit meinem ganzen Gepäck, und davon hab ich mittlerweile deutlich mehr als früher.«

»Also ist das ein Ja?«

»Ist Berenice hier?«, fragte sie.

»Sie beaufsichtigt die Fabrikation.«

Sancia dachte nach. »Was hat sie gesagt?«

»Sie sagte, sie will abwarten, was du zu meinem Angebot sagst.«

Sancia lächelte. »So ist sie.«

Kapitel 43

Ofelia Dandolo schritt durch den Dandolo-Campo zum Tor ihres Anwesens, durchquerte den Hof und betrat ihr Herrenhaus. Sie folgte dem Korridor, ging durch eine Reihe von Türen, stieg die Treppe hinunter zum Kellergeschoss und verharrte schließlich an einer unscheinbaren Schranktür.

Sie öffnete sie, schloss die Augen, drückte die Hand gegen die Hinterwand des Schranks und wartete.

Die Wand löste sich auf wie Rauch. Dahinter führte eine enge Wendeltreppe in die Tiefe.

Ofelia schaltete eine skribierte Laterne an und stieg die Stufen hinab. Das dauerte eine Weile, denn die Treppe hatte sehr viele Stufen.

Schließlich erreichte sie eine kleine Holztür. Sie wartete einen Moment, sog die Luft tief ein und öffnete.

Hinter der Tür befand sich ein Steingewölbe mit zahlreichen Säulen. Im Raum brannte kein Licht, und Ofelia brauchte auch keins. Eine Lampe hätte hier ohnehin nicht funktioniert – denn der Raum war voller Motten.

Bedachtsam schritt sie durch den flatternden Mottenschwarm. Sie erreichte einen kleinen Steinthron in der Mitte des Raums, nahm darauf Platz und wartete.

Schließlich sah sie ihn, ganz flüchtig – nur den Hauch seiner Gestalt, verloren inmitten der schwirrenden Insekten.

Sie schluckte und holte erneut tief Luft. »Ich nehme an«, sagte sie leise, »Ihr ... habt verfolgt, wie die Dinge voranschreiten, mein Prophet.«

Die Gestalt reagierte nicht. Sie stand einfach nur da, in wimmelnden Motten verborgen.

»Ich ... ich weiß nicht, was mit meinem Sohn passiert ist«, fuhr Ofelia fort. »Wir haben so viel Zeit investiert, um Gregor vorzubereiten. Und er hat im Krieg so viel für uns getan und die Umsetzung Eurer Pläne vorbereitet. Aber jetzt, da er versagt hat ...«

Noch immer schwieg die Gestalt.

»Das Konstrukt ist frei«, sagte Ofelia. »Verkraften wir das? Anscheinend ist die schlimmste aller Möglichkeiten eingetroffen.«

Lange Zeit herrschte Stille. Dann ergriff die Gestalt endlich das Wort, wie immer in Ofelias Gedanken, laut und deutlich:

»NEIN.«

»N... Nein?«

»NEIN. NACH ALL DER ZEIT IN GEFANGENSCHAFT IST SIE JETZT GEWISS GESCHWÄCHT. DER KRIEG IST NICHT VERLOREN, EHE ER ÜBERHAUPT BEGONNEN HAT. UND ER BEGINNT GERADE ERST. SIE WILL SICHER WIEDER ZU KRÄFTEN KOMMEN. UND WIR MÜSSEN SIE SCHNELLSTMÖGLICH AUFHALTEN.«

»Was sollen wir also tun, mein Prophet?«

Lange Zeit schwieg die Gestalt.

»ICH GLAUBE«, **sagte sie schließlich,** »ES IST AN DER ZEIT, DAS VERSTECKSPIEL ZU BEENDEN.«

Brutale Schwarzmagier, skrupellose weiße Magier – und ein Mann zwischen den Fronten.

416 Seiten. ISBN 978-3-7341-6165-0

Willkommen in London! Wenn Sie diese großartige Stadt bereisen, versäumen Sie auf keinen Fall einen Besuch im Emporium Arcana. Hier verkauft der Besitzer Alex Verus keine raffinierten Zaubertricks, sondern echte Magie. Doch bleiben Sie wachsam. Diese Welt ist ebenso wunderbar wie gefährlich. Alex zum Beispiel ist kürzlich ins Visier mächtiger Magier geraten und muss sich alles abverlangen, um die Angelegenheit zu überleben. Also halten Sie sich bedeckt, sehen Sie für die nächsten Wochen von einem Besuch im Britischen Museum ab und vergessen Sie niemals: Einhörner sind nicht nett!

Lesen Sie mehr unter: **www.blanvalet.de**

Zeitreisen ist möglich?
Nicht fragen, lesen!

352 Seiten. ISBN 978-3-7341-6208-4

Madeleine »Max« Maxwell wollte Archäologin werden, um Abenteuer zu erleben, unfassbare Entdeckungen zu machen und gelegentlich die Welt zu retten. Doch die Wirklichkeit holt sie ein: Archäologen verbringen ihre Zeit in Museen zwischen staubigen Büchern und noch staubigeren Fundstücken, die niemanden interessieren. Da erhält sie ein besonderes Jobangebot. Wenn sie die Zusatzausbildung übersteht – und die wenigsten tun das – wird sie Abenteuer erleben, die jene von Indiana Jones wie einen Sonntagsspaziergang aussehen lassen. Und wenn sie überlebt, wird sie wenigstens ein paar Mal die Welt retten ...

Lesen Sie mehr unter: **www.blanvalet.de**

Ein Junge mit einer unheimlichen Tätowierung an den Fingerspitzen. Eine Stadt voller tödlicher Rätsel. Und eine Welt, deren Schicksal sich entscheidet ...

672 Seiten. ISBN 978-3-7645-3208-6

Die Stadt der Türme ist ein Ort voller Rätsel. Hier kämpfen Gilden, die über Magie gebieten, gegen Cyborg-Banditen, welche nach Artefakten einer untergegangenen Zivilisation suchen. Jene Schätze befinden sich im Inneren der Stadt der Türme, das von Monstern bevölkert, von Fallen gespickt und voll verschlossener Türen ist. Und genau hier kämpft ein Junge ums Überleben: Rafik ist der einzige Mensch, der die Rätsel der Stadt der Türme knacken kann. Denn er ist ein Puzzler, an dessen Fingern sich wie Schlüssel geheimnisvolle Tätowierungen befinden. Doch was Rafik im unheimlichen Herzen der Stadt der Türme findet, verändert den Jungen – und seine ganze Welt.

Lesen Sie mehr unter: **www.penhaligon.de**